《圣经》如是说
Es steht geschrieben

罗慕路斯大帝
Romulus der Grosse

密西西比先生的婚姻
Die Ehe des Herrn Mississippi

天使来到巴比伦
Ein Engel kommt nach Babylon

老妇还乡
Der Besuch der alten Dame

Friedrich Dürrenmatt
迪伦马特
戏剧集 [上]

〔瑞士〕弗里德里希·迪伦马特 著
韩瑞祥 选编
叶廷芳 等 译

著作权合同登记号　图字 01-2018-6394

Friedrich Dürrenmatt
Es steht geschrieben, Romulus der Grosse, Die Ehe des Herrn Mississipi, Ein Engel kommt nach Babylon, Der Besucher der alten Dame, Frank der Fünfte, Die Physiker, Herkules und der Stall des Augias, Der Meteor, Der Mitmacher
Copyright © 1986 by Diogenes Verlag AG Zürich
All rights reserved Chinese Translation Copyright © 2019 by People's Literature Publishing House, Beijing
Diese Sammlung erscheint mit Förderung von Pro Helvetia, Zürich

图书在版编目(CIP)数据

迪伦马特戏剧集:全 2 册/(瑞士)弗里德里希·迪伦马特著;韩瑞祥选编;叶廷芳等译.—北京:人民文学出版社,2018（2023.6重印）
ISBN 978-7-02-014754-0

Ⅰ.①迪… Ⅱ.①弗…②韩…③叶… Ⅲ.①剧本—作品集—瑞士—现代 Ⅳ.①I522.35

中国版本图书馆 CIP 数据核字(2018)第 278384 号

责任编辑　欧阳韬
装帧设计　刘　静
责任印制　张　娜

出版发行　人民文学出版社
社　　址　北京市朝内大街 166 号
邮政编码　100705

印　　刷　三河市宏盛印务有限公司
经　　销　全国新华书店等

字　　数　671 千字
开　　本　880 毫米×1230 毫米　1/32
印　　张　26.875　插页 6
印　　数　6001—9000
版　　次　2019 年 1 月北京第 1 版
印　　次　2023 年 6 月第 2 次印刷

书　　号　978-7-02-014754-0
定　　价　69.00 元(全二册)

如有印装质量问题,请与本社图书销售中心调换。电话:010-65233595

目　次

001　前言 / 韩瑞祥

003　《圣经》如是说　/ 张晏 译
099　罗慕路斯大帝 / 叶廷芳 译
189　密西西比先生的婚姻 / 刘文杰 译
263　天使来到巴比伦 / 叶廷芳 译
351　老妇还乡 / 叶廷芳 译
453　弗兰克五世 / 韩瑞祥 译
551　物理学家 / 叶廷芳 译
617　赫拉克勒斯和奥革阿斯的牛圈 / 马剑 译
703　流星 / 韩瑞祥 译
773　同伙 / 贾晨 译

前　言

弗里德里希·迪伦马特(Friedrich Dürrenmatt,1921—1990)是瑞士现当代文学的伟大旗手,是战后德语文学最优秀的经典作家之一,被誉为继布莱希特之后"最杰出的德语戏剧家"。[1] 二十世纪五十到六十年代,他在戏剧和小说创作方面所取得的辉煌成就无疑为德语文学赢得了令人敬仰的世界声誉。德国著名文学评论家和学者瓦尔特·因斯曾经这样赞誉说:迪伦马特的喜剧"是在虚构,需要的是能够表现对环境那无可挽回的东西的想象和出人意料的睿智……是在创造风格";他的喜剧"不是为现存的世界加砖添瓦,而是展现着那基石上的千疮百孔;它所追求的不是对存在的证明,而是要采用夸张性的模仿去讽刺,去嘲弄,去重新创造;它表现着变化的东西,而自身同样处于变化之中"。[2] 因斯的这段话不仅勾画出了迪伦马特喜剧创作的特点,也贴切地揭示出其小说创作的风格。迪伦马特的文学创作是虚构、想象和睿智的艺术结合,而不是对生存环境现实主义的直接反映;他的作品不是对现实的褒扬,而是立足于我行我素毫不掩饰的揭示,即"良心"的写照;[3]他借助怪诞而创新的多样化艺术手段来表现变化的、引起痛苦和不安的现实生存与社会主题。其艺术风格别开生面,独树一帜,堪称典范。

---

[1] Walter Jens: Ernst gemacht mit der Komödie. In: Über Friedrich Dürrenmatt, Hrg. von Daniel Keel, Diogenes Verlag 1990, S. 39-44. Hier: S. 39.
[2] 同上,第40页。
[3] Friedrich Dürrenmatt: Gespräche 1960—1990 in vier Bänden. Hrg. v. Heinz Ludwig Arnold. Diogenes Verlag 1996. S. 161.

迪伦马特1921年1月5日生于伯尔尼市附近一个叫柯诺芬根的村庄。父亲是新教神父。像他的祖辈一样,他几乎在伯尔尼家乡度过了他的一生。对他来说,童年的家乡既是一个祥和之地,又是一个幽灵似的田园。中学时期,他就开始阅读表现主义作家凯泽和卡夫卡的作品,同时也对叔本华和尼采情有独钟。1941年,他进入苏黎世大学学习哲学、自然科学和日耳曼语言文学,主攻克尔凯郭尔和柏拉图哲学,同时开始研究阿里斯托芬与古希腊悲剧诗人。

迪伦马特在卡夫卡和凯泽影响下开始其文学创作生涯,短篇小说《老人》是他发表的第一部作品。1946年冬,他的第一本剧作《〈圣经〉如是说》问世。创作初期,迪伦马特为卡巴莱剧场写了许多卡巴莱小品剧,度过了作为自由作家生存的困境。这些成功的卡巴莱小品剧可以被看作其后来喜剧的雏形。

二十世纪五十年代初期,伴随着瑞士经济奇迹的出现,迪伦马特的文学创作也开始脱颖而出。作为戏剧作家的实验场地,他首先发表了一系列广播剧,先后获得德国战争盲人广播剧奖(1955)和意大利国家奖(1956)。与此同时,他也开始创作所谓的侦探小说。迪伦马特别具一格的侦探小说也是其在德语文坛上独领风骚的创举,与其戏剧创作相得益彰。脍炙人口的《法官和他的刽子手》(1951)和《嫌疑》(1952)就是这个时期的杰作。从此,迪伦马特在创作实践的基础上也着手探讨戏剧理论问题。1954年发表的《戏剧问题》奠定了这位剧作家一生所遵循的立足于社会观察的戏剧创作思想。五十年代初到六十年代中是迪伦马特喜剧创作的高潮。如果说《罗慕路斯大帝》(1948)克服了初期的表现主义倾向而预先实践了他后来的喜剧理论,那么《密西西比先生的婚姻》(1950)、《天使来到巴比伦》(1953)等则是其开始探讨和认识布莱希特戏剧创作的结晶。前者以极其夸张的漫画形式展现出了占统治地位的意识形态的死亡之舞,也奠定了他在联邦德国戏剧舞台上的成功。可以说,他日臻成熟的喜剧创作在很大程度上填补了战后德国重建时期德语戏剧的空白。

1955年，迪伦马特发表了为他带来世界声誉的"悲喜剧"《老妇还乡》，从而使他的喜剧"模式"达到前所未有的成功。与传统喜剧不同，突如其来的转折、怪诞的风格和表现手段构成了迪伦马特喜剧表现的核心与众不同的特色。《老妇还乡》很快就成为世界喜剧舞台上的经典，深受东西方观众喜爱。迪伦马特因此先后获曼海姆席勒奖和瑞士席勒基金会大奖。《老妇还乡》把迪伦马特迄今在作品中所表现的社会批判升华到对现实社会制度在道德上的控诉。喜剧《物理学家》（1962）是迪伦马特喜剧创作的又一个高潮，是当时德语舞台上演最多的剧目之一。它与后来的《流星》（1965）和处女作《〈圣经〉如是说》的新版《再洗礼派教徒》（1966）等彻底确立了迪伦马特在世界戏剧舞台上的重要地位。

从二十世纪六十年代末以后，迪伦马特趋向于散杂文创作，越来越关注社会政治问题，文化批评越发尖锐。杂文集《关于以色列的杂文》（1976）收录了作者这个时期许多很有认识价值的政论和文化批评檄文。与此同时，迪伦马特更多地投身于喜剧舞台实践，他先后担任巴塞尔和苏黎世剧院艺术顾问，改编和导演了自己早期的喜剧，以及莎士比亚、斯特林堡、歌德等的剧作。

迪伦马特在喜剧创作上享誉世界，但在小说创作上也很有建树，特别是其独辟蹊径的侦探小说可以说在世界文坛上一枝独秀。《隧道》（1950）、《嫌疑》（1951）、《法官和他的刽子手》《抛锚》（1956）、《承诺》（1957）等一直受到世界各地读者的喜爱。

在同代德语作家中，迪伦马特是很幸运的，由于他的国家的特殊地位，他的家乡没有遭受过纳粹铁蹄的踩躏，他的精神没有受过法西斯奴役的创伤。他几乎一直生活在伯尔尼州比勒湖畔的诺伊堡。从这个静谧的田园冷静而批判地观察着这个世界的"喜剧"，又以犀利的喜剧、小说、广播剧、杂文等艺术形式将他那富有想象力的、但却始终尖锐刻薄的诅咒抛投到读者之中，要以惊世骇俗的方式将他们从那可笑可悲的日常现实中唤醒。他的作品不是自我的表现，而更多是力图呈现给这个令人沮丧的世界一面镜子，一面怪诞扭曲的镜子，要以此来认识它。他的全部作品都围绕着这个主题。与同代作家不同,他的文学表现自始至终都渗透着一种历史悲观主义色彩,正如他所说的,"我认为,人们不可能完全认同一个曾经存在的、现在存在的和将来会存在的社会,而始终必然会以某种方式采取反对的态度。反对是文学艺术的事,而反对需要人,因为只有在与别人的对话中,才会有事物、思想的继续发展。"①

人民文学出版社将陆续推出迪伦马特的作品,意在比较系统地向我国读者介绍这位独具风格的瑞士德语作家。将出版的作品包括戏剧、侦探小说和中短篇小说。戏剧部分(2卷)共收录十部作品,包括《〈圣经〉如是说》(*Es steht geschrieben*,1946)、《罗慕路斯大帝》(*Romulus der Grosse*,1948)、《密西西比先生的婚姻》(*Die Ehe des Herrn Mississippi*,1950)、《天使来到巴比伦》(*Ein Engel kommt nach Babylon*,1953)、《老妇还乡》(*Der Besuch der alten Dame*,1955)、《弗兰克五世》(*Frank der Fünfte*,1958)、《物理学家》(*Die Physiker*,1962)、《赫拉克勒斯和奥革阿斯的牛圈》(*Herkules und der Stall des Augias*,1962)、《流星》(*Der Meteor*,1964)和《同伙》(*Der Mitmacher*,1975)。这些不同时期的作品可以让读者了解迪伦马特喜剧创作的历程。

在喜剧创作中,迪伦马特十分崇拜的是古希腊喜剧大师阿里斯托芬,认为其喜剧表现充满思辨的构想和机智的幽默。但是,他把自己所崇拜的大师仅视为交谈的伙伴,强调写作时要让独立自由的"我"驰骋;让艺术的想象成就新的风格。他始终把自己的喜剧艺术视作过滤现实存在"怪相"的漏斗;他的喜剧表现始终着眼于把变态的人物、扭曲的事件、可悲的环境置于怪诞的聚光镜下,使读者或者观众把喜剧的"笑"看作最严肃的接受行为。

---

① 转引自:Peter Andre'Bloch u. Edwin Hubacher (Hrg.):Der Schriftsteller in unserer Zeit. Eine Dokumentation zu Sprache und Literatur in der Gegenwart. Bern 1972. S.40。

early 在1955年发表的《戏剧问题》一文中,迪伦马特就强调,他写戏剧,不是要充当当今戏剧舞台上的"推销商人",四处去兜售"某些时髦的世界观,无论是以存在主义者,还是以虚无主义者,是以表现主义者,还是以讽刺家的面目出现也好"。① 他认为当今世界奇形怪异,朦胧混沌,捉摸不透。"今天只有世界屠夫们一手导演的悲剧",人不再是自己行为的主体,无法保持个性的独立和自由,而是无可奈何地听凭一个超人力量的摆布。当今的国家成了一个匿名的官僚机构,一个不可思议的东西,一个无形体。② 它没有了真正的代表,悲剧英雄已不复存在,因为在这种混乱不堪的"白种人的终曲声中,已经不再存在罪过和责任。人人都无能为力,个个都不愿意如此……一切都被撕卷而去"。一句话,怪诞是这个世界的标志:"我们这个世界就像导致了原子弹一样,同样也导致了怪诞"。③ 而这样一个被异化得怪诞不堪的,也就是说只有悲剧而没有悲剧英雄的世界只有在喜剧中才能找到针锋相对的有效手段,因为喜剧表现的对象就是一个"丑"的世界,一个"奇形怪异"的世界,一个光怪陆离的世界。说到底,喜剧就是"一个怪物的形象,一个面目全非的世界的面目"。④ 显而易见,迪伦马特的喜剧不同于表现不致引起痛苦或者伤害的"丑"的传统喜剧,没有了概念化的善与恶的直接渲染或者皆大欢喜的圆满,而是以怪诞的艺术思维模式,立足于反映一个充满怪诞的、让人无所适从的世界,因此也就不可能像传统喜剧那样,让人赏心悦目幽默从容地去感受和认识,而使"笑"的艺术趋于多层次,变得凝重和深沉。这就是说:"我们可以从喜剧中体会出悲剧性的东西,感受到令人毛骨悚然的时刻,看到张开的万丈深渊,悲剧性的东西就是从喜剧中产生出来的。"⑤

---

① Friedrich Dürrenmatt: Theater-Schriften und Reden. Buchclub Ex Libris Zürich 1966, S. 92.
② 同上,第119页。
③④ 同上,第122页。
⑤ 同上,第122、123页。

迪伦马特的这种喜剧美学被一些评论家批评为采用玩世不恭的态度和怪诞离奇的手法，宣扬不折不扣的虚无主义。对此，作者不无讽刺地给予了驳斥："那么要说喜剧是绝望的表现，这个结论是可以理解的，但又不是无可反驳的。不言而喻，谁看到这个世界的荒谬与无望，谁就会感到绝望。然而，这种绝望的态度并不是这个世界招致的必然结果，而是他给予这个世界的回答；他的另一种回答可以是不绝望，是决心经受住这个世界。"①因此，迪伦马特根本不屑于别人的种种非议，始终坚信自己的审美原则。他在喜剧中所表现的离奇，是"现实的"离奇；所表现的怪诞，是"真实的"怪诞。也正像作者明确指出的，"怪诞是一种极端的风格化表现，一种出乎预料的形象化描写。正因为如此，怪诞才能对时代问题，更确切地说，对当今的现实作出反应"。②他同样直言不讳地表白：怪诞化的喜剧"是令人难堪的，但又是必不可少的"。③用这种独到的喜剧方式来表现悲剧性的东西，正是作者的艺术风格所在：悲喜交集，相互渗透，融诙谐与严肃为不可分割的统一体。这样的艺术表现既增大了喜剧的内涵，又使读者或观众能透过那"绝望"的表层，给所表现的这个世界"另外一种回答"。

可以说，怪诞构成了迪伦马特喜剧创作的核心。但是他所称道的"怪诞"却有其特定的含义。在《戏剧问题》一文里，迪伦马特对"怪诞"这个概念有一段格言式的阐释和界定："怪诞不过是一种感知的表现，一种感知的背谬，也就是说一个怪物的形象，一个面目全非的世界的面目。就像我们的思维没有背谬这个概念则寸步难行一样，艺术亦是如此，我们这个世界也不例外。"④迪伦马特把怪诞看作

---

① Friedrich Dürrenmatt: Theater-Schriften und Reden. Buchclub Ex Libris Zürich 1966, S. 92.
② Friedrich Dürrenmatt: Anmerkung zur Komödie. In: F. D.: Gesammelte Werke. Diogenes Verlag 1996, Bd. 7. S. 22—27. Hier: S. 26.
③ 同上，第 27 页。
④ Friedrich Dürrenmatt: Theater-Schriften und Reden. S. 122.

是"表现丧失和谐的不协调",是"熟悉的陌生物";怪诞并非是"不和逻辑的非理性的东西,而是合乎逻辑的、在现实中必然遇到的矛盾体"[①]。他所说的怪诞明显地具有双重意义,它既是内容,也是形式,二者可以在喜剧艺术中达到完美的统一。迪伦马特正是从奇特的视角,以独到的结构和怪诞的描写集中体现了这种别具一格的审美情趣。

迪伦马特戏剧处女作《〈圣经〉如是说》于1947年在苏黎世剧院首演,引起了轩然大波。作者从此禁止再演出。他于1966年将这个剧本改写成真正的喜剧版本,取名《再洗礼教派》,并在同一剧院首演,取得了成功。这出剧取材于历史,即再洗礼教派(1533—1536)的兴亡;他们在威斯特法伦大教堂建立了一个王国,裁缝师约翰·伯克森,又名莱顿的约翰·伯克森被加冕为国王。这个运动以天主教和新教雇佣兵挺进城里而告终;它的领头人被用中世纪的轮刑处死。事实上,这出剧绝对不可被理解为历史剧,因为在迪伦马特看来,这里所表现的是"一个五光十色的世界,它昨天是这样,今天也会是这样,明天同样会是这样"[②]。偶然成为这出剧的游戏准则;由于历史在这里被彻底碎片化,脱离了任何关联,因此,迪伦马特赋予所描写的对象更深层的时代意义。这出剧的创作受到布莱希特和毕希纳的影响。《〈圣经〉如是说》虽然还不完全是迪伦马特意义上的喜剧,但剧中几个主要人物命运兴衰的交织和对立以及偶然对情节发展的作用、在信仰与怀疑对立的表现中所彰显的怀疑意识等已经显现出作者后来在《戏剧问题》一文中所阐释的喜剧理论的端倪。

伴随着四幕剧《罗慕路斯大帝》(一部非历史的历史喜剧)的问世,迪伦马特完成了向喜剧作家的转变。这部成名作也是他在德国上演的第一部剧作。剧中罗慕路斯这个西罗马帝国末代的养鸡皇帝

[①] Arnold Heidsieck: Das Groteske und das Absurde im modernen Drama. W. Kohlhammer Verlag 1969. S. 31.
[②] 转引自: Gerhard. P. Knapp: Friedrich Dürrenmatt. Metzler Verlagsbuchhandlung 1980. S. 20。

成为作者去英雄化的戏剧理论的典范和观众嘲笑的对象。当前线失手,日耳曼人向罗马节节挺进时,他无动于衷;当东罗马皇帝要求他联合抵抗时,他不予理睬;当朝臣和家人竭力劝说他组织抵抗时,他也不答应。罗慕路斯一反众愿,我行我素,因为在他看来,当罗马已经变成了罪恶深重日薄西山的帝国时,一个饱食终日的无为皇帝正是为了充当"罗马的法官"来宣判这个帝国的死刑的。罗慕路斯最后充当了这样一个可笑可悲的角色。这个形象在喜剧的内在推进中消解了真实的历史,这也是该剧副标题的用意所在。这出喜剧采用的是传统的三一律结构模式:第一幕是表现罗慕路斯的形象与帝国的形式形成冲突的引子;第二、三幕展开了发生在24小时之内所发生的事件;而第四幕以讽刺性的喜剧方式展示了冲突的化解。前三幕的结尾一句分别为喜剧情节的发展埋下了伏笔:"罗马有一个丢脸的皇帝!""这个皇帝必须滚蛋!""如果日耳曼人到了这里,那就让他们进来吧。"[①]尽管历史背景是真实的,但《罗慕路斯大帝》显然不是历史剧,而是采用喜剧结构模式呈现给这个只有悲剧而没有悲剧英雄的现实世界的一面镜子。

《密西西比先生的婚姻》是迪伦马特第一部取材于现实的喜剧。它发表后首先在西方许多国家上演,取得了很好的效果。1954年,迪伦马特在伯尔尼亲自导演了这出剧,这也是他的首次导演经历。这里所表现的是三个男人令人深思的命运。他们出于不同的方法要改变世界:总检察官密西西比是所谓正义狂热的信仰者,信守旧约的戒律,坚定地与西方法律原则的衰落作斗争;信仰坚定的马克思主义者圣-克劳德为世界革命而奋斗;再就是受到上帝恩惠的于波罗厄,按照迪伦马特的说法,他代表的是面对一个"衰亡的世界秩序"能够在内心里使之恢复的"勇敢的人"。这里演绎的是种种意识形态的死亡之舞。密西西比与圣-克劳德这两个对手无疑是越来越变得冷酷的东西方阵线的典型;他们都一味沉浸在狂热的信仰之中。检察

[①] Friedrich Dürrenmatt: Romulus der Große. Diogenes 1998. S. 46, 69 und 94.

官杀死了自己的妻子,因为他在哪儿看到摩西戒律遭到践踏,那里就有必要实施死刑;圣-克劳德试图成为革命者,却以半吊子终其一生。他们的道德主义无非就是各个阵营蛊惑人心的游戏规则而已:"就这样,同为刽子手和受害者的我们因为我们自己的事业而走向灭亡。"①密西西比的结局也不言而喻:检察官与杀害丈夫的安娜塔西亚的婚姻对二者都意味着地狱;他最后中毒身亡。而在这个过程中,杀害丈夫、毫无道德的安娜塔西亚却成为密西西比与圣-克劳德对立双方在审美上的平衡力量;她是这个世界的买卖原则的化身。而剩下的只有于波罗厄这个可怜的、堂吉诃德式的、依然相信上帝恩赐的漫画人物。《密西西比先生的婚姻》是一部令人啼笑皆非的政治讽刺喜剧。

与立足现实题材的《密西西比先生的婚姻》不同,三幕喜剧《天使来到巴比伦》是一个借古喻今的寓言,充满童话和传说色彩。这出剧或多或少地借鉴了布莱希特的剧作《四川好人》。一个打扮成乞丐的天使下凡到尘世间,要把上帝的恩赐,即少女库鲁比送给人间最卑微的人。无论情节过程多么复杂多变,但迪伦马特在其喜剧理论中所主张的"偶然"自然会使库鲁比遇上那个化装成乞丐的国王内布卡德内察尔。然而,不是这个人,而是真正的乞丐阿基,这个所谓"勇敢的人"理应得到这个恩赐。阿基最终带着库鲁比离开了巴比伦,离开了一个内布卡德内察尔要在其中建立一个"完美的国家"的地方。国王失败了,他所希望建立的新的社会秩序是不会成功的:"我力图铲除贫穷。我希望引入理智。上苍蔑视我的事业。"②但他绝对得不到恩赐。像在布莱希特的寓言中一样,恩赐在这个世界上是不可实现的。当然,布莱希特的寓言最终指向改变现实,而迪伦马特的童话喜剧则归于经受住这个世界,"弱者必须认识这个世界,免得盲目地误入迷途,免得陷入会导致死亡的危险"。③《天使来到巴

---

① Friedrich Dürrenmatt:Die Ehe des Herrn Mississippi. Diogenes 1998. S. 112.
② Friedrich Dürrenmatt:Ein Engel kommt nach Babylon. Diogenes 1998. S. 121.
③ 同上,第85页。

比伦》以诙谐睿智、富有想象力的寓言式的喜剧手段辛辣地嘲讽了一个包罗万象的现实存在。

1955年，迪伦马特发表了《戏剧问题》，系统阐明了他的戏剧理论和主张。可以说，这篇论著是作者承上启下的划时代之作，既是对他之前的喜剧创作实践必要的总结，又预示着他的创作高潮即将到来。随之问世的"悲喜剧"《老妇还乡》一举奠定了他在世界戏剧史的地位，也成为舞台上经久不衰的经典，被评论界视为作者最优秀的作品。它描写的是第二次世界大战后发生在欧洲某国一个叫居勒的小城里的故事，其产生的历史背景无疑是二十世纪五十年代瑞士经济腾飞时期。《老妇还乡》几乎采用了严格的传统三幕剧形式，情节主线非常清晰：四十五年前，被乡人易尔诱奸的查哈娜西亚蒙受了奇耻大辱，被迫离开家乡。而今她作为拥有亿万财产的世界贵妇回到故乡访问。这座贫困交加破败不堪的小城自然期盼着她的"善举"带来富裕。这位贵妇"慷慨地"赠给十亿巨额，但作为交换条件，她要求处死该城的小商人、当年伤害过她的易尔，以"买回正义"。起初，居勒人出于人道主义传统，愤慨地拒绝了这个要求。然而，当全城的气氛变得愈来愈不可名状时，他们最终杀死了易尔，换来了十亿恩赐，铲除了"邪恶"，扶持了"正义"。作为巨富，始终作用于幕后的查哈娜西亚实际上是命运的制造者。但是，《老妇还乡》表现的注意力并不在这个人物身上，它着意描写的是贵妇的访问给这座小城所带来的戏剧性变化，尤其是遭受厄运威胁的主人公易尔与其怪诞可笑的生存环境之间展开的冲突。全剧无论是在情节安排和冲突展开，还是在人物刻画和环境烘托方面都充满了令人惊愕的怪诞色彩。读者从居勒人"此地无银三百两"的滑稽表演中感受到的只是现实的怪诞：一个被物化了的存在，一个没有个性的群体，一个名存实亡的灵魂。

之后发表的《弗兰克五世》（一家私人银行的喜剧）或多或少地延续了《老妇还乡》的主题，同样是一部怪诞的讽刺喜剧，也是一部批评家争议颇多的作品。有不少评论家认为它的创作在很大程度上受到布莱希特《三分钱歌剧》的影响。《弗兰克五世》以夸张的画面、讽刺的语言和离奇的情节表现了一家"盗匪银行"聚敛财富的血淋淋的罪恶史。从这个盗匪银行的故事中,让人可以看出一个资本与人性在其中水火不容的世界图像。主人公弗兰克五世为了挽救祖辈日益衰败的大业,放弃了诚信经营的初衷,采取了诈骗、偷鸡摸狗、窝赃、谋杀等无所不用的卑鄙手段,甚至不惜一个接一个地残害他手下的人,不是为了谋取他们的财产,就是害怕他们泄露内幕,连他"最好的朋友"伯克曼也不能幸免。当他决意解散银行的秘密被在英国学习的儿子赫贝特和女儿弗兰西斯卡发现后,兄妹俩以变本加厉的方式勒索走了父亲的银行,让父亲沦为阶下死囚;他们把骗子的伎俩与尔虞我诈的卑鄙演绎得天衣无缝。于是对所有人来说,"又一帮骗子已经粉墨登场",他们又开始了"一个刽子手的时代",要依靠所谓的"真诚","引领你走向黑暗的目标"。[①]"真诚"与强盗行径的悖谬便是对这个新的世界图像最辛辣的讽刺。

《物理学家》又是一部为迪伦马特带来世界声誉的喜剧,与《老妇还乡》同属当代世界喜剧经典之作。这部喜剧的主题无疑是作者对当时世界局势发展最直接的感受、关切和思考的结晶。在作者看来,这个时期超级大国的核军备竞赛必然会给人类带来不可挽回的灭顶之灾。故事发生在瑞士某地一家私人精神病院里,作为所谓的精神病患者,三个核物理学家在这里接受举世闻名的女精神病学家马蒂尔德·封·查得的治疗。从形式上看,这出戏剧遵循了严格的三一律模式,但却充满深刻的讽刺意图。一系列奇思妙想使得作品表现从极具侦探色彩的喜剧式第一幕自然而然地过渡到第二幕中令人震惊的真相披露:三个病人中无一有病。莫比乌斯的发明引起了世界上最大的两个情报机构的关注,他们派遣分别自称为牛顿的吉尔顿和爱因斯坦的艾斯勒住进精神病院里充当间谍。出于对科学的

[①] Friedrich Dürrenmatt: Frank der Fünfte. Komödie einer Privatbank. Diogenes 1998. S.129.

负责,莫比乌斯决定装疯,以免被政治家们利用。而两个同样装疯的间谍试图弄到他的发明。然而,莫比乌斯要让这两个同事相信,他们没有别的出路,只有选择逃离这个世界。遵循自己的认识,他焚毁了自己的手稿。这时,那个畸形的精神病院院长宣布三个物理学家为囚犯。她看穿了他们的游戏,已经让人及时复制了莫比乌斯的手稿。于是,这个世界落入一个疯狂的精神病医生手里。在这里,悖谬升华为结构喜剧的原则:从三个护士遇害,经过三个物理学家放弃真实的身份,直到精神病院院长魔鬼似的阴谋计划的败露,这种出人意料的喜剧效果,即迪伦马特所说的"最可怕的可能的转折"揭示出"偶然"在其喜剧中的核心作用。为什么要写这样一个怪诞的喜剧,迪伦马特给出了明确的回答:"物理学的内容涉及物理学家,而影响则关系到每个人。凡是关系到大家的事,只有大家才能解决。任何个人试图自己去解决关系到大家的事的努力都必然会失败。"[①]

继《物理学家》之后,迪伦马特虽然也发表了一些有名的剧作,但并没有取得更大的突破。喜剧《赫拉克勒斯和奥革阿斯的牛圈》是在1954年发表的同名广播剧的基础上改编的,其表现更接近喜剧《弗兰克五世》。作者在这里采用了许多叙事剧的表现手法。这部引起争议的喜剧很有象征意义地表现了迪伦马特在《戏剧问题》中所说的"英雄"和"勇敢的人":赫拉克勒斯是英雄,但他不会作为英雄清除日益危机生存的"牛粪",对此也无能为力,因为他这样的英雄时代一去不复返了。相反,奥格阿斯以新的方式战胜了他的牛圈,他把牛粪变成了肥沃的土壤,他要营造起一个生存的乐园。迪伦马特借用这种象征表现,意在批评一个无力应对危机生存的"牛粪"的社会现状。在这里,拥有去神话作用的神话题材成为表现模式,英雄赫拉克勒斯成为漫画式的人物,而奥格阿斯就是作者称道的那个知道和克服恐惧的人,那个非英雄而勇敢行动的人,一个政治家,而且

[①] Friedrich Dürrenmatt:21 Punkte zu den,,Physikern". In:Die Physiker. Diogenes 1998. S. 92-93.

是一个好政治家。奥格阿斯在结尾的话启人深思:"这是一个艰难的岁月,人们在其中只能为世界做一点事情,但即使是这一点事情,我们至少也应该做——自己的事情。我们的世界变得清明,这样的仁慈是你无法强求的,可是,你却可以创造前提条件,使这种仁慈——如果它会出现——在你身上找到一面可以反射它光芒的纯洁镜子。"①

两幕喜剧《流星》是迪伦马特这个时期最成功的作品,在国内外各大剧场的演出都产生了广泛影响。它创作于文献剧在德国盛行时期,但作者依然坚持《物理学家》所遵循的创作原则和审美意识,在这里一如既往地表现了一个"被颠倒的世界",其中充满怪诞的悲喜剧色彩。主人公是诺贝尔文学奖得主施威特,已经被两次宣布死亡的他从医院里溜出来,回到他昔日的工作室,要在那里安安静静地死去。他焚毁了自己的全部手稿和积蓄,只等待着死亡。然而,他突然爆发出可怕的破坏力,毁灭了他周围的一切生命:相信他的复活的神父;他十九岁的妻子;自称是他岳母的厕所清洁工和皮条客。平庸的画家尼芬施万德的妻子在施威特的怀抱里发现了真正的生活,从而遗弃了丈夫。大企业主穆海姆发现自己的妻子同样与施威特欺骗了他而心灰意冷,绝望中杀死了画家。在施威特看来,这些包围着他的人是一个社会组织起来的欺诈的代表,真实与谎言在其中成为可以互换的概念。《流星》是"一个复活而又不相信自己复活的人的故事",他作为"绝对的个性"再也无法融入他要逃离的那个社会。②迪伦马特在这里以令人毛骨悚然的悖谬、无与伦比的奇思异想和怪诞尖刻的幽默表现了一个矛盾的现实:一个复活的人徒劳地试图死去,却又不得不继续活着,而他周围一切所谓健康的生命都必然熄灭;他的死亡会导致生存,而窒息在现实中的生存事实上就是死亡。喜剧《流星》的象征意义也许就在于此。

---

① Friedrich Dürrenmatt:Herkules und der Stall des Augias. Diogenes 1998. S. 116.
② Friedrich Dürrenmatt:Zwanzig Punkte zum ,,Meteor". In: F. D.:Der Meteor. Diogenes 1998. S. 160.

喜剧《同伙》是迪伦马特喜剧中最受争议的一部，甚至有评论家认为作者因此走上了离经叛道的荒诞派道路。尽管在国内外的上演遭到方方面面的非议，但迪伦马特为之据理力争，并于几年后将剧本与许多论述文章结集出版，取名为《同伙。一个整体设想》，从而也成为作者继《戏剧问题》之后最全面的诗学自白。《同伙》是作者两次美国之行（1959 和 1969/1970）经历和感受的艺术结晶：这里勾画的是一个泯灭个性与没有人性的世界图像，要以最简洁的方式使之戏剧化。在《同伙》中，迪伦马特塑造了一个与以往完全不同的舞台形象，既不是个人冲动的凶手，也不是个体命运的受害者；既不是最初的行动者，也不仅仅是受害者，而是一个所谓的"反讽英雄"。主人公多克是生物学家，在一次经济危机时被解雇，靠开出租车谋生。他偶然与一个势力强大的恶棍博斯相遇。由于多克发明了一种溶解尸体的方法，他可以为博斯所利用。多克在一座旧仓库的地下室里从事他的工作；一旦陷入其中，便一发不可收拾。这里的人各执其事，彼此都不知道对方同样在为博斯工作。整个剧几乎都是人物之间十分简短心照不宣的对话，个个彼此都竭力掩饰自己真正的角色，情节中也没有出现惯常的"可能的转折"。在这样一个没有人性的"机器"里，人人只有同流合污的可能，别无选择："谁死了，那他就不用同流合污了。"①不言而喻，这就是作者所强调的"当下"：如果你要拒绝同流合污，那就只有死路一条。迪伦马特所追求的"整体设想"自然寓于其中。

不言而喻，迪伦马特的喜剧是充满悲剧色彩的现代讽刺喜剧，怪诞构成了其审美核心；怪诞既是作者对现实的理解和现代人的认识，又是表现这种理解和认识的手段，而二者在他的喜剧中自然和谐，相映相衬，相得益彰，深深地渗透着作者独具风格的喜剧观，即"悲剧

---

① Friedrich Dürrenmatt: Der Mitmacher. Ein Komplex. Diogenes 1998. S. 90.

性的东西就是从喜剧里产生出来的"。

迪伦马特就是以这种别具一格的艺术手法给观众或者读者展示出一个怪诞的现实,"故事就是故事,超出此外的一切,作者无须去出面介绍,也不必在舞台上导演。结局亦是如此"。① 这种表现永远是"无与伦比的悲叹",它"不能给予安慰,而只会令人不安"。但透过怪诞与无望的表现的深层,却让人感到作者对生存执着的追求;"我主动创作,我袒露心声,我表现绝望,这就是我的安慰。"②他的喜剧描写得越怪诞,内涵的双重性就越尖锐,就越耐人寻味:怪诞中隐喻着道德秩序,无望中潜在着希望,于面目全非中塑造新的面目,于混乱不堪中幻想新的世界。这种充满矛盾张力的喜剧表现就是要唤起读者或观众随着那交替发展的矛盾和冲突去接受,去联想,去追踪,去体味作品的内在。

我们选编出版迪伦马特系列作品的初衷是希望我国读者能进一步了解和认识这位享有世界声誉的瑞士作家,从中获得阅读他者文学的愉悦,并有所借鉴和受益。但由于水平有限,选编和翻译疏漏在所难免,敬请批评指正。

本书的翻译得到了瑞士国家文化基金会(Pro Helvetia)的资助和安格利卡·萨尔维斯贝格女士(Angelika Salvisberg)的大力支持,编者也曾应邀前往瑞士洛伦翻译者之家(Übersetzerhaus Looren),与相关专家讨论解决了翻译中的诸多问题,在此一并表示诚挚的谢意。

韩 瑞 祥
2017 年 8 月于瑞士洛伦翻译者之家

---

① Friedrich Dürrenmatt:Anmerkung I. S. 141.
② Freidrich Dürrenmatt:Gespräche 1961—1990 in vier Bänden. S. 161.

《圣经》如是说

戏　剧
1945/1946 年

张晏　译

Friedrich Dürrenmatt
Es Steht geschrieben
Ein Drama

作于 1945 年 7 月至 1946 年 3 月,1947 年 4 月 19 日在苏黎世剧院首演。

前　言

也许有必要先声明一下,书写历史并不是我的本意,对于在那座城市发生的事,我既没有看过档案记载,也没读过几本书。因此故事情节有可能是随意虚构的。让我感动的是我接受到的那段旋律,就像有时候用比较新的乐器去演奏古老的民歌旋律并传承下去。至于这里面影射了多少今天发生的事情,先暂且不提。也许作者的意图更多的是小心地总结偶然因素所造成的相似性。

人物

三个再洗礼派教徒
僧侣马克西米利安·布莱博冈茨
两个清道夫
一个守卫,后面变成守夜人
莱顿的约翰·伯克森
伯恩哈德·克尼帕多林克
尤迪特
卡特琳娜
莫伦霍克
一个男人
大主教弗兰茨·封·瓦尔戴克
女菜贩
两个市民
带着女儿的女人
报幕员
两个士兵
扬·马蒂森
罗特曼
克雷亭
约翰·封·布伦
赫尔曼·封·蒙盖森
守卫
鼓手

侍从

查理五世皇帝

典礼官

天文钟里的土耳其人

商人

黑森侯爵

他的两位夫人

酒保

一个妇人

一个孩子

雇佣兵

厨子

刽子手

一开始有三个再洗礼派教徒跪在舞台上。他们很瘦弱,留着长胡子,头发乱蓬蓬的,衣服也乱糟糟的看不出来穿的是什么,两颊深陷,眼睛有黑眼圈,但是没有刺鼻的洋葱气味。对这些脏兮兮的兄弟们不用过于关注,无须为了他们制作专门的场景——上帝保佑——,让他们在空空如也的大幕前面出场就可以了。在整场演出过程中也可以让导演和演员们随意发挥,因为我们不像以前那样能给出短短的几条注解和色彩来描写一个丰富多彩的世界,这个世界过去的样子和现在以及未来都一模一样。

中间的再洗礼派教徒　上帝蒙住了他的脸,太阳西沉坠入大海,水面上的船只燃烧起来。
　　鲸鱼被冲上陆地。
　　山丘塌陷,森林倒下,深处燃起大火。
　　人的尸体遮住了溪流,挂在树枝上。
　　食腐的大鸟吃得肥肥的。
　　它们胖得像母猪,已经飞不起来。
　　被罚下地狱的人离开了洞穴,而洞穴坠入了大地中央。
　　他们的身体在夜晚的星空下缓缓移动。他们像龙一样从岩石上滑入夜空,伴随着滑落的声响,天与地颤抖起来。
左边的再洗礼派教徒　他们起来杀戮,
　　攻击再洗礼派教徒。
　　可这些人都是纯粹的肉体,主在他们中间修建自己的庙宇。
　　他们抛开了所有的罪孽,就像新婚之夜到来之时新郎脱掉自己的衣服那般干脆。

他们是圣徒,是被挑选出来的,可以坐在主的右侧。

他们受了洗礼,正如圣约翰给上帝施洗。

他们觉得每一件事都是相同的,如果一个兄弟对另外一个说:把你的衣服给我,我很冷,那么他就会得到衣服;如果他说:把你的面包给我,我饿了,那么他就会得到面包;如果这个兄弟对他的兄弟这样说:把你的妻子给我,我要和她生下上帝的孩子,那么这个妻子就会分给他。

可是上帝喜欢看到他的仆从遭受邪恶的磨难,因为如果这样一个人想要宝剑,就会将铁放入火中。

右边的再洗礼派教徒　被罚下地狱的人冲向再洗礼派教徒,就像冬夜里狼群扑向羊群。

他们被关进笼子里淹死,被埋进土里只露出头,上面再扣上一个大锅,里面放上两只老鼠。

他们被钉在柱子上烧死,身上抹上沥青。男人们被阉割,女人们用烧红的铁棍插入下体。

他们的眼睛被戳瞎,双手被砍掉,舌头被撕出来。成千上万的人倒下去,因为主在考验他们。

中间的再洗礼派教徒　再洗礼派教徒在上帝面前找到了仁慈。

上帝的愤怒指向那些说话的人:那不是上帝,或者亵渎上帝,传播错误教义,祈祷他们称之为圣人的神像。他将这些人交到再洗礼派教徒的手中,因为他要让仆从们烧掉这些杂草。

再洗礼派教徒应该彻底根除被罚下地狱的人,掐死他们的后代。应该将他们怀孕的妻子钉在墙上,剖开她们的肚子,取出那些胎儿,把这些死胎塞进教士那被剖开的肥肚子里。

要撕去这些地狱女儿们的衣服,像对待娼妓那样对待她们,把她们扔给狗吃,让狗饱餐娼妓的肉。

巨大的地球将要落入再洗礼派教徒的手里,依靠主的仆从的力量,这是一种无法抵御的力量,就像天空划过的闪电,就像奔涌到大海的急流。

左边的再洗礼派教徒　主锻造了他的利剑,他看到这是一把好剑。

为了显示有同盟,他给予他的仆从们一座城市,以便他们从这里出发去征服大地,他们中间将会出现一位新的所罗门。

于是所有的再洗礼派教徒从各国出发,前往威斯特法伦的明斯特。

我们面前这座沐浴在夕阳下的城市就是被神赐福的城市。

它的塔楼和屋顶被赐福,夕阳为它们镀上一层金色。

最后一批不信教的人很快就会从中逃离,大主教也会带着他的姘妇和男宠离开神像的庙宇。

那些可怜巴巴的路德教派信徒也像流浪汉一样逃走了。

今后再洗礼派教徒还会冲出这座城市,用他的利剑征服成千上万,千千万万的敌人,用他们的鲜血染红大海。

右边的再洗礼派教徒　预言的那一天终将会到来,所有人都能看到主坐在火一样的云端,对正义和非正义做出宣判。

他将会说出坚定的箴言,永远放入四海而皆准。

那些不信教的人和误入迷途的人受到他的诅咒,将永远遭受折磨,他们会沉陷入黑夜。

但是再洗礼派教徒却会在主的眼睛里看到仁慈。将会出现新的天空和新的大地。还有一个新的灵魂和一个新的躯体。

我们将会与他融为一体,他在我们之中重生。

上帝的荣耀高高在上!

〔这三位在结束的时候几乎已经陷入火焰之中,他们退下,不过交响乐队不会停,还要继续演奏一些滑稽模仿的音调。随之,在拉得严严实实的大幕前出现了一位僧侣,他开口说话的时候,大幕徐徐拉开,能看到里面的场景像下面台词里说的一样。

僧　侣　你们将会坦诚地告诉我,女士们,先生们,你们将会坦诚地告诉我,刚才台上那三个如此声嘶力竭喊叫的人,真是粗鲁不堪

009

的家伙。

因此,如果你们对再洗礼派教徒有些不好的看法,人人都会理解,总的来说你们也是对的。

那是些笨蛋,我知道,是些贫穷的笨蛋,一个邪教的信徒,是由面包师傅、金匠、毛皮商和话都说不清楚的布道者发明的一个邪教,他们的愚蠢只能让你们感到尴尬,简直不知道是该哭还是该笑。

不过你们当中了解情况的人一定会赞成我的说法——前提是,这个大厅里坐着几个这样的人——有这些爱吵闹的人,才能神奇地书写世界历史。

说到我自己,我叫马克西米利安·布莱博冈茨,或者马克西穆斯兄弟,人们在修道院里喜欢这样叫我,我出生于1499年12月31日,或者也可以说是1500年1月1日,因为我降生于午夜,谢天谢地,就在那个夜里,旧世纪结束了,一个新的属于上帝的世纪已经开始。我不是一个历史上真实存在过的人物,我从来没有真正地生活过,而且这一点我从不懊悔。恰恰相反,我坚信每一种方式的生存都有其弊端,这些弊端是无法弥补的。我在这出戏剧里也很少出场,也许就两三次吧。

是的,我本来无须出场,因为导演也许会把我这个角色删掉,也许是为了缩短演出时间,或者他恰好缺少一个演员,这有时也合乎实际。

就连现在,我正在和你们说话,

这无非是一个尴尬的间歇,我身后的大幕徐徐升起,所有的目光都注视着舞台,但谁也知道接下来会怎么样。不过我有一点儿希望——要是这对头的话,恐怕对你们,也对我们都会大有帮助——,再洗礼派教徒这个名字经历了许许多多个世纪,也许还保留着那样一些余音,我的时间和你们的时间之间就如同隔着一道无法穿越的墙——因为谁能穿越到过去呢。

这余音似乎会赐予你们保证,你们花了钱,可以看到足够多的血流成河,听到战争的嘶叫,目睹酷刑的场景,感受被允许的爱和不被允许的爱。

我可以向你们保证,你们甚至将会看到查理五世,那位皇帝,当然高高在上地坐在王座上。

如果我可以请求的话,请你们盯住房子的这一面墙,它完全展现在你们面前,还有那个角落,就在我右边,大街在这里拐了一个弯。

我们身在明斯特,威斯特法伦的一座城市,并不是很大,近乎一万五千人,可惜它几乎看不见,教堂、宫殿、大街和水井包围着我们大家。

最左边,在大街拐弯的地方,你们会看到一辆小推车,里面是来自莱顿的约翰·伯克森,他正在打着呼噜酣睡,身上的衣服在那些令人担心的地方有一些令人担心的破洞和裂缝。

就这样,他也会得到女士们的欢心,因为他是一个帅气的男子,有些女士可能会暗暗希望,能堵上刚才提到的那些破洞。

从右边过来两个清道夫,很明显是些痴呆的形象,其中一个穷得让人特别心生怜悯。

愿上帝怜悯他的贫穷。

演出开始了。

保留好的,忘掉普通的,从坏的当中学习!(退场)

清道夫一　真是一个清新的早晨,地上一大堆脏兮兮的尘土。

清道夫二　尘与土。你知道,我学过哲学。

清道夫一　是的!

清道夫二　还有法律和医学。

清道夫一　我相信!我相信!

清道夫二　还有神学!

清道夫一　你也费了很大的劲儿成为清道夫。

清道夫二　你瞧瞧,我脑子不太对劲儿,我完全堕落了?我听到有声音。

清道夫一　什么声音？

清道夫二　我脑子里总是有什么东西在响动。就像一颗星星,你懂吗？或者一棵树,枝叶繁茂,结满果实,你懂吗？

清道夫一　像一棵树？

清道夫二　明白吗,就像一棵树发出的声音。

清道夫一　明白！

清道夫二（一动不动地站着,用手指着鼻子）　你听到了吗？

清道夫一（好奇地琢磨）　是树叶响吗？

清道夫二　你听到了吗？

清道夫一　是打呼噜的声音。(他四下里看了看,看到了正在睡觉的伯克森)哎,那儿有一个人躺在小车里睡觉。

　　〔他们走到伯克森跟前,打量着他。

清道夫一　他躺在尘土里。

清道夫二　我们从尘埃中来,也会变成尘埃。Ex pulvere in pulverem①。明白吗,这是拉丁语。

清道夫一　这不是拉丁语,这是烧酒。

　　〔从右边走来一个胖胖的小个子男人,留着长长的胡子,腰带上挂着一把巨大的军刀,拖在地上一路发出很大的声响。

守　卫　法律就是法律！

清道夫一（深深地鞠了个躬）　完全正确,大人。

守　卫　我思故我在。

清道夫一　很对,大人,我真蠢。

守　卫　那边的小推车里躺着一个人。他被拘留了。

清道夫一　他被拘留了。

守　卫　这个男人在法律面前喝醉了。我必须拘留他,这是再洗礼派教徒的命令。第二十四条规定：禁止暴饮暴食。这个男人喝醉了。第二十九条规定：禁止在有问题的地方停留。一辆推粪

---

① 拉丁语:来自尘土,归于尘土。

的小车是一个有问题的地方。

清道夫一　一个很有问题的地方,大人。

守　卫　把他摇醒。

清道夫一　他打了个喷嚏,大人!

清道夫二　打喷嚏!你明白吗,我在博洛尼亚、费拉拉、塞维利亚、萨勒诺和巴塞利亚上过大学。

清道夫一　他醒了!

〔约翰·伯克森嘴里嘟囔了一句话,听不清他在说什么,他把头稍微抬高了一点儿。

守　卫　以法律的名义。你被拘留了。

约翰·伯克森　荣耀归于高高在上的上帝!

清道夫一　是的!

约翰·伯克森　你们这些人,我这是在哪儿?

守　卫　你是在威斯特法伦的明斯特。

约翰·伯克森　你是说威斯特法伦的明斯特吗?

清道夫一　正是如此。在阿吉蒂大街。

约翰·伯克森(双臂伸向天空)　主啊!感谢你为臣仆所做的一切!

清道夫二　神秘的融合!我学过神学。库萨的尼古拉、帕拉塞尔苏斯、司各脱、希波的奥古斯丁!

守　卫　因为醉酒躺在小推车里,所以你被拘留了。

约翰·伯克森　你知道我是谁吗?

守　卫(不为所动)　你喝得醉醺醺地躺在那里!

约翰·伯克森　我是一个再洗礼派教徒。

清道夫一　是的,一个再洗礼派教徒!

约翰·伯克森　最伟大的先知之一!

〔守卫尴尬地并拢双脚后跟,鞠躬。

约翰·伯克森　我希望,你们也属于这个信仰。

清道夫一(打了一个无助的手势)　我是一个清道夫。

清道夫二　我脑子有毛病。

守　卫(感到很迷惑,特别彬彬有礼)　老爷您喝醉了——我是说,老爷您睡在小推车里。我必须拘留您。(他擦掉了额头上的汗)法律就是法律,老爷!

约翰·伯克森(漫不经心地说)　我没有喝醉,我的朋友:我是昏过去了!

守　卫　昏过去了?

清道夫一　是的!

清道夫二　Animus eum reliquit!① 这是医学,老爷,我学过医学,您知道的!

守　卫(抽出一个小本子和一支炭笔)　姓名,籍贯,职业?

约翰·伯克森　约翰·伯克森,裁缝学徒,一个戏剧协会成员、漫游传道者、再洗礼派教徒的先知,1536年1月22日在威斯特法伦的明斯特以一种残忍暴力的方式死去。

守　卫　您刚才说,您1536年1月22日死于威斯特法伦的明斯特?

约翰·伯克森　是的,我死于那时。有人对我施以酷刑,我在碎轮②上死去之后,尸体就被丢弃在一辆这样的小推车里,你们现在都看到了,我就躺在这样的一辆小推车里。

守　卫(惊呆了)　这件事发生在1536年1月22日?

约翰·伯克森　是1536年1月22日。

守　卫　请原谅,今天是1533年9月23日!

约翰·伯克森(沉思)　我的朋友,我们这些先知时不时地会搞不清未来和过去。

守　卫　你从哪里来?

约翰·伯克森　半个小时以前我生活在荷兰的莱顿。

守　卫(震惊)　莱顿?半个小时以前?

约翰·伯克森　正如你所说的。

---

① 拉丁语:我的脑海中有他!
② 中世纪酷刑,用于拷问犯人或公开执行死刑。刑具的造型是一个配有辐条的大货车车轮。将罪犯绑在轮子上,然后用棍棒打断四肢。

守　卫　从莱顿出发要四天的路程才能到明斯特。

约翰·伯克森　你想说什么？

守　卫　你已经来到了明斯特。

约翰·伯克森　对此我并不怀疑。

守　卫　你在短短几分钟里就从荷兰来到了威斯特法伦的明斯特？

约翰·伯克森　请你理解:是大天使加布里尔背着我飞过来的。

〔所有人都惊呆了。

清道夫一　是的,飞过来的。

清道夫二　这是魔力,你要明白。浮士德、帕拉塞尔苏斯、阿格里帕!

守　卫　老爷您是被大天使加布里尔背着飞过来的？

约翰·伯克森　我们刚刚抵达明斯特的上空,俯瞰脚下的景色,这时他的眼睛被太阳晃了一下。他打了个喷嚏,我就掉在了这辆小推车里,昏了过去,被你们发现了。

清道夫一　大天使也会打喷嚏,老爷？

约翰·伯克森　是一种柔和好听的声响,像钟声似的,伴随着身体有节奏的一次振动,天使打喷嚏的时候喜欢展开双翅。

守　卫　为什么大天使加布里尔要背着你来到威斯特法伦的明斯特呢？

约翰·伯克森　我在莱顿生活的时候沉溺于肉欲。

守　卫(记录着)　老爷喜欢女人。

约翰·伯克森　有一天早晨,大天使加布里尔出现在我面前。他暴跳如雷,我决心自杀谢罪,于是我就跳进了莱茵河。

清道夫一　这样啊!

约翰·伯克森　一个天生的盲人救起了我,虽然他全身麻痹,没有一个关节能动。

守　卫　这怎么可能呢,老爷？

约翰·伯克森　在主那里一切都有可能。

守　卫　你说服了我。

约翰·伯克森　之后我又从市政大楼上跳了下去。

015

守　卫　这是个比较保险的办法。

约翰·伯克森　我正好落在一个债主身上,我还欠他两百个古尔盾呢。

守　卫　然后呢?

约翰·伯克森　他死了。

清道夫一　老天一定是对您另有大任。

约翰·伯克森　今天我醒来的时候吃惊地发现我被天使背着飞在空中。

守　卫　老爷想做什么事情呢?

约翰·伯克森(打个宽容大度的手势)　我们这样顺便奋起升为大地之主。

清道夫一　是吗,顺便?

守　卫　大地之主?

约翰·伯克森　正如你们所言。

守　卫　老爷您一定要花费很大的力气吧?

约翰·伯克森　我将会极其轻松地实现我的意图。大天使和我在一个亲密的时刻向我承诺过。

守　卫　现在陛下还躺在这辆小推车里。

清道夫一　装满了土的小推车——说实话,真是脏极了。

清道夫二　有黏土和尘埃,就像拉丁语所说的,还有很多的马粪在下面,你知道的。

约翰·伯克森　这又怎么样呢,你们这些人!今天我躺在这小推车里,明天我的尸体也会在这车里。我时间不多了。我会像一颗闪亮的流星划过你们的夜空。

守　卫　老爷这样宏伟的计划该如何实现呢?

约翰·伯克森　我将轻松地将这些人玩弄于股掌之中。再洗礼派教徒会将我选作国王,皇帝会将他的王冠捧给我,教皇大人将会赤脚从罗马走到明斯特,来舔我大衣的镶边。

守　卫(把小本子又藏起来,鞠了个躬)　我不会拘留老爷了!

约翰·伯克森　现在天色还早,我的朋友们,我必须请求各位让我再睡一会儿。

三个人一起(深深地鞠躬)　听你吩咐!

〔三个人深深地弯着腰退下。不过守卫又再次靠近伯克森。

守　卫(轻声)　老爷?

约翰·伯克森　好朋友?

守　卫　对不起,我们这座城市里也有再洗礼派教徒。

约翰·伯克森　到处都有再洗礼派教徒。

守　卫　他们占大多数,他们大权在握,他们组成政府。

约翰·伯克森　上帝让他们掌管了明斯特。

守　卫　他们的首领叫扬·马蒂森。

约翰·伯克森　我的朋友,扬·马蒂森以前在哈勒姆的时候烤的面包一点儿也不好吃。

守　卫　再洗礼派教徒从四面八方涌向明斯特,人们说,天主教徒和路德派教徒要么必须离开城市,要么就会被处决。

约翰·伯克森　要成为天主教徒是不需要头脑的,而新教徒早就弄丢了他们的头脑。

守　卫　昨天,大主教宫殿的窗户被人砸碎了,人群踩死了两个助祭。

约翰·伯克森　一句话,我的朋友,你想从我这里得到什么?

守　卫　有传言说,再洗礼派教徒会共享妻子,有这回事儿吗?

约翰·伯克森　你结婚了?

守　卫　我是个好色之徒。

约翰·伯克森　肉欲是我们所有人的命运,在美人面前大家都一样。

守　卫　那会财产共享吗?

约翰·伯克森　你很穷吗,我的朋友?

守　卫　我是有钱就立即花光的人。

约翰·伯克森　穷人将会富有,富人将会贫穷。

守　　卫　那我也要施洗礼！

约翰·伯克森　我本人将会接纳你成为这个集体的一员，我的儿子。

〔守卫想要离开。

约翰·伯克森　我有一个问题，我的朋友。

守　　卫　老爷？

约翰·伯克森　在威斯特法伦的明斯特，谁是最富有的人？

守　　卫　你从来没有听说过伯恩哈德·克尼帕多林克吗？

约翰·伯克森　我想起来了，在阿姆斯特丹时，我曾经看到过他的货仓。

守　　卫　明斯特所有人加起来都不如他一个人有钱。

约翰·伯克森　你说说，克尼帕多林克对再洗礼派教徒友好吗？

守　　卫　除了扬·马蒂森和伯恩哈德·罗特曼之外，他是再洗礼派教徒中最有权势的人。

约翰·伯克森　他胖吗？

守　　卫　他有点胖。

约翰·伯克森　他是不是有一个女儿？

守　　卫　他有一个非常美貌的妻子和一个非常美貌的女儿。

约翰·伯克森　我将会娶他的妻子。

守　　卫　他的妻子？

约翰·伯克森　或者他的女儿。

守　　卫　或者他的女儿。

约翰·伯克森　或者两个都娶了。

守　　卫　老爷你想得可真美呀。

约翰·伯克森　傍晚时分我就去找他，当太阳西下，天色昏暗之时。

〔他说出这番话的时候舞台灯光变暗，舞台左边守卫和伯克森的身影变得难以辨认。房子的外墙向高处，观众看到一个北德风格的房间的内部场景。舞台前面右边的桌子边坐着克尼帕多林克，一个五十岁的男人，穿着昂贵的衣服，脖子上戴着一条链子。他在读一本厚厚的《圣经》。背景中间有一扇门。

约翰·伯克森　在晚餐之后,大街上空无一人,窗玻璃后面,孩子们上床睡觉之前都围坐在老奶奶身边听童话故事。

然后他也会坐在桌边,在他漂亮的房间里,灯光昏暗,黑影重重。

他一定是刚吃完了豆子炖熏猪肉,因此来读一读《圣经》。

他就像泡软了的豆子一样柔软和多愁善感,因为他的肚子吃得饱饱的。

有时他发出低沉而响亮的喘息声,就像一头受伤的野猪。

之后——

守　卫　之后怎么样了,老爷?

约翰·伯克森　之后他就会转过头去开始说话。

〔伯克森和守卫的身影彻底消失在黑暗中。

克尼帕多林克(头转向舞台后部开始说话)　我很富有,我的宝藏装满了家里的箱子和沉重的橡木柜子。

海洋上行驶着我的大船,给我带来黄金、珍珠和芬芳的油。

我身穿绫罗绸缎,深色的天鹅绒,将自己包裹在珍奇动物的皮草中。

国王和大公们都向我借债。

就连皇帝,骄傲的查理,也无法拒绝我家的美食,他的画家提香还给我画了一幅画,画上的我看上去就像个传道者。

我的妻子很美。

她的皮肤就像十二月落在屋顶的雪一样白。

不过我拥有的最纯洁的东西就是我的女儿,她叫尤迪特。

她走进来的时候,你们就会看到她。

你们会惊讶于她脚步的轻盈,她眼底的纯洁会让你们睁不开眼睛。

这一切都属于我。

不过我面前的桌子上摆着一本书,它让我全身的火焰燃烧得更强烈。

上面写着:

去变卖你所有的,分给穷人,就必定会有财宝在天上,这上面写着:骆驼穿过针的眼儿,比财主进上帝的王国还容易呢。这本书里写的一些内容实在让我恼火:

你们这些富人该遭殃了,因为你们的安慰早就不在了!

〔他的女儿尤迪特走了进来,穿过一道右边大家想象出来的门。可以把尤迪特想象为一个娇小的少女,处于女孩儿和成年女性的过渡期。她双手捧着一樽漂亮的高脚杯。

尤迪特　你的葡萄酒,父亲。

克尼帕多林克　我的女儿,你如此小心地将酒杯放在桌上,我总是表扬你的细心。这个酒杯是精心制作出来的,当然要小心翼翼地对待它。你能看到杯子上镶嵌的宝石是商人们从印度带来的,而黄金产自非洲。它亮得能照出你的容貌。

尤迪特　有客人要来吗,父亲?

克尼帕多林克　不是客人,是上帝的一位天使。

尤迪特　如果你允许的话,我想坐在窗边。我不会打扰你们,父亲。

克尼帕多林克　你怎么会打扰我呢,我很乐意。就留在我房间吧,孩子。让像女儿这样的美人呆在自己房间里总是令人好愉快啊。

尤迪特　我要去给你们再拿一盏灯。太阳落到教堂后面了,夜晚即将来临。

克尼帕多林克　不用啦!不用啦!你能点燃我胸中的一盏灯吗?你不能。而我的妻子,你的母亲,她是一个软弱的妇人,她也做不到。罗特曼也不行,扬·马蒂森也不行,他还是一位先知呢。

克尼帕多林克(停了一会儿,然后阴郁地说道)　主啊,你沉默不语,而我需要一个回答!

尤迪特(站在窗边)　一定是些圣人吧,那些再洗礼派教徒,因为——(她沉默了,就像吓了一跳,觉得自己打扰了他。)

克尼帕多林克　只管说吧,我的孩子。你并没有打扰我。

尤迪特　因为你也是一个再洗礼派教徒。

克尼帕多林克(情绪激烈) 是谁说的?

尤迪特(害怕) 所有人都这样说。

克尼帕多林克(缓慢地) 我不是再洗礼派教徒。我也不是圣人。我没有信仰,我只有金子。

尤迪特 他们说,是你让这座城市里的再洗礼派教徒变得强大起来。

克尼帕多林克 不是我,也不是我的金子。假如他们没有信仰,那么我的钱和我在委员会的投票怎么能帮得了他们呢!

〔有人在砸舞台后部中间的那扇门。同时听到一个人的声音。

门外的声音 开门!开门!荣耀属于高高在上的主和他的代理人莱顿来的约翰。

尤迪特(惊恐地) 父亲!

克尼帕多林克 打开门,我的孩子。我家欢迎每一个人。

〔卡特琳娜,克尼帕多林克的妻子出场了。她手持一盏灯。

卡特琳娜 有个人想要进来,克尼帕多林克。

门外的声音 开门!开门!这是上帝的手在敲门!

尤迪特(低声) 父亲!

〔卡特琳娜犹豫不决地看着克尼帕多林克和尤迪特。

克尼帕多林克 老婆,把门打开。你听到了吗,有人要进来。

〔卡特琳娜打开门。伯克森脚步有些踉跄,张开双臂跨过门槛。

约翰·伯克森 金子!金子!闪闪发光!就像我头顶上北极光那柔和的弧线。我用双手抓住这光线,让它靠近我的身体!我用肺呼吸着它!我踩着用古老的香柏做成的光滑地板!哦,薰衣草的香气!哦,墙上的光影!(他双膝跪地)主啊!主!请原谅他们吧,因为他们不知道自己要做什么!(他又站起身来)一个脖子上戴着金项链的男人。(他用手把玩克尼帕多林克脖子上的金项链)用沉重的金子做的沉甸甸的项链。我的眼前浮现出饥饿的妇孺那睁大的双眼!饥肠辘辘!(他拍了拍克尼帕多林克的肚子)你有个大肚子。一个圆圆的肚子,里面是撑大的胃和装满食物的肠子!赐福你的肚子,赐福你的好胃口!(他看了看两个女子)一个挺胸丰乳的妻子。还有一个少女!就像耶路撒冷上空穿破云层的阳光。(他又转身朝着克尼帕多林克)你就是富翁伯恩哈德·克尼帕多林克吧?

克尼帕多林克　你说得没错。

约翰·伯克森　这是你妻子?

克尼帕多林克　她是我妻子。

约翰·伯克森　这是你女儿?

克尼帕多林克　她是我女儿。

约翰·伯克森　真的,你有一个漂亮的妻子和漂亮的女儿。上帝赐予你美貌的女子。

克尼帕多林克　你是谁?

约翰·伯克森　我是无名小卒。你看我衣衫褴褛!我饿极了,饥肠辘辘,胃里空空如也!空空如也就是无名小卒。

克尼帕多林克　你总有个名字吧?

约翰·伯克森　难道我不是你的兄弟吗?我不是贫穷的拉撒路吗?

克尼帕多林克　你想要我干什么?

约翰·伯克森　我什么都不想要。我想喝你的葡萄酒。我想要你的金子,想要你的珠宝。我想要一张睡觉的床,想要一件裹身的衣服。

克尼帕多林克　那你又要回报我什么呢?

约翰·伯克森　你居然还讨价还价?说不定我能给你带来永恒的幸福呢?

克尼帕多林克　我不知道你是什么人,也不知道你来自何方。你衣衫褴褛,我能给你衣服;你腹中饥饿,可以坐在我的桌边;你口渴难耐,我也可以给你葡萄酒。(他把自己的金项链戴在约翰·伯克森的脖子上)来吧,我带你去你的房间。

卡特琳娜(急匆匆地跟在他们身后)　我让人拿烤肉来!还有葡萄

酒和蛋糕！

〔尤迪特紧走了几步，然后用双手捂住了脸。

〔两个男人在明斯特的一个小巷子里相遇，最好让这两个人站在大幕前面解决他们的事情。其中一个是莫伦霍克，他坐在舞台边缘乐队的上方，腿晃来晃去，另一个是个驼背的人，背着一个沉重的口袋从右边上场。

莫伦霍克（一个令人捉摸不透的黑发男人）　喂，那个新教教徒！喂？喂？

男　子　你在喂！喂！喊什么呢？

莫伦霍克　你肩膀上背着什么重东西？

男　子　我的全部家当。

莫伦霍克　你要去哪儿？

男　子　我不知道。先出城门，我能说的只有这些。

莫伦霍克　你在一个不太合适的时间离开了好客的明斯特。半个小时之后就会下雨。

男　子　如果我不离开好客的明斯特，半个小时就会被鬼追上。

莫伦霍克　你这样亲切地称呼那些再洗礼派教徒啊。可是你的妻子和孩子呢？

男　子　他们对待信仰就像我们对待衬衣一样。一开始流行天主教。好吧，我们曾经是天主教徒。然后路德成了时髦。好吧，我们又成了路德教派。现在委员会里坐的都是再洗礼派教徒，于是我妻子说：我要成为再洗礼派教徒。我儿子说，我也要。我女儿说，我也要。我说：我喜欢这件衬衣，我依然当路德教教徒。

莫伦霍克　你看看！现在你不得不带着你的信仰和你的个性离开这座城市了。

男　子　你是铁匠莫伦霍克，对吗？

莫伦霍克　正是在下。

男　子　当天主教还流行的时候，你可是为大主教摇旗呐喊的人。

莫伦霍克　你是什么意思？

023

男　　子　　我是说,你的信仰换得可真快呀。我看到很多天主教徒都离开了这座城市,就像我现在一样。我敬佩这些人,因为他们有坚定的信仰,即便他们是天主教徒。

莫伦霍克　　你知道吗,我的新教朋友,什么是一位行家?

男　　子　　嗯,市政厅里就有几位。

莫伦霍克　　你看,我是唯一能和这些人打交道的人。所以他们才不找我麻烦。

男　　子　　这样的一位行家需要有什么特性呢?

莫伦霍克　　新教朋友,我想给你一个建议。你去科隆吧。或者去奥斯纳布吕克。

男　　子　　那里没有我认识的人呀。

莫伦霍克　　你不是有结实的腿和宽阔的肩膀吗?那里需要雇佣兵。

男　　子　　是和法国人打仗吗?

莫伦霍克　　你了解明斯特的城墙和壕沟吗?

男　　子　　就像我自己的裤子口袋一样熟悉。

莫伦霍克　　去科隆吧!他们需要这样的男人。

男　　子　　我懂了。

莫伦霍克　　如果你听明白了就不要说话。快走吧,不然明天就要掉脑袋。

男　　子　　我去科隆,莫伦霍克。

〔明斯特大主教宫殿里的房间。大主教坐在轮椅上,由两名侍从推到舞台上。他们把他推到舞台中央,让他背对观众。大主教穿着紫色的袍子,银白的头发,瘦弱,细长的手上戴了好几个贵重的戒指。

大主教　　走开!走开!

让我一个人呆着,你们这些男童!

去玩球或者去和我的几只牧羊犬撒欢。

它们很温顺,其中有一只叫奥丁,它深得我的欢心。

做一些年轻人爱做的事情。我要和大厅里站得满满当当的人们说话,他们睁大了眼睛,扭着脖子在找我。

马上就会有人通报说克尼帕多林克来了。

我还欠着他的钱呢。

这个场景对大主教来说也是够尴尬的,我就不让你们看了。

我的小男童们,你们走吧!

〔侍从退场。

大主教　要收走你们的戏票,前提是如果你们买了票,其实还不算贵,我是明登、奥斯纳布吕克和威斯特法伦明斯特的大主教弗兰茨·封·瓦尔戴克,年龄是九十九岁九个月九天。

我双腿麻痹,已经有十多年了,我这个岁数的人经常会这样。

我的男童们用来推我的这辆充满艺术感的车子是苏丹索利曼送给我的,礼物还有一头白色大象,我没法牵出来给你们看,因为它被养在奥斯纳布吕克的马厩里。我身边摆的这些涂了颜色的东西代表着我在明斯特宫殿里的大厅,不过我向你们保证,事实上我的宫殿可比这些东西漂亮多了。

可惜明天一大早我就要离开这座大厅和这座宫殿,因为明斯特的委员会命令我去远方。

现在我要向你们这些好人再说几句话,因为我有种感觉。

你们当中可能有些人会觉得这都是些没用的废话,从上面传来的这些话语来自于早就逝去的时代,来自一些老朽的人,我们现在一下子就枯萎了,说的话也没人听了。

我的好人们,也许你们这么想有道理,但是相信我,如果你们足够用心地听,不会跑开的话,这出戏会给大家一些重要的启示,对你们和我们都很有用。我老了,在一些无眠之夜我经常感觉到上帝虽然给了我们人类很多的理智和幽默,但是却没有给我们多少人生旅程上需要的生活艺术。

如果你们现在看到的东西也许有些残忍和荒唐,你们可别大惊小怪:

相信我,这个世界能承受任何伤口,关键并不取决于人是否幸福,因为幸福并不是从天而降的,如果人能拥有幸福,那就是很大的恩赐。

首先最为必要的一点是,人真的能在地球上四处蹦跶。

我知道,在尘世间有很多的不幸,没有尽头的绝望和迷惑,但是,如果我们在人生的舞台上没有严肃地对待这些问题,这样做并不是要嘲讽我们的不幸和你们的不幸,而只是因为我们想让人类的行动有一点儿脱离地球的沉重,我们想展示某些区域,那里的线条更加清晰可见,形式也比较清晰地从背景中突显出来。

我们,至少是在舞台上的我们,生活在你们的时代四百年之前,所以我们在很多事情上比你们更愚蠢、更无助、更幼稚,而在一些事情上则更勇敢、更真诚、更粗鲁。

我心知肚明,在某些方面我知道的还比不上你们那里流着鼻涕的小学生,尽管我能说流利的拉丁语和希腊语,十分热爱荷马和琉善。

不过我听到身后有脚步声。

那是克尼帕多林克的脚步声,我请求大家,一定要全神贯注地倾听我们俩接着的谈话。人在饥饿的时候连窄长桌子上的面包屑都不会放过。

〔克尼帕多林克从左边走向大主教。

克尼帕多林克　尊敬的阁下!

〔大主教抬起手来打了一个问候的手势。

大主教　你是以委员会成员还是以私人身份来见我?

克尼帕多林克　以私人身份。

大主教　请允许我让人给你搬一把椅子来。为了拦住那些冒失的再洗礼派教徒,用椅子抵住了门,现在没有椅子可以坐。

克尼帕多林克　请允许我站着。

大主教　我们还欠你的钱呢。对于一个大主教来说,这真是糟糕的时代啊,克尼帕多林克。人们都加入新教了,或者是更糟糕的教派,教堂也变得岑嵩起来。你也看到了:生意不好。

克尼帕多林克　那笔钱你留着用吧,阁下。

大主教　我们乐于见到一位理智的信徒。但愿你的例子能被大家铭记在心。教堂也十分感激,为了救赎你的灵魂,我会让教堂为你朗诵弥撒。

克尼帕多林克　我不需要这个。

大主教　你无法阻止教堂为你做这件事情。

克尼帕多林克　教堂这么做实在是强人所难。

大主教　教堂不喜欢亏欠别人。教堂会用你赠予的金子招募一支队伍来抵抗那些再洗礼派教徒。

克尼帕多林克　阁下在我面前十分直率。

大主教　在艰难的时期我们喜欢实话实说。(停了一会儿)既然不是为了要回你的金子,那你为何而来?你想要我干什么呢,克尼帕多林克?

克尼帕多林克　真相。

大主教　你觉得能从教堂的臣仆身上得到真相?

克尼帕多林克　我觉得能从一位百岁老人这里得到真相。

大主教　明斯特的委员会命令我离开这座城市。

克尼帕多林克　你必须离开。连我也赞同这个决议。

大主教　我的雇佣兵会征服明斯特。

克尼帕多林克　明斯特并不害怕你的雇佣兵,阁下。

大主教(阴郁地说)　就连你也会死在碎轮上,克尼帕多林克。

克尼帕多林克　上帝会帮助我们的。

大主教(悲伤地说)　也许在这场战争中上帝不会帮助任何人。

克尼帕多林克　你为什么要和我们打仗呢,明斯特的大主教?

大主教　你喜欢打破砂锅问到底。

克尼帕多林克　你看,我也喜欢实话实说。你了解《圣经》,你也了解我们的教义。

大主教　教义写得很差。

克尼帕多林克　你知道,再洗礼派教徒想要的就是基督的命令。

大主教　我从来都没有怀疑过,你们教派中的那些贵族就是这么想的。

克尼帕多林克　谁反对我们,就是反对基督。

大主教　对于这样的话,我习惯于不置可否。(停了一会儿)我想要说出自己的想法,因为作为你们的牧师,我必须这样做,但是我比你们走得更远,上帝可曾掐灭了我胸中的怀疑?

克尼帕多林克　我不再踏入你的教堂。

大主教　你到教堂来的时候还是个孩子,你的父母也来我们教堂,还有你的祖父母,以及更多的先祖,直到你的生命之树陷入夜的黑暗。这棵树曾托付给我们。

克尼帕多林克　你并不是个好园丁。

大主教　我知道这一点,也许我现在被抛弃了。但是你仍然是信任我的。你不相信神明,这又有什么用呢?或许我自己也不再相信了。但是,克尼帕多林克,你们相信自己,那可就是堕落了。

克尼帕多林克　我听不懂你的话。

大主教　无所谓!你们无法后退了,也不应该后退。你们必须自己走完这条路。

克尼帕多林克　请说得更明白一些。

大主教　我还能说什么!说话是没有什么用的!《圣经》上写着,凡是有耳的,就应当听,凡是有眼的,就应当看。可是谁有眼有耳呢!当眼睛耳朵终于开窍的时候,我们只能看到挖好的坟墓,听到丧钟响起。可是这也没有什么关系。坟头上长出来的草最肥美。

克尼帕多林克　阁下说这些话是什么意思呢?

大主教　我说这些话都是为了给自己鼓劲儿。明白吗,我是一个老人,我知道谈论这些事情有多难!我们的怯懦就是上帝的惩罚!我们要用利剑去实现上帝的教义!为了最纯洁的目标要抛洒无辜者的鲜血!

克尼帕多林克　你们一直以来不都是这样做的吗?

大主教　难道我们不就是因为信仰过于软弱,不是用言语,而是靠焚书的木柴垛取胜,才走向没落的吗?(他沉默了一下,然后阴郁地说)祷告上帝将更强大的信仰赐予我们的心吧。

克尼帕多林克　你是路德派教徒,阁下。

大主教　关于路德你又懂得多少!我认识到,他给了我们一刀,我们会因此丧命!

克尼帕多林克　如果你这样想的话,不如加入我们这边。

大主教　我的任务是防止在毁坏的庙宇里竖立起假神的雕像。

克尼帕多林克　看来我们之间的战争已经无法避免。

大主教　战争是必要的。

克尼帕多林克　你没有审判我们的权力。

大主教　这事无关公正,克尼帕多林克。在上帝面前我们都是非正义的,无论是作为再洗礼派教徒还是大主教。

克尼帕多林克　我们是为了上帝的王国开战。

大主教　你是为了再洗礼派教徒的王国而战,克尼帕多林克!因为你们无法战胜自己,所以想去征服这个世界。

克尼帕多林克　我们想要伟大的东西,你们追求渺小的东西!

大主教　人不可能拥有伟大的东西,只能拥有渺小的东西。渺小的东西比伟大的东西重要。如果我们足够谦虚的话,就能在这世上做很多好事。

克尼帕多林克　上帝会帮助我们去实现伟大的东西。

大主教　我们称之为伟大的东西,在上帝面前都是渺小的。

克尼帕多林克(突然抱住大主教的肩膀)　我该怎么做?

大主教(犹豫了一下之后阴郁地说)　遵守再洗礼派教徒和大主教认为有必要遵守的东西:要像爱你自己一样爱你的敌人,去变卖你的家业分给穷人,别去抵制邪恶。

克尼帕多林克(松开了大主教)　这些不是也写在再洗礼派教徒的教义里吗?

大主教　的确是这样写的。

克尼帕多林克　如果再洗礼派教徒和基督说的话都一样,那他们不就是一回事吗?

大主教　他们之间没有共同之处。再洗礼派教徒是一把利剑,而我们是被这把利剑杀死的身体。

克尼帕多林克(慢慢地说,他似乎被推入深渊)　可敬的父亲,在我离开之前,请为我赐福。

大主教　你是一个再洗礼派教徒,克尼帕多林克。我不能给你赐福。

克尼帕多林克　难道我的罪孽深重,连人都不是了吗?

大主教(沉默了许久)　我履行了上帝的训诫吗?难道我的手上戴的不是金戒指吗?我不是在和敌人战斗吗?我沦落得和你一样,还如何为你赐福呢?

克尼帕多林克　这可能就是上帝的旨意吧。

〔大幕保持拉开的状态,黑暗飞快地笼罩了舞台空间,克尼帕多林克的话音刚落,就能听到女菜贩的声音,一束探照灯照亮了舞台最右边,女菜贩坐在舞台前部,身边放着一个巨大的篮子。

女菜贩　明斯特的人都听着!男人、女人和少女!来看看这些生菜呀!

看看大自然的这些奇迹吧!圆滚滚的,绿莹莹的!

软嫩像婴儿屁股!新鲜如年轻姑娘!

你要是爱你的男人,就来买生菜吧!

〔舞台灯光变亮,明斯特的暴民有男有女,将一个断头台推到舞台中间,他们穿着中世纪的节日盛装,就像铺开一块彩色的地毯。

市民一　今天不是个好日子!既不是节日,也没有处决!一周前可不是这样!我的小儿子出麻疹,只有我给他讲述一些事情,他才能睡着。

〔舞台后面传来一声小号的声音。

市民二　看这儿,我的邻居!你的小儿子今天又可以睡个好觉了!

〔一个狂热而喜庆的游行队伍走到舞台上,其中有一位报幕员、一个刽子手和几个行刑助手,他们爬上了断头台。大家都穿着奇怪的中世纪制服。

一个女人对她女儿说　报幕员和刽子手来了!这是一个新的刽子手!以前的那个被他老婆从台阶上推下去,摔断了一条腿。

女菜贩　苹果!苹果!刚从天堂摘来的苹果!刚从认知树上摘下来的苹果!它们滑进胃里,洗刷肠子!十分便宜!特别便宜!

女　儿　这是一个英俊的刽子手!

〔报幕员脸上带着夸张的忧伤表情站在围观人群的前面,用长长的手杖在地板上敲了三下。

市民一　大家注意!法律要说话了。

市民二　在我们面前敲地板的这个人就是正义的化身。

市民一　这是一个带着忧伤表情的忧伤正义。

报幕员　威斯特法伦明斯特委员会对威斯特法伦明斯特的人民有话要说。用一把利剑来结束马克西米利安·布莱博冈茨的生命,我们认为这样做是正确的和恰当的,以此来震慑和警告市民,这个放荡的混蛋,逃跑的僧侣居然躺在一个女人的身边。

〔说到"用一把利剑来结束生命,震慑和警告市民"这句话时,在场的人齐声高喊,显然这是大家都很熟悉的一套程序。

市民二　听啊,正义和美德的化身,委员会到底要对威斯特法伦明斯特的人民说些什么呢?难道要禁止躺在一个女人的身边吗?

报幕员(庄重地)　禁止公务人员听取和回答非正式途径提出的问题。官方请求相关市民按照委员会颁布的法令向官方提出问题。(退场)

女菜贩　萝卜!谁买萝卜!这是哲学,这是学问,这是穿过你的胃的爱!买萝卜啊!快买萝卜喽!

〔这期间,刽子手在绞刑架上走来走去,像现在的拳击手那样展示自己的肌肉。此刻他挥舞手中的利剑,做出摇旗手的动作。
市民一　我们的新刽子手有一只出色的右手。
市民二　我们可以预测他前途无限。
市民一　我们希望他总是有很多工作。只有用真人做实践训练才能造就一个完美的刽子手。
女　儿　太厉害了！这有力的双臂和双腿！娇嫩的皮肤！胸前浓密的胸毛！

〔两名士兵押着僧侣马克西米利安·布莱博冈茨上台。

僧　侣　这不公平啊！这实在不公平啊！
第一个士兵　你喊得天都要塌了。真丢人！你这把老骨头可真不配当罪人，简直一文不值。
僧　侣　这不公平啊！我要接受教会的审判，而不是异教徒的法律审判。
第一个士兵　你面临的是最新的法律审判！
僧　侣　就算大地塌陷，我还是要喊：这不公平啊！
第二个士兵　我的先生，请你注意仪态！仪态！只有这样才能讨女人欢心。
僧　侣　你们可以扯出我的舌头，几百万次地扼死我，你们可以砍下我的头颅，把它埋入深深的地下，可是我的头会永远大喊：这不公平啊！
第二个士兵　见鬼了！那就让人砍你的头好了。这是小事，还是安静一会儿吧。
僧　侣　我不想死！
第一个士兵　可是我想吃午饭！我可没时间听你瞎喊。

〔士兵们把他拉到舞台上，撕扯到绞刑架上。

市民一　按照规矩，现在该轮到僧侣发表演讲了。
市民二　应该把这些人的大嘴巴给缝上。上次有一个路德教教徒说了两个小时，才把头伸出来受死。砍头的过程很糟糕，因为刽子手已经困得不行了。

〔僧侣在绞刑架上往前走了一步。

僧　　侣　大家好！威斯特法伦明斯特的市民们！
女菜贩　　水萝卜！漂亮的红水萝卜！谁来买水萝卜！便宜啦！好便宜！特别好的红水萝卜！
僧　　侣　你这女人，住嘴！我要发表最后一次演讲。
女菜贩　　小僧侣，住嘴吧，让人把你的头砍下来！我有十六个孩子和十七个父亲要养活！水萝卜！水萝卜！红得像血，美得像生孩子！
僧　　侣　大家听我说！
女菜贩　（以极大的声音叫喊着）　洋葱！新鲜漂亮的洋葱！妇女们自己就会怀孕，就会生很多孩子，就会有家庭！吃洋葱啊！我们处于世界历史的中间！黑暗的中世纪才刚刚结束！大家要记住我们还有很多艰难的事情要做！
　　　　　在我们面前，在充满迷雾的未来，还有三十年战争、争夺继承王位的战争、七年战争、大革命、拿破仑、德法战争、第一次世界大战、希特勒、第二次世界大战、原子弹、第三次、第四次、第五次、第六次、第七次、第八次、第九次、第十次、第十一次、第十二次世界大战！这样就急需孩子，女士们，先生们，还急需尸体！因此：谁热爱进步，那就吃洋葱吧，他就是在帮助书写世界历史！吃洋葱吧！想一想未来！关键不是嘴里或多或少散发着洋葱的臭气！
　　　　　〔在这篇关于遥远未来的讲话的同时，断头台上的人们已经制服了僧侣。现在他紧捂着耳朵，顺从地双膝跪地。
僧　　侣　所有的圣人啊！快动手吧！我实在受不了了！
　　　　　〔刽子手的助手们正在进行最后的准备工作。
女　　人　这可真是一个瘦弱的家伙！
市民一　　他脖子长。这很好。刽子手可以砍得很齐整。
市民二　　现在可以让人看看，这个刽子手的技术如何了。
　　　　　〔刽子手朝着僧侣走去，助手们都退到一旁。

市民一　这刽子手怎么这样站着!这可不合规矩啊。
市民二　这是新的西班牙风格,我的邻居!这是现在最时兴的!等等看,你会喜欢的。
女　儿　这样一个刽子手简直像上帝一样!
　　　　〔就在刽子手马上要动手的一瞬间,克尼帕多林克跳上舞台,他灰头土脸,穿得像一个忏悔者。他肩膀上背着一个沉重的麻袋。
克尼帕多林克　忏悔!忏悔!忏悔!祸哉!祸哉!祸哉!快点忏悔和反思,不要招致上帝的报复!(他从麻袋里拿出金子撒向人群)拿走吧!拿走吧!在这里!金子,滚动着,发出响声,像在跳舞,它跳过石块,躺在路上,就像是小太阳!快拿走吧!拿走吧,拿走吧!
　　　　〔民众、刽子手、士兵和助理们都纷纷扑向金子。
克尼帕多林克　金子!赤色的金子!那些轻浮的人将你吞噬!你有何打算来阻止我获得永恒的恩典?(他跌跌撞撞地退场)
男子一　他的麻袋里还有更多金子!他麻袋里还有更多金子!
　　　　〔所有人乱作一团追逐着他,包括刽子手。舞台上只剩下坐在绞刑架上的僧侣和女菜贩。卡特琳娜·克尼帕多林克穿着华贵的衣服出现在舞台上。
卡特琳娜　克尼帕多林克!克尼帕多林克!她匆匆忙忙地朝着克尼帕多林克消失的方向追去。
僧　侣　你不想要金子吗,女菜贩?
女菜贩　我不要嗟来之食。我是一个有阶级意识的无产阶级。
僧　侣　女菜贩,你看那儿,一个古尔盾!你看我的脑袋还好端端地长在肩膀上,因为圣人和圣母玛利亚都爱我!掉落到我怀里的这一个古尔盾,你想用什么和我交换?
女菜贩　我更希望掉到我怀里的是你的脑袋。新的刽子手就是一个蠢蛋。这就是西班牙风格?之前那个刽子手行刑的时候,每次都有一个脑袋滚落到我的怀里。我就把它摆在我的圆白菜之间,那是德国风格。把金币给我吧,我给你一些洋葱。

僧　侣　　我希望赶紧离开这座城市。

　　　　　〔人们看到舞台背景左边有一个又宽又大的天床,帷幔遮挡住观众好奇的视线。伯克森坐在舞台右边一把舒适的椅子上。

　　　　　〔一个侍女正在给他洗左脚——伯克森身上套着一件晨楼,另外一个侍女正在给他洗右脚。另外两个侍女分别护理他的两只手,第五个侍女在为他梳头,做出造型。

　　　　　〔最左边是尤迪特,她把脸埋在两腿中间。

约翰·伯克森　　这样就好,我的女儿们,这样就好!

侍女们,用芳香的油抹在我的卷发上。用古龙水涂抹我的双手。用最温柔的方式来锉我的指甲。我喜欢指甲不要太短,要有一个很有艺术感的尖。先用温水洒在我的脚上,再用凉水,我喜欢有所变化。

你,我的女儿,用柔软的小软布依次把我左脚的脚指头擦干,把你的裙子领口再扯大一些,好让我能更多地看到你的胸部。

我也喜欢那雪白的手指头揪掉我鼻子里探出来的鼻毛。

我热爱这一切,我的身体在这柔软的晨楼里轻松地舒展开来。

一想到能再回到床上我就高兴,那柔软的大床本来是属于富人克尼帕多林克的,他现在睡在排水沟里,甚至想说服妓女们也皈依再洗礼派,而她们听着他的长篇大论直打哈欠,无聊得要命。他的妻子身体冷冰冰的,

她正在大床的帷幔后面等着我,你们能看到这大床就像一个大教堂一样大。享受克尼帕多林克留下的温柔真是无比美妙。

他也许又背了几麻袋刚铸造好的金币去扔给大街上的那些母猪。

他财产的十分之九我已经让人转到他妻子名下。

先知也深谙律师高雅而细腻的艺术。

我不像其他的先知只知道说起鲜血,说起那一次次末日审判和

异教徒被砍碎的身体。
比如那个吝啬的面包师扬·马蒂森。
这样想有时真的很刺激,偶尔我也会让沉醉于这样的想象中。
不过我更愿意在我的追随者中传播快乐,他们在等待着我成为再洗礼派教徒国王的那一天。
我将会像所罗门一样,我的女人就像大海里的沙子一样多。
我的一只眼睛看上了美貌的迪瓦拉,马蒂森的妻子。
而另一只眼睛还盯着卡特琳娜·克尼帕多林克。
我当然清楚,上天会对我怀有好意,在这种情况下同样如此。
克尼帕多林克的妻子,我要命名她为西奈半岛大公夫人,而马蒂森的妻子,我要赐她为迦密山公爵夫人,她们俩都会是我的王妃。
哦,迪瓦拉,我爱你。
我爱你,羚羊一样伶俐的迪瓦拉!
我要给你写几十万首羚羊诗。
但是会有很多的大公夫人和公爵夫人;
因为圣地有很多的山峰、峡谷、河流,还有很多城市可以供我们命名时使用。
接下来我最关心的事情是如何能让自己当上再洗礼派教徒的国王。
现在我还处于面包师扬·马蒂森的阴影之下,但是我也不想太费心机,因为我喜欢耐心地等待最佳时机。不要苦苦向上天哀求,上天反而会赏赐更多。
不过现在,我的女儿们,我想站起身来。
你们安歇吧,但是门上的插销不要插上。
长夜漫漫啊,我的女儿们。

 〔伯克森和侍女们隐没在黑暗之中。只有床和尤迪特上方还亮着灯。卡特琳娜·克尼帕多林克将头从大床的帷幔中探出来。

卡特琳娜　我知道,你无法理解我,为什么和别的男人睡在一起,从莱顿来的约翰·伯克森接手了富翁伯恩哈德·克尼帕多林克的所有权力。

我只是一个软弱的妇人,我们哪里有能力对抗自己的血液呢?

男人和女人到底是什么?

他们了解对方吗?他们知道另外一个人在想什么吗?

有一个陌生人来到这个家。

他衣衫褴褛,近乎半裸,于是我能看到他的身体,他肌肉上面的皮肤。

克尼帕多林克给了他金项链。

他还将整箱的宝石和珠宝留给了他,然后离开了这个家,这可是他亲手盖起来的,也留下了妻女,她们走过空荡荡的大厅,不停哭泣。

可我成了那个陌生人的女人,我也不知道这到底是怎么回事。

他躺在我的怀里,他压在我的身上。他的手抚摸我的胸部,手指拨弄我的头发。

我能改变这些吗?

我听到所有钟楼报时的钟声,我听到房子下面大街上人们的脚步声。

他占有了我,我一心只想着他。

只不过在夜里,他在我身边熟睡的时候,伸展开赤裸的、巨大的四肢,嘴巴像在大笑一样,我经常会坐起来,盯着房间,看着面前的窗户框,然后哭泣起来。

因为我知道,我会经历很多的不幸,流下很多泪水,每一次的欢愉之后都是绝望,我们热爱的身体会在刽子手的碎轮上被弄残,鲜血被狗舔舐,它们此刻正在大门前愉快地玩耍。

　　〔她又把头缩回到帷幔之后,床也隐没在黑暗中。舞台上现在只留下了尤迪特孤身一人。

尤迪特　我的父亲走出了他的家门。

他抛弃了他所拥有的一切,在月光下静悄悄的巷子里流浪。
他穷得衣不蔽体,和街头的流浪狗争抢最后一块面包,
那些看到他的人都指指点点,嘲笑他。
他的妻子也离开了他,睡在另外一个男人身边。
可是我却属于他,即使我无法理解他。
不用问我为什么,我要在他身边服侍他。因此我要离开这个家,因为走廊里传来的不是他的脚步声,侍女们服从一个陌生人。
我要去找我的父亲,与他共患难,像他一样穿着破旧的衣衫,遮住我的面容。

〔大幕正在落下,先知扬·马蒂森从舞台后部中央的地板下像个幽灵一样冒了出来,他的样子看起来也像个鬼。如果可能的话,最好挑选一个又高又瘦的演员来扮演。他下巴上粘着一副让人惊讶的胡子,会让人想起关于弗吕的圣尼古拉的新画像。他双手握着一把和自己身高差不多的长剑。

扬·马蒂森 我,扬·马蒂森,通过一个巧妙的装置将我托出,让我从舞台的地板下升起,手中握着正义之剑,唇间含着智慧之言。为了保卫那神圣的事业,我从那些愤怒的面孔就能看到,这个事业已经蒙羞,成为大家耻笑的对象。或者是,再洗礼派教徒首当其冲地展示着自己,这些人要么本身就有一些呆傻,或者有一种自吹自擂的劲头,这一点在伯克森身上体现得淋漓尽致。或者是,有一些自身深沉、但却狭隘的人,就像一开始那三个可笑而固执的笨蛋遭到痛斥,
通过导演一些阴险的想法得到了强化。
为了挖出这种糟糕状况的根源,我们认为有义务指出,关于再洗礼派的这一部作品十分可疑的、从历史的角度来看简直就是一部恶毒的戏讽之作的作者,无非就是一个广义上没有根基的新教徒,身上长着怀疑的肿块,对自己曾经深信不疑的信仰产生了不信任,因为他已经失去了信仰,像是混合了一种悲伤的空话,

还有对不正经的东西古怪的愉悦,

他甚至在教皇面前无所畏惧,也不会收起尾巴,这个宗教的死敌,他无非想从这方面重新发起针对我们的大规模进攻。

为了强调我的话,在这里我只需要指出大主教,他是一个泪汪汪的大叔和圣诞老人,在你们面前玷污了这舞台上的地板,

实际上,他是一个非常古板无趣四处游荡的浪荡公子,有个情人叫安娜·伯尔曼,大家都相信他是个新教徒,但是因为特别有野心又变成了天主教徒,他现在打算来对付我这个先知,他招募了一支军队,率领着这些人来到我们城市的城门前。

我——

为了满足你们关于我这个人的好奇心——直到五十岁之前都在哈勒姆烤面包和蛋糕,

那是在一个繁星满天的夏夜,主用很大的雷声和我说话,我差点因为耳背而没有听到他那柔和的低语。

于是面包师扬·马蒂森就变成了主的先知。

当我站在你们面前的时刻,我正要前往再洗礼派教徒的委员会,刚才离开了美貌的迪瓦拉的怀抱。

她曾是我在哈勒姆那家糖果店的女店员。

如果有人看到我正在店主市场上溜达,那肯定是一个美好的情景。

前后左右都有人向我打招呼,他们晃动着宽大的帽子,

也许还会亲吻我黑色大衣的镶边。

我摸了摸一个二十岁姑娘的纤腰,她从三岁起就瘫痪了。看呀,她能站起来走路了,人民唱道:荣耀归于高高在上的上帝!

这似乎无疑是令人印象最深刻的情景之一,但是这个情景被新教的作家弃之不顾了,因为他对神奇丝毫不感兴趣。

因此,历史上最崇高的一个瞬间就沦为乏味的理性主义的牺牲品。

〔大幕拉起。可以看到五把沉重的单人扶手椅摆成一个半

圆形,中间和左外边两把椅子没有人坐。左中间的扶手椅上坐着罗特曼,右边坐着克雷亭,最右边是伯克森,他面对着观众。马蒂森转过身去,背对着观众,朝着中间那把尊贵的扶手椅走去,这把椅子稍微升高了一些。

扬·马蒂森(坐了下来)　再洗礼派教徒元老们,在我左右两边正襟危坐在正义与复仇椅子上的你们!

罗特曼(一个机灵的小个子男人)　抱歉,我们人还没到齐!

扬·马蒂森　我们的兄弟克尼帕多林克的椅子还空着。

罗特曼　这已经是第四次了,马蒂森兄弟。

扬·马蒂森　我们的兄弟伯克森,你知不知道我们的兄弟克尼帕多林克出了什么事呀?

〔伯克森漫不经心地摇了摇头。

罗特曼　我们的兄弟克尼帕多林克和他的女儿睡在露天里,白天挨家挨户地布道。

扬·马蒂森　克尼帕多林克兄弟传播的教义违背再洗礼派教徒的教义吗?

约翰·伯克森(头也不回)　和你的教义几乎两样,马蒂森兄弟。

扬·马蒂森　克尼帕多林克兄弟看起来毫不在意他的本职工作。我将会提名杜森施努尔兄弟,那个金匠,来代替克尼帕多林克成为最高机构的成员。

罗特曼(立即)　我同意马蒂森兄弟的决定。

约翰·伯克森(语速缓慢,但有点咄咄逼人)　我们在很多事情上要感谢克尼帕多林克兄弟。我们不能未经他本人同意就将他赶出元老委员会。

如果他没有兴趣来参加会议,那我们四个人也可以商量。

克雷亭(一个又矮又胖的人,一边看着伯克森)　我们不能伤害克尼帕多林克兄弟,有很多市民支持他。我们可以和他谈谈。克尼帕多林克兄弟会自己提出辞职的。

扬·马蒂森(不耐烦地冲着罗特曼)　你同意我的决定吗,罗特曼兄弟?

罗特曼(谨慎地)　我觉得克雷亭兄弟的话也很有道理。

扬·马蒂森(侧耳倾听)　即使大多数人不同意,我仍然可以执行我的决定。

约翰·伯克森　我反对马蒂森兄弟的决定。

克雷亭　我坚持自己的建议。

扬·马蒂森(用一种捉摸不透的语气)　我同意这个建议。可以让克雷亭兄弟去和克尼帕多林克兄弟谈一谈。(停顿了一下)城外兄弟们报告了什么情况?

罗特曼　已经证实大主教的确招募了一支军队。雇佣兵是在科隆和奥斯纳布吕克召集起来的。多特蒙德也有类似的迹象。据说大主教招募了八千人来攻打我们。

扬·马蒂森　克雷亭兄弟打算如何应对呢?

克雷亭　城墙需要修缮,市民必须动员起来。我们可以招募一支四千人的大军。

扬·马蒂森　克雷亭兄弟,你看看野外的百合花,屋顶上的鸽子。

克雷亭　你这话是什么意思,马蒂森兄弟?

扬·马蒂森(捉摸不透)　城墙不用修葺,百姓不用动员。

〔说了这番话时,出现了令人惊讶的沉默。

罗特曼(犹豫而小心)　扬·马蒂森兄弟要和大主教谈判,满足他的要求吗?

扬·马蒂森　罗特曼兄弟知道,大主教的每一条要求我听都不听就会拒绝。

约翰·伯克森(坚决地)　我同意克雷亭兄弟的建议。

扬·马蒂森(果断地)　克雷亭兄弟的建议被否决。这座城市的防卫工作属于谁就交给谁。

克雷亭　马蒂森兄弟认为这是谁的事呢?

扬·马蒂森　这是上帝的事。

〔此刻出现了令人尴尬的寂静。

罗特曼　阿门。

克雷亭　马蒂森兄弟要承担责任。

约翰·伯克森(漫不经心地)　如果马蒂森兄弟相信,主会亲自过问……

扬·马蒂森(站起来)　如果有人意图保卫城市抵抗敌人,用剑刺死。

〔他慢慢地走向舞台左边,罗特曼跟在他身后。

罗特曼　荣耀归于高高在上的上帝!

〔马蒂森转过身来对着呆坐在椅子上的克雷亭和伯克森。

扬·马蒂森　即使是你们当中的某一个,也必须用剑刺死。

〔他退场,罗特曼跟在他后面,还回头朝着那两人尴尬又礼貌地鞠了一躬。

约翰·伯克森　一群笨蛋!

克雷亭(沉重呆滞)　罗特曼似乎同意我们的意见,但是他不敢站出来反对马蒂森。

约翰·伯克森(本来面向观众,现在转向克雷亭)　罗特曼同意每个人的意见。他是一条狗,这条狗会咬住明斯特的教徒,把他们拖进再洗礼派教徒的教堂里。

克雷亭　决不能让杜森施努尔进入委员会。

约翰·伯克森　杜森施努尔不过是一头驴,马蒂森想借他将自己的小车从泥潭中拉出来。

克雷亭　我们必须保卫明斯特!

约翰·伯克森　由于马蒂森的愚蠢,与大主教过早地爆发了战争。我们本应该招募更多的军队。我们让一个倔老头变成了一个有外交手腕的人……

克雷亭　我们该怎么办?城墙必须修葺。

约翰·伯克森　你认识马蒂森漂亮的妻子迪瓦拉吗?

克雷亭　你怎么把她和倒塌的城墙联系到一起?

约翰·伯克森　一个男人在夜里赞美妻子的美胸,而另外一个则要堵上城墙的窟窿。

克雷亭　除了这一点也想不到还能做什么了。

约翰·伯克森　让我们信任美貌的迪瓦拉吧,克雷亭兄弟。

　　〔在两个一动不动地坐在那里的再洗礼派教徒前面,从天花板上缓缓垂下来一张牛皮纸,上面画着雇佣军的营地。画上的天空是深蓝色的,挂着一轮黄色的盈月,用各种颜色涂抹了几下,象征着星星,还有一颗不大不小的、看上去不是那么可爱的流星。可以看出带着光环的土星以及带有几条沟壑的火星,沟壑里有行驶的帆船。两个男人穿着华丽的战服登场,站在牛皮纸前面,他们戴着头盔,身着胸甲和其他配饰,别忘了让他们穿上长靴。其中一个人双手握着一根将军权杖。他们的脸盔遮住了脸,每说一句话都要用手把脸盔推上去,而又马上就会掉下来遮住脸,只有在说话的间隙能够看到他们的脸部。

约翰·封·布伦　明天,太阳升起的时候,我们就从科隆的营地开拔,大军朝着明斯特挺进。

　　蒙盖森骑士,你是大主教任命的我的副将,我现在通知你。

赫尔曼·封·蒙盖森　看到招募起来的大军,就让我们忘了九年之前在帕维亚郊外的那场决战吧。

约翰·封·布伦　在这场战争中你失去了右耳。

赫尔曼·封·蒙盖森　你失去了左手的三根手指。

约翰·封·布伦　我发誓,下次一定把你打得屁滚尿流。

赫尔曼·封·蒙盖森　你是新教徒,我是天主教徒,当时我效忠于一位瑞士法语区的国王,而今天你听命于一位大主教。

约翰·封·布伦　我们替谁卖命并不重要,只要能挣钱就好。我想,当年你的那位法国冒险家雇主并没有给你多少酬劳吧。

赫尔曼·封·蒙盖森　二十个杜卡特金币,将军。

约翰·封·布伦　太少,太少!

赫尔曼·封·蒙盖森　我家里有九个孩子,布伦骑士。

043

约翰·封·布伦　当时我们在意大利的战利品很丰厚。但是你也知道,在那个地区太阳像火烤,人也燃烧起来。我投入了一个帕度亚美女的怀抱!

赫尔曼·封·蒙盖森　我听说,意大利的娘儿们好贵呀。

约翰·封·布伦　我实在不愿回忆起因为爱情而变得干瘪的荷包。

赫尔曼·封·蒙盖森　有些人说,明斯特有很多金子,但是另外一些人则说没有什么油水可捞。

约翰·封·布伦　在答应这桩生意之前,我犹豫了很久。想想查理皇帝的大军出征突尼斯!我倒希望,有些顾虑不要成真就好。

赫尔曼·封·蒙盖森　我们和来自奥斯纳布吕克和多特蒙德的军队会合之后人数有多少?

约翰·封·布伦　应该有七千人。敌人可以召集起三千人,不算妇女,但是在防卫的时候她们也会帮忙。

赫尔曼·封·蒙盖森　我们必须做好有人突围的准备。

约翰·封·布伦　城市的防卫非常森严。但有些设施已经残破了。

赫尔曼·封·蒙盖森(打了一个夸张的手势)　我的枪会把它们打成碎片。

约翰·封·布伦　也很有可能我们要长时间驻扎在城外,依靠饥饿将城市拿下。

赫尔曼·封·蒙盖森　上帝怜悯我们,将军!

约翰·封·布伦　你检查过那些雇佣军了吗?

赫尔曼·封·蒙盖森　当然,布伦骑士。

约翰·封·布伦　你怎么想,蒙盖森骑士?

赫尔曼·封·蒙盖森　他们穿得破破烂烂。

约翰·封·布伦　很多人都有梅毒。

赫尔曼·封·蒙盖森　这是上天最恶毒的做法,用这样一种可怕的疾病来惩罚最大的欢愉!

约翰·封·布伦　我们不得不用生锈的剑来战斗!

赫尔曼·封·蒙盖森　我将和你并肩战斗,直到最后一息,骑士,为了我们的好事!

约翰·封·布伦　现在你跟我来吧。木星已经升起,我的帐篷里有你爱喝的葡萄酒。

〔观众可以看到明斯特的阿吉蒂城门和城墙,上面站着一个市民,他正费力地向外张望。他蹲在那里,尽量不让观众看到他破旧的衣裳。伯克森从右边走上舞台。

约翰·伯克森　雇佣军大部队从三个方向朝着明斯特挺进。

他们从科隆出发,四千人沿着莱茵河直到利珀河,他们已经越过城门的支架,冒着夏天的酷暑,在星空下费力地攀爬。

另有五百名骑兵从多特蒙德出发,他们接近城市南边,已经到达哈姆河畔的街道。有一千名雇佣军在施特丁骑士的率领下从奥斯纳布吕克火速赶来。他们几分钟后就会到达东北边的奥阿,过一会儿守卫就会听到城墙上的声音,能看到先头部队的头盔在夕阳下闪闪发光。

可是先知扬·马蒂森仍然禁止任何抵御敌人的行动,但是我们聪明地暗中行动,对他的命令置若罔闻。

人民已经开始怀疑这位先知。

大天使向我预示的那一天来了,种子冲破泥土,胚胎正努力地冲出地面。城里出现了各种征兆和奇迹。

一个姑娘从所罗门的王座上站起来,她口才很好,是裁缝的女儿,几天前还是一个处女,她的美貌令我心醉神迷,她说自己能看到一些面孔,其中就有我的脸。

人民已经准备好了迎接这位新的先知。

可是你的命运,马蒂森,将要沉入黑夜。

你太长时间都是这座城市的太阳,而现在月亮要发光了!

在你的热情之下,生命变得枯萎,在我的照耀下,黑夜的温柔魔力将会笼罩人们的住所,所有的东西都会在我的双手里变成神圣的金子和闪亮的银子。你们,在这座大厅里的你们,现在会看到昔日的先知马蒂森的死亡,现在会看到太阳坠入永恒的海洋!

请你将目光汇聚到城墙上,守卫的两只手捂着嘴的两边,背对着你们。

这时用震耳欲聋的声音开始大喊。

守　卫　到这儿来!威斯特法伦明斯特的男人们和女人们!到这里来!到这里来!像湍急的小溪一样冲向城墙!保卫城市,它用坚固的城墙将你们环绕在中间。敌人出现了,正叉开双腿站在奥阿河的岸上!大主教的旗帜在风中飘扬,从射手头盔上吹来的毒羽毛,朝着我们飞来。

听啊,城墙回响着雇佣军的呐喊。

无边无际的辎重铺满了平原,骑士们骑在高头大马上驰骋而来。

看啊,天空变得昏暗,无数的敌人像黑色的雪覆盖了大地!

威斯特法伦明斯特的市民们,拿起武器,来拯救危难中的城市吧!

到这里来!到这里来!

这里将会有一场恶战,因为敌人非常强大!但是畅饮敌人的鲜血多么痛快!敌人的尸体静静地躺在地上,这是死神的白色地毯,惨白的尸体就是这座战无不胜的城市发出的光。

〔市民们拿着各种奇奇怪怪的武器冲了过来,绝大多数都是些随手抓起的东西,跑在最前面的就是女菜贩。

女菜贩　敌人!敌人!敌人在哪里!我要把他们掐死!我要杀死他们!我要把他们刺死!我要把他们压在身下,挤成肉酱!

市民一　(在大家爬上城墙的同时)　这女人是上帝赐给我们的厉害武器!

市民二　我觉得她是一把双刃剑,她在城墙里外都一样残忍暴怒。

〔他们爬上了城墙。

市民一　我们脚下敌人的军队就像大海里的沙子一样数不清!

市民二　骑兵像乌云从南边滚滚而来,里面还有电闪雷鸣。

市民一　(敲打城墙)　嗜!嗜!她真强壮!把敌人的头盖骨都打碎了!

市民二　嚯！嚯！太阳照在红玫瑰上，月亮照在黄骨头上！

女菜贩　嗨！嗨！好多小男人！穿着白色和蓝色的长裤！裤子非常紧！绷得紧紧的腿，绷得紧紧的肌肉！

市民一　把城门钉上！不然这把双刃剑就跑出去了！

市民二　她恨不得把敌人整个军队都吃掉。

市民一　她急不可待地要冲进敌军里，因为她希望能够成为一个赴汤蹈火刀枪不入的阿喀琉斯。

〔扬·马蒂森、罗特曼和克雷亭登台。罗特曼抱着马蒂森的剑，用一件黑色的大衣裹着。

扬·马蒂森（威胁）　放下武器！

〔市民们吓得把手中的武器垂了下来，呆呆地望着马蒂森。

扬·马蒂森　你们到城墙上有什么好找的？

市民二　是敌人，扬·马蒂森，强大的敌人把我们包围得死死的。

扬·马蒂森　你是干什么的？

市民二　陶工，扬·马蒂森。

扬·马蒂森　回到你的制陶作坊！回到你们的家里去！你们还有工作，去尽你们的职责。敌人不是你们的事情，你们不需要操这个心。

〔市民们离开了舞台。只剩下马蒂森、伯克森、克雷亭和罗特曼四个人。

扬·马蒂森　远处传来守卫的呼喊，我们大概可以猜到背叛者和异教徒的大军已经到达锡安城门下，他们妄图让这个宝地，这座圣城卷入战火，摧毁上帝的庙宇。可我，先知，立即从营地中出来，带着再洗礼派教徒元老，站在阿吉蒂城门前，在我身上显示出主的力量。

罗特曼　你想干什么，马蒂森兄弟？

扬·马蒂森　伯克森兄弟，人们热衷于赞美你健壮的身躯。就由你来打开城门。

〔伯克森大步走向城门，推开了横梁。然后他推开了巨大的两扇门。

扬·马蒂森　我的剑,罗特曼兄弟!

〔罗特曼把剑递给他。

扬·马蒂森　上帝向我们展示恩典的这一天终于到了。上帝,我将用这把利剑独自杀入敌军,征服他们!

〔他甩开身上的大衣,只穿着黑色的铠甲。此时没人注意到女菜贩偷偷地横穿过舞台,穿过敞开的城门离开这座城市。

扬·马蒂森　主啊!主啊!看看侍奉你的臣仆吧!

我站在你面前,面对着敌人!

你让参孙用一只驴腮骨打败了上千人,你让伯多禄能在水上行走!主啊!主啊!你不是一直帮助相信你的人吗?你不是对盲人说:这是因为你们的信仰?

主啊,请借给我一粒芥菜籽,让我能够移动大山,挪到敌人的头上,将他们埋葬。

主啊,我向你祈祷!让我从你的手中迎接胜利!让这把利剑沾满反对者的鲜血!请让我拯救圣城锡安,在世上传播你的权力!

〔他迈开大步,将剑举在身前像是举着十字架,从城门中出去,消失在舞台的背景中。

罗特曼　这真是庄严的时刻,看着马蒂森兄弟迎着死亡而去。我要为他的灵魂祈祷。

克雷亭　你要干什么,伯克森兄弟?

约翰·伯克森(朝城门走去并将城门关上)　将大家召集在一起,告诉他们,先知扬·马蒂森在勇敢地与敌人作战中阵亡了。

〔大幕拉上,从某个地方传来一阵鼓声,然后在舞台后部的黑暗中出现了灯光照耀下的敌军前线,最前面是约翰·封·布伦骑士(也可以让他独自出场,无须安排雇佣军)。

约翰·封·布伦　在我们前面,威斯特法轮的明斯特的城墙和塔楼像黑色的魔山一般高高耸立,与我军之间只隔着奥阿河。

我们的军队真是受到了幸运女神的眷顾,因为就在刚才——不到一个小时之前——,我们的先头部队刚刚抵达护城河,在暮色之中,我们看到一个男人手里握着剑,独自一人从城门里走出来。

这人被雇佣军杀死,尸身也被斩成碎块,

然而,这个义愤填膺的家伙砍倒了我们的四个人。

我们在完整的头部立刻认出了假先知扬·马蒂森的轮廓,那个有学问的梅兰希特松在发来的信里忠实地描写了他的样貌,这是他背着马蒂森干的。

遵照规定,我们将他被斩烂的尸身烧掉,把骨灰撒向四面八方,这样到了审判日,他必然会被罚入地狱接受最严厉的惩罚,碎尸万段遭受永恒的折磨。

只有他的头我们会让军医十分仔细地制成标本,作为胜利的标志呈献给大主教。

可现在,从城里传来阵阵恐惧和绝望的呼喊,作为将军,我下令:借助我们的智慧,遵从战争规则,立即发起对城墙和城市的猛攻;

当我们其他队伍和大部队会合以后,就更加势不可当。

部下们,你们抓获了瑞士法语区的国王,把瑞士人打得稀烂,还征服了罗马,战胜了异教徒的土耳其人,面对这座被诅咒的城市,宇宙中的这个脓疮,我命令你们,

你们要掐死我们新教的背叛者——他们让天主教徒本身感到憎恶——,你们要像猎豹一样扑向他们,捣毁他们的城墙,仿佛那是玻璃做的,拿出冲进意大利妓院的速度冲向他们的房屋。

我作为你们的将军,要将穿着铠甲的右臂挥向天空,变成巨人,抓住火星,要将这座无畏的城市化为灰烬,让它随风飘散!

〔大幕没有降下来,还能看到舞台上的封·布伦,伯克森从交响乐团中跳出来,站在指挥本来应该站的位置,能看到他的全身,他又继续上升到观众席,身处观众中间,他举起手

中的剑指着封·布伦，脸朝着观众。

约翰·伯克森　你们这些再洗礼派教徒，敌人像猛虎一样随时准备猛烈出击！

他们的鼻孔里的火焰已经朝着我们喷过来，遮挡住落日的光芒，那血红色的光芒！

他们那红色的身体如同地狱之箭立刻会扑向我们！

可你们这些上帝挑选出来的子民却陷入了绝望，因为先知马蒂森，他曾得到上帝的赐福，但是在人生的最后时刻却被抛弃，因为他相信自己和自己的权力。

在这紧要关头，上帝让我成为你们的国王，来抵抗这帮反对基督的魔鬼。

看我身着耀眼的铠甲站在这座城市的城墙之上，这是新的锡安圣城，被三位大天使和二品天使围绕，而太阳红艳艳地落入地里，被它的重力坠落下去，而在东方，相对着落下去的太阳，月亮正在升起。

请让我在月亮的光辉照耀下取得胜利，月亮决定了我和你们的命运！

甩掉绝望，看着我的脸！无论男女，拿起武器吧，依靠你们才能打赢这场神圣之战。

拆掉大教堂的长椅，扯下彩色的圣像画，扛着它们到城墙上来！它们有太久没人使用，但愿那些相信它们的人将它们砸个稀巴烂！

你们瞧瞧，敌人高兴地欢呼胜利，贪婪地要喝孩子们的鲜血，霸占你们的女人。

奋起反抗吧，主的复仇者，让他们瞧瞧主的愤怒！

你们瞧瞧吧，天空分裂，主的脸上火冒三丈，盯着你们的敌人，现在要将太阳和世界愤怒地踢到他的脚下，释放出他的闪电！

他赐福你们，你们的眼睛要看着主，

你们将会消灭这群野兽，它们现在拼命地朝着城墙进攻！

〔一切都沉没在不确定的黑暗中:只有乐队努力地演奏着表现战争场景的音乐。这样做的效果比作家费力地安排几个人在舞台上用棍棒和木剑打来打去要强多了。在战场音乐之后,乐团继续演奏十分强烈的音乐。然后有几个看起来精疲力竭的雇佣军在舞台上走过,抬着一架损毁严重的云梯,最后上来几个人抬着封·布伦骑士穿过舞台,后面跟着一位鼓手。〕

约翰·封·布伦　我们被打败了!我们被戳得遍体鳞伤!我们被打得皮开肉绽!

鼓　手　这是一场彻底的失败,将军!

约翰·封·布伦　施特丁死了,韦斯特霍尔特死了,所有人都死了!

鼓　手　连我的鼓都成了两半。

约翰·封·布伦　我可怜的身体皮开肉绽,在通向营房的尘土飞扬的路上,你们每走一步我都钻心地疼。

鼓　手　你的腿都粉碎了。

约翰·封·布伦(唉声叹气)　闭嘴!军医会把它缝起来的!

鼓　手　咚!咚!你的腿完了,你的队伍完了,我的鼓也完了!

约翰·封·布伦　叫蒙盖森来!

鼓　手　蒙盖森也完了!在城墙上时,圣奥古斯丁咚地撞在他的头盔上,他下坠时东拉西扯,重重地从梯子上摔到地上。

约翰·封·布伦　死了!

鼓　手　他说:"上帝怜悯我!我曾是个男人,我爱女人!"咚!咚!他在我的怀里咽了气。

约翰·封·布伦　雇佣军们,就用我的这只手,我要像捏空心核桃一样捏碎明斯特。

鼓　手　咚!咚!就像个空心核桃!

约翰·封·布伦　我的腿啊,我可怜的腿!你将会从我的身体上消失,就像春天到来时田野上的积雪一样。

鼓　手　主调集了人、马、车,将我们打败!咚!咚!咚!

〔他们退场,在探照灯的照耀下,可以看到大主教坐在一个扶手椅上。右边摆着一个小桌子。

大主教　我的命运和所有人的命运都一样:我们怀着希望,而我们的希望却破灭了。三分之一的雇佣军阵亡了,剩余部队在城门外四处游荡。

而我,一个老乞丐,为了终结这场战争,马不停蹄地从一家跑到另外一家,从这个侯爵那里哀求到下一个,这个使命像十字架一样注定要由我来背负。

〔侍从拿来一个包裹起来的东西。

侍　从　主人,这个东西是从明斯特送过来的,人家让交给你。

大主教　这是什么东西?

侍　从　这是假先知扬·马蒂森的头颅,经过了精心的处理。

大主教　放在小桌子上吧。

侍　从　让我替你打开吗,阁下?

大主教　打开吧。

侍　从　遵命,主人。(他打开了包裹)

大主教　你可以走了。(冲着扬·马蒂森的头颅)原来是你呀,扬·马蒂森,我可以坦诚地说,你的样子和我想象的差不多:这是你的眼睛,你的白胡子,比我的胡子还要长,只不过没有像我一样精心呵护。

我知道,你恨我,不过我却对你做了更加不公平的事情:我蔑视你。

现在你死了,扬·马蒂森,我请求你原谅我的罪孽。

我听说了你的死讯,我知道上帝曾赐福与你,因为你在死亡的那一刻投入了他的怀抱。你把自己完全交付给他的权力,他引导你走向了死亡。

瞧瞧,你死不瞑目啊。

我们的生命是什么,扬·马蒂森?是一个又一个疏忽,一个又一个错误,但是我们无须为此感到悲伤。

人总会找到自己的使命,到达目标,即使在混乱之中并没有认清这个目标。因为上帝是公正的,他会给每个人适合的东西,不多也不少。

你也找到了自己的目标和意义,扬·马蒂森。

当雇佣军的剑将你碎尸万段的时候,你找到了自己的目标。

但是我并不需要对你说这些,因为你比我了解得更清楚。你孤身出城以为能够以上帝的名义获胜,又以上帝的名义被打败。

上帝就这样让你取得最大的胜利:战胜了自己,

因为真正的胜利只归于失败者。

你想在有限的生命里干不可能的事情,现在你落入永恒之中,在永恒里一切皆有可能。

你们这些人别嘲笑他!

他像一个孩子一样死去,但是《圣经》上写着,我们应该像孩子一样存在。

他以前是个粗鲁的人,的确是这样,但是不该由我们来为他的粗鲁定罪。

他的死好可笑,但是只有让我们恼怒和嘲笑的事情永远发生在上帝面前。

〔舞台背景深处上方是城墙,其实是一块看不太真切的黑色片状飘浮在一片较为明亮的夜空中。在城墙上的一根柱子上绑着赤裸的莫伦霍克,满身是血。伯克森从右边出来,戴着王冠,穿着国王的大衣。在黑暗中两人都只是剪影。只有一盏昏暗的灯光照耀着一切,经常会有滚滚而来的云团遮住了黑夜里的人和城墙。

约翰·伯克森　黑夜!黑夜!凉爽,无边无尽的黑夜!暴风呼啸,星辰坠落,滚云团滚滚滚!我的额头发亮,我的灵魂就像和风掠过露水和树叶一样轻盈!

〔莫伦霍克呻吟着。

约翰·伯克森　是谁在呻吟?

莫伦霍克　一个被判处死刑的人。

约翰·伯克森　我是国王伯克森。我今天刚刚在威斯特法轮的明斯特登上王位。

莫伦霍克　我是铁匠莫伦霍克。我今天在威斯特法轮的明斯特被绑在了柱子上。

约翰·伯克森　你想偷偷地打开拉姆佩蒂城门,放敌人进来。

莫伦霍克　我在尽力做应该做的事。

约翰·伯克森　黎明到来的时候,我就让人把你吊死。

莫伦霍克　现在是半夜。

约翰·伯克森　你害怕了?

莫伦霍克　我能逃脱对死亡的恐惧吗?

约翰·伯克森　你看看天空!

莫伦霍克　天空空荡荡的。

约翰·伯克森　我相信。

莫伦霍克　相信什么,伯克森国王?

约翰·伯克森　相信空荡荡的天空,相信这座城墙,相信腿和胳膊,脸和手,我相信大地,像一个女人的躯体躺在那里!再也没有别的东西了!(他抓住莫伦霍克)你能感受到吗,时间如何流逝,古老的星辰熄灭在遥远的大海中,血液如何涌向心脏,肺部充盈空气?

莫伦霍克　你能感受到我的肉体被绑的柱子吗,还有压在我脖子上的绳索?

约翰·伯克森　现在月亮从云朵里钻了出来。

莫伦霍克　动手吧,我爱月亮!

约翰·伯克森　一把细细的镰刀,我头上的王冠。

莫伦霍克　插进我心脏的一把剑。

约翰·伯克森　你们这些红色月亮下的古老国家!你们这些像成熟的谷物一样被撒在田野和山丘上的民族!你这座有塔楼和城墙的城市,你这广阔的平原和幽深的森林,你这遥远的道路边孤零零的椴树,我喜欢你们!

莫伦霍克　这些东西就像手中的水一样抓不住。

约翰·伯克森(用巨大的声音喊道)　我将会统治大地与天空!

莫伦霍克　绑在你的碎轮上,你既不属于天空,也不属于大地。

约翰·伯克森　这就是我的区别所在,我毫无希望;这就是我的力量,我会落入无底深渊。通过我的坠落大地会四分五裂。

莫伦霍克　你会像一颗石头落入大海一样。

约翰·伯克森　明早你就被吊死在风中,乌鸦会围着你的脑袋飞……

莫伦霍克　我必将在绞刑架上找到我生前所寻找的东西。

约翰·伯克森　说得就好像你的命运不是掌握在我的手上,难道你没有落入我的权力之中!(他拔出宝剑)我可以杀死你,也可以让你从这根柱子上解脱。

莫伦霍克　你能祝福我吗?

约翰·伯克森　就这样去死吧!(他刺上去)

莫伦霍克(死亡恶作剧般)　噢,双手的力量!怜悯就握在其中!

〔观众看到一个特别整洁有序的房间,查理五世皇帝坐在一把扶手椅中。

皇　　帝　我是查理五世皇帝。

你们肯定能从我的胡子上认出来,还有西班牙式头巾和纯洁的白领子。

还有庄重的深色大衣和黑色袜子,袜子被红色的地毯反衬得格外明显,就是铺在我的扶手椅下面的地毯。

我看起来总是有点儿像刚从葬礼上回来。

剧院的化妆师用超乎寻常的技巧把我画得与提香给我画的肖像很像,它就挂在慕尼黑古画陈列馆里。

请你们仔细观察,我右手是如何柔和而又霸气地拿着手套,只有在这个精心设计的动作上你们才能看出,我统治的疆土有多么大。我可以说,在我的国土上太阳不会落下,我统治的国家数量众多，我甚至都背不全它们的名字，你们却经常会要求一个小学生这样做。我有很多地方要统治，但是我热爱单调，只有单调才合我的心，我的心在大衣的深处跳动，没人能够看出或者知道，因为上帝是如此智慧，他在我和人以及世界之间修建了一堵墙，我被这墙包围着，这是我的痛苦，我命中注定要反抗这种折磨。上帝按照自己的样子创造了人，很多人展现出他的善，而有些人深信他的公正或愤怒。

在我身上，主挖了一座纪念碑，纪念他的远方和秘密。

我不喜欢偶然那毫无计划的游戏。我赞叹星辰有规律的轨迹。

我的愿望是，等唐·菲利普长大以后，我要去一次修道院。

无疑是一家位于偏僻荒山里的修道院，中间有一个圆形庭院，由古代晚期风格的柱子构成的拱廊环绕着，抬头就能看到深蓝色的苍穹。

但在庭院的正中间必然会有一尊正义女神的立式雕像，她被蒙着双眼，一手执天平，一手执宝剑：

一个到处可见的正义女神，涂着各种颜色，在法庭上立在法官座位后面，雕刻得并不好。

那必然是一尊平平常常的正义女神像。

白天的时候，我要在拱廊内部围着正义女神像转十个小时，保持着一样的距离，就像围绕着太阳，长年累月，有时候也会偶尔在暮色降临之时，和最后一位僧侣低声交谈，肯定是一些傻乎乎的话题，关于一位神父或者一段传说。这样，我的人生暮年就会变得好过一些，就像一阵清风的游戏，死亡到来的时候就像一位在一个柔和的夏夜到访的客人。

可是现在是一个沉闷的中午，我还是太阳，一切都围着我转。

〔典礼官从左边背景的一扇门走进来，深深地鞠躬。

典礼官（非常隆重地）　噢，陛下！

皇　　帝　这是我的典礼官。我尊重他，也许你们觉得他有点儿可笑，不过他是我唯一害怕的人。

典礼官(一直保持仰着头深鞠躬的姿势,因为他挺起了身子) 噢,陛下!

皇　帝　我看到太阳被削弱的力量,它的光线斜斜地照进大厅的窗户,我在大厅里静思,看着天色已近黄昏。

典礼官(又深深地鞠躬) 噢,陛下,您此刻身在德国!

皇　帝　在德国?我竟然忘了,我忘得一干二净。我还以为在马德里的宫殿里。那就还没到正午。

典礼官　噢,陛下,您此刻在沃姆斯。

皇　帝　在沃姆斯。瞧我这记性啊,典礼官,我这什么记性啊!人可真是一种脆弱的造物。我们在沃姆斯干什么?

典礼官　帝国议会,噢,陛下,帝国议会正在召开!

皇　帝　可怕的帝国议会!我一点儿也不喜欢德国的事,实在不灵活。

典礼官(像回声一样) 不灵活,噢,陛下。

皇　帝　我渴了。

典礼官(又鞠了一躬,身子比前面几个弯得更低) 请允许微臣提醒陛下,您的阿拉伯御医禁止您在用膳前饮水。

皇　帝　医生?你说得对,医生!那我不渴了。

典礼官　噢,陛下,昨天您对明登、奥斯纳布吕克和威斯特法伦明斯特的大主教说过,陛下今天在一点十五分会再次接见他。

皇　帝　关于什么事情,典礼官?

典礼官　关于再洗礼派教徒的事情,噢,陛下。

皇　帝　这可好尴尬啊,有些事情只要想想就会觉得反感,可是还必须去讨论它。现在几点了?

典礼官　我要去看一下土耳其天文钟,那是陛下在攻打异教徒时获得的战利品。

〔他打开了一个用帝国风格装饰的方盒子,像是一口立起来的棺材,里面站着一个手执木棍的土耳其人,他每隔一会儿就用木棍敲击一下木盒子的底部。

057

天文钟土耳其人　帝国装饰木棍敲击的声音代表着：十三点十四分零十秒。

皇　　帝　让大主教进来吧。

典礼官（又把天文钟土耳其人锁了起来）　噢，陛下，遵命！

〔他拿出一个鸡毛掸子一样的东西，此前一直夹在他腋下，他略微替陛下掸了掸灰尘，就像古董商在为一件贵重的家具掸尘，又把皇帝的贝雷帽扶正。

典礼官（规规矩矩地鞠着躬）　噢，陛下，我这就去领人进来！

〔他走到左边门前，打开门，用鸡毛掸子在地面上敲击了三下。陛下像木雕石刻一般正襟危坐在王座上。两个侍从把大主教推了进来。

典礼官　明登、奥斯纳布吕克和威斯特法伦明斯特的大主教！

〔大主教用右手画了一个十字，侍从们跪拜。

大主教　陛下！

皇　　帝　阁下！

〔停顿了好长一会儿。

皇　　帝　我召见阁下的来意在于，将昨日早餐时十分小心且隐秘地交谈之事说得更加明白和确定。

大主教　再洗礼派教徒已然对我们神圣的宗教构成了威胁，关于此事的谈话涉及一场共同行动的可能。

皇　　帝　你请求帮助吗，阁下？

大主教　这正是我的意图，陛下。

皇　　帝　我不想插手德国人之间的混乱，我可不想捅马蜂窝。

大主教　剿灭骚乱者是皇帝分内的事。

皇　　帝　你了解这个国家。这是诸侯之间的事。

大主教　你也了解那些诸侯，陛下。他们互相窥视。他们承诺出兵，但是却不遵守诺言。每个人都担心会被别的诸侯削弱。

皇　　帝　在无序中建立秩序，一统天下，进行这样的尝试现在还为时过早。

大主教　这取决于我们坐在哪一根树枝上,陛下。

皇　　帝　我倒有这个意愿,想平息任何形式的异端邪说,可是我的手脚被束缚住了。我必须先巩固大厦的根基,才能向这些鼠辈施加压力。阁下也别忘了,罗马教皇那个不幸的角色,他认为面对我们这些忠诚的仆人接受这个角色是正确的。

大主教　我可不许评判最高决策层的事情。我的职责就是提醒陛下注意这个危险。人群总是涌向那些承诺最多却做得最少的人。农民起义和再洗礼派教徒的异端邪说就像是地下的火焰,如果再不扑灭就来不及了。

皇　　帝　我知道这些事情之间的关联,可是我没有能力插手。不是我个人可以阻止历史的脚步,我们是被历史拖着走。我们试图去测量一定的路程,坚持我们希望可以预见的东西。但是我们的行动只会让一切更加混乱。我们无法让那些人变好,我们不能冒险,这样就会失去我们勉强能够立足的这片牢靠的土地。

大主教　我理解陛下内心的忧虑,但是世界掌控在你的手里,因为教会已经被撼动,权力已经瓦解。希望陛下不要忘记。时不我待。再洗礼派教徒已经集结起来。以前的那些暴动势单力薄,没有形成势力,可是现在他们行动一致,有了确切的计划。我们小小的军队,已被失败削弱,势单力薄,没有能力攻破这座城市。他们的力量在增长,我们的力量即将耗尽。明斯特已经被他们占领,他们的使者在所有诸侯国引发了新的动荡。

皇　　帝　我们蔑视他们,这样就是和他们作战。

大主教　莱顿的约翰·伯克森让人将陛下和罗马教皇的画像公开烧毁。

皇　　帝　我记得听到过这事,令我极为气愤和憎恶。典礼官!

典礼官　是有这么一封信,噢,陛下。

皇　　帝　哪封信?

典礼官(十分尴尬地清一下嗓子,不停地鞠躬)　就是莱顿的约翰·伯克森给陛下写的信。(低声耳语)他在信里称陛下为兄弟,还说了很多失礼的话。

皇　　帝 (停顿了很长时间之后格外庄严地)　我满怀蔑视地想起了这个人,这个无视于我们神圣宗教的异端分子,这个早年不过是个裁缝学徒的家伙。(第二次停顿)我希望你,阁下,作为他所在区域的大主教,将这个罪人押到教皇法庭上,按照法律规定,对这卑鄙小人用尽酷刑,用碎轮将其处死,之后将尸体塞进一个铁笼里,挂在明斯特大教堂最高的塔楼上。

〔在舞台后面有一个孩子开始声嘶力竭地尖叫,完全听不到舞台上的人在说些什么。之后突然又变得寂静无声。

皇　　帝　噢,天哪,两个月大的唐·菲利普躺在隔壁房间的金摇篮里,他这是怎么了?

典礼官　噢,陛下,唐·菲利普一听到绞死、碎轮或者别的死亡方式就会尖叫。

皇　　帝 (又对着大主教)　阁下能够平息叛乱,这也合我的愿望,为此我愿意派给你一百名雇佣军。

大主教 (打了一个疲惫的手势)　一个即将渴死的人对每一滴水都心怀感激,而且他虚弱得就连毫无帮助的回应都无法拒绝。

皇　　帝　作为回报,我请求教堂派给我十三个红衣主教来教导唐·菲利普。

大主教　陛下想要多少红衣主教就能得到多少。

皇　　帝　还要给这可怜的灵魂做一百场弥撒。

大主教　陛下对一头白色的大象可有兴趣?我有一头,就养在奥斯纳布吕克的马厩里。

皇　　帝　唐·菲利普肯定会喜欢这样的东西。为了这个动物,我愿意再增派五十名雇佣兵。但是弥撒的次数也要增加五十场才好。

大主教　谢主隆恩。

皇　　帝　阁下可以退下了。

〔大主教画了一个十字,侍从们把他推下去。

皇　帝　典礼官!
典礼官　噢,陛下!
皇　帝　让人挑选一百五十名雇佣兵,找那些可怜虫、傻瓜、得了各种病的,有肿块和残疾的,发恶臭的,反正很快就会缺胳膊少腿的。把他们派到明斯特去:他们会把这座毫无意义的城市踏平,哪怕它与苍天牢不可破!

〔突然降临的黑暗吞没了皇帝的身影,就像他从来没有出现过一样。一个守夜人站在舞台前方正中间,他戴着头盔,手执长戟,肚子右前方还挂着一个灯笼,明显看得出来他喝醉了。也许他就像这场戏前半部里的扬·马蒂森一样,是从地板下面冒出来的。

守夜人　我喝醉了。醉得彻头彻底尾,烂醉如泥。
烧酒就像一条龙钻进我身体里,高高低低,深深浅浅,无处不在。我的腿直打晃儿,我的耳朵直打晃儿,我的头发直打晃儿,还有牙齿:就像你们看到的,我身上的一切都打晃儿!
我站在明斯特,圣城锡安的中心点。
啊呦!
这座小城有城墙环绕,可我不能走得离城墙太近,
因为有可能会被埋伏在圣城周围的敌人抛来的石弹打中我的脑袋,或者哪个被石弹击中的男人也可能从城墙上掉下来,况且他还穿着沉重的铠甲,我必须小心翼翼,就像每一个正直的小守夜人,
我就呆在大教堂前面的小广场上,藏在塔楼的阴影里,——你们想一下——在右边有一个刷成绿色的长椅,我可以坐一下。
哦,天上的月亮有一半被酒馆挡住了,我拖着摇摇晃晃的脚步刚从那里出来,可怜可怜我吧!(如果你不是太阳的话!)
因为睡眠是一个巨大的荒原!
就连国王和皇帝都无法抗拒它的魔力,更何况我这样一个微不足道、烂醉如泥的小守夜人呢,头上戴着一顶头盔,手里拿着一

根长矛,肚子上还挂着一盏小灯!(他坐到摆放在右边的长椅上)你们要知道,我是格欣农子爵,格欣农①就是耶路撒冷附近那个满是恶臭尸体的山谷。

几天之前我还是加里利海东北岸的伯赛大公。

可是因为一个耳光,

我打了迦百农和奈恩的大主教一个耳光,

因为我忘记了,我的妻子,恩多男爵夫人,按照法律也是他的妻子——因为我们在锡安奉行妻子共享制,

所以我就被降级为格欣农子爵,在这个城市里当个守夜人。哦,城市,哦,带有门廊、墙上有窗户、上面有彩色玻璃的房屋啊!

哦,围绕着我坐在软椅子里的人们,

大多数人的胃里还有美妙的晚餐!

哦,再洗礼派教徒的美好时光!

哦,我头顶上的夜空!

哦,我肚子里和啤酒混在一起的马利瓦西亚葡萄酒!

哦,家里正在和示剑男爵睡觉的妻子!

哦,像狮子一样征服了我的睡眠!(他睡着了)

〔克尼帕多林克上场,他只穿着一件衬衣,后面跟着尤迪特。克尼帕多林克双手拿着一把很大的剑。

克尼帕多林克　我的女儿!

尤迪特　我的父亲?

克尼帕多林克　乖女儿,你看到我的样子如此古怪:只穿着一件衬衣,午夜之后站在大教堂前面,手里拿着陛下赐给我的剑,他登基之日当着民众的面任命我为锡安的总督以及加利四亲王。借这个机会,我的女儿,你也成了吉甲女伯爵。

尤迪特　父亲的样子从来都不古怪。

---

① 此处原文为 Gě-Hinnom,希伯来语,地名,耶路撒冷附近的一个山谷,也有地狱之意。

克尼帕多林克　不,吉甲女伯爵,我的确古怪。只穿着一件衬衣的男人总是一个可笑的形象。你看到了,我的女儿,加利利四亲王穷困潦倒!

哦,贫穷是一门伟大而美好的艺术,是不是,我的女儿?

尤迪特　是的,父亲。

克尼帕多林克　吉甲女伯爵,贫穷是一片无尽的海洋,我的灵魂深深地沉入其中!我想饮尽这海里的水,这样我就能与它融为一体。所有人都应该经历一次像我这样的穷困,不管是睡觉还是醒来都只穿着一件衬衣。

尤迪特　他们所有人都会像你一样富有,父亲。

克尼帕多林克　人们将我埋葬的时候,我就穿着这件满是破洞和污渍的衬衣。是不是这样啊,女伯爵?

尤迪特　是的,父亲。

克尼帕多林克　而且我还要拿着这把剑。这是一把什么样的剑呢?

尤迪特　这是正义之剑。

克尼帕多林克　这就是正义之剑啊!我要亲吻你,剑!我要亲吻你,正义!这是一把神圣的剑,是不是这样,我的女儿?

尤迪特　是的,父亲。

克尼帕多林克　这把剑是怎么到我手里的,吉甲女伯爵?

尤迪特　是国王交给你的,父亲。它是法官的象征。

克尼帕多林克　正确!非常正确!我应该用这把剑来对付人!可究竟什么是正义,在这个圆圆的地球上谁才是正义的?

尤迪特　正义不会降临到人身上。

克尼帕多林克　聪明!非常聪明!听着,你们这些人,听着,我的女儿,吉甲女伯爵说的话:正义不会降临到你们身上!你们这些人,不公正才是你们的命运,还有错误!

〔守夜人醒了。

守夜人　嗨!那儿!别这样大喊大叫!不要打扰守夜人的睡眠!别人睡觉的时候不要喊叫!(他一瘸一拐地走过去)你是什么人?

哎呀！你的脸怎么这样？（他把灯笼靠近克尼帕多林克，跪了下来）总督！请你宽恕，阁下，请宽恕，加利利四亲王！

克尼帕多林克　你不是加里利海东北岸的伯赛大公吗，四十八小时前我刚把你降级为格欣农子爵？

守夜人　正是在下，噢，正义的太阳，慈悲的月亮，复仇的闪电！

克尼帕多林克　你脚步踉跄，子爵，还有嘴里那呛人的味道暴露出你那腐败的品行！

守夜人　加利利四亲王！别让我忏悔我的罪行了！慈悲！慈悲！不要拔出宝剑，就像上帝的愤怒出现在我眼前！让我可笑地降级，这样我就满意了。

克尼帕多林克　子爵，我没有办法再降低你的级别了！出生时的贵族身份是我无法从你身上拿掉的。

守夜人　你可以叫我退位侯爵或者粪土骑士，只是不要拔剑，噢，正义的太阳。

克尼帕多林克　子爵，你已经在尊严的梯子上跌到了最底层，你简直就是最可怜的再洗礼派教徒形象。

守夜人　我知道，四亲王。

克尼帕多林克　《圣经》如是说：最早的应该成为最后的，最后的应该成为最早的！这里，拿着这把剑！我不想要了，我有衬衣就足够了，还有我的贫穷和我的女儿，吉甲女伯爵。格欣农子爵，我任命你为加利利四亲王和再洗礼派教徒的最高法官。

守夜人（惊呆了）　你想让我这个长满虱子的腐臭尸体山谷子爵成为最高法官？想想我喝的烧酒吧，想想我的红鼻子，我的口臭，我摇摇摆摆的步态！

克尼帕多林克　谁又能做到公正呢？第一个和最后一个，上帝或者你，子爵！（他吻了一下后者的额头）我将会请求国王，由我来代替你，降级为格欣农子爵。（他把手伸给了尤迪特）来吧，吉甲女伯爵！

〔背景中的灯光越来越亮，直到后来到达最大亮度，约翰·

> 伯克森坐在一张国王椅子上,就在之前查理五世坐在舞台上的位置。约翰·伯克森穿着国王大衣,慵懒地坐在那里,手里端着一升装的啤酒,已经喝了一半。

约翰·伯克森　我吃得太好了。

虽然只是简单的一餐,在这个困难的时期实在不算过分。

不过感谢上帝,我还是吃饱了,我的四肢感到很舒适。我十分惬意地回忆起海鳝汤,还有一开始就给我端上来的寄居蟹和新鲜的鹦鹉螺。

瞧啊,多么鲜美!

我充满深情地想起巨型梭子鱼,就像思念一个远方的情人,用本地的红葡萄酒煮熟,肚子里还塞了鳟鱼、知更鸟、蓝皮鱼和酸橄榄、醋渍乳菇、珠葱和黄瓜。所有这些美食就像美女的手抚摸我的胃。

我热切地想念青蛙腿、沃利斯的无脚蜥蜴和勃艮第蜗牛,还有煮得很嫩的燕子蛋,装在国王陛下的银盘里。

要赞颂主的善心,他诱使大自然黑暗的怀抱交出了这些奇迹!

他让大地长出美味的葡萄藤,让我能享受到葡萄酒。摩泽尔葡萄酒和沃姆斯葡萄酒令人赞叹!

我赞叹果子冻和鱼子酱里的五花肉、牡蛎加香槟酒、逾越节羔羊肉串、肉里还塞了斯特拉斯堡小香肠、烤云雀和早产小牛犊的胰脏丸子,还有口味浓郁的勃艮第葡萄酒,

美味的野鸡,周围一圈摆着田鹬、野莴苣和孢子甘蓝、绝妙的勃艮第红葡萄酒、加上肝丸子的啤酒汤,还有我吃饭时喝的那一杯水,

巧克力酱、下萨克森血肠、土豆沙拉和白豆子炖熏猪肉、酸溜溜的果酒、口蘑肉馅饼、松露、羊肚菌、恺撒蘑菇、米饭、马德拉白葡萄酒汁配醋渍白花菜芽,以及用贵重的水晶杯装的齐策斯葡萄酒!

祝福我刚才享受的一切!

哦,俄罗斯沙拉和金枪鱼!
哦,刺柏果烧酒,哦,酸白菜!
哦,生菜和煮洋葱!
哦,一杯马奶和黑面包!
难道我不会怀念你们,如同怀念那些温柔的时光?
难道我要鄙视贝丹葡萄酒,还有岩羊、肚子里塞了肥肉条的野兔、鹿腿?
难道它们不合我的口味?
美味的熊掌、绿色的豆角和伏特加、酸酸的李子配芦笋尖,燕麦糊和椴树花茶、埃门塔尔奶酪、意大利红葡萄酒、朗姆酒浸红樱桃,我赞美你们!你们让我感觉到了幸福,你们让一个国王感到幸福,我赞美你们!
叙利亚的蚱蜢和温和的西伯利亚蜂蜜,我问候你们,一个充满激情的问候!
我以约翰的荣幸享用了你们,我尊贵的前任,再洗礼派教徒约翰!
我的嘴唇上还保留着草莓的香味,不就像女人的亲吻?
它们熟透了,红红的,放在楹桲果肉里,蘸着掼奶油,再加上樱桃、水果渣酿的白兰地和李子酒。哦,我流下了开心的泪水!
让我想着克里斯蒂安娜甜点和樱桃白兰地而哭一会儿!
让我哭一会儿,让国王的泪水滚落在俾路支斯坦地毯上。
不过现在,我刚用完膳,心情倒也平静了,作为餐后甜点,我还喝了几升啤酒,刚刚喝完了最后一杯,现在我要准备接见我的那些女人了,因为我喜欢独自用餐,最多也不过是让人叫马厩小厮来给我讲笑话,坐在大厅一隅的我借此娱乐一番。

〔他拍了拍手。出现了三个黑人。第一个举着王冠,第二个举着权杖,第三个托着金球。有一个复杂的仪式,做出很多表达尊敬的可笑动作之后,王冠终于戴在伯克森的头上(王冠对他而言有点儿大),权杖和金球也都交给了他。然后这三人一路如捣蒜般地鞠躬退场。

约翰·伯克森　现在我要再拍一次手,你们就会看到我的女人们出来。我有十五个女人,都是精挑细选的货色。她们十分好奇,最喜欢围观我处理国事。

　　　〔他第二次拍手,女人们迈着鸭子步排队入场,前面是卡特琳娜,接着是迪瓦拉和其他人。她们依次在王座前鞠躬,行屈膝礼,或者由导演安排一个他认为合适的动作。

约翰·伯克森　你们来了,我的小鸽子们!

大家刚刚沐浴完毕,身体散发着香气,这是我最爱的样子,可以看出来,你们刚刚才离开我们共同的婚床。

胸口开得很大很低;我赞叹你们白如凝脂的美胸。

最喜欢你们走进来时小拖鞋在地上发出的踢踢踏踏的声音。

你们一个接一个地在我面前俯身,我摸一摸这个的下巴,或者那个紧实的上臂,我还会捏一下几个的脸蛋儿。你们挨着我身后这面墙坐下吧,我的天使们,按照规矩,每个人都有一个舒服的小扶手椅。

我左右两边请两位王后就座,美貌出众,卡特琳娜,西奈女大公,迪瓦拉,卡尔梅尔女伯爵。

按照礼仪顺序还要走进大厅的是宰相和元帅——耶利哥和约帕侯爵,接下来是大公,迦百农和拿因的大主教,他们一个身着宽大的红色长袍,戴着银质的十字架,另一个则穿着黑色的铠甲。也许你们要费点儿劲才能认出他们就是再洗礼派教徒克雷亭和罗特曼。

亲爱的诸位,请认真听好,接下来要举行内阁一次重要会议。

为我祈祷吧,让主赋予给我他的智慧。

　　　〔克雷亭和罗特曼跪下来,伯克森打了一个免礼的手势。他们走到王座前,亲吻伯克森伸出来的双手。然后他们坐在舞台前面左边的两把椅子上。背景里站满了士兵和达官显贵。

约翰·伯克森　我,莱顿的约翰·伯克森国王,
承蒙上天恩典,通过思想火花顿悟,
纪念我们胜利的预言,那是上帝显示的预言,
在最早的再洗礼派教徒心里像是燃烧的刺,之后一代接一代薪火相传,现在我们幸福地尝到了胜利的滋味。
依靠我们的职位和我们的出生——我们在此可以回想一下我们与大天使加布里尔的亲缘关系——我们接管了这座城市的统治权,你们,我忠诚的臣仆和亲爱的人,按照法律各有了安排,
打破了旧有的偏见(它们像灰烬一样让真正的信徒集体窒息),
你们每一个人都得到了想要的地位和全部的特权。
那么现在我们的任务就是拓宽再洗礼派教徒的统治范围,
为了在地球上建立灿烂的上帝王国,让历史发展达到顶峰,这样一来,上帝就会在那个让我们充满希望的日子到来之时,从我们手中重新获得属于他的权力,因为他是这个地球和其他星球、彗星和恒星的造物主,别忘了还有宛若深夜的山羊愉悦了我们眼睛的流星。

〔他拍了拍手,三个黑人抬出一个巨大的纸卷,在他脚下展开。

约翰·伯克森　你们看这里,我忠诚的臣仆和亲爱的,在我脚下展开的羊皮纸卷上,出色地描绘了旧世界和新世界。
中间是欧洲各国及其岛屿——其后消失在不成形的俄罗斯什么地方——,而在与莱茵河纬度不远的地方,被我用红笔标明的就是威斯特法伦的明斯特,你们在这里也技艺高超地把我画了上去,
坐在王座上,可以看到围绕着我的女人和大臣们,
仿佛眼前这场景缩小了十倍。
东方是古老的亚洲,非洲在大海的南边,大海化成了一片蓝色。
在最左边的西方,隔着巨大的海洋——那里只能看到几只鲸鱼

和倾覆的船只——展开了一片新世界,是刚刚发现的,还很原始,有巨大的水牛和吃人的野兽。

耶利哥和约帕侯爵,我把亚洲分给你。

还有你,迦百农和拿因的大主教,神圣的非洲,被众神污染,被吼叫的大象所震撼的土地,而美洲,未来的国家,就交给我的儿子,他还在迪瓦拉的肚子里,我希望他在安睡。至于欧洲嘛,我打算交给加利利四亲王。

〔寂静无声。

罗特曼(鞠躬)　加利利四亲王处境悲惨。

约翰·伯克森　我们知道他的罪孽深重。但是我希望你们这些忠臣和宠臣,去警告这个严重辜负了我们信任和期望的人,让他看清自己的所作所为,能够重新回归自己的位置,这完全出自我对他的慈悲之心。(他画了一个十字)

一个士兵(在背景上)　加利利四亲王!

〔士兵们将克尼帕多林克领了进来,他看起来比之前更加可怜,身上的衣服更破旧。克尼帕多林克深深地鞠躬。

约翰·伯克森(慢慢地)　加利利四亲王,看到你这个样子,我深为震惊。我当着所有子民的面封你为锡安总督,但是你却越来越没有尊严,惹人耻笑,所以我只得取消你面对国王的资格。

克尼帕多林克　陛下,我只渴望贫穷与和平。

约翰·伯克森　亲王阁下,你头不梳,脸不洗。你就穿着一件衬衣站在我们面前。

克尼帕多林克　我的衬衣是贫穷的旗帜。

约翰·伯克森　这面旗帜助长非理性,让再洗礼派教徒清晰的意义蒙羞。糊涂人真可怜!

克尼帕多林克　贫穷是上帝赐予我的命运。

约翰·伯克森　主最早的追随者是很穷,但是由于主的恩赐,他们被选中来统治地球,用剑来面对敌人。

克尼帕多林克　《圣经》上说,凡执剑者,必死于剑下。

约翰·伯克森(阴郁地)　你要求再洗礼派教徒们,点燃自己的房子,将所有的财产送人,赤身裸体地跪在大主教面前。

克尼帕多林克(愉快地)　如果我们有所行动的话,大主教就会率领大军将我们铲平。

约翰·伯克森　我毫不怀疑你意图的单纯,可我诅咒你手段的疯狂!我屈尊给你父亲般的教导。我认为你过于固执,加利利四亲王!

克尼帕多林克　就让我过贫穷的生活,睡在这贫穷的城市的小巷里。我只有这一个迫切的要求!(他沉默了,脸上现出幸福的表情)

约翰·伯克森　我同意你的请求,四亲王,因为我没有忘记,你为再洗礼派教徒所做过的事。

克尼帕多林克(兴奋地)　请命名我为格欣农子爵!

〔舞台上笼罩着一片冰冷的沉默。

约翰·伯克森(冷漠地)　我听说了你罪恶的开始,你在那个夜里的所作所为。我怀着极大的慈悲,才不至于要报复你对本王的侮辱行为。就让那个格欣农子爵来做出裁判吧,既然你任命他当法官,而你执意要取代他的名称。

整个宫廷(异口同声)　陛下英明,这是所罗门式的判决!

约翰·伯克森(对着士兵们)　给他在地上挖个坑,就像坟墓一样,远离我们的耳朵,我可不想听到他的喘息,无论是白天还是月夜。

〔所有人都背对着克尼帕多林克,除了卡特琳娜。她站起来,直勾勾地盯着他。

约翰·伯克森　我忠诚的臣仆和亲爱的,让我们一起去大厅里跳舞吧!(他站起来,没有再看一眼克尼帕多林克)来呀,我的小鸽子们,来呀!

〔伯克森和随从们一起离开了大厅,朝着左后方走去。只有卡特琳娜一动不动,士兵们在舞台后等待着。

克尼帕多林克　把可怜的拉撒路领出去吧!

〔说这番话时,舞台上方画着明斯特前面驻军营寨的牛皮纸缓缓落下,像前面有一次出现的一样,不过现在画面上的帐篷难看地塌下来了。天空上有一个画得不圆的黄色太阳,有一张阴郁的脸,光线也画得断断续续。在营房前有一个下面安装着小轮子的舞台被推过来。舞台很低,上面有一张桌子,从左到右依次坐着:约翰·封·布伦骑士、僧侣和鼓手。(封·布伦装着一条木头腿)他们在掷骰子。

约翰·封·布伦(一边摘下自己的胸甲,一边对着僧侣) 拿去吧!拿去,你赢了!我戴上了胸甲,你不是想要嘛。我会穿着衬衣继续战斗。

鼓　　手(脱掉左脚的靴子) 这是我左脚的靴子。右脚的已经给你了。

僧　　侣 圣人都怜悯我,将军。

约翰·封·布伦 你的圣人们都该见鬼去了。

僧　　侣 你应该转到那个唯一能救世的教会,你就能在掷骰子时有好运气。

约翰·封·布伦 真是不幸啊!明斯特这座城市就像一个纯粹出于恶意而不肯顺从的处女。

鼓　　手 她是第一个胆敢顶撞大主教的女人。

僧　　侣(闷声闷气地) 我有两天都没吃过热乎东西了。

约翰·封·布伦 你看看我!一条木头腿!谁还会雇佣我呢?没人会施舍这样一个像僵尸的人。我要感谢上帝,居然给我这样的荣誉,统帅马克西米利安皇帝留下的、一群快要饿死的老兵!

〔一个肥头大耳、衣着光鲜的商人从右边登台。

商　　人(生气地) 这是什么烂事儿!

约翰·封·布伦 我完全同意!

商　　人 你的士兵扣押了我的货品。

约翰·封·布伦 你要去哪里?

商　　人 带着十车麦子去明斯特。

约翰·封·布伦 见鬼了!你不知道,我们要让明斯特城里的人饿

071

死吗?
商　人　这是你的事,麦子是我的事。那四十头牛的钱你还没给我呢,那些帐篷你给我的是汇票。你要是支付有困难的话,我就让人把帐篷收回去。
约翰·封·布伦　你认为,我想在野外睡觉吗?见鬼吧,去跟雇佣兵说,让他们放行你的麦子!

〔商人退场。

鼓　手　雇佣兵们为了一口热汤居然跑到明斯特人家里去了。
僧　侣　大主教应该到黑森侯爵那里去讨六千救兵来。
约翰·封·布伦　估计会给我们一百具保存良好的骷髅,不知从哪些墓地里挖出来的,就像皇帝派来的救兵。看样子我们不得不在这里守到世界末日了。

〔随军女贩走上舞台,观众能认出她就是之前的女菜贩。

约翰·封·布伦　女人,来一个啤酒!
随军女贩　他还欠我二十个杜卡特金币呢。
约翰·封·布伦(威严地)　我是将军!
随军女贩　什么将军不将军!那二十杜卡特赶紧给我!不给钱连一杯水都别想!(她退场)
鼓　手　将军,我们现在混得连狗都不如!
僧　侣(盯着女贩的背影)　这个人有点儿眼熟。
约翰·封·布伦　就在倒霉的那一天,我们第一次看到明斯特塔楼时,她从城里冲着我们跑了出来。
鼓　手　来吧,让我们掷骰子。
约翰·封·布伦　我押上我的木头腿。
鼓　手　我押上我的裤子。
僧　侣　我押上之前所赢的东西。圣人们,请保佑我!

〔他们掷骰子。

僧　侣(开心地)　我赢了!
约翰·封·布伦(他摘下木头腿放在桌子上)　腿归你了!卖给我

的那个小偷发誓说,这是用使徒彼得的十字架雕刻的。
僧　　侣　阿门!还有你,鼓手,裤子拿来!
〔桌子和这三个人被推下舞台,营地的画像卷到高处,伯克森走上舞台,迎面走来了尤迪特·克尼帕多林克,在他面前双膝跪地,探照灯的圆形灯光照在两人身上,清晰地显示出两人的身影。
约翰·伯克森　你在月光下的花园里祈求什么呢,吉甲女伯爵?
尤迪特　我父亲的性命。
〔约翰·伯克森朝她伸出一只手,她站了起来。
约翰·伯克森　他自由了。
〔她一动不动地站着,手被他握着。
约翰·伯克森　月光洒在花园里,像一条银色的带子通向宫殿。女伯爵,是上帝给我们指出了这条路。(他领着她走了)
〔可以看到背景上菲利普·封·黑森侯爵坐在一把椅子上,身后左右两边站着他的妻子克里斯蒂娜和玛格丽塔,他们周围摆了一些道具,暗示着这是一间十分简陋的酒馆。
〔有三扇门格外引人注意,一扇在侯爵身后,另外两扇在左右两边,只挂着门框,看不到墙。可以根据现场设备情况,让这三扇门能够表现出打雷闪电的场景。最前面有一个肥胖的酒保正在用一把扫帚扫地。
黑森侯爵　听,有人敲门。
酒　　保　雷声,大人,那是雷声。
黑森侯爵　我说了,有人敲门。
克里斯蒂娜　我夫君明明白白地说了,有人敲门!
玛格丽塔　我夫君清清楚楚地说了,有人敲门!
〔在这一幕戏里,这两位女士一直都同时抢着说话,互不相让。
酒　　保　那好吧,如果你们真这么认为!我们应该让他一直敲下去,那肯定是鬼。外面又打了更响的一声雷,最仁慈的侯爵大人。

〔再次传来敲门声。

黑森侯爵　不要让人白白等着。快去开门。这是基督徒的义务。

酒　保　大人,你应该知道,这会不会给我带来厄运。

〔他打开背景上的门。两个侍从把大主教推了进来。三个人都浑身湿透了。

大主教　非常感谢。正如你们所见,我们是不幸的人。

〔侍从把他推到前面,然后瘫倒在地。

大主教　这样就行,我的孩子们!费力地劳动之后就应该这样躺着!

酒　保（探头看了看门外,然后又关上门）　真见鬼了,大人,你这是从哪里来?

大主教　到侯爵的城堡还远吗?我们的车坏了。

酒　保　你莫非是大主教吧?

大主教　如你所见。

酒　保　这里是新教地盘。

大主教　你能领我去黑森侯爵城堡吗?

酒　保　不行!

黑森侯爵　酒保,你真是个粗野村夫!你难道没有读过《圣经》:要尊重老人!我们向这些公牛演示该如何喂食,而它们居然都懒得嚼一下!

酒　保　最慈悲的大人——

黑森侯爵　走开。

〔他不耐烦地摆了摆手。酒保接连鞠躬之后退场。

黑森侯爵　这个国家的人真粗野。必须要对他们严加管教,像父亲一样棍棒相加。

大主教　感谢你,帮助一个沦落到如此地步的大主教。

黑森侯爵　阁下,你要去找菲利普·封·黑森?

大主教　你认识侯爵吗?

黑森侯爵　明登、奥斯纳布吕克和威斯特法伦明斯特的大主教应该会认出他吧。

大主教　你就是侯爵？

黑森侯爵　我在打猎途中遇到暴风雨，才躲进这肮脏的屋檐下。

大主教　你的模样变了，大人！

黑森侯爵（叹息着）　我娶了两位妻子，阁下！（他指了一下身后的两位妻子）

大主教　女士们好！

克里斯蒂娜　我非常高兴能够与你相识，阁下！

玛格丽塔　能够与你相识，我非常高兴，阁下！

大主教（转向侯爵）　你曾经是我最喜爱的学生之一！

黑森侯爵　我现在成了你的死敌之一。

大主教　你转信了路德教派。

黑森侯爵　当年在埃尔福特我坐在你脚边，转眼已经是很久以前的事情了。

大主教（叹息着）　那是一段幸福的时光。

黑森侯爵（同样叹息着）　时代不同了。

克里斯蒂娜　夫君到底想说什么？

玛格丽塔　夫君这样说是什么意思？

黑森侯爵　我想说的是，年轻时澎湃的热情已经变成了成熟男人安静的幸福。

大主教　我完全理解大人的话。

黑森侯爵（亲切地）　阁下，我有什么能效劳的吗？

大主教　派六千士兵。

黑森侯爵　你想让我派兵去参加围攻明斯特吗？

大主教　你是我最后的希望。

黑森侯爵　我听说，再洗礼派教徒国王有很多女人？

大主教　他娶了十五个妻子。

黑森侯爵　闻所未闻啊。

大主教　有点儿多，大人。

黑森侯爵（阴郁地）　我要亲手把这个不幸的傻子撕成碎片。

075

大主教　我能期待大人出征明斯特吗?

黑森侯爵　一个星期后将会有八千士兵到达明斯特城下。

大主教　感谢你。

黑森侯爵　路德给我写信,让我支援你。我们要格外感谢他,他格外开恩,允许我这个与众不同的男人在戴上第一枚婚戒之后又戴上一枚。

克里斯蒂娜　夫君会站在我这一边吗?

玛格丽塔　夫君会偏向我这一边吗?

黑森侯爵　可惜我必须要亲自出征明斯特。

大主教　可惜你必须要亲自出征明斯特。

〔侯爵的两位妻子同时站了起来。

克里斯蒂娜　你可真是完全不顾及人家的感受啊,黑森侯爵!

玛格丽塔　你可真是丝毫不顾及人家的感受啊,黑森侯爵!

〔两人一起走了出去,一个走左边的门,另一个走右边的门,然后摔门而去。因为没有墙,所以能够看到两人动作一模一样地走来走去。

黑森侯爵　阁下认为我们会驻扎很长时间吗?

大主教(阴郁地)　你可能要做好心理准备,很长时间都见不到妻子。

黑森侯爵　再大的牺牲也不会吓住我。

〔克里斯蒂娜和玛格丽塔同时打开门,把头探进房间。

克里斯蒂娜　虽然与我分享大王婚床的这个女人让我们受伤最深,

玛格丽塔　虽然与我分享大王婚床的这个女人伤我们最深,

克里斯蒂娜　但是我们也要忍受战争带来的极度匮乏,和大王一起勇敢地驻扎在明斯特的营房里!

玛格丽塔　但是我们也要和大王一起勇敢地驻扎在明斯特的营房里,忍受战争带来的极度匮乏!

〔她们再次狠狠地关上房门。

黑森侯爵(闷闷不乐地)　这该死的欲望啊!

〔说完这些表达细腻绝望而崇高的话后,舞台再次向前移动。在关闭的大幕前,尤迪特身穿一件漂亮的中世纪长裙,从右边走上舞台。

尤迪特　父亲!

克尼帕多林克(从左边走来)　我的女儿?

尤迪特(无力地)　父亲!

〔借着昏暗的灯光,可以看到克尼帕多林克在左边的地上趴着。

克尼帕多林克　安静,你们这些小动物,安静!有人来看可怜的拉撒路了!和你们在一起躲进角落里。

尤迪特　你在和谁说话呢,父亲?

克尼帕多林克　在和老鼠说话,我的乖女儿!

尤迪特　那是些让人恶心的动物!

克尼帕多林克　你怎么能这样说我的朋友呢!你不是曾经说过:你的朋友就是我的朋友吗?

尤迪特　父亲!

克尼帕多林克　它们听我的话,我的朋友们。天下一切安好。谁让你进来的,我的女儿?

尤迪特　你自由了,父亲!

克尼帕多林克　哎,你在说什么呀,我的女儿!可怜的拉撒路一直就是自由的。我想留在这里,守着我的老鼠们和我的上帝。

〔尤迪特想要走近一些。

克尼帕多林克　别过来,我的乖女儿,别过来!下面很黑,你下来我也看不到你。

〔尤迪特用手捂住脸哭起来。

克尼帕多林克　我如此幸福,你为什么要哭泣,这么悲伤?

尤迪特　我爱他。

克尼帕多林克　别哭了。一定会这样的。你是个软弱的妇人,你没有别的选择。你就像所有的生物一样,像花朵,也像这些在我脚边玩耍的老鼠。

尤迪特　我已经委身于他。

克尼帕多林克　你身上不是也有你母亲的血脉吗？别哭了,你所有的罪孽都会被原谅的。

尤迪特　让我留在你身边吧,父亲!

克尼帕多林克　这里不适合你,这么昏暗。你属于太阳。去吧,我的乖女儿!

〔可以看到大幕又徐徐升起,出现了城墙,还有城墙上面克雷亭和一个士兵在夕阳下的剪影。这一幕戏像前面已经出现过的一幕一样,完全发生在舞台背景上,在很高的地方,模模糊糊的。只有声音像闪烁的灯光一样传到观众耳朵里。

克雷亭　你在看什么?

士　兵　敌人围着城墙像一条勒在脖子上的绳索。我们被包围了,将军。

克雷亭　有没有可能派出一些再洗礼派教徒突围出去搬救兵?

士　兵　连老鼠都跑不出去。

克雷亭　能看到很多人吗,还有没有新的军队到达?

士　兵　他们像潮水一样从各个方向涌来。已经没救了,将军!

克雷亭　看来大主教成功地说服了黑森侯爵。

士　兵　我从近处看到过几个新的雇佣兵。如果这些人进城来,我们的女人们会非常高兴的,她们就不会等着我们了。

克雷亭　你的话我不得不信。自从我瞎了眼之后,你说什么我都相信。

士　兵　真该诅咒那射中你眼睛的箭头。

克雷亭(坐了下来)　一个没有眼睛的老人才是唯一能看到真相的人,知道这事真可怕。坐到我身边来!紧紧地挨着我。

〔士兵坐到他身边。

克雷亭　伙计,我是谁?

士　兵　哦,你是将军。

克雷亭　我叫什么?

士　兵　没人能记住自己的新名字。你叫耶利哥大公,或者类似的名字。

克雷亭　我不是吉尔德豪斯来的布道者克雷亭吗?

士　兵　当然是了。

克雷亭　你多久没吃东西了?

士　兵　两天了。

克雷亭　你的孩子呢,伙计,你的孩子呢?

士　兵　饿死了。

克雷亭　你的桌子因为摆满了美味的食品而被压弯,所罗门,你的女人们裸身在你的面前跳舞。

士　兵　你在说谁呢,将军?

克雷亭　我说得还不够明白吗?还让我冲着夜空大喊那个让我们陷入困境的名字吗?

士　兵　我知道是谁了,将军!(他推倒他)在这座城里谁还能回去呢?他伸开双臂,挺直背部。谁能回去?谁能回去呢?

　　〔这时,整段城墙都被照得灯火通明,能看到背景中间是阿吉蒂城门。在紧闭的大门前站着一个警卫。左边黑压压地站着一群女人和孩子。

妇　人　我饿!

士　兵　不要总是说相同的话。换个话题,女人,换个话题。

妇　人　我饿!

士　兵　婊子养的!你让我想到我的内脏。

一个孩子　我饿!

　　〔伯克森带着几个士兵从右边出场。

约翰·伯克森　你们在这里胡闹什么?

妇　人　我饿!

约翰·伯克森　把饥饿埋葬在你的身体里,然后沉默吧,以色列的妇人!

妇　人　我饿!

约翰·伯克森　去十字城门。你们可以从那里出城。

〔女人们沉默地站起来,离开了。

约翰·伯克森　你们也跟着去吧!把所有人都杀死!你们的剑好过我们敌人的仁慈。

〔士兵们退场。只有卫兵还一动不动地站在城门前。伯克森朝他走去,他从上到下打量着他,围着他绕圈。他敲了敲守卫的肚子。

约翰·伯克森　多大了?

士　兵　二十二岁!

约翰·伯克森　你肚子长得不错。一个二十二岁紧实的肚子。你饿吗?

士　兵(小心翼翼地)　不饿。

约翰·伯克森　你回答犹犹豫豫。

士　兵　是的,陛下。

约翰·伯克森(走近一些)　为什么?

士　兵(尴尬地)　瓦瓦拉,陛下。

约翰·伯克森　你告诉我的这个名字真古怪,不过我的厨房里倒是有一个女仆叫这名字。

士　兵　是的,陛下。

约翰·伯克森　她左胸下面是不是有一个宝剑形状的胎记?

士　兵　是的。

约翰·伯克森　右边大腿内侧有一个比较长的红色伤疤?

士　兵　是的。

约翰·伯克森　把你的长矛给我。(他从守卫手里拿过长矛,用尖头在地上画出一条线)她的胸部大概就是这个样子吧?

士　兵(越发迷惑不解)　陛下是怎么知道的?

约翰·伯克森　陛下无所不知。

〔约翰·伯克森若有所思地来回踱了几步,之后又回到士兵跟前。

约翰·伯克森　今天夜里真冷。

士　兵　非常冷,陛下。

约翰·伯克森　把你的大衣给我。让我站在你的位置上。把武器给我。

〔他穿着士兵大衣站在城门前。士兵尴尬地站在他面前,直勾勾地盯着伯克森的脸。

约翰·伯克森　怎么了?

士　兵　陛下?

约翰·伯克森　你冷吗?

士　兵　是的,陛下。

约翰·伯克森　你饿吗?

士　兵　突然饿了,陛下。

约翰·伯克森　你想躺在你的瓦瓦拉身边吗?

士　兵　我不知道,陛下。

约翰·伯克森　要我告诉你她的床在哪里吗?

士　兵(迷惑地)　陛下!

约翰·伯克森(果断地)　我要在这里守夜。代替你守夜!你应该去找瓦瓦拉。

士　兵　遵命,陛下!(他跑开了)

约翰·伯克森　我一动不动地站着。我头顶的夜空像一件国王的大衣一样包裹着我。我穿着你,天空。我稳稳地站在大地上。我是你的儿子,古老的大地。你是我的母亲,在深夜里我能听到你的呼唤。可是我没有听从你的呼唤,因为我想要的是天空。我想用双手把天空撕下来,大地母亲!我想用它的火和它的星星为你展开一幅地毯。(他躺在地上)我听到你的心在跳动,你的肺一起一伏。我听到你的血液在古老的矿井里涌动,神圣的母亲。我亲吻你!

〔卡特琳娜从右边走到趴在地上的伯克森身边。

科特琳娜　你为什么躺在这里,士兵?

约翰·伯克森　我刚才给了大地一个吻,女士!

〔他站起身来,不过脸还在黑影里。

卡特琳娜　你是守卫吗?

约翰·伯克森　你是国王妻子中的某一位吗?

卡特琳娜　你认识我?

约翰·伯克森　我曾经在你的门前守卫过。

卡特琳娜　我想起来你的声音了。看啊!(她把首饰举到他眼前)

约翰·伯克森(冷漠地)　金首饰和银首饰。

卡特琳娜　你要放我出城,它们就归你了。

约翰·伯克森　你得给我一些别的东西。

卡特琳娜　你想要什么?

约翰·伯克森　你必须用双臂抱住我,用身体紧紧地贴住我的身体,你的嘴唇贴着我的嘴唇。

卡特琳娜　我愿意这样做。(她拥抱伯克森,他从后面用匕首插进了她的身体。她倒在地上。)

约翰·伯克森　你活着真的为了什么呢?

〔伯克森和那具尸体慢慢地隐没在黑暗中,舞台像是被一种巨大的虚空吞噬了。尤迪特慢慢地从最左边的舞台前部走出来,她的声音像是在无边无际的宇宙中产生了回响。

尤迪特　冬天过去了,接着是春天,现在已经是夏天了;

可是饥荒仍在,饥饿没有从城里退去。

人们死在广场上,他们的尸体被从城墙上扔出去。

我的母亲死了,我的父亲活在夜里,我只剩下泪水。

我的身体变成了碎片,我的灵魂已经熄灭,双手空空如也,只有影子还陪着我。

我读的台词来自尤迪特,和我同名的那个姑娘,是她出城解救了犹太人。

因为尼布甲尼撒二世的将军霍洛芬斯驻扎在伯图里亚,当时那座城的困境正如今天一样。

尤迪特在夜里去找霍洛芬斯,割下了他的头:所以我要去找大主教,是他用恐惧围困明斯特,我要杀死他。

〔尤迪特消失了,可以看到一个帐篷的内部场景,大主教独自一人坐在舞台前端中间一把扶手椅上。他前面的桌子上摆着一支燃烧的蜡烛。

大主教　我在明斯特的营房里。

现在是六月中旬,天气很热,有时候夜里还清凉些。

刚才我在外面赞叹了一番银河,这是战争开始之后我第一次如此清晰地看到金星。

她虽然遥远地挂在西方的天空,但是她的光芒却柔软了我的心。

在我不远处跪着一个雇佣兵,我刚才听到他在破口大骂和祈祷。

希望一切都会变好。

我得到比较可靠的消息,说城里的情况已经毫无希望。

这些傻瓜!

他们为什么害怕我们的判决。

这种可怜地讨要公正的念头,我们这些可悲的人也许在几天之后就不得不付诸实施了。主啊,请照亮我们!给我们一丝光芒,让我们看清周围的人,可我们是瞎子。

我将被迫大开杀戒,因为我是一个人,困在自己的眼界里,也因为这些人该死。

这是一种惩罚吗?这是一种罪孽吗?只有上帝知道答案,而他却不回答我们。

主,请赐给我们智慧,让我们不要像那个一看到税吏就捶胸顿足的法利赛人一样,因为如果我们打中他们,就等于打中我们自己;因为如果我们诅咒他们,就等于自我判决。

因为只要有人倒下去,那就是你要让他倒下去;如果有人痛苦地倒下去,那就是你要让他痛苦地倒下去。

主啊,帮帮我们,别让我们在那些已经屈服于你的人身上犯下罪孽。

因为谁说"他们罪该如此",那他自己就罪有应得;谁说"与我毫不相干",那他就是自暴自弃。

侍　从 (上场)　大人!

大主教　怎么了?什么事?

侍　从　一位女士。

大主教　怎么了?

侍　从　她想和你说话,她是从城里来的。

大主教　一位女士。她漂亮吗?年轻吗?

侍　从　十分美貌,阁下。

大主教　谁把她带来的?

侍　从　一个雇佣兵,大人。

大主教　让他俩都进来。再拿一盏新的灯来。这里太黑了,没办法谈话,必须能看到对方的眼睛。也给女士拿点儿吃的来。糕点,甜葡萄酒。

〔侍从出去了,雇佣兵和尤迪特上场。

大主教　你和谁一起来的,我的儿子?

雇佣兵　我不知道,阁下。她要见你。

大主教　你是在哪里遇到她的?

雇佣兵　在城墙下,阁下。

大主教　好吧。你可以走了。

〔雇佣兵下去,侍从拿来一盏灯。

大主教　把两盏灯摆在桌子两端。新拿来的灯摆在右边。你知道,我喜欢秩序。你可以走了。

侍　从　打扰了,还有甜葡萄酒和糕点。

大主教　你说得对。放在桌子上吧,摆在右边的灯下面。这样就行。

〔侍从走了出去。

大主教 (对着尤迪特)　走近一点儿。我看不到你的脸。

〔尤迪特走进被灯光照亮的地方。

大主教　你是尤迪特·克尼帕多林克。你父亲是与我在城里最后一个交谈的人。

〔尤迪特一动不动地站着。

大主教　你有什么事要来找你的年老的大主教呢？
尤迪特　我不知道。
大主教　坐到我身边来，尤迪特。你想吃点儿糕点吗？
尤迪特　尊敬的圣父，我不能就坐。
大主教　你变成一个妇人了，尤迪特。
尤迪特　我变成一个妇人了，尊敬的圣父。
大主教　你成了一个美貌的妇人。谁是你的夫君，尤迪特？

〔她先是沉默不语，然后她在大主教面前跪了下来，哭泣着把头伏在桌子上。

大主教　你尽管说吧。是伯克森吗？
尤迪特　是的。
大主教　你母亲的男人？
尤迪特　是的。
大主教　可怜的孩子！你犯下了死罪啊。
尤迪特　我知道，尊敬的圣父。
大主教　你为什么到我这里来，尤迪特？

〔她沉默不语。

大主教　你就这样沉默着？你不想和我说话？（他微笑着）你不是来忏悔的。

〔尤迪特摇了摇头。

大主教　你穿了一件美丽的长袍，尤迪特。有些过时了，不过很适合你。你该不是来——看着我！（他用手托起她的下巴）你在《圣经》里读了很多故事，尤迪特。那里面也有尤迪特和恶毒的霍洛芬斯的故事吧？
尤迪特　你无所不知，尊敬的圣父。

大主教　你永远不会撒谎,尤迪特,我最喜欢你这一点。(他吻了吻她的额头)现在你走吧!

尤迪特　我不想回去。

大主教　那我就得下令杀了你,尤迪特。

尤迪特　我留下来,尊敬的圣父。

大主教　那就带上这个吧!(他从脖子上扯下来那个十字架)当刽子手用他的剑要杀死你的时候,你就把它捧在手心里。(他按了铃)

〔侍从出现了。

大主教　把这位女士带到我们为贵宾预留的帐篷里。她明天就要死了。

侍　　从　我会安排人密切监视她。

大主教　你对人太不了解!不过你也不喜欢狗!如果你对人有足够了解,其实省去很多不必要的工作,比如说看守。(若有所思地停顿了一下)不过要了解这一切,你也许还太年轻。

〔等主教说完这番话,舞台就坠入了密不透风的黑夜之中,连观众席也被黑暗笼罩了,不知道从哪个地方传来克尼帕多林克的声音。

克尼帕多林克的声音　来自莱顿的约翰·伯克森,贫穷之城明斯特的国王,在苍白的月光下,这城市占据了威斯特法伦土地可怜的一部分,她的城墙环绕着恐惧,就像一个母亲抱着死去的孩子。

伯克森的声音　是谁在叫我?

克尼帕多林克的声音　是贫穷和不幸在呼唤你,它们就像可怜的拉撒路身上的麻风病。

伯克森的声音　你找我干什么,亲爱的拉撒路?

克尼帕多林克的声音　我饿了。

伯克森的声音　可惜我刚刚把最后一碗豆子就着烤香肠吃完了。

克尼帕多林克的声音　我如饥似渴地想去上帝王国。

伯克森的声音　去上帝王国也是一件困难的事情,更何况我们行将死亡的躯体急需营养。

克尼帕多林克的声音　我穿着破破烂烂的衬衣坐在通往你宫殿大门的台阶上,周围饿死的妇孺形成了一个银色的圆环。

〔现在又传来伯克森的声音,同时舞台慢慢地变亮,观众看到伯克森身处的情况正如他自己所描述的。

伯克森的声音　我坐在通往我的宝座的楼梯台阶上,就在宫殿的大厅里,而你就坐在大门外,亲爱的拉撒路。

我紫色的大衣像钟一样罩着我,精心造型的头发上耸立着王冠,它有十二个代表着以色列十二个部落的尖角,他们的遗产全都被我接管,它们又如同王座的十二条腿,

上帝正襟危坐在宝座上,

它们无法撼动,就像我头上的工冠的尖角无法撼动地耸立着,

虽然我的头此刻来来回回地摆动,

因为我痛饮了葡萄酒,我有点儿摇摇晃晃地把金杯举到嘴边。

皇宫里的男男女女横躺竖卧在我身边,因为我们的庆典持续了三天。

现在他们都睡着了,有些人还在打呼噜。

甚至罗特曼兄弟,迦百农和奈恩的大主教,别名:岩石山,乱七八糟地躺在桌子下面,嘴唇压在精致的拖鞋上,那是他刚才从美貌的迪瓦拉的小脚上扒拉下来的。

再看我的银色月夜大厅里,金子做成的墙壁,还有那些华美的服装彩色在闪光,简直让人耀眼夺目,

还有葡萄酒深色的火焰,

像血泼洒在醉酒者身上。

你们看我跳舞吧,酒醉后的舞蹈,一千个火把照耀着我,

看啊,一切都这么完美,看着我在满月闪耀的光辉里走向灭亡!

〔一个胖厨子从左边上场,他四肢并用爬向伯克森。他头戴一顶高高的厨师帽,身上戴着围裙,脸上有个红鼻子。

厨　子　万岁,伯克森国王,万岁!

噢,国王,你是王中之王,
犹如香肠中的血肠!

约翰·伯克森　你应该呆在厨房,吉尔巴山男爵,你不适合出现在这里。

厨　　子　我上哪儿去找火腿、新鲜面包、鸡蛋、熏猪肉和美味的葡萄酒?陛下的胃已经把所有东西都吞下去了。(他趴在地上)

约翰·伯克森　你在地上干什么,吉尔巴山男爵?

厨　　子　我在地上不干什么,我只是想表达我低人一等的地位。

约翰·伯克森　我们的食物还能撑多久?

厨　　子　这是阴森可怕的一点:我们的胃变成了万人墓,因为食品大量死亡。就像爆发了一场可怕透顶的梅毒。

约翰·伯克森(打了一个夸张的手势)　我会让天降下吃的!

〔克尼帕多林克从敞开的窗户爬入大厅。他看起来就像一个野人,只穿着一件衬衣,上面有很多巨大的破洞。

克尼帕多林克　乌拉!

厨　　子　可真是个非同小可的傻子!他简直让我肃然起敬。

约翰·伯克森　今天夜里我们有一场大的约会。

克尼帕多林克　我是伯克森国王的傻子!我是伯克森国王的过去,也是伯克森国王的未来!

厨　　子　真是令人悲伤的过去。

约翰·伯克森　还有一个令人难过的未来。

厨　　子　一个身上爬满虱子的家伙,穿着衬衣到处跑。

克尼帕多林克(已经坐在国王宝座上)　你为什么做出这么一副悲伤的表情,伯克森国王?

约翰·伯克森　酒壶已经空了,盘子也碎了,白天过去了,黑夜还漫长。你在我的宝座上干什么?

克尼帕多林克　我是威斯特法伦明斯特的国王。

约翰·伯克森　我们该拿这个爬满了虱子的家伙怎么办呢,吉尔巴山男爵?

厨　　子　这个可怜的家伙必须证明他说过的话。

约翰·伯克森(对着克尼帕多林克)　你听到了吗,你必须拿出证明来。

克尼帕多林克　是谁让你当上国王的?

约翰·伯克森　你的金子。

克尼帕多林克　我的金子属于谁?

约翰·伯克森　你。

克尼帕多林克　正因为如此,我才是威斯特法伦明斯特的国王。

约翰·伯克森　他已经证明了,男爵。

厨　　子　屈服于命运就是死路一条。

约翰·伯克森　我必须退位了。

厨　　子　陛下很有尊严地承受了不幸。

约翰·伯克森　我将会到厨房里去打杂,男爵先生。

厨　　子　明天我们将会准备一份菜单,上面有空气、雨水和我们的消化物。

克尼帕多林克　我是来找你复仇的,伯克森国王。

厨　　子　你要遭殃了,陛下。

克尼帕多林克　我的妻子卡特琳娜和我的乖女儿尤迪特在哪里,伯克森国王?

约翰·伯克森　这是一个悲伤的故事。她们都死了。

克尼帕多林克　死了?

约翰·伯克森　死了。

厨　　子　死得不见踪影了。

克尼帕多林克(站起来)　我们来跳舞吧。

约翰·伯克森　我们要在月色里跳舞。

厨　　子　我要睡觉。

克尼帕多林克　我们要在屋顶上跳舞!

〔他跳到窗户边,舞台灯光暗下来。

约翰·伯克森(隐没在黑暗中)　在月色中的屋顶上跳舞!

〔观众只能看到克尼帕多林克,他站在窗户外面的窄沿上,黑暗中十分显眼。

克尼帕多林克　月亮啊!天上的月亮!

你为什么那么圆,那么亮,那么纯?

你的光冰冷冷、蓝幽幽地照在屋顶和城墙上!

噢,我脚下的屋顶,你就像一片追逐天空的草原!

哦,太美妙了!踩着摇晃的舞步在屋顶上飘浮!

〔在说这些话的时候,后面的墙卷了上去,观众看到一个巨大的满月,甚至能清晰地看到上面的沟壑和海洋。它挂在无边无垠的深蓝色天空里,一颗星星都没有。月亮下面是一片屋脊,从窗户开始,水平方向延伸,铺满了整个舞台。用很少的道具就能达到很好的效果。人们总是像孩子一样,能从很少的东西联想出一切。接下来就是:屋顶上的舞蹈。

克尼帕多林克(从外窗台一下跳到屋脊上,双腿分开骑在上面)　两腿之间的屋脊啊!

我的双手在爱抚你。

哦,我的小马,哦,我温柔的小鹿,哦,我狂野的公牛!

我是你天上的骑手,云朵的阴影是我头发的波浪!

〔约翰·伯克森出现在窗户框里。

约翰·伯克森　我要追寻你!我要追寻你!

你是我的傻瓜!我的影子!我的眼珠!我要像一只猫一样,和你在屋顶上漫步!

像猫一样轻盈,像猫一样敏捷,像猫一样热情。

我要像月亮里的孩子一样跳舞!

〔他也从窗户跳到屋顶上。两人一起跳舞。克尼帕多林克衣衫褴褛,伯克森身着国王长袍,头戴王冠,他们身后是那一轮巨大的月亮。

克尼帕多林克　噢,月亮,你在我们头顶闪光,像一个碎轮!我们终将会被挂在你身上,四肢被绞断。

我们在你的光芒里晃动双腿,我们在你的音乐里拍手!

我们爱抚你丰满的身躯,用嘴唇亲吻你的山峰!

约翰·伯克森　我不知道我来自何方,我不知道我将去往何处,我不知道父亲的名字!

又大又圆的月亮啊!

你就是我父亲,古老的星辰,上面有石化的大海!冰构成的棕榈树林,玻璃做成的皮脂腺!

你是我的姐妹,你是我的兄弟,是我的伯父。

我在你面前旋转,

我在你面前用一条腿跳上窄长的屋脊,一条一条的屋脊无限地展开!

克尼帕多林克　让我们完成这场舞!

让我们完成这一生一次的舞!

让我们在你飘动的蓝色火焰的云雾里跳吧!

一切像笛子乐曲,一切那么轻盈!

我爱你。

月亮啊!月亮!

你是行星的微笑,你是天空黄色的蜂蜜蛋糕。

约翰·伯克森　你看到我戴着王冠手执权杖跳舞!

克尼帕多林克　你看到我穿着破烂的衬衫跳舞!

约翰·伯克森　请赐福于我力量!赐福于我心中的土地,赐福于我的沉重,我跳舞时的沉重!

克尼帕多林克　请赐福于我的贫穷,赐福于我裸露的下身,赐福于我的愚蠢,我神圣的愚蠢!

月亮啊!月亮!

我们神圣的愚蠢,我们喝醉的愚蠢!

在你的照耀下我们容光焕发。

赐予我们轻盈的舞姿和纯粹的喜悦。

在你蓝色光芒里的喜悦,无比的喜悦!

克尼帕多林克　月亮啊,月亮!

你看到了我的伤疤,像夕阳的光芒照进我衬衫上的破洞口!

你看我的脚趾!

看,我的身体如何热切地贴近你。

我热烈地渴望你

就像有花斑的公牛!

我拥抱你,

我把你拉下来靠近我,

我把自己埋葬在你永恒的冰川下!

约翰·伯克森　我听到你山谷里石头山羊的咩咩声,我听到你阿尔卑斯山上奶牛的哞哞声!

我挺着小肚子跳跃,小屁股在抖动,双臂在摇摆。

〔他们俩拥抱在一起。

克尼帕多林克　嗨,兄弟!

我看着你的脸庞和你头上的王冠,还有你下巴上的胡子。

你的眼睛里映着月亮,你的嘴唇因为她的亲吻而湿润。

约翰·伯克森　我抚摸着你破破烂烂的衬衣下的身体。

我和你跳舞,我的傻瓜,我和你跳舞,我的影子。

我们俩在旋转,在狭窄的屋顶上旋转。

〔他们身后的月亮慢慢消失了。舞台上漆黑一片,观众只能看到两个跳舞的人,他们朝着舞台前方移动。

克尼帕多林克　让我们拥抱着,从屋顶上跳下去。

约翰·伯克森　国王在乞丐的怀抱里,富人在拉撒路的怀抱里,傻瓜在傻瓜的怀抱里!让我们舞步穿过小窗,跳进顶楼,围着烟囱跳舞!

克尼帕多林克　沿着螺旋楼梯走下去,转着圈走下去,转着越来越大的圈走下去。

约翰·伯克森　把腿踢向左边,再踢向右边!

克尼帕多林克　我们跳出去,到大门那里去!

约翰·伯克森　经过喝醉的守卫,经过那些醉汉,经过铁栏杆!

克尼帕多林克　穿过拐弯抹角的小巷子,那里耸立着房子,水井也在旋转!

约翰·伯克森　经过广场,经过树木,经过大教堂,经过塔楼!

〔背景一片黑暗中突然冒出了阿吉蒂城门。

克尼帕多林克　噢,神圣月亮光下的城市!

噢,夜之火中我们面前的城墙!

约翰·伯克森　我要愉快地转圈跳着舞过去!

克尼帕多林克　我要轻盈地转着飘动的舞圈!

约翰·伯克森　让我跳吧,让我跳着舞走向那些人,永远的月亮!

穿着紫长袍,戴着金王冠!

让我跳吧,

让我跳着舞走到敌人那里去!

他们会跪拜在我的光芒里

我的脚步轻盈地绕过那些女人,

她们围成一个大圈盖住了脚下的土地!

克尼帕多林克　让我跳吧,让我跳着舞向那些人走去,大地在夜晚的兄弟!

应该让他们没有妻子,应该让他们没有女儿,像我一样贫穷,像我一样有罪,像我一样幸福,像我一样长满疖子和脓疮!

〔他们一边跳舞一边走向城门。

约翰·伯克森　噢,天上的月亮,噢,月亮下面无边的城门,像一根柱子立在地上,穿越时间永恒立在这里!

克尼帕多林克　城门,我的双手划过你,哦,我手指轻轻划过的木头,哦,我的额头贴着冰冷的铁!

约翰·伯克森　让我打开城门,月亮,你的下巴上长着黄色胡须!

克尼帕多林克　让我跳进这长满椰子树和北极熊出没的世界,这个世界有断头台边唱歌的凶手和山坡上睡觉的花朵!

约翰·伯克森　让我来转动钥匙,你这小偷的帮凶,带着常春藤的花环,唱着下流的歌!

克尼帕多林克　动手吧,带着尖角王冠的国王!

约翰·伯克森　抓住它,穿着破烂衬衣的傻瓜!

克尼帕多林克　现在抓住横档,抓住横档!

约翰·伯克森　它的螺栓很容易就能拧开!

克尼帕多林克　我推开你了,门闩!

约翰·伯克森　像一条蓝色的鱼从你的手中滑落!

克尼帕多林克　我打开你了,大门!

约翰·伯克森　你就像一朵花打开了自己!就像一朵美味的死亡之花!

克尼帕多林克　哦,通往无限的大门,你的双臂变成了翅膀!

约翰·伯克森　它们带领我们升入夜空,将我们按在城墙上!

克尼帕多林克　我们的呼喊在月亮沉默的脸上回响,月亮坠落了,将我们埋葬在银色的光辉里!

〔大门猛的一下同时从里面和外面被打开,两个正在跳舞的人被大门撞到墙上。突然间响起一阵猛烈的鼓声,雇佣兵们冲进了打开的大门,最前面的是约翰·封·布伦,虽然一瘸一拐,但是戴着假腿的他跑得非常快,朝着观众席的方向猛冲过来。

约翰·封·布伦(在最前面,最强烈的灯光照着他,身后的一切被黑暗笼罩)　明斯特!明斯特!

我诅咒你!

让你的城墙陷落,让你的塔楼崩塌!

浴血之夜!浴血之月!胜利燃起可怕的火把!

看啊,火焰蔓延,浓烟滚滚遮住了天空。

狩猎的时刻,追捕的时刻,神圣的死亡之夜!

苍白的尸体挂在碎轮上,一群乌鸦绕着断头台飞翔,一只猛禽俯冲下来。

死亡！死亡！

苍白的面容满是腐烂和谋杀！

哦，一群群尖叫的老鼠！

哦，大教堂沉默不语，死气沉沉地耸立在虚无里！

一切都交给了你，永恒的折磨，

一切都陷落了，无尽的深渊！

〔嘈杂的鼓声和交响乐队的声音汇合成一股尖叫声。然后一片死寂，随之怯生生地响起一种新的旋律，这是一种陌生的黑暗的旋律，带着无尽的忧伤。之后大幕再次拉开，观众看到伯克森和克尼帕多林克四肢摊开被绑在两个巨大的碎轮上。碎轮立在一面倾斜的墙上，所以两个人都面朝天。他们身上只挂着一些破布条。脚下有一个写着数字的牌子。伯克森挂在左边，克尼帕多林克在右边。他们前面站着刽子手和守卫，就是我们在开始一幕里见过的那两个人。

刽子手　这是大幕最后一次拉开，大人们可以看到两个人，相当悲惨的两个家伙，贴着这石头墙的表面仰望天空，就像一朵神秘的银莲花的花萼（我之所以这样说，是因为我偶尔也会写诗，嘿嘿）。两人衣不蔽体，被尽职尽责地绑在碎轮上。

守　　卫　正如你所说：尽职尽责。这一个已经死了。

刽子手　果然如此：死亡很快降临在人身上，正如一位诗人说的。

守　　卫　编号是什么？

刽子手　524号。

〔守卫从包里掏出一本巨大的目录册在里面翻找起来。

守　　卫　524号，来自莱顿的约翰·伯克森。保存相当漂亮的尸体。死于——今天是多少号？

刽子手　今天是1月22号。

守　　卫（用笔写在目录册上）　死于1536年1月22日。尸体可以取下来了。左边是几号？

刽子手　523号。

守　卫　伯恩哈德·克尼帕多林克。我觉得刚才还听到他在呻吟。他还挂在上面呢。接下来是谁？

刽子手　请大人往前走两步！

〔两位清道夫推着小车从左边登场。

刽子手　有请大人。

守　卫　很好。我们还得查验三百具尸体。正义是非常严苛的，亲爱的。

刽子手　生命不是最美好的善，罪责却是最丑陋的恶，诗人是这样说的，大人。

〔两人退场。

清道夫一　这是523号。这是另一个。

清道夫二　524号，你明白吗。

清道夫一（打量着伯克森的尸体）　哎，这是一具不错的尸体。

清道夫二　肌肉长得真不错！我学过医学，你知道的。

清道夫一　知道，知道。

清道夫二　还有神学！

清道夫一　死了就是死了，不需要什么神学。

〔伯克森躺在小车里。

清道夫一　他活着的时候是谁呢？

清道夫二　他也许发疯了。

清道夫一　我们把他弄走吧。这具死尸和其他死尸没有什么区别。

〔他把伯克森推了出去，清道夫二紧随其后。

清道夫二　他准是发疯啦！

〔他们从左边退场，大主教坐着他的车子从相反的方向上台，车轮子需要自己用手去推动。天色已经黑了。他在克尼帕多林克前面停下来。

大主教　你在你的碎轮上，我在我的车子里。

〔克尼帕多林克轻声地呻吟着，身体动了几下。

大主教　你走过了你的道路，我走过了我的道路。

克尼帕多林克　快到晚上了吗,尊敬的圣父?

大主教　天已经黑了。

克尼帕多林克　请为我祈祷,不要让我在黎明前死去。就让我今夜守着我的上帝和我的碎轮。

大主教　上帝会赐予你所祈求的东西。

克尼帕多林克　你胜利了,明斯特大主教。(他挂在那里一动不动)

大主教　在这场战争中没有胜利者。我想给你个安慰,结果安慰了自己。我想赠予你一些东西,结果自己却是一个乞讨者。我想反驳你,结果你驳斥了这个世界。

〔黑森侯爵身着华服从右边走了出来。

黑森侯爵　碎轮一个挨着一个,折磨后面还是折磨:他们已经抵偿了罪责,阁下。

大主教　你居然会说到罪责和救赎,黑森侯爵。面对这么大的痛苦,这些话实在轻若鸿毛!人性有一点是共通的:他的行为和上帝将他绑缚在上面的碎轮。

黑森侯爵　他们都是些傻瓜!人在飞起来之前要先学会走路。

大主教(悲伤地)　路德博士尝试教给世人行走的时候,他们已经能站立了吗?

黑森侯爵　我不知道。

大主教　我们想要安慰自己:最后大家全都会死。

黑森侯爵(指着克尼帕多林克)　他们还剩下什么?

大主教　撕碎的躯体,流脓的疡子,绿头苍蝇,街边饿死的孩子和小巷里的妓女。

黑森侯爵　一个毫无意义的生命!被所有人唾弃!

大主教　意义就在他们的痛苦里,黑森侯爵。

黑森侯爵(他慢慢地向外面走去)　他们真不幸,失去了上帝。

大主教　可能那些在碎轮上的人能找到了上帝吧。

〔大主教也离开了。舞台上漆黑一片,只能看见被灯光照亮的克尼帕多林克,他四肢摊开被绑在碎轮上。

克尼帕多林克　主啊！主啊！

你看我被摊开绑在这碎轮上！

你看我破碎的身体,还有绑在木条上的四肢,这轮子就是你为我设置的边界,好让我认清自己！

我丢掉了自己的一切,就好像它们是我双手上的火,你没有鄙夷我的捐赠。

主啊！主啊！

现在你将沉默抛洒在我的上方,你天空的冰冷在我的心里融化,像一把利剑！

我的绝望腾空升起朝你飞去,一把熊熊的火焰,折磨我的痛苦,我嘴里的呼喊,朝你飞去,逐渐消失变成了你的赞赏,因为发生的一切都显示了你的无边无际,主！

我绝望的深渊只是你公正的一个比喻,我的身体躺在这碎轮之上,就像躺在一个碗里,你用你的怜悯填满了它！

罗慕路斯大帝

非历史的四幕历史喜剧
1980 年新稿

叶廷芳　译

Friedrich Dürrenmatt
Romulus der Große
*Eine ungeschichtliche
historische Komödie
in vier Akten
Neufassung 1980*

作于 1948/1949 年冬,1949 年 4 月 25 日于巴塞尔市立剧院首演。
根据苏黎世第欧根尼出版有限公司 1998 年版译出。

把真实的各种微小偏离现象看作真实本身,乃是整个微分学的基础,这一巨大的技巧也是我们的诙谐思想的基础,如果我们用一种哲学的严谨性来看待各种偏离现象,那么我们这种诙谐思想的整体常常就会站不住脚。

利希滕贝格[1]

---

[1] 利希滕贝格(1742—1799),十八世纪德国启蒙运动时期重要诗人和艺术史家。

关于我的喜剧1980年定稿本通则

与先前在阿尔歇出版社出的各种稿本的单行本相反，在为本文集确定稿本的时候，我不再出那些适合于戏剧的，即那些动用过的稿本，而出那些适合于文学的稿本。文学和戏剧是两个不同的世界：除了那些我仅仅为了剧院而写的喜剧，诸如《斯特林堡戏剧》《一颗行星的肖像》，即为演员训练和为自己做导演而写的以外，下面——最初几个剧我没有动过——再现的是文学稿，是各种稿本的一个总结。

人物

罗慕路斯·奥古斯都——西罗马皇帝
尤莉娅——其妻
蕾　娅——其女
泽诺·德·伊绍里尔——东罗马皇帝
爱弥良——罗马贵族
马雷斯——国防大臣
图利乌斯·罗通多斯——内务大臣
史普里乌斯·梯图斯·马玛——骑兵队队长
阿基勒斯——侍从
皮拉穆斯——侍从
阿波利翁——艺术商人
凯撒·鲁普夫——实业家
菲拉克斯——演员
鄂多亚克——日耳曼君主
特奥德里希——其侄
福斯福里多斯——侍臣
苏尔富里德斯——侍臣
厨师一名，仆役若干，日耳曼人若干

时间　公元四百七十六年三月十五日晨至十六日晨
地点　罗慕路斯皇帝在坎帕尼亚的别墅

第 一 幕

公元四百七十六年三月的一天清晨,骑兵队队长史普里乌斯·梯图斯·马玛骑着一匹即将倒毙的马,到达皇帝在坎帕尼亚①的避暑别墅(陛下冬季也住在此地)。他跳下马,满身污垢,筋疲力尽,左臂缠着被血染红的绷带,步履踉跄,惊起了一大群叽叽嘎嘎乱叫的母鸡。他匆匆忙忙地进了别墅,因为找不到人,终于走进皇帝的办公室。他起初觉得这里的一切空荡荡的,一片荒凉。只有几把椅子,歪歪扭扭,近乎散架。周围墙上悬挂着罗马历史上的政治家、思想家和诗人等的雕塑胸像,每个人物的脸都有点过于严肃……

史普里乌斯　喂!喂!

〔沉默。但他终于发现在舞台背景中间的门两侧各站着一个年迈的宫廷侍从,皮拉穆斯和阿基勒斯,在灰暗的光线中一动不动,犹如塑像。他们侍候皇帝们已有很多年头了。骑兵队队长惊奇地凝视着他们,不由得肃然起敬。

史普里乌斯　喂!
皮拉穆斯　安静点,年轻人!
阿基勒斯　您是谁呀?
史普里乌斯　我是史普里乌斯·梯图斯·马玛,骑兵队队长。
皮拉穆斯　您有什么事吗?
史普里乌斯　我一定得见皇帝。

---

① 意大利西部沿海城市,以产红葡萄酒著名。

阿基勒斯　事先通报过了吗?

史普里乌斯　没有工夫讲那些个形式了。我从帕维亚①带来了坏消息。

〔两个侍从沉思着相对而视。

皮拉穆斯　从帕维亚来的坏消息。

〔阿基勒斯摇了摇头。

阿基勒斯　帕维亚这个城市太不重要了,这不可能是什么真正的坏消息。

史普里乌斯　大罗马帝国正在崩溃呢!

〔他对这两人的平静态度简直毫无办法。

皮拉穆斯　不可能。

〔阿基勒斯又摇了摇头。

阿基勒斯　像罗马这样的伟大帝国根本就不会完全崩溃。

史普里乌斯　日耳曼人来了!

阿基勒斯　他们来了已经五百年了,史普里乌斯·梯图斯·马玛。

〔骑兵队队长抓住宫廷侍从阿基勒斯猛摇,就像摇动一根腐朽的柱子那样。

史普里乌斯　我的爱国义务是跟皇帝说话!赶快!

阿基勒斯　那种跟有教养的举止格格不入的爱国主义,我们不认为是值得欢迎的。

史普里乌斯　啊,上帝!

〔他沮丧地放开阿基勒斯,这时,皮拉穆斯招呼他。

皮拉穆斯　给您指点一下,年轻人,您去找宫廷侍从长,填一张来客登记表,再去请求内务大臣批准您向宫廷转达重要消息,也许会准许您亲自向皇上启奏,恐怕得等到几天后了。

〔骑兵队队长已不知道该想什么了。

史普里乌斯　那我去找宫廷侍从长!

---

① 意大利城名。

皮拉穆斯　向右走拐角第三道门即是。

史普里乌斯　去找内务部长！

皮拉穆斯　右边第七道门就是。

史普里乌斯　（依然手足无措）为了在今后几天内报告坏消息。

阿基勒斯　在今后几个星期过程中报告坏消息。

史普里乌斯　不幸的罗马！你竟垮在两个侍从的手上！

〔他绝望地从左边跑了出去，两位侍从又像石头一样站立在那里。

阿基勒斯　我发现：这个世纪的岁月越增长，它的道德越下降。这使我感到震惊。

皮拉穆斯　谁看错我们的价值，他就是在给罗马掘墓。

〔罗慕路斯·奥古斯都皇帝①经由那两位侍从把守的门走了进来。他身穿绛紫色皇袍，头戴一顶金灿灿的桂冠。陛下五十开外，安详、愉快、开朗。

皮拉穆斯和阿基勒斯　万岁，陛下。

罗慕路斯　二位好。今天是三月十五？

阿基勒斯　是，皇上，今天是三月十五。

〔他躬了躬身子。

罗慕路斯　一个历史性的日期。根据法律，这一天必须犒赏我的帝国官吏。这是老迷信啰，说是为了防止谋杀皇帝。宣财政大臣。

〔阿基勒斯向他耳语了一下。

罗慕路斯　逃跑了？

皮拉穆斯　携带国库的银箱逃走的，皇上。

罗慕路斯　为什么？那银箱早就空空如也了。

阿基勒斯　他希望用这种办法来掩饰国家财政上的全面破产。

罗慕路斯　真是个聪明人。要掩盖大丑闻，最好的办法是演一则小丑闻。应该授予他"祖国的拯救者"称号。他现在在哪里？

---

① 罗慕路斯·奥古斯都(461？—？)，西罗马帝国末代皇帝(475—476在位)。

阿基勒斯　他已经在叙拉古①的一家葡萄酒出口公司谋得了一个全权代表的职位。

罗慕路斯　那就希望这位忠诚的官员能够，在市民贸易中把当官时给国家造成的亏损弥补过来。来呀！

〔他从头上取下桂冠，折下两片叶子，递给他们俩。

罗慕路斯　你们各自把这金桂叶兑换成塞斯泰尔兹②，但是把还债后剩下的钱还给我，我还得用这些钱付给厨师，他是我的帝国的最重要的人。

皮拉穆斯和阿基勒斯　遵命，啊，皇上。

罗慕路斯　在我登基的时候，这顶象征着皇权的金冠上有三十六片叶子，现在只剩下五片了。

〔他一边沉思，一边察看着他的桂冠，然后又把它戴上。

罗慕路斯　开早膳。

皮拉穆斯　用早点。

罗慕路斯　开早膳。在我的家里，哪个词选用古典拉丁语，由我说了算。

〔老人端进来一张小桌子，上面摆着早餐食品，主要是火腿、面包、芦笋酒、一碗牛奶、一只坐在杯子上的鸡蛋③。阿基勒斯搬来一把椅子。皇帝坐下，敲鸡蛋。

罗慕路斯　奥古斯都④一个蛋也没下吗？

皮拉穆斯　一个也没下，皇上。

罗慕路斯　提比略⑤呢？

---

① 意大利西西里岛上的名城。
② 古罗马的一种货币单位。
③ 西方人的一种饮食方式。将鸡蛋竖放在一只杯口比鸡蛋略小的杯子里，然后敲开上端的蛋壳，用羹匙舀。
④ 奥古斯都（前63—14），古罗马皇帝（前27—14在位），为恺撒大帝之养子。这里罗慕路斯以历代先皇的名字来命名他养的母鸡。
⑤ 提比略（前42—37），古罗马皇帝（14—37在位），奥古斯都前妻之子。

皮拉穆斯　朱理亚家族①都没有下。

罗慕路斯　弗拉维家族②呢？

皮拉穆斯　只有多米蒂安③下了。但陛下分明是不愿意吃它的蛋的。

罗慕路斯　多米蒂安是一个坏皇帝，它愿意下多少蛋都可以，但是我一个也不吃。

皮拉穆斯　遵命，皇上。

〔陛下用羹匙把鸡蛋舀了出来。

罗慕路斯　这个蛋是谁下的？

皮拉穆斯　像往常一样，是马可·奥勒留④下的。

罗慕路斯　一只规矩的母鸡。其他皇帝一钱不值。除此以外，还有谁下了蛋吗？

皮拉穆斯　鄂多亚克⑤。

〔他有点儿不好意思。

罗慕路斯　瞧瞧。

皮拉穆斯　两个蛋。

罗慕路斯　了不起。但我的元帅奥列斯特呢，他应该能战胜这位日耳曼君主吧？

皮拉穆斯　无可奉告。

罗慕路斯　无可奉告。我对他从来就评价不高。今天晚上我想看到他。

皮拉穆斯　是，陛下。

----

① 即奥古斯都皇室。
② 弗拉维，古罗马皇朝名。
③ 多米蒂安(51—96)，古罗马皇帝(81—96在位)，有名的暴君。
④ 马可·奥勒留(121—180)，古罗马皇帝(161—180在位)，哲学家。著有《沉思录》。
⑤ 鄂多亚克(434—493)，东罗马帝国的日耳曼雇佣军的首领。公元476年废西罗马皇帝罗慕路斯·奥古斯都，493年败于东哥特王特奥德里希，被暗杀。这里是鸡的代号。

〔陛下吃火腿和面包。

罗慕路斯　以我的名字命名的母鸡你无可奉告吗？
皮拉穆斯　它是我们拥有的动物中最高贵和最聪明的,是罗马家禽饲养中的尖端产品。
罗慕路斯　下蛋吗,这高贵的动物？

〔皮拉穆斯瞅着阿基勒斯,向他求助。

阿基勒斯　几乎下蛋,陛下。
罗慕路斯　几乎？这是什么意思？一只母鸡要么下蛋,要么不下蛋。
阿基勒斯　还没有下蛋,皇上。

〔陛下做一坚决的手势。

罗慕路斯　根本不下蛋。谁没有用处,就到锅里去发挥作用。厨师应该把罗慕路斯和奥列斯特,还有卡拉卡拉①一起煮了吃。
皮拉穆斯　前天您已经把卡拉卡拉与菲利普·阿拉卜斯②和芦笋一起煮了吃了,陛下。
罗慕路斯　那就把我的前任尤利乌斯·尼波斯③拿来下锅,它也已经不中用了。将来,我要在我的早餐桌上见到鄂多亚克母鸡下的蛋,它使我十分喜欢。这里准有一种惊人的才智,既然日耳曼人就要来了,我们应当从他们那里吸取一切好的东西。

〔左边冲进了内务大臣图利乌斯·罗通多斯,脸色苍白得像死人一般。

图利乌斯　陛下！
罗慕路斯　你找皇帝有什么事吗,图利乌斯·罗通多斯？
图利乌斯　不得了呀！可怕极了！
罗慕路斯　我明白,亲爱的内务大臣,我已经两年没有付给你薪饷了,今天我本来想付给你,不料财政大臣携国库潜逃了。
图利乌斯　我们正大难临头,谁还会想到钱,我的皇上。

---

① 卡拉卡拉(186—217),罗马皇帝(211年起在位),后被谋杀。
② 菲利普·阿拉卜斯(204—249),罗马皇帝,后战死。
③ 尤利乌斯·尼波斯,罗马皇帝,生卒年不详。

〔陛下喝牛奶。

罗慕路斯　那么我又一次交了好运了。
图利乌斯　骑兵队队长史普里乌斯·梯图斯·马玛为了给陛下送来帕维亚的坏消息,快马飞奔,两天两夜了。
罗慕路斯　两天两夜？了不起。为了他这一体育成绩,应当封他骑士称号。
图利乌斯　我这就去把骑士史普里乌斯·梯图斯·马玛领来谒见陛下。
罗慕路斯　难道他不疲倦吗,内务大臣？
图利乌斯　他肉体上和精神上都到了崩溃的边缘了。
罗慕路斯　那么,图利乌斯·罗通多斯,在我家里给他找一间最安静的客房,即便是运动员也得睡觉呀。

〔内务大臣惊愕。

图利乌斯　但他还没禀报紧急情况呢,陛下！
罗慕路斯　即使是最可怕的消息,若出之于一个经过充分休息,身上洗得干干净净、脸上刮得光光溜溜,并且吃饱喝足的人的口,听起来也还是蛮舒服的。让他明天来吧！

〔内务大臣不知如何是好。

图利乌斯　陛下！这是关系到世界毁灭的消息啊！
罗慕路斯　报来的消息从来推翻不了世界,只有我们无力改变的事实才能推翻世界。如果消息已经送到,那么事实已经发生了。消息只能激动世界,因此还是尽量戒掉爱听禀报的癖好吧。

〔图利乌斯·罗通多斯迷惘地躬一躬身,从左边下。皮拉穆斯把一大块烤牛肉摆在罗慕路斯的面前。

阿基勒斯　艺术商人阿波利翁到。

〔艺术商人阿波利翁从左边上,他衣冠楚楚,希腊装束。鞠躬。

阿波利翁　陛下。
罗慕路斯　我不得不等了你三个星期,艺术商人阿波利翁。

110

阿波利翁　请原谅,陛下,我在亚历山大港①办理一桩拍卖业务。
罗慕路斯　你宁可在亚历山大港搞拍卖,而不关心罗马帝国的破产?
阿波利翁　生意啊,陛下,这是生意。
罗慕路斯　生意又怎样?你是不是对我卖给你的那些胸像不满意?尤其是西塞罗像②,那可是一件珍贵的艺术品呢。
阿波利翁　这是一个例外啊。陛下,现在日耳曼原始森林中到处在建立中学,我已经设法把五百尊石膏像送到那些中学去了。
罗慕路斯　天呀,阿波利翁,日耳曼尼亚正在开化吗?
阿波利翁　理性之光是阻止不住的。假如日耳曼人使他们的国家文明起来,他们就不会再来攻打罗马帝国了。

〔陛下割烤牛肉。

罗慕路斯　如果日耳曼人来到意大利或高卢③,就由我们来教化他们,但如果他们留在日耳曼尼亚,就得依靠自己走向文明,而这必将是可怕的。你想不想买下其余的胸像?

〔艺术商人环视了一下。

阿波利翁　我还得详详细细地再检查一遍,陛下。有几尊我觉得风格上有问题。
罗慕路斯　每尊像都有它应有的风格。阿基勒斯,给阿波利翁一把梯子。

〔阿基勒斯递给艺术商人一把矮梯子,这个希腊人用这把梯子一会儿上,一会儿下,不断移动着梯子忙碌地挨个儿检查胸像。这时皇后尤莉娅从右边上。

尤莉娅　罗慕路斯!
罗慕路斯　什么事,亲爱的夫人?
尤莉娅　你至少在这样的时刻就别吃早饭了吧!

---

① 埃及港口。
② 西塞罗(前106—前43),古罗马著名雄辩家、政治家和哲学家。
③ 古代凯尔特人(印度日耳曼族的一支)所在区域,包括今法国、比利时和意大利北部一带。

〔陛下放下刀叉。

罗慕路斯　就听你的吧,我的尤莉娅。

尤莉娅　我忧虑万分,罗慕路斯。侍从长埃比乌斯暗示我,传来了一个骇人听闻的消息。我吧,虽然并不十分相信埃比乌斯,因为他是日耳曼人,并且原来的名字叫埃比——

罗慕路斯　埃比乌斯是惟一能够流利地用五种世界通用语言说话的人:拉丁文、希腊文、希伯来文、日耳曼文和中文,当然我承认,其中日耳曼文和中文在我看来似乎是一回事。但不管怎么样,埃比乌斯在文化教养上,我们罗马人能够与他比肩的一个也没有。

尤莉娅　我看你简直就是日耳曼狂了,罗慕路斯。

罗慕路斯　胡说,我爱日耳曼还远远不如爱我的母鸡呢。

尤莉娅　罗慕路斯!

罗慕路斯　皮拉穆斯,把我夫人的餐具拿来,加上鄂多亚克下的第一个蛋。

尤莉娅　我不得不请求你想一想我的心脏病。

罗慕路斯　因此你坐下来吃嘛。

〔皇后一边叹气,一边在桌子的左边坐下。

尤莉娅　现在你终于要告诉我那个骇人听闻的消息了吧?

罗慕路斯　我不知道那消息的内容。送消息来的急使在睡觉。

尤莉娅　那么让人唤醒他,罗慕路斯!

罗慕路斯　照顾一下你的心脏吧,亲爱的夫人。

尤莉娅　作为国母……

罗慕路斯　作为国父,我也许是罗马的末代皇帝,正由于这个原因,我已经在世界历史上占了一个有点可怜巴巴的地位。无论如何,我正在不利情况下退位。只有**一种**荣誉我没有让人夺走,那就是没人能说我什么时候曾经毫无必要地打扰了一个人的睡眠……

〔公主蕾娅从右边上。

蕾　娅　您好,父亲。

罗慕路斯　你好,我的女儿。

蕾　娅　您睡得好吗?

罗慕路斯　自从我当了皇帝,睡眠一向很好。

〔蕾娅在桌子的右边坐下。

罗慕路斯　皮拉穆斯,给公主拿餐具来,还有鄂多亚克下的第二个蛋。

蕾　娅　哟,鄂多亚克下了第二个蛋了?

罗慕路斯　日耳曼品种就是这样,一直下蛋。你要火腿吗?

蕾　娅　不要。

罗慕路斯　凉烤牛肉呢?

蕾　娅　不要。

罗慕路斯　来条小鱼?

蕾　娅　也不要。

罗慕路斯　芦笋酒?(他皱着眉头)

蕾　娅　不喝,父亲。

罗慕路斯　自从演员菲拉克斯给你上戏剧课以来,你就食欲不振了。你在学什么呀?

蕾　娅　安提戈涅①的悲歌,她在就刑之前唱的。

罗慕路斯　不要学这种古老、悲伤的剧本,要练习喜剧,这对我们合适得多。

〔皇后发火。

尤莉娅　罗慕路斯,你很清楚,这对一个未婚夫三年来一直在日耳曼人的监狱里受折磨的姑娘是不合适的。

罗慕路斯　别急嘛,夫人。凡是像我们大家这样穷途末路的人,只能看懂喜剧。

阿基勒斯　国防大臣马雷斯求见陛下,说有急事。

罗慕路斯　真怪,每当我谈到文学的时候,国防大臣就来求见。他应

---

① 古希腊著名悲剧作家索福克勒斯的悲剧《安提戈涅》中的女主人公。

当在早膳以后来。

尤莉娅　阿基勒斯,告诉国防大臣,皇帝一家很高兴见他。

〔阿基勒斯鞠了一躬,从左边下。陛下用餐巾擦了擦嘴。

罗慕路斯　你又过分好战了,亲爱的夫人。

〔国防大臣从左边上,鞠躬。

马雷斯　陛下。

罗慕路斯　奇怪,今天我的廷臣们脸色多么苍白。刚才内务大臣来时我就注意到了。什么事,马雷斯?

马雷斯　作为负责对日耳曼人作战的大臣,我要求陛下立即接见骑兵队队长史普里乌斯·梯图斯·马玛。

罗慕路斯　难道这位运动员一直还没有睡觉吗?

马雷斯　对一个士兵来说,当他知道他的皇帝在危难之中而去睡觉,是不光彩的。

罗慕路斯　我的军官们的责任感开始成为我的负担了。

〔皇后站了起来。

尤莉娅　罗慕路斯!

罗慕路斯　最亲爱的尤莉娅?

尤莉娅　马上接见史普里乌斯·梯图斯·马玛。

〔皮拉穆斯向皇帝耳语了一下。

罗慕路斯　这是完全不必要的,夫人。日耳曼君主鄂多亚克已经夺得了帕维亚,因为我刚刚得到的消息,以他的名字命名的母鸡已经下了三个蛋。自然界中还有这样多的谐调的地方,换句话说,人世间却没有共同的秩序。

〔众人大惊失色。

蕾娅　我的父亲!

尤莉娅　这是不真实的!

〔马雷斯整了整姿势。

马雷斯　可惜这是真实的,陛下。帕维亚已经陷落了。罗马遭受着历史上空前惨痛的失败。骑兵队队长带来了前线司令奥列斯特元帅的最后几句话,他连同全军被日耳曼人俘获。

罗慕路斯　我熟悉我的元帅被日耳曼人俘虏前最后讲的话:即使战斗到最后一人,也绝不后退。这是每个人都这样说过的呢。国防大臣,请告诉骑兵队队长,现在他终于可以躺下睡觉了。

〔马雷斯默默地鞠了一躬,从左边下。

尤莉娅　你得采取行动呀,罗慕路斯,你得马上行动起来,不然我们就完了。

罗慕路斯　今天下午我将给我的士兵们起草一份文告。

尤莉娅　你那些军团都投降了日耳曼人,连一个官兵都不剩了。

罗慕路斯　妙啊,那就让人发表一份关于我的健康状况的公报。

尤莉娅　这有什么用处!

罗慕路斯　但亲爱的夫人,你不可能要求我做那些我的统治以外的事情吧。

〔阿波利翁从他的椅子上下来,走近皇帝,举着一尊胸像给他看。

阿波利翁　陛下,这尊奥维德①我出价三块金币。

罗慕路斯　四块。奥维德是一位伟大的诗人。

尤莉娅　这是什么人,罗慕路斯?

罗慕路斯　这是艺术商人阿波利翁,叙拉古人,我把我的这些胸像卖给他。

尤莉娅　你可不能把罗马伟大历史上的重要诗人、思想家和政治家拿来拍卖呀!

罗慕路斯　我们的买卖是清仓拍卖。

尤莉娅　想想吧,这些胸像是我父亲华伦廷尼安②留给你的惟一遗产。

罗慕路斯　你不是也还在嘛。亲爱的夫人。

---

① 奥维德(前43—约17),罗马诗人,以写恋歌著称,晚年被奥古斯都皇帝放逐。
② 华伦廷尼安,西罗马皇帝(425—455在位)。

蕾　　娅　我简直再也不能容忍了！（她站起来）
尤莉娅　蕾娅！
蕾　　娅　我学习安提戈涅去了！（她从右边出去）
尤莉娅　看见了吧，连你的女儿都不再理解你了！
罗慕路斯　这就是上了戏剧课的结果。
阿波利翁　三块金币加六个塞斯泰尔兹。我出的价到顶了，陛下。
罗慕路斯　再拿几尊胸像去，然后我们一并结算。

〔阿波利翁又登上梯子。内务大臣从左边冲了进来。

图利乌斯　陛下！
罗慕路斯　你又有什么事，图利乌斯·罗通多斯？
图利乌斯　东罗马皇帝泽诺·德·伊绍里尔请求避难。
罗慕路斯　泽诺·德·伊绍里尔？难道他在他的君士坦丁堡也不安全吗？
图利乌斯　在这个世界上不会再有人感到安全了。
罗慕路斯　他到底在哪儿？
图利乌斯　在前厅。
罗慕路斯　他把他的侍臣苏尔富里德斯和福斯福里多斯也带来了吗？
图利乌斯　这是惟一能够和他一起逃跑的两个人。
罗慕路斯　如果苏尔富里德斯和福斯福里多斯留在外边，那么泽诺便可以进来。我觉得拜占庭的侍从太一本正经了。
图利乌斯　是，皇上。

〔泽诺·德·伊绍里尔皇帝从左边冲了进来，他穿着讲究，衣料名贵，与他的西罗马同事形成鲜明对照。两个侍臣在门内叫叫嚷嚷，怨天尤人，最后被皮拉穆斯和阿基勒斯推了出去。

泽　　诺　向你致意，至尊的皇兄！
罗慕路斯　向你致意。
泽　　诺　向你致意，尊贵的皇嫂。

尤莉娅　向你致意,至尊的皇兄!
　　　　〔互相拥抱。
泽　诺　(随即以一个要求避难的东罗马皇帝的身份出现)　请助我一臂之力……
罗慕路斯　亲爱的泽诺,我并不要求你吟诵那些诗句,那些拜占庭礼仪规定皇帝在请求避难时必须吟诵的没完没了的诗句。
泽　诺　我不想欺瞒我的侍臣们。
罗慕路斯　我根本就没有让他们进来。
泽　诺　根本没有?
罗慕路斯　根本没有。
泽　诺　好极了。既然侍臣不在,我今天就要破例免去这一老套了。我已弄得精疲力竭。自从我离开君士坦丁堡①以后,我不得不在所有政治要人面前,把这"请助我一臂之力"的两千行诗句每天差不多朗诵三次,我的嗓子已经嘶哑了。
罗慕路斯　请坐。
泽　诺　谢谢。
　　　　〔他舒了一口气,挨着桌子坐下。不料此刻两位侍臣冲了进来,每人穿着墨黑墨黑的长袍。
二　人　陛下!
泽　诺　我的上帝!侍臣们不是已经进来了吗!
苏尔富里德斯　这是挽诗,陛下。
泽　诺　这个我已经诵读过了,苏尔富里德斯和亲爱的福斯福里多斯。
苏尔富里德斯　不可能,陛下。我在为您的骄傲而呼吁。您不是逃跑的个人,您是一个流亡的东罗马帝国的皇帝,得以皇帝的身份高高兴兴地服从拜占庭的宫廷礼仪才是。哪怕这事还是这么不可思议也罢。我们现在可以请求您吗?

---

① 东罗马帝国国都,即今土耳其首都伊斯坦布尔。

117

泽　　诺　如果非如此不可的话。

福斯福里多斯　非如此不可,陛下。拜占庭礼仪不仅仅是世界秩序的象征,而且也是这种世界秩序本身。这您毕竟会明白的。那就开始吧,陛下。别再让您的侍臣没有脸见人了。

泽　　诺　那好吧。

苏尔富里德斯　后退三步,陛下。

福斯福里多斯　站成哀悼的样子,陛下。

泽　　诺　助我一臂之力吧,

哦,黑夜宇宙中的月亮哟,

我在寻求帮助——

苏尔富里德斯　寻求恩赐——

泽　　诺　我在寻求恩赐而走近你,你该是月亮——

福斯福里多斯　太阳——

罗慕路斯　马雷斯!

〔马雷斯从左边上。

马雷斯　什么事,皇上?

罗慕路斯　把这两个拜占庭侍臣赶出去,把他们关在鸡舍里!

马雷斯　是,皇上!

苏尔富里德斯　我们抗议!

福斯福里多斯　严重抗议,强烈抗议!

〔最后他们被马雷斯推出了门外。

泽　　诺　谢天谢地,现在侍臣们在外面了。

罗慕路斯　为此我让所剩的一半军队都出动了。

泽　　诺　侍臣们在这里我就感到像被掩埋似的,被埋在成堆的套话和规则的沙漠底下。我动要有规矩,说要有规矩,吃喝要有规矩,来来回回都要有规矩,实在让人受不了。但他们一走我就又感觉到我先辈们那伊索里尔人的古老力量在我身上苏醒了,又感觉到那古老的坚如磐石般的信仰——你的鸡舍栅栏围得还牢固吗?

罗慕路斯　这你可坚信不疑。皮拉穆斯,给泽诺拿一副餐具和一只鸡蛋来。

皮拉穆斯　我们只剩下多米蒂安下的那只蛋了。

罗慕路斯　在这样的场合吃它是对的啰。

泽　诺　七年来我们一直处于交战状态,仅仅由于我们共同面临日耳曼人入侵的危险,我们军队之间一场更大的冲突才得以避免。(他有点尴尬)

罗慕路斯　战争?对此我一无所知。

泽　诺　但我确实夺走了你的达尔玛西亚①。

罗慕路斯　难道这是属于我的领土吗?

泽　诺　在帝国最后平分天下,划分版图时,该地是划归你的。

罗慕路斯　在我们皇帝之间谈谈吧,我已经很久没有过问世界政治了。你究竟为什么非得离开君士坦丁堡不可呀?

泽　诺　我的岳母韦琳娜已经同日耳曼人结盟,并把我赶了出来。

罗慕路斯　真怪。你同日耳曼人的关系搞得倒很热火呵。

泽　诺　罗慕路斯!(他感到受了委屈)

罗慕路斯　就我所获悉的关于拜占庭宝座的复杂关系是,你为了废黜你自己的儿子为皇帝,曾经与日耳曼人结过盟。

尤莉娅　罗慕路斯!

泽　诺　日耳曼人潮水般地涌进了我们的国家。各条堤坝都发生不同程度的裂痕。我们不能再各管各的进军了。我们再也不可让我们两个帝国之间由于心胸狭隘而产生的猜疑无节制地继续下去了。我们现在必须拯救我们的文化。

罗慕路斯　什么,难道文化是一种可以拯救的东西吗?

尤莉娅　罗慕路斯!

〔这时艺术商人抱着几个胸像走到皇帝跟前。

---

① 位于亚得里亚海东岸。

阿波利翁　这两个格拉古①、两个庞培②、两个西庇阿③和两个伽图④,我出价两个金币零八十塞斯泰尔兹。

罗慕路斯　三个金币。

阿波利翁　好,不过得加上马略⑤和苏拉⑥。(他再次爬上了梯子)

尤莉娅　罗慕路斯,我要求你现在立即把这个古董商打发走。

罗慕路斯　这是我们办不到的事情,尤莉娅,鸡饲料的钱还没有付呢。

泽　诺　我很惊讶。一个世界燃起了熊熊大火,而你还在这里开起无耻的玩笑。每天有成千上万的人死于火海,而你还在这里继续得过且过。鸡饲料和那些节节挺进的野蛮人有什么相干呢?

罗慕路斯　我毕竟也有我的忧虑啊。

泽　诺　这里的人对于日耳曼主义给世界造成的危险似乎还远远没有充分认识到。(他用手指把桌子敲得咚咚作响)

尤莉娅　我也一直这么说。

泽　诺　日耳曼人的成功是不能用物质原因来解释的。我们必须看得更深刻些。我们的城市投降了,我们的士兵投诚了,我们的民众不再相信我们了,因为我们自己在怀疑自己。我们一定要振作起来,罗慕路斯,想想我们的伟大祖先吧,想想恺撒⑦、奥古斯都、图拉真⑧、君士坦丁⑨这些大帝吧。不相信我们和我们在世

---

① 指分别于公元前133年和公元前122年任罗马执政官的格拉古兄弟。
② 指庞培(前106—前48),罗马大将、政治家,及其父(死于前87年)。
③ 指罗马统帅大西庇阿(前236—前184)和小西庇阿(约前183—前129)。
④ 指罗马政治家和作家大伽图(前234—前149)及其曾孙,罗马哲学家和护民官小伽图(前95—前46)。
⑤ 马略(前157—前86),古罗马政治家和统帅。
⑥ 苏拉(前138—前78),古罗马统帅和独裁者。
⑦ 恺撒(前100—前44),古罗马统帅、政治家和作家。
⑧ 图拉真(53—117),古罗马皇帝(98—117在位),依靠武力征服许多地方,使罗马帝国的疆土大为扩展。
⑨ 君士坦丁(280—337),通称君士坦丁大帝,即君士坦丁一世,通过许多改革措施,统一了罗马帝国,加强了中央集权,使后期罗马帝国出现稳定局面。

界政治中的意义,我们就完了。

罗慕路斯　那好,让我们相信吧。

〔沉默。人们以虔诚的姿势端坐着。

泽　诺　你相信吗?(他有点不安起来)

罗慕路斯　岩石般坚定。

泽　诺　相信我们祖先的伟大精神?

罗慕路斯　相信我们祖先的伟大精神。

泽　诺　相信我们的历史使命?

罗慕路斯　相信我们的历史使命。

泽　诺　那么你呢,尤莉娅皇后?

尤莉娅　我从来就是这样信仰的。

〔泽诺松了一口气。

泽　诺　一种崇高的感情,不是吗?我们庄严地感觉到忽然吹过这些房间的一阵劲风!但刚才那真是到了最后的时刻了!

〔三个人都虔诚地坐着。

罗慕路斯　那么现在呢?

泽　诺　你这话是什么意思?

罗慕路斯　现在我们信了。

泽　诺　这是主要的。

罗慕路斯　现在该怎么办?

泽　诺　这并不重要。

罗慕路斯　既然坚持这种精神,我们现在就得干点什么。

泽　诺　该干的事自会有人干的。我们惟一需要做的,是找出一种思想观念来对付日耳曼人的那句口号:"为了自由和农奴制"。我建议:"为了奴隶制和正义!"

罗慕路斯　我不明白。

泽　诺　"赞成专制,反对野蛮。"

罗慕路斯　仍不明白。我倾向于一种务实的、切实可行的口号,比如:"为了养鸡和农业。"

尤莉娅　罗慕路斯！

〔马雷斯从左边冲了进来,他非常激动。

马雷斯　日耳曼人朝罗马开来了!

〔泽诺和尤莉娅万分惊骇地跳了起来。

泽　诺　下一只船什么时候去亚历山大港?

罗慕路斯　早上八点半。你要去那里干什么?

泽　诺　向阿比西尼亚①的皇帝请求避难。我要以那里为据点,继续对日耳曼主义进行不屈不挠的斗争。

〔皇后渐渐地镇静下来。

尤莉娅　罗慕路斯,日耳曼人朝罗马开来了,而你的早饭还吃个没完。

〔罗慕路斯庄严地站了起来。

罗慕路斯　政治家有特权:马雷斯,我擢升你为帝国元帅。

马雷斯　我将拯救罗马,啊,皇上!(他双膝跪下,挥舞宝剑)

罗慕路斯　你偏偏这个时候又来给我添麻烦。(他又坐了下去)

马雷斯　现在只有总动员还能有救!(他站起来,样子坚决)

罗慕路斯　此话怎讲?

马雷斯　这句话刚才想出来的。总动员就是一个民族的各种力量集中于军事目的的提法。

罗慕路斯　纯粹从修辞学上来说,我也不满意你这样的说法。

马雷斯　总动员就是必须抓住一切尚未被敌人占领的部分。

泽　诺　元帅说得对。我们能够通过总动员来挽救自己。这正是我们所寻求的观念。"全副武装起来",人人都会明白是什么。

罗慕路斯　自从发明棍棒的那一天起,战争就已经是一种罪行,假如我们现在还搞总动员,战争将成为一件荒唐事。我把我的五十名贴身警卫交给你去支配,帝国元帅。

马雷斯　陛下,那五十人早就跑掉了。

---

①　阿比西尼亚,埃塞俄比亚的古代名称。

罗慕路斯　没有他们也行嘛。

马雷斯　陛下！鄂多亚克拥有一支十万装备精良的日耳曼人的军队呢！而我只剩下我的副官可以指挥了。

罗慕路斯　统帅越大，他所需要的部队越小。

马雷斯　一个罗马元帅还从来没有受到过这样深的污辱。

〔马雷斯敬了个礼，然后从左边出去。

〔这期间阿波利翁把所有的胸像都拿了下来，只留下最中间的一个。

阿波利翁　我出十个金币全部包圆儿。

罗慕路斯　假如你讲到罗马的伟大历史时，出言更尊敬些，我一定会称心如意，阿波利翁。

阿波利翁　包圆儿这个词仅仅涉及眼前这些遗产作为古董的价值，并不意味着对历史的评价。

罗慕路斯　可是你得马上将十个金币付给我呀。

阿波利翁　一如既往，陛下。有一尊像我留在那里，它是罗慕路斯国王①。（他数出十个金币来）

罗慕路斯　可是我的这位同名者毕竟是缔造了罗马的啊。

阿波利翁　那是一种小学生的作品罢了。因此，它已经开始剥落了。

〔这当儿东罗马皇帝变得不耐烦起来。

泽　诺　你还根本没有向我介绍过这位先生，罗慕路斯。

罗慕路斯　这位是东罗马皇帝泽诺·德·伊绍里尔，阿波利翁。

阿波利翁　陛下。（他冷冷地躬了躬身）

泽　诺　请光临一下始终忠于我的帕特莫斯岛②吧，亲爱的阿波利翁。我在那里拥有很多独特的希腊古玩。

阿波利翁　可以去看看，陛下。

泽　诺　由于我明天要去亚历山大港，也许我可以要求预付一

---

① 指传说中的罗马城的建造者，古罗马第一个国王。
② 爱琴海多德卡尼斯群岛之一。现属希腊。

123

小笔——

阿波利翁　很抱歉。原则上我的钱是不预付给皇室的。时代纷纷扰扰，政治局势动荡不定，顾客的兴趣从古希腊罗马的艺术转向日耳曼艺术，原始艺术品成了热门货。令人可怖啊！然而，艺术鉴赏无法让人争论。好，我可以向两位陛下告辞了。

罗慕路斯　很遗憾，阿波利翁，你卷入了我的帝国的全面崩溃之中了。

阿波利翁　啊，可别这样说了，陛下。作为古董商我毕竟是靠此为生的呀。沿墙边放的那些胸像我派几个仆役来拿。

　　　　　〔他又鞠了一躬，从左边下。东罗马皇帝一边沉思，一边摇头。

泽　诺　我不明白，罗慕路斯，我已经好几年没有获得贷款了。我越来越看透了：我们干的这一行是无利可图的。

　　　　　〔内务大臣图利乌斯·罗通多斯从左边上。

图利乌斯　陛下！
罗慕路斯　运动员终于睡觉了吗，图利乌斯·罗通多斯？
图利乌斯　不是为史普里乌斯·梯图斯·马玛的事，而是凯撒·鲁普夫有事求见。
罗慕路斯　此人我不认识。
图利乌斯　一位重要人物。他写了一封信给陛下。
罗慕路斯　自从我当了皇帝以来，不看任何信件。他到底是什么人哪？
图利乌斯　裤子工厂主。他生产那种套在两腿上的日耳曼式服装，这种服装现在在我们这里也很时髦。
罗慕路斯　他富有吗，内务大臣？
图利乌斯　无限富有。
罗慕路斯　终于来了一位有头脑的人。
尤莉娅　你马上见他吧，罗慕路斯。
泽　诺　我本能地感到：他将拯救我们。

罗慕路斯　请裤子工厂主。

〔凯撒·鲁普夫,一个肥头胖耳、穿着阔绰的人物从左边上。他把泽诺当作是他要见的皇帝,径直向他走去,泽诺则窘迫地向他指指罗慕路斯。凯撒·鲁普夫手里拿着一顶很宽的古希腊式的旅行帽,微微躬了躬身。

凯　撒　罗慕路斯皇帝。

罗慕路斯　欢迎。这是我的夫人尤莉娅皇后,这位是东罗马皇帝泽诺·德·伊绍里尔。

〔凯撒·鲁普夫微微点了点头。

罗慕路斯　你找我有什么事儿,凯撒·鲁普夫?

凯　撒　我的家族原出身于日耳曼族,但在奥古斯都皇帝时代就已迁到了罗马,并从公元一世纪以来主管纺织部门的事情。(他把帽子递给罗慕路斯)

罗慕路斯　我对此很高兴。(把帽子递给泽诺,泽诺惊异地接住了它)

凯　撒　作为裤子工厂的老板我做事是毅然决然的。

罗慕路斯　那当然啰。

凯　撒　我非常扫兴地意识到,罗马的守旧派是反对裤子的,只要又有一种智慧似晨曦破晓,他们总要这样做。

罗慕路斯　哪里出现裤子,那里的文化就停止。

凯　撒　您身为皇帝当然可以戏用这样的双关语,但是我作为一个冷静务实的人,我十分清醒地对自己说,未来是裤子的天下。一个现代国家,不穿裤子,是注定要灭亡的。日耳曼人之所以穿裤子并取得了如此惊人的进步,是由于凭借了一种古老的联系。这种联系在那些从不深入思考的终身政治家来说固然是完全朦胧不明的,但对于一个实业家来说却是清楚不过的。罗马只有穿上裤子才能抵御日耳曼游牧民族的袭击。

罗慕路斯　假如我有你这样一种乐观主义的态度的话,亲爱的凯撒·鲁普夫,那么我自己也会套上一件这种神奇服装的。

凯　撒　我已经明明白白地发过誓,当最愚蠢的人也开了窍,懂得腿上不穿东西人类就要倒霉,那时我才穿上一条裤子。这是职业的荣誉,陛下。在这上头我不懂得说瞎话。要么裤子胜利,要么我凯撒·鲁普夫下台。

罗慕路斯　你到底想要对我进谏什么呢?

凯　撒　陛下,这里是凯撒·鲁普夫世界商号,这里是大罗马帝国,这点您必须承认。

罗慕路斯　对。

凯　撒　让我们打开天窗说亮话吧,趁事情还没有被温情脉脉的东西弄模糊的时候。在我的背后堆着的是几十亿塞斯泰尔兹,而在您的背后则纯然是深渊。

罗慕路斯　这个区别讲得再好没有了。

凯　撒　我起先想过,干脆把大罗马帝国全部买下。

〔皇帝不能完全抑制他兴奋激动的心情。

罗慕路斯　关于这个问题我们得严肃地谈谈。凯撒·鲁普夫,无论如何我册封你为骑士。拿把剑来,阿基勒斯!

凯　撒　谢谢,陛下,我已经一股脑儿把所有的勋章都买下了。您瞧,很遗憾,我又三句不离本行了。大罗马帝国经济上弄到这步田地,以致要把它改革一下,世界商号得付出沉重的代价,我不知道,这样做是否值得。再说,我们有了一个庞大的国家的话,这又是虚无的。要么世界商号,要么大罗马帝国。这里我不得不明确地说,宁要世界商号,它更有利于赚钱。我反对买下大帝国,罗慕路斯皇帝,但我不反对联合。

罗慕路斯　你是怎样设想大罗马帝国跟你的商号之间的联合的呢?

凯　撒　纯粹是有机的联合,既然我是一个实业家,我只能考虑这有机的东西。想想有机的问题吧,否则你会破产,这是我的格言。首先我把日耳曼人逐出门外。

罗慕路斯　正是这点相当困难。

凯　撒　一个世界性的商人是不懂得"困难"这个词的,如果他拥有足够的金钱的话,鄂多亚克对我的询问已经做了书面声明:撤出意大利的条件是一千万金额的代价。

罗慕路斯　　鄂多亚克?

凯　　撒　　日耳曼统帅。

罗慕路斯　　奇了。恰恰是他我以为是不可收买的。

凯　　撒　　今天所有的人都是可以收买的,陛下。

罗慕路斯　　那么你要求我用什么来报答你的这一帮助呢,凯撒·鲁普夫?

凯　　撒　　如果我付出这一千万巨款并塞给帝国几百万小款,那么整个局面还只是刚刚能维持下去,不致毁灭,还不能达到每个健康国家的情况那样。作为条件——除了裤子必须宣布接受外——我要求娶您的女儿蕾娅为妻,因为事情十分明显,只有这样才能为我们的联合建立起有机的基础。

罗慕路斯　　我的女儿已经同一个破落贵族订婚了,三年来他在日耳曼人的监狱里熬日子。

凯　　撒　　您瞧,陛下,我是不讲情面的。您必须痛痛快快地向我承认:罗马帝国只有通过跟一家富有经验的厂商建立牢固的联合方能得救。否则,日耳曼人已经大兵压境,就要长驱直入开进罗马了。今天下午您给我答复。如若不然,我就同鄂多亚克的女儿结婚。鲁普夫商号必须考虑到一个继承人。我正处于黄金时代,商业生活的一次次惊涛骇浪——你们的一次次战役与之相比不过是小巫见大巫而已——使我至今不可能在一个忠实的夫人的怀抱里寻找幸福。在这两种可能性之间进行选择,那是不容易的。尽管说,毫不犹豫地娶这位日耳曼女子在政治上也许比较自然一些,可另一方面对我的东道国的感激促使我向您提出这一建议,因为我不想让鲁普夫商号在历史论坛上受到偏袒一方的嫌疑。

〔他微微鞠一躬,从泽诺手里一把夺过帽子,从左边出去。其余三人愕然地仍坐在他们的桌旁,一言不发。

尤莉娅　罗慕路斯,你现在马上同蕾娅说去。

罗慕路斯　我到底跟蕾娅说什么呢,亲爱的夫人?

尤莉娅　她马上要同这位凯撒·鲁普夫结婚!

罗慕路斯　为了一把塞斯泰尔兹,我当场就可以把罗马帝国出卖给他,但我还没有想到要把我的女儿兜售给他。

尤莉娅　蕾娅会自愿为帝国做出牺牲的。

罗慕路斯　几百年以来我们已经为国家做出了那么多的牺牲,现在该是国家为我们做出牺牲的时候了。

尤莉娅　罗慕路斯!

泽诺　假如你的女儿现在不出嫁,世界就要灭亡。

罗慕路斯　是我们就要灭亡。这是一个很大的区别。

泽诺　我们是世界。

罗慕路斯　我们是些听任世界摆布的乡巴佬。他们不能理解这个世界。

泽诺　像你这样的人不应该当罗马的皇帝!

　　　〔他用拳头猛击桌子,从右边出去。左边来了五个大腹便便的仆役。

仆役甲　我们是来取胸像的。

罗慕路斯　噢,请吧。它们排列在墙根。

仆役甲　这都是些皇帝胸像。一个都不能摔坏,一定要完好无损。

　　　〔房间挤满了仆役,他们把胸像搬了出去。

尤莉娅　罗慕路斯,人家叫我尤莉娅为国母,我对这个光荣称号感到骄傲。现在我也要以国母名义跟你说话。你成天坐着吃早饭,只对你的母鸡感兴趣,急差来了你不接见,你拒绝进行全国总动员,你不迎击敌人,你不肯把你的女儿嫁给那惟一能救我们的人。你到底想干什么?

罗慕路斯　我不想搅乱世界历史,亲爱的尤莉娅。

尤莉娅　当你的妻子我感到羞耻。(她迅速走了出去)

罗慕路斯　把餐桌搬出去,皮拉穆斯,我已经用完早膳了。

〔他用餐巾擦了擦嘴。皮拉穆斯把桌子搬走。

罗慕路斯　水,阿基勒斯。

〔阿基勒斯端来了水,罗慕路斯洗手,史普里乌斯·梯图斯·马玛从左边的门冲了进来。

史普里乌斯　我的皇上!(他跪倒在他的跟前)

罗慕路斯　你是谁?

史普里乌斯　骑兵队队长史普里乌斯·梯图斯·马玛。

罗慕路斯　你想干什么?

史普里乌斯　整整两天两夜我从帕维亚骑马跑到这里,七匹马先后倒在我的身边,三支箭射中了我的身体,而当我到达时,人家不让我见你。这里,皇上,你的最后一个统帅奥列斯特在被俘前的奏折!

〔他向罗慕路斯递上一卷羊皮纸。皇帝仍然一动不动地坐着。

罗慕路斯　你受了伤,精疲力竭。你为什么要这样过度劳顿呢,史普里乌斯·梯图斯·马玛?

史普里乌斯　为了罗马的生存。

罗慕路斯　罗马早已死亡了。你为一个死人做出了牺牲,你为一个影子而战斗,你为一个塌陷了的坟墓而生存!睡觉去吧,骑兵队队长,现今的时代已经使你的英雄行为变成了一种故作姿态!

〔他庄严地站立起来,穿过背景中间的门走了出去。史普里乌斯·梯图斯·马玛完全惊慌失措地站起来,然后突然把奥列斯特的奏折掷在地上,狠狠地踩踏,并且喊了起来。

史普里乌斯　罗马有一个可耻的皇帝!

第 二 幕

公元四百七十六年三月灾难深重的一天的下午。皇帝夏季别墅前的花园。满目是苔藓、常青藤、杂草，处处是母鸡嘎嘎嘎、公鸡喔喔喔的啼叫声。这些鸡间或在舞台上飞过，尤其是当有人来的时候。舞台背景被家禽弄得狼藉不堪；前景是一幢歪歪斜斜的别墅，它只有一扇门，门口有台阶通往花园。墙壁上用粉笔写着："农奴制万岁！自由万岁！"但这里给人的突出的印象是，仿佛置身于养鸡场之中，虽然前台有几把招待客人用的精致的椅子，它们经历了比较好的年代。舞台上有时弥漫着从一幢低矮的房子冒出来的浓烟。办公处也许可以想象到设在别墅右角的左边。总而言之：思想上悲观绝望，世界末日像魔术般变幻，我们正面临灭顶之灾。

人物： 一张椅子上坐着内务大臣图利乌斯·罗通多斯，另一张椅子上坐着国防大臣马雷斯，我们知道，他现在是帝国元帅，全副武装，打着瞌睡，膝盖上摊着一张意大利地图，头戴钢盔，身边地上有一支帅杖。一面盾牌靠在墙上，上面也刻有日耳曼人的口号。史普里乌斯·梯图斯·马玛还一直浑身脏污，扎着绷带，艰难地沿着办公处的墙壁行走，继续支撑着疲惫不堪的身体。

史普里乌斯　我累啊，我累啊，我累死了。

〔一个厨师从别墅的左边门出来，他头戴高帽子，身穿白围裙，背上别着刀子；边走边招引着，朝右边走进花园。群鸡

　　　　　叽叽嘎嘎地拼命叫了起来。

厨　　师　尤利乌斯·尼波斯,奥列斯特,罗慕路斯,比比比比①……

　　　　　〔泽诺·德·伊绍里尔从左侧上,他停下来在地面上擦去屐履底上的东西。

泽　　诺　我又踩到鸡蛋了!这里除了鸡到底还有别的东西没有?

图利乌斯　养鸡是皇上的惟一嗜好。

　　　　　〔一个急使从左边上,跑入宫内。

急　　使　日耳曼人已经到罗马了!日耳曼人已经到罗马了!

图利乌斯　一个新的不幸消息。成天就是这样下去。

泽　　诺　但愿皇帝现在至少也得在宫廷礼拜堂为他的黎民百姓做祈祷了吧。

图利乌斯　皇上在睡觉呢。

泽　　诺　在睡觉?那只有我一个人祈祷啦?

图利乌斯　恐怕是的,陛下。

泽　　诺　为了想办法拯救文明,大家像热锅上的蚂蚁——这里烟味这样重,到底是怎么回事儿?

图利乌斯　我们在烧毁文件。

　　　　　〔泽诺像被惊雷触了一下。

泽　　诺　你们——在烧——文件?

图利乌斯　罗马统治方法的珍贵文献无论如何不能落到日耳曼人手里,而我们又缺乏经济力量把它们运走。

泽　　诺　于是乎就干脆付之一炬,仿佛对善的东西最终会取得胜利的信念根本就不存在。你们的西罗马确实是不可救药了,它已经病入膏肓了。没有激情,没有勇气——哦,还有一个鸡蛋哪!(他擦鞋底)

　　　　　〔两个侍臣从台右上。

二　　者　陛下。

---

① 这几个名字在这里都是鸡的代号;"比比比比"为对鸡的呼语。

泽　诺　侍臣。从养鸡场里逃出来的。(他大吃一惊)
　　　〔两人抓住他的手。
苏尔富里德斯　我们想温习一下抱怨词,陛下,我们迫切需要这个。
福斯福里多斯　我可以不可以请您来开头,伊索里尔人①泽诺。
泽　诺　我请求帮助,哦,太阳——
苏尔富里德斯　哦,月亮——
泽　诺　哦,黑夜宇宙中的月亮,我在寻求恩赐而趋近你啊,月亮——
福斯福里多斯　太阳——
泽　诺　太阳——看,又是一个鸡蛋!
　　　〔他擦了擦鞋底,由两个侍臣陪着从台左出去。
史普里乌斯　我已经一百个钟头没有睡觉了。一百个钟头啊。
　　　〔一阵可怕的鸡叫,厨师从右边上,又进了别墅;他双手各拿一只鸡,此外右腋下还夹着一只,围裙上溅满血迹。
史普里乌斯　这没完没了的叽叽嘎嘎的鸡叫声,把我烦死了!我累啊,我累得没法说了。从帕维亚纵马飞奔到这里,同时还流了大量的血。
图利乌斯　我知道。
史普里乌斯　七匹马呢。
图利乌斯　我知道。
史普里乌斯　挨了三支箭。
图利乌斯　您到别墅后头去。那里鸡的吵闹声要小一些。
史普里乌斯　已经去过了。公主在那里上戏剧课。而水池附近东罗马皇帝在练习哀歌呢。
马雷斯　静一点!(他又睡着了)
图利乌斯　您最好别这么大声说话,不然帝国元帅要被惊醒的。
史普里乌斯　我是说不出的疲倦啊,加上这股烟,这股既难闻又呛人

---

① 伊索里尔,古代小亚细亚山区的一个民族。

的烟!

图利乌斯　那么您好歹还是坐下吧。

史普里乌斯　要是我坐下,就会睡着的。

图利乌斯　您不顾疲劳,能这样做,我认为这是最自然不过的。

史普里乌斯　我不想睡觉,我要复仇。

〔帝国元帅绝望地站起来。

马雷斯　我到底能不能在这里安安静静地运筹帷幄呢?战略是一种敏捷的直觉,同外科学的道理一样,面对流血的手术需要精神集中,没有比在司令部里的吵闹对于战争更有害的了。

〔他气恼地把地图卷了起来,拿起头盔,朝房子走去,拿起盾牌,惊愕。

马雷斯　有人把敌人的标语写在我的盾牌上了。屋墙上也乱涂起来了。

图利乌斯　那是从瑞士来的女佣写的。

马雷斯　我们要召开军事法庭。

图利乌斯　我们现在实在没有时间搞这些了,元帅。

马雷斯　这是破坏行为!

图利乌斯　缺少人手。毕竟还得有人帮助侍从长打点行李呀。

马雷斯　您自己就能帮他嘛。我真不知道,您作为内务大臣还有别的什么事可干。

图利乌斯　我必须制定法律基础条款,以便把皇宫迁到西西里去。

马雷斯　我不会让你们的失败主义把我搞糊涂。战略形势一刻比一刻对我们有利,我们正在从节节败退中好转起来。日耳曼人敢于下半岛的人越多,陷入死胡同的人就越多。我们可以从西西里岛和科西嘉岛这一头轻而易举地推翻他们。

史普里乌斯　您还是首先推翻皇帝吧?

马雷斯　我们根本不可能失败。日耳曼人没有舰队。因此我们在岛上是固若金汤的。

史普里乌斯　但我们也没有舰队呀!没有舰队岛屿对我们有什么用

处呢？日耳曼人在意大利将是固若金汤呢。

马雷斯　那我们就建造一支舰队好了。

史普里乌斯　建造？国家破产了！

图利乌斯　这个留待我们以后考虑吧。当前的主要问题是我们如何去西西里岛。

马雷斯　我将下令造一艘三桅船。

图利乌斯　造一艘三桅船？这个我们可造不了，这类船贵得要命。您还是张罗一艘双帆船吧。

马雷斯　现在你们还把我贬成一个船只经纪人了。（他摇摇晃晃地进了别墅）

史普里乌斯　一个日耳曼人在我头上砍了一刀。

图利乌斯　我知道。

史普里乌斯　七匹马在我的胯下毙命。

图利乌斯　这件事您别唠叨个没完。

史普里乌斯　我实在累呀！

图利乌斯　我只希望，我们到了西西里岛能找到一幢租金不太昂贵的别墅。

〔一阵绝命的鸡叫声。浑身头破血流的爱弥良一瘸一拐地从左边走了进来，他消瘦、苍白，衣衫褴褛，戴着一顶黑便帽，东张西望。

爱弥良　这就是皇帝在坎帕尼亚的别墅？

〔内务大臣惊愕地打量着这一神秘的形象。

图利乌斯　您是谁？

爱弥良　一个鬼魂。

图利乌斯　您想要干什么？

爱弥良　皇帝是我们大家的父亲，是不是？

图利乌斯　对于每个爱国者来说，是这样。

爱弥良　我是一个爱国者，我来这里是为了拜访我的祖国。（他又东张西望起来）一个龌里龌龊的养鸡场。一座肮里肮脏的别墅。一间办公室。池塘上面有一尊残破的爱神像,常青藤,苔藓,乱草中鸡蛋星星点点,满目皆是——有几个已挤进我的鞋底。什么地方鼾声如雷。一定是皇帝睡得正酣。

〔门口出现皇后。

尤莉娅　埃比乌斯!埃比乌斯!有人看见侍从长埃比了吗?

爱弥良　国母。

图利乌斯　难道他没有帮助陛下收拾一下吗?

尤莉娅　他从今天早晨起就不见了。

图利乌斯　那么他已经逃跑了。

尤莉娅　典型的日耳曼作风。

〔皇后重又消失。

史普里乌斯　逃跑的都是罗马人!

〔他发了一通火,很快又蔫儿了。然后为了不使自己睡着,他绝望地来回跑动。

〔爱弥良坐在帝国元帅的圈手椅上。

爱弥良　您是内务大臣图利乌斯·罗通多斯?

图利乌斯　您认识我?

爱弥良　我们经常在一起喝酒,在一起唱歌,夏天,常常一起坐到深夜。

图利乌斯　我记不起来了。

爱弥良　您怎么还记得起来呢。这期间,一个世界帝国沉沦了。

史普里乌斯　我累啊,我简直要累死了。

〔又传来群鸡乱叫声。

〔元帅从别墅回来。

马雷斯　我已经忘了我的元帅杖了。

爱弥良　没关系。

〔他给将军递去元帅杖,后者正躺在他身边的地上。

〔马雷斯摇摇晃晃地进了别墅。

图利乌斯　我理解。您是从前线来的。您为祖国流了血。我能为您效点劳吗?
爱弥良　您能为反对日耳曼人效点劳吗?
图利乌斯　今天谁也不能直接这样做。我们的抵抗得从长期考虑。好事多磨嘛。
爱弥良　那么您不能为我做任何事情啰。
　　〔别墅里出来几个提着箱子的仆役。
仆役之一　我们应该把这些皇后的箱子往哪里运呀?
图利乌斯　下那不勒斯。
　　〔仆役们扛起箱子,接了小费,下。在下面的几个场面中还可看见个把人来回忙乎。
图利乌斯　这是个艰难的时代、悲哀的时代,但尽管如此:一个像罗马帝国这样完美的、组织完备的法制国家由于其内在的诸多价值也要经受最坏的各种危机。我们更高的文化会战胜日耳曼人的。
史普里乌斯　我已经累得不行了。
爱弥良　您喜爱贺拉斯①吗?您用意大利最好的文体写作吗?
图利乌斯　我是法学家。
爱弥良　我喜爱贺拉斯,我用最好的意大利文体写作。
图利乌斯　您是一位诗人?
爱弥良　我具有较高的文化修养。
图利乌斯　那么您还是写作吧,那么您还是作诗吧。精神战胜肉体。
爱弥良　我所来的那个地方,屠夫们已经战胜了精神。
　　〔又是一阵叽叽嘎嘎的鸡叫。群鸡又到处乱飞。蕾娅跟演员菲拉克斯沿着别墅从右边上。
蕾　娅　祖国的公民们,你们有没有看到:
　　　　我正穷途末路,
　　　　太阳最后的光辉

----
① 贺拉斯(前65—前8),罗马大诗人,被称为完美的语言艺术大师。

正在消失。

难道这一切都一去不复返?

史普里乌斯　我现在不能听任何古典作品,不然我立刻就会睡着!

(他摇摇晃晃从左边走了出去)

菲拉克斯　继续朗诵下去吧,公主,有力些,动人些!

蕾　娅　那对谁都不说话的死神

活生生地领我

去苦海岸边,(没有人

叫我去唱"婚礼赞")他还让我

听一首新娘唱的赞美歌,相反

我已同冥河结了婚。

菲拉克斯　相反我已同冥河结了婚。

蕾　娅　相反我已同冥河结了婚。

菲拉克斯　再悲一些,公主,节奏感再强一些,多一些从内心发出的叫喊,多一些灵魂中的东西,否则就没有人购买您这些不朽的诗句。我觉得,您对冥河、对死神还没有正确的想象。您说到他时就像说某种抽象的东西。您还没有在内心里经历到他。他对您还只停留在文学层面上,还没有变成真实。可惜啊,可惜极了。请注意吧:相反我已同冥河结了婚。

蕾　娅　相反我已同冥河结了婚。

〔这时爱弥良站了起来,站在正在朗诵的蕾娅的面前,惊异地呆呆望着出现在他面前的这个人物。

蕾　娅　您想干什么?

爱弥良　你是谁?

蕾　娅　我是蕾娅,皇帝的女儿。

爱弥良　蕾娅,皇帝的女儿。我已经认不出你来了。你是美丽的,但我已经忘了你的面相了。

蕾　娅　我们曾经认识?

爱弥良　我相信我记得起来。

137

蕾　娅　你是拉文纳①人吗？小时候我们在一起玩耍过？
爱弥良　当我还是人的时候,我们确实在一块儿玩耍过。
蕾　娅　你不愿意对我说出你的名字？
爱弥良　我的名字写在我的左手上。
蕾　娅　让我看看。
　　　　〔他伸出他的左手。
蕾　娅　哟,它真可怕呀,你的手！
爱弥良　我应当把它缩回去吗？
蕾　娅　我不能再看它啦。
　　　　〔她转过身去。
爱弥良　那么你将永远不知道我是谁了。
　　　　〔他把手重新藏起来。
蕾　娅　那你把手伸给我。
　　　　〔她伸出她的右手。爱弥良把左手递给她。
蕾　娅　戒指！爱弥良的戒指！
爱弥良　你的未婚夫的戒指。
蕾　娅　他已经死了。
爱弥良　一命呜呼了。
蕾　娅　戒指有的地方都长到肉里去了。
　　　　〔她呆呆地看着那只在她手中的手。
爱弥良　它和我受过屈辱的肉合而为一了。
蕾　娅　爱弥良！你是爱弥良！
爱弥良　我曾经是的。
蕾　娅　我认不出你来了,爱弥良。
　　　　〔她凝视着他。
爱弥良　你永远也认不出我来了。我从日耳曼人的监狱里回来了,皇帝的女儿。

---

① 意大利城名。

〔他们相对而立,你看着我,我看着你。

蕾　娅　我已经等了你三年了。

爱弥良　在日耳曼人的监牢里,三年就是永久啊。对一个人是不应该等这么长久的。

蕾　娅　好了,你到底回来了。现在咱们一起到我父亲的屋子里去吧。

爱弥良　日耳曼人就要来了。

蕾　娅　我们知道的。

爱弥良　那么去拿把刀来。

蕾　娅(骇然地盯着他)　你这是什么意思,爱弥良?

爱弥良　我的意思是,一个女人也能拿把刀战斗去。

蕾　娅　我们不能再战斗了。罗马军队已经被打败了。我们已经没有士兵了。

爱弥良　士兵是人,而人是能战斗的。现在这里人还多着呢。女人,奴隶,老人,残废者,儿童,大臣。去吧,拿把刀来。

蕾　娅　这是毫无意义的,爱弥良。我们必须向日耳曼人投降。

爱弥良　三年前我就不得不向日耳曼人投降了,他们把我弄成什么样,皇帝的女儿? 去吧,拿把刀来。

蕾　娅　我等了你三年,一天又一天,一刻又一刻,可是现在我害怕你了。

爱弥良　"相反,我已经同冥府结了婚。"你没有引用过这些诗句吗? 它们已经变成现实了,这些诗句。去吧,去拿把刀来,去吧,去吧!

　　〔蕾娅跑进别墅。

菲拉克斯　可公主! 课还没有结束呢。现在才达到高潮,整个一场都是关于冥府的,是古典文学最精彩的地方。

　　〔她在别墅中消失。演员向她冲去。

图利乌斯　马尔库斯·尤尼乌斯·爱弥良,从日耳曼人的监狱里回来了。我真是激动万分啊。

爱弥良　　那么请您赶紧上前线去,不然您的万分激动不过是一种奢侈。

图利乌斯　　我亲爱的朋友,这些年您确实历尽艰辛,因而赢得我们的尊敬。但您切不可马上就认为,我们在都城什么也没有做。坐在这里不得不接收一起接一起的凶报,而又无能为力,一个政治家所能遇到的事情大概没有比这更糟糕的了。

〔一个急使从左边出来跑入别墅。

急　使　　日耳曼人沿阿庇亚大道朝南开来了! 日耳曼人沿阿庇亚大道朝南开来了!

图利乌斯　　您看吧。朝南来的。他们径直朝我们开来了。我们刚刚说到凶报,就来一件新的凶报。

〔别墅门口出现马雷斯。

马雷斯　　远近哪里也征募不到双桅方帆船。

图利乌斯　　但在那不勒斯港确实是有一艘的。

马雷斯　　驶往日耳曼人那边去了。

图利乌斯　　天哪,帝国元帅,我们必须有一艘船啊!

马雷斯　　我要弄一只渔船来试一试。

〔他又不见了。内务大臣发起火来。

图利乌斯　　说是一切都已准备好了在西西里岛重新组织帝国,说是正在考虑社会改革,关心码头苦力的残废保险云云。可现在,因缺一只船一切都成了问题!

〔骑兵队队长跟跟跄跄从左边走过舞台。

史普里乌斯　　这股烧东西的烟味。这股没完没了的呛人的烟味。

〔一阵叽叽嘎嘎的群鸡惊叫。凯撒·鲁普夫从左边上。

凯　撒　　先生们,希望诸位头脑清醒地认识到这一事实:罗马陷落以后,帝国就连一只纸糊鞋都不值了。罗马帝国再也不能揪着自己的头发从它那导致经济破产的军事困境中自拔了。

爱弥良　　您是谁?

凯　撒　　凯撒·鲁普夫,鲁普夫世界商号的老板。

140

爱弥良　您想做什么？

凯　撒　每一个哪怕稍微了解情况的政治家都十分清楚,我不捐出几百万块钱,罗马就不能得救。我要求对于我提出的最诚恳的条件做出正式的答复:同意还是不同意。要万众欢呼,还是要世界没落。让我带个新娘回家,还是让帝国灭亡。

爱弥良　这里玩的什么把戏,内务大臣？

图利乌斯　鄂多亚克表示同意,以一千万块钱为条件他撤出意大利。这位——裤子工厂主——准备支付这笔款项。

爱弥良　条件呢？

图利乌斯　他想跟公主结婚。

爱弥良　您把公主带走吧。

图利乌斯　您是说——

爱弥良　您去把宫廷的人集合起来吧。

〔内务大臣走进别墅。

爱弥良　您应该得到对您提的条件的答复,裤子工厂主。

〔骑兵队队长从右边跟跟跄跄走过舞台。

史普里乌斯　我已经一百个钟头没有睡觉了,一百个钟头。我累啊,我简直要累倒了。

〔别墅门口出现了蕾娅和图利乌斯·罗通多斯、泽诺、马雷斯、两位侍臣苏尔富里德斯和福斯福里多斯。

蕾　娅　是你叫我来的吗,爱弥良？

爱弥良　到我这里来。

〔蕾娅慢慢地走到爱弥良跟前去。

爱弥良　你已经等了我三年,皇帝的女儿。

蕾　娅　三年,每日、每夜、每时。

爱弥良　你爱我。

蕾　娅　我爱你。

爱弥良　用你整个身心？

蕾　娅　用我整个身心。

爱弥良　凡是我对你要求的一切,你都能做到吗?

蕾　娅　我将一切照办。

爱弥良　刀你也肯拿了?

蕾　娅　只要你要我那样做,我会拿起刀的。

爱弥良　你的爱情这样坚贞不渝,皇帝的女儿?

蕾　娅　我对你的爱情是无限的。我不再认识你了,但是我爱你。我害怕你,但是我爱你。

爱弥良　那么你跟这个大腹便便的人结婚,并给他生儿育女。

　　　　〔他指着凯撒·鲁普夫。

泽　诺　终于遇见一个明智的西罗马人了。

全体官廷的人　结婚吧,公主,结婚吧!

图利乌斯　为了祖国,宝贵的祖国,做出这一牺牲吧,我的姑娘!

　　　　〔所有的人都满怀希望地盯着蕾娅。

蕾　娅　我应该丢弃你?

爱弥良　你应该丢弃我。

蕾　娅　我应该爱另一个人?

爱弥良　你应该爱那个能够拯救你的祖国的人。

蕾　娅　但我爱你呀!

爱弥良　因此我要抛开你。

蕾　娅　你愿意像你自己被污辱那样来污辱我?

爱弥良　我们不得不做那些必要的事情。我们的耻辱将喂养着意大利。通过我们的耻辱,它将重新获得力量。

蕾　娅　要是你爱我的话,你就不能要求我这样做。

爱弥良　正因为你爱我,我才能要求你这样做。

　　　　〔她悚惧地凝视着他。

爱弥良　你会听从的,皇帝的女儿。你的爱情是无限的。

蕾　娅　我将听从。

爱弥良　你将做他的妻子。

蕾　娅　我将做他的妻子。

爱弥良　那么把你的手递给这个冷若冰霜的裤子工厂主吧。

〔蕾娅照办。

爱弥良　好,凯撒·鲁普夫,现在你已经得到皇帝惟一的女儿了,于是,一个皇家千金的花环佩在一个金牛犊①的身上,原来今天正是这样的时候:以金钱为媒,诈诱成婚,由于冒天下之大不韪而成了一种美德。

〔凯撒·鲁普夫被感动。

凯　撒　公主,您就相信我好了:我的眼泪是出于一片真诚,鲁普夫世界商号通过这一婚姻而登峰造极,这在我这个部门是破天荒的。

〔一股巨大的烟雾涌进。

马雷斯　帝国得救了!

泽　诺　西方世界保住了!

苏尔富里德斯　吟诵《得救颂》吧,陛下。

〔泽诺和两位侍臣赶紧站好。

三　人　欢呼吧,欢乐吧,啊,拜占庭!
　　　　你的荣誉在上升,你的光耀
　　　　　　与星斗交映。
　　　　我们的信念,我们的希望
　　　　　　化为奇迹莅临,
　　　　救国功业就此告成。

图利乌斯　马上停止焚烧文件!

阿基勒斯的声音　皇上!

〔烟雾逐渐消散,门口宫廷成员中出现了罗慕路斯,阿基勒斯和皮拉穆斯跟随在后,后者提着浅篮。一片寂静。

蕾　娅　父亲。

爱弥良　欢迎在炎热的中午吃得好、睡得香的皇帝。向你致敬,鸡的

---

① 金牛犊是一种财富的象征,典出《旧约·出埃及记》第三十二章。

统帅和下蛋的战略家！祝你长寿,你这位被士兵称作渺小人物的罗慕路斯。

罗慕路斯(瞪眼盯着他)　你是爱弥良,我孩子的未婚夫。

爱弥良　你是认出我的第一人,罗慕路斯皇帝。你的女儿也没有认出我来。

罗慕路斯　不要怀疑她的爱情。只有年龄才有敏锐的眼睛,欢迎你,爱弥良。

爱弥良　请原谅,世界之父,也许我不能像通常那样来回答你的问候。我在日耳曼人的监狱里蹲得太久了,已记不起你宫廷里那些规矩了。但罗马的历史会继续帮助我。曾经有过那样一些皇帝,人们向他们欢呼:胜仗打得好吗,崇高的皇上？也有过那样一些皇帝,人们向他们呼喊:屠杀顺利吗,陛下？而如今,人们将这样向你呼喊:睡觉睡得香吗,罗慕路斯皇帝？

〔皇帝在门后的一张圈手椅上坐下,并久久察看着爱弥良。

罗慕路斯　你曾经忍饥挨饿。

爱弥良　你很遵守你的吃饭时间。

罗慕路斯　你受到过严刑拷打。

爱弥良　你的鸡养得红红火火。

罗慕路斯　你很灰心。

爱弥良　我离开了日耳曼的监狱,罗马皇帝。我杀死了看守我的士兵。我打死了追踪我的警犬。我步行来到你这里,高贵的皇帝。我一里一里地、一步一步地走过了你的帝国的无限广阔的国土。我看到了你的帝国的威权,世界之父。

罗慕路斯　自从我当了皇帝以来,我就没有再离开过我的乡村别墅。谈谈我的帝国吧,爱弥良。

爱弥良　我悄悄通过被摧毁的城市和燃烧着的村庄,我走过被滥伐的森林,越过被蹂躏的田园。

罗慕路斯　讲下去。

爱弥良　我看到男人被残杀、妇女被污辱、儿童挨着饿。

罗慕路斯　讲下去。

爱弥良　我听见受伤者的叫喊、囚徒们的叹息、投机商的醉语、战争牟利者的马嘶。

罗慕路斯　你所讲的我不是不知道。

爱弥良　你怎么能知道你从未见过的东西,罗马皇帝?

罗慕路斯　我能想象,爱弥良。好,上我家里去吧,我的女儿一直都在等着你,所有这些年。

爱弥良　我已经不配娶你的女儿了,罗马皇帝。

罗慕路斯　你不是不配,而是不幸。

爱弥良　我受尽凌辱。日耳曼人撕下了我的头皮,强迫我在一个血迹斑斑的轭下爬过去,一丝不挂,像头野兽。看吧!

〔他从头上扯下帽子,裸露着被剥掉了皮的头并拿着带头发的头皮站着,但观众看不见这一惨状。

爱弥良　现在我站在你的面前,周围全是你的到处乱飞的鸡,你的可笑的廷臣们。一个人,他热爱和平并相信理智。为使日耳曼人和罗马人和解,我悄悄地去找他们。

罗慕路斯　皇帝看到了,但皇帝不动心。

马雷斯　复仇!

蕾娅　爱弥良!(她紧紧抱住她的未婚夫)

爱弥良　我是一个罗马军官。我已经丧失了我的荣誉。到你所属的那个人那里去吧,皇帝的女儿。

〔蕾娅慢慢地走回到凯撒·鲁普夫身边。

爱弥良　你的女儿已成为裤子工厂主的妻子,而你的帝国则由我的耻辱获得拯救。

〔皇帝站了起来。

罗慕路斯　皇帝不批准这门婚姻。

〔所有的人都站着发呆。

凯撒　爸爸!

蕾娅　我将嫁给他,父亲。你不能阻止我拯救我的祖国。

罗慕路斯　我的女儿将服从她父亲的意志的安排。皇帝知道,当他把他的帝国付之一炬的时候,当他让那必须打碎的东西毁掉的时候,他该如何处置。他正踩烂那属于死亡的东西。

〔蕾娅耷拉着脑袋走进房子里去。

罗慕路斯　做我们的事情去,皮拉穆斯。去把饲料拿来。奥古斯都!提比略!图拉真①!哈德良②!马可·奥勒留!鄂多亚克!

〔他一边撒着饲料,一边从右边下,他的侍从们跟着下。大家一动不动地站着。

图利乌斯　赶紧继续烧文件吧!

〔一切又处在浓浓黑烟之中。

爱弥良　这个皇帝必须滚蛋!

---

① 图拉真(约53—117),原名马尔库斯·乌尔皮乌斯·图拉伊阿努斯。第一位出生于意大利以外的罗马皇帝(98—117在位)。
② 哈德良(76—138),富有文化修养的一位罗马皇帝(117—138在位)。

第 三 幕

公元四百七十六年三月十五日夜……皇帝的卧室。左边有一排窗子。背景是门。右边是床,也有一扇门。房间的中央是两张长沙发,一头相接,呈一个开口的大角面对观众。它们的中间摆着一张低矮而纤巧的小桌。房间的前端左右各有一个壁橱。夜,满月当空。卧室里一片黑暗,只有从窗子射进来的几道亮光投在地上和墙壁上。背景上的门开了。皮拉穆斯举着一个三杈枝形烛台进来,他用这烛台上的灯点燃床跟前另一个烛台上的灯。然后他来到前面把灯放在桌上。皇帝从右边的门进来,身穿一件可以说有点破旧的睡衣。阿基勒斯跟随其后。

罗慕路斯　晚饭后洗个澡倍觉舒服。今天是个哀伤的日子,我不喜欢这样的日子。因此除了洗澡就没有别的办法来消磨它了。我不是一个悲哀的人,阿基勒斯。

阿基勒斯　陛下想穿皇袍还是睡衣?

罗慕路斯　拿睡衣来。我今天不再上朝了。

阿基勒斯　陛下还得签署一份给罗马百姓的公告呢。

罗慕路斯　明天再签。

〔阿基勒斯想帮他套上睡衣,皇帝惊愕。

罗慕路斯　拿帝国睡衣来,阿基勒斯。这一件穿在我身上太鄙陋了。

阿基勒斯　那件帝国睡衣皇后已经装进箱子里了,陛下。说是属于她父亲的。

罗慕路斯　哦,这样。那就帮我穿这件破玩意儿吧。

〔他套上睡衣,摘下桂冠。

罗慕路斯　你看,桂冠还戴在我的头上呢。洗澡时我忘了把它摘下来了。把它挂到床的上面去,皮拉穆斯。

〔他把桂冠递给他。皮拉穆斯把它挂在床上面的墙上。

罗慕路斯　桂冠上还有几片叶子?

皮拉穆斯　两片。

〔皇帝叹着气,走近窗边。

罗慕路斯　我今天支出甚巨啊。最后空气新鲜了,风向一改变,烟就被吹走了。今天过的这个下午真烦人啊。但得到的代价是那些档案资料也被烧掉了。这是我的内务大臣所颁布的政令中惟一理智的措施。

皮拉穆斯　历史学家将会叫苦不迭,皇上。

罗慕路斯　胡说,他们将会找到比我们的国家档案馆更好的资料来源。

〔他坐在右边沙发上。

罗慕路斯　来一段卡杜尔①的诗,皮拉穆斯。是不是我老婆也把它装进箱子里了,因为那是属于她父亲的图书馆的?

皮拉穆斯　是装进去了,皇上。

罗慕路斯　不要紧。我尽量在我记忆中复述出卡杜尔的诗句来。凡是好的诗句从来都不会全忘掉。来一杯酒,阿基勒斯。

阿基勒斯　陛下想要法勒纳酒还是叙拉古酒?

罗慕路斯　要法勒纳酒。今天这样的日子得喝最上等的酒。

〔阿基勒斯在皇帝面前的桌上放了一只高脚杯。皮拉穆斯斟酒。

皮拉穆斯　七〇年度出产的法勒纳酒,我们只剩这一瓶了,我的皇上。

罗慕路斯　那就留着它吧。

阿基勒斯　国母想跟陛下说话。

---

① 卡杜尔(前84—前54),罗马诗人。

罗慕路斯　请皇后进来吧。这第二盏灯我不需要了。

〔两个侍从鞠了一躬走了出去。皮拉穆斯带走了床前的那盏灯。剩下前景还明亮。后部分月光越来越强。尤莉娅从后面上。

尤莉娅　侍从长跑到日耳曼人那边去了。我一直警告过你要提防这个埃比。

罗慕路斯　那又怎么样？他作为日耳曼人难道会为我们罗马人去死？

〔沉默。

尤莉娅　我来这里是为了最后一次跟你谈谈。

罗慕路斯　你穿着旅行的服装，亲爱的夫人。

尤莉娅　今晚我就要去西西里岛。

罗慕路斯　渔船准备好了？

尤莉娅　一只木筏。

罗慕路斯　这样不是有点儿危险吗？

尤莉娅　呆着不走更危险。

〔沉默。

罗慕路斯　我祝你一路平安。

尤莉娅　我们也许长期见不到了。

罗慕路斯　我们永远也见不到了。

尤莉娅　我决心在西西里继续抵抗敌人。不惜一切代价。

罗慕路斯　不惜一切代价的抵抗是最没有意义的。

尤莉娅　你是个失败主义者。

罗慕路斯　我只是在考虑，如果我们进行抵御，我们只会流更多的血而灭亡。这也许是可歌可泣的，但为了什么呢？不要把一个已经无法挽回的世界投入火海嘛。

〔沉默。

尤莉娅　那么说你不愿意把蕾娅嫁给凯撒·鲁普夫？

罗慕路斯　不愿意。

尤莉娅　而且你也拒绝去西西里？

罗慕路斯　皇帝是不逃跑的。

尤莉娅　你这样要掉脑袋的。

罗慕路斯　哦？那么因此我现在就该没有头脑地行事？

〔沉默。

尤莉娅　我们结婚已经二十年了，罗慕路斯。

罗慕路斯　你提这件不愉快的事情想干什么呢？

尤莉娅　我们一度相爱过。

罗慕路斯　你很清楚，你在说谎。

〔沉默。

尤莉娅　那么你仅仅是为了当皇帝才娶了我的！

罗慕路斯　不错。

尤莉娅　你竟敢脸不变色心不跳，当面对我说这样的话？

罗慕路斯　当然。我们的婚姻是可怕的，但是我从来没有造过这样的孽，让你有过一天的怀疑：为什么我要娶你为妻。我娶了你，为了当上皇帝；而你嫁给我，则是为了当上皇后。你成为我的妻子，因为我出身于最上流的罗马贵族，而你则是华伦廷尼安皇帝和一个女奴隶的女儿。我使你的身份合法化，而你则使我加冕。

〔沉默。

尤莉娅　我们都是互相利用而已。

罗慕路斯　一点不错。

尤莉娅　那么你和我一起去西西里也是责无旁贷的，我们是休戚相关的一家子呢。

罗慕路斯　我对你已不再有任何义务了，你想从我这里得到的，我已经给了你了。你当上皇后了嘛。

尤莉娅　你不能对我有任何责难。我们是彼此彼此啊。

罗慕路斯　不，我们所干的不是一码事。在你和我的行动之间存在着根本的区别。

尤莉娅　我看不出有这种区别。

罗慕路斯　你是出于功名心才嫁给我的。你的所作所为无不出于功名心。就是现在你也是仅仅为了功名心不肯放弃这场打输了的战争。

尤莉娅　我去西西里是因为我热爱我的祖国。

罗慕路斯　你懂什么祖国,你所爱的是一种抽象的国家观念,它使你通过结婚途径取得皇后地位成为可能。

〔双方再次沉默。

尤莉娅　好吧。为什么我不该说出真情呢。我们为什么不应该互相开诚布公呢。我是有功名心。对我来说,没有比皇权更重要的东西了。我是最后一位伟大皇帝朱理安①的曾孙女。我为此而骄傲,而你是什么呢?一个没落贵族的儿子。但你也是有功名心的,不然你就不会成为凌驾于世界帝国之上的皇帝,并且什么也算不上。

罗慕路斯　我这样做并不是出于功名心,而是出于必要性。在你是目的的东西,在我则是手段。我仅仅是出于政治上的明智才当了皇帝的。

尤莉娅　你什么时候有过一种政治上的明智呀?你在位的这二十年里除了吃喝、睡觉、读书和养鸡以外什么也没有做过。你从来没有离开过你的别墅,从来没有去过你的都城,国库弄得这样山穷水尽,以致我们现在不得不像打短工那样过活。你的惟一的拿手好戏就是,用你的俏皮话去扼杀任何旨在废黜你的思想。但是竟然还说你的行为是从一种政治上的明智出发的,岂不是天大的谎言。尼禄②的狂暴和卡拉卡拉③的暴躁比起你的养鸡热情来政治上要成熟得多。你骨子里头无非是懒惰而已。

---

① 朱理安,罗马皇帝(361—363 在位),因反对基督教而被称为"背教者"。
② 尼禄,罗马暴君(54—68 在位),曾将基督徒当作罗马大火的纵火者加以迫害,让人杀害他母亲、妻子和许多议员,最后自杀。
③ 卡拉卡拉,罗马皇帝(211—217 在位),曾授予帝国一切自由民以公民权,后被谋杀。

罗慕路斯　正是这样。我政治上的明智就明智在:无为。

尤莉娅　既然这样,你当初何必要当皇帝。

罗慕路斯　只有这样我的无为才有意义,这是当然之事。若不担任公职,游手好闲是不起任何作用的。

尤莉娅　可是作为皇帝游手好闲却危害国家。

罗慕路斯　你有眼力。

尤莉娅　你这话是什么意思?

罗慕路斯　你对我的游手好闲的意义可是说到点子上了。

尤莉娅　但怀疑国家的必要性是说不通的。

罗慕路斯　我并不怀疑国家的必要性,我怀疑的仅仅是我们国家的必要性。这个国家已经变成一个世界帝国,从而成了一种以牺牲别国人民为代价,从事屠杀、掳掠、压迫和洗劫的机器,直到我登基为止。

尤莉娅　我不理解,你既然对大罗马帝国抱这样的想法,为什么又偏偏要当皇帝。

罗慕路斯　几百年来,大罗马帝国之所以还存在着,就因为它有一个皇帝。因此对我来说除了自己当皇帝,以便有条件消灭帝国以外,别无其他选择的可能。

尤莉娅　不是你发疯,就是世界发疯。

罗慕路斯　我坚决认为是后者。

尤莉娅　这么说你娶了我,仅仅是为了摧毁罗马帝国。

罗慕路斯　没有别的原因。

尤莉娅　从一开始你所算计的无非就是罗马的灭亡。

罗慕路斯　没有想到过别的。

尤莉娅　你是故意破坏拯救帝国。

罗慕路斯　是故意的。

尤莉娅　你装作玩世不恭和饕餮不止的丑角,都是为了从背后给我们插一刀。

罗慕路斯　你也可以这样来解释。

尤莉娅　你欺骗了我。
罗慕路斯　你把我看错了。你以为我和你一样权迷心窍。你精于算计,但你算错了。
尤莉娅　你算得对。
罗慕路斯　罗马正在走向灭亡。
尤莉娅　你是罗马的叛徒!
罗慕路斯　不,我是罗马的法官!
　　　　〔他们沉默着。然后皇后绝望地喊叫了起来。
尤莉娅　罗慕路斯!
罗慕路斯　现在你去西西里吧。我跟你再也没有什么可说的了。
　　　　〔皇后缓步走了出去。阿基勒斯从后面上。
阿基勒斯　皇上。
罗慕路斯　酒杯已经空了。再给我斟上一杯。
　　　　〔阿基勒斯给他斟酒。
罗慕路斯　你在颤抖。
阿基勒斯　一点不假,陛下。
罗慕路斯　怎么啦,你?
阿基勒斯　要是我报告军事形势的话,陛下会不高兴的。
罗慕路斯　你知道,我是明确禁止你谈论这件事的。我只跟我的理发师谈军事形势。他是惟一对这件事有所理解的人。
阿基勒斯　但是卡普亚已经陷落了呀。
罗慕路斯　这无论如何不成其为把法勒纳酒洒在杯子外面的理由。
阿基勒斯　请原谅。(他鞠躬)
罗慕路斯　现在睡觉去吧!
阿基勒斯　蕾娅公主还想跟陛下说话呢。
罗慕路斯　叫我的女儿来嘛。
　　　　〔阿基勒斯出去。蕾娅从后面上。
蕾　娅　父亲。
罗慕路斯　来,我的孩子,坐到我的身边来。

〔蕾娅挨着他坐下。

罗慕路斯　你想跟我说什么？

蕾　娅　罗马危在旦夕，父亲。

罗慕路斯　奇怪，大家都算计好想在今天晚上来跟我谈政治。可谈政治是吃午饭时的事情。

蕾　娅　我到底应该谈什么呢？

罗慕路斯　就谈人家在夜晚跟他父亲所谈的事情。就谈对你来说最切身的事情吧，孩子。

蕾　娅　对我来说最切身的事情是罗马。

罗慕路斯　那么你不再爱你所等待过的爱弥良了？

蕾　娅　我爱他，父亲。

罗慕路斯　可是不像以前那么热烈了，不像你一度爱过他的时候那样爱他了。

蕾　娅　我爱他甚于爱自己的生命。

罗慕路斯　那就对我讲讲爱弥良吧。若是你爱他，他就比这样一个不可救药的大帝国更为重要。

〔沉默。

蕾　娅　父亲，让我嫁给凯撒·鲁普夫吧。

罗慕路斯　我的女儿，鲁普夫我固然是喜欢的，因为他有钱。但是他提出了难以接受的条件。

蕾　娅　他将挽救罗马。

罗慕路斯　这正是使我对这个人不好揣摩的地方。一个裤子工厂的老板，愿意拯救罗马国家，不发疯才怪哩。

蕾　娅　没有别的挽救祖国的道路可走了。

罗慕路斯　我承认这一点，是没有别的路可走了。祖国只有用钱才能得救，不然就完了。我们必须在灾难性的资本主义和资本化的灾难之间进行选择。但是你不能嫁给这个凯撒·鲁普夫，我的孩子，你爱爱弥良呀。

〔沉默。

蕾　娅　为了效忠祖国,我不得不离开他。

罗慕路斯　谈何容易。

蕾　娅　祖国高于一切。

罗慕路斯　瞧你,你悲剧实在学得太多了。

蕾　娅　难道一个人爱祖国不应超过爱世界上的一切吗?

罗慕路斯　不,爱祖国不应该超过爱一个人。人们应该首先不信任他的祖国。没有人会比一个祖国变成凶手更容易。

蕾　娅　父亲!

罗慕路斯　我的女儿呀?

蕾　娅　要我抛弃祖国实在是不可能的。

罗慕路斯　你不能不抛弃它。

蕾　娅　我不能没有祖国而活着!

罗慕路斯　你能够没有恋人而活着吗?对一个人忠诚比对一个国家忠诚要伟大得多,也困难得多。

蕾　娅　现在讲的是祖国,而不是一个国家。

罗慕路斯　每当国家准备致力于屠杀的时候,它就称自己是祖国。

蕾　娅　我们对祖国无条件的爱使罗马变得伟大。

罗慕路斯　但是我们的爱没有使罗马变得善良,我们用我们的德行喂饱了野兽。我们像喝醉了酒似的陶醉于祖国的伟大,然而现在我们之所爱酿成了苦酒。

蕾　娅　你对祖国忘恩负义。

罗慕路斯　不,我只是不像那些悲剧中的英雄之父,当国家要吃他们的孩子时,他们还祝国家胃口好。走吧,嫁给爱弥良!

　　　　〔沉默。

蕾　娅　爱弥良已经抛弃我了,父亲。

罗慕路斯　只要你在你的身上哪怕保留一颗爱情之火的火星,那这火就不能把你同你的爱人分开。即使他抛弃你,你也留在他的身边,即使他是个罪犯,你也坚持留在那里。但是你可以同你的祖国脱离。如果它变成杀人犯的巢穴和刽子手的屠场,你就

155

从你的脚上抖一抖尘土,因为你对它的爱是无力的。

〔沉默。一个人影通过左边的窗子爬入室内,他藏在房间后面的某一暗处。

蕾　娅　要是我回到他那里去,他又会把我赶走的。去多少次他也会把我赶走的。

罗慕路斯　那就干脆不断地上他那儿去。

蕾　娅　他不再爱我了,他一心只爱着罗马。

罗慕路斯　罗马就要灭亡,他除了你的爱情将什么也不会再有了。

蕾　娅　我害怕呀。

罗慕路斯　那么就学会战胜恐惧。这是在我们今天这个时代必须掌握的惟一的本领。无所畏惧地观察事物,无所畏惧地去做那些正确的事情。这方面我身体力行,磨炼了一生。现在你也在这方面磨炼吧。到他那里去吧。

蕾　娅　是的,父亲,我要那样去做。

罗慕路斯　这就对了,孩子。这样我才爱你。到爱弥良那里去吧。向我告别吧。你将再也见不到我了,因为我就要死去。

蕾　娅　父亲!

罗慕路斯　日耳曼人会把我杀死,我早就预料到会这样死去。这是我的秘密。我牺牲罗马,通过牺牲我自己。

〔静场。

蕾　娅　我的父亲!

罗慕路斯　但你会活下去的。好,走吧,我的孩子,找爱弥良去。

〔蕾娅缓步走出去。皮拉穆斯从后面上。

皮拉穆斯　陛下。

罗慕路斯　什么事?

皮拉穆斯　皇后已经走了。

罗慕路斯　那好嘛。

皮拉穆斯　陛下不想就寝吗?

罗慕路斯　不就寝。我还得跟一个人谈谈。再给我拿只高脚杯来。

皮拉穆斯　是,陛下。

〔他拿来第二只高脚杯。

罗慕路斯　放在我的杯子的右边,斟满它。

〔皮拉穆斯照办。

罗慕路斯　现在把我这杯也斟上。

〔皮拉穆斯照办。

皮拉穆斯　但现在七十年代的酒瓶子都空了,陛下。

罗慕路斯　那么睡觉去。

〔皮拉穆斯鞠了鞠躬走了出去。罗慕路斯动也不动地坐着,直到脚步声消失了为止。

罗慕路斯　你过来,爱弥良。现在就我们俩。

〔爱弥良从后面的暗处出来,他身穿一件黑外套,脚步缓慢,沉默不语。

罗慕路斯　不多一会儿之前,你从窗口爬进了我的房间,我喝酒的高脚杯映出了你的像来。你不想坐下吗?

爱弥良　我站着。

罗慕路斯　你来得这么晚,都已经午夜了。

爱弥良　有一种造访是专在午夜进行的。

罗慕路斯　你看,我接待你了。为了表示对你的欢迎,我已经斟满了一杯上等的法勒纳酒。我们就互相碰碰杯吧。

爱弥良　也许。

罗慕路斯　让我们为你的归来干杯吧。

爱弥良　为这个午夜要实现的事干杯吧。

罗慕路斯　哦?

爱弥良　我们要为正义而碰杯,罗慕路斯皇帝。

罗慕路斯　正义是有点可怕的事情,爱弥良。

爱弥良　像我的伤口那样可怕。

罗慕路斯　那好吧:为正义干杯。

〔他用手指灭了灯。只有月亮还在照耀着房间。

157

爱弥良　　就我们俩了。除了这个午夜,没有人充当见证人,此时此刻,罗马皇帝和从日耳曼人的监狱里回来的男子用这两杯血红的法勒纳酒,为正义干杯。

〔罗慕路斯站了起来,两人碰杯。这当儿只听得有人一声叫喊,从皇帝的沙发底下探出个内务大臣图利乌斯·罗通多斯的脑袋来。

罗慕路斯　　哎呀,内务大臣,你发生什么事啦?
图利乌斯　　陛下踩着我的手指了。(他呻吟着)
罗慕路斯　　很抱歉。但我确实不可能知道你就在我的脚底下,只要人们为正义干杯,任何内务大臣都会喊叫起来。
图利乌斯　　我只是想要建议陛下为罗马帝国建立一种广泛的老年保险。

〔他爬了出来,不无窘困,身穿一件类似于爱弥良的黑外套。

罗慕路斯　　你手上流血了。
图利乌斯　　由于害怕用我的匕首割破的。
罗慕路斯　　亲爱的图利乌斯·罗通多斯,使用匕首得特别小心才是。

(他朝左边走去)

爱弥良　　你想叫侍从来吗,罗慕路斯皇帝?

〔他们彼此相对而立,爱弥良怀着敌意,态度坚决,罗慕路斯则微笑着。

罗慕路斯　　何必喊侍从,爱弥良。你不是知道的嘛,深更半夜的,他们都在睡觉。不过我们倒要把我的受伤的内务大臣包扎一下。

〔他走向前面左边的壁橱,打开壁橱门,里面站着泽诺·德·伊绍里尔;身子站得不太直。

罗慕路斯　　请原谅,东罗马皇帝。我不知道你在我这壁橱里睡觉。
泽　　诺　　啊,不要紧,从君士坦丁堡逃出来以前所过的不安定生活,已经使我习惯这样了。
罗慕路斯　　你的忧患使我非常难过。

〔泽诺从壁橱里下来,同样穿着黑外套,惊奇地环顾四周。

泽　诺　　哦,莫非这儿还有人?

罗慕路斯　不碍你的事。他们完全是偶然进来的。

〔他从壁橱的上层掀去一块布。

罗慕路斯　啊,这里还有一个人呢。

泽　诺　　我的侍臣苏尔富里德斯。

〔苏尔富里德斯从壁橱里出来,他是个彪形大汉,他穿着一件黑外套,他庄重地向罗慕路斯鞠躬。罗慕路斯打量着他。

罗慕路斯　你本来可以让他好好利用另一个壁橱的,皇兄。可你把你的侍臣福斯福里多斯安置在哪里呀?

泽　诺　　他还在你的床底下呢,罗慕路斯皇帝。

罗慕路斯　他不应当怕难为情嘛。他可以从从容容地爬出来啊。

〔福斯福里多斯——一个小侏儒——从皇帝的床底下爬了出来,也穿着一件黑外套。

苏尔富里德斯　陛下,我们到这儿来……

福斯福里多斯　为了朗诵抱怨诗。

苏尔富里德斯　陛下还没有从头到尾听一下这富有乐趣的诗呢。

罗慕路斯　我会听的,只是不在这静谧的午夜。

〔他又坐了下来,把那块布递给图利乌斯·罗通多斯。

罗慕路斯　把你的伤口包扎一下。我对血是没有好感的。

〔右边的壁橱像自动打开,史普里乌斯·梯图斯·马玛当啷一声整个身子倒在地上。

罗慕路斯　哦,这位运动员原来还没有睡啊?

史普里乌斯　我累啊,我简直要累死了。(他颤巍巍地站起来)

罗慕路斯　你的匕首掉地上了,史普里乌斯·梯图斯·马玛。

〔史普里乌斯·梯图斯·马玛神色仓皇地捡起匕首,并赶紧把它藏在黑外套里。

史普里乌斯　我已经一百一十个钟头没有睡觉了。

罗慕路斯　如果还有谁藏在我的房间的某个地方,那就请你们都出来吧。

〔马雷斯从沙发底下爬了出来。后面跟着一个士兵,两个人也都穿着黑外套。

马雷斯　请原谅,皇上,我想跟您讨论总动员的事。
罗慕路斯　那么你带了谁来参与这样的讨论呀,帝国元帅?
马雷斯　我的副官。

〔这时还有一位戴着高高的白帽子的厨师从皇帝的沙发底下慢慢爬出来,也穿着一件黑外套。这时皇帝第一次明显地吃了一惊。

罗慕路斯　厨师,你也在这儿?

〔厨师眼睛下垂,走进那已把皇帝围了个半圆形的行列中去。

罗慕路斯　我发现你们统统穿着黑衣服。你们从我的床底下、沙发底下和壁橱里爬了出来。你们在那些非常局促、极不舒服的处境中待了半夜。这是为了什么呢?

〔鸦雀无声。

图利乌斯　我们要跟你说话,罗马皇帝。
罗慕路斯　皇帝不知道宫廷礼仪给那些要跟他说话的人规定了体操练习。(他站起来摇铃)
罗慕路斯　皮拉穆斯!阿基勒斯!

〔阿基勒斯和皮拉穆斯吓得发抖,急忙从里面冲出来;身上还穿着睡衣,头上戴着尖顶小帽。

阿基勒斯　皇上!
皮拉穆斯　陛下!
罗慕路斯　皇袍,阿基勒斯!桂冠,皮拉穆斯!

〔阿基勒斯把皇袍给他披在肩上,皮拉穆斯给他戴上桂冠。

罗慕路斯　把桌子和酒搬出去,阿基勒斯。眼下是庄严的时刻。

〔阿基勒斯和皮拉穆斯抬着桌子向右边走去。

罗慕路斯　现在继续睡觉去吧。

〔皮拉穆斯和阿基勒斯鞠躬并重新迷惘而惊愕地从背景中间的门出去。

罗慕路斯　皇帝准备听听你们的意见。你们想跟他说什么呢？
图利乌斯　我们要求归还各省领地。
马雷斯　交出你的军团。
爱弥良　交出你的帝国。
　　　　〔鸦雀无声。
罗慕路斯　皇帝没有向你们述职的义务。
爱弥良　你有向罗马述职的义务。
泽　诺　你必须对历史负责。
马雷斯　你曾经依靠过我们的权力。
罗慕路斯　我没有依靠过你们的权力。如果我靠了你们的帮助夺得世界，你们也许有权利这样说。但是我已经失去了一个世界，这世界不是你们所赢得的。我把它像一个坏钱币那样从手中交出去。我自由了。我跟你们一点儿关系都没有。你们无非是围着我的亮光跳舞的飞蛾，无非是一旦我不再发光就消灭的影子。
　　　　〔谋叛者们慑于他的威严，紧靠着墙壁退缩。
罗慕路斯　你们中我只有义务向**一个人**陈述一下我的行为的理由，我现在就要跟他谈谈。你过来，爱弥良。
　　　　〔爱弥良从右边缓步向他走去。
罗慕路斯　我爱你如子啊，爱弥良。我想在你身上看到一种伟大的素质，它导致了反对一个像我这样的不抵抗主义者，一个一再受凌辱的人，一个千百次被玷污的权力的牺牲品。你对你的皇帝有什么要求，爱弥良？
爱弥良　我要求你做出回答，罗慕路斯皇帝。
罗慕路斯　你应当得到这种回答。
爱弥良　为了不致使你的人民落入日耳曼人之手，你做了些什么？
罗慕路斯　什么也没有做。
爱弥良　为了使罗马不致像我这样受凌辱，你做了些什么？

161

罗慕路斯　　什么也没有做。

爱弥良　　那么你打算怎样进行申辩呢？你已经是背叛了你的帝国的被告了。

罗慕路斯　　背叛了我的帝国的不是我。罗马是自己背叛了自己的。它曾懂得真理，但选择了暴力；它曾懂得人性，但选择了暴政。它双倍地降低了自己：在自己人面前和在那些落入了它的势力范围的国家的人民面前。你站在一个看不见的宝座面前，爱弥良，站在罗马历代皇帝——我则是其中的末代皇帝——的宝座面前。要不要我来帮你一下，让你睁开眼睛，看看这个宝座，这座由层层头盖骨堆成的山头，看看在它的踏级上奔腾、冒气的血流，罗马权力的永恒的瀑布？你从罗马历史的庞大建筑的尖顶居高临下，你想得到一种什么样的回答呢？皇帝对于你的创伤该说什么呢？宝座建立在自己的和别人的儿女们的尸体之上，建立在无数牺牲者的骸骨之上，他们在为罗马的荣誉的战争中遭到屠杀，在为罗马的娱乐中让野兽撕裂。罗马已经变得虚弱不堪了，变成了一个龙钟的老太婆。但是它的债务还没有偿还，它的罪行还没有清算。一夜工夫时代就已破晓，牺牲者的咒语已经实现。无用之树已经砍倒。一切不良状况已彻底铲除。日耳曼人就要来了，我们已经让别人流了血，这回我们得用自己的血来偿还，不要转过身去，爱弥良。不要在我的威严面前退缩，它肩着我们历史的古老的罪过，出现在你的面前，比你的肉体的创伤更可怕。万物以正义为本，我们曾经为它举杯祝愿。请回答我的问题：我们还有权利进行抵抗吗？我们除了做一个牺牲者，还有权利要求别的吗？

　　〔爱弥良不语。

罗慕路斯　　你沉默了。

　　〔爱弥良缓步回到那把皇帝围成半个大圆圈的人群当中。

罗慕路斯　　你回到他们当中，这些人深更半夜像贼一样窜到我这儿来。我们做人应当诚实嘛。在我们之间不应再有一星半点欺骗与虚伪。我知道在你们的黑大衣里面藏着什么东西,现在你们的手里紧握着的是什么。但是你们搞错了。你们以为来到了一个手无寸铁的人的面前。现在我以真理之爪把你们抓住了,用正义之牙把你们逮住了。不是我受到进攻,而是我进攻你们;不是我被控告,而是我控告你们。你们抵抗吧!难道你们不知道你们站在谁的面前?我已经存心把你们所要保卫的祖国置于死地。我打破你们所赖以行走的冰块,放火烧掉你们的根底。是什么使你们噤若寒蝉,把你们贴在我房间的墙上,脸色苍白得如同冬天的月亮?对于你们只有一种回答。如果你们认为我是不对的,你们就把我杀死,或者,如果真理是:我们再也没有权利进行抵抗,你们就向日耳曼人投降。回答我吧。

〔他们沉默。

罗慕路斯　回答吧!

〔这时爱弥良拔出匕首,高高举起。

爱弥良　罗马万岁!

〔大家拔出匕首,向泰然自若地坐着的罗慕路斯逼近,一致把匕首指向他的头顶。这时从后面传来一声充满恐怖的闻所未闻的凄厉喊叫:"日耳曼人来了!"大家一下乱作一团,一哄而逃:有的挤门,有的跳窗。皇帝仍一动不动地坐在那里。皮拉穆斯和阿基勒斯吓得脸色煞白,从后面出来。

罗慕路斯　他们到底到了哪里啦,那些日耳曼人?

皮拉穆斯　到了诺拉,陛下。

罗慕路斯　那你叫喊什么呀?他们不是得明天才到这里嘛。我现在要睡觉了。(他站起身来)

皮拉穆斯　是,陛下。

〔他把皇袍、桂冠和睡衣从皇帝手里拿走。罗慕路斯上床。愕然。

罗慕路斯　我的床上还躺着一个人呢,阿基勒斯。

〔侍者把灯点亮。

阿基勒斯　那是史普里乌斯·梯图斯·马玛,陛下。他在打呼噜呢。
罗慕路斯　谢天谢地,现在运动员终于睡了。那就让他只管躺着吧。
　　　　〔他上床跨过他去。皮拉穆斯一一吹灭了灯台上的灯,他摸着黑和阿基勒斯走了出去。
罗慕路斯　皮拉穆斯!
皮拉穆斯　皇上?
罗慕路斯　如果日耳曼人来到这里的话,就让他们进来吧。

第 四 幕

　　翌日早晨,即公元四百七十六年三月十六日。皇帝的办公室同第一幕。只剩下罗马城的缔造者罗慕路斯王的胸像还挂在后门门楣上面的墙上。现在那少数家具也都东倒西歪了,较好一些的已统统被弄走。门的两旁伫立着阿基勒斯和皮拉穆斯,他们在等候皇帝。

阿基勒斯　这是个美丽而清新的早晨。
皮拉穆斯　我一点也不能理解,在这天下沉沦的一天,太阳还高高升起。
阿基勒斯　连大自然也不可靠了。
　　〔沉默。
皮拉穆斯　我们已经在十一个皇帝的手下为罗马国家服务了六十年。我感到历史真不好理解:现在我们还活着,而这个国家就要停止存在。
阿基勒斯　我是清清白白地做人的,我一直是个完美的侍从。
皮拉穆斯　不论从哪方面讲,我们都是皇室惟一的、真正稳固的柱石。
阿基勒斯　我们如果下台,人们就可以说:希腊罗马时代从此休矣!
　　〔沉默。
皮拉穆斯　想想看吧,现在到了这样的时代:人们再也不说拉丁语和希腊语,而是说些像日耳曼语这样的不成语言的语言!

阿基勒斯　想象一下吧,日耳曼的头领们、中国人和祖卢人①掌握了世界政治的舵柄。他们的文化教养还不及我们的千分之一呢!我歌颂战士的武功②,全部维吉尔的作品我都能背诵下来。

皮拉穆斯　请吟诵关于阿喀琉斯的愤怒③,我能背下整个荷马!

阿基勒斯　无论如何,现在开始的是一个恐怖的时代!

皮拉穆斯　这就是道道地地的黑暗的中世纪。不是要当悲观主义者:人类今天所遭到的灾难是永劫不复的。

〔罗慕路斯身穿皇袍、头戴桂冠出现。

阿基勒斯和皮拉穆斯　皇帝万岁!

罗慕路斯　你们好!我来晚了。一大堆额外的接见缠住了我。我刚刚睡眼惺忪地跨过还一直睡在我的床上的运动员准备睡觉。我在这最后一夜所办的政务比我当朝二十年来加起来还要多。

阿基勒斯　千真万确,陛下。

罗慕路斯　现在静谧得这样奇特。这样冷冷清清。一切都显得荒凉。

〔沉默。

罗慕路斯　我的孩子蕾娅在什么地方?

〔沉默。

阿基勒斯　公主——

皮拉穆斯　还有爱弥良——

阿基勒斯　还有皇后——

皮拉穆斯　内务大臣、帝国元帅、厨师以及一切其他的人——

〔沉默。

罗慕路斯　怎么啦?

阿基勒斯　他们乘船去西西里途中淹死了。大海把他们卷走了。

皮拉穆斯　一个渔夫带来了这个消息。

---

① 分布在东南非洲的一些黑人部族的统称。
② 原文为拉丁文,出自古罗马诗人维吉尔(前70—前19)的《伊尼特》第一章。
③ 原文古希腊语,出自荷马《伊利亚特》第一卷。

阿基勒斯　惟独泽诺·德·伊绍里尔跟他的侍臣们乘坐开往亚历山大港的航船幸免于难。

〔沉默。皇帝始终平静。

罗慕路斯　我的女儿蕾娅和我的儿子爱弥良。（他打量两位侍臣）

罗慕路斯　我看不到你们眼睛里有眼泪。

阿基勒斯　我们老了。

罗慕路斯　我死定了。日耳曼人将把我杀死,就在今天,所以我不会再感到痛苦了。谁若不久必死,他就不会去哭死人。我从来都没有像现在这样镇定,像现在这样爽快,因为一切都过去了。开早膳。

皮拉穆斯　早点？

阿基勒斯　但是日耳曼人,陛下,日耳曼人随时都会——

皮拉穆斯　而且考虑到帝国举国上下的哀伤。

罗慕路斯　胡扯。帝国已不存在了,它岂能哀伤,而我自己也愿意灭亡,就像我已经生活过那样。

皮拉穆斯　您说得很对,皇上。

〔罗慕路斯在前面中间的圈手椅上坐下。皮拉穆斯端来一张小桌子,上面摆着皇帝日常吃的早点。皇帝看着早餐的餐具沉思。

罗慕路斯　这是我最后一顿早膳,你们何故给我拿这种陈旧的铁皮碟子,这种破得不成样子的盘子？

皮拉穆斯　帝国的瓷器餐具皇后已经带走了。那是属于她父亲的。

阿基勒斯　现在它们躺在海底。

罗慕路斯　没关系。这种旧餐具与我的诀别筵倒更为相称些。（他敲开一个鸡蛋）

罗慕路斯　奥古斯都当然又是什么蛋都没有下。

〔皮拉穆斯带着求助的目光看着阿基勒斯。

阿基勒斯　什么也没有下,皇上。

罗慕路斯　提比略呢？

167

皮拉穆斯　朱理亚没有下。

罗慕路斯　弗拉维呢？

皮拉穆斯　多米蒂安下了。但这只鸡的蛋陛下曾明确表示一口也不吃的。

罗慕路斯　这个蛋是谁下的？（他用羹匙把它吃尽）

皮拉穆斯　一如往常,是马可·奥勒留下的。

罗慕路斯　此外还有别的鸡下过吗？

皮拉穆斯　鄂多亚克。（他有点儿难为情）

罗慕路斯　看吧！

皮拉穆斯　三个鸡蛋,陛下。

罗慕路斯　请注意,这只母鸡今天下蛋创最高纪录。（他喝牛奶）你们都这样庄严。

阿基勒斯　到现在,我们已经侍候陛下二十个年头了。

皮拉穆斯　还为陛下的十位前任侍候了四十个春秋。

阿基勒斯　六十年来,我们为皇室效劳,忍受着最贫困的生活。

皮拉穆斯　任何一个营业马车夫收入都比宫廷侍从强。这是不得不说一下的,陛下。

罗慕路斯　我承认这点。然而你们必须想到,一个皇帝的收入也是比不上一个马车夫的。

〔皮拉穆斯看着阿基勒斯,恳求帮助。

阿基勒斯　工厂主凯撒·鲁普夫向我们提供了一个职位：在他罗马的家里当侍从。

皮拉穆斯　每年四千个塞斯泰尔兹,每周三个下午休息。

阿基勒斯　这个职位该使我们有时间撰写回忆录了。

罗慕路斯　这些条件太好了。你们请便吧。

〔他从头上摘下桂冠,给每个人一片叶子。

罗慕路斯　这是我的金冠的最后两片叶子,同时这也是我的王朝的最后的财政支出。

〔人们听见喊杀声。

罗慕路斯　这到底是什么声音?
阿基勒斯　日耳曼人,陛下,日耳曼人已经来了。
皮拉穆斯　陛下也许要帝国宝剑吧?
罗慕路斯　难道它还没有典当出去吗?
　　〔皮拉穆斯以求助的目光看着阿基勒斯。
阿基勒斯　没有一个典当行肯收它。它已经生锈了,而上面的帝国宝石陛下自己已经给摘出来了。
皮拉穆斯　要不要我去把它拿来?
罗慕路斯　亲爱的皮拉穆斯,这帝国宝剑最好就让它放在它的角落里吧。
皮拉穆斯　陛下还有什么吩咐?
罗慕路斯　再来一点芦笋酒。
　　〔皮拉穆斯颤抖着斟酒。
罗慕路斯　你们可以走了。皇帝不需要你们了。你们都是无可指摘的侍从。
　　〔两位侍从战战兢兢下。皇帝喝着一小杯芦笋酒,这时从后面走出来一个日耳曼人。他举止大方,毫无顾忌。他很体面,身上除裤子外别无野蛮的东西。他审视着整个房间,仿佛他在参观一座博物馆,同时他用他那从一个皮兜里掏出来的日记本不时记点什么。他穿着裤子和一件肥大而轻便的上衣,头戴一顶宽檐的旅行帽,除了佩在腰间的一柄剑之外,全身装束都是非武装的。其后跟着一位年轻人,他身穿军服,却没有任何歌剧装束的味道。这位日耳曼人瞥见皇帝时,就像在别的东西中偶然发现了他似的。两人面面相觑。
日耳曼人　罗马人!
罗慕路斯　欢迎。
　　〔年轻的日耳曼人拔出剑来。
年轻人　死去吧,罗马人!

169

日耳曼人　收起你的剑,侄子。

年轻人　是的,亲爱的叔父。

日耳曼人　你出去!

年轻人　好的,亲爱的叔父。(从右面下)

日耳曼人　请原谅,罗马人。

罗慕路斯　你是个地道的日耳曼人?(他疑惑地看着他)

日耳曼人　最古老的日耳曼血统。

罗慕路斯　这我一点儿也弄不明白。你们在塔西图①的笔下是蓝眼睛、褐头发、傲慢、野蛮的金刚巨人,可当我看见你时,我真要把你当作化了装的拜占庭植物学家呢。

日耳曼人　罗马人跟我想象的也完全两样。我一直听说他们很勇敢,可现在你是惟一没有跑的人了。

罗慕路斯　我们对种族的观念显然是完全错误的。现在你腿上套着的这东西大概就是裤子吧?

日耳曼人　正是。

罗慕路斯　这真是一种稀奇的衣装。在什么地方你把它扣上的呢?

日耳曼人　前面。

罗慕路斯　你是怎样把它固定在你身上的呢?

日耳曼人　用一副背带。

罗慕路斯　我可不可以看一下这种——背带?我压根儿想象不出这是一种什么样的玩意儿。

日耳曼人　请吧。

〔日耳曼人把剑递给罗慕路斯,解开上衣。

日耳曼人　背带是一种发明,由于这一发明裤子在技术上就不再有问题了。好,往后看吧。(转过身)

罗慕路斯　很实用。(他把剑交还给他)你的剑。

---

① 塔西图(50—116),罗马历史学家。所著《日耳曼尼亚》一书记述了早期日耳曼的历史。

日耳曼人　谢谢。你喝的是什么呀？
罗慕路斯　芦笋酒。
日耳曼人　我可以尝一尝吗？
罗慕路斯　没问题。
　　　　〔皇帝给他斟酒。日耳曼人举起杯就喝。连连摇头。
日耳曼人　不行！这号酒放不住。啤酒更好些。
　　　　〔日耳曼人在罗慕路斯身边的桌子旁坐下并摘掉帽子。
日耳曼人　我必须为你公园里那池子上的维纳斯像表示祝贺。
罗慕路斯　难道她有什么特别的地方吗？
日耳曼人　一件真正的普拉克西特利斯①的作品。
罗慕路斯　真不走运。我一直以为它是一件不值钱的复制品,而现在古董商已经走了！
日耳曼人　请允许。(他检查已经掏空了的鸡蛋)不错啊。
罗慕路斯　你是养鸡的？
日耳曼人　一种嗜好。
罗慕路斯　奇了！我也是养鸡的。
日耳曼人　你也是？
罗慕路斯　我也是。
　　　　〔他们相对凝视着。
日耳曼人　花园里的鸡属于你的？
罗慕路斯　从高卢进口的。
日耳曼人　它们下蛋吗？
罗慕路斯　你怀疑吗？
日耳曼人　说实话吧。按照鸡蛋判断,它们的下蛋率中等。
罗慕路斯　嗯。它们下蛋日见其少,这真叫我忧虑。我不知道是不是因为饲料的关系。只有一只母鸡是真正好样的。
日耳曼人　就是那只带黄斑的灰鸡吧？

---

① 公元前四世纪的古希腊雕刻家。

171

罗慕路斯　你怎么会想到它的？

日耳曼人　因为是我让人把这只鸡带到意大利的。我想看看，它对南方的气候是怎样适应的。

罗慕路斯　我只能向你祝贺。这实在是一种适于饲养的好品种。

日耳曼人　自养的。

罗慕路斯　你像是个养鸡行家。

日耳曼人　作为一国之主我总得从事这些事情。

罗慕路斯　作为一国之主？你究竟是谁？

日耳曼人　我是鄂多亚克，日耳曼的君主。

罗慕路斯　认识你我很高兴。

鄂多亚克　那你呢？

罗慕路斯　我是罗马皇帝。

鄂多亚克　跟你结识我同样感到高兴。虽然我刚才很快就知道，站在我面前的是谁。

罗慕路斯　你已经知道了？

鄂多亚克　请原谅我佯装不知。两个敌人一下子面对面站着，那是令人尴尬的，所以我想，先谈些养鸡方面的事情，比一上来就谈政治更为有益。

罗慕路斯　我原谅你。

〔沉默。

鄂多亚克　我等了多年的时刻现在来了。

〔皇帝用餐巾擦了擦嘴，站了起来。

罗慕路斯　我已经准备好了。

鄂多亚克　准备好什么？

罗慕路斯　去死。

鄂多亚克　你期待着你的死亡？

罗慕路斯　日耳曼人怎样对待他们的俘虏，这是举世皆知的。

鄂多亚克　你对你的敌人的印象这样肤浅，以致你竟根据世人的判断来行事，罗慕路斯？

罗慕路斯　除了把我处死,难道你还能有别的打算吗?

鄂多亚克　应该让你看看。侄儿!

〔年轻人从台右上。

侄　儿　什么事,亲爱的叔父?

鄂多亚克　侄儿,向罗马皇帝鞠躬。

侄　儿　是,亲爱的叔父。(他鞠躬)

鄂多亚克　鞠得再深些,侄儿。

侄　儿　遵命,亲爱的叔父。

鄂多亚克　你向罗马皇帝下跪吧。

侄　儿　是,亲爱的叔父。(他双膝跪下)

罗慕路斯　这算什么呀?

鄂多亚克　起来,侄儿。

侄　儿　是,亲爱的叔父。

鄂多亚克　还是出去吧,侄儿。

侄　儿　遵命,亲爱的叔父。(他走出去)

罗慕路斯　我不理解。

鄂多亚克　我不是来杀你的,罗马皇帝。我是和我的全体人民来归顺你的。

〔鄂多亚克也跪了下去,罗慕路斯惊愕不已。

罗慕路斯　这实在是疯了!

鄂多亚克　一个日耳曼人也能够听从理智的支配的,罗马皇帝。

罗慕路斯　你在挖苦。

鄂多亚克　(又站起来)罗慕路斯,刚才我们关于鸡的问题谈得很投机。难道我们不能同样融洽地谈谈我们的人民吗?

罗慕路斯　谈吧。

鄂多亚克　我可以再坐下吗?

罗慕路斯　你不用问,你是胜利者。

鄂多亚克　你忘了,我刚才已经归顺你了。

〔沉默。

罗慕路斯　　坐下吧。

〔双方坐下。罗慕路斯脸色阴沉,鄂多亚克注意地打量着罗慕路斯。

鄂多亚克　　你已经见到我的侄儿啦。他叫特奥德里希。

罗慕路斯　　见到了。

鄂多亚克　　一个有礼貌的青年人。开口"遵命,亲爱的叔父",闭口"很对,亲爱的叔父",成天就这样。他的行为是无可指摘的。他想通过他的操守来感染我的百姓。他不接触姑娘,只喝淡水,睡在地上,他每天练武。就是现在,他在前厅等我的这会儿也将进行操练。

罗慕路斯　　他不愧是个英雄。

鄂多亚克　　他是日耳曼人的理想。他梦想着统治世界,而百姓跟他做着同样的梦。因此我不得不发动这次出征。惟独我一个人站在我的侄儿和诗人们以及公众舆论的对立面,并被迫做了让步。我希望战争合乎人道地进行。罗马人的抵抗是很小的,但我向南方挺进得越远,我的军队的暴行就越严重,不是因为他们比别的军队残酷,而是因为**任何**战争都是残忍的。我感到惊惧。我打算撤军。我已准备接受裤子工厂主的巨款。我的将领们还可以贿赂,事情也许还可以按照我的意愿改变,事不宜迟。因为不久我就再也无能为力了。以后我们将最终成为英雄的人民。救救我吧,罗慕路斯,你是我惟一的希望了。

罗慕路斯　　希望什么?

鄂多亚克　　活着离开这里。

罗慕路斯　　你受到威胁了?

鄂多亚克　　我的侄儿现在还是顺从我的,现在他还是个有礼貌的人。但几年以后,有朝一日他会把我杀害的,我了解日耳曼人的忠诚。

罗慕路斯　　正因为如此,你想归顺于我,是吗?

鄂多亚克　　我一生都在探寻人的真正品格,不是虚假的品格,不是我侄儿的那种品格，我的侄儿他们会有一天要把他称为特奥德里希大帝的，我认识这些历史学家。我是一个农民，我仇恨战争。我找寻一种人性，在日耳曼原始森林里我不能找到它。在你身上，罗慕路斯皇帝，我找到它了。你的侍从长埃比乌斯把你看穿了。

罗慕路斯　埃比是带着你的使命住在我的宫廷里的？

鄂多亚克　但他净向我报告好的。他讲到一个真正的人，一个公正的人，讲到你，罗慕路斯。

罗慕路斯　他向你报告了一个傻瓜，鄂多亚克。我一生都算计着罗马帝国崩溃的那一天。我授予自己充当罗马法官的权利，因为我已做了死的准备。我要求我的国家做出巨大的牺牲，因为我自己也要变成牺牲品。我把我的人民弄得手无寸铁，因而使他们流血，因为我自己也要流血。而现在却要我活着，现在却不要我做牺牲了，而要作为那惟一能够自救的人而存在。还不止这些。在你来之前我就得到消息，我所疼爱的女儿和她的未婚夫死于非命，连同我的夫人和宫廷成员。对这一消息我抱着无所谓的态度，因为我相信自己也只有死路一条。现在这一思想无情地击中了我，无情地反驳着我。我做的一切都变得荒诞不经了。杀死我吧，鄂多亚克。

〔沉默。

鄂多亚克　你这番话说得多么痛楚。克服你的悲哀，接受我的归顺吧。

罗慕路斯　你在害怕。战胜你的恐惧，杀死我吧。

〔沉默。

鄂多亚克　你已经想到了你的人民，罗慕路斯。现在你也得想想你的敌人。假如你不接受我的归顺，假如我们双方不同心协力，世界就将落到我的侄儿的手里，就会出现罗马第二，即一个大日耳曼帝国，它跟大罗马帝国同样不能长久，同样充满血腥。假如发生这种情况，那么你摧毁罗马的业绩就会变得毫无意义。罗慕路斯,你不能躲避你作为伟人的责任,你是惟一懂得统治这个世界的人物。仁慈点吧,接受我的归顺吧,当我的皇帝,让我们免遭血腥的特奥德里希大帝的祸害吧。

〔他跪下。

罗慕路斯　我不能再当了,日耳曼人。即便我想当也不行了。你已经把我的行动资格给废除了。

鄂多亚克　这是你最后的话?

〔罗慕路斯同样双膝跪下,于是他们就这样面对面跪着。

罗慕路斯　杀死我吧!我跪在这里请求你。

鄂多亚克　我不能强迫你来帮助我们。不幸事件已经发生了。但我也不能杀死你,因为我喜爱你。

罗慕路斯　让我们站起来吧。

鄂多亚克　让我们站起来吧。

罗慕路斯　如果你不愿意杀死我,还有一种解决的办法。那个惟一的,还一心想杀害我的人正睡在我的床前。我去唤醒他。

〔他站起来,鄂多亚克同样站起来。

鄂多亚克　这不是解决的办法,罗慕路斯,你绝望了。你这样去死是毫无意义的,因为只有当世界成为如你所想象的那种样子时,死才有意义。现在世界不是那种情况嘛。再说你的敌人也是一个像你一样愿意合理行事的人。现在你必须顺从自己的命运,没有别的办法。

〔沉默。

罗慕路斯　我们还是坐下来吧。

鄂多亚克　我们一点别的法子都没有啊。

罗慕路斯　你打算怎么处置我?

鄂多亚克　我将让你退休。

罗慕路斯　让我退休?

鄂多亚克　这是我们所能有的惟一出路。

〔沉默。

罗慕路斯　退休是我所能遭到的最可怕的事情了。

鄂多亚克　不要忘了,我也面临着最可怕的事情。你将不得不宣布我为意大利国王。如果我现在不行动的话,这将是我的终结的开端。因此,不管我愿意与否,我必须以一次谋杀来开始我的统治。(他抽出宝剑想朝左边走去)

罗慕路斯　你想干什么?

鄂多亚克　杀死我的侄儿。趁我比他还强的时候。

罗慕路斯　现在是你绝望了,鄂多亚克。如果你把你的侄子杀死,只会产生成千个新的特奥德里希来对付你。你的人民与你想的不一样。他们要的是英雄主义。你是不可能改变他们的意愿的。

〔沉默。

鄂多亚克　还是让我们坐下吧。

〔他们重新坐了下来。

罗慕路斯　我亲爱的鄂多亚克,我曾想把命运当儿戏,而你想回避你的命运。如今,当失败的政治家成了我们的命运。我们相信,我们能够让世界从我们的手里沉沦,你让你的日耳曼尼亚,我让我的罗马沉沦,现在我们不得不忙于处理废墟。我们无法让废墟沉沦。我把罗马处以死刑,因为我害怕它的过去;你把日耳曼尼亚置于死地,因为它的未来使你战栗。我们让两个幽灵决定着我们的命运,因为我们既没有权力支配过去的事情,也没有权力支配将来的事情。我们只有支配当前的权力。我们以往没有想到过当前,而我们俩今天都失败于当前上。现在我必须在退休中度过当前的现实,一个我疼爱过的女儿,一个儿子,一个妻子,许多不幸的人都压迫着我的良心。

鄂多亚克　而我将不得不当朝。

罗慕路斯　现实已经纠正了我们的思想。

鄂多亚克　以最严酷的方式。

罗慕路斯　就让我们忍受更严酷的现实吧。试把真谛变成荒唐,在你活着的这有限几年里,忠实地治理世界,献给日耳曼人和罗马

177

人以和平。致力于你的使命吧,日耳曼人的君主!你就统治好啦,将会有那么几年要被世界历史忘掉,因为那将是非英雄的几年——但这几年将被算作这混乱世界的最幸福的年代。

鄂多亚克　然后我必须去死。

罗慕路斯　你可以自慰。你的侄子将来也要杀死我的。他永远不会原谅:他曾不得不在我面前下跪过。

鄂多亚克　就让我们去履行我们可悲的义务吧。

罗慕路斯　我们赶紧干起来吧。让我们再表演一次,也就是最后一次喜剧吧。我们这样演:好像我们的计划在这尘寰旗开得胜,好像精神的人战胜了物质的人。

鄂多亚克　侄儿!

〔侄儿从右边上。

侄　儿　什么事儿,亲爱的叔父?

鄂多亚克　叫将领们进来,侄儿。

侄　儿　是,亲爱的叔父。

〔他用剑比画了一下。屋子里挤满了由于长途跋涉而疲惫不堪和满身污垢的日耳曼人。千篇一律的麻布衣,上面是胸甲,头戴简易的钢盔,把脸都遮盖了,手持斩首斧,作为整体他们就像一群杀气腾腾的刽子手。鄂多亚克站了起来。

鄂多亚克　诸位日耳曼人!经过了长途跋涉,你们风尘仆仆,晒得黝黑,劳累不过,现在,你们的出征结束了。你们站在罗马皇帝面前,向他致敬吧。

〔日耳曼人用斩首斧敬礼。

鄂多亚克　诸位日耳曼人!你们嘲笑过这个人,并且用你们在行军路上或夜间围在篝火旁唱的歌曲加以嘲弄。但是我深知他的人性。我从未见到过一个比他更伟大的人物,而且你们将来也永远看不到一个比他更为伟大的人物,不管我的后继者是谁。现在请你讲话,罗马皇帝。

罗慕路斯　皇帝取消他的帝国统治。你们再看一看这个彩色的球体,这个梦想着一个大帝国的幻影,它随着我的双唇的轻轻吹动在自由的空间摆荡;看一看这些围绕着处处有海豚腾跃的蓝色的大海的国家,这些遍地五谷金黄的富庶的行省,这些人烟稠密、熙熙攘攘、洋溢着生气的城市;还有一个太阳,当它高悬天空的时候,它曾温暖过人类,照亮过世界,为了现在在皇帝手中变成一个柔软的圆球,在虚无中消散。

〔一片肃穆气氛。众日耳曼人看着正在站起来的皇帝目瞪口呆。

罗慕路斯　我任命日耳曼人的统帅鄂多亚克为意大利国王!

众日耳曼人　意大利国王万岁!

鄂多亚克　我把坐落在坎帕尼亚的豪华别墅拨给罗马皇帝作为回报。此外,他得到一笔六千金币的年俸。

罗慕路斯　皇朝的荒年过去了。在这里你得到了皇冠和皇袍,在整理花园的工具中你找到了帝国之剑,并在罗马的地下墓穴里发现元老院。把墙上那个与我同名的先帝的胸像取下来;他缔造了罗马,而我现在正把它消灭。

〔一个日耳曼人取下胸像递给他。

罗慕路斯　谢谢。

〔他把胸像挟在腋下。

罗慕路斯　告辞,日耳曼君主,我这就开始我的退休生活。

〔众日耳曼人立正致意。

〔史普里乌斯·梯图斯·马玛从台后冲出来,两手握着一把出鞘的剑。

史普里乌斯　把皇帝带来!我要杀死他!

〔意大利国王威风凛凛地迎上去。

鄂多亚克　把你的剑放下,骑兵队队长。没有皇帝了。

史普里乌斯　那帝国呢?

鄂多亚克　解体了。

史普里乌斯　那么我这位最后的皇家军官睡过了头,没见着他祖国的灭亡!

〔史普里乌斯·梯图斯·马玛不胜震惊,倒下。

罗慕路斯　因此,我的先生们,罗马帝国已经停止存在了。

〔皇帝低着头,腋下挟着那尊胸像,缓步走了出去。众日耳曼人充满敬畏地站立着。

作者后记(一)

这是一出严肃的喜剧,虽然它表面上是轻松的。因此它不能引起爱好德语文学的读者的兴趣。语调庄严是这出戏的风格,所以,读者在罗慕路斯身上所看到的纯粹是开玩笑,并且随随便便地把这出戏放到介乎台奥·林根和萧伯纳之间的地位上,然而这一命运对罗慕路斯来说并不完全是那么不合适的。他扮演了二十年的丑角。他周围的人没有认识到这种荒唐也不是没有道理的①。这可以引人思考。

我的角色应仅仅从形象上去表现。这一点既是对演员说的,也是对导演说的。具体地讲:诸如爱弥良这样的人物该如何表现呢?他已经跋涉几天甚至几星期之久,偷偷地走小道,通过被破坏的城市,终于到达皇帝的家门。这他明明是认识的,而现在他却问道:这是皇帝在坎帕尼亚的家吗?在这个句子里不是真切地表现了当他见到别墅那种到处是鸡、凋敝破败的状况时,对这座皇帝的行宫感到吃惊和怀疑吗?这一疑问句将起到修辞学上的反诘语气的作用。同样,当他见到他的情人时,也感到大为疑惑:你是谁?他真的不认识她了,他真的把她忘怀了,他预感到:这个人他曾经认识过,钟情过。爱弥良是罗慕路斯的对立形象。他的命运必须从人性角度去看,某种程度上要用皇帝的眼睛去看;皇帝透过被污辱的军官荣誉的表面,窥视着"成千次被玷辱的权力的牺牲品"。罗慕路斯严肃地对待爱

---

① 典出莎士比亚《哈姆莱特》。

弥良,把他当作一个被抓捕、被拷打过的不幸者。他所没有接受的是爱弥良的这一要求:"去吧,拿起刀来",和为了祖国生存而出卖他的恋人。演员可以从我的任何人物后面发现人性,否则根本无法扮演。这一点对我的所有剧作都是适用的。

  然而对于罗慕路斯的表演者还有一个特殊的、附带的困难。我认为困难就在于:罗慕路斯的表现不可以让观众很快就喜欢他。这说起来容易,做起来也许是很难办到的,但要作为战术加以重视。皇帝的本质只有在第三幕才可以让它显露出来。在第一幕,人们所理解的必然如骑兵队长所说:"罗马有一个可耻的皇帝。"在第二幕,主调是爱弥良的那句话:"这个皇帝必须滚蛋。"第三幕罗慕路斯对世界进行审判。第四幕则是世界审判罗慕路斯。人们可以清楚看到,我描画了一个什么样的人:诙谐、泰然、人道、胸有成竹,但归根结底是一个人,一个态度极为执著、办事铁面无私,即使向别人提出绝对性要求也在所不辞的人,一个决心豁出命去的血气方刚的危险硬汉;这就是这个以养鸡为业的皇帝,这个以傻瓜的伪装出现的世界法官的可怕之处,其悲剧性恰恰体现在他的结局的喜剧,即退休之中,但他后来却以英明的识见接受了退休的结局,仅仅这一点就使得他形象高大。

为苏黎世阿尔歇出版社所出《喜剧集》I而作,一九五七年

作者后记(二)

罗慕路斯·奥古斯都十六岁登基,十七岁退位,迁往坎帕尼亚,住进卢古鲁斯别墅。年俸六千金币。他把他最心爱的母鸡叫作罗马。这是史实。历代称他为奥古斯都鲁斯。我则把他当作成人来写,将他的统治时间延长二十年,并称他为"人帝"。

让人立即明白这点也许是重要的:对我来说,重要的不在于展示一个诙谐的人。哈姆莱特的狂想是在一块红布后面藏一把剑,它适合于克劳迪乌斯,罗慕路斯给予他的世界帝国以致命的一击,这是他以他的诙谐来对付的。还有一点吸引我的是,不是让一个英雄哪年哪月毁于时代,而是让一个时代毁于一个英雄。我在为一个祖国叛徒正名。但是他不属于那些我们必须挂到墙上的人之中。不过他属于那些从未有过的人之中。皇帝是不反叛的,如果他们的国家多行不义的话;他们把此事让给门外汉去干,并称之为叛国,因为国家一贯要求听从。但罗慕路斯反叛了,尽管日耳曼人已经来了。此事有时庶几可以推荐别人去仿效。

我不想详述我的态度。我不抱怨清白的国家,而是控诉不义的国家。这是一个区别。我请大家尖锐地观察国家,直至每个指头,而不要指头看得仔仔细细,却不见国家。这不是一出反对国家的戏,但也许是一出反对大国的戏。人们会把我的话称作诡辩。我的话不是诡辩。面对国家,大家固然应该像蛇一样聪明,但谢天谢地,不要温驯得像一只鸽子。

这里涉及的不过是些肤浅道理。只可惜今天这个时代还只能跟这些肤浅道理打交道。思想深刻变成奢侈了。写作必须跟这些陈腐观念争辩,这使我们的处境有些尴尬,并且特别困难。我不想跟时代充分说出我们的缺点,不然时代也会劝阻我们说出来。它一而再再而三地用它的种种情节在我们嘴上行驶,我们所受的压力可不轻啊。

为巴塞尔市立剧院首演而作,一九四九年

作者后记(三)

在我写罗慕路斯以前,我查阅有关巴别塔的资料达几个月之久,刚刚开始写第四幕的时候,我就把手稿烧毁了。我站在那里,没有了稿子。但巴塞尔剧院已经做了排练巴别塔的计划,霍尔维茨在等着我的剧。一件偶然的事帮助了我。我曾经读过斯特林堡的一篇中篇小说《阿提拉》。小说末尾叙述两个男人——一个罗马人和一个卢基尔人的君主——在阿提拉死后回乡,然后斯特林堡是这样结尾的:"后来他们更新了他们的结识,但是在另一种更大的关系之中。原来埃代科的儿子是奥多阿克,他推翻了奥列斯特的儿子,此人除了是末代皇帝罗慕路斯·奥古斯都不会是别人。他以特殊方式称为罗慕路斯——像罗马的第一个国王——和奥古斯都——像第一位皇帝。他决心过告别者的生活,拿六千金币的退休年金,住在坎帕尼亚的一座别墅里。"

我们当时住在一座种葡萄的农舍里,每个晚上我都在农舍里度过,它位于一片草地中的马路那一边。有牛奶。那是冬天的某月,十二月或者一月,我在一团漆黑中取牛奶,但我也熟识这条路。取牛奶的时候要走五十来米,跟农民说几句话,接着不得不往回走五十米,以便回家,路上的这段时间我构思了整部喜剧。办法是,我把弄明白每一幕的结尾句作为第一要素:"罗马有一个可耻的皇帝。""这个皇帝必须滚蛋。""如果日耳曼人来到这里的话,就让他们进来吧。""罗马帝国已经停止存在了。"根据这四个结尾句来结构情节就迎刃而解了。

因此我很感谢斯特林堡的两出戏:罗慕路斯和斯特林堡戏。还有,在写罗慕路斯以前,我读过冯塔纳的小说《施太希林》:老杜卜斯拉夫·封·施太希林——我最喜爱的人物之一——成为我的末代罗马皇帝的一位精神之父。

写于一九七三年

作者后记(四)

　　一九五七年我为苏黎世话剧院的演出对罗慕路斯大帝作了重新加工,其时特别是第四幕我作了重写。但我觉得第四幕原稿不应完全让人忘却;因此不妨在这里予以恢复。当巴塞尔剧院在斯图加特演出这一幕的时候,激起相当大的抗议。尤其是当鄂多亚克宣布:"我率领十万大军,踏着悲哀的步伐,折回日耳曼尼亚,并和我的全体人民重新去爬树。"引起很大反感。在我下一次冒险旅行中,我惊讶地看到卡洛萨的劝告:"重回神圣的树林,重学古老的颂歌"作为标语悬挂在大街上方。如果两人写同样的……

为本次新版而作,一九八〇年

关于"罗慕路斯大帝"十条说明

一 作者不是共产党人,而是伯尔尼人。

二 作者天生就反对世界帝国。

三 罗慕路斯、伊索里尔人泽诺和鄂多亚克都是历史人物。

四 岳母韦林娜也是。

五 与此相反,罗慕路斯当皇帝时是十五岁,当他十六岁时,他已经当过皇帝了。

六 元帅奥列斯特其实是他的父亲。

七 诚然罗马士兵在此以前就已经穿了好几百年的日耳曼尼亚的裤子了。

八 尼禄就应该戴过单片眼镜了。

九 罗慕路斯和尤莉娅。

十 芦笋酒是用芦笋根酿成的。

密西西比先生的婚姻

两幕喜剧
1950 年
1980 年新版

刘文杰　译

Friedrich Dürrenmatt
Die Ehe des Herrn Mississippi
Eine Komödie in zwei Teilen
Neufassung 1980

作于 1950 年,1952 年 3 月 26 日在慕尼黑室内剧院首演。

人物

安娜斯塔西亚
弗洛勒斯坦·密西西比
弗里德里克·热内·圣-克劳德
波多·封·于波罗厄-萨博恩塞伯爵
迭戈部长
侍女
三个教士
三个穿雨衣、右手插在口袋里的男人
两个守卫
于波胡博教授
精神病医生

第 一 幕

〔观众走进大厅时,可以听到贝多芬《第九交响曲》的尾声合唱。

〔幕布升起。

〔一个房间,其市民时代后期的华丽和庄严难以描述。但是由于情节在这里发生,可以说,接下来的事件讲述的都是这个房间发生的故事,所以我在此斗胆描述一下它:房间里臭气熏天。背景是两扇窗户。窗外景色:令人迷惘;右边是一棵苹果树的权杈,后面是某个有一座哥特式大教堂的北方城市,左边是一棵柏树、古代寺庙的残垣、海湾、码头。好了。在两个窗户之间,但不是更高,摆着一个座钟;风格:也是哥特式。上面挂着的画像,是一个脸色红润、十分健康的制糖厂老板。我们去看看右边的墙,那里有两扇门。背景的那扇门穿过游廊通向下一个房间。这扇门不重要,我只会在第五幕里要用它;前景台边的门通往左边拐弯一个前厅。我们不用去考虑这个房子是怎么建造的,估计这是一个被胡乱改建的贵族府邸。两扇门之间靠右的地方有个小餐台,这次我建议摆一个路易十五风格的。台上放一尊爱神雕像。石膏做的。当然。左边墙上只有一扇门,在两个具有世纪末风格的镜子之间敞开。门通向一间内室,从内室再通向卧室。这里还有别的一些完全不同的房间,但是我们不许进入。前景左边,空中挂上另一面镜子,边框是路易十六风格,当然镜子没有玻璃,这样可以看到观众,有人向里面张望。前景右边也许可以挂一幅小小的、椭圆形空白画。屋子中间放着一个圆圆的毕德迈耶式小咖啡桌，它是这个剧本的真正主角，整出戏都是围绕着它展开的，一切都是围绕着它策划的，两边摆着路易十四式圈椅。当然还可以摆上带有某些法兰西第一帝国风格的东西：比如左边前面放一个小沙发，然后左后面立一面西班牙屏风。俄罗斯风格可以放弃，除非政治形势特别需要。小桌上摆放一个日式花瓶，里面插上红玫瑰，第二幕换成白的，第三幕换成黄的。其余几幕，我建议就不要插花了。

此外，桌上还摆放着一套双人咖啡餐具，估计都是迈森瓷器。在咖啡桌边站着体魄强健的圣-克劳德，我们不想费力地详细描述这个人物。他身穿一件显然不合体的燕尾服，长袜：红色的。漆皮鞋。他摇了摇银色的小铃铛。从右边进来三个男人，样子酷似悠闲的啤酒师，穿着雨衣，戴着红袖章，右手插在口袋里。

三个穿雨衣的男人一　把双手放到脑袋后面。
　　〔圣-克劳德听从。
三个穿雨衣的男人二　走到窗户之间去。
　　〔圣-克劳德听从。
三个穿雨衣的男人三　转身对着座钟。
　　〔圣-克劳德听从。
　　〔开枪。
三个穿雨衣的男人一　这样死最简单。
　　〔圣-克劳德依旧站着。三个穿雨衣的男人——右手又插在口袋里——从右边退下。圣-克劳德转身面向观众，既有点像一个被涂脏的剧院的经理，又有点像梅菲斯特，说出下面的话。
圣-克劳德　女士们，先生们，诸位或许已经注意到，我刚才被枪杀了，而不朽的《第九交响曲》之前刚刚结束。我想，那颗子弹是从我的两片肩胛骨之间某个地方进入了我的身体——要把它说得更确切些,我觉得还不太容易——(他把手伸向后面)——,在飞行中穿过我的胸膛,打碎我的心脏,大概是从我胸口这个地方又钻出来,穿透燕尾服,把"功勋奖章"都打凹陷了——让人有点为难,因为燕尾服和勋章都不是我的——随之弹头击坏了座钟,我大概是这样想象的。我现在的状态挺舒服。除了令人感到相当愕然,我怎么死了还站在这里,我自己感觉很棒,尤其是我的肝脏,可以说,它一下子不再让我痛苦了。一种恶性的疼痛一直肆虐在我的肝脏里,我生前一直胆战心惊地试图隐瞒它,但是我现在必须承认——我觉得自己纯粹受制于道德约束,——我的疼痛,有相当一部分要归因于我那有点极端的世界观。我的死亡,诸位刚才也看到了,相当平庸,但遗憾啊——奇怪,你现在用什么样的表达呢——(他摇了摇头)——,这个并不怎么离奇的死亡,其实发生在该剧的结尾,这不难猜到,因为一旦有男人戴着袖章出现,那么一切就结束了,一切就结束了。然而,我们出于——我想这样来描述——治疗的原因把杀害我这一幕放在了开头——最糟糕的一幕立刻前置了。此外——这一点也不能隐瞒——,在我离奇死亡的时刻,这里还到处躺着其他尸体。这种情况现在当然会让大家感到茫然,但却一点都不夸张,如果我们想想,再说这个喜剧描写的是我的朋友密西西比先生的婚事。另外,因为这里还关系到三位先生那令人不无担忧的命运——(三幅庄严的半身画像,从左到右依次呈现的是圣-克劳德、于波罗厄和密西西比,外面的两幅框着黑纱,由上方降落下来,作为背景悬在空中——,)他们出于不同的动机,下定决心,要么改变这个世界、要么拯救这个世界,他们现在当然十分倒霉,与一位女士狭路相逢——(安娜斯塔西亚的头像从高处落下来,同样是框着黑纱,悬挂在于波罗厄和密西西比之间。)这个世界既不可被改变,也无法被拯救,因为它只喜欢瞬间——回头来看,无论如何是一种享乐至上的生活态度——:所以,这个喜剧同样可以取名为《波多·封·于波罗厄-萨博恩塞伯爵的爱情》,或者,《圣-克劳德先生历险记》,甚或,简而言之,《安娜斯塔西亚和她的情人们》。他边说边指着他提到的各个人的肖像。当然,遗憾的是,随着情节的错综发展,一切最后都被毁灭,总体上结局相当偏激,但是为了真实——更不用说今天——,这是不可改变的。(肖像再次消失)如果诸位现在看看那些为数不多的幸存者之一——看看吧——在两扇窗外跟跟跄跄地走过——(于波罗厄伯爵举着一面蓝旗蹒跚而过——,)手里举着虔诚的旗帜,跟在不知道哪个可笑的救世军队伍后面,那么请原谅,这其实根本是不可能的,因为我们这里位于房子的二楼,大家可能从中看得出来,从诸位那里可以看到几个树梢,那是一棵柏树和一棵苹果树。不过我们还是开始我们的故事吧,随便从哪儿开始都行。比如,我们可以这样开始,我是怎样在罗马尼亚煽动那场引发米歇尔国王倒台的革命的,或者,于波罗厄伯爵怎样在内婆罗洲一个叫汤旁的贫民窟里喝醉酒后试图要切除一个马来人的盲肠——(两幅描绘以上场景的画,从高处落下来。)我们还是待在这个我们已经熟悉的房间吧。我们回头看吧——(两幅画又悬挂在高处)因为我们不用离开这个地方,所以我们就不会觉得有难处——即使我们也不清楚,这房子究竟坐落在哪里。作者一度选定南方,因此有柏树、寺庙和大海;一度又选定北方,所以才有苹果树和大教堂,——那我们只回头五年看吧,如果可以的话,也就是回到那个不幸发生之前,诸位一开始就是不幸的见证者,回到1947年或1948年吧,只要可能的话,回到当下的五年之前吧。就这样,现在是五月,窗户微微开着——(窗户轻轻地打开了——),桌上有一枝红玫瑰,座钟上方挂着那个名叫弗朗西斯的制糖厂老板的画像,他有幸成为安娜斯塔西亚第一任丈夫。侍女现在把我的老朋友密西西比带进来——(侍女和密西西比从右边进来——,)他还是那么一丝不苟,一如既往地穿着黑礼服,一如既往地把手杖、大衣和礼帽交给这个漂亮的孩子,而我——可惜,在我迄今的人生中,过于频繁地从窗户钻进来——按照老习惯离开——,也许这并不完全符合死者通常的习惯,但是我又怎么可能理解他们的方式,没有任何的先兆,干脆化为乌有:长话短说,就在我前往一个地方的时候——(他有点怀疑地看了看地心方向)——对那个地方我毫不了解——(他又爬上左边窗户——)就在五年前,密西西比先生在这里做了一个重要决定。圣-克劳德消失了。

侍　女　夫人马上就到,先生。

〔侍女从右边退出去。密西西比观察着制糖厂老板的画像。安娜斯塔西亚从左边进来。密西西比鞠躬致意。

安娜斯塔西亚　先生?

密西西比　我叫密西西比,弗洛勒斯坦·密西西比。

安娜斯塔西亚　您给我写信说,找我有急事?

密西西比　是的,很紧迫。可惜由于职业缘故,我没有别的时间,只有选择饭后。

安娜斯塔西亚　您是我先生的朋友?

〔她看了一眼背景上的画像。密西西比也望过去。

密西西比　他的意外身亡让我十分悲痛。(他鞠躬致意)

安娜斯塔西亚(有点尴尬)　他死于心力衰竭。

密西西比(再次鞠躬)　我向您致以深切的哀悼。

安娜斯塔西亚　可以请您喝杯咖啡吗?

密西西比　不胜荣幸。

〔他们坐下。安娜斯塔西亚坐左边,密西西比坐右边。安娜斯塔西亚给他倒上咖啡。接下来咖啡桌边的场景要策划得非常精确,喝咖啡的动作也要很详细:比如,两人同时把咖啡杯举到嘴边,或者同时搅动咖啡勺,诸如此类。

安娜斯塔西亚　您在信中急切地恳求我听您诉说。您以我故去的丈夫的名义这样做。(她看了一眼画像)不然的话,我是不会在弗朗西斯去世没几天就接待您的。我希望您能理解我。

密西西比　完全理解。我也尊重逝者。(他也瞥了一眼画像)如果事情不是如此紧迫,我也万万不敢冒昧前来打扰您,更何况,我家也死人了。我年轻的妻子几天前去世了。(略微停顿了一下,意味深长地)她叫玛德莲娜。

〔他注视着安娜斯塔西亚,她暗暗地吃了一惊。

安娜斯塔西亚　非常遗憾。

密西西比　我们的家庭医生长期以来一直和您家的是同一个,本塞尔斯老大夫。从他那里我听说了您丈夫不幸逝世的消息。本塞尔斯大夫确诊我夫人也死于心力衰竭。

〔他又注视着安娜斯塔西亚,窥探着,她再次吃了一惊。

安娜斯塔西亚　我也请您接受我诚挚的哀悼。

密西西比　为了理解我来访的初衷,首先有必要让您对我本人有所了解,仁慈的夫人。我是检察官。

〔安娜斯塔西亚慌乱之中使咖啡杯掉在地上。

安娜斯塔西亚　请原谅我的笨拙,打断了您的谈话。

密西西比(鞠躬)　哦,没关系。我已经习惯了散布恐惧和惊慌。

〔安娜斯塔西亚摇了摇一个银色的小铃铛。侍女从右边进入,擦拭干净,递给安娜斯塔西亚另一副餐具,然后又退下。

安娜斯塔西亚　您还没有放糖,请您随便用。

密西西比　谢谢您。

安娜斯塔西亚(微笑着)　您来我这里有何贵干,检察官先生?

密西西比　我来拜访的原因,涉及您丈夫。

安娜斯塔西亚　弗朗西斯欠您钱了?

密西西比　他欠的并非是钱财。我们本来互不相识,仁慈的夫人,我真的感到遗憾,不得不在背后说您丈夫的不好,但是他欺骗了您。

〔安娜斯塔西亚吃了一惊,出现一阵难堪的沉默。

安娜斯塔西亚(冷漠地)　谁告诉您的?

密西西比(平静地)　我敏锐的观察力。我有感受邪恶的能力,不论在哪里,我都深受这个能力之苦。

安娜斯塔西亚　我真的不知道,您怎么会在我丈夫刚刚去世后,就来到这个房间,从某种程度上说,他的气息尚存,而您居然对他的生活作风说出最荒唐的断言,您的指责简直荒谬至极。

密西西比　您的丈夫欺骗了一个和你气质相同的女人,这个事实则更加荒谬。您恐怕不知道吧?我并非自愿前来找您,而只是因为一种厄运把我们紧紧地联系在一起。我请您要有坚强的心理准备,静静地听我说吧。相互折磨已经如此残忍,我们必须格外体谅对方。

安娜斯塔西亚(停顿了一会冷静下来)　请原谅我刚才可以理解的激动。弗朗西斯的意外身亡已经耗尽了我的精力。您再来一杯咖啡?

密西西比　很乐意。我的职业要求我具有钢铁般的神经。

〔她斟上咖啡。

安娜斯塔西亚　我可以给您放糖吗?

密西西比　谢谢您。糖使人镇静。可惜,为了我们这次重要的谈话,我顶多只有半个小时空。今天下午在刑事审判法庭上,我还有一个死刑要执行。现在的陪审员目光短浅。(他喝着咖啡)你依然坚定地确信,您丈夫没有欺骗你?

安娜斯塔西亚　我发誓,他是无辜的。

密西西比(停顿了一会)　好吧。您坚信他是无辜的。如果我说出和他联手欺骗您的那个女人的名字,您还会坚持吗?

安娜斯塔西亚(跳起来)　这女人是谁?

密西西比(停顿了一会)　我刚才说过她的名字:玛德莲娜。

安娜斯塔西亚(吓坏了,因为她恍然大悟)　您夫人?

密西西比　我夫人。

安娜斯塔西亚(充满恐惧地)　可是她毕竟死了呀?

密西西比(泰然自若地)　没错。玛德莲娜死于心力衰竭。(神色凝重地)我们都被您死去的丈夫弗朗西斯和我死去的妻子玛德莲娜欺骗了,仁慈的夫人!

安娜斯塔西亚　简直太可怕了!

密西西比　婚姻的事实常常都是可怕的。(他用一块手帕擦去汗水)我可以再来一杯咖啡吗?

安娜斯塔西亚(绝望地)　请原谅,我现在一片茫然。(她给他倒上咖啡)

密西西比(轻松地)　我们这可怕的路程似乎走出了第一步。您已经承认,知晓丈夫对您不忠。这样一来许多事就好说了。您早已拿到证据了?

安娜斯塔西亚(低声地)　好几个星期了。我发现了一封署名玛德莲娜的信,她在信里激情洋溢地述说着爱情的甜蜜,这个发现犹如当头一棒,打得我晕头转向。我永远也无法理解我丈夫的行为。

密西西比　您不认识我妻子:她曾经是一个最惹人喜爱的女人,青春美丽,充满活力,而又一贫如洗。她的背叛把我推入了万丈深渊。我同样也发现了一封信,上面不小心留下了您丈夫的营业地址。他们的爱火熊熊燃烧,简直忘乎所以,无所顾忌。

安娜斯塔西亚　我想在我丈夫死后,忘记他的不忠,重新把他留在记忆里,记住他曾经那么充满激情地爱过我,而我也永远不会停止爱他。请原谅,出于这个原因,我开始回避了您的问题。您迫使我又回想起曾经发生过的事情。

密西西比　这女人和您丈夫联手欺骗了您,很可惜我作为她的丈夫,无法回避。

安娜斯塔西亚　我也理解您。作为丈夫,您需要知道真相。(她站起来)我感谢您,检察官先生,感谢您把真相告诉了我这个弱女子。我现在知道了弗朗西斯的全部事情。知道这一切,实在太可怕了。(筋疲力尽地)您现在必须原谅我,我已经彻底没有精力了。您妻子和我丈夫都死了。我们无法再追究他们的过错,无法再祈求他们的爱情。他们永远离开我们而去了。

〔密西西比也站起来。

密西西比(严肃地) 在这个闻所未闻的时刻,由于真理的第一束光芒触动着我们,所以,我呼唤您,我们现在终于要互相坦白事情的全部真相,即便我们会被它毁灭,这就是我当了二十五年检察官的人生所要求的本分。

〔他那样坚定地注视着她,于是她又坐下来。

安娜斯塔西亚 我不明白您的意思。

密西西比 事关您丈夫之死。

安娜斯塔西亚 我真的不知道,您想干什么。

密西西比 我来拜访您,一开始您就无缘无故地说出您丈夫的死因。还有,当我告诉您我的职业时,您所表现的惊慌害怕,这些事实已经足以说明问题。

安娜斯塔西亚 请您说明白一些。

密西西比 如果您愿意的话,我可以直言不讳地说。我怀疑他的死因。

安娜斯塔西亚(迅速地) 有很多人五十岁就死于心力衰竭。

密西西比 他的画像已经证明,一个身体那样健康的男人不可能死于心力衰竭。此外,在我感兴趣的人里,还没有一个死于心力衰竭。

安娜斯塔西亚 您这话是什么意思?

密西西比 难道您不遗余力,非得要我当面戳穿您,你毒死了丈夫?

安娜斯塔西亚(惊慌失措地瞪着他) 您这样认为?

密西西比(肯定地) 我这样认为。

安娜斯塔西亚(依然像被当头一击) 不,不是这样!

〔她面如死灰。密西西比筋疲力尽地从日本花瓶里拿出一枝玫瑰,举在鼻子前。

密西西比 请您镇静。对于您来说,被良心攫取,想必这是令人轻松的事。

安娜斯塔西亚(突然激动地爆发出) 不是这样!

〔密西西比把玫瑰又插到花瓶里。安娜斯塔西亚神色凝重地站起来。密西西比也站起来。

安娜斯塔西亚　本塞尔斯大夫确诊我丈夫显然死于心力衰竭。我反正可以就此认为,检察官也会服从于科学判断。

密西西比　在我们所属的这样一个社会阶层里,仁慈的夫人,科学诊断在疑难情况下始终说是心力衰竭。

安娜斯塔西亚　既然我已经把有关我丈夫离奇死亡所有可以补充的情况都告诉了您,我请求您告辞。

密西西比(悲伤地)　在这种可怕的情况下,我有义务在另一个房间,另一种情况下继续我们的谈话。

安娜斯塔西亚　我无法阻止您履行你所谓的义务。

密西西比　如果您不带成见地想一想您当时的情况,您是可以阻止的。您有难得的机会,能与检察官私下面对面交流。难道您愿意在法庭上,面对令人尴尬的公众这样说吗?我希望不是。此外,我也完全弄不明白,为什么您如此强烈地误会了我这种行为中那绝对的人道关怀。喝咖啡时承认谋杀,要比在陪审法庭上容易得多啊。

〔两人又坐下。

安娜斯塔西亚(轻声地)　我听您吩咐。

密西西比(轻松地)　这样无疑最好不过了。

安娜斯塔西亚　但在这个世界上,没有任何强权会打动我承认您强加给我的罪行。看来您被某种可怕的误解引入迷途了。

密西西比　弄错的只有被告,而绝对不是检察官。

安娜斯塔西亚　我会像一只动物一样为我的无辜抗争。

密西西比(严肃地)　向上帝祈祷吧,仁慈的夫人,别自取其辱了。跟我抗争简直是疯狂至极,但是有人一再以身试法。几分钟,几小时,几天,然后他们就崩溃。我眼看着我的牺牲品头发慢慢变白。难道您也要像一个虫子一样匍匐在我的脚下?您可要明白,世界道德秩序是我的后盾,所有与我作对的人都输了。认罪似乎不太容易,但是到时候如果不得不认罪,情况会难以想象的可怕。

安娜斯塔西亚　您究竟是个说教者还是个刽子手？

密西西比　我这可怕的职业迫使我两者皆是。

安娜斯塔西亚　您可不能凭空捏造对我进行最野蛮的指控。

密西西比　这样一来,那我就不得不说出波多·封·于波罗厄-萨博恩塞伯爵这个名字。

〔安娜斯塔西亚大惊失色,然后又镇静下来。

安娜斯塔西亚(缓慢地)　我不知道这个名字。

密西西比　您和于波罗厄伯爵一起在洛桑度过了青春时代。您父亲在一家女子寄宿学校当老师,而他在伯爵家的城堡里长大。你们后来分开了。几年前,你们又在这个城市相见了,您作为已故丈夫的夫人,他作为圣乔治军人医院的首席医生和创建者。

安娜斯塔西亚(缓慢地)　我现在只是偶尔看到他。

密西西比　您在16号向他要了两粒白色药丸,像糖块似的。你们俩有一次共同去看话剧《葛兹》时,您说起维斯林根之死,他和您提到过这种药。您二位都是艺术爱好者。

安娜斯塔西亚(固执地)　他并没有给我这种毒药。

密西西比　波多·封·于波罗厄-萨博恩塞已经招认了一切。

安娜斯塔西亚(强烈地)　这不是真的！

密西西比　我威胁要撤销他的医生资格,然后他就招供了。为了逃避监禁,他匆匆忙忙离开了我们这个城市,去了热带地区。

安娜斯塔西亚(跳起来)　波多走了？

密西西比　伯爵逃走了。

〔安娜斯塔西亚又一屁股坐到扶手椅上,密西西比擦汗。

安娜斯塔西亚(停顿了很久后,低声地)　您为什么要用这么残酷的措施来威胁他？圣乔治医院可是他的毕生心血啊。

密西西比　我不过是依据医生职业必须遵守的法律行事。(短暂停顿之后)按照他在极度绝望中的陈述,您当时声称要用毒药杀死您家的狗。一个陈述,它当然不能为他提供毒药的行为免责。

安娜斯塔西亚(迅速地)　我不得不杀死我家的狗。它病了。

密西西比(彬彬有礼地)　您必须允许我暂时干预一下您家的权利。

〔他站起来,鞠躬致意,摇了摇安娜斯塔西亚那个银色的小铃铛。侍女从右边进来。

密西西比　你叫什么名字?

侍　女　露克莱齐亚。

密西西比　这位仁慈的女士是否有一条狗,露克莱齐亚?

侍　女　狗死了。

密西西比　狗是什么时候死的,露克莱齐亚?

侍　女　一个月前。

密西西比　你现在可以去干你的事了,露克莱齐亚。

〔侍女向右边退下。密西西比站起来。

密西西比　您的狗一个月前就死了,而您五天前从老朋友于波罗厄-萨博恩塞伯爵那里拿走了毒药,两粒剧毒的糖状药,就在同一天,您的丈夫死亡了。这出对于双方都丧失尊严的喜剧还要上演多久,仁慈的夫人?您逼迫我使用检察官不情愿使用的手段。我现在甚至不得不询问了您的侍女。

〔安娜斯塔西亚也站起来。在激烈的唇枪舌剑中,这里现在可以围着咖啡桌安安静静地上演一小段舞蹈。

安娜斯塔西亚(轻声地)　我没有毒死我丈夫。

密西西比　这么明显的常理,您也不愿认从?

安娜斯塔西亚　我是无辜的。

密西西比　难道这个世界任何逻辑也无法说动您承认您杀人了?

安娜斯塔西亚　我没有杀害我丈夫。

密西西比(慢慢地)　这样说来,玛德莲娜无以名状的绝望就是空穴来风了,因为她猜测她情人的死亡是他受辱的妻子的报复行为。

安娜斯塔西亚(眼睛发亮)　你的妻子很绝望?

密西西比　她认为,很可能是您杀死了您丈夫,这个念头令她几近疯狂。

安娜斯塔西亚(带着几乎抑制不住的胜利) 她在死前十分痛苦？

密西西比 痛苦不堪。

安娜斯塔西亚(欢呼) 那我就达到我想要的目的了！她以生不如死的绝望向我偿还她每秒的欢快。我杀死了他们俩！他因我而死,她因他而亡！他们像两个畜生一样痛苦地死去！

〔密西西比又坐下,安娜斯塔西亚也坐下。

密西西比 这么说是您毒死了您的丈夫,仁慈的夫人。

安娜斯塔西亚 是的,我把他毒死了。我们曾经相爱,但是他欺骗了我,然后我把他杀了。

密西西比 5月16号早晨,您去找波多·封·于波罗厄-萨博恩塞,作为您昔日的相好和您丈夫的朋友,他给您提供了毒药,盲目地以为您是要用来毒死您家的狗,而您在午饭时把它当作糖给了您丈夫。

安娜斯塔西亚 他吃了一粒就死了。

密西西比 这一切都是您干的？

安娜斯塔西亚(面带可怕的庄严) 是的,全都是我干的。

密西西比 您对您的残忍行为感到后悔吗？

安娜斯塔西亚 我会一再这么干。

密西西比(面色灰白) 我看到了激情的深渊。

安娜斯塔西亚(漠然地) 您现在可以把我带走了。

密西西比(缓慢而庄重地站起来) 我不是来逮捕您的。我来是为了求您做我的妻子。

〔密西西比庄重地鞠躬。可怕的停顿。

安娜斯塔西亚(错愕地) 您想干什么？

密西西比(冷静地) 我求您嫁给我。

安娜斯塔西亚 您求我？

密西西比 我腰缠万贯,薪水丰厚,深居简出,虔诚笃信,工作之余,我喜欢收集旧版画,大多是田园风景画,它们似乎为我展现出了大自然没有被玷污的状态，我还可以享受到足以满足我们生活状况的退休金。

安娜斯塔西亚(面如死灰)　这也太匪夷所思了！

密西西比(再次鞠躬)　人的一生就是匪夷所思的，仁慈的夫人。

〔他坐下。安娜斯塔西亚如同被催眠一般，也坐下。

密西西比　我可以再来一杯咖啡吗？(他抬头看看钟)我还有12分钟时间。

安娜斯塔西亚(不由自主地给他倒上咖啡)　我完全无法解释您的行为方式。您先是逼迫我承认罪行，这罪行必然会使每一个怀着难以言状的恐惧的男人面对一个女人的可能时得到满足，然后您又像冷血动物似的求我做您的妻子。

密西西比(给自己放入糖，半静地)　请您接受我可怕的认罪，我和您对待您丈夫的方式一样，也用同样的药物毒死了我的妻子。

安娜斯塔西亚(停顿良久之后，惊恐地)　您也是这样干的？

密西西比(坚定地)　我也是这样干的。

〔安娜斯塔西亚犹如当头挨了一棒，密西西比用勺子在咖啡杯中搅动。

密西西比　我在于波罗厄伯爵那里没收了剩余的毒药——这次又是两粒——，回到家里，把其中一粒在午饭后放入了黑咖啡里，她半小时后就安详地睡着了。

〔他喝着咖啡，然后把杯子放下。

密西西比(低沉地)　那是我一生中最糟糕的半小时。

安娜斯塔西亚(震惊地)　这就是命运把我们绑在了一起。

密西西比(疲惫地)　我们俩都承认了罪行。

安娜斯塔西亚　您杀了人，我也杀了人。我们都是杀人犯。

密西西比(坚定地)　不，仁慈的夫人。我不是杀人犯。您和我的行为迥然各异。您是出于残忍的欲望干的，而我则出于道德认识为之。您滥杀您的丈夫，而我则处决了我的妻子。

安娜斯塔西亚(吓得要命)　处决了？

205

密西西比(骄傲地) 处决了。

安娜斯塔西亚 我简直不知道该怎么理解您这番可怕的话。

密西西比 实实在在。我毒死了我妻子,因为她与人通奸犯了死罪。

安娜斯塔西亚 世界上没有哪个法典规定,通奸要判死刑。

密西西比 摩西戒律。

安娜斯塔西亚 那已经过去几千年了。

密西西比 所以我才果断地决定,重新引入它。

安娜斯塔西亚 您疯了。

密西西比 我只是一个非常道德的人,仁慈的夫人。我们的法则在几千年里每况愈下。法则在这个惟享乐为宗教的社会里流行,是为了维持更好的道德。这种宗教把抢劫作为特权,用女人和石油做交换。只有天真的理想主义者才会相信,惟有用正义来支付,司法才能兑现。与旧约中判通奸双方死刑的法则相比,我们的平民法典纯粹是一个地地道道的嘲讽。出于这个神圣的原因,杀死我妻子绝对是必要的。世界历史早已丧失了法则,获得了在道德上任何时候都不必承担责任的自由,历史这样的发展必须回头。

安娜斯塔西亚 那我完全不能理解,您为什么向我求婚呢?

密西西比 您很美丽。但您是有罪的。您深深地感动了我。

安娜斯塔西亚(不安地) 您爱我吗?

密西西比 您是个杀人犯,仁慈的夫人,而我是检察官。不过,有罪总比看到别人有罪要好。有罪的可以悔罪,看别人有罪却是要命的。在我二十五年的职业生涯里,我眼睁睁地看着罪犯,他们的目光摧毁了我。我整夜地祈求能获得力量,哪怕能爱上一个人也好。一切都徒劳。我无法再爱已经失去的,我只能杀人。我变成了一个攻击人类的野兽。

安娜斯塔西亚(不寒而栗) 尽管如此,您还是表达了想娶我的愿望。

密西西比 恰恰是绝对的正义促使我走到这一步。我是私下处决了玛德莲娜,而不是公开的。通过这一步,我有意识地违反了当今的法令。因为这种行为,我必然会受到惩罚,尽管我的初衷像清泉一样纯洁。但我被迫在这个屈辱的时刻当一回自己的法官。我对自己做出了娶您为妻的判决。

安娜斯塔西亚(站起来) 老天啊。

密西西比(也站起来) 仁慈的夫人。

安娜斯塔西亚 刚才我耐着性子听了您一番闻所未闻的话。而现在您所说的,却超越了限度。您显然把和我的婚姻理解为对您谋杀妻子的惩罚了。

密西西比 我希望,您也把与我的婚姻理解为对您谋杀丈夫的惩罚。

安娜斯塔西亚(冷漠地) 看来您把我视为一个卑鄙的杀人犯。

密西西比 您毒死您的丈夫,不是出于正义,而是因为您爱他。

安娜斯塔西亚 难道每一个和我一样出于爱情而杀死丈夫的女人,您都要绳之以法吗?

密西西比 我恐怕会毕生致力于此。只有几个死刑我没能执行,每次都令我痛不欲生。

安娜斯塔西亚(停顿了很久,果断地) 您报警吧!

密西西比 不可能。我们已经通过我们的行为息息相关,不可分割了。

安娜斯塔西亚 我不愿受到从轻惩罚。

密西西比 无可奉告。我们的婚姻绝不是从轻判决您,而是无限地加重对您的惩罚。

安娜斯塔西亚(几乎晕倒) 您向我求婚,就是为了能够无限地折磨我!

密西西比 无限地折磨我们。我们的婚姻恐怕对双方来说都意味着地狱。

安娜斯塔西亚 这很荒唐!

密西西比 如果要彰显道义,仁慈的夫人,我们就必须采取极端手段。您现在是杀人犯,我会通过我们的婚姻把您变成一个天使。

安娜斯塔西亚　您不能强迫我。

密西西比　我是以绝对道德的名义要求您成为我的女人!

安娜斯塔西亚(跟跟跄跄地走到西班牙屏风后面)　您报警吧!

密西西比　在我二十五年检察官生涯中,我判过两百多人死刑,一个数字,这在市民世界里前所未有,不可企及。难道这个超凡的成就要被一个弱女子毁掉吗?我们都属于当今社会的最高层,仁慈的夫人,我是检察官,您丈夫是制糖厂老板,让我们现在做负起最高责任的人。您嫁给我吧!您和我一起走进我们殉道的婚姻!

安娜斯塔西亚(抱着最后的绝望尖叫)　您报警吧!

密西西比(冷冰冰地)　在一个谋杀、通奸、抢劫、乱伦、欺骗、纵火、剥削和渎神都不一定会被判处死刑的时代,我们的婚姻就是正义的胜利!

安娜斯塔西亚(面如死灰)　天哪!

密西西比(阴森地)　嫁给我吧!

安娜斯塔西亚(绝望地朝着背景的画像张望)　弗朗西斯!

密西西比　这么说您答应和我结婚了?

安娜斯塔西亚　我答应和您结婚。

密西西比(从手指上取下戒指)　我请求您,把您死去丈夫的戒指递给我。

〔安娜斯塔西亚把戒指从手指上取下,戴在他的手指上。

密西西比　现在请您戴上玛德莲娜的戒指。

〔他把戒指戴在她手指上。他鞠躬致意。

密西西比　现在您是我的妻子了。

安娜斯塔西亚(轻声地)　我是您的妻子了。

密西西比　在办理法律手续前,您要去瑞士待半年。可以考虑格林德瓦尔德,文恩,也许还有阿德尔博登。您的精神受到了惊吓。山里的空气能让您神清气爽。刚才提到的这些地方有宣传册,我会让交通协会寄给您。

〔他摇了摇银色的小铃铛。右边出现侍女。

密西西比　礼帽、手杖和大衣!

〔侍女退下。

密西西比　我们会在加尔文教教堂里举行婚礼。司法部长会来主持法定的婚礼仪式,州主教延森会来主持教会仪式。他们年轻时就是我的好友。我们曾经一起在牛津上大学。我们将住在这套房子里,这样我去陪审法庭要近十分钟。如果我收集的旧版画没有地方放,我们就扩建这房子。我们的生活会很艰难。作为忠诚的妻子,您要支持我的工作,与我同甘共苦。我们一起去观看由我判处的死刑。通常是在周五执行。此外,我还希望您去关怀一下那些死刑犯,尤其那些属于社会底层的贫民。您要给他们带去鲜花、巧克力,如果他们抽烟,还要带上香烟。至于我的旧版画,您去高校听几堂课就够了。(他鞠躬致意,然后突然大喊)我现在必须去执行今天下午的死刑了!

〔他站着一动不动。寂静。

安娜斯塔西亚（两手抓在额头上,再一次绝望地喊道）　波多!波多!

〔她从左边冲出去。

密西西比　女士们,先生们,我们承认,这是五年前一桩婚姻戏剧性的开始,它虽然变成了地狱——何等的地狱呢——,但它使我们俩,我妻子和我坚定不移地悔过自新了,这或许就是至关重要的东西:我匆匆忙忙地赶往陪审法庭,安娜斯塔西亚吓呆了,我满怀胜利的喜悦,正义毕竟胜利了,而我的妻子面如死灰。可惜我再也听不到她绝望地大喊着(波多,波多)的声音,并用手抓着额头,就像诸位刚才看到的。我当时已经在楼梯间,甚或大街上:有一种情况,我对此深感遗憾,并非因为我怀疑我的夫人——我到现在,就算只不过是想想,我都相信她是无辜的,她对通奸这可怕的罪行完全无可奈何——,但是我本该对这个事实想得更远一些,她抱着纯粹友好的感情对一个如此狂热、想入非非的伯爵心存感激——（窗外，于波罗厄伯爵跟跟跄跄地走过去——，）这是一种她始终保持忠诚的童年回忆。许多事情本来是可以避免的。许多事情，即使不是我试图通过摩西戒律来彻底修复这个世界的巨大努力没有崩溃，但无疑会导致我们俩悲惨的结局。可话说回来，我的第二段婚姻虽然不乏精神压力的岁月，但毕竟属于我最幸福的时光，工作上也如此。因为众所周知，我已经成功地把死刑人数从二百例提高到三百五十例，其中只有十一人——通过总理的特赦而可耻地逃脱了处罚——没有被执行。我们的婚姻完全是有规律地按照既定的轨道运行。我的妻子——正如所预见的——显著地深化了她的性格，面对宗教情感也变得越来越积极，处决罪犯时，她在我身边冷静自若地观看，而不会因为每每如此对死刑犯失去应有的同情心。（一幅画像在前景上缓缓落下，展示着安娜斯塔西亚和密西西比观看执行判决的情景）每天访问监狱，很快就成为她内心的需求，以使她始终乐于助人，因此，人们都称她为监狱天使。简而言之，这是一段收获累累的时光，闪亮地印证了我的观点，即只有严格遵守确立在超验之中的法则，才能把人变成更好、更高的生灵。（那幅画又升上去了）好几年就这样过去了。我们讲述了我们婚姻的开端，我们现在讲述它的结束。这间屋子没有什么变化。侍女刚要挂上伦勃朗和西格斯的两幅版画——（侍女从右边进来，把版画挂上——，）这或许足以向诸位传递对我们环境的印象：其余的版画，有些放在书房里，右边门后——从各位的角度看——，有些放在安娜斯塔西亚的内室和卧室里，左边门旁，有些还放在前厅里，右边门前。在那张镶着黑框、遭遇到如此不幸的状况后判若两人的制糖厂老板画像旁边，挂着我同样死去的第一任妻子玛德莲娜的照片，正如大家看见的，她是一位金发碧眼、有点敏感的年轻女人——（这个画像在背景上降下来，旁边挂着制糖厂老板的画像，他的画像从第一幕开始就一直挂在那里——），也镶着黑框。（侍女这时已经从右边走出来)此外,我的朋友迭戈也逗留在房间里,他虽然不像之前那样,通过座钟进入房间,这似乎也是根本不可能的,而是由我带着他通过右边的门进来的。(迭戈通过座钟进入房间,此刻站在镜子前整理领带。透过镜子可以看到观众。)迭戈的职业是该州司法部长,不太确定,也无法确定,这个房间位于哪里,迭戈——我这里也想提一句——对于我妻子的慈善活动,内心深为赞同,也积极参与。他是我妻子主持的监狱救济组织的名誉成员。女士们,先生们,大家知道,我们可以开始了。部长点了一根雪茄,这表示他要和我说话了。

部　　长　现在或许……

密西西比　等一会儿——(他也点了一根雪茄)

部　　长　现在或许你的婚姻……

密西西比(又面对观众)　已经深夜了,我们也不要忘记,这是11月一个阴冷的夜晚。我们已经更改了照明系统,一只亮着的枝形吊灯降了下来,一切都笼罩在淡棕色的氛围里。

部　　长　你和监狱天使的婚姻可能已经五年了。

密西西比　我的妻子在道义上是如此支持我,让我深感欣慰。

部　　长　让一位女士去安慰被她先生砍头的人,这确实罕见。你的工作热情令人惊讶。你刚刚执行了你的第三百五十例死刑。

密西西比　这是我生涯的又一大胜利。就算把那些专杀老弱病残者的凶手送上绞刑架并不难,但绝对没有一个成就会让我更有信心。你是来祝贺我的。

部　长　我虽然赞赏你作为律师,但作为司法部长,我不得不与你保持距离。

密西西比　我觉得这话好新鲜。

部　长　世界格局毕竟发生了一些变化。我是政治家。我难以承受变得和你一样不受欢迎。

密西西比　我不会被公众迷惑的。

部　长　你是一个天才,法官也对你无可奈何。政府一再建议你宽松一点。

密西西比　政府需要我。

部　　长　以前需要你。这里有个小区别。在执行判决中遵循一个严格的原则是非常有用的。有必要惩罚政治谋杀,恢复安宁。但是,现在最好还是借此挖反对派的墙脚,让人们朴实地回到一个温和的法制。时而必须以上帝的名义砍头,时而又要为了取悦魔鬼而仁慈,没有哪个国家能够幸免。你履行公务虽然曾经拯救过我们,但是现在却对我们造成威胁。它让我们在整个西方世界变得无可挽回的可笑,还毫无必要地挑起了左翼极端分子的情绪。我们必须采取必要的步骤。一个判决了三百五十例死刑、并且敢于公开声称要重新引入摩西戒律的检察官,已经不再符合要求了。仔细地看看,我承认,我们今天虽然有点倒退,但绝对不必要像你一样激进行事。

密西西比　政府做出了什么决定?

部　　长　总理希望你辞职。

密西西比　他委托你来通知我吗?

部　　长　我正是为此事而来。

密西西比　按照官员条令,只有当他犯了卑鄙的罪行,比如欺骗、勾结外国势力,或者涉嫌政变的党派有瓜葛时,才可以被辞退。

部　　长　你拒绝辞职?

密西西比　我拒绝。

部　　长　部长委员会必定会强迫你辞职。

密西西比　政府必须明白,他们在和世界第一律师斗争。

部　　长　你的抗争毫无希望。你是这个世界上最让人憎恶的人。

密西西比　你们的抗争也同样毫无希望。你们因为我而变成了世界上最让人憎恶的政府。

部　　长　(停顿了一会儿)　我们毕竟是牛津大学的同学。

密西西比　没错。

部　　长　有一点我感到费解,一个有着你这样头脑和你这样家世显赫的人，怎么会偏偏这么热衷于砍头。我们如今属于这个国家最尊贵的家庭，光这一点就足以让我们保持一定的克制。

密西西比　正是。

部　长　你这样说是什么意思？

密西西比　我母亲曾经是一个意大利公主，我父亲是美国炮王，不是吗？你的祖父是一位著名的将军，他输掉了不计其数的战役；你父亲是殖民地总督，镇压了各种黑人起义。我们的父辈以前是毫无章法地让人头落地，而我只要罪犯的命。他们被称作英雄，而我却被称作刽子手。如果我的职业成就给我国这些最尊贵的家庭带来了不好的名声，那就不妨展示一下他们过去的辉煌。

部　长　你这是对我们落井下石。

密西西比　而你是对正义落井下石。

部　长　作为司法部长，我对于正义的评估，必须看它是否合乎时宜！

密西西比　正义是无法改变的。

部　长　世界上的一切都是可以改变的，亲爱的弗洛勒斯坦，只有人无法改变。为了能治理国家，你必须承认这一点。治理则意味着控制，而不是处决。理想很美好，但是我必须尊重现实中的可能性，不要理想来应对，我可不是说大话。这个世界很糟糕，但并非毫无希望，只有给它设定绝对标准，它才会有希望。正义不是绞肉机，而是一种契约。

密西西比　对你来说，正义首先是一份收入。

部　长　我是你的证婚人，但是明天我会被迫在部长委员会上给你投反对票。（他把雪茄放在烟灰缸上）

密西西比　我对政府已经无话可说。

部　长　我已经执行了总理的托付，和你谈了话。请你现在带我出去。

〔他们从右边门消失。房间空空如也。圣-克劳德从左边进来，现在留着深褐色的山羊胡子。开始时，他的胡子刮得干干净净的。他穿着粗制的衣服,褐色的皮夹克。观众可能会以为弄错了,看上去圣-克劳德是从安娜斯塔西亚那里来,上台时还吻了她的手?这位穿白色睡裙的女人也不可能是别人,即使她一闪而过:这个问题我们想暂时放下。圣-克劳德走到桌前,拿起部长的雪茄闻了闻,继续吸。然后他走到背景右边窗前,打开窗户。欣赏了一下爱神雕像,然后坐在咖啡桌左边。密西西比从右边回来。

圣-克劳德(没有抬头) 晚上好,保勒。

〔密西西比一动不动地停在门口。

密西西比(慢慢镇定下来) 是你呀!

圣-克劳德 是的,是我。你如愿以偿了,保勒。你现在成了总检察官,取名弗洛勒斯坦·密西西比,报纸上登满了你的事迹,拥有各个时期的旧家具,当然还有一位美人的房屋。(他吐出一个烟圈)

密西西比 你现在叫什么名字?

圣-克劳德 比你的还好听:弗里德里克·热内·圣-克劳德。

密西西比 你看上去也混得不赖。

圣-克劳德 我也如愿以偿。我成了苏联公民、红军上校、罗马尼亚荣誉公民、波兰议会议员及共产党和工人党情报政治局成员。

密西西比 你是怎样进来的?

圣-克劳德 从窗户。

密西西比 那我要把它关上。

〔他走到背景右边,把窗户关上。

密西西比 你找我要干什么?

圣-克劳德 一个人如果在国外生活了很久,回来时就会先拜访老朋友。

密西西比 你自然是非法越境过来的。

圣-克劳德 那当然,我毕竟有使命,在这里重新组建共产主义政党。

密西西比　什么党？

圣-克劳德　人民、信仰和家乡党。

密西西比　这和你有什么关系？

圣-克劳德　你毕竟慢慢得找一个新工作了,亲爱的保勒。

密西西比(慢慢走到桌前)　你这是什么意思？

圣-克劳德　我想,除了接受总理的要求,你别无选择。

密西西比(慢慢坐到桌子右边,圣-克劳德对面)　你偷听了我和司法部长的谈话。

圣-克劳德(惊讶地)　为什么？我只不过贿赂了内政部长。

密西西比　一个苏联公民同情我这个人,我觉得好怪异。

圣-克劳德　你在国际上已经变成了一个如此声名狼藉的人物,就连我们也对你感兴趣了。我来是为你提出 个申请。

密西西比　我不明白,我们之间能有什么干系。

圣-克劳德　这个国家的共产党终究需要一个精明的人,为此我们选定了你。

密西西比　这是一个非常奇怪的建议。

圣-克劳德　对于这个岗位,没有比三百五十例死刑的执行者更合适的人选了。

〔密西西比站起来,走到右边窗户,背对着观众停在那里。

密西西比　我要是拒绝呢？

圣-克劳德　那我们就要抓你的软肋了。

密西西比　我没有软肋可抓。没有人会怀疑我的意图在道德上是严肃的。

圣-克劳德　胡说。每个人都有死穴。你的死穴并不存在于你对社会的攻击,而存在于你自身。你对这个世界使用的是绝对的道德标准,而这只有当世界也认同你是道德的,才有可能。如果可以破坏你的道德名声,那你的影响力必然不堪一击。

密西西比　这样一种攻击是不可能的。

圣-克劳德　你真的这样认为？

密西西比　我走的是正义之道。

〔圣-克劳德站起来。

圣-克劳德(安静地)　你已经忘记我回来了。

〔密西西比转过身,沉默。

密西西比(面如死灰)　你说得对,我没有料到,这辈子还会再见到你。

圣-克劳德　很可惜,我们见面是不可避免的。你毕竟不只是通过你执行死刑判决而在这个社会上占据了辉煌的一席之地。你还取名为弗洛勒斯坦·密西西比这个名字,有意大利公主的血统,还在牛津上过大学。你如同一个太阳出现在世界上,这太阳闪耀着你的火焰,却从未探究过你的身世。

密西西比(喘息着)　路易斯!

圣-克劳德　这样不错,保勒!向着黑暗呼喊吧,你就是从那里来的!

密西西比　我不想知道那里的一切!

圣-克劳德　但是那里却更想知道你的下落。

密西西比　疯狗!

圣-克劳德　很高兴,你又找回了属于我们的语言。我们不要忘记我们的血脉。我们的出生不值五个里拉,我们来的时候,下水道变成了红色。老鼠让我们看到生活的模样,毛发被污水沾湿,我们的身上爬着寄生虫,从它们身上,我们学到了时光的运行永远不会倒流。

密西西比　住嘴。

圣-克劳德　行了吧,让我们再坐到你的路易十四圈椅上。

〔他坐下。密西西比走到桌边。

密西西比　三十年前我们各奔东西时,约定了不再见面。

圣-克劳德(吸着烟)　没错。

密西西比　那你走吧。

圣-克劳德　我不走了。

密西西比　你要违约？

圣-克劳德　当然。坚守誓言是一种奢侈,而我们这种身世是不允许享有这种奢侈的。我们是什么人,保勒？最初我们偷来破衣遮体,偷来肮脏的铜板,去买发霉的面包果腹,然后我们被迫出卖自己,变成白嫩的鲜肉落到肥胖的市民手里,他们在我们身上获得的乐趣像猫叫一样升入空中,最后我们接过艰难挣来的钱。虽然屁股受到了玷污,但是我们却为新开张的生意感到骄傲。我当老板,你来看门,我们开起了一家妓院。

〔停顿良久。密西西比坐下。

密西西比(喘息着)　我们那时候要生存!

圣-克劳德　为什么？要不是遇到了下一个路灯,我们早已不在了。

密西西比　如果不是在一个潮湿的地下室角落里,本几乎腐烂的《圣经》落到了我手里,我在煤气灯光下冻得缩成一团,夜以继日地读它,我干吗要忍受这巨大的苦难？要是我能够多活一天,如果不是对规则的幻想如同射入黑暗世界的火海一样淹没了我,令我从这一刻起,我做的所有事情,无比的低贱和卑鄙的犯罪,都只为了一个目的,那就是去牛津读大学,将来作为检察官来重新引入摩西戒律。我被一个认识所驱动,整个人类必须倒退三千年,才能继续向前发展。

圣-克劳德(恼火地)　难道我不也曾抱着这种幻想,幻想怎样改善这个弥漫着饥饿、酗酒和犯罪的世界,这个回响着富人的欢歌和穷人的悲号的地狱？我不也从一个被杀死的皮条客口袋里找到了马克思的《资本论》,我不也一直过着这种可怕的、强加给我的生活,就是为了有朝一日能够呼唤出世界革命来？我们俩是我们这个时代最后两个伟大的道德家。我们都隐姓埋名,销声匿迹。你戴着刽子手的面具,我打着苏联特务的幌子。

密西西比　把你的手从我肩上拿开。

圣-克劳德　对不起。

密西西比　你来就是为了敲诈我？

圣-克劳德　如果你不愿接受理性的话。

密西西比　我在你的妓院里苦苦干了十年,为此你让我上了大学。我们俩互不相欠。

圣-克劳德　有些东西是没法偿还的:生活。你选择了这种生活,我就把它给了你。我指给你一条从动物到人的可怕的非法途径,而你也走了这条路。现在轮到我提出要求了。我不是白白把你从下水道里捡来的。现在事关共产主义思想的存亡。你是一个充满希望的天才,必须从你身上捞取资本。

密西西比　我怀着同样的激情跟西方斗,也跟东方斗。

圣-克劳德　我丝毫不会反对,先打倒这个,然后打倒那个,不要同时攻击两个:不然的话,你所做的一切都无与伦比的愚蠢。这不是关系到我们的同情,而是关系到现实。我们的世界历史何其不幸,偏偏让俄罗斯人接受了共产主义,他们是最不适合的。我们必须克服这个灾难。

密西西比　这套理论你当然不敢公开宣扬!

圣-克劳德　我毕竟出入于莫洛托夫家。我不用自杀,我要进行世界革命。共产主义是一种学说,教人们应该如何统治世界而不压迫人民。就这样,我年轻时在那一个个神圣的夜晚弄懂了它。但是没有强权,我就无法贯彻这个学说。因此,我们必须指望那些强权的帮助。他们是棋子,有了他们,我们才能完成我们的棋局。我们必须知道什么是存在;我们必须知道,我们要干什么;我们必须知道,什么可以干。这是三件重要的事情。这个世界作为整体已经道德沦丧。有些人担心他们的生意,有些人担心他们的权力。革命必须针对所有人。西方已经输光了自由,东方输光了正义;在西方,基督教成了闹剧,而在东方,共产主义如出一辙;两边都暴露了自己;现在的世界格局对一个真正的革命者来说是理想的。但是理智迫使我们站在东方一边。俄罗斯一定会胜利,这样西方就会沉沦,而在俄罗斯胜利的那一刻,打着共产主义的名义反对苏联的一切起义就会开启。

密西西比　你在做梦。

圣-克劳德　我预言如此。

密西西比　只有规则能够改变世界。

圣-克劳德　你瞧瞧,我们又回到了我们的青年时代,回到了潮湿的地下室拱门下。规则!一谈规则,我们就彻夜打得头破血流,翻来滚去,筋疲力尽,在垃圾堆上翻滚到天明。我们俩都想要正义。但是你想要天上的正义,而我想要地上的!你想拯救虚构的灵魂,而我想拯救现实的肉体!

密西西比　没有上帝就没有正义!

圣-克劳德　只有一种没有上帝的正义。只有人能帮人。但是你却打了另一副牌:你选择了上帝,所以你现在必须放弃尘世。因为,如果你相信上帝,那么人都是恶的,因为只有上帝是善的。你还犹豫什么呢?人无法满足上帝的规则,他必须为自己创造规则。我们俩的手上都沾满了鲜血,你杀死了三百五十个罪犯,而我杀的人不计其数。我们所做的,就是杀人,因此我们必须做得有意义。你以上帝的名义,而我则以共产主义的名义。我的行为比你的好,因为我要的是现在,你要的是永恒。这个世界不必从那些罪孽中得到解脱,它要摆脱的是饥饿和压迫。它不指望上天,它的一切都仰仗着大地。共产主义是现代形式的规则。我已经在动手治理,你怎么还在拿人当牺牲品;我已经成为科学家,你怎么还在当神学家?你的上帝,把你的上帝扔到火里吧,你将拥有人类,拥有我们年轻时代狂热的梦想。

密西西比　别把烟往我脸上吹。

圣-克劳德　牌子不错。(把雪茄掐灭)你不想加入到我们的行列?

密西西比　不。

圣-克劳德　我刚才说过,我们需要你的脑袋。

密西西比　这话里有话。

圣-克劳德　我的话很明确。我原来要你的脑袋作为工具,现在我想要它作为战利品。当初把你变成意大利王室亲戚的文件,都

219

是我伪造的。供你读大学的钱也来自我的妓院。

密西西比　你现在想干什么？

圣-克劳德　既然我不能按照我们想要的方式得到你,那我就只能按照你在我眼中的形象来对待你:当作刽子手。吸引大众的斗争只有一种,那就是对执行了三百五十个死刑的人进行斗争,其中还有二十一个共产主义者。

密西西比　他们都是卑鄙的罪犯！

圣-克劳德　工会将要求政府对你进行审判,如果被拒绝的话,他们将宣布总罢工。

密西西比(慢慢地)　我无法阻止你的行动。

圣-克劳德　你无法阻止我的行动,我也无法改变你。(他打开窗户)再见,我又要在你面前消失。我们曾经是在一片漆黑的夜里彼此追寻的兄弟。我们呼喊着对方,却谁也找不到谁！机会只有一次,时机却很糟糕。我们带来了一切,你带来才智,我带来力量,你令人恐怖,我受人欢迎。我们的身世都很理想。我们本来可以成为世界史上多好的一对！(他爬上窗框)

〔外面传来《国际歌》。

密西西比　路易斯！

圣-克劳德　你听到他们在唱歌吗,听到他们在陶醉地狂怒吼吗,我少年时的朋友,你这个颤抖的豺狼,我曾经和你一起跑过地下室走廊,对所有人的冷漠感到绝望,热切盼望着他们的友爱,你听到这首歌了吗？只有在这里,人们还会充满热情地唱起这些段落；只有在这里,人们还会相信它；只有在这里,我们才能实现共产主义,而不是把它当成可怕的幻想。只有在这里,绝对只有在这里。这期间发生了什么呢？上帝啊,我们都来自垃圾堆。这简直是一出喜剧！去疯人院吧,保勒。

〔圣-克劳德消失了。寂静。安娜斯塔西亚穿着睡衣从左边上来。

安娜斯塔西亚　你还没睡？

密西西比　半夜了。你应该去睡觉,夫人。你要考虑到,明天在圣约翰森妇女监狱还有活动。

安娜斯塔西亚(不安地)　刚才这里有人?

密西西比　就我自己。

安娜斯塔西亚　我听到有人说话。

〔密西西比走到右边窗前,关上窗户。然后他又走回屋里。

密西西比　我在和我的回忆说话。

〔一块石头穿过窗户从左边飞入。外面有人呐喊:杀人犯,刽子手!

安娜斯塔西亚　石头!

密西西比　请你镇定。不久还会有石堆呢。

安娜斯塔西亚　弗洛勒斯坦!

密西西比　我现在只有你了,夫人,监狱天使,一块我拿来对抗全人类的牌子。

〔幕布落下。灯光打到观众席上。于波罗厄走到幕布前。

于波罗厄　女士们,先生们,尽管灯已经亮了,如果我请求大家,暂时先不要去休息,而是再看看我的演出,这只是因为,我的演出在这个纷繁复杂的情节当中不无重要。对,如同圣-克劳德的出场揭示出检察官的前生,我的出场也将会表明安娜斯塔西亚的前生。诸位认识我,已经两次见过我飘浮在空中,沿着柏树和苹果树。我是波多·封·于波罗厄-萨博恩塞伯爵。当然,我已经堕落了。大家也看见了,我喝醉了。我扰乱了整个剧,这点也必须承认。但是我既不可回避,也不可或缺。我的出场是可笑的,比可笑还可笑,不合时宜,就像我本人,就像我奇特的人生。所以,大家还看到我出场,就很尴尬,当然也没有办法。诸位会看到的。但是,在这里,在情节这个关键时刻,女士们,先生们,诸位作为观众,我们站在台上,被一个阴险狡诈的作者骗了进来——抛出这个问题,作者是怎样参与到这一切之中的,他是否毫无计划,突发奇想,随心所欲,或者是否有个秘密计划在引导

221

着他。哦,我愿意相信,他并非出于轻率创造了我这个角色,并非沉醉在随便一个偶然的恋爱时刻,而是为了探究,当一些思想与人陷入冲突时会发生什么,因为人们严肃认真地对待这些思想,并且试图以大胆的力量、疯狂的冲动和不知疲倦地追求完美的精神实现它们,我愿意相信他这样。还有,对好奇的作者来说,问题是要看精神——无论以什么形式——是否能够改变一个只是存在而不拥有思想的世界;世界作为物质是否不可改变;精神能否追随着一个也许在某个迷茫的夜里突然冒出的疑问:这点我也愿意相信。然而,女士们,先生们,他一旦创造了我们,那他就会不再干涉我们的命运,而命运只有苦涩地去控诉。他也是这样创造了我,波多·封·于波罗厄-萨博恩塞伯爵,这个他唯一充满激情所喜爱的角色,因为在这出戏里,只有我承担了爱情的风险,这个崇高的行为,是经受住这个冒险还是在其中沦落,这会构成人最崇高的尊严:不过也许正是因此,他诅咒我过着一种确实可笑的生活,没有给我一个叫贝阿特丽丝或普罗恩萨的女人——或者一个天主教徒用来纪念他崇敬的勇敢英雄的名字——而是一个安娜斯塔西亚,既不是按照天堂,也不是按照地狱,而只是按照这个世界模仿的。于是,这个钟爱残酷的寓言和毫无用处的闹剧并创造了我的人,这个笔锋犀利的新教徒和迷失的空想家要打碎我,要尝尝我内在的滋味——哦,可怕的好奇心——,他如此贬低我,为了让我不要类似圣人——圣人对他毫无用处——,而是要和他一模一样,别让人把我当作战胜者,而是被战胜者——人一再陷入的惟一境地——扔进他的喜剧熔炉里:之所以这样做,只是为了要看看,在这个有限的创造中,上帝的仁慈是否真的无限,我们惟一的希望。现在我们还是再让幕布升起来吧。(幕布升起来。一块带着彩色画的画板遮住了舞台中间。下面可以看到安娜斯塔西亚和部长的腿,他们显然在拥抱。于波罗厄用叫卖的声调继续说)在这个落下来遮住了舞台中央的画板上,我们可以看到,第二天白天和夜晚发生了什么事:这是一个我们要跳过的时段。检察官的处境,正如我们所料,变得严峻了:上面左边——从大家的角度看——有个街头叫卖的,在散发号外,号外的题目是:检察官充当妓院门房。上面右边,总理逝世。中间是圣-克劳德对工会发表演讲。下面左边,愤怒的人群手举着横幅标语。诸位看看:处死身背三百五十条命的刽子手!右边是警方人马,他们在夜景下保护检察官住宅。空中乱石飞扬,飞向他的别墅;这些石头像鲜花散落在红地毯上一样。大家现在可看清了。当屏幕升起时,大家就会看到我们熟悉的房间,呈现相应的状态。世纪末风格的镜子被打碎了,爱神的脑袋没了,不知什么地方出现了光秃秃的墙。窗户玻璃成了碎片。百叶窗关得严严实实,十一月上午的斜阳透过缝隙照进来。十点钟。我现在从右边走前厅,恳求侍女放我进去。趁着这个时机,我戴上一副蓝色眼镜吧。(于波罗厄想戴上眼镜,结果眼镜掉了;当他蹲下来捡起眼镜时,看到了安娜斯塔西亚和部长的腿。他面如死灰地站起来。)诸位可看到了,相反,安娜斯塔西亚现在所处的状况,对我来说很尴尬,对诸位来说令人惊讶:我爱的这个女人,正在被一个她根本不允许爱的男人拥抱着,就在我们三十三个小时前才离开的同一个地方。

〔于波罗厄从右边走出去,画板升上去,可以看见画板后面的安娜斯塔西亚和正在吻她的部长,几乎可以看到头部。密西西比从左边进来,把画板又拉下来。

密西西比 在这个油乎乎的屏幕彻底升上去之前,就是为了让大家看看,什么是谎言骗局——整个情节就是一种独一无二的夸张。如果这些立足于真实的话,我的敏锐早就会断定这一切——所以,在这一切发生之前,我想给大家描述一下接下来的场景。(画板后面,部长向右边退出去,只能看到他的腿在迈步,然后画板才升起。安娜斯塔西亚站在桌边一动不动,手里拿着一份报纸。)现在是今天一大早。我已经工作了一整夜,这次是申请将一个皮条客判处死刑——这是个不无繁琐的工作。外面是愤

223

怒的人群,客厅里是怕得发抖的妻子。我走进房间,找到监狱天使。天使手里拿着号外。报纸说的是真相,我告诉妻子。以前我在你眼里,理所当然就是美国将军和意大利公主的儿子。夫人,你把这些想法都抛掉。那不是我,我是一个街头妓女的儿子,我对她的名字和对我父亲的名字一样知之甚少。

安娜斯塔西亚　我考虑了一会儿,然后走上前去,庄严地跪在密西西比面前。

〔她跪下。

密西西比　我感动地说:夫人,你不会瞧不起我吧?

安娜斯塔西亚　然后我吻吻他的手。

〔她吻他的手。

密西西比　我轻声地说:夫人,我们的婚姻已经达到了目的:我们赎罪了。也许今天晚上,我重新引入摩西戒律的努力就会戛然而止。你听到了今夜的骚动。房间里这些一文不值的石头、这一面面被砸破的镜子、这个受到伤害的爱神,这一切都耐人寻味啊。一个破灭的幻想,可怕的耐人寻味啊。还有什么可以阻止我们公开承认,你出于爱情,我出于道德认识而投毒杀人,从而作为殉道者一同走向灭亡?请你同意我这样做,夫人!

安娜斯塔西亚　我严肃地站起来,吻吻他的前额。

〔她这样做了。画板又落下来。又可以看到部长的腿,他从右边又向安娜斯塔西亚走去。

密西西比　这就是情节。它震惊了我,也会震惊你。我在讲述它,尽管现在身在陪审法庭上,有一群愤怒的人围攻我。人们很快就会穿过整栋建筑追赶我,冲上楼梯,穿过回廊,再冲下楼梯,然后在门厅的正义雕像下狠狠地揍我,直到我头破血流地躺在地上——这一切几小时后就会发生:这样一来,我无非会感受到这个不同寻常的女人的嘴唇:一束月桂,永不凋谢地盛开在我这被污损的额头上。

〔密西西比从左边退下。可以看到安娜斯塔西亚和部长在热烈拥抱,这个我们已经知道了。这个房间符合于波罗厄的描述。外面传来《国际歌》。

安娜斯塔西亚　他们整夜都在往这楼里扔石头,唱着他们的歌。

部　　长　你给我打电话,这太鲁莽了。

安娜斯塔西亚　我当时吓得不知所措了。

部　　长　当世界要崩溃的时候,亲吻真美好。

安娜斯塔西亚　你会让我摆脱那个人。我要永远亲吻吻你。

部　　长　你应该永远亲吻我。一个妓院门房是用不着帮的。

安娜斯塔西亚　总罢工也会殃及你。

〔戴着礼帽、穿着大衣的部长现在开始脱衣。他把礼帽戴到爱神头上,把大衣扔到椅子上,等等。

部　　长　我的权力是不可侵犯的。它并非建立在人们的激情之上,而是建立在他们的疲倦之上。对改变的渴望很大,但是对秩序的渴望总是更大。秩序会把我带向权力。机制是可以轻而易举地看得见的。总理必须走人,外交部长一个小时后才会从华盛顿抵达。他会迟到。我只需要利用这寥寥几分钟,会在这个时刻成为政府惟一的代表,国会将宣告我为新总理。

安娜斯塔西亚　你会任凭那群人处置我丈夫?

部　　长　你愿意他死吗?

安娜斯塔西亚　我希望他死。

部　　长　你是个野兽,但是我就爱野兽。你做事无计划,你只活在当下,就像你背叛了你丈夫一样,你也会背叛我和别人。对你来说,当下总是比过去更强大,而未来总会胜过现在。没人能看透你。谁相信你,他就会遭殃;谁像我这样爱你,他就会永远占有你。不,我的孩子!我不会把你丈夫扔到大街上任人宰割。我会狠狠地处置他,胜过你的仇恨,我会把他弄到可以把人变疯的地方。

安娜斯塔西亚(没有达到自己的目的)　请你赶紧走人,你现在必须去国会了。

部　　长　　只能在监狱里和你见面,令人难以忍受。那里到处都有囚犯和警卫盯着我们。而在这里,我们至少还能单独相处!
　　　　〔于波罗厄从右边冲进来。
于波罗厄(咆哮着)　让我去看看我的爱人吧,仁慈的夫人!
　　　　〔安娜斯塔西亚吓了一大跳,远处的侍女显得不知所措。
部　　长(惊慌地松开安娜斯塔西亚)　无论如何不能让人看到我在这里!
　　　　〔他匆匆地走进左边房间。
于波罗厄(走向安娜斯塔西亚,吻她的手)　请你原谅我鲁莽笨拙地闯入了你的私人房间,请原谅我这身破烂的衣服,但是,这关系到一个现在已经被彻底损害、但是曾经高贵的人的惟一希望,关系到你能够为一个可怜的灵魂施以最后的仁慈。我叫——
安娜斯塔西亚(大喊道)　波多!
于波罗厄(瞬间站着一动不动,然后也凄惨地大叫道)　安娜斯塔西亚!(他脸色铁青地跌坐在右边椅子上)请来杯黑咖啡!
安娜斯塔西亚(冲着侍女)　赶紧做咖啡。
侍　　女(向右边退下)　天哪,伯爵先生!
于波罗厄(面如死灰)　请原谅,安娜斯塔西亚,我没有马上认出你来。但是我在热带地区眼睛近视得厉害。
安娜斯塔西亚　真遗憾。
于波罗厄　哦,没关系。(他站起来)你没有被抓?
安娜斯塔西亚　我没有被抓。
于波罗厄　大赦了?
安娜斯塔西亚　我没进过监狱。
于波罗厄　可是五年前为了你那爱吃甜食的小狮子狗,我给过你一粒像糖块的毒药,而你用它毒死了你丈夫。
安娜斯塔西亚　我没有被逮捕。
于波罗厄(惊愕地盯着她的脸)　因为你,我远离了欧洲大陆,在婆罗洲最隐秘的丛林里建立了热带雨林医院!

226

安娜斯塔西亚 你的逃亡毫无意义。

于波罗厄 我的医生资格证明也没有被吊销?

安娜斯塔西亚 没有对你采取过任何措施。

于波罗厄(轻声地) 如果现在不马上来杯咖啡,我就会失去理智。

安娜斯塔西亚(疑惑地) 你要见检察官?

于波罗厄 我是乘坐一个破旧的运煤船从热带火炉来到这个城市的。我以为你被判了终身监禁。我要自首,有个条件,这辈子再见你一次。我来到这房子,是为了获得许可,能够去监狱看望你。

〔他盯着安娜斯塔西亚,可是当他凑近看时,她原来是那个受到伤害的爱神。幸好安娜斯塔西亚事先已经把部长的礼帽拿走了。

安娜斯塔西亚(胆怯地) 波多!

于波罗厄 密西西比的地址早就让我觉得非常眼熟,花园、房子、入口、挂在前厅的毕加索画像,但是我在巴达维亚得了黄热病后,患上的高度近视和幻觉,可能会造成错觉。我知道我不能完全相信我的感官。所有的热带疾病我都不得不经受一遍。霍乱令我的记忆力退化,疟疾使我的方向感受损。然后侍女来了。这是露克莱齐亚。我几乎不再怀疑,但是五年里,许多事情当然会发生变化。想必她在寻找一个新工作。她也没有认出我来,也许因为我的蓝眼镜。自从我的眼睛在内婆罗洲受到感染一来,我就一直戴着它。我两次被拒之门外,于是我采取了行动。我进入这房间,问候,鞠躬,走近,吻了一只手——然后就站在你面前。

安娜斯塔西亚 是的,你站在我面前。

〔他无所适从地看着她。

于波罗厄 安娜斯塔西亚,热带生活极大地伤害了我的身体。我的健康早就每况愈下。我知道,我可能会弄错,可怕地弄错。所以,公开坦诚地告诉我,别有顾及:这一切都是我病态头脑产生

227

的可怕错觉吗,还是说,你现在是检察官弗洛勒斯坦·密西西比的夫人?

安娜斯塔西亚(平静地)　对,我是他的夫人。

于波罗厄(大喊)　果然如此!(他摇摇晃晃)

安娜斯塔西亚(惊慌地)　波多!

〔她抱住他,而他失去知觉,从她身上滑到地上。安娜斯塔西亚发疯似的摇着小银铃。侍女从右边跑进来。

安娜斯塔西亚　你倒是赶紧拿咖啡来啊,我的客人已经晕倒了!

侍　女　天哪!

〔她又冲出去。部长从左边进来。

部　长　我一分钟都不能再耽误了。我必须马上去政府大楼!

安娜斯塔西亚　我的客人随时可能苏醒!

部　长　要出大事的!我知道要出大事的!如果外交部长比我先发表讲话,他就会成为总理。

于波罗厄(慢慢睁开眼睛)　对不起,安娜斯塔西亚,我的身体再也无法承受接连不断的刺激了。

〔部长又从左边冲出去,安娜斯塔西亚从后面把大衣和围巾扔给他。

于波罗厄　这里所发生的事情,哪怕只让我了解一丁点,我都会马上好起来。我简直难以理解你和密西西比的婚姻。

〔他缓缓站起来,坐到椅子上,擦干汗水。

〔侍女从右边进来。

侍　女　咖啡!

〔她把咖啡放到桌子上,又走出去。于波罗厄慢慢地站起来。部长把头从左边门外伸进来,看到于波罗厄时,又迅速缩回去。安娜斯塔西亚斟上咖啡。

于波罗厄(拿起杯子,在杯中搅动,站着)　一个检察官明知一个女人毒死了自己的丈夫,不可能还和她结婚啊。

安娜斯塔西亚　他之所以和我结婚,是因为他也毒死了他的妻子。

于波罗厄(惊愕地站着,手里拿着咖啡)　他也?

安娜斯塔西亚　他也一样,用他从你那里没收的毒药。

于波罗厄　就像你放进黑咖啡里一样?

安娜斯塔西亚　就像我放进黑咖啡里一样,为了重新引入摩西戒律。

于波罗厄　为了重新引入摩西戒律。

安娜斯塔西亚　他说,我们的婚姻是为了给我们的恶行赎罪。

于波罗厄　给你们的恶行赎罪。

〔他摇摇晃晃。

安娜斯塔西亚(猛烈地)　天哪,可别再晕倒了。

于波罗厄　不会的,我不会晕倒的。真相一下子让我呆若木鸡。

〔他慢慢地把杯子放到桌上。

安娜斯塔西亚(胆怯地)　波多,你是不是不舒服?

于波罗厄　给我来点白兰地吧。

安娜斯塔西亚　咖啡似乎对你会好些。

于波罗厄　你总不能要求我,在这个房子里还喝咖啡。

〔他又坐下来。安娜斯塔西亚默默地走到五斗柜前,拿着一瓶白兰地和一个杯子过来,斟上。她坐到左边椅子上。

于波罗厄　我当初把毒药给你,纯粹是相信你要用它来毒死你家的狗,我极度绝望地逃到了热带地区,置身于土著人和马来人嗜血杀人的氛围中,为你的行为赎罪。那时我放弃了始终如一爱着的你,是为了通过这种牺牲,让我们的关系重新变得圣洁,而你这期间却嫁给了一个罪孽远远比我深重得多的男人,和他继续住在这温暖宜人的地方,在最好的社会氛围中,逍遥法外!

〔部长从左边匆匆越过舞台,消失在右边。

部　　长　我得马上去国会,不然我就当不上总理了!

于波罗厄(惊奇地)　那是什么人?

安娜斯塔西亚　司法部长。

于波罗厄(绝望地)　司法部长找你干吗?

安娜斯塔西亚　我的人生也是地狱。

229

于波罗厄　你的整个人生不是被一个女人毁了吗？你不是毫无意义地放弃了一个重要的地位,要逃到悲惨的内婆罗洲,同样也毫无意义地回来了吗？你不是得过霍乱、中暑、疟疾、斑疹伤寒、痢疾、黄热病、失眠和急性肝炎吗？

安娜斯塔西亚　你不是被迫每周五去观看行刑吗？每天去监狱看望那些被你自己的丈夫判刑的人,他们最恶毒地诅咒你,这是你的义务吗？你不是时时刻刻和一个你根本不爱的、他判了你死刑却不让你死的丈夫在一起吗？难道你必须遵守那些最复杂的规定和最荒唐的法则,就因为它们写在摩西戒律里吗？难道你没有看到,我们俩都经历了悲惨的折磨,你在肉体上,而我在精神上？你当初可以逃亡,而我却不得不在这里忍受着道德上的煎熬。

〔右边出现三个严肃的教士,一个新教的,一个天主教的,一个是犹太教的。他们鞠躬致意。安娜斯塔西亚端庄地起身。于波罗厄十分惊讶地也跟着站起来。

教士一　作为教会理事会的代表——

教士二　主教教区——

教士三　和这个城市的文化社区——

教士一　我们来到这里,向您,尊敬的——

教士二　亲爱的——

教士三　仁慈的——

教士一　夫人,在这艰难的时刻表示感谢。

教士二和教士三　感谢!

教士一　感谢,您——

众教士　不同寻常的——

教士一　帮助,尊敬的——

教士二　亲爱的——

教士三　仁慈的——

教士一　夫人,您一直以来给予那些囚犯帮助。您完完全全实现了这种姐妹般的善举。在这个危急时刻,也许对于您——

教士二和第教士三　是个安慰——

教士一　使您强大,还——

众教士　使您振奋——

教士一　我们不仅感谢,还希望。

教士二和教士三　希望!

教士一　希望您,尊敬的——

教士二　亲爱的——

教士三　仁慈的——

第一个　夫人,能够让我们的城市对监狱的救济继续保持下去,一如既往。感谢您,希望您,相信您。

教士二和教士三　相信您!

教士一　这就是我们的任务,永远如此。

〔他们鞠躬致意。安娜斯塔西亚微微点头。于波罗厄无奈而迷茫地躬身。

众教士:尽管我们坚决否认,

您的丈夫有何恶行。

在尘世间善有善报,

无人无事法外逍遥。

但是您以尊贵之心,

乐善好施慈悲待人,

您将永获我们安慰,

此生此世直至永恒。

〔众教士又从右边走出去。安娜斯塔西亚坐下。

于波罗厄(抓着自己的头)　这不是大主教延森吗?

安娜斯塔西亚　人们称我是监狱天使。

于波罗厄(坐到椅子上,绝望地)　他们把我从教区理事会赶出来了!

安娜斯塔西亚(激动地)　难道你不明白,你是惟一还能解救我

231

的人?

于波罗厄(惊讶地) 你有危险吗?

安娜斯塔西亚 如果我丈夫不再担任检察官,他会把我交给警察局,并交代我们的下毒谋杀罪行。

于波罗厄(惊愕地) 安娜斯塔西亚!

安娜斯塔西亚 就在今晚。

于波罗厄(脸色发白) 你打算怎么办?

安娜斯塔西亚(确定地) 我不愿进入地牢那昏暗的世界里。只有一条路可以拯救我们的爱情,波多。和我一起逃到智利去!那是惟一不会把女杀人犯引渡的国家。你拿几百万干什么用呢?我们坐飞机去。今晚十点钟就有一个航班起飞,我已经打听好了。我等了你五年,现在你回来了。我们在智利将会很幸福。

于波罗厄(又慢慢地站起来) 我们无法逃走,安娜斯塔西亚,我的财产全没了。

安娜斯塔西亚(也站起来,面如死灰) 波多!

于波罗厄 热带地区使我在经济上彻底垮掉了。

安娜斯塔西亚(不寒而栗) 于波罗厄-萨博恩塞城堡呢?

于波罗厄 已经转交给制药厂了。

安娜斯塔西亚 本臣村的玛丽恩左恩呢?

于波罗厄 拍卖了。

安娜斯塔西亚 日内瓦湖边的帕尔纳索斯山城堡呢?

于波罗厄 被查封了。

安娜斯塔西亚 你在婆罗洲的原始森林医院呢?

于波罗厄 已经破烂不堪。本地药物证明更加有效。我本想用我的社会慈善义举助人,结果却变成了乞丐。我穿的这一身破衣服,这件极为刺眼的夹克,还有这件毛衣,是巴达维亚一个女教士为我织的,我这褴褛的裤子、磨破的鞋子,就是我全部的家当。

安娜斯塔西亚 但是你还有圣乔治军人医院!我们不需要太多,波多。你是医生,而我可以教钢琴。

于波罗厄　动身前,我已经把诊所赠给酗酒者救助协会了。

安娜斯塔西亚(崩溃地坐回椅子上)　我丈夫强迫我把全部财产遗赠给了失足少女协会。

于波罗厄(战栗地)　我们彻底完蛋了!

〔他也坐回椅子上。

安娜斯塔西亚　我们没救了。

于波罗厄(羞愧地)　我们还有救,安娜斯塔西亚。我们现在必须说出真相。

安娜斯塔西亚(吃惊地)　你这是什么意思?

于波罗厄　你跟你丈夫承认了吗?

安娜斯塔西亚(怀疑地)　承认?

于波罗厄　承认你是我的情人?

安娜斯塔西亚(慢慢地)　你想告诉他?

于波罗厄(确定地)　我必须告诉他,我是怀着极大的真诚对待这件事的。

安娜斯塔西亚(断然地)　这不可能。

于波罗厄(强硬地)　在弗朗西斯死的那天夜里,你已经把自己献给了我。

安娜斯塔西亚　而你现在想在五年后带着你一贯的正派形象,站到我丈夫面前,向他宣称,你被我诱骗了?

于波罗厄　我别无选择。

安娜斯塔西亚　这真可笑。

于波罗厄　我所做的一切都很可笑。年轻时,我喜欢读那些关于伟大的基督徒的书。我想成为他们那样的人。我和贫困斗争,我去看望异教徒,我比那些圣人病重十倍,但是不论我做了什么,不管我遭遇了哪些可怕的经历:事情最后总是变得可笑。我惟一仅存的,就是对你的爱情,也变得可笑。可是,这就是我们的爱情,我们必须承受它的可笑。

安娜斯塔西亚　　总是你的正派,每每把我们推入极度的不幸之中。在洛桑时就是这样。当时,你没有和我结婚,因为你想先把国家考试考完,结果我被一个上校师长拉进了他的乐队。即使我勾引你,你也不想付诸行动。我杀死了弗朗西斯,就是为了最终可以成为你的妻子,可你却逃到了汤旁。现在你却偏偏要对一个男人承认我们的爱情,他为了惩罚通奸而毒死了自己的前妻。五年来,我一直遮遮掩掩,因为我心知肚明,一旦他获悉真相,一定会杀死我。我把自己变成了监狱天使,变成了一个让每个教士都尊重敬仰的女士。而你现在来了,要对我丈夫说出真相,而且是在这样一个危急的时刻。把真相告诉他,这简直是疯狂。

于波罗厄　　真相总是一种疯狂。真相必须有人喊出来,安娜斯塔西亚。我要向这屋子呐喊,向这个承载着我们罪孽的正在沉沦的世界呐喊,你想撒谎,永远撒下去吗?我们的爱情只能通过一个奇迹来拯救。如果我们愿意相信奇迹的话,那我们就必须说实话。

安娜斯塔西亚(诧异地)　　你相信奇迹吗?

于波罗厄　　我把它和我们的爱情紧密相连。

安娜斯塔西亚　　这简直是胡闹!

于波罗厄　　这是我们现在惟一能做的。(他点燃一支香烟)我会告诉你丈夫真相。这会结束我们的惨状,而我们的爱情就会复活,升起一缕白色的烟。(他踩灭香烟)你丈夫什么时候回来?

安娜斯塔西亚　　我不知道。

于波罗厄　　我会等他。就坐在这些家具和画像之中,等到他回来。

〔安娜斯塔西亚沉默。

于波罗厄(面如死灰)　　安娜斯塔西亚!

安娜斯塔西亚　　你想说什么?

于波罗厄　　你爱我吗?

安娜斯塔西亚　　我爱你。

于波罗厄　　那就过来吻吻我吧。

〔安娜斯塔西亚慢慢走过去,吻他。

于波罗厄　现在我才知道,你依然爱着我。我相信我们的爱情,如同相信会拯救我们的奇迹一样。

安娜斯塔西亚(激动地)　我们逃走吧!别管那么多了!别犹豫了!再也不回来了!

于波罗厄　不,我等着。我等待奇迹出现!

第 二 幕

〔同一房间。于波罗厄在咖啡桌旁,桌上堆满了白兰地酒瓶。安娜斯塔西亚在背景上的左边窗户旁。

安娜斯塔西亚 又起雾了。

于波罗厄 也暴动了。

安娜斯塔西亚 今年11月,河边每天晚上都起雾。

于波罗厄 一张毕德迈桌子,两把路易十四圈椅,一个路易十五吧台,一个路易十六梳妆台,一个法兰西第一帝国沙发。我讨厌这些家具。在洛桑,我就讨厌它们。我讨厌所有家具。

安娜斯塔西亚(充耳不闻) 大教堂的钟敲了八下。

于波罗厄 十个小时。我已经等了十个小时。

安娜斯塔西亚 枪声。不断有枪声。

于波罗厄 也不断有人唱歌。这些歌,当世界走向毁灭时,人们就唱这些歌。

安娜斯塔西亚 现在智利正是盛夏,夜里能看到天空上的十字星座。

于波罗厄 真相就是十字架。我要把真相告诉你丈夫,我要冲着他呐喊。

安娜斯塔西亚 一个妓院看门的。

于波罗厄 在汤旁,那个最正直的人也是妓院门房。他总是给我的原始森林医院捐赠东西,连续不断。(他又坐到桌边)一张毕德迈桌子,两把路易十四圈椅,一个路易十五吧台,一个路易十六梳妆台,一个法兰西第一帝国沙发。我讨厌这些家具。在洛桑,我就讨厌它们。我讨厌所有家具。

安娜斯塔西亚 你认为,这么大的雾,飞机能起飞吗?

于波罗厄　　今天不管什么天气,它们都能起飞。如果要去见阎王的话。真相。我要告诉他真相。

安娜斯塔西亚　　你已经喝了不止五瓶白兰地了。

于波罗厄(突然激动起来)　　一个人能忍受身处地狱达十一小时之久吗?伦勃朗·哈尔曼松·范·莱因,生于1606年,卒于1669年,带灯塔的风景画,蚀刻画。

〔两人发呆。部长出现在左边窗前。

部　长　　就在这两人,这对男女,在他们房间等待的时候,我刚才已经成了总理。局势看来很严峻,外国都在袖手观望,股市暴跌,流言四起。但事实上,这是接管政权的理想局势。

〔一群看不见的人鼓掌。

部　长　　躺在我的新书房的沙发上——前总理已经躺到疗养院去了——,我把一个偷偷潜入的特工的照片撕碎,把碎片扔进火里(他把一张照片撕碎,把碎片扔进火里)一个傻瓜,没别的。好像针对一个人的革命有什么可怕似的。牺牲一个人,而一群被称为社会的坏蛋就留下了。一条久经考验的规则,畜生是杀不死的,我们如果把宝押在畜生身上,就永远高高在上。(鼓掌)暴徒开始热爱血腥、无节制的希望和砍头的危险,但是从暴动的某个时刻起,大众的偏好会逆转。如果他们之前燃起的更多是欲望,那么现在,他们担心失去一切,这担心会把他们的热望冷却:在这个必须精密算计的节骨眼上,作为秩序的拯救者出现,这是多好的时机啊。(鼓掌)我们会从中获益。军队已经严阵以待。很好。警察也配备好了喷水管。更好。我保证使用冷水。——约翰,来点威士忌。(一个侍者拿过来一个酒杯)我现在还在幕后。我还是让一个傻瓜挑拨另一个,让那些挥舞着拳头的人群在我们不幸的检察官后面追赶,他现在浑身肮脏,遍体鳞伤,翻过他家的围墙,躺在在一棵树下——我想是一棵苹果树。要是有人发现你,那就太笨了。快跑吧,亲爱的老朋友,跑得远远的。现在他站起来,一瘸一拐地走到阳台。这个天才简直要见鬼了。

〔他把酒喝干,把酒杯扔到身后,离开。附近传来一声枪响。

于波罗厄　赫拉克勒斯·西格斯,1589年生,死于1645年,《老磨坊》,蚀刻画。(摇摇晃晃地)我要告诉他真相。——你爱我吗?——奇迹会发生的。我要告诉他真相,我们将会自由。

〔右边门开了。

安娜斯塔西亚(平静地)　我丈夫。

〔门口站着衣衫褴褛、满身是血的密西西比。

密西西比　欢迎你回到家乡,伯爵先生。

安娜斯塔西亚　弗洛勒斯坦!

〔她想冲过去,但是他示意她保持安静。

密西西比　不要忘记我们的客人,亲爱的安娜斯塔西亚。我们在这个不断变化的世界上惟一还能保持的,就是不可动摇的态度。(他鞠躬致意)于波罗厄伯爵,你是来表态的吗?既然我夫人和我也已经决定这么做,就没有什么可以阻挡的了。

〔于波罗厄鼓起勇气。

于波罗厄　检察官先生!我把毒药给了这位女士,而你却与她结婚了,那好,这对我当然是一个打击,一个残酷的打击,毫无疑问。但是你要重新引入摩西戒律,我向这种伸张正义的巨大热情致敬。这是一种崇高的思想。我充满敬畏地向你致敬。检察官先生,你也彻底完蛋了,我从你这一身破烂不堪的衣服、从你被打得伤痕累累的脸上,就可以不无惊讶地断定。在这个世界里彻底完蛋,这是我们俩的命运,先生。体无完肤。我们不再有任何决定权,历史已经唾弃了我们;你以坚强的毅力,不知疲倦的努力,从这个城市的泥沼中脱颖而出,而我这个伯爵,这个没落贵族,我的祖先曾在十字军东征时跟着大军冲锋陷阵。现在满大街都在传唱着你的命运,而我的命运也会被他们肆意嘲讽。在这个日益沉沦的世界里,还有谁会怀疑它的沉沦呢?我们只有这一件事要做,只有这一件事,而且要绝对、狂热、勇敢地去做。(他摇晃得更加厉害)我们必须说出真相,检察官先生,说出可怕的、或许也可笑的真相,我们必须鼓足勇气和力量说出真相。(他跌倒在左边椅子上,把头埋在两手中)

〔密西西比平静地走到桌前,摇了摇铃铛。侍女从右边进来。

密西西比　拿一盆冷水来,露克莱齐亚。

〔侍女退下。

安娜斯塔西亚(冷漠地)　他喝醉了。

密西西比　他又会清醒过来,继续把话说完的。

安娜斯塔西亚　从今天早上到现在,他喝了五瓶白兰地。

〔侍女拿来盆子。

密西西比　把盆子递给伯爵,露克莱齐亚。

侍　女　伯爵先生,盆子。

密西西比　把脸浸到水里去,于波罗厄伯爵。

〔于波罗厄顺从地做了。

密西西比(冲着侍女)　你可以走了,露克莱齐亚。

〔侍女从右边退下。

于波罗厄(慢慢地)　请原谅,但是我等了这么久,最终体力不支了。

密西西比　请你继续讲,刚才你想告诉我什么?

于波罗厄(站起来)　检察官先生!我要告诉你真相,以我的名义和你妻子的名义。真相就是,你妻子和我——千真万确,我们——我爱你妻子。

〔一阵巨大的炮声穿透这房间。机关枪扫射的声音穿过碎裂的窗户,密集地从外面传进来。

密西西比　靠在墙上!

于波罗厄　共产主义分子。

〔又是炮声。三个人都靠在墙上。密西西比靠在右边,安娜斯塔西亚和于波罗厄靠在左边。又是炮声。左边窗前出

239

现圣-克劳德。

部　　长（右边窗前）　他们已经贴在墙上了,紧紧靠着那些俗气的挂毯。

圣-克劳德（左边窗前）　我要打碎这些路易十四、十五、十六家具,这个法兰西第一帝国的灯。

部　　长　这洛可可镜子。

圣-克劳德　这版画。

部　　长　这花瓶。

圣-克劳德　这些石膏花饰。

部　　长　这个维纳斯石膏残肢。

圣-克劳德　还有摆放它的餐台。我要把所有这些废物全都毁灭。一个烧炭工人就可以把这个可笑的世界烧成灰。（他退下）

部　　长　来温暖我即将到来的帝国。

〔他退下。又有炮声。

密西西比（刺耳地）　夫人,请到你房间去。你在那里比较安全。

〔安娜斯塔西亚从左边门口退下。

密西西比（在炮声的间隔中大喊）　我们聚到屋子中间去吧。为了躲避炮火,我只好请伯爵先生爬过去。

于波罗厄　检察官先生,我正爬着呢。

〔他们向屋子中间爬过去。

〔炮声。他们躬下身子。

〔密西西比在桌子下抱住于波罗厄。

密西西比　现在我们躺在这儿,伯爵,贴着一个该死的房间的地板,身上落满石膏,我们俩浑身都是血。嚯嚯,伯爵先生,你还要在这儿干什么呢,终于在我怀里清醒了,这个旧世纪的幽灵!你为什么要离开那舒适的地方,离开那凉爽的祖先城堡?你为什么不再在那里养尊处优,被环绕在蜘蛛网和城堡上褪色的旗帜之中,腰缠万贯,坐在萨博恩塞湖边深夜的月光下呢?是什么东西吸引你到一个陌生的世界去经历陌生的冒险?

于波罗厄　我可怜那些人。

〔炮声。

密西西比　你爱他们所有人？

于波罗厄　所有人。

密西西比　即使他们都很肮脏,贪婪？

于波罗厄　连同他们所有的罪孽。

密西西比　你为什么伪装呢,伯爵大人？

于波罗厄　你认出我了？

密西西比　我认出你了。

密西西比　那么,拿走你的犹大之吻吧！治理这个世界的我,已经放弃了热爱这个世界的你。基督教世界死亡了,上帝从西奈山带来的两块石碑将会倒下来把你埋藏在下面。我诅咒那个时刻,因为一个天使降临把你打倒;因为那个神祇如同闪电把你撕碎,把你变成了几乎站不住脚的受苦受难的原形,把你变成了徜徉在苦艾酒和便宜烧酒中的糟糕的慈善家。你所做的毫无意义,伯爵先生,把你的事业浪费在无用的事情上,你的原始森林医院沉没在绿色的丛林中,被藤蔓缠绕。所剩何物呢？

于波罗厄　除了爱情,一无所有。

〔炮声。

密西西比　你爱安娜斯塔西亚？

于波罗厄　只爱她,一直只爱她。

密西西比　那么你不再爱人类了？

于波罗厄　我在父辈的旗帜之间和城堡之上梦见过的人类,我饱含热泪热爱的人类,已经化为乌有,只留下了安娜斯塔西亚。只有通过她,我才能重新爱人类。

密西西比　对这个不属于你的女人的爱情,你指望什么呢？

于波罗厄　没有什么,我希望,只要我爱她,我的爱人的灵魂就不再迷失。除了这个信念,别无所求。

密西西比　你的爱情很软弱,伯爵先生！如果安娜斯塔西亚只有你的爱情,她会变成什么?阴暗的生灵,贪婪地寻求新的猎物,颤抖着渴求拥抱的身体,脸上带着永不治愈的弑夫的伤痕!

于波罗厄　那么安娜斯塔西亚通过你施与她的摩西戒律,又变成了什么呢?

密西西比　一个监狱天使,那些被我判处死刑的人也深爱着她。

于波罗厄(抓住密西西比)　你不怀疑你的婚姻吗?

密西西比　我们的婚姻是二十世纪无与伦比的典范。

〔炮声。他们躬下身去。

于波罗厄　你信任你的夫人?

密西西比　毫不动摇。

于波罗厄　相信她变得越来越好了?

密西西比　她确实变得越来越好了。

于波罗厄　相信你们之间只有真诚,没有恐惧,无名的恐惧?

密西西比　我信任她,如同信任规则。

于波罗厄　你这傻子,我现在就打碎你这把骨头,你这泥巴做的巨人,我现在就直言不讳地告诉你真相。你爱一个女人,有没有顾及她的幸福?难道你不知道,人类这造物是在撒谎?你的爱情多么经不住考验,你的规则多么盲目,因为,你瞧瞧,我没有把这女人当作规规矩矩的人来爱;我之所以爱她,因为我把她当作一个不幸的女人。不是当成一个被发现的女人,而是当成一个已经失去的女人。

密西西比(愣住了)　你这话是什么意思?

于波罗厄　我的先生——

密西西比　我能否请你解释一下,于波罗厄-萨博恩塞伯爵。

于波罗厄　检察官先生:我有义务告诉你,早在她和第一任丈夫弗朗西斯结婚的时候,安娜斯塔西亚就已经是我的情人了。

〔死寂。随后外面传来命令声。嗒嗒的马蹄声,刺耳的口哨声,人群退去。

密西西比　起义已经被镇压了。政府赢得了胜利。起来吧,伯爵先生。

于波罗厄　请吧。

〔密西西比站起来,于波罗厄也站起来。

密西西比(平静地)　照这样说,我妻子是出于对你的爱才把制糖厂老板毒死了?

于波罗厄　这正是他的死因。

密西西比　请你打开通往我妻子内室的门,于波罗厄-萨博恩塞伯爵!

〔于波罗厄打开左边的门。

于波罗厄(不安地)　你想问问安娜斯塔西亚?

密西西比　我觉得这是完全不言而喻的办法。你指控我妻子通奸,我要大公无私地审查你的控告。但是我们要明白:我妻子的回答会让我们中的一个完蛋。不是我像一个傻子一样站在你面前,就是你在我面前像一个发呆的酒鬼,满口的疯话显然是为了伪装极度无聊的梦想。

于波罗厄　我欣赏你的直率,先生。

密西西比　安娜斯塔西亚。

〔安娜斯塔西亚出现在左边门口,慢慢走到屋子中间,在咖啡桌边站住。

安娜斯塔西亚　你们找我干什么?

密西西比　于波罗厄伯爵有一个问题要问你,夫人。你发誓说实话吗?

安娜斯塔西亚　我发誓。

密西西比　向上帝发誓?

安娜斯塔西亚　我向上帝发誓。

密西西比　你现在问我妻子吧,波多·封·于波罗厄-萨博恩塞伯爵。

于波罗厄　安娜斯塔西亚,我只有一个问题要问你。

安娜斯塔西亚　问吧!

于波罗厄 你爱我吗？

安娜斯塔西亚 不！

〔于波罗厄愣住了。

于波罗厄(终于踉踉跄跄地) 安娜斯塔西亚，你可不能这样回答呀！

安娜斯塔西亚 我不爱你。

于波罗厄 这不是真的。

安娜斯塔西亚 我已经向上帝发过誓，实话实说。

于波罗厄 但是你曾经是我的情人！

安娜斯塔西亚 我从来都不是你的情人。

于波罗厄 在弗朗西斯死去那天夜里，你把身子献给了我！

安娜斯塔西亚 你从来没有碰过我！

于波罗厄(求助般地大喊) 你就是因为想嫁给我，才杀死弗朗西斯的！

安娜斯塔西亚 我杀死了他，是因为我爱他。

于波罗厄(双膝滑落到桌边，安娜斯塔西亚站在桌后) 求求你了！说实话吧！求求你了！(他环抱着桌子)

安娜斯塔西亚 我说的是实话。

〔于波罗厄崩溃了。

于波罗厄(绝望地) 畜生！你们都是畜生！

〔外面传来急救车的声音。

密西西比(尖厉地) 你听到的是实话。安娜斯塔西亚不爱你。

于波罗厄 畜生！畜生！

〔右边门传来激烈的敲门声。

密西西比(威严地) 波多·封·于波罗厄-萨博恩塞伯爵，你从原始森林的怀抱中所吸取的那些可笑的断言只可惜是因为你过度酗酒引发的，证明站不住脚。安娜斯塔西亚从来就不是你的情人！很可惜你的不法行为又增加了一条，非法获取危险的毒药，这是个十足的诽谤。这种情况毋庸置疑，你不仅在身体上，还有道德上,都在以一种越来越糟糕的方式不可阻挡地沦落下去。

〔右边门突然打开了,一个医生带着两个守卫走进来,三个人都穿着白大褂。

医　　生　我是市神经医院的于波胡博教授。

密西西比(没有太在意)　你承认你撒谎了。

于波罗厄　你们这些畜生!

〔左右两边的门以及窗户——就在圣-克劳德和部长退下的地方——以及从座钟里,到处都冒出穿白大褂戴角边眼镜的医生,跳到舞台上。

于波胡博教授　我受命于急救部,把你押送到医院进行鉴定。这是新总理亲自下达的命令。前总理已经在我们的护理中。你的情况极为有趣,检察官先生,所以我马上把精神病医生大会的医生全都请来了。

〔医生们压低声音鼓掌。

密西西比　伯爵先生,你刚才庄严地宣布,要热烈地、无条件地、以疯子的勇气当面说出实话。你刚才说话不算话,我深感失望。现在轮到我来说实话了,教授先生……

于波胡博教授　亲爱的检察官先生?

密西西比　我要承认一件事。

于波胡博教授　那就说吧,亲爱的检察官先生。

密西西比　你要押送我去的地方,不是疯人院,而是监狱。

于波胡博教授　当然。

医　　生　典型的精神分裂症。

密西西比　我毒死了我的第一个妻子。

于波胡博教授　没错。

医　　生　一个迅速的念头。

密西西比　我的第二个妻子毒死了她的第一个丈夫。

于波胡博教授　那是的。

医　　生　一种典型的幻觉。

245

密西西比　我已经说了实话,全是实话,实实在在的实话。

于波胡博教授　毫无疑问。

医　生　现在危机要来了。

密西西比　你们把我妻子和我送进监狱吧。

于波胡博教授　那好吧。

医　生　危机已经来了。

密西西比　我已经说了实话,全是实话,实实在在的实话。

于波胡博教授　把他带到疯人院去。

〔他们把密西西比带下去。

密西西比　我发誓。

于波胡博教授(鞠躬致意)　请不要对他的话感到悲伤,仁慈的夫人。像他这样的病人喜欢把自己看作杀人犯,把他们所爱的人看作罪犯。我们了解这一点。他不久就会康复的。病越重,医学治愈的胜算就越大。

〔医生们压低声音鼓掌。于波胡博教授再次向安娜斯塔西亚鞠躬致意,然后从右边退下。其他医生也纷纷从门口、窗户及座钟退下。只剩下安娜斯塔西亚和于波罗厄。于波罗厄慢慢地站起来。

安娜斯塔西亚　你说了实话,我背叛了你。

于波罗厄　恐惧比你的爱情更大。

安娜斯塔西亚　恐惧永远比爱情大。

于波罗厄　奇迹发生了。

安娜斯塔西亚　我们自由了。

于波罗厄　但是分开了。

安娜斯塔西亚　永远地。

于波罗厄　信念失去了。

安娜斯塔西亚　滴水渗入沙漠中。

于波罗厄　希望破灭了。

安娜斯塔西亚　烟消云散。

于波罗厄　　只有我的爱情留存。

安娜斯塔西亚　　一个可笑人的爱情。

　　　　　〔于波罗厄慢慢从右边退下。安娜斯塔西亚站着不动。可以听到飞机的声音。

安娜斯塔西亚　　去智利的飞机已经起飞了。

　　　　　〔一块画板,上面画着腾空而起的飞机。画板遮住了舞台。
　　　　　圣-克劳德走到幕布前,穿着第一幕的燕尾服。脖子上还围着一块剃须巾。

圣-克劳德　　让飞机飞向备受赞扬的智利共和国吧。我们也让伯爵先生走吧,他已经把我们烦够了。他会淹没在大城市的人流中,淹没在他那无尽的酒海里,也许挨了一刀,也许吧,当他再浮起来时,就会淹没在自己捐建的军人医院里。我们别再管他了。我们来关注第二天早上吧。这个情景够悲伤的。一旦飞机升空,大家将会看到——最后一次:这房间现在一片狼藉,可能彻底衰败了,家具惨不忍睹,无法形容,全都沾上了白色的石膏和砂浆。大家会看到的。只有中间,不真实,显然是不会被损坏的,咖啡桌还是毕德迈的,像开始时一样,上面摆着两个人的餐具,但不是给安娜斯塔西亚和密西西比先生的,而是给安娜斯塔西亚和我的,这一点我们也无法隐瞒。我在这里要刮掉胡子,这毕竟足以说明问题。(他刮掉胡子)诸位会猜测,我又完了,又得从头开始。起义的结果很悲惨,新总理获得了全面胜利,我的生涯后果很惨:红军把我降职了,波兰国会取消了我的议席。简而言之,我复出的事又走回头路了。我又完全弄错了。女士们,先生们,对诸位来说,也许这样更好。我现在只有在这里报道,三个人是如何在一局中落败的。

　　　　　〔画着飞机的画板升上去。

圣-克劳德　　刚才大家听到古庙那边传来的第一批礼炮声,这个城市在准备庆祝新任总理的婚礼。(窗外走过迭戈和他的新娘,还有两个孩子提着婚纱的裙摆)诸位看到窗外这对高贵的夫妇,正在走向大教堂,他,我们已经相当熟悉,她,这位脸颊微红的新国母,我们本地最为人熟知的《晚邮报》的出版人,身穿迪奥婚纱。政权看来已经稳定,秩序得到重建,过去的辉煌与庄严又得到恢复。在这隆重的大事件中,在幸福的民众不断汹涌的欢呼声,在联合女子学校、声乐爱好者合唱团和爱乐乐团充满活力地演奏的贝多芬《第九交响曲》的回响中,最终在大教堂带着低沉的威严开始敲起钟声中,在这样庄重的背景上,下面这个情节苦涩地显现出来。

〔《第九交响曲》的序曲开始响起。在整个情景里,《第九交响曲》并不是作为背景音乐来听的,而是那一个个母题可以点缀一个个出人意料的高潮。

〔密西西比从右边窗户爬进屋子。他穿着疯人院袖子过长的病号服,消失在右边的房间里。

圣-克劳德　这是检察官。他成功地逃出了疯人院。不幸的是,当我的朋友保勒从窗户爬进来时,我还不在屋里,否则他一定会看到,我是怎样对着镜子的最后一片碎玻璃在刮胡子,然后他就会明白了。所以他对我的现状一无所知,我对他的也一样。我后来本可以告诉他实情,但这一切已经没有意义了:他为自己安排的命运,却如此迅速地把他抛弃。安娜斯塔西亚——这也是导致我死亡的可笑的原因,要是没有她,我早就安然了——来得稍微晚点。她去了城里,去了所谓的圣约翰逊女子监狱。事实上,她徒劳地试图要找新总理说话。而他却踪迹难寻。我们了解,原因在于《晚邮报》。她没有别的办法,只好认命。然后她去了银行,现在,她一副乐善好施的贵妇打扮,穿着大衣,挎着鳄鱼皮包,回到了家里。

〔安娜斯塔西亚上气不接下气地从右边进来。

安娜斯塔西亚　密西西比逃出来了!

〔《第九交响曲》的谐谑曲奏响。

圣-克劳德(漠然地)　哦,不会吧。

安娜斯塔西亚　疯人院的卫兵和警察正在城市公园里围追他。

圣-克劳德　追踪兔子。(他转过身)你去哪儿了？

安娜斯塔西亚　圣约翰逊女子监狱。

圣-克劳德　胡说。你去了银行。(他把她的包拿过来，打开，拿出一个钱包放入自己的包里)多少？

安娜斯塔西亚　五百。

圣-克劳德　好。

安娜斯塔西亚　你刮了胡子。

圣-克劳德　我变样了？

安娜斯塔西亚　是的。

圣-克劳德　那你穿上你的晚礼服。美国特使今晚在他的庄园里举办一个酒会。

安娜斯塔西亚　美国特使和你有什么关系？

圣-克劳德　一个悄无声息地离开这个城市的机会。没人会想到我走这条路。不然的话，我为什么要穿你丈夫的燕尾服呢？(他抓住她的胳膊，审视着她)刚才我想到了一个绝佳的主意。我们一起逃走。

安娜斯塔西亚(害怕地)　警察在找我？

圣-克劳德　不是，党在找我，他们把我开除了。

安娜斯塔西亚　什么意思？

圣-克劳德　他们现在要想尽一切办法清除我。党很清楚，他们现在必然只害怕那些把理想当真的人，因为党号称自己代表这些理想。我们去葡萄牙。

安娜斯塔西亚　我们在葡萄牙要干什么？

圣-克劳德　迄今为止，世界革命到处都落空了。我想在那里重新呼吁，从地球的另一个角落发出呼吁，来一番可观的努力。我们在下水管道里开始，爬到夜间收容所里，再换到那些下等酒吧，最后我会给你建一个像样的妓院。

〔他拿起银色的小铃铛摇了摇。侍女从右边进来，她也保养得很好,尽管晒得有点黑。

圣-克劳德　咖啡!

　　　〔侍女退下。《第九交响曲》的行板开始响起。安娜斯塔西亚走近圣-克劳德,仔细地端详他。

安娜斯塔西亚　你两手空空,落魄到我这里。你孤家寡人,没有朋友,就连你的同志都恨你。你被秘密特工追踪窜到我这儿,我把你藏了起来。你病了,我照顾你。你饿了,我和你睡在一起。从我有天盖的床上,你重组了你那个著名的党。你甚至把你的同志召集在我的房间里,一帮穿着肮脏鞋子的流氓,踩在我的东方地毯上——还有他们每次穿在身上的雨衣。你在我这里策划你的整个革命。而现在,当这事再次出了问题的时候,你居然如此好心,给我提供一个妓女的工作,来向我表示感谢。

圣-克劳德　我每次都是按照你的吩咐来用你。你成了我的情人,也是为了确保站在我们一边;我让你做了我的情人,是对你的能力有信心。对我需要的东西来说,你是我能找到的最有天赋的人。

安娜斯塔西亚　流氓。

圣-克劳德　婊子。

侍　　女　咖啡。

　　　〔圣-克劳德走到左边窗前,背对着观众。

圣-克劳德(头也不回地)　倒吧。

　　　〔侍女照做,然后退下。

安娜斯塔西亚(面如死灰地抓住戴在脖子上的圆形饰盒)　我要是不跟你去呢?

圣-克劳德　那你想去哪儿?

安娜斯塔西亚　总理是我朋友。

圣-克劳德　以他现在的身份,再和一个女杀人犯纠缠不清,对于他是不恰当的。

安娜斯塔西亚　他不知道。

圣-克劳德　我告诉过他。

安娜斯塔西亚　真可爱。

　　　〔安娜斯塔西亚打开饰盒,取出一粒像糖块的东西。

圣-克劳德　如果你不跟我走,警察就会来找你。

安娜斯塔西亚　确实如此。

　　　〔安娜斯塔西亚以一个平静优雅的动作把那个像糖块的东西放到摆在桌子右边的咖啡杯里。

圣-克劳德　惟一能够享受得了这份奢侈来忍受你的政治家就是我。

安娜斯塔西亚　我们走着瞧。

圣-克劳德　咖啡好了吗?

安娜斯塔西亚　端来了。

圣-克劳德(走到桌边)　里面放糖了?

安娜斯塔西亚　没有。

　　　〔圣-克劳德从糖罐子里拿出一块糖,放进右边的杯子,用勺子搅动。他把杯子放到嘴边,没喝又放下,盯着安娜斯塔西亚,又把杯子放到桌子上。

安娜斯塔西亚(不安地)　你不喝?

圣-克劳德　里面有糖了。(他擦去汗水)也许我还是去城里喝咖啡吧,我的孩子。算你走运。这对你恐怕也无济于事,因为你想跟他一起逃跑的那个银行职员,今天晚上会被捕的。很可惜他想要一大笔本不属于他的钱。你看,就连我也采取了一些防范措施。走吧,穿上你的晚礼服,我们必须走了。我会开一辆车回去,这样你至少就没有白白打好箱子了。

安娜斯塔西亚　好吧。我们去葡萄牙。(从左边退下)

圣-克劳德　就这样,她走进房间。我一边望着她的背影,一边大笑,充满恐惧地注视着我的杯子,手伸过桌子拿来她的咖啡,喝光了。(他一边说,一边做着这一切。)哦,我了解她,下了毒的咖啡动都没动。当我在码头区一个废弃的车库里盗走一辆新偷

251

的、刚刚刷漆的车时,车库的人员跑去参加公共婚礼庆典了,要是我不是抱着最终无论在哪儿进行革命的过度希望,相信不会被人认出来;要是我在回来的路上穿过花园时没有忽略那三个男人,他们要么躲在苹果树后面,要么笨拙地躲在柏树后面,那么,带着这个有用的家伙,这个巴比伦的妓女,我恐怕早就征服了整个世界!

〔他穿过右边的窗户离开。房间里只有片刻空荡荡的。《第九交响曲》的第四乐章开始响起。密西西比从背景右边的门口进来。他身着庄严的检察官黑色长袍。他走到咖啡桌边,看到了安娜斯塔西亚的空杯子,把它倒满。然后他从袍子里拿出一个金色的小盒子,打开它,接下来发生的事情很容易猜到:他拿出一粒像糖块的东西,手从桌上伸过去,放进左边安娜斯塔西亚的杯子里。一切都很简捷,不无优雅。

安娜斯塔西亚穿着一件火红的晚礼服,手里拿着一个旅行箱,从左边进来。她看到密西西比时,一动不动了。

密西西比(鞠躬致意)　仁慈的夫人。

安娜斯塔西亚(终于)　弗洛勒斯坦!

密西西比　你只管叫我保勒,全世界都知道我的名字。

安娜斯塔西亚　你到这里来,简直发疯了。

密西西比　一个人在永远消失之前,再来看望一次他的妻子,这不是发疯,夫人。没有第二次机会逃出疯人院了。

安娜斯塔西亚　保勒,我很高兴和你一起去监狱,去承认我们的罪行。

密西西比　放弃这个梦想吧,仁慈的夫人,它太过美好了。我写的信已经把我的继任者的办公室塞满了。他不相信我。他认为我疯了。

安娜斯塔西亚　我也给你的继任者写过信。他也不相信我。他觉得我是监狱天使。

密西西比　你不想坐下吗？

安娜斯塔西亚　当然！肯定！（她指着圈椅）请吧。

密西西比　五年前我们初次认识时，我们喝过咖啡，现在我们要告别了，也要喝一杯。这里还是老地方，但可惜一切都大大地变样了：那边的壁纸、爱神都快认不出了，路易十四、十五、十六家具都拆除了，只有这个毕德迈咖啡桌还安然无恙。

〔安娜斯塔西亚坐在左边，密西西比坐到右边。

密西西比　麻烦你把糖递给我？（她把糖罐递给他）谢谢，我急需提提神。逃跑实在太艰辛了。我发现桌子上的餐具是两个人的，夫人。你是不是在等人共进早餐呢？

安娜斯塔西亚　我在等你。

密西西比　你早就知道我会来？

安娜斯塔西亚　我猜到了。

密西西比　这箱子是怎么回事？你要出远门？

安娜斯塔西亚　我的元气大伤，我又得去阿德尔博登疗养。

〔可以听到《第九交响曲》第四乐章行板的母题。

密西西比　穿着这身既华丽又招眼的礼服？

安娜斯塔西亚　我这是为你而穿的。

密西西比　以前我在你身上可从来没有过这样的感觉。

安娜斯塔西亚　弗朗西斯去世那天，我就穿的这件。（她向画像望去）

密西西比　你看见了，我为了我们的告别也盛装而来。（窥视着）你不想喝杯咖啡吗，夫人？

安娜斯塔西亚　不，我想喝，咖啡有益我的健康。（她喝下咖啡）

密西西比（深吸一口气）　我们已经结婚五年了，仁慈的夫人，五年幸福的时光。（他喝着咖啡）老天，咖啡里糖太多了。

安娜斯塔西亚　五年，你让我做的一切，我都照做了。我去看望囚犯，安慰他们，看他们死去。我从来没有忘记，为什么我必须这么做。每天我都思念弗朗西斯，正如我向你发誓的那样。（她

向画像望去）

密西西比　我也思念玛德莲娜。

〔他也向照片望去。她窥视着，看着他把咖啡喝完。

密西西比　你一直对我很忠贞。

安娜斯塔西亚　我一直对你很忠贞，如同我当初对弗朗西斯一样。（她深吸一口气，把咖啡喝完）我可以再给你倒一杯吗？

密西西比　劳驾你了。

〔安娜斯塔西亚想倒咖啡。

密西西比　这样说来你没有发错誓，仁慈的夫人？

〔安娜斯塔西亚把咖啡壶又放下。

〔可以听到《第九交响曲》响起："啊，朋友们，何必老调重弹，让我们的歌声汇合成欢乐的合唱吧。"

安娜斯塔西亚　你怎么会想到问我这个？你就是为此而回来，为此而穿着这身可怕的大衣，来到这里坐在我面前吗？

密西西比　请忘记我是你的丈夫，请忘记你和我共度的时光，请忘记你在监狱救济所里熟悉的工作。此刻，你就把我只当作检察官，他就算面对一位可爱的人也要完成他可怕的义务。哦！（他呻吟着，紧摁着他的右侧身体，坐回到椅子上。）

安娜斯塔西亚（窥视着）　你病了？

密西西比　我感到侧胸一阵强烈的刺痛，显然是风湿性病原作怪。昨天我躺在苹果树下时，想必是凉了。（他站起来）不过现在好多了。我们继续说审讯的事，仁慈的夫人。

安娜斯塔西亚　你的行为令我费解，我的先生。

密西西比　是你强迫我走出这一步，我以前也不得不这样做。

〔他摇了摇银色的小铃铛，侍女从右边进来。

〔《第九交响曲》里传来"你的威力能使人们消除一切分歧"。

侍　女　仁慈的先生？

密西西比　你是否记得波多·封·于波罗厄-萨博恩塞伯爵，露克莱齐亚?

侍　女　老主人在世时,伯爵先生经常在这里出入。

安娜斯塔西亚　制糖厂老板不在家时,仁慈的夫人和伯爵先生有没有亲吻过?

侍　女　何止。

密西西比　仁慈的夫人有没有在卧室里接待过伯爵先生?

侍　女　何止。

密西西比　什么时候,露克莱齐亚?

侍　女　老先生去世的那天晚上。

密西西比　制糖厂老板为什么不在家,露克莱齐亚?

侍　女　他在别的地方过夜。

密西西比　谢谢你,露克莱齐亚,你现在可以回去干活了。

〔侍女从右边退下。

密西西比　仁慈的夫人,当你在卧室里款待于波罗厄-萨博恩塞伯爵的那个夜晚,
你的丈夫弗朗西斯也在我的卧室里和我的妻子玛德莲娜男欢女爱。我记得,那天我也不在家:我要主持一个国际检察官会议。仁慈的夫人,以我作为丈夫的身份,我不可能相信你是无辜的,你是否要为自己辩解?

安娜斯塔西亚　如果你不相信,那我也没办法。

密西西比　对一个人来说,看到另一个人没有信仰也能混日子,这是不可以忍受的,而我则更甚:我必须非常确定,你没有发伪誓,这事关法律本身的意义。我们俩是以它的名义缔结婚姻的。如果我不能改变你,改变你这惟一一个人,如果这五年你都在伪装,如果你的罪过,夫人,比我了解的更大,如果你没有受到最深的触动,那么这一切都是没有意义的。我必须知道,你是一个什么样的人!你究竟是天使还是魔鬼!

安娜斯塔西亚(站起来)　你没法知道,你只能相信。

密西西比(同样站起来)　我只要你说一句话,你是圣洁的,还是罪

孽深重,仁慈的夫人。
安娜斯塔西亚　我再次向上帝发誓:我说的是实话。
密西西比(停顿良久,轻声地)　如果我给你最后一次机会,你也这么发誓?
安娜斯塔西亚(怀疑地)　你这话是什么意思?
密西西比　在你临死前。
〔宁静。
安娜斯塔西亚(窥视着)　你想杀死我?
〔突然,她把手按在身体右侧,慢慢坐到椅子上。
〔可以听到《第九交响曲》的合唱:"上帝面前的天使"。
密西西比　你看不出这种典型的症状了吗?一般来说马上就会减弱,过一会儿就会不知不觉地死去。
安娜斯塔西亚(跳起来)　你给我下了毒药?
密西西比　在你刚才喝的咖啡里,就是你毒死你丈夫弗朗西斯和我毒死我妻子玛德莲娜的那种毒药。
〔《第九交响曲》的最后一个乐章里,可以听见合唱之间快速的器乐乐段。
安娜斯塔西亚　在咖啡里?
密西西比　在咖啡里。请镇定,夫人!我们的婚姻已经走到了可怕的终点。你现在死到临头了。
〔安娜斯塔西亚想跑开。
安娜斯塔西亚　我要去找本塞尔斯大夫!
密西西比(搂抱住她)　你很清楚,这个世界上没有哪个医生能帮得了你。
安娜斯塔西亚　我要活下去!我要活下去!
密西西比(用力地抓住她)　你必死无疑!
安娜斯塔西亚(呜咽着)　你为什么要这样做?
密西西比　为了知道实情!
安娜斯塔西亚　我说了实话!

〔密西西比抓着她的肩膀,把她从舞台右边推到左边。可以听到《第九交响曲》里"拥抱吧,万民,这一吻送给全世界"。

密西西比　你只爱过弗朗西斯吗?

安娜斯塔西亚　只爱过他。

密西西比　从来没有别的男人占有过你,你从来没有干过见不得人的勾当?

安娜斯塔西亚　从来没有!

密西西比　那你穿的这条裙子呢?你是为谁穿的,你在等谁?

安娜斯塔西亚　为你,只为你。

密西西比　你曾经去囚犯中间,你看见过,他们是如何把头颅放到绞刑架上的。不要再向上帝发誓,向这些死人发誓,你马上就要成为他们的一员。

安娜斯塔西亚　我发誓。

〔远处传来《第九交响曲》的尾声合唱:"欢乐女神,圣洁美丽……"

密西西比　那就对着摩西戒律起誓,我已经以它的名义杀了三十年。

安娜斯塔西亚(喘着气)　我也对摩西戒律发誓。

密西西比　我感到你的生命在逐渐离开你,你的身体在我的怀抱里变得越来越沉重。我抱着你,感到你现在已经变冷。你即将面对上帝,现在撒谎还有什么意义?

安娜斯塔西亚　我说的是实话。

〔她倒在地上,密西西比在她身上。

密西西比　摩西戒律就并不是毫无意义吧?我杀人也不是毫无意义吧?这些接踵而来的战争、革命都凝聚成了一个巨大的死亡吹嘘,都不会没有意义吧?如果一个人受到惩罚,那他就会改变,对吧?那么末日审判才是有意义的。

安娜斯塔西亚　我发誓,我发誓。

〔她死了。

〔可以听到《第九交响曲》"兄弟们,星空苍穹下,定住着慈爱的天父"。

〔圣-克劳德从窗口爬进来。

圣-克劳德　什么情况,保勒?

密西西比(慢慢地)　路易斯!

圣-克劳德　你不在疯人院了?

密西西比(慢慢地)　我又回来了。

〔圣-克劳德走到咖啡桌前,打量着密西西比的空杯子,还有安娜斯塔西亚的空杯。

圣-克劳德　这是你妻子?

密西西比　我把她杀了。

〔密西西比站起来。

圣-克劳德　为什么?

密西西比　为了知道真相。

圣-克劳德　你知道了吗?

密西西比(慢慢走到桌前,手又摁住身体右侧)　我的妻子没有撒谎。她不是通奸犯。

〔他慢慢坐到左边椅子上。圣-克劳德打量着安娜斯塔西亚。

圣-克劳德　为了知道真相,非得杀死一个女人吗?

密西西比　对我来说,她就是整个世界。我的婚姻是一个可怕的试验。我和全世界抗争,赢了。没有人像她这样死时还能撒谎。

圣-克劳德　如果她真能那样,我们该向她致敬。那她就是个圣人。

密西西比　她是惟一站在我一边的人,现在我也知道了,路易斯,我是爱过她的。

圣-克劳德　这可不是小事。

密西西比　但是我现在累了。我觉得冷。我又感到了我们年轻时代的那种冷,那会儿在煤气灯下,我读《圣经》,你读《资本论》。

圣-克劳德　已经过去很久了,保勒!

密西西比 那是我们最美好的时代,路易斯!我们充满渴望和狂野的梦想,热烈地憧憬着更好的世界。(他站起来)我觉得累。带我去房间吧。

〔圣-克劳德扶着他。

密西西比(突然间怀疑地) 你为什么来这里?

圣-克劳德 来向你告别。

密西西比 你事先知道我在这里?

圣-克劳德 你没在疯人院。

密西西比(大笑) 你想逃之夭夭?

圣-克劳德 去葡萄牙,我想从头开始。

密西西比 我们就得不断地从头开始。我们是真正的革命者。我和你一起逃,兄弟。

圣-克劳德 我们是一起的。

密西西比 我们要建一个妓院。我当门房,你管内务。当天地分开之时,我们就在这摇摇欲坠的世界大厦里种下正义的红旗。

〔他突然倒下,圣-克劳德让他滑落到右边圈椅上。

密西西比 我累得有点头晕。现在我看你,只能看到影子,越来越暗。(瘫倒在桌上)我不会放弃的。永不放弃。我只想重新引入摩西戒律。

〔一片安静。

〔《第九交响曲》的最后几个音调在回响。圣-克劳德摇了摇密西西比,把杯子拿开,扔到地上,然后把安娜斯塔西亚的杯子也扔了。门铃响。从右边进来三个穿雨衣的男人,右手插在口袋里。

穿雨衣的男人一 你被判处死刑,圣-克劳德。把双手举到脑袋后面。

〔圣-克劳德照做。

穿雨衣的男人二 走到窗户之间去。

〔圣-克劳德照做。

穿雨衣的男人三 转身对着座钟。

〔圣-克劳德照做。

〔开枪。

穿雨衣的男人一 这样死最简单。

〔圣-克劳德站着。

〔三个穿雨衣的男人从右边走出去。

〔圣-克劳德转身。

圣-克劳德 就这样,他们把子弹打进了我的身体,这个故事你们都知道了。

〔他坐到右边咖啡桌旁。

密西西比(又坐直了) 就这样,我们倒下了,刽子手和被害者一起,被我们自己的事业击倒。

部　　长(出现在右边窗口) 而我不图其他,只追求权力,我拥抱这世界——

〔安娜斯塔西亚已经站起来,走向部长,部长拥抱她。

安娜斯塔西亚 一个婊子,经历了死亡也毫无变化。

圣-克劳德 不,就算我们倒下,倒在这废墟里

密西西比 就算我们死在一堵刷白的墙边

圣-克劳德 我们会不断地再回来,就像我们以前不断回归一样

密西西比 以全新的形象,渴望越来越远的天堂

圣-克劳德 不断地从你们当中被踢出

密西西比 被你们的冷漠滋养

圣-克劳德 渴望你们的友爱

密西西比 从你们城市上空掠过

圣-克劳德 气喘吁吁地扇动着强有力的翅膀

密西西比 推动着风车,把你们碾得粉碎。

〔左边窗前出现了于波罗厄,看上去独自一人,头上戴着一顶凹陷的铁皮头盔,右手拿着一把弯曲的矛,不断出现在风车转动的阴影中。

于波罗厄　你为什么要从广布在蒙提尔平原上的晨雾中站起
双臂环绕的巨人,你为什么要把脑袋炫耀地伸到太阳下,
出现在我的目前
太阳沿着加泰隆的山脉滚动爬升,告别黑夜

看我,风车,吧嗒着嘴的巨人,
用民众催肥了你的肚囊,
它将斩断你滴血的翅膀

看看来自曼查的堂吉诃德,
一个喝醉的店主把他打造成骑士,
他在托波索爱上一位养猪的村姑
经常一起胡闹,一起大笑
却抗拒你。
那么好吧!

正如你用飞速掠过的手,
把我们,马和人,可怜的两个,一起消灭
就像你把我们撕碎,
扔进透明天空的流淌银河

我骑着我的老马
越过你的伟岸
冲进无底的燃烧深渊

一出永恒的喜剧

他的荣光突然闪亮
被我们的浑浑噩噩滋养。

天使来到巴比伦

断片性三幕喜剧
1980 年新稿

叶廷芳　译

Friedrich Dürrenmatt
Ein Engel Kommt nach Babylon
*Eine fragmentarische Komödie
in drei Akten
Neufassung 1980*

作于 1953 年。1953 年 12 月 22 日在慕尼黑室内剧院首演。
根据苏黎世第欧根尼出版有限公司 1998 年版译出

幼发拉底河流域的诸城啊!

——荷尔德林

人物

天　使
库鲁比姑娘
阿　基
内布卡德内察尔——巴比伦国王
尼姆罗德——巴比伦废王
王储——二王之子
首　相
首席神学家乌特纳皮施蒂姆
老将军
士兵甲
士兵乙
士兵丙
一个警察
银行家恩吉比
酒商阿里
艺妓塔布图姆
工人甲
工人乙——阶级自觉者
工人甲妻
工人乙妻
穿黑礼服者
卖驴奶商贩吉米尔
许多诗人
民　众
其　他

第 一 幕

  为了一开始就突出最重要的地点(它并不是作为演出场所,而仅仅是作为这出喜剧的背景),故舞台上是无涯无际的天空,中间飘动着仙女星座的雾霭,一如我们从威尔逊峰或帕洛玛峰的反射中或望远镜里所见到的那样,它近在眼前,几乎占据了舞台背景的一半。一次,也是惟一的一次,一位天使从这片天空翩翩而下,他化装为一个衣衫褴褛、红髯老长的乞丐,身边伴随着一位蒙面的少女。这两位漫游人刚刚到达巴比伦城,并来到幼发拉底河的码头。在这个小场地的当中点着一盏旧式的巴比伦的煤气街灯,同上面的天空相比它当然是十分幽暗的。其后的房墙和广告柱上贴满了标语(有几张已被撕碎),内容大致是:"行乞者危害祖国""行乞是危害社会的行为""乞丐们,为国家效力吧"。背景的远处隐隐约约可以见到一座几百万人口的大城市,其边缘消失在茫茫的沙漠之中,那峡谷似的市街依稀可辨,全城是一个宫殿、大厦和茅屋的混合体,既华丽,又肮脏。

天 使 孩子,因为你是在不多一会儿之前才由我的天主以一种极为令人惊讶的方式创造出来的,所以你听着:在你身边化装成乞丐大步行走的我,是一个天使,我们这里所赖以活动的坚韧的物质是地球——假如我没有太弄错方向的话——那白色的斑斑点点是巴比伦城的房屋。

少 女 是,我的天使。

天 使 (拿出一张地图查看) 从我们面前流过的这宽阔的水流是幼发拉底河。(他走下堤岸,把一个手指伸进河水里,然后把它放到嘴边)这河水好像是由无数露水积聚而成的。

少　女　是,我的天使。

天　使　我们头顶上面那个弯弯的、明亮的形体——请你把头稍稍抬起一点儿——是月亮,我们上方那无法计量的、蔚为壮观的乳白色云团是仙女星座的雾霭,这你是认识的,因为我们是从它那边来的。(他指着地图)没有错,地图上全都画着呢。

少　女　是,我的天使。

天　使　而你,伴随在我身旁,自称库鲁比,并且正如我已经提及的,你是由我的天主在几分钟以前亲自创造出来的,经过是——现在可以告诉你了——他当着我的面,用右手伸进虚无里面一抓,用中指和拇指轻轻一捻,于是你就在他的手掌上优雅地跳了几步。

库鲁比　我回忆得起来,我的天使。

天　使　好极了,你永远要记住,因为从现在起你已经同那个把你从虚无中制造出来,而你又在他手上舞蹈过的人分离了。

库鲁比　那么我现在该上哪儿去呢?

天　使　到凡人当中去。

库鲁比　凡人是什么?

天　使(发窘)　我可爱的库鲁比,我必须向你承认,在创世这一领域我所知甚少。只有一次,那是若干千年以前,我听过一个关于这一题目的报告。据这个报告说,凡人是具有我们现在这种形态的生物,我之所以觉得这种形态不实用,是因为它附带着各种我所不理解的器官。我很高兴,不久我又可以变回天使了。

库鲁比　那么我现在就是一个凡人了?

天　使　你是个人形的生灵。(轻轻地清清嗓子)据我所听到过的那个报告称,人类是一代又一代繁殖起来的,而你则相反,是由上帝从虚无中创造出来的。我想称你为"虚无人",你像虚无那样永恒不灭,又像凡人那样如过眼烟云。

库鲁比　我究竟应该给凡人带去些什么呢?

天　使　我可爱的库鲁比,由于你的年龄还不到一刻钟,你问了那么

269

多的话,是可以原谅的。但你必须知道,一个真正虔诚的少女是不提问题的。不是要你给人类带什么东西去,你自己就是首先被带给人类的。

库鲁比(沉思片刻之后)　我不明白你这话的意思。

天　使　出之于把你创造出来的那个人之手的东西,我们永远也理解不了,我的孩子。

库鲁比　请原谅。

天　使　我奉命把你交给凡人中间最卑贱的人。

库鲁比　我一定听从你。

天　使(又查看地图)　凡人中间最卑贱的人是乞丐。今后你将跟随一个名叫阿基的人,如果这地图上没有写错的话,他是地球上仅存的惟一乞丐。也许是一座有生命的自然纪念碑。(骄傲地)这张地图真是妙极了。这上面什么都有。

库鲁比　要是乞丐阿基是凡人中间最卑贱的,那他准是挺不幸的。

天　使　你年纪轻轻,就使用了什么样的字眼!凡是创造的东西都是好的,凡是好的东西就是幸运的。在我穿越创世的漫长旅途中,我还从未看见过一丁点儿的不幸。

库鲁比　是呢,我的天使。

〔他们折向右边,天使在乐池上面探身俯视。

天　使　这是幼发拉底河拐弯的地方。我们必须在这里等待乞丐阿基。我们坐下来睡一会儿吧。长途跋涉把我弄得精疲力竭,此外,当我们在木星那里拐弯的时候,它的一颗卫星落到了我的两脚之间。

〔他们坐在前台外边的右侧。

天　使　过来,用你的胳膊搂着我,我们要用这张奇妙的地图盖在身上。我在我的太阳群里已经习惯了另外几种气温。我好冷啊,虽说按照地图所示,这里应是地球上最温暖的地区之一。看样子这是一个寒冷的星球。

〔他们把地图盖在自己身上,互相依偎着入睡了。

〔内布卡德内察尔从右侧上,他还是个青年人,模样蛮可爱,并且有几分天真,他由一群扈从陪同着,其中有首相、老将军、首席神学家乌特纳皮施蒂姆和一个化装成全身通红的刽子手。

内布卡德内察尔　我的大军北上的已经到达黎巴嫩,南下的已逼近海滨,西进的直抵沙漠,东向的及于连绵群山,这些山高得没有止境,我已经占领了世界。

首　相　我以大臣们的名义——

乌特纳皮施蒂姆　我以教会的名义——

老将军　我以全军的名义——

刽子手　我以司法部门的名义——

四人齐　我们祝贺内布卡德内察尔国王陛下建立起世界新秩序。

（他们一起鞠躬）

内布卡德内察尔　我作为尼姆罗德国王的脚凳,在弯腰曲背的极不舒服的处境下过了九百年。

首　相（鞠躬）　陛下,尼姆罗德已经被捕了。

老将军　当他把军队开往拉马施途中,军队倒戈了。

乌特纳皮施蒂姆　政局已经大翻个儿了。

首　相　为未来的九百年。

〔他们一起鞠躬。

内布卡德内察尔　我必须赶紧重振家业,弥补损失。生命是短促的。我一定要实现在我当尼姆罗德脚凳的时候心中萌发起来的理想。

首　相　陛下的愿望是要建立真正的社会福利国家。

内布卡德内察尔　我很惊讶,首相,你竟知道我的想法。

首　相　国王们处在屈辱地位的时候,是经常会想到社会福利问题的,陛下。

内布卡德内察尔　历史如此,在尼姆罗德当朝时期,私人经济很有起色,而国家则糟糕不堪。

首　　相　银行家和乞丐的人数剧增,令人发愁。
内布卡德内察尔　当下我还没有可能去对付那些银行家。我只是向大家提醒我们的财政状况。但我已经下令禁止乞讨。我的禁令贯彻下去了吗?
首　　相　乞丐们都已改行为国家供职了,陛下。他们现在都在征收赋税。只有一个名叫阿基的乞丐要保持他贫穷的营生。
内布卡德内察尔　他受到惩罚了吗?
首　　相　惩罚不起作用。
内布卡德内察尔　鞭打过了?
首　　相　毫不留情。
内布卡德内察尔　拷打过了?
首　　相　他的肉体没有一处不曾皮开肉绽过;他的骨骼没有一根不曾承受过可怕的重压。
内布卡德内察尔　他还一直抗拒吗?
首　　相　没有任何办法能使他有丝毫动摇。
内布卡德内察尔　这个阿基就是我为什么要在夜间去幼发拉底河岸的原因。如果现在让人把他绞死,这对我来说是轻而易举之事。但还得试一试用人道的办法感化他,这样做对于一个伟大的统治者并不是丢面子的事。因此我已决定,与我臣民中最卑贱的人共度我生命中的一个钟头。为此我已经让人从我的宫廷剧院的化妆室取来了旧的乞丐外套,现在给我穿上。
首　　相　领旨。
内布卡德内察尔　把与这件行头相称的红髯给我贴到脸上。
　　　　　〔内布卡德内察尔化装成了乞丐站立着。
内布卡德内察尔　看吧,我要着手建立一个没有瑕疵的帝国,一个纯洁透明的实体,它拥抱着所有的人——从刽子手到大臣——人人十分愉快地各司其职。我们不追求权力,我们追求完美。完美本身没有任何多余的东西,但一个乞丐却是多余的。我要说服这个阿基为国家效力,办法是我让他亲眼目睹一下他自己的困苦,因为我自己是以乞丐模样出现在他面前的。但如果他要坚持他的不幸生活,那就将他绞死在这根灯柱上。

〔刽子手鞠躬。

首　　相　我们敬佩陛下的贤明。

内布卡德内察尔　别敬佩你们不懂得的事情。

首　　相　是的,啊,国王。

内布卡德内察尔　你们走吧,但不要走得太远,万一我喊你们,你们可以随叫随到。我不喊,谁也别露面。

〔大家一齐鞠躬,旋即走到背景后面隐藏起来。

〔内布卡德内察尔在幼发拉底河左外侧坐下,此刻天使和库鲁比醒来了。

天　　使(欢乐地)　你看,面前站着的就是一个凡人。

库鲁比　他穿着同样的衣衫,长着同样的红胡须。

天　　使　我们已经遇到我们所寻找的人了,孩子。(转向内布卡德内察尔)认识巴比伦乞丐阿基,我很高兴。

内布卡德内察尔(看见化装成乞丐的天使时茫然失措)　我不是乞丐阿基。我是从尼尼微①来的乞丐。(严肃地)我认为,除了我和阿基之外没有别的乞丐了。

天　　使(向库鲁比)　我不知道该怎么办,亲爱的库鲁比。我的地图不对头:在尼尼微也有一个乞丐。地球上有两个乞丐。

内布卡德内察尔(自言自语)　我要让人把新闻大臣处以绞刑:在我的王国里有两个乞丐。(转向天使)你是从哪里来的?

天　　使(窘迫)　从黎巴嫩那一边。

内布卡德内察尔　据伟大国王内布卡德内察尔的看法,黎巴嫩是世

---

① 尼尼微,古代西亚强国阿西里阿的首都,在今伊拉克境内。公元前七世纪起阿西里阿被巴比伦和米达人的联合势力征服。在这个剧里,尼尼微成为巴比伦王国的一个城市。

界的极限。所有的地理学家和天文学家都是这么看的。

天　　使(查看地图)　那一边还有几个村庄:雅典①、斯巴达②、迦太基③、莫斯科、北京。你看见了吗?(他指给国王看那些地点)

内布卡德内察尔(自言自语)　我还要让人把宫廷地理顾问处以绞刑。(对天使)伟大国王内布卡德内察尔也将要占领这些村庄。

天　　使(轻轻地对库鲁比)　我们遇到了第二个乞丐这一情况改变了我们的处境。我必须判断出谁是更穷的,是乞丐阿基,还是这位从尼尼微来的乞丐,这一考察只能小心谨慎、细致周密地进行。

〔一个衣衫褴褛、长着红胡须的、模样粗犷的人从左边上,这样一来舞台上就有了三个红长髯的乞丐。

天　　使　瞧,又来了一个人。

库鲁比　他的衣服也和你一样,我的天使,胡须也是红的。

天　　使　要是现在这人又不是乞丐阿基,可真把我弄糊涂了。

内布卡德内察尔(自言自语)　如果这人又不是乞丐阿基的话,内务大臣也该绞死。

〔这人在幼发拉底河岸的舞台中间坐下,背靠着路灯柱。

内布卡德内察尔(清了清嗓子)　我毫不怀疑你是巴比伦的乞丐阿基吧?

天　　使　就是那个名扬四海的著名乞丐阿基吧?

阿　　基(拿出一瓶烧酒喝起来)　我从来不关心我的名字。

内布卡德内察尔　人人都有一个名字。

阿　　基　你是谁?

内布卡德内察尔　也是乞丐。

阿　　基　那么你是一个坏乞丐,因为从行乞的观点看,你的原则是坏原则。乞丐者,一无所有也,没有金钱,没有姓名,一会儿叫这个

---

① 雅典,希腊首都,古代欧洲文化中心。
② 斯巴达,古代伯罗奔尼撒首府,今希腊境内。
③ 迦太基,古代北非洲名城,在今突尼斯。

称呼,一会儿又叫那个。他对待自己的名字就像对待一块面包。因此我每行乞一个世纪就改用另一个名字。

内布卡德内察尔(庄严地)　每个人都要记住自己的名字,这是人类至为关切的利益之一,每个名字就代表他本人。

阿　基　我喜欢什么,我就是什么。我什么都当过。而现在我变成了乞丐阿基。但要是你愿意,我也可以当内布卡德内察尔国王。

内布卡德内察尔(激愤地跳了起来)　这是不可能的。

阿　基　没有比当上一个国王更容易的事了。这是人们在行乞生涯一开始就必须马上进行学习的最简单的技艺之一。我生平以来就已经当过七次国王了。

内布卡德内察尔(重新镇静了下来)　没有比内布卡德内察尔更伟大的国王了!

〔背景上出现了整个朝廷的文武大臣,他们一起鞠躬,又马上消失。

阿　基　你指的是那个小小的内比?

内布卡德内察尔　内比?

阿　基　我这样来称呼我的朋友,巴比伦国王内布卡德内察尔。

内布卡德内察尔(停了一会儿以后,十分庄严地)　我实在难以相信:你认识伟大的王中之王。

阿　基　伟大?身体上和精神上都是一个侏儒。

内布卡德内察尔　在浮雕上他一向是庄严威武、身材魁伟的。

阿　基　不错,在浮雕上。谁塑造这些浮雕的呢?我们巴比伦的雕刻家。他们雕出来的国王,个个都一模一样。我认识我的内比,这事谁也骗不了我的,可惜他不听我的劝告。

内布卡德内察尔(惊讶)　你的劝告?

阿　基　每当他自己没有了主意的时候,他就让人把我召进王宫里去。

内布卡德内察尔(迷惘)　召进他的宫里?

阿　基　他是我所能想象的最愚蠢的国王。坐朝当政可把他难

275

住了。

内布卡德内察尔　统治世界是崇高而艰巨的任务。

阿　基　内比也一直这么说。我所认识的国王个个是这么说的。这是国王们的借口,因为每个人都需要一种借口,如果他不是乞丐的话,就要找一个他为什么不是乞丐的借口。糟糕的时代就要到了。(他喝酒,对天使)你是谁呀?

天　使　我也是一个乞丐。

阿　基　你的名字呢?

天　使　我来的那个村子现在还没有人有名字呢。

阿　基　这个叫人喜爱的村子在什么地方?

天　使　在黎巴嫩的那一边。

阿　基　一个理智的地方。你找我有什么事?

天　使　在我们村子里,乞丐这一行的景况很坏。我几乎无法靠行乞为生了,何况我还得养活一个女孩子,就是我身边蒙着面纱的这个孩子,就在你的眼前。

阿　基　一个乞丐陷入困境,是因为技艺不到家。

天　使　因此我的村公所给我盘费,要我寻访能干和有名的乞丐阿基,这样,我可以把行乞的技艺学得更到家。我请求你把我训练成一个行为端正、技艺扎实的乞丐。

阿　基　村公所做得很聪明。世界上毕竟还有那么一些村公所。

库鲁比(惊愕地转向天使)　你说谎,我的天使。

天　使　上天是从来不撒谎的,我的孩子。只是要做到使凡人理解自己,他有时感到有困难。

阿　基(对内布卡德内察尔)　你为什么来找我?

内布卡德内察尔　我是赫赫有名的、伟大的阿纳施玛施塔克拉库,是尼尼微显赫的头号乞丐。

阿　基(怀疑地)　你是尼尼微的头号乞丐?

内布卡德内察尔　阿纳施玛施塔克拉库,尼尼微的头号乞丐。

阿　基　有何贵干?

276

内布卡德内察尔　　与黎巴嫩那边的村子里来的这位乞丐相反,我是来说服你的:我们再也不能当乞丐了。虽然我们对旅游业来说具有吸引力,但我们应当尊重古老的富有浪漫主义情调的东方,现在,一个新时代开始了。我们必须服从伟大国王内布卡德内察尔对我们这个阶层的禁令。

阿　基　是这么回事!

内布卡德内察尔　　一个社会福利世界是不允许有任何乞丐存在的。继续容忍乞丐行业带来的贫穷,有损于它的尊严。

阿　基　唔!

内布卡德内察尔　　在尼尼微和巴比伦,在乌尔①和乌鲁克②,甚至在阿雷波③和苏萨④等地方,所有的乞丐都已经扔掉了他们的讨饭棍,因为王中之王内布卡德内察尔给他们所有的人以工作和面包。他们现在跟以前比较,景况好多了。

阿　基　嘻!

内布卡德内察尔　　由于我们行乞的高超技艺,我们不像我们的乞丐同事们感到那么困苦了,虽然我们的苦难也真的不算小,像大家从我们的衣服上能够看出来的那样。但是哪怕我们拿出最大的本事,在当今这个经济繁荣的时代,我们再也达不到,例如——用收入最差的工人的话来说——一个诗人那样的收入水平。

阿　基　怪哉!

内布卡德内察尔　　由于这个理由,高尚的人,我已决定放弃我的乞丐营生,以效力于内布卡德内察尔国王陛下。我请求你也照此办理,并在八点钟向财政大臣报到。这是你听从命令的最后机会。内布卡德内察尔是认真负责的,如若不然,他就要让人把你绞死在你倚靠着的这根灯柱上。

〔背景上刽子手鞠躬。

---

①②　均为公元前三千年的巴比伦城名。
③　叙利亚城名。
④　古代波斯城名。

阿　　基　你是尼尼微的乞丐阿纳施玛施塔克拉库？

内布卡德内察尔　是尼尼微最负盛名的头号乞丐。

阿　　基　而收入不如一个诗人？

内布卡德内察尔　不如一个诗人。

阿　　基　一定是你的行乞方法有问题。我一个人就可以赡养五十个巴比伦诗人。

内布卡德内察尔（小心谨慎地）　当然啰，一个尼尼微的诗人挣的钱比一个巴比伦的诗人稍稍多一点，那也许是可能的。

阿　　基　你是尼尼微的头号乞丐，而我是巴比伦的头号乞丐。同另一个城市的头号乞丐比一比高低，这是我长期的愿望。我们就来比比我们的技艺吧。假如你获得胜利，我就为国家供职，就在今天八点；假如是我胜利，那你就回到尼尼微去继续行乞，就像我在巴比伦所干的一样，而不顾在从事我们的高级职业时发生什么危险。天正破晓，赶早的人们正在起床。这是个对行乞不利的时刻，但这正是我们大显身手的时候。

天　　使　我亲爱的库鲁比，一个历史性的时刻到来了：你将认识我是怎样的人，即最贫穷、最下层的乞丐。

库鲁比　我怎样才能达到这一步呢，我的天使？

天　　使　简单得很嘛，我的孩子：谁在这行乞赌赛中输了，他就是人类中的最卑贱者。（他骄傲地用手指点了点自己的额头，以示打赌）

阿　　基　看，两个工人无精打采地穿过巴比伦城，从这头往那头，肚子里没有吃进任何东西，要走三个钟头的路程，去马什拉施砖瓦厂上早班。我让你开始，尼尼微的乞丐。

〔两个工人从左边走过来。

内布卡德内察尔（苦苦哀求）　行行好吧，可尊敬的工人，施舍一点儿给内波矿山的伙伴吧，我已经残废了。

工人甲　可尊敬的工人！别这么傻头傻脑地瞎扯。

工人乙　这些内波矿的人每周得到十多个铜板，他们应当自己关心自己的残废问题。

工人甲　现在,官府大楼用的是花岗石而不是砖瓦了。

工人乙　因为花岗石更耐久。

阿　基　每人给我一个铜子儿,无赖汉。你们想每周花一个银币填饱自己的肚子,而我呢,我珍视全体工人的荣誉,不为这种剥削卖力,而是乞讨、挨饿!要么把砖瓦厂老板赶走,要么每人交出一个铜子儿给我。

工人乙　我单独一人怎么能搞革命呢!

工人甲　我那边确实有家呀!

阿　基　难道我就没有家?我的家小满街满巷地跑。给一个铜子儿吧,否则你们就要沦为奴隶,像大洪水①以前那样。这简直是要让我——巴比伦的头号工人——饿死吗?

　　　　〔两位工人窘迫地交出他们的铜板。两人朝右边下。

阿　基（把两个铜板扔得老高）　第一场赌赛我赢了!

内布卡德内察尔　奇怪。尼尼微的工人反应不是这样的。

阿　基　看,卖驴奶的商贩吉米尔一瘸一拐地过来了。

　　　　〔吉米尔从左边上,把他的奶瓶放在一家家的门前。

内布卡德内察尔　你这个卑鄙龌龊的卖驴奶的家伙,你把挤奶女工们虐待致死,给我十个铜板,否则我就向工资警察马尔杜克告发你。

吉米尔　向那个受了市乳酪业工会贿赂的工资警察马尔杜克?告发?我?就在现在,在喝牛奶已经成了风气,还把我搞成破产的现在?这样一个卑劣的乞丐我一个子儿也不给!

阿　基　（把两枚乞得的铜板掷在他的脚跟前）喂,吉米尔,用我的家当换你一瓶最好的驴奶。我是乞丐,你是驴奶商贩,我们俩搞的都是私人经济。驴奶万岁,私人经济万岁。巴比伦是喝驴奶

---

① 据《圣经·旧约》载,上帝为惩罚人类的罪孽,制造了一场淹没世界的大洪水,仅挪亚一家乘坐方舟得救。

279

长大的,巴比伦的爱国者都喝驴奶!
吉米尔(很兴奋)　给你两瓶奶和一个银币。我和这样一个巴比伦人同仇敌忾,一起反对世界上所有的国有牛奶。巴比伦爱国者都喝驴奶!妙极了。这句口号更妙,赛过"为了进步喝牛奶!"(从左边下)
内布卡德内察尔　真怪,我的竞技状态还是不佳。
阿　基　现在又有了一个简单的例子,一个行乞的典型实例。艺妓塔布图姆现正同她的侍女去阿努市场购买新鲜蔬菜。乞讨时技术上要轻巧而又优雅。

〔艺妓塔布图姆和她的侍女从后头上;侍女头上顶着一个篮子。

内布卡德内察尔(苦苦哀求)　行行好吧,高贵的太太,积德的女王。施舍一点儿给贫穷但正派的乞丐吧,他已经三天没吃一点儿东西了。
塔布图姆　给你一个银币。为此请在伊施塔尔大庙前为我祈祷在爱情方面获得幸福。(她递给内布卡德内察尔一个银币)
阿　基　哈哈!
塔布图姆　笑什么,你这无赖?
阿　基　我之所以笑,娇媚的年轻女郎,因为你只给了这个尼尼微的贫穷的可怜虫一个银币。他是个没有经验的乞丐,美人儿,假如你要他的祈祷有所灵验的话,得给他两个银币才是。
塔布图姆　还要给一个银币?
阿　基　还要一个。

〔艺妓又给了内布卡德内察尔一个银币。

塔布图姆(对阿基)　你究竟是什么人?
阿　基　我是训练有素、深得要领的真正的乞丐。
塔布图姆　那你也将为我向爱神祈祷啰?
阿　基　我虽然很少祈祷,但为了你,美人儿,我愿意破例干那么一回。

塔布图姆　你的祈祷有结果了吗?

阿　基　那还用说,年轻的女郎,那还用说。当我开始向伊施塔尔寺祈祷时,女神那张带顶棚的卧床由于我朗诵赞美诗的激昂慷慨而颤抖。你将得到的富有男人比巴比伦和尼尼微两地富有男人的总和还要多。

塔布图姆　我也愿意给你两个银币。

阿　基　假如你能启动你的红唇,对我嫣然一笑的话,我就满足了,我就幸福了。

塔布图姆　你不想要我的钱?

阿　基　请别见怪,我的天仙。我是个高贵的乞丐,在国王们、金融巨头们、上流社会的太太们中间行乞,起码给一个金币,我才伸于去接。绝代佳人,只要你启口一笑,我就幸福了。

塔布图姆(新奇地)　上流社会的太太们给你多少呀?

阿　基　两块金币。

塔布图姆　我可以给你三块金币。

阿　基　那么你就是堂堂的上流社会的人啦,美丽的太太。

〔她给他三个金币。

阿　基　首相夫人夏穆拉比太太也不如你给得多。

〔背景上出现首相,他很感兴趣地谛听着。

塔布图姆　夏穆拉比?那个住在第五区的偷汉子的女人吗?下次给你四块金币。

〔她和她的侍女从右边下。首相愤怒地消失。

阿　基　怎么样?

内布卡德内察尔(搔搔头皮)　我承认,到现在为止你是赢了。

天　使(对库鲁比)　真是一个绝顶聪明的乞丐,这个阿基。看来地球是一颗令人激动的星星。无论如何,在经过了许多个太阳以后,地球对我来说确实是激动人心的。

内布卡德内察尔　下一步看我的。

阿　基　太好了,乞丐阿纳施玛施塔克拉库。那边路上恩吉比父子银行老行长恩吉比来了,他比伟大国王内布卡德内察尔还豪富十倍呢。

内布卡德内察尔(叹着气)　竟有这样不要脸的资本家。

〔两个轿夫抬着恩吉比坐的轿子从右边进来。这群人的后头一个肥胖的阉人无精打采地踽踽而行,他是总管。

内布卡德内察尔　三十块金币,银行大老板,给三十块金币!

恩吉比　什么地方人,叫花子?

内布卡德内察尔　尼尼微。我是只出入于上层社会的乞丐。三十块金币以下我还从来没有接受过。

恩吉比　尼尼微的商人们不懂得花钱。他们小处大方,大处小气。幸亏你是个外地人,我愿意给你一块金币。

〔他用头示意,阉人递给内布卡德内察尔一块金币。

恩吉比(转向阿基)　你也是从尼尼微来的?

阿　基　我是巴比伦本地的乞丐。

恩吉比　你是本地人,我给你一块银币。

阿　基　超过一个铜板的施舍,我从来不接受。我蔑视金钱,所以成了乞丐。

恩吉比　你蔑视金钱,叫花子?

阿　基　世界上没有比这丑恶的金属更可鄙夷的了。

恩吉比　和这位尼尼微的乞丐一样,我给你一块金币。

阿　基　我只要一个铜板,银行老板。

恩吉比　给你十块金币。

阿　基　不要。

恩吉比　二十块金币。

阿　基　你赶紧走吧,金融天才。

恩吉比　三十块金币。

〔阿基啐了一口唾沫。

恩吉比　你拒绝接受巴比伦最大的银行大老板施舍给你的三十块金币?

阿　　基　巴比伦最大的乞丐只要求恩吉比父子给一个铜板。

恩吉比　你的名字？

阿　　基　阿基。

恩吉比　这样一种性格的人必须受到嘉奖。总管，给他三百块金币。

〔阉人把满满一口袋金子交给阿基。队伍又开始走动，从左边下。

阿　　基　怎么样？

内布卡德内察尔　我不知道。我今天晦气。（自言自语）我得让这个家伙当我的财政大臣呢。

天　　使　你以后就跟这位尼尼微的乞丐，可爱的库鲁比。

库鲁比　我多高兴。我喜爱他。他这样需要帮助。

〔一个蓬头乱发、胡子拉碴的青年从左边上，他把一份古乐谱递给阿基，同时得到一块金币，接着从左边下。

内布卡德内察尔　他是谁？

阿　　基　一个巴比伦诗人。他得到一笔稿费。

〔阿基把古乐谱扔给了乐池里的乐队。

〔三个士兵押着囚犯尼姆罗德从右边进来。后者身穿王服，同内布卡德内察尔开头的穿戴一模一样。

内布卡德内察尔（豁然醒悟）　可能我把学过的日常行乞技艺荒疏了。在尼尼微我正钻研艺术化的行乞术呢。那边士兵们押着一个政治犯过来了，他的恶行把世界推到了毁灭的边缘，正如历史学家们一致指出的那样。谁能乞得他，谁就赢得了这场赌赛。

阿　　基（搓着双手）　同意。这算不了什么，但这倒是一次纯艺术的行乞。

士兵甲　我们押来了被制服、被捆绑的尼姆罗德，他一度是这个世界之王。

尼姆罗德　乞丐们，你们看，我自己的士兵怎样把我缚了起来，怎样打得我鲜血从我的背上直流！我离开王位，去镇压拉马施公爵的叛乱，可谁坐上了王位？我的踏凳！

283

内布卡德内察尔　这个人心还没死呢。

尼姆罗德　现在我在台下,但我将来要重新登上去的,现在内布卡德内察尔在台上,但他将来要重新掉到下面来的。

内布卡德内察尔　这种事永远不会发生。

尼姆罗德　几千年来事情都是这样的。我渴。

〔库鲁比用双手从幼发拉底河捧水给他喝。

尼姆罗德　你从幼发拉底河两手捧来的脏水比巴比伦国王们的葡萄酒要好喝。

库鲁比(腼腆地)　你还想喝吗?

尼姆罗德　我润一润嘴唇,这就够了。谢谢你的好意,乞丐的孩子,假如士兵们想把你带走的话,你就打他们两腿间的要害。

库鲁比(震惊)　你为什么这样说?

尼姆罗德　没有国王能够给你更多的东西了,姑娘。在这个世界上,你免不了受狗一样的待遇。

士兵甲　堵上这个废王的嘴。

库鲁比(哭着对天使)　你听见他说的话了吗,我的天使?

天　使　他的话你别害怕,我的孩子。当你见到一个不熟悉的星座的第一束光线恰好投射在幼发拉底河上的时候,你就会认识到世界是完美的。

〔转眼间阳光穿透了渐渐浓密起来的晨雾。

士兵甲　把废王押走。

内布卡德内察尔　慢着!

士兵甲　这家伙想干什么?

内布卡德内察尔　过来。

众士兵　怎么着?

内布卡德内察尔　在我面前躬下身去,我要对你们说几句话。

众士兵(躬身站在他面前)　说什么呢?

内布卡德内察尔(轻声地)　你们知道我是谁?

众士兵　不晓得。

内布卡德内察尔(轻声地)　我是你们的最高统帅内布卡德内察尔。

众士兵　嘿嘿。

内布卡德内察尔　听我的话,我擢升你们当少尉!

士兵甲(诡谲地)　有何吩咐,大人?

内布卡德内察尔　你们把废王交给我。

士兵甲　领旨。

　　　〔他们用剑柄把内布卡德内察尔打倒在地。老将军拔剑从后面冲出来,但被首相一把拉住。

士兵甲　这样一个傻瓜蛋!

库鲁比　哟!

天　使　安静些,我的孩子。事物是和谐的,这样一件傻事算不了什么。

阿　基　我说当兵的,你们干吗把这位规规矩矩的尼尼微乞丐打翻在地呀?

士兵甲　这小子声称,他是内布卡德内察尔国王。

阿　基　你的母亲还健在吗?

士兵甲　在乌鲁克。

阿　基　你的父亲呢?

士兵甲　死了。

阿　基　你结婚了吗?

士兵甲　没。

阿　基　你有未婚妻吗?

士兵甲　跑掉了。

阿　基　那么将来只有你的母亲来哀悼你了。

士兵甲(摸不着头脑)　啊?

阿　基　你的名字?

士兵甲　穆玛比图,在内布卡德内察尔国王的军队里当兵。

阿　基　穆玛比图,你年纪轻轻,脑袋就要往沙地上滚,国王的士兵们,你们年纪轻轻,身上的肉就要变成兀鹰的食料,你们的骨头将使狗高兴。

众士兵　怎么回事？

阿　基　在我面前把你们的脑袋低下来,不久你们将不能这样做了。

众士兵(向阿基低头)　怎么着？

阿　基　你们可知,你们打倒的是谁吗？

士兵甲　一个说谎的乞丐,他想哄骗我们,相信他是内布卡德内察尔,是国王。

阿　基　他说的是实情,你们把内布卡德内察尔,把国王给打倒在地了。

士兵甲　你想这样愚弄我们？

阿　基　难道你们从来没有听说过国王们都有这样的习惯:化装成乞丐,坐在幼发拉底河岸上体察民情？

众士兵　从来没有听说过。

阿　基　整个巴比伦都知道这事。

士兵甲　我是乌鲁克人。

士兵乙　我是乌尔人。

士兵丙　我是拉马施人。

阿　基　现在你们都得死在巴比伦。

士兵甲(战战兢兢地斜睨着内布卡德内察尔)　倒这样的霉。

士兵乙　倒了这样该死的霉。

士兵丙　他在喘气。

阿　基　内比行刑时手段之残酷和在行是众所周知的。他曾把阿卡德行省总督卢加尔察基西扔给了那神圣的巨蟒。

士兵甲　内比？

阿　基　内布卡德内察尔是我最亲密的朋友,我是夏穆拉比首相,同样化装成乞丐,体察民情。

〔这下背景里的首相想冲出来,但这一回却被老将军拽住了。

众士兵(立正姿势)　阁下！

阿　基（高贵地）　你们还有什么事？

士兵甲（恐惧地）　他叹气了！

士兵乙　他呻吟了！

士兵丙　他动弹了。

阿　基　陛下醒了。

众士兵（绝望地跪倒在地）　救救我们吧，首相，救救我们吧！

阿　基　万岁爷他要你们做什么？

士兵甲　他令我们把废王交出来。

阿　基　那么就把他交出来吧。只要割掉你们的耳朵就可以了，我要下这样的命令。

众士兵（惊恐万状）　耳朵？

阿　基　你们毕竟把陛下打翻在地了嘛。

士兵甲（恭顺地）　这就把废王给您吧，阁下。他的手脚被绑着，嘴巴也被堵住，免得他乱说乱道，惹您生气。（他把尼姆罗德掷在阿基的脚边）

阿　基　现在你们就逃命吧。陛下起来啦！

〔士兵们四下逃散，内布卡德内察尔艰难地站立起来。

阿　基（自豪地）　各位瞧一瞧这位我乞讨来的勇敢的废王吧。

天　使（高兴地）　你已经赢得这场乞丐的赌赛了，巴比伦的阿基。

库鲁比　人间是美好的，我的天使。我可以跟随我所喜爱的乞丐。

内布卡德内察尔（郁闷地）　士兵们都是些野汉。你是怎么对付他们的？

阿　基　简单得很。我谎称你是巴比伦国王。

内布卡德内察尔　可我也这样做过。

阿　基　你瞧，你犯了错误啦。你绝不应该自称国王的，这样做是不会叫人相信的，得说一个别的人才是。

内布卡德内察尔（阴沉地）　你已经战胜我了。

阿　基　你是一个蹩脚的乞丐，尼尼微人。你疲于奔命，而无所成就。

内布卡德内察尔(精疲力竭地)　这种悲惨职业的真谛就是疲于奔命,伤筋劳骨。

阿　基　你多么不理解乞丐。我们是秘密教师,民众的教育者。我们衣衫褴褛,浪迹天涯,为了让人们怜悯,不服从美化自由的法律,我们狼吞虎咽,狂饮暴食,显示出在贫困之中,饥渴是如何可怕地将人折磨,我们把已经消灭的王国的家具,塞满我们睡觉的桥拱底下,这样一来,就可以让人清楚地看到,一切的一切,到了乞丐那里,都成为时代沉沦的象征。回尼尼微去行乞吧,比以前干得更出色、更聪明些。你呀,外乡来的乞丐:照你所见到的去做,黎巴嫩那一边的村庄归你。

〔艺妓和她的侍女由市场回来;从右边上。

塔布图姆(对阿基)　给你四块金币。(她递给他四块金币)

阿　基　年轻的女郎,你的善行大为发展了,我将把这件事告诉给夏穆拉比夫人。

塔布图姆(嫉妒地)　你去夏穆拉比那里?

阿　基　我应邀去吃早餐。

〔后面出现气恼的首相。

塔布图姆　那边有些什么好吃的?

阿　基　人们通常在首相那里所吃的东西。红海咸鱼、爱达姆乳酪①和洋葱。

塔布图姆　在我这儿可以吃到底格里斯梭子鱼②。

阿　基(跳了起来)　底格里斯梭子鱼?

塔布图姆　加上奶油酱和鲜萝卜。

阿　基　加上奶油酱。

塔布图姆　苏曼尔③风味小公鸡。

阿　基　小公鸡。

---

① 爱达姆为荷兰一城名,乳酪为该地的一种名产。
② 产于非洲底格里斯河,故名。
③ 古代之南巴比伦。

塔布图姆　另外还有米饭和一种黎巴嫩酒。

阿　基　好一顿乞丐席！

塔布图姆　你被邀请了。

阿　基　我跟你走。挽着你的臂膀,天仙般的美人。让夏穆拉比准备好市民的便饭去等着我吧。

〔他随身拖着尼姆罗德,跟着塔布图姆和她的侍女从左边下。首相攥紧拳头,随即消失。

天　使(站起身来)　这位令人惊异的人离开我们走了,因此该是我公开身份的时候了。

〔他扔掉身上的乞丐服和脸上的胡须,现出五颜六色、奇妙非凡的天使站立在那里。

〔内布卡德内察尔跪了下去,同时掩住面扎。

内布卡德内察尔　你的面貌使我目眩,你的衣衫的火焰把我灼伤,你振翅升腾的强大力量把我摔得跪倒在地上。

天　使　我是上帝的天使。

内布卡德内察尔　你有何贵干,崇高的人?

天　使　我是从天上来到你这儿的。

内布卡德内察尔　你为什么到我这里来,天使?你找一个尼尼微的乞丐有什么事?走吧,上帝的使者,到国王内布卡德内察尔那里去。他是惟一有资格接待你的人。

天　使　啊,阿纳施玛施塔克拉库乞丐,国王们对上天是不感兴趣的。倒是一个人越穷,他对上天越喜欢。

内布卡德内察尔(惊讶)　这是怎么回事?

天　使(沉吟着)　说不好。(继续寻思)真是奇怪。(开脱地)我不是人类学者。我是物理学家。我的专长是太阳。主要研究红色的巨星。我的使命是找人类中的最卑贱者,但上天为什么要我这样做,我却不得而知。(顿觉开窍)会不会是这个原因:人越穷,他身上表现出的天生的完美性就越强。

〔背景上出现乌特纳皮施蒂姆。他举起了一个手指头,犹

289

如一个想要说什么的学生那样。

内布卡德内察尔　你以为我是人类中最卑贱的人？

天　使　绝对是的。

内布卡德内察尔　是最穷的人？

天　使　是最最穷的人。

内布卡德内察尔　那么你要把什么送交给我呢？

天　使　空前绝后的东西：上天的恩赐。

内布卡德内察尔　把这份恩赐给我看看。

天　使　库鲁比。

库鲁比　我的天使？

天　使　过来，库鲁比！过来，上帝亲手创造出来的人！站在人类最贫穷的人面前，站在尼尼微的乞丐阿纳施玛施塔克拉库的面前。

〔她站到内布卡德内察尔的面前，天使揭去她的面纱。内布卡德内察尔大叫一声来掩饰他的神色。乌特纳皮施蒂姆则大惊失色，悄然离去。

天　使（高兴地）　怎么样？上天的一个着着实实的恩赐，一个华美非凡的恩赐，不是吗，我的尼尼微的乞丐？

内布卡德内察尔　啊，上帝的天使，她的美丽超过了你的庄严。在她的熠熠光耀下你不过是阴影，在她的灿烂的光辉下我不过是黑夜。

天　使　一个美丽的姑娘！一个善良的姑娘，就在这一夜从虚无中创造出来的。

内布卡德内察尔（绝望地）　她不是为我这个尼尼微的穷乞丐而创造出来的！她不是为我这个一钱不值的身子而生。走吧，她不是为我而来的，天使，到内布卡德内察尔国王那里去吧！

天　使　非君莫属。

内布卡德内察尔（恳求地）　惟独国王才配接受这样玉洁冰清的人。他将让她穿上绫罗绸缎，他将为她的脚铺起珍贵的地毯，给她的头戴上金质的凤冠！

天　　使　他得不到她。

内布卡德内察尔（辛酸地）　那么你想把这位圣女交给最后一个乞丐？

天　　使　上天知道他的所作所为。把她领走吧。这是一个善良的少女，一个虔诚的少女。

内布卡德内察尔（绝望地）　一个乞丐有了她怎么办呢？

天　　使　难道我是一个懂得你们的习俗的凡人？（他沉吟着）库鲁比！

库鲁比　我的天使？

天　　使　这位令人惊异的乞丐做的事情你都看见了吗？

库鲁比　全都看见了，我的天使。

天　　使　那么照着他去做吧。你就跟着这位尼尼微的乞丐，你要帮助他成为像阿基那样能干的乞丐。（转向内布卡德内察尔）她将帮助你行乞，阿纳施玛施塔克拉库。

内布卡德内察尔（惊诧）　这个宝贝儿是上天的恩赐，能让她行乞吗？

天　　使　既然上天已经把她赠给一位乞丐，我很难想象，上天对她还会有什么别的考虑。

内布卡德内察尔　跟着内布卡德内察尔她将统治世界，跟着我她讨饭！

天　　使　这你就不得不学明白点啰：统治世界乃是上天的事，而行乞则是凡人的事。因此继续勤奋地行乞吧。但事事都要做得适当。不要太多，也不要太少。假如你们通过行乞上升到殷实的中等阶层，那就适可而止。再见。

库鲁比（恐慌）　你要丢下我，我的天使？

天　　使　我走了，孩子。我已经把你带到凡人中来了，现在我要飞走了。

库鲁比　我还没有认识他们呢。

天　　使　我认识他们吗，我的孩子？我的任务是离开凡人，你的任务呢,则是留在他们中间。我们俩都必须听从。再见,我的孩子库鲁比,再见。

库鲁比　停停,我的天使。

天　使(展开双翼)　不可能,我毕竟还有事要干。我必须调查地球。我赶紧去测量、去勘探、去收集,在崇高的宇宙之中去发现新的奇迹,因为,我的孩子,直到现在我还仅仅认识了气体状态的物质。

库鲁比(绝望地)　停停,我的天使,停停。

天　使　我正在飞走呢!我在银白色的晨曦之中飞走。平稳地上升,周围环抱着越来越宽的巴比伦的长虹,我正在消失,一片小小的白色云雾在天空的亮光中飘散。(天使飞升,他把乞丐服和红胡子小心翼翼地搭在一只胳膊上)

库鲁比　停停,我的天使。

天　使(从远处)　再见,库鲁比,我的孩子,再见!(正在消失)再见吧。

库鲁比(轻声地)　停停!停停!

〔内布卡德内察尔和库鲁比在银白色的晨曦之中孤零零地相对而立。

库鲁比(轻声地)　他已经看不见了。

内布卡德内察尔　他回到他的美好天堂去了。

库鲁比　现在我在你身边了。

内布卡德内察尔　现在你在我这儿了。

库鲁比　在这早晨的雾霭之中我觉得冷。

内布卡德内察尔　擦干你的眼泪吧。

库鲁比　当上天的天使离开凡人走了,难道他们不哭吗?

内布卡德内察尔　那是要哭的。

库鲁比(仔细察看着他的面庞)　我没有看见你的眼眶里有泪水。

内布卡德内察尔　我们把学过的哭泣忘记了,学会了诅咒。

〔库鲁比退缩。

内布卡德内察尔　你害怕？

库鲁比　我全身战栗。

内布卡德内察尔　你不要害怕凡人，你要害怕上帝：他按照他的形象创造了我们。一切都是他的作为。

库鲁比　他的作为是好的。我曾经安稳地待在他的手里，那时我与他的模样相近。

内布卡德内察尔　而现在他把他的玩具扔在我的怀里，扔在我这个他在他的宇宙间所能找到的最卑贱最渺小的人物、尼尼微的乞丐阿纳施玛施塔克拉库的怀里。你来自星际，站在我的面前。你的双眸，你的脸蛋，你的玉身都显露出上天的美丽，但上天的完美对这个不完美的地球上的最贫穷的人又有何益？上天什么时候学会给予每个凡人所需要的东西？贫穷者和无权者像羊群似的互相拥挤着，饥肠辘辘，有权有势的人饱食终日，然而孤孤单单。乞丐渴望面包，因此上天应当给他面包。内布卡德内察尔渴望一个人。为什么上天不知道内布卡德内察尔的孤独？为什么他眼下和你同时嘲笑我这个乞丐和内布卡德内察尔国王？

库鲁比（沉思）　我得到一项艰巨的任务。

内布卡德内察尔　你的任务是什么？

库鲁比　照料你的生活，为你乞讨。

内布卡德内察尔　你爱我吗？

库鲁比　你是女人生的，你永远都爱我；而我是从虚无中被创造出来的，我永远都爱你。

内布卡德内察尔　我正患麻风病，我外套里面的肉体白得像雪一样。

库鲁比　但我爱你呀。

内布卡德内察尔　人们会因为你爱我而用狼牙去咬你。

库鲁比　但我爱你呀。

内布卡德内察尔　人们会把你赶进沙漠。你将在灿烂的太阳底下死于红沙之中。

库鲁比　但我爱你呀。

内布卡德内察尔　既然你爱我,那么你吻我吧。

库鲁比　我吻你。

内布卡德内察尔(当她吻了他后,他就把她打翻在地,并用脚踢她)　我把你这样打翻在地,这就是我对你的爱超过任何人的地方。我用脚这样踢你,你这上帝的恩赐,我的幸福之所依。看吧!看吧!这些就是我给你的亲吻,我对你的爱的回答。上天当会看到,一个乞丐怎样对待他的礼物,人类中最卑贱的人怎样对待上天所赐予的女人,而内布卡德内察尔国王则会把他的爱和巴比伦的黄金给予她的!

〔阿基拖着被捕的尼姆罗德从左侧上。

阿　基(惊奇)　你为什么对这位姑娘这样乱踢乱踩,尼尼微的乞丐?

内布卡德内察尔(讥诮地)　我在用脚折磨上天的恩赐。一个恩赐来的新鲜活泼的小东西,你可以相信,她是昨天夜里才创造出来的,是为人类中最穷困的人而创造的,一个天使亲自把她交给了我。你想要她吗?

阿　基　昨天夜间才创造出来的?

内布卡德内察尔　从虚无之中。

阿　基　那么这是一件不实用的赐品。

内布卡德内察尔　所以不值钱。我用她换你的犯人。

阿　基　他是废王,但毕竟是当过王的呀。

内布卡德内察尔　外加我所乞得的金币。

阿　基　还有他的历史价值?

内布卡德内察尔　两个银币。

阿　基　一桩不划算的买卖。

内布卡德内察尔　那么你同意交换了?

阿　基　看在你这个特别没出息的乞丐的分上。拿去。(他把废王掷在他的脚跟前)而你,我的姑娘,跟我走吧。请站起来。

〔库鲁比耷拉着脑袋慢慢站立起来。

阿　基　听说是一个天使把你带来的。我是一个童话的爱好者,我愿意相信这件不可信的事情,并且还要四处叙说,是我行乞的最好宣传。我让你搀扶我,虚无中创造的人,黎巴嫩人把我弄得有点儿走不稳,有点儿摇摇晃晃。你可能对地球不熟悉,但你可放心,我熟悉它。人家把你打翻过一次,可这样的遭遇我有过上千次。来吧,我们一起到市场上去。这是一个有利的时机。今天是赶集的日子。我估计会有好东西。但我们要看一看,我们讨什么好。你有你的美貌,我有我的红胡子;你被人踢得遍体鳞伤,我则被一个国王追踪。

库鲁比(轻声地)　但我爱你呀,我的尼尼微的乞丐。

〔阿基由库鲁比搀扶着朝右边出去。

〔内布卡德内察尔孤单单地站着,脚跟前是那个手脚被缚、嘴巴被堵的尼姆罗德。

〔他扯下了乞丐衣裳,摘下红胡子,在上面踩了一通,然后陷入沉思,一动不动地站着,脸色阴沉。扈从们战战兢兢地从背景里悄悄溜了出来。

首　相(惊愕地)　陛下!

内布卡德内察尔　应该给乞丐阿基规定十天的期限,准备一些最高的公职供他选择,要他当官,否则我就把他交给我的刽子手。而你,将军,把军队带到黎巴嫩那一边去,夺取那些可笑的村庄:斯巴达、莫斯京、卡塔高和巴卡,不管它们叫什么,统统拿下来。我们还是带着被捕的废王回到我们的宫廷里去,继续教育人类。我们疲惫不堪,悲悲戚戚,遭受了上天的污辱。

295

第 二 幕

  让我们在幼发拉底河一座大桥底下来演出第二幕,那是在巴比伦的心脏,高楼大厦和宫殿均移到了天际,因而变得模糊不清。乐队再次表现河水的流动,拱形的桥梁从后面跨越舞台,从下面可以看到它的横断面。上面高处可听到大都市的车水马龙来往不绝,古巴比伦的有轨电车辘辘作响,轿夫们的呼叫有如歌唱。大桥左右侧各有一狭长的梯子往下通到幼发拉底河岸。阿基的住宅是由各个时代极不相同的物件构成的乱七八糟的废品堆。石棺材、黑人偶像、旧宝座、巴比伦脚踏车、汽车轮胎等等,脏得叫人难以置信,压在如山的尘土下,而且都腐烂了。在这杂乱不堪的垃圾堆之上,在宛如长虹的大桥拱顶中间,有一尊基尔加美施①头像的浮雕。旁边是用白条幅张贴的对乞丐的告示,有一半已经撕碎:"今天到期。"外边——即拱桥底下以外的地方——右首有一台炉灶,灶上有一口锅。红沙子的地上放满了罐头盒和诗人手稿。到处挂着写满诗文的羊皮纸和古乐谱。总之,看上去人们好像在一个巨大的垃圾堆上活动。前端右侧幼发拉底河里有几个蒙起来的人在洗澡,发出嘶哑的叫唤;左边两个脏兮兮的刑事犯在一口石棺上睡觉,一个是小偷,叫奥尔马;一个是强盗,叫尤素福。阿基和库鲁比从左边上,两人穿得破破烂烂,阿基背着一个袋囊。

阿 基　走开,你们这些歹徒,别在我的石棺上安然鼾睡,借以恢复你们偷窃和抢劫时带来的疲劳。

---

① 基尔加美施,古代苏曼尔(南巴比伦)人的国王,巴比伦传说中的英雄。

〔奥尔马和尤素福悄声溜掉。

阿　基　把你们的身子继续没入肮脏的水浪里去吧,你们这些花白的乌鸦,你们咿咿呀呀的叫唤是没有用的。

〔那几个蒙面的人影离去。

库鲁比　这些人到底是谁?

阿　基　麻风病患者,他们在幼发拉底河寻找希望。

库鲁比　这地球是另外的情形,跟天使想象的不一样。我每走一步,我周围的不公道、疾病、绝望都随着增长。凡人是不幸的。

阿　基　主要的是:他们是些善良的主顾。瞧,我们又讨到一大堆。中午休息一下,然后我们去空中花园①继续施展我们的手艺。(他把袋子放在地上)

库鲁比　是,我的阿基。

阿　基　你有了进步,我很满意。只有一点要挨批评:当有人扔给你一个钱币时你就微笑。这是错误的。一瞥悲惨的目光更令人同情,更震撼人心。

库鲁比　我要记住这点。

阿　基　你练习到明天吧。绝望才会得到最好的报偿。(他从口袋里取出乞得的东西)珍珠,宝石,金币,银币,铜板——统统扔进幼发拉底河里吧。(他把这一切扔进乐池里)惟一的功夫是把行乞的要求保持在顶点。诀窍就是浪费。我曾讨来几百万,扔进河里几百万。只有这样世界才能减轻对财富的负担。(他继续在他的几个口袋里摸寻)橄榄,这是更有用的东西。还有香蕉、一盒最细嫩的沙丁鱼罐头、烧酒和一尊牙雕苏曼尔人爱神像。(他察看着它)但你不许看,它不是为一个你这样年轻的姑娘而创作出来的。(他把爱神像扔进大桥的深处)

库鲁比　是,亲爱的阿基。

阿　基　是,我的阿基;是,亲爱的阿基。成天就是这样。你很忧

---

① 相传为古巴比伦赛米拉米王后的屋顶花园,被希腊人列为世界"七大奇观"之一。

郁吧。

库鲁比　我喜欢尼尼微的乞丐。

阿　基　你已经把他的名字给忘掉了。

库鲁比　那是一个如此难记的名字。但我要不停地去寻找我的乞丐。有朝一日我会在某个地方找到他的。白天,在巴比伦的各个广场和宫殿的台阶上,我一直想着他;而当我夜间看到又高又远的星星时,我越过条条石铺的大街,在所有星光的海洋里寻找他的容颜。那时候他离我就近了,很快他就会来到我的身旁。将来,他——我的爱人——也会躺在地球上的某个国度里,瞧见我的脸庞,又大又白,在我和天使从中下凡的星云里。

阿　基　你的爱情就像整个巴比伦一样毫无希望。跟我一样承担后果吧:因为人们不能在这座城里生活,我才决心以这座城为生,并且成了一个乞丐。而且我还用了一种奇妙的方法将你讨来了。你属于我的,我的姑娘,打消那尼尼微的乞丐的念头吧。我们住在我所能找到的巴比伦最好的桥梁底下。我的公寓住房是不允许由于对一个男人的想念而受到亵渎的,这个男人一个钟头只讨得一个金币和两个银币。(一愣)这里乱挂着的都是些什么? 哦,当然,是诗。诗人们在这里待过。

库鲁比(高兴地)　我可以念这些诗吗?

阿　基　巴比伦的诗歌面临重大危机,因此不适宜阅读。(他拿起一页诗稿,匆匆浏览了一下便把它扔进了幼发拉底河)爱情诗。自从我用废王把你换来以后,除爱情诗外,没有别的。煮一锅汤喝吧,这更实惠些。这里还有讨来的新鲜牛肉呢。

库鲁比　是,我的阿基。

阿　基　我愿意回到我最心爱的石棺材里去。

〔他打开舞台中间的石棺,但他正要爬进去的时候,一个诗人从中钻了出来。

阿　基(严厉地)　你在这棺材里干什么?

诗　人　我在写诗。

阿　基　这里不是你写诗的地方。这是我的旧情侣、心爱的李莉特的棺材,我曾经躺在里面战胜了大洪水。它载着我轻得像一只鸟儿一样渡过了大雨滂沱的海洋。快走吧,到别的地方继续写诗去!瞧,还有几个洋葱呢。

诗　人　对不起,我正在创作我们的民族史诗剧基尔加美施,在这棺材里尤其适合苦思冥想,因此我就隐匿到这里来了。我正在琢磨凶猛的圣牛春巴巴的场景。

阿　基(严肃地)　说到这圣牛,究竟发生什么事了?

诗　人　它被消灭了。

阿　基　假如我深信有一部永不传代的史诗剧的话,那便是这部基尔加美施史诗了。消灭圣牛。股创造性的力量!假如我们的民族英雄驯服了圣牛,就无须人来工作了,圣牛凭它那肌肉就战胜了一切。走开吧,到别的什么地方去写诗!瞧,这里还有几个洋葱。

〔他又掷给库鲁比几个洋葱,自己躺进棺材。诗人离去。库鲁比煮洋葱。警察内波从左边的台阶上下来,擦了擦汗。

警　察　好热的天气,乞丐阿基,好厉害的天气。

阿　基　欢迎,警察内波。我本来是很愿意站起来表示对你的尊敬的,因为我对警察是非常敬重的,但我还得稍稍怜恤一下我的脊背。在我最近一次奉命去岗警那里的时候,你用烧红的老虎钳折磨我,用重物压迫我的骨头。

警　察　我是严格照章办理的,也就是遵照把执拗的乞丐教育成行为规矩的国家公务员那一条,还不是为了你好嘛。

阿　基　你待我真好。我可以向你呈献一个过分热心的警察的石棺吗?

警　察　我宁愿在这石头上坐坐。(坐下)石棺都叫我生悲。

阿　基　这是穴居者末代首领的宝座,我从他的遗孀那里得到的。

喝一口加尔底亚①的红酒吧。

〔他从他的外套里取出一瓶酒递给警察。

〔警察喝酒。

警　察　谢谢。我已经精疲力竭了。我的职业一天比一天更辛苦了。方才我不得不把中小学课本搜集起来,并逮捕了地质学家和天文学家。

阿　基　他们到底犯了什么罪?

警　察　世界证明自己比他们的计算要大。黎巴嫩的那一边还有几个村庄。再说在我们国家科学也应该是完美的。

阿　基　灭亡的开始。

警　察　现在正出动大军去占领这些村庄。

阿　基　他们整夜从基尔加美施桥上隆隆开过去,向北进发。我预感到一种全面的崩溃。

警　察　作为公务员我只能顺从,不必思考。

阿　基　一个国家越完美,它越需要更愚蠢的公务员。

警　察　你现在尽可以这样说。但假如有朝一日你当上公务员,你就会学会赞赏我们的国家。那时你就会对它的优越性恍然大悟。

阿　基　哦,原来这样。怪不得你来了。你想继续把我教育成一个国家公务员。

警　察　我毫不放松。

阿　基　这我在警察局就已经注意到了。

警　察　我到这里是公事公办。

阿　基　我也有同感。

警　察(掏出一个小本)　今天是最后期限。

阿　基　真的吗?

警　察　你在阿努市场乞讨过。

---

①　加尔底亚,巴比伦西南部的一个部落,公元前六世纪夺取了巴比伦的统治权。

阿　基　出于疏忽。

警　察　我为你带来了一条新闻。

阿　基　一种新的拷打老虎钳？

警　察　一项新规定。根据你的才干，你被任命为经营和破产局的局长，财政部对你也感兴趣。衙门里大家纷纷议论说，这是非同小可的飞黄腾达呢。

阿　基　内波警察，我对飞黄腾达不感兴趣。

警　察　你拒绝接受这样高的职位？

阿　基　我宁愿继续当自由艺术家。

警　察　你要继续行乞？

阿　基　这是我的职业。

警　察（又藏起他的小本）　糟糕，真是糟糕。

阿　基（想站起来）　请便，内波警察。你可以重新把我带到警察局去。

警　察　用不着。刽子手就来。

〔沉寂。阿基不由自主地去抓自己的脖子，然后向警察探询。

阿　基　就是那个小胖子？

警　察　才不是呢。当刽子手的是我们国家的一个瘦高个儿，他是那一行的老手。看他行刑那真是一种乐趣。技术令人叫绝啊。

阿　基　你指的是那个有名的吃素的人？

警　察（连连摇头）　请别见怪，对刽子手这一行你是个低能儿，你把他同尼尼微的刽子手弄混了，我们的刽子手是喜爱好书的。

阿　基（松一口气）　这是个能干的小子。

警　察　他已经动身来找你了。

阿　基　我很高兴认识他。

警　察　这是严肃的事，乞丐阿基，我警告你！如果他发现你没有去衙门就职，他会绞死你的。

阿　基　悉听其便。

库鲁比(惊恐)　他们要杀掉你?

阿　基　没有理由激动,我的姑娘。在我一生的急风暴雨中,我经常是这样受威胁的,我已不把它当一回事了。

〔几个石棺同时打开,诗人们急忙伸出头来,他们从各种各样的东西底下爬了出来。

诗人甲　一个新的主题!

诗人乙　一个重大的主题!

诗人丙　多么好的素材!

诗人丁　多么大的可能性!

诗人齐　谈谈吧,乞丐,谈一谈!

阿　基　那么你们就听一听我这一辈子的即兴诗吧:在青年时代,我已记不清多少千年以前,我是一个商人的儿子。我父亲身穿金衣,我母亲头戴银饰,家里处处是地毯、天鹅绒和丝绸。银子发黑了,金子在流失,君不见它以前就流失过:在巴比伦,恩吉比父子商号吞噬一切。在行火刑的柴堆上,父亲焚烧了,母亲焚烧了,无人幸免于难。

众诗人　无人幸免于难。

阿　基　一位预言家来了,来自埃拉姆高地①,他收留了我,待我如子。日夜躺在祭坛前,给众神供奉祭品,衣不蔽体,蓬头垢面。宗教变黑了,恩惠在流失,君不见它以前就流失过:在巴比伦变换着牧师的宝座。在行火刑的柴堆上,预言家焚烧了,众神焚烧了,无人幸免于难。

众诗人　无人幸免于难。

阿　基　这时候抚养我的是将军,他身穿铠甲,腰佩钢刀,惟国王之命是从;从来不是一个可尊敬的母亲的儿子。他纵马刺杀敌人,拥有一座宫殿,他的辎重车队隆隆作响,车数无限。荣誉在发

---

① 埃拉姆,古代一个帝国,位于幼发拉底河和底格里斯河在波斯湾入口处的东北部。

黑,职权在丧失,君不见它昔日就丧失过:在巴比伦变换着国王的宝座。在行火刑的柴堆上,将军焚烧了,娈童们焚烧了,无人幸免于难。

众诗人　无人幸免于难。

阿　基　当富人毁灭,信徒覆亡,连强者也不免一死的时候,我母亲的儿子在思忖:人应该像沙子,惟独沙子顶得住暴徒即国家的刽子手的脚踢。时势昏暗,权力滚走了,就让它滚走吧:整个巴比伦只留下一个乞丐,他头戴罂粟花环。在行火刑的柴堆上,他的胡子在燃烧,外套在燃烧,他死里逃生了。

诗人甲　吟诵关于你和忒提斯①公主的爱情之夜的即兴诗吧。

诗人乙　讲讲你是怎样乞得国库的。

诗人丙　谈谈你是怎样降伏巨怪高格和玛高格的。

阿　基　无可奉告。我有客人。库鲁比,继续煮吧。

警　察(发现诗人们又不见了,诧异)　天呀,你的家里仿佛诗人满座。

阿　基　一点不假。我也很惊讶。也许我又该把我的桥拱再清理一番喽。

〔警察站起身来,变得很庄重。

警　察　备受赞颂的人。你是下决心让人绞死你了?

阿　基　千真万确。

警　察　一种痛苦的决心,但我得向他表示尊敬。

阿　基(诧异)　你是怎么一回事呀,警察内波?你这样庄重,老是躬着身子。

警　察　高尚的人啊,假如你不在了,库鲁比会遭遇什么事情,这个问题将使你心境难宁,甚至闷闷不乐。我也在犯愁。巴比伦人都在嫉妒你。他们为库鲁比生活困苦大为愤慨。他们一心想把这女孩子从你身边夺走。为此你已经打倒了五个向你袭击

---

① 忒提斯,希腊神话中的海神。

303

的人。

阿　基　六个。你忘记了那个将军,我把他扔下了伊施塔尔大桥。他像一颗彗星似的呼啸着掉进了夜间的深渊。

警　察(重又打躬)　姑娘需要一个保护人,高尚的人。我从来没有见过一个比这更美丽的孩子。整个巴比伦尼亚都在谈论她,谈论乌尔和乌鲁克,人们从加尔底亚、从乌兹、从整个王国赶来赞美她。全城人都弄得神魂颠倒。人人思念着库鲁比,人人梦想着她,人人倾慕着她。一家最上层的贵族的三个公子因她而投水自尽。千家万户、大街小巷、大小广场、空中花园、幼发拉底河上的游船无不充满叹息、充满歌唱,银行家们开始赋诗,官吏们着手谱曲。

〔右首台阶上面银行家恩吉比携一把古巴比伦的吉他上。

恩吉比　从明亮的星夜中
　　　　一位少女飘飘莅临;
　　　　受天使派遣,
　　　　降落到我们古老的凡尘。

警　察　你瞧!

恩吉比　她从虚无中创造出来
　　　　不是为了国君;
　　　　金色的光芒辉映
　　　　不是为了富人。

阿　基(诧异)　银行家。

〔左首台阶上面阿里同样携一把吉他上。

阿　里　市民和商贩
　　　　得不到这位少女,
　　　　天主神威无限啊,
　　　　可它的恩赐却盲目。

警　察　又来一位。

阿　基　酒商阿里!

恩吉比 我很惊讶,酒商阿里,你使用了我的韵律。

阿　里（庄严地）　我的韵律,银行家恩吉比,我必须声明,这是我的韵律。

〔诗人们出现。

众诗人　我的韵律！我的韵律！

〔他们重又消失。

阿　基　总是老一套。如果一个人开始写诗,他就被责难为抄袭。

〔警察坚决地从制服口袋里掏出一首诗的稿子。

警　察　她与乞丐相依为命,

让我们的心烧得好凶,

像一朵雪白的绒花

从德马万德雪山上飘然而来。

阿　基　内波警察！你想到哪里去了！你必须放弃写诗的念头,一首也不要再写了。

〔警察窘迫地把他的诗稿卷起来,此外他下面那番话被银行家和酒商连续不断的叮叮当当的器乐声所干扰。

警　察　请原谅。一种突如其来的冲动。我平时是不爱好文艺的,但当昨夜又黄又大的月亮在幼发拉底河上升起,当我想到库鲁比的时候——突然间我不由得朗诵起我的诗来,仿佛我周围的一切都在作诗。

〔左首两个工人上。

工人甲　乞丐阿基在这里呢,据说他得到了一个天使带来的姑娘。

工人乙　一切都是骗局。我知道天使。他们是教士们发明出来的。

阿　里　曾有过更美丽的姑娘吗？她如果不是从上天而来,究竟从何而来呢？

工人乙　警察局得进行调查才是。

警　察　警察局认为没有理由怀疑天使。相反,恰恰是那些无神论者在警察局眼里从来都是可疑对象。

工人乙　谁还要送给那乞丐一个铜子儿,那他就是资本家。乞丐只是剥削这个姑娘。

工人甲　每天晚上他把自己的财宝一铁锹一铁锹铲进幼发拉底河！金子和银子！

工人乙　他仅仅供养诗人，好像我们就不配做诗人似的。

阿　基　（惊愕地从石棺里跳出来）　请不要念！

〔这时艺妓塔布图姆从台阶上下来。

塔布图姆　一件丑闻，一种耻辱！

阿　基　你好，年轻的女郎。

〔艺妓抚摩着库鲁比，仿佛后者是一匹马。

塔布图姆　这不就是个人嘛。她比别人有一口更好的牙齿吗？有一双更结实的大腿吗？有一个更俊的身材吗？长得像这样的姑娘成千上万，有的是。

库鲁比　你别损人。我没有得罪过你。

塔布图姆　你没有得罪过我？说得倒好听，清白无辜！我不该损一下这只小绵羊！我损你，这是你自个儿招惹的。你把我同整个巴比伦都给离间了，还假装正经呢！

库鲁比　我没有离间过你跟任何人的关系。我爱的是我的尼尼微的乞丐，只爱他一个人。

塔布图姆　你爱一个尼尼微的乞丐？你看中的是巴比伦那些银行家吧，仅仅看中了他们！（她想去抓库鲁比的头发，库鲁比跑到阿基身边）

工人甲　别跟这位姑娘纠缠，婊子！

阿　里　别当着孩子的面讲这样的话。

恩吉比　这孩子是应该生活在别的环境里的。

塔布图姆　生活在别的环境里？这样一个女人！我的环境对于银行家和酒商向来就已经是够好的了。

阿　基　为什么生气，美人儿？

塔布图姆　难道还有比我的房子更隐秘的房子吗？我没有一对巴比伦最美的乳房吗？

阿　基　我不理解,这些器官跟库鲁比有什么相干。

塔布图姆　我想尽办法保持美丽和年轻,吃饭有节制,洗澡洗得勤,让人给按摩,可结果呢?这个女人才刚刚露面,我的顾客就纷纷作诗赞美她了。

恩吉比(从右侧上)　库鲁比使我们高尚!

阿　里(从左侧上)　使我们兴奋。

工人甲　现在我们知道了,我们辛辛苦苦干活是为了什么。

工人乙　一个星期得一块银币。

警　察　我们都变得有文化修养了。

阿里、恩吉比、工人甲、警察　(平缓庄严地合诵)
　　　　一团火焰正熊熊,
　　　　深深激动着我们的心胸。

阿　基　我再也不能容忍在我的住宅里吟诗了。

其他人(还有正出现的诗人们):
　　　　啊,人一旦受到爱情的激励,
　　　　他就会变得高大无比,
　　　　他见到的是美,感到的是合理,
　　　　他格外虔诚,力避干坏事!

塔布图姆　你们都变得有文化教养了?我应当这样来想象你们吗?这样一来这小东西我就不予考虑了。我的职业就是老老实实地做事。

〔两位工人的妻子从左边上。诗人们大吃一惊,随即消失。

工人甲妻　我的老头就在基尔加美施大桥底下鬼混吗?在这个声名狼藉的地方。

工人甲　老娘。我是完完全全偶然路过这里的,老娘。

工人乙妻　我的那位也在这儿哩!

工人乙　这跟你有什么相干?要我讲讲你和工人文书搞鬼的事情吗?

工人甲妻　这烧砖瓦的家里有五个孩子,他还要想找死!谁都明白,

307

要是一个男人跟一个妖魔姑娘睡觉,他非丢命不可。这是科学,一位索多姆的教授证实过。

塔布图姆　她是从妖魔那儿来的,从妖魔那儿。

工人乙妻　这姑娘是从狮面拉巴图那儿来的。只要这鬼怪把她翅膀的羽毛插入骆驼粪堆里,就会长出一个人见人爱的姑娘。

工人乙　鬼怪拉巴图、妖魔和上帝都是教士们发明出来的!

〔卖驴奶商贩吉米尔从桥梯上下来。

吉米尔　上帝在惩罚巴比伦,这是显而易见的。他把他的恩赐给了一个乞丐。为什么?因为这个乞丐喝驴奶,而你们喝的是牛奶。乞丐阿基万岁! 姑娘万岁!

塔布图姆　我不是买了你的驴奶来沐浴了吗?现在你却护着这姑娘!

工人乙　驴奶?这个乞丐!他身上散发着酒臭味儿。

工人甲　乌鸦和老鹰从天上喝醉后飞下来,吞噬他的肉。

阿　里　他把我的酒窖都喝光了!

恩吉比　他骗走我三百块金币。

塔布图姆　我给了他七块金币呢!

二位工人妻　他把这个城市都乞讨空了。

工人甲　寄生虫!

工人乙　社会渣滓。

警　察(鞠躬)　彻头彻尾的——

恩吉比　那他和这位姑娘干什么勾当?

阿　里　她必须为他煮饭!

工人甲　为他和他的诗人们!

阿　里　她竟这样四处乱窜!

工人乙　赤着脚!

恩吉比　衣衫褴褛!

工人甲、乙　他教她行乞,他教她行乞!

恩吉比　该是绞死他的时候了。

工人甲　国王的刽子手马上就来。

众　人　刽子手！

〔警察坚决地转向库鲁比,她已在阿基那里找到了庇护,蹲在阿基在其中坐过的石棺旁边。

警　察　我的姑娘。我是内波家的人。我在黎巴嫩大街有一幢小房子。新年一到,我就要被提升为警长。内波家族历来都出好丈夫。可以说,在这方面我们在我们的那些圈子里享有一定的声誉。你会感到幸福的。我们最深切的愿望是完完全全使你……

工人甲(猛插进来)　我的姑娘。我是哈桑家的,我的最深切的愿望是完完全全使你幸福。我住的地方差不多就在乡下,有一座郊外小花园。孩子他妈将为你安排一间舒适的小房间。你将健康地生活,你将简朴地生活,你将满意地生活。

工人甲妻　他发疯了。

工人乙(挤过来)　我的姑娘。我是辛白德家的人。你应生活在一个健康的无产者的家庭环境里。我的老伴将同样为你安排舒适的小房间。我将使你启蒙,我将打开你的眼睛,使你看到资本家的阴谋勾当。我要日日夜夜让你准备工人阶级的神圣斗争！

工人乙妻　现在我的老汉也被没完没了的阶级斗争热昏了！

吉米尔(跪在库鲁比的面前)　我的姑娘。我是吉米尔家族的人。我在幼发拉底住宅区有一幢出租楼房。我住在第七层,有电梯,还可以眺望空中花园。你将呼吸到资产阶级的空气,但你将呼吸得很幸福。

众妇女　把她赶出城去,把她赶出城去。

〔这时阿里和恩吉比也走到了她的身边。

阿　里　我的姑娘。我是阿里家族的人,阿里酒店的老板,我拥有市府大楼的所有权,在底格里斯河畔有一座别墅。你首先需要一块岩石,姑娘,有了一块岩石,你就可以紧紧抱住它。我便是这样的岩石,你可以把我抱住。这是我的信念……

众诗人(突然出现)　库鲁比是我们的,库鲁比是我们的。

恩吉比　我的姑娘！我是恩吉比家族的人,是遍布世界的恩吉比父子银行的老行长,不过这不是最重要的。我的宫殿,我的股票,我的农庄,这一切都是过眼烟云。重要的是你需要一颗心,一颗善于同情的、活生生的人的心;在我身上就跳动着这样一颗心！

众妇女　把她赶出城去！把她赶出城去！

众诗人(同时)　库鲁比是我们的！库鲁比是我们的！

〔一阵巨大的、有增无已的骚动。天使突然坐在基尔加美施雕像的头上。手里握着枞树果、毛栗、向日葵、枞树枝等等。

天　使　库鲁比,我的孩子库鲁比！

众　人(极度恐惧)　一个天使！

〔除库鲁比外,人人都趴倒在地,并一心想找个地方把自己掩护起来。

库鲁比　天使,我的天使！

天　使　偶然得很,我的姑娘,当我正飞过这儿的上空时,我瞥见了你在这样欢乐的嘈杂声中。

库鲁比　救救我吧,我的天使！

天　使　这地球,我的孩子,是多么可爱的发现,我感到兴奋,感到幸福。我惊讶不已,激动万分,奇迹跟着奇迹,使我遍体发热,上帝的识见使我浑身颤动。我不能停止钻研和探索。我兴高采烈,四处翩飞,赞美着,收集着,记录着,日夜探寻,坚持不懈,不知疲倦。可我还没有一次潜入过大海,潜入周围这些水域,我只到过比较中间的地区和北极。瞧,我在那里找到了什么:冻成冰的露水。(他展示一个冰球)作为太阳系的研究者,我还从来没有找到过任何哪怕与此相近的这样宝贵的东西。

库鲁比　尼尼微的乞丐把我抛弃了,我的天使,我爱他,而他把我抛弃了。

天　使　头脑发昏,我的孩子,无非是头脑发昏。耐心点好了,他还会来的。地球的美丽是这样无与伦比,以致人们变得有点儿头脑发昏。这是很自然的。谁能直接忍受得住万物之上这样柔和的一片湛蓝,这红色的沙子和银色的溪流。谁在这里不祈祷,谁在这里不战栗。而尤其是那各色各样的植物和动物! 洁白的百合花,黄色的狮子,棕色的瞪羚。甚至凡人也有各种颜色。只要看一看这个奇迹就够了。(他指着一朵向日葵)金牛星座上会有这样的东西吗? 卡诺普星座①、天鹰星座上会有吗?

库鲁比　凡人们都在盯着我,我的天使。我给巴比伦城带来了不幸。幼发拉底流着眼泪入海。不管我找到了什么,爱也好,恨也好,都在杀害我。

天　使　会澄清的,我的姑娘,会以最美好、最圆满的方式得到澄清的。(他张开翅膀)

库鲁比　别离开我,我的天使! 保护我吧,用你的神力帮助我吧。把我驮到我的情人那里去吧!

天　使　在尘世我必须利用好时间。我不允许做任何不必要的事情。我只想尽快回到仙女星座。在红色的庞然大物中到处匍匐而行。我必须学习啊,我的姑娘,必须学习。新的认识使我眼界大开。

　　　　越过丘峦,越过陆地,
　　　　越过蓝色的海洋、林带。
　　　　银光熠熠,多么耀眼,
　　　　我飘游、翱翔,穿过云海,
　　　　展开轻柔的双翼,
　　　　直朝着地球翩翩而来。

阿　基　(疲倦地)　现在他也开始作诗了。

天　使　我发现鲜花、动物,各有形态,
　　　　在别的星球上都是没有定形的存在。

---

① 天文学界有人根据计算认为,太阳系中还有一颗比冥王星更远的行星,但尚未通过观察加以证实。

张张面孔因喝醉酒而发烫,

在亮光中我降下去又升上来。

库鲁比　别走,我的天使,别走!

天　使　再见,库鲁比,我的孩子,再见。(开始离去)再见。

〔库鲁比跪下并捂住脸庞。人们终于站了起来,脸色发白,踉踉跄跄。

众诗人(小心翼翼地从石棺里伸出头来)　这么说来那确实是个天使啰。

吉米尔(结结巴巴地)　在光天化日之下呀。

警　察(擦着身上的汗)　而且坐在我们的民族英雄的头上。

工人甲(好像还在梦中)　一个了不起的上帝的使者。

工人甲妻(同样像在梦中)　长得丰满圆润,身上还有彩色羽毛。

工人乙　像个巨大的蝙蝠围绕着我的头飞舞。

恩吉比　我捐献一座钟:恩吉比钟。

阿　里　给神学家一笔膳费:阿里赠款。

众妇女　我们去忏悔吧。

工人甲、乙和吉米尔　我们立即加入国教!

警　察　幸亏我一直是信教的。

恩吉比　巴比伦人!一个天使已经下凡了。沉思的时刻来到了。作为银行家,作为冷静思考的人我必须说:时势令人担忧。

工人甲　工资更要下降了!

吉米尔　牛奶业正在崛起。

阿　里　酒的消费在倒退。

恩吉比　加上收成又不好。

工人妻　还有地震呢!

工人乙　还有蝗虫灾害。

恩吉比　货币不稳定,去年天花流行,前年发生瘟疫。为什么?因为我们以前都不信上帝。我们大家或多或少都是无神论者。现在的问题是我们如何对待这位少女,她是天使带到地球上来的,是从仙女星座的星云中下凡来的。

吉米尔　不能再让她过贫穷的生活了！

工人甲　她必须离开这个阿基。

工人乙　离开这些诗人。

工人甲妻　瞧他们身上沾满墨水！

塔布图姆　到处是蜘蛛网和褪色的羊皮纸。

恩吉比　让我们向她表示我们必须给予的最大荣誉，上帝就会跟我们和解。

阿　里　我们推举她为我们的王后吧。

恩吉比　否则就得担心大祸临头。我们可不能惹上帝发怒。我们历尽艰难困苦度过了罪孽重重的日子，而经济危机则会变成一个更大的灾难。

工人甲妻　领天上的少女到国王那里去吧！

众诗人　留在我们这儿吧，库鲁比，留在我们这儿！

库鲁比　我要留在你身边，阿基乞丐，留在你身边，在这座桥底下，靠近幼发拉底河的水浪，靠近你的心。

〔众人表现出威胁的态度。

几个人　把乞丐扔进河里去！

〔他们要扑向阿基，但警察用一个有力的手势制止了他们。

警　察　你了解我的感情，乞丐。你知道，我在黎巴嫩大街有一座小屋，作为一个内波家族的人，我该多么有条件使库鲁比幸福，当然不超出简朴的界限。不过现在我的义务是，把这姑娘交给国王，而你的义务则是放她走。（他擦汗）

众　人　警察万岁！

库鲁比　救救我吧，阿基。

阿　基　我不能救你啊，我的姑娘。我们不得不互相告别。我们俩衣衫褴褛，穿街走巷走了整整十天通过了巴比伦城，越过许多广场，夜间你睡在我的最温暖的石棺里轻轻呼吸，我的诗人们则围在周遭呜咽。我行乞从来没有发挥过现在这样大的天才。但现在我们必须分离。我没有权利收留你。一个偶然的机会我把你交换了来,于是一片青天贴在我身上,不过是上天的一丝恩赐,毫无重量,清澈明朗。现在一阵风要把你继续背走。

库鲁比　我一定听从你,我的阿基。你曾经收容了我,我饿了,你就给我吃的;渴了,就给我喝的。当我害怕时,你给我唱起你那动人的歌儿。如果我冷了,你就把我裹在你的大衣里;我倦了,你不顾傍晚的酷热,让我偎在你粗壮的胳膊上。

〔她垂下头去。

阿　基　到国王内布卡德内察尔那儿去吧,我的孩子。

诗人甲　留在我们这儿吧,库鲁比,留在你的诗人们身边!

众　人　到内布卡德内察尔那里去,到内布卡德内察尔那里去!

〔他们领着姑娘朝右边出去。

众诗人　我们寻找的天赐之物也在消失。
留在不齿于人的我们这里的
是蝙蝠——
古代死人的空棺木。

库鲁比　再见,我的阿基!再见了,我的诗人们!

众诗人　啊,我们曾如饥似渴地追求天赐之物。
人的饭菜我们不吃,
而嚼街头巷尾的垃圾,
希望着年长、睿智的天使
给我们留下这位少女。
现在她离开了我们这些该死的东西。

众　人(从远处)　库鲁比!我们的王后库鲁比!

〔阿基脸色阴沉地坐到灶台旁,搅动锅里的汤。

阿　基　我一点儿也不反对你们的悲叹,诗人,但你们说得太过分了。你们写道,人的饭菜我们不吃,而嚼街头巷尾的垃圾,可你们吃我的汤却津津有味。你们在绝望之中有点儿不对头。烹调术,要是真正学到家,那是人的惟一技能,关于这一点,只能说好话,作诗时不可滥用。

〔一个年龄较大的男人从左边的台阶下来,他个儿又瘦又高,穿一身寒酸的黑礼服,手提一只小箱子。

穿黑礼服者　你好啊,乞丐阿基,你好。

阿　基　什么事?

穿黑礼服者　急死人了,这姑娘怎么没有人管,真叫人摸不着头脑。看桥那边,人家怎样把她带走的。

阿　基(气恼地)　我本来想把这孩子训练成世界上最好的女乞丐,可现在她干脆当王后去了。

穿黑礼服者　那将是一门粗暴可怕的婚姻。

阿　基(发怒)　国王将把库鲁比当玩物。

穿黑礼服者　事情将进行得如急风暴雨。但愿我那时不在场。当你一想到国王曾经那样脚踢姑娘的情形,不禁对今后的夜晚会感到惧怕。

阿　基　脚踢?

穿黑礼服者　在幼发拉底河岸。

阿　基　在幼发拉底河岸?

穿黑礼服者　就在那天上午。

阿　基(一跃而起)　尼尼微的乞丐是国王?

穿黑礼服者　谁当时在场,谁就是证人。陛下那时是化了装的。

阿　基　为了什么?

穿黑礼服者　说服你当国家公职人员。于是天使就把姑娘交给了他。一个崇高的时辰,一个庄严的时辰。

阿　基(从额上擦去恐惧的冷汗)　这本来是一个很容易犯愁的时刻。我算又一次碰到运气啦。(狐疑起来)那你是谁?

穿黑礼服者　刽子手。

〔众诗人消失。

阿　基　敬礼。(他跟他紧紧握手)

穿黑礼服者　你好。

阿　基　你穿的是便服。

穿黑礼服者　我是不能穿官服来杀乞丐的。这有严格的规定。

阿　基　你喝牛肉汤吗？

穿黑礼服者　这是不是一个陷阱？我不能上这个当。

阿　基(清白无辜地)　一个陷阱？

穿黑礼服者　你设陷阱摆脱了拉马施的刽子手，又用同样的方法你摆脱了阿卡德和基施的刽子手。

阿　基　那些是公爵的刽子手，不是国王的刽子手。我只让国王的刽子手处决我。仅就待遇而言，这就够意思了。我引以为骄傲。出于对你的尊敬，我用牛肉汤款待你。

穿黑礼服者　我也是受尊敬的。凭我的薪俸我只能吃得很俭省。我只是从道听途说中才知道牛肉汤的。

阿　基　你就坐在这个早已腐朽的世界统治者的宝座上吧。

穿黑礼服者(小心翼翼地坐下)　这真的不是陷阱吗？

阿　基　才不是哩。

穿黑礼服者　我是坚定不移的。任何贿赂都要碰壁，不论是金钱还是女色。新近当我奉命绞杀美西亚①的一个部落时，他们献上百驴祭、百羊祭。白搭。数以千计的美西亚人在夕阳映照下整齐地一排排死在绞架上。

阿　基　我相信你说的。

穿黑礼服者　请考验我吧。

阿　基　那是没有意义的。

穿黑礼服者　请试试吧，我最喜欢别人考验我的立场。

阿　基　好吧。给你搞个未婚妻怎么样，既年轻，又丰满。

穿黑礼服者(骄傲地)　动摇不了我。

阿　基　要是给你一个小男孩呢，红红的脸，很听使唤。

穿黑礼服者(气宇轩昂地)　顶得住，顶得住。

---

①　美西亚，古代地名，位于小亚细亚的西北部。

阿　基　如果我悄悄告诉你,我的财宝藏在幼发拉底河的什么地方呢。

穿黑礼服者　这一套统统行不通。还得绞死你。(胜利地)认识我了吧? 人家称我西迪是廉洁的人。

阿　基　为这个,也给你一块最美味的牛肉。来喝汤啰!
〔他用勺子敲了敲锅边,发出响亮的声音。诗人们一拥而出。

众诗人　声音! 美妙的声音!
〔每人手拿一个小碗向汤锅走去。

阿　基　诗人们,出类拔萃的人们!

穿黑礼服者　欢乐,一种纯洁的、纯粹的欢乐!
〔诗人们和穿黑礼服者鞠躬。奥尔马和尤素福从右边悄悄溜了过来,手里也拿着小碗。

阿　基　小偷奥尔马和强盗尤素福,是我的邻居,他们住在下游那座桥底下。

穿黑礼服者　我知道,我知道。下礼拜我就得把他们绞死。
〔右边出现几个影影绰绰的人影。

众人影(嘶哑地叫唤)　饥饿啊! 我们饥饿!

阿　基　拿去吧,乌鸦们,给你们一份。
〔他扔给他们一大块肉,随即他们重又消失。汤已分好,大家开始吃了起来。穿黑礼服者把一块红手帕铺在腿上。

穿黑礼服者　这汤真鲜。对我这个皮包骨来说,这可是丰盛的宴会。

阿　基　看来你很愉快。

穿黑礼服者　是的,是的。牛肉异常可口。这一餐是一次热闹的宴会,一次无拘无束的宴会。但你还是得上绞刑架。

阿　基(重新把穿黑礼服者的汤盆盛满)　这里还有你一份呢。

穿黑礼服者　我都吃,都吃。

阿　基　你要不要来一瓶最佳埃及酒? (他给大家斟葡萄酒)

317

穿黑礼服者　我还求之不得呢,馋酒馋得慌。好一场巴科斯①祭,一场及时雨似的酒神祭,我们就此纵情痛饮一番。让我们欢庆吧。禁止你的职业,这已经是第一百次;人们策划绞杀你,已是第十次。我已经一起起都记下了。祖国历史上的大事日期我记得十分准确。我记日记。一个个世界帝国的兴衰我全都记下了。那么人类呢?他们改变着,变化着。职业、时尚、宗教、等级、道德等不断在变换。如果不用日记记下来,单凭记忆就非乱不可,只有你没有改变。不论在什么情况下,不管谁追捕你,你始终当乞丐。向你致敬,向你致以崇高的敬意。(全体干杯)你要顶住,像首相同他那成千个衙门那样。向他致敬,也向他致以崇高的敬意。(全体干杯)他同你一样,始终不变。他暗中同他的官僚们统治着国王,统治着世界。第三位便是我,举杯,最后为我痛饮一杯。(全体干杯)我也不改变,不变换,不变化,永远当刽子手,我可以骄傲地对上天这样呼喊。为官僚统治、行乞和刽子手的职业干杯!这三者构成秘密世界的鹰架,各种事物都凭借它进行建造和拆毁。

〔全体碰杯。

阿　基　让我们把剩余的喝光。

穿黑礼服者　剩余,可悲的剩余。我坐在这里,是为了履行职务,这真糟糕。即使我现在就对你采取行动,世界也会变得荒凉。不过还得振作精神来干这件糟糕的事情。汤喝完了,牛肉也已下了肚,酒瓶已经空了。你希望把你押到桥上灯柱旁,还是到市内的小树林里去受绞刑?

阿　基　我想,王宫前的路灯也许最好。

穿黑礼服者　高尚的想法,但是很困难。宫前的灯柱是为内阁成员上绞刑用的。我们还是把你绞死在桥栏上吧,这样做最省事,我的助手就在上头。哈莱夫!

---

① 巴科斯,古代罗马神话中的酒神名。

上面答　有,师傅。就来。

〔从上面放下一根绳子来,诗人们叫唤起来,又不见了。奥尔马和尤素福同样如此。

穿黑礼服者　对不起,请。

〔阿基登上舞台中间的王位。

穿黑礼服者　你还有什么要求吗?

〔他用肥皂把绳子的活结弄软,然后把它套上阿基的脖子。

阿　基　我把留下的钱捐献给诗人们。只是我在大洪水胡同的一家古玩店不知该怎么办。

穿黑礼服者　你有一家古——古玩店?

〔诗人们重又出现。

众诗人　一家文物古籍店?

阿　基　上星期乞讨来的。那一天我精神抖擞,乞丐的观察力极为敏锐,有一种完全特别的技能。

穿黑礼服者　一家古玩店,这正是我朝思暮想的东西。

阿　基　我没有想到过你对这样的东西有热情。

穿黑礼服者　作为古董商坐在雕塑品当中,读读古典作品,我觉得那是尘世上最理想的境界啦。

阿　基(连连摇头)　怪哉。拉马施、基施和阿卡德等地的刽子手也都没命地渴望着文化教养。

穿黑礼服者　我的生活是辛酸的,它毫无欢乐,常跟眼泪打交道。干行刑这一行,从来不会飞黄腾达。最多不过是有朝一日哪位大臣垂怜,掷下点东西而已。可是,当我想到你的职业,想到你每天与诗人们的交往,想到用这种牛肉汤举行的欢乐喧闹的宴会,对比多么鲜明。

阿　基　人们喂养着大刽子手,而让小刽子手挨饿。我想领略领略。把你的职业给我,换我的古玩店吧。

穿黑礼服者(摇晃)　你愿意当刽子手?

阿　基　这是我惟一还没乞讨到的职业。

穿黑礼服者（倒在宝座下）　天呀！

阿　基（不安地）　你怎么啦,廉洁的西迪,秘密世界的鹰架的支柱？

穿黑礼服者　水,请来杯水。不然我的心脏要发生危机啦。

阿　基　喝烧酒吧。这更有效。（他小心翼翼地从宝座上下来,把一瓶酒递给对方；颈上还一直套着绞索）

穿黑礼服者　我头晕目眩,感到天旋地转。荣誉是什么呢,典型的巴比伦的骄傲又是什么呢？

阿　基（诧异）　住在这座基尔加美施拱桥底下的人难道还有什么荣誉可言吗？

穿黑礼服者　任何我所要绞杀的人,我都可以把我的职业转让给他。我当时年少气盛,订了一个合同,在那合同里分明写着今后要设法让我去学习美的艺术。当时我想的是挣钱。然而最卑贱的苦力、最可怜的大臣、满身虱子的学生——在无聊的几千年间,我也绞杀过这号人——我从来没有说服过他们中的任何一个人愿意接替我的刽子手职位而保全性命。这证明,名不虚传的巴比伦人的荣誉感比求生欲更强烈。

阿　基　你看到了吧,我一直都在想,巴比伦依然因为纯粹的荣誉感而走向灭亡。

穿黑礼服者　你的建议固然能把我从苦恼的生活中解救出来,但仍使我大为震惊。你竟肯用一爿古玩店交换一种最不齿于人的、最卑微不堪的职业！

阿　基　你对自己工作的态度完全是错误的,刽子手。正是这种卑微不堪、不齿于人、为人厌恶的职业,我们必须加以提高,以便把它们从低下的地位中解救出来；不然的话,这些职业就会消亡的。就拿我来说吧,我一度是个亿万富翁。

穿黑礼服者（惊讶）　亿万富翁？

众诗人　讲给我们听听,乞丐,讲给我们听听！

阿　基　那么就听一首关于我如何乞讨到这份职业的诗吧。（他将头从绳套里抽了出来,并用右手握住绳套)在一个鲜花盛开的五月之夜,午夜时分,我施展技艺和巧计,从一个亿万富翁的小女儿那里乞讨到她老子的十亿金钱。我决心在一场孤注一掷的战斗中战胜财富的肆无忌惮的剧增。现在请听我,一个智者的妙法:我从早到晚不断借债,把盾①花在喝酒上,使森林、宫殿荒废,让牛犊、马匹发臭,亲自玩坏艺术品、金镜子、弄坏平底锅、墙壁,把钱箱挥霍殆尽,把宝石废弃,让两千头猪在纸牌游戏中输得一干二净。这样我在一年内以一种不可抗拒的慢节奏破了产,十万万钱财荡然无存,口袋里分文不名,瓶子里滴酒不留。并且我以同样轻狂放荡的办法把另外五个亿万富翁,连同所有的股东和银行引入歧途,使之倾家荡产;国家开始动摇了。这一切,我的刽子手,我是作为思想家来干的,目的是拯救一种恶劣的职业。

诗人甲　那亿万富翁的小女儿呢?

阿　基　嫁给了一个没收债务抵押品的官员。(他把绳套往上一抛。绳子消失)我于是躺在我的石棺里,日夜思考问题:为什么人类老是做无谓的努力?为什么在斗争中卑劣行为取得胜利?因此我便用精神力量和热忱,用我的激情去寻求一次新的冒险:用谄媚和诱惑,用虐待和操练,用溜须拍马和脊骨脱臼,用伸腿和爱国思想,用贵族的新娘和官僚的腔调,用摇尾乞怜和阿谀逢迎,我从一位体弱多病的将军那里乞得了他的头衔。这下我有手段向战争开火,打败胜利。这就是我的军事生活的内容,下地狱不是徒劳的。我以大胆的学说,免去了战争的艰辛和恐怖。当我所率领的军队,纸面上有三十万人,向阿卡德进军的时候,我成功地打输了一个战役,撤回时没死一个人,没有伤兵,没有皮开肉绽的人,人畜完好无损。没有一个母亲失去自己的儿子,三十万人个个生还。刽子手,这是思想家的格言:从未有过代价

---

① 古金币名。

更小的崩溃!

穿黑礼服者　了不起的成绩。到底怎样取得的?通常一打败仗总是损失惨重。

阿　基　给士兵的进军令我没有发出。

穿黑礼服者　值得赞赏。令人惊讶。

阿　基　你瞧瞧,就得这样来从事卑微的职业。从任何人身上都可以展现出某些好的东西来的。

穿黑礼服者(小心翼翼地)　你的意思是,我既为古董商就喝得上牛肉汤了?每月举行一次宴会敢情我会满意,会感到欢欣鼓舞的。

阿　基　你将每周喝三次牛肉汤,星期日吃一只鹅。

穿黑礼服者　真是大转变!纵情享乐的大突变!

阿　基　你的公服,刽子手。

穿黑礼服者　在这只小箱子里。我本来把你绞死以后还得把地质学家和天文学家也绞死。

阿　基　绞死意味着释放。

穿黑礼服者　你将失去诗人了。多么难受。

阿　基　相反。我喜欢王家的地牢的寂静。(他穿上刽子手的外套)

诗人甲(惊骇)　别穿上这件衣服。

诗人乙　不要有失体统。

诗人丙　不要当刽子手。

诗人乙　永远当一个具有诗意的人吧。

阿　基　巴比伦的诗人们,你们一辈子倒霉,原因不就是认识不到危险的时刻吗?你们看不到正在孕育着的灾难。库鲁比寻找一个乞丐,却即将找到一个国王。日夜进行着逮捕,军队进军北方,国家机器是无隙可乘的,它绝不会放过我们中间任何一个人的。你们还要听我朗诵我最后的、最辛酸的即兴诗吗?听我讲关于弱者的武器的即兴诗吗?

一　个　请朗诵你最后的、你最辛酸的即兴诗吧!

众诗人　趁你没有离开以前,趁你没有消失以前!

另一个　趁我们不得不成为国家诗人以前。

阿　基　为了在世界上能够立足,弱者必须认识世界,免得盲目走上迷途,陷入致命的危险境地。强者们都是强大的,藐视这一真理,净干些蠢事,一心要战胜强者,而不使用能降服他们的武器,这都是低劣的想法。英雄行为是毫无意义的,无非暴露出弱者的软弱无力,弱者的绝望挣扎只会使权力付之一笑。但现在听一听一个衣衫褴褛、受过严刑拷打、被警察追捕的乞丐的倾诉吧:这个世界上的强者攫取他所喜欢的一切,一会儿是你的妻子,一会儿是你的房屋,只有那些他所轻视的东西,他才不去染指;聪明人从中得到教训。谁想拐走权力所贪求的东西,谁就失败,暴力甚至把智者杀害,惟独一无所有而本身也是微不足道的人,才永远不受损害。该懂得的必须懂得,并且要得出这样的结论:只有佯装笨伯,才能活到老年。从里面发动进攻。哪怕已到了审判的日子,也要躲在碉堡里面。你只管溜进去,破坏每一堵墙,做时相貌要谦卑,要作为酗酒的伙伴,作为奴隶,作为诗人、欠债的农民,总之要降低你的身份。要忍受耻辱,每一条小道都走,若时间充裕,埋葬非分的希望,炽热的爱情,苦难和恩惠,埋葬在刽子手的红衣里。(他把假面具戴到脸上,作为伪装成的红衣刽子手站着不动)

第 三 幕

　　第三幕的场景是金銮殿，这里没有很多引人注意的东西，它的奢靡，它的过分讲究，它的与众不同，这是不言而喻的，但它的野蛮和残忍也是突出的。在极其高度的文化之中可以看到某种黑人模样①的可怕的东西，诸如涂有血污的王家掠夺军的军旗等。大殿由一排巨大的栅栏把前台和背景隔开，背景向后无限伸展，直到隐隐约约地矗立着僵直、冷漠的巨大雕塑像处，视线才到尽头。宝座位于栅栏左侧，矗立在台阶之上，内布卡德内察尔坐在上面，尼姆罗德的头夹在他的两脚之间；两个肩膀垫着他的脚。左边栅栏有一扇门，通过它可以进入背景。殿内的左右两旁也都有门。右边前端沿乐池摆着两个凳子。

尼姆罗德　怎么啦，内布卡德内察尔国王，怎么啦？几天几夜了，你在你的宫里为什么发呆？你的脚为什么在我的肩上跺个不停？

内布卡德内察尔　我爱库鲁比。

尼姆罗德　那么你爱一个你用自己的脚凳换来的姑娘。

内布卡德内察尔　看我让人用鞭子抽你。

尼姆罗德　抽好了，我不怕！你能像我折磨你那样来折磨我吗？

内布卡德内察尔　住嘴，脑袋夹在我两脚之间的人。

尼姆罗德　好吧。

　　〔沉默。

内布卡德内察尔　讲呀！讲呀！

尼姆罗德　你瞧，连我的沉默你都忍受不了。

---

① 黑人图像在古代为一种残酷的象征。

内布卡德内察尔 讲讲库鲁比的情况。你已经看见过她了。她曾舀来幼发拉底河的脏水给你喝。

尼姆罗德 你嫉妒我了?

内布卡德内察尔 我嫉妒你。

尼姆罗德 她蒙着面纱。但在你认出她之前,我就透过她的面纱看到了她的美丽。

内布卡德内察尔 她的美丽焕发着天上的光彩,倾倒了巴比伦全城,情人们的赞歌声一直传进我的宫里来。

〔外面传来高声的诗朗诵。

娈 童 姑娘生自虚妄,

她并非属于国王;

尼姆罗德 听见没有? 连你的娈童都在作诗。

娈 童 她下凡来到阴沟里,

身披金光一缕缕。

内布卡德内察尔(轻声地) 刽子手。

〔化装成刽子手的阿基从左边上。

阿 基 陛下。

内布卡德内察尔 杀死这个作诗的娈童。

娈 童 她挂在乞丐的胡须上,

我们心儿如焚好不忧伤。

阿 基 这是理智的,陛下。只有坚决的措施才合适。(他走向右边的后面,随即消失)

娈 童 她犹如一片洁白的

天上的雪——(声音戛然而止)

内布卡德内察尔(轻声地) 所有爱慕库鲁比的人统统都应该死。

尼姆罗德 那就得彻底消灭人类。

内布卡德内察尔 我让人烧掉你的眼睛。

尼姆罗德 把我的眼睛烙瞎吧,用铅丸把我的耳朵塞满吧,把我的嘴巴堵上吧:你不能从我身上把我的记忆夺走。

325

内布卡德内察尔　　首相!

首　相　陛下?

内布卡德内察尔　　把废王弄到我的地牢的最底层去。

首　相　我是立法者。我给国王下的定义是:国王者,其脚必置于其前任之肩上者也。假如这一定义失效,那么国王也就不能成立了。

内布卡德内察尔　　那么改变这一定义。

首　相　不可能。否则,巴比伦法律的五十万条条款就全都报废啦,这样一来我们势必陷入一片混乱,因为那些条款是从国王的定义中合乎逻辑地产生的。(他离去)

尼姆罗德(笑起来)　　他过去对我也一直是这么说的。

内布卡德内察尔　　而且每说一次条文的数目就增加一次,没完没了地增加下去。

尼姆罗德　　还有衙门的数目。

内布卡德内察尔　　留给我的只有一张脚凳。

尼姆罗德　　还有你的儿子,那位王储。

〔一个穿着奢华时装的白痴一边傻笑,一边舞蹈似的从左后方出来,他跳着绳子走过舞台,消失在右后方。内布卡德内察尔用双手捂住面孔。

内布卡德内察尔　　这是你的儿子。

尼姆罗德　　是我们的儿子,我们的权力的继承者。没有人知道是谁生的。当时我们俩喝得醉醺醺,偷偷地潜行到他的母亲那里。

内布卡德内察尔　　我们用链条互相串在一起,你和我。

尼姆罗德　　永远如此,永远如此。

内布卡德内察尔　　有史以来就是这样的。

双　方　我在上面,你在下面;我在下面,你在上面;永远如此,永远如此。

〔沉默。

内布卡德内察尔　　刽子手。

〔传来欢乐的歌声。

阿　基（从左边上）　陛下？

内布卡德内察尔　这究竟是谁在唱这样的歌,刽子手？

阿　基　诗人们。他们唱自己作的颂歌。

内布卡德内察尔　他们唱得出奇的高兴。

阿　基　巴比伦诗人们以往过的生活那样悲惨,他们现在为自己开始另一种生活感到欢乐。

内布卡德内察尔　那些地质学家和天文学家都被惩处了吗？

阿　基　已经把他们从地牢里清除出去了。

内布卡德内察尔　行乞一行消灭了吗？

阿　基　完全消灭了。

内布卡德内察尔　那位阿基乞丐呢？

阿　基　他变化了。假如他站在陛下面前,连陛下都认不出他来了。

内布卡德内察尔　把他吊死了吗？

阿　基　把他升高了。

内布卡德内察尔　晚风在摇曳着他？

阿　基　他在最高的范围内动弹着。

内布卡德内察尔　自从有了罪孽以来第一次感觉到一种进步。人类开始用些比较明确的形式朝着仁爱的方向活动。既然社会上最坏的东西已经消除了,那么现在该是倡导理智的时候了,是对诗人,或者对神学家采取行动的时候了。

阿　基（惊颤）　只是没有诗人了。牢房底下一直是这样寂静,于是娈童就作起诗来了。

内布卡德内察尔　你没有把他杀掉吗？

阿　基　按照宫廷礼仪,绞杀娈童得到午夜进行。我请求陛下对神学家采取行动吧。他们更好对付些。

内布卡德内察尔　这个问题得同首席神学家谈一谈再作定夺。履行你的义务去,把国家绞刑架准备好。

〔阿基下。

内布卡德内察尔　乌特纳皮施蒂姆！

〔首席神学家乌特纳皮施蒂姆——一位德高望重的老人从右边上。〕

乌特纳皮施蒂姆　找我有什么事,内布卡德内察尔国王？

内布卡德内察尔　朝我两脚间这个脑袋的脸上啐唾沫。

乌特纳皮施蒂姆　按照你本人已经批准的法律,我已经免除这一仪式了。

内布卡德内察尔　那么诅咒我的脚凳,咒到千年万代以后。

乌特纳皮施蒂姆　我的义务是祈求人类的幸福。

〔尼姆罗德发笑。内布卡德内察尔精神振作了起来。〕

内布卡德内察尔　你可以坐下。

乌特纳皮施蒂姆　谢谢。

内布卡德内察尔　我想征询一下你的意见。

乌特纳皮施蒂姆　恭听。

内布卡德内察尔（犹豫了一会儿）　当天使来到幼发拉底河岸的那个难堪的早晨,你也是在场的。

乌特纳皮施蒂姆　那是一次使神学家们茫然失措的事件。我是竭力抵制信奉天使的,我写了各种反对这一信仰的文章,以致两个坚持这一信仰的神学教授必须处以火刑。在我看来,上帝是不需要任何工具的。他是全能的。现在由于天使下凡,我几乎被迫修正我的教义,这件事的困难不是俗人所能想象的,因为上帝的全能当然是不准触动的。

内布卡德内察尔　我不理解你的意思。

乌特纳皮施蒂姆　不要紧,陛下。即使是我们神学家,互相间也几乎从来不理解的。

内布卡德内察尔（窘迫）　我用脚踢这姑娘的情形,你是看见的啰。

乌特纳皮施蒂姆　使我震惊。

内布卡德内察尔（痛苦地）　我爱这姑娘,乌特纳皮施蒂姆。

乌特纳皮施蒂姆　我们大家都爱这孩子。

内布卡德内察尔　全城都作诗赞美她。

乌特纳皮施蒂姆　我知道。我也试图用艺术手段来歌颂这姑娘。

内布卡德内察尔　你也如此,人类中最年长者。

〔沉默。

内布卡德内察尔　我被上天污辱了。

乌特纳皮施蒂姆　你只是自己嫉妒自己,内布卡德内察尔国王。

〔白痴跳着绳子从右后方出来,朝左后方跳去,在舞台上走了个弧形。乌特纳皮施蒂姆鞠躬。

内布卡德内察尔(窘迫)　说下去。

乌特纳皮施蒂姆　假如我们想理解这个——如我所承认的——世界经常像谜语般的变化的话,啊,国王,那么我们就必须从这样的假定出发:上天总是对的。

内布卡德内察尔(阴沉地)　在上天和我之间的冲突中,你站在他那一边。我很遗憾,我必须把你杀了。刽子手!

〔阿基从左边上。

阿　基(高高兴兴地)　那么当真要杀神学家啰,陛下。请允许我执行。

乌特纳皮施蒂姆(庄严地站起来)　请吧。

内布卡德内察尔(大吃一惊)　重新坐下,亲爱的乌特纳皮施蒂姆。我并没有这样急忙。刽子手还可以稍稍等一会儿。接着刚才的话题继续讲下去。

阿　基　不过可别变得手软,陛下。对付神学家必须严厉。(下)

乌特纳皮施蒂姆(沉着)　看来你的意思是说:上天让你给弄糊涂了,那天夜里把你当成了一个乞丐。这是可笑的。被你弄糊涂的是天使,派遣天使的上天十分明白这姑娘是给谁的。是给你——内布卡德内察尔国王的。别的可能性根本不存在,因为上帝不仅无所不能,而且也无所不知,就像我已经证明了的那样。

内布卡德内察尔(阴沉地)　上天是决定把库鲁比给人类中最贫穷

的人的。

乌特纳皮施蒂姆　上天的话绝不能理解为指个人,而只能理解为指大家。殊不知在上天眼里,每个人几乎同样是渺小的,因为他观察尘世万物时隔着那么巨大的距离。你已经用自己的愚蠢行为,把上帝赐恩给你的意图化为了泡影。

内布卡德内察尔(沉默片刻,友好地)　用杀人的办法来对待这问题当然是毫无意义的。

乌特纳皮施蒂姆　我谢谢你。

内布卡德内察尔　从根本上说来必须在我的王国里鼓励神学的研究,一切其他的科学我一律予以禁止。

乌特纳皮施蒂姆　尽管你的热忱这样值得夸奖,可不要把它搞得太过分了。

内布卡德内察尔　为此现在就要把诗人们给绞死。

乌特纳皮施蒂姆　我很遗憾。

内布卡德内察尔　完美的国家是不能容忍不真实的东西传播的。诗人们抒发不存在的感情,叙述虚构的故事,或写没有意义的文句。我想,禁止他们这样做也恰恰是神学所感兴趣的事情。

乌特纳皮施蒂姆　那不一定。

内布卡德内察尔　刽子手。

阿　基(从左侧上)　到,我赶到了。国家绞刑架已经为首席神学家准备就绪。

内布卡德内察尔　传令把诗人们给抓起来。

阿　基(大吃一惊)　诗人们?

内布卡德内察尔　把他们给消灭掉。

阿　基　那么至少叙事诗人一定得抓吧。比较起来他们是最长心眼的。

内布卡德内察尔　抒情诗人和戏剧家也不例外。

〔阿基无可奈何地下。

内布卡德内察尔　这样一来国家和教会之间的冲突似乎调和了。

乌特纳皮施蒂姆　又一次调和。

内布卡德内察尔　你认为,我该娶这个姑娘吗?

乌特纳皮施蒂姆　你没有很早就娶了来,倒让我惊奇哩。

首　　相(从右边上)　陛下,天使公开去了市公园,他从一棵一棵椰子树上采摘椰子,捕捉蜂鸟①,把它们收集起来。

〔首席神学家的一个秘书也从右边上,他跟乌特纳皮施蒂姆耳语了几句。

乌特纳皮施蒂姆(欣喜地)　我的秘书报告说,加入国教的人数一下子超过了我们最狂妄的希望。

〔秘书展开一大张名单,上面签满了新入教者的名字。

首　　相　非尘世的现象在政治上所起的影响不全是这样积极的。民众欢欣鼓舞。他们冲进宫廷,来逼陛下同库鲁比结婚。他们用恩吉比银行老板的轿子把姑娘抬来了。她头上戴着花环。

乌特纳皮施蒂姆　一场暴乱?

首　　相　一次自发的起义,虽说还带有巴比伦的保守的特点,但不可等闲视之。

内布卡德内察尔和尼姆罗德(同时)　镇压民众。

首　　相　起义是不需要镇压的,可以把它引导到一个有益于自己的目标。

〔内布卡德内察尔摆出一副思想家的架势,尼姆罗德相同。

内布卡德内察尔和尼姆罗德(同时)　我听着。

内布卡德内察尔(诧异)　你怎么一下子跟着我说话了,脚凳?

尼姆罗德　宝座不仅仅是你的,而是我们俩的,它正在受着威胁。

〔内布卡德内察尔和尼姆罗德重新摆出思想家的姿态。

内布卡德内察尔和尼姆罗德(同时)　我们的宝座正受到威胁。我们在听取你的建议,首相。

首　　相　两位陛下!巴比伦宝座这一崇高的设施诞生于远古时代,

---

① 一种形体极小、五光十色的小鸟,以花蜜和花朵中的昆虫为食,产于美洲。

为我们的民族英雄基尔加美施所创造,乃是各民族向它云集的地球的真正中心——

内布卡德内察尔和尼姆罗德(同时) 真是一语中的,多么机智的概括!

首　　相　——在几千年的进程中落得这样声名狼藉,以致它普遍被人看作是历代最破烂的国家机构。

内布卡德内察尔和尼姆罗德(同时) 你敢对我们这样说?刽子……

〔阿基从左侧上,但首相一个手势又把他打发走了。

首　　相　两位陛下根本就用不着请刽子手。这里只涉及政治上的决断,而不涉及个人意见。

内布卡德内察尔和尼姆罗德(同时) 说下去。

首　　相　在巴比伦人中间有一种当共和人士的好风气。一群激动的人聚集到宫廷里来,这只是一种征兆。必须采取有力措施加以解决,否则世界王国就要在我们面前消亡。

内布卡德内察尔和尼姆罗德(同时) 就像春天到来时北方的雪。

乌特纳皮施蒂姆　该采取什么措施呢,首相?

首　　相　库鲁比姑娘的美丽甚至激励着像我这样的老人,应立即拥戴她为王后。

乌特纳皮施蒂姆　宗教和国家的目的完全一致起来了。

首　　相　一件搞糟了的事情转化成这样的好事,这是从来还没有过的。作为政治家我感到欢欣鼓舞,这样我们就有可能把政治上很难站得住脚的事情通过玄学来稳住。今天每个人都相信库鲁比,相信上天。我们就让这位少女做我们的王后,这样,几千年的共和观念就烟消云散了。我们只需要向民众的意志让一下步,就会一切井然有序,国泰民安。我们也希望不久就有另一位王位继承人来即位,因为尽管由于我的官衙很得力,没让一个才能有限的统治者造成很大的损失,可政治上的舒畅局面显然是谈不上的。

内布卡德内察尔和尼姆罗德(同时)　把姑娘领进来。

〔首相和首席神学家示了个意。老将军领着库鲁比经由栅栏门进来。她赤着脚,衣衫褴褛。阿基从左边上。

首　　相(喜悦地)　姑娘!

〔内布卡德内察尔和尼姆罗德戴上金制的假面具。

乌特纳皮施蒂姆　来吧,我的小囡女。

首　　相　进来吧,我的孩子。

〔乌特纳皮施蒂姆和首相朝右边回去。

内布卡德内察尔和尼姆罗德(同时)　我们欢迎你。

库鲁比(惊恐地站住)　一个双重人。

内布卡德内察尔和尼姆罗德(同时)　你站在巴比伦国王的面前。

库鲁比(看着伪装成刽子手的阿基)　这个红衣人?

内布卡德内察尔和尼姆罗德(同时)　刽子手。

〔白痴从左方跳跃着上了舞台。

库鲁比(惊恐万状)　这是什么人?

内布卡德内察尔和尼姆罗德(同时)　一个无关紧要的善良人,他有时跑跑跳跳地通过宫殿。

库鲁比(战战兢兢地走近一些)　你是人类中最有权势的人?

内布卡德内察尔和尼姆罗德(同时)　正是。

库鲁比　你叫我来有什么事?

内布卡德内察尔和尼姆罗德(同时)　巴比伦人都希望你做我的妻子。

库鲁比　我不能做你的妻子。

内布卡德内察尔　你爱着别人吗?

库鲁比　我爱着别人。

内布卡德内察尔　一个诗人?

库鲁比　但我爱这些诗人仅仅像一般人爱他们那样。

内布卡德内察尔　有人看见你跟一个老骗子和花言巧语的人出没在小巷里,在桥底下过夜。

〔阿基愤怒地跺着脚。

库鲁比　我爱着乞丐阿基,就像人们爱父亲那样。

内布卡德内察尔(松了口气)　那么你像一个姑娘爱一个小伙子、一个情人那样爱的究竟是谁?

库鲁比　我爱一个名字很复杂的乞丐,大王。

〔内布卡德内察尔示了个意,阿基离去。

内布卡德内察尔　是尼尼微的乞丐吗?

库鲁比(高兴起来)　你认识他?

内布卡德内察尔　忘掉他吧。他曾经很悲惨,他感到绝望,他很孤独。

库鲁比　我忘不了他。

内布卡德内察尔　他下落不明了。他没有在我的官衙登记入册。

库鲁比　我一直在寻找他。

内布卡德内察尔　一个幽灵出现在幼发拉底的雾霭中。

库鲁比　我见到过他。

内布卡德内察尔　你见到的是梦中的幻影吧。

库鲁比　我吻过他。

内布卡德内察尔　你爱的是个并不存在的人。

库鲁比　他是存在的,因为我爱着他。

内布卡德内察尔　那你走吧。

库鲁比(鞠躬)　谢谢你,大王。

〔内布卡德内察尔从脸上取下假面具,尼姆罗德同样。

库鲁比(抬头一看,首先认出了尼姆罗德)　我给过水喝的犯人。

尼姆罗德　我就是。

〔这时她认出了内布卡德内察尔,即喊了起来。

库鲁比　我爱着的尼尼微的乞丐。

〔她凝望着他,不知所措,脸色发白。内布卡德内察尔步下宝座,向她走去。

内布卡德内察尔　你寻找的那个乞丐是没有的,他是化为了虚无的夜的幻影。你曾爱过一个乞丐,现在一个国王爱着你。对于他给你的那顿脚踢,我给你整个地球作为补偿。我的伟大王国将向你朝拜,我要向上天呈献无限的祭品。(他想领她上宝座)

库鲁比(如梦初醒)　你不是国王。天使之所以把我给你,因为你是一个乞丐。

内布卡德内察尔　我从来就不是乞丐,我始终是国王。当时我不过是伪装罢了。

库鲁比　你现在是伪装的。在幼发拉底河畔你曾是一个我所爱慕的人,而眼下你是一个我所害怕的幽灵。跟我逃走吧。

内布卡德内察尔　我亲爱的库鲁比,我得统治世界呀。

尼姆罗德(讥讽地)　我得统治世界呀!

〔他试图坐上宝座,内布卡德内察尔跳了过去。

内布卡德内察尔　你给我下来!

〔他强迫尼姆罗德回到脚凳的地位。库鲁比走近这两位正在争斗着的陛下,抱住内布卡德内察尔。

库鲁比　别做这场可怕的梦了吧。你不是国王。让他们还你乞丐的身份吧,你向来都是这个身份。我们要离开这所石头造的房屋和石头造的城市。我愿意为你乞讨,愿意照料你的生活。我们要在地球上睡觉,紧紧依偎着,躺在星空下。

内布卡德内察尔　首席神学家!

〔乌特纳皮施蒂姆经由右门上。

乌特纳皮施蒂姆　叫我什么事?

内布卡德内察尔　废王差点儿坐上宝座,而这位姑娘要求我当乞丐。她不理解我从来不是乞丐。她没有人世经验。她跟一个天使的交往,特别是许多诗人用了一些毫无意义的观点把她的头脑给灌满了。你跟她谈谈吧。

〔他沮丧地在宝座上坐下。首席神学家把姑娘领到右边,两人坐了下来。

乌特纳皮施蒂姆(亲切地)　我是巴比伦的神学家,我的孩子。

335

库鲁比(高兴地)　啊,那你想上帝吗?

乌特纳皮施蒂姆(微笑着)　我始终想着上帝。

库鲁比　那你对他很熟识?

乌特纳皮施蒂姆(不无悲伤地)　远远不如你对他熟识,我的姑娘,因为你曾经就在他的身边。我是一个凡人,而上帝对我们凡人是不露面的。我们不能看见他,我们只能寻找他。你爱国王吧,我的孩子?

库鲁比　我爱乞丐,就是天使把我带给他的那个乞丐。

乌特纳皮施蒂姆　国王和这位乞丐是同一个人,所以你也爱国王。

库鲁比(垂下头)　我只能爱乞丐。

乌特纳皮施蒂姆(微笑着)　你的意思是想要国王变成乞丐?

库鲁比　我只愿意听从天使的安排。

乌特纳皮施蒂姆　他把你带给一个身为国王的乞丐。你糊涂了,我理解你。眼下你不明白:是你应该当王后,还是国王应该当乞丐。是不是这样,我的小闺女?

库鲁比(没有把握地)　是这样,尊敬的父亲。

乌特纳皮施蒂姆　你明白了吧,我的孩子,只要我们对这问题心平气和地谈一谈,一切都会容易得多。现在我们必须设法知道,上天对这一切大概是怎么看的,你说呢?

库鲁比　是的,尊敬的父亲。

乌特纳皮施蒂姆　当我还年轻、大洪水正发生的时候,我就确信:上天要求我们凡人绝对的事情,就像我们在神学中用我们的特殊语言所表达的那样,但我年纪越大,看得越清楚:这是一种不完全正确的理解。上天向凡人要求的首先是可能的事情。他懂得,他不能够一下子就使我们成为完美无缺的造物;如果他想要我们这样的话,他只会把我们毁灭。因此上天正是因为我们不完美才爱着我们。他耐心地对待我们,并且乐于像父亲对他的小儿子那样满怀爱的感情一再责备我们,以便在几千年的历史长河中这样地一步一步来教育我们。

库鲁比　对呀,尊敬的父亲。

乌特纳皮施蒂姆　因此,假如我们把上天看作是严厉的,它向我们提出种种过分的要求,而这些要求只会引起混乱并造成严重的不幸,假如我们凡人这样看的话,那就会犯错误。你明白我的意思吗,我的姑娘?

库鲁比　你对我真好,尊敬的父亲。

〔首相出现在栅栏门口。

首　相　大家可以来祝贺了吗?

内布卡德内察尔　我们正在说服她。

〔首相消失。乌特纳皮施蒂姆向内布卡德内察尔示了个意,他从宝座上下来,朝已经站起来的他们两人走去。

乌特纳皮施蒂姆　这些道理现在也适用于你和国王。假如你把上大的旨意看作是无条件的,并要求把你作为乞丐收容的国王现在也非当乞丐不可,这就把人类的秩序给搞乱了。现在人们要知道的是他们的国王而不是他们的乞丐受了天恩,他们要把你看作王后,而不是看作一个贫穷的、衣不蔽体的小丫头。这样你也可以帮助凡人,因为他们需要你的帮助。你将促使国王执法不偏,使他在你的襄助下做出好事来。嫁给他吧,让人们垂听为和平和正义的祈祷吧。

〔他想叫两个人互相握手,不料就在这时首相冲了过来。

首　相　该采取行动了!人们在向头部可替换的陛下大雕像掷石头呢!

乌特纳皮施蒂姆　那我的像呢?

首　相　它由玫瑰花装饰着,完好无损地屹立在那里。

乌特纳皮施蒂姆　谢天谢地,那么加入国教的行动还在继续。

〔这期间尼姆罗德登上了宝座。

尼姆罗德　军队必须立即出动。

首　相　但怎样出动?他们不是已经开出去征伐黎巴嫩那边的村庄了吗。这里只有五十名宫廷卫队。

乌特纳皮施蒂姆　　巴比伦就灭亡在无穷无尽的世界掠夺上。

〔内布卡德内察尔取代了尼姆罗德的位子。

内布卡德内察尔(悲伤地)　我刚刚当了国王,又成了脚凳。事物的突变如此之快还从来没有见过。我们正向普遍的沉沦滚去。

首　　相　这有点儿夸大了吧,陛下:像我们这样的人都是一再地通过某种方式飞黄腾达的。

尼姆罗德和内布卡德内察尔(同时)　怎么办,首相?

首　　相　两位陛下。首先得询问一下叛乱的原因。

尼姆罗德和内布卡德内察尔(同时)　问吧,首相。

首　　相　是不是仅仅想要库鲁比当王后的愿望,就导致了巴比伦人的动乱?虽然民众的口号好像指的是这个意思,但有经验的政治家不予理睬。别的原因是:单单天使下凡这一件事就破坏了国家的权威。

乌特纳皮施蒂姆　我必须抗议。尽管对于我所收集的天使的言论需要作一种缜密的解释,方能使之丰富神学的宝库,然而对于国家来说,这些言论的本质是无害的,并不包含任何颠覆性的因素。

首　　相　阁下误会了。我的批评不是针对天使,而是针对他的出现。那纯粹是毒。你看,现在他正飘过空中花园,头部朝南钻入海里。请问:这是一种什么行为呢?一个国家,一种健康的权威要能够存在,前提是地球始终是地球,上天始终是上天;地球体现为被政治家们所塑造的现实,而上天则是一种旁人不需要弄懂的、神学家的美妙理论。然而,如果上天变成现实,像现在通过天使的出现那样,则人类的秩序就告吹了,因为在有形的上天之前,国家势必变成一出闹剧,现在我们尝到了宇宙无秩序的后果:一群民众,起来反对我们的民众。为什么?就是因为没有及时结婚。天使只要展翅转一圈,人们对我们的尊敬就不复存在了。

尼姆罗德和内布卡德内察尔(同时)　你的话使我们开了窍。

首　　相　因此最好的办法是:对天使一说进行辟谣。

〔愕然。

乌特纳皮施蒂姆　这不可能。他已经公开露过面了。

首　　相　我们可以宣布,那是宫廷演员乌尔施纳比。

内布卡德内察尔　多么矛盾,就在不多一会儿之前你们还欢迎天使下凡呢。

尼姆罗德　你曾经想以此使我们的权力牢固不变,并消灭共和思想。

首　　相(打躬)　一个政治家前后矛盾越频繁,他就越伟大。

乌特纳皮施蒂姆　我也认为从神学角度看,天使是不合理的,不过国教的复兴应当归功于他。

首　　相　要下令禁止人们退出国教,违者斩首。

乌特纳皮施蒂姆　如果你愿意做出某种牺牲而搞无神论的话,我也不反对,那就得把国家收入的一半分给我。

首　　相　办不到,阁下。

乌特纳皮施蒂姆　那么我拒绝对天使进行辟谣。

首　　相　起义威胁着我们大家。

乌特纳皮施蒂姆　不威胁我,首相。人家反叛是为了反对君主制,不是教会。我目前是巴比伦最受欢迎的政治家啦。要么国家收入的一半给我,要么我就建立一个教会国家。

首　　相　给三分之一。

乌特纳皮施蒂姆　一半。

首　　相　如果给你一半的话,我就得要求大张旗鼓地辟谣,阁下。

乌特纳皮施蒂姆　在所有的布道坛将它宣布。

内布卡德内察尔(还在犹豫)　我可是想和上天和解呐。

乌特纳皮施蒂姆　会和解的,陛下。以私人名义同上天和解也是可行的。只要把婚一结就行。对于上天来说,最重要的就是美满的婚姻。

首　　相　我现在也丝毫不反对这种和解,只要以私人名义就行,不过将来天使的下凡必须安排得当。

尼姆罗德和内布卡德内察尔(同时)　那么我们只剩下关于库鲁比

的出身需要取得一致的意见。

首　　相　我们册封她为拉马施公爵遗弃的女儿。

尼姆罗德和内布卡德内察尔(同时)　马上搞一些必要的文件来。

首　　相(掏出一卷羊皮纸)　我的幕僚已经把它备齐了。

尼姆罗德和内布卡德内察尔(同时)　大家立即去行使职权。

〔老将军出现在栅栏门,衣服全被撕破了。

老将军　我们被打垮了。警卫队向民众投诚了。人们抱着一架夯槌冲向大门。

〔传来头几下夯槌的撞击声。

尼姆罗德　我们完了。

〔他仓皇地离开宝座,但被首相和首席神学家挡住。

首相和乌特纳皮施蒂姆(同时)　镇静,陛下,站好。只要我们还能行使职权,就谈不上失败。

〔他们就像领一个小孩子那样把尼姆罗德领回宝座,刚才那会儿宝座又被内布卡德内察尔坐上了。

内布卡德内察尔(很高兴)　现在我又坐在上面了。

首　　相(庄严地对库鲁比)　我亲爱的孩子。为了对你表示尊敬,为了向你表达他的爱情,陛下封你为拉马施公爵的嫡亲女儿,一个有些不幸,但德高望重的政治家的女儿,他去年就是从这里离开的。他把你——你目前的贫困就是明证——放在麻筐里,丢弃在幼发拉底河岸,那情况历史学家们还在整理。文件是官方的,对你的出身已不能怀疑了。我们请求你把这一切情形向民众证实。

库鲁比(惊恐)　向凡人?

首　　相　这一手续是必不可少的。我们马上带十个吹鼓手到阳台上去。

库鲁比　我应当否认上帝创造了我?

乌特纳皮施蒂姆　当然不,我的姑娘。

库鲁比　否认天使把我带到地球上来?

乌特纳皮施蒂姆　不啊,我的小女儿。我们知道你是从哪儿诞生的,我们有幸经历这一奇迹,心情是感激的,我们中没有一个人要求你把这一切窒息在你的心头。相反,你要把它们作为你的秘密,作为你追求真理的神圣知识保留在你的心灵之中,就像我把它保留的那样。我们对你所要求的,我的孩子,仅仅是把那奇妙的事情对公众改变一下,因为公众正把这件异常的事情,看作是未经修饰的、耸人听闻的东西。

库鲁比　你说过,你总是想着上帝的,尊贵的父亲。你不能准许做这样的事。

乌特纳皮施蒂姆(痛苦地)　最好是那样,我的姑娘。

库鲁比　那你也同意首相的主张了?

乌特纳皮施蒂姆　才不呢,我的小女儿。但保护上天,损害自己,那是我的义务。巴比伦人的头脑里充满了对于多臂鬼和带翼神的迷信,我的神学得费九牛二虎之力才能压倒这种迷信,传播只有**一个神**的教义。天使会给混乱的、不成熟的想象提供地盘。上天的使者过早地降临到我们的孩子们中来了。

库鲁比(转向内布卡德内察尔)　你听到了吗,他们要求些什么,我的情人?

内布卡德内察尔和尼姆罗德(同时)　我们必须要求你做那些事情。

库鲁比　要我背叛上天吗?而我正是从他的星星上下来,以他的名义和你相爱的。

内布卡德内察尔和尼姆罗德(同时)　都是人类的需要。

库鲁比　你不愿意跟我一块儿逃走?

内布卡德内察尔和尼姆罗德(同时)　我们必须理智行事。

〔沉默。外边的夯击声越来越清晰,越来越有力。

库鲁比　那让我走吧,巴比伦国王。

〔惊讶。

内布卡德内察尔　为什么要这样呢?

乌特纳皮施蒂姆　我不理解你,我的小女儿。

首　　相　　一切都安排就绪了呀,我的娃娃。

库鲁比　　我去寻找我所爱的乞丐。

内布卡德内察尔　　可我本来就是这个乞丐呀。

库鲁比　　你在骗人。

乌特纳皮施蒂姆、首相和老将军(同时)　　我们做证,我们做证!

库鲁比　　你们从来不讲真话。甚至连天使你们也要否认。让我走吧。我要找到我所失去了的情人。

〔内布卡德内察尔绝望地离开他的宝座。

内布卡德内察尔　　我就是这个情人呀。

库鲁比　　我不认识你。

内布卡德内察尔　　我就是国王内布卡德内察尔呀。

尼姆罗德　　你是废王内布卡德内察尔。

〔他想登上宝座,但内布卡德内察尔向他扑过去,并强迫他下来。

库鲁比　　你是谁,我不知道。你装成了我情人的模样,却不是我的情人。你一会儿是个国王,一会儿是个脚凳。你是假象,而我所寻找的乞丐才是真实。我吻过他,却不能吻你。他曾把我打倒在地,你不能把我打倒,因为你不敢离开你的宝座,你害怕失去它。你的权力是软弱无能,你的财富是穷困,你对我的爱就是你对自己的爱。你没有活着,也没有死亡。你是个生物,却没有生命。让我走吧,巴比伦国王,让我离开你,离开这个城市。

〔内布卡德内察尔又登上宝座。

内布卡德内察尔　　你已经看到了我的权力的基础:我的儿子。他又跳又蹦地穿过这座大殿。一个白痴将继承我的王国。没有你的爱情我就完了。我是没有能力去接触另一个女人的。

库鲁比　　要是我不离开你,我就背叛了我所钟情的乞丐。

首　　相　　糊涂了,我被弄糊涂了!姑娘毕竟是从虚无中创造出来的,原因就在这里。

内布卡德内察尔(平静地)　　我要请民众来求情。

老将军　陛下——
内布卡德内察尔　叫他们进来。
　　　　〔老将军走向背景。
乌特纳皮施蒂姆　王朝的结束。
首　相　幸亏我已经准备了共和国宪法。
　　　　〔两个人退回到左边的墙根。栅栏后人群逐渐涌现。两个工人、吉米尔、警察现在也成了革命者；银行家、酒商阿里、工人妻、艺妓、其他群众、士兵们，人人拿着石头、绳子、棍棒。他们渐渐向前推进，凝视着少女和一动不动地坐着的内布卡德内察尔。
内布卡德内察尔　你们冲进我的宫廷，用夯槌撞击我的大门。为了什么呢？
　　　　〔尴尬的沉默。
工人甲　我们来——
工人乙　这姑娘——
　　　　〔银行家恩吉比走了出来。
恩吉比　陛下，发生了这样奇妙的事情：我们事先没有征得宝座周围的有关当局的批准就来到你的面前。
　　　　〔人群中发出笑声。
一个声音　妙啊，银行家！
恩吉比　一个天使来到巴比伦，他带来了一个少女，陛下显然不能下决心娶她。
一个声音　好极了，把姑娘给他吧。
恩吉比　我们拿着武器站在这个大殿里；宫廷卫队向我们投诚；居民们已经把权力掌握在自己手里，这一切并不意味着陛下现在已经被迫举行这一婚礼；但我们提请他注意：我们虽然希望姑娘当王后，可并不是无条件要陛下当国王。
　　　　〔大笑。雷鸣般的掌声。
内布卡德内察尔（平静地）　我已经准备娶这位姑娘，可是她拒绝了我。

〔群众欢呼,吹口哨。笑声大作。

工人甲　打倒国王!

工人乙　上绞架!

尼姆罗德(得意洋洋地)　让我接替他的地位吧!我要建立真正的社会福利国家。

工人甲　我们领教过你们的真正的社会福利国家了!

吉米尔　这种国家仅仅为国王和官僚们的聚敛财富服务!

尼姆罗德　我将重新占领地球!我向巴比伦人的民族感情发出呼吁:如果黎巴嫩后头有村庄,那么大海彼岸也有村庄。

工人乙　凡嗜杀成性者都是一丘之貉!

工人甲妻　他们吃了我们的孩子。

工人甲　我们再也不要掠夺世界了。

众　人　我们再也不要国王了。

〔沉默。大家紧张地看着内布卡德内察尔,他一动不动地坐在他的宝座上。

内布卡德内察尔　我把姑娘还回去。她是属于最爱她的人的。

众男人(喊得不可开交)　给我!给我!我爱她!我最爱她!

恩吉比　这姑娘是属于我的。只有我有经济能力根据姑娘的出身来尊重她。

内布卡德内察尔　你错了,银行家。这位姑娘爱着一个乞丐,在幼发拉底码头把他给丢了,她已经记不起他的名字来。她要求我变成这个乞丐。她也会向你提出同样的要求的。

〔银行家失望地转身走开。

内布卡德内察尔　你不要她了,这孩子?你不拿出你那几百万元?你不敢当最贫穷的人?那么你们当中谁是这位姑娘所寻找的乞丐呢?谁肯牺牲一切,变成她的不再存在的情人?酒商?卖奶的?警察?一个士兵?一个工人?站出来吧。

〔沉默。

内布卡德内察尔　你们不说话？你们拒绝上天的赐予？

　　　　〔沉默。

内布卡德内察尔　也许这位美丽的太太需要这姑娘？

塔布图姆　在我的妓院？这姑娘？我开的是一家安分守己的妓院，陛下。

内布卡德内察尔　没有人愿意要这上天的孩子？

　　　　〔沉默。

工人甲　阿基乞丐应该把她要下来。

内布卡德内察尔　阿基乞丐已经死了。

　　　　〔库鲁比目光可怕地抬头望去。

工人乙　她对诗人们是很合适的。

群　众　诗人！诗人！

内布卡德内察尔　把他们叫来。

　　　　〔诗人们从左边冲进来。

诗人甲　陛下，我们刚刚共同作了一首维护国家的颂歌。

众诗人　我们与这种叛乱划清界限。

内布卡德内察尔　你们谁愿意要这姑娘？

诗人甲　对于一个具有国家观念的诗人来说，她是一个极端无政府主义的玩意儿。

众诗人　她煽动民众。

工人甲妻　把她交给刽子手！

众　人　交给刽子手！

内布卡德内察尔　刽子手！

　　　　〔他做了个手势。阿基从左边上。

内布卡德内察尔　这是你的。

库鲁比（对群众）　救救我！

　　　　〔群众转身走开，库鲁比转向乌特纳皮施蒂姆。

库鲁比　收留我吧，尊敬的父亲。

　　　　〔首席神学家转身走开。

345

库鲁比　诗人们啊,你们是爱我的呀。

〔诗人们转身走开。

库鲁比(绝望地再次转向群众)　救救我吧!快救救我的命吧!

〔突然,天使出现在内布卡德内察尔的宝座之上,比在第二幕里出现时装饰得还要离奇,因为除向日葵和冰珠等以外,这回还加上了珊瑚、海星、乌贼、贝壳和蜗牛壳等。背景上突然一片灯火辉煌。接着天使又随着仙女星座的雾霭翩翩离去。

天　使　库鲁比!我的孩子库鲁比!

众　人　天使!

库鲁比　天使!我的天使!

天　使　别害怕,我的姑娘。我看起来也许有些特别。我是直接从海里来的,身上还缠绕着海带,还滴着水珠。

库鲁比　拯救我吧,天使。

天　使　我最后一次在你面前出现,我的孩子,我的外观最后一次映照出地球的美丽,你看,如今我已把它研究仔细。

库鲁比　你来得正是时候,天使,来得正及时!请接纳我吧!

天　使　我在我的星球找不到别的,惟有恩赐:
惟有星座隆起的荒漠上一个不真实的奇迹。
蓝色的天狼星,白色的天琴星,
呼啸的仙王星,在宇宙的漆黑里——
它们的肚皮,
他们的鼻孔把光束扫进宇宙空间时用的力气,
这些大如世界的风箱尽管离奇,
却不能同这一小粒物质,这个小球体相抵。
它与太阳相等,小月球环绕周际,
卧在以太①中,在陆地的绿茵、海洋的银白中呼吸。

---

① 以太,物理学上所假说的传导光、热、电、磁的能媒,充斥于宇宙各处。

库鲁比　把我带回你的天上去吧,天使,带回到强大的上天跟前去吧,把你的双翼展开!我不愿意死在这个地球上!我害怕。我已被大家抛弃了。

天　使　我就这样飞走,现在就这样离去,
　　　　满载着璀璨的钻石,装饰着珍宝种种。
　　　　带着海星、苔藓和乌贼,
　　　　蜂鸟嗡嘤在周围,
　　　　手里是
　　　　向日葵、锦葵和谷穗,
　　　　冰箸响声清脆。
　　　　蜗牛壳、野玫瑰和珊瑚在发中簪佩,
　　　　脚踏红沙,衣边滴着露水。
　　　　在这一切赐物下,在这一切重荷下摇摇晃晃,
　　　　我似醉汉拍打着沉重的翅膀。
　　　　我就这样离去,我就这样飞走,
　　　　把你这幸福儿留在地球上。
　　　　我就这样走进我的太阳群,
　　　　走进朦胧的远方的仙女座星云的乳白色之中。
　　　　我就这样飘回到红星①的暗火之中。

库鲁比(绝望地)　把我从这个地球上带走吧,天使,让我跟你走吧!

天　使　再见,库鲁比,我的孩子,永远再见了!(飞走)永远再见了!

内布卡德内察尔　天使走了。他沉到他那无关紧要的星星里去了。现在只留下你孤单单一个人。上天把你抛弃了,凡人把你拒绝了。

库鲁比(昏倒在地。轻声地)　我的天使,把我带走,把我带走吧,我的天使。

---

① 天蝎星座的第一颗火红色的大星。

347

〔沉默。

内布卡德内察尔　把姑娘带到沙漠里去吧,刽子手。把她杀了,埋进沙里。

〔阿基背着库鲁比穿过沉默的人群出去。

内布卡德内察尔(悲伤地)　我曾追求过完美,我建立过一种事物的新制度。我曾设法消除贫困。我曾希望倡导理智。上天蔑视我的事业。

〔背景上出现了老将军,周围簇拥着士兵们。

老将军　你的军队回来了,内布卡德内察尔国王。王宫已被包围,民众在你的暴力下——

〔群众跪下。

全　体　开恩,大王! 开恩! 开恩!

内布卡德内察尔　为了我的政权我出卖了少女,大臣出于治国艺术考虑出卖她,牧师为了神学起见出卖她,你们为了你们的财产之故出卖了她。这样一来,现在我的政权凌驾于你们的神学之上,凌驾于你们的治国艺术之上,凌驾于你们的财产之上。把民众统统关进牢房,把神学家和大臣捆绑起来。我要用他们的肉体锻造武器,用这武器报仇雪耻。行动吧。难道上天就这样高,竟听不到我的诅咒? 难道他就这样远,以致我不能仇恨他? 他比我的意志还强大? 比我的精神还崇高? 比我的勇气更倔强? 我要把人类统统赶进一个畜圈,在它的中间建造一座塔,高耸入云,伸向无限,直插我的敌人的心脏中间。我要将人类精神的创造同虚无中的创造加以对比,并且看一看:我的正义与上帝的非正义何者为佳。

〔穿黑礼服者从右边冲了过来。

穿黑礼服者　我的古玩店! 我找不到我的古玩店了!

〔白痴傻笑着跳着绳子通过舞台。内布卡德内察尔捂住他的脸庞,他处于无济于事的愤怒之中,处于有气无力的悲哀之中。

内布卡德内察尔　不。不。

〔转暗。后幕升起。模模糊糊使人感到一片无涯无际的沙漠,十分辽阔,阿基和库鲁比正在沙漠上逃跑。

阿　基　继续跑,我的姑娘,继续跑!顶着暴风沙,它越来越猛烈地呼呼刮过来,我的刽子手的外套都被刮成碎片了。

库鲁比　我爱着一个已经不再存在的乞丐。

阿　基　我爱着一个始终还存在的地球,一个乞丐的地球,它曾与极度的幸福结缘,又曾与极端的危险相依;既五光十色,又杂乱无章,它奇妙地存在着许多可能性,我一次又一次地战胜这个地球,由于它的美丽而疯狂,迷恋着它的模样,被强权所威胁,却又不被战胜。继续走吧,姑娘,向前走吧,孩子,我们交给了死亡,但是仍然活着,我的第二次获得的恩赐啊,你现在跟我一起迁徙:巴比伦,模糊而苍白,与它那石与钢造的、不断增高、抗拒着倒塌的高塔一起崩溃;我们正急匆匆穿越风暴,后面骑兵在追踪,箭矢在射击,我们踩着沙子走,贴在斜坡上,脸被晒黑了,在我们前方,一个新国家远远地在朦胧中浮现,在银光中蒸腾,充满新的迫害,充满新的希望,充满新的歌唱!

〔他们向前走去,也许还有几个持不同政见的诗人跟着他们,在暴风沙中跳跃着行进。

作者后记

我的喜剧试图说明巴比伦何以有塔楼建筑的原因。根据传说，这种塔楼建筑是人类最雄伟的，尽管是最没有意义的业绩之一；鉴于今天我们看到自己卷入了类似的行动之中，说明这种原因就显得尤其重要。

这涉及最后以悲剧性失败告终的世界。它完全由于自己的过失正趋向庞大，僵化。这里我虽然是在舞台上建造和编造这个世界，但是这与所有其他的人类世界和帝国大同小异：它拥有自己的国王、部长、神学家、银行家、工人、诗人和乞丐，而它最终变得没有意义，没有出路。它失去了一位天使带来的恩赐。这出喜剧的内容就是展现这世界如何失去了它的幸运，它的可能性；喜剧中只有一部分改善了，因为被抛弃的人总是与受恩赐的人共存。这点我们绝不要忘记。天使仍然是正确的，地球依然是奇迹。也许天使对我们显得与世隔绝，但是我相信，那些将世界仅仅视为绝望的人更是与世隔绝，盲目从事。地球不是悬在虚无之中，它是上帝创造万物的一部分。这就是一个区别。

围绕着这一动机，我的思绪，我的梦想转悠了许多年月。青年时期我就从事这一工作了。那时在我父亲的藏书中陈列着蓝白色世界史著作，是关于尼尼微和巴比伦的专著。要把各种梦想写出来那是困难的。我从来没有想过要为一个沉沦了的世界扬幡招魂。对我有吸引力的是通过印象建造一个自己的世界，显得尤其重要。

这个一九八〇年的新版本是以一九五四年的第一版为基础，并参照了一九五七年的第二版以及鲁道夫·凯尔特波恩一九七七年六月五日在苏黎世歌剧院执导首演的歌剧脚本。

老妇还乡

悲喜剧
1980年新稿

叶廷芳 译

Friedrich Dürrenmatt
Der Besuch der alten Dame
Eine tragische Komödie
Neufassung 1980

作于 1955 年。1956 年 1 月 29 日于苏黎世剧院首演。根据苏黎世第欧根尼出版有限公司 1998 年版译出。

人物

来访者　克莱尔·察哈纳西安,母姓韦舍尔,
　　　　亿万富婆(亚美尼亚石油大王)
　　　　她的第七、八、九任丈夫
　　　　总管
　　　　托比 ⎫
　　　　　　 ⎬ 嚼口香糖的粗汉
　　　　洛比 ⎭
　　　　柯比 ⎫
　　　　　　 ⎬ 瞎子
　　　　罗比 ⎭

被访者　伊尔
　　　　其妻
　　　　其女
　　　　其子
　　　　市长
　　　　牧师
　　　　教师
　　　　医生
　　　　警察
　　　　男甲 ⎫
　　　　男乙 ⎬
　　　　　　 ⎬ 市民
　　　　男丙 ⎬
　　　　男丁 ⎭
　　　　画家

　　　　　　女甲
　　　　　　女乙
　　　　　　路伊丝小姐

其他人物　车站站长
　　　　　列车长
　　　　　列车员
　　　　　抵押官

赘　员　　记者甲
　　　　　记者乙
　　　　　电台评论员
　　　　　摄影师

地点　居伦，一个小城
时间　当前

第二幕结束后休息

第 一 幕

　　火车站一阵报时钟声后,幕徐徐升起。接着就看到"居伦"两字。显然,这是背景处隐约可见的小城的名称,一片破烂、败落的景象。车站大楼同样破败不堪,墙上标出有的州通车,有的州不通;还贴着一张半破烂的列车时刻表,车站还包括一间发黑的信号室,一扇门上写着:禁止入内。在背景中间是一条通往车站的不像样的马路,它也只是依稀可见。左侧是一幢光秃秃的小瓦房,不带窗户的那面墙上贴满了破烂的广告。房子左边挂着"女厕"的牌子;右边是"男厕"。一切都沐浴在秋天的烈日里。小瓦房前四个男人坐在一条板凳上。和他们的穿着一样,还有一个衣衫褴褛的男人用红颜料在一面透明横幅上书写着"欢迎克莱里"几个字,显然是为欢迎一群客人准备的。一辆快车发出雷鸣般的隆隆声疾驰而过。站长在车站前行致敬礼。坐在凳子上的那几个人目光追随着特别快车驰往的方向,从左向右转动着头。

男　甲　"古德隆"号,从汉堡开往那不勒斯的。
男　乙　"罗兰"号特快十一点二十七分到这儿,从威尼斯开往斯德哥尔摩。
男　丙　咱们现在剩下的惟一的一点乐趣,就是看来来往往的火车了。
男　丁　五年前"古德隆"号和"罗兰"号特快都在居伦停车。还有"外交家"号和"罗累莱"号,所有重要的特别快车都在这里停。
男　甲　都是举世闻名的。

〔报时钟声。

男　乙　现在连慢车也不在这儿停了。只有两点从卡菲根来的一趟和一点十三分从卡尔伯城来的一趟。

男　丙　完了。

男　丁　瓦格纳工厂倒闭了。

男　甲　伯克曼公司破产了。

男　乙　阳光广场冶炼厂关掉了。

男　丙　靠失业救济活着。

男　丁　靠救济汤过日子。

男　甲　过日子？

男　乙　挣扎度日。

男　丙　牲口般慢慢饿死。

男　丁　整个小城都如此。

　　　　〔列车隆隆经过，站长肃立。男人们顺着列车方向头从右向左转动。

男　丁　"外交家"号。

男　丙　从前我们这里是文化城市呢。

男　乙　是国内第一流的。

男　甲　是欧洲第一流的。

男　丁　歌德在这里投过宿，住在金使徒旅馆。

男　丙　勃拉姆斯在这里谱写过一首四重奏。

　　　　〔车站报时钟声。

男　乙　贝托尔德·施瓦尔茨在这里发明了火药。

画　家　我是美术学院的尖子，可我这会儿在干什么？画招贴！

男　乙　亿万富婆要回家乡来看看，这可真是千载难逢的机会呀。据说她在卡尔伯城捐了一所医院。

男　丙　在卡菲根办了幼儿园，在首都建了一座纪念教堂。

画　家　她还让齐姆特这位自然主义的涂鸦大王给她画像。

男　甲　她的钱多得不得了。她拥有亚美尼亚油田、西方铁路公司、北方广播公司和曼谷娱乐区。

〔一阵火车的隆隆声。左边出现一位列车员,仿佛刚从列车上跳下来。

列车员 (声音拉得长长地喊道)　居伦!
男　甲　卡菲根来的慢车。

〔一个旅客从车上下来,从左边经过那几个坐在凳子上的人旁边,走进挂有"男厕"牌子的门里。

男　乙　这是抵押官。
男　丙　是去抵押市政府大楼的。
男　丁　政治上我们也没救了。
站　长 (举起信号旗)　开车!

〔从小城那边走来市长、教师、牧师和伊尔——一个约莫六十五岁的男人,大家的穿着都很寒碜。

市　长　我们的贵宾将乘一点十三分从卡尔伯城来的慢车到达。
教　师　让青年混声合唱队演唱几首歌,表示欢迎。
牧　师　把报火警的钟敲起来,表示敬意,这件家伙还没有典押出去呢。
市　长　在市广场上由市乐队演奏铜管乐,让体操协会叠罗汉,表演一座金字塔来欢迎亿万女富翁。然后在金使徒饭店设宴招待。很可惜,市政府的财政状况已不允许我们支付今天晚上市府大楼和教堂的照明费用了。
抵押官 (从那间小房子走出来)　早安,市长先生!我衷心向您问好。
市　长　哦,是抵押官格鲁茨先生,您来这儿有何贵干?
抵押官　这您是知道的啰,市长先生。我正在办一件非同小可的事情。我要您把整个城市拿来抵押。
市　长　除了一台老掉牙的打字机外,您在市政府大楼里找不到任何东西。
抵押官　市长先生把居伦地方博物馆给忘了。

市　　长　那在三年前就卖给美国了。我们的金库是空的。没有一个人纳税嘛。

抵押官　得检查检查。眼下全国都很繁荣,偏偏拥有阳光广场冶炼厂的居伦城破产了。

市　　长　对这个经济危机之谜我们自己也感到莫名其妙。

男　　甲　这一切都是国际秘密组织互济会阴谋策划的结果。

男　　乙　这都是犹太人搞的鬼。

男　　丙　还有高级金融集团做他们的后台。

男　　丁　国际共产主义也插手了。

　　　　　〔报时钟声。

抵押官　我总能找到点东西。我有一双老鹰般的眼睛。我这就到市府的金库去看看。(下)

市　　长　与其让他等亿万女富翁访问以后来抢劫我们,不如让他现在就干。

　　　　　〔画家在那面横幅上写完了字。

伊　　尔　这显然是不行的,市长先生,这横幅上的用语太亲昵了。应该写成:欢迎克莱尔·察哈纳西安。

男　　甲　可她叫克莱里呀。

男　　乙　克莱里·韦舍尔。

男　　丙　她是在这儿长大的嘛。

男　　丁　她父亲是建筑师。

画　　家　那么我干脆在背面写上:欢迎克莱尔·察哈纳西安。到时候,要是亿万女富翁感动了,我们还可以翻过来让她看正面的。

男　　乙　这是"冒险家"号,苏黎世到汉堡。

　　　　　〔一列新的特别快车从右向左开过去。

男　　丙　这趟车总是非常准时,根据它对表准行。

市　　长　先生们,这位亿万女富翁就是我们惟一的希望了。

牧　　师　除了上帝。

市　　长　除了上帝。

教　师　可上帝并不给我们钱。

画　家　它把我们给忘了。

〔男丁"呸！"的一声吐了口唾沫。

市　长　伊尔，您以前跟她有交情，一切全靠您了。

牧　师　那时他们就各走各的路了。我曾听到过一种不确定的说法——您有没有什么事要向您的牧师忏悔呀？

伊　尔　我们过去真是再要好没有了——年轻，热烈。先生们，四十五年了，那时我毕竟是个像样儿的小伙子呀。而克拉拉呢，我总觉得她时时出现在我眼前：神采焕发，从彼得家的仓房的暗处迎面向我走来；有时她光着脚板，在铺满青苔和落叶的康拉德村的树林里走，一头红头发随风飘拂，那苗条的身材，轻盈的体态，真是个迷人的小妖精。可是生活把我们俩给分开了，仅仅是生活，事情就是这样。

市　长　在金使徒旅馆的宴会上，我得作一个简短的讲话，为此，需要讲几件有关察哈纳西安夫人过去的具体事情。

〔他从衣兜里掏出一个小笔记本。

教　师　我查阅过学校的旧档案。克拉拉·韦舍尔的成绩，不瞒大家说，实在太差。她的操行评语也不好。她考及格的功课只有植物学和动物学。

市　长（在笔记本上写着）　好，植物学和动物学及格了。这很好。

伊　尔　这方面我可以向市长先生提供些材料。克拉拉爱打抱不平。十分出众。有一次一个流浪汉被警察带走，她拿起石头就向警察掷去。

市　长　爱打抱不平。不坏。这历来是被人称道的品德。不过用石头打警察那个事最好就不提了吧。

伊　尔　她也乐善好施。只要她有什么，都要分一些给别人，她甚至还偷过一些土豆给一个贫苦的寡妇。

市　长　乐善好施。先生们，这一点我一定要着重提一提。这是至关重要的事。有没有谁记得哪一幢楼房是她父亲建造的？这些

359

事放进我的讲话里，一定会起很好的作用。

画　　家　没有人知道。

男　　甲　听说她父亲是个酒鬼。

男　　乙　老伴实在跟他过不下去,跑掉了。

男　　丙　死在疯人院里。

〔男丁"呸"的一声吐了口唾沫。

市　　长（合上他的小笔记本）　我应该做的事情已经准备完了,剩下的就得看伊尔的了。

伊　　尔　我知道。察哈纳西安得拨出个几百万来。

市　　长　几百万——您跟我们想的一点儿不差。

教　　师　要是她在这儿只办个托儿所,那对我们没有什么用处。

市　　长　我亲爱的伊尔,长期以来您在居伦就是最受人爱戴的人。到春天我就要退休了,经与反对党磋商,我们一致同意:提您作为我的继承人。

伊　　尔　可是市长先生。

教　　师　市长的话我可以做证。

伊　　尔　先生们,我们还是谈正事吧。我想首先跟克拉拉谈谈我们悲惨的处境。

牧　　师　可是一定要谨慎行事——讲得委婉动听。

伊　　尔　我们当然一定要使出一切聪明才智,要抓准她的心理。万一车站上欢迎仪式不成功,那就一切告吹。所以光有市乐队和混声合唱队是不顶事的。

市　　长　伊尔说得很对。这毕竟是一个重要的时刻。察哈纳西安夫人踏上她故乡的土地,感到又回到自己的家乡了,心情激动,两眼含着泪花,看到了自己所熟悉的一切。那时我当然不能像现在这样,可怜巴巴地穿着衬衫站在这里,而是穿着黑礼服,戴上高顶帽,偕着我的太太,我的两个小孙女做前导,她们穿着洁白的衣裳,各捧一束玫瑰花。我的上帝,但愿到时候一切能如愿以偿。

〔车站报时钟声。

男　甲　"罗兰"号特快。

男　乙　从威尼斯到斯德哥尔摩,十一点二十七分经过这儿。

牧　师　十一点二十七分！我们差不多还有两个钟头时间,可以去换一身节日的服装。

市　长　区恩和豪塞尔,你们俩举着"欢迎克莱尔·察哈纳西安"的横幅。(他指着那四个人)其余的最好都挥着帽子,可是请注意,千万别像前年欢迎政府代表团那样狂呼乱叫。那样做给人的印象等于零。所以我们直到现在都领不到津贴。到时候,不要把欢天喜地的情绪流露在外面,应该怀着一种内在的、几乎是啜泣的心情,表示出对一个重新找到故乡的孩子那种惊喜的心情。不要让人感到勉强,应该是发自内心的,但务必适可而止。混声合唱队一唱完,马上把火警的钟拉响。首先必须注意……

〔进站火车雷鸣般的响声使他的讲话听不清楚。接着是火车的紧急刹车,所有的人的脸上都表现出莫名其妙、惊诧不已的神情。坐在凳子上的那五个人一跃而起。

画　家　特别快车！

男　甲　停住了！

男　乙　停在居伦！

男　丙　在这个变得最贫穷的——

男　丁　最微不足道的——

男　甲　威尼斯到斯德哥尔摩线上最可怜见的小城！

站　长　自然规律也不要了。"罗兰"号特快应当从洛伊特瑙那边绕一个弧形过来,从居伦飞驰而过,渐渐变成一个黑点,消失在皮肯里德谷地。

〔克莱尔·察哈纳西安从台右上,六十二岁,一头红发,戴着珍珠项链和硕大的金手镯,浓施粉黛,虽然已不起作用,但正因为如此,她有一种社交场上的贵妇少有的典雅,尽管她的神情乖戾。一批扈从跟随着她,其中有总管波比,八十来岁,戴副黑眼镜;她的第七个丈夫(瘦高个儿,蓄着黑色的两撇胡子),带着一套钓鱼器具。一个情绪激动的列车长,头戴红帽子,手提红皮包,和他们走在一起。

克莱尔·察哈纳西安　我到了居伦了吗?

列车长　您拉了紧急刹车,太太。

克莱尔·察哈纳西安　拉紧急刹车是我的家常便饭。

列车长　我抗议。强烈抗议。在这个国家是没有人拉紧急刹车的,哪怕遇到紧急情况人家也不拉的。因为正点行车是我们的最高原则。我可不可以请您解释一下为什么拉紧急刹车?

克莱尔·察哈纳西安　我确实到居伦了,莫比。我认得出这个可悲的破烂窝。那边是康拉德村的树林,里面有一条小溪流过,你可以在那里钓鱼,钓鳟鱼和梭子鱼;右边是彼得家的仓房的屋顶。

伊　尔(如梦初醒)　克拉拉。

教　师　察哈纳西安。

众　　　察哈纳西安。

教　师　青年合唱队的混声合唱还没有准备好呢!

市　长　艺术体操队和消防队也没有到!

牧　师　还有教堂执事!

市　长　我的礼服还没穿,天哪,还有高顶帽,我的孙女!

男　甲　克莱里·韦舍尔!真的是克莱里·韦舍尔!

〔他跳了起来,朝城市方向跑去。

市　长(喊道)　别忘了叫我的太太!

列车长　我等着您做出解释。这是我的职责。我以铁路局的名义提出这个要求。

克莱尔·察哈纳西安　你这个笨脑瓜。我就是想看看这个小城市,难道要我从你的快车上跳下来?

列车长　夫人,要是您想来居伦看看,您尽可以乘十二点四十分从卡尔伯城来的慢车,和任何人一样。一点十三分到居伦。

克莱尔·察哈纳西安　乘慢车,要我在洛肯、布鲁恩许贝尔、白森巴哈和洛伊特璐每个小站都停？您大概是想叫我为了通过这一地区也磨蹭半个小时？

列车长　夫人，这样做您将会受到重罚的。

克莱尔·察哈纳西安　波比，给他一千块钱。

众（喃喃自语）　一千块钱。

〔总管给列车长一千块钱。

列车长（惊愕）　夫人。

克莱尔·察哈纳西安　再拿三千捐给铁路职工寡妇救济会。

众（喃喃自语）　三千！

〔列车长从总管手中接过三千块钱。

列车长（目瞪口呆）　没有这样一个救济会呀，夫人！

克莱尔·察哈纳西安　那您就建立一个嘛。

〔市长贴着列车长的耳朵耳语了几句。

列车长（不胜惊慌）　这个仁慈的人就是克莱尔·察哈纳西安夫人？哦，请原谅。这当然是另一回事了。哪怕我们只听到一点儿风声，知道您要来，我们毫无疑问就会在居伦停车的——夫人，把钱拿回去吧——四千——我的上帝。

众（喃喃自语）　四千。

克莱尔·察哈纳西安　小意思，你留着吧。

众（喃喃自语）　留着。

列车长　夫人，要不要让"罗兰"号特快在这儿等着，等到您在居伦城访问结束的时候？铁路局会很高兴这样做的。这里的教堂的门楼是很值得参观的，这是哥特式建筑，里面绘有《最后的审判》。

克莱尔·察哈纳西安　你给我开着你的特快滚吧。

第七任丈夫（哭丧着脸）　可是那些新闻界的人士，我的小宝贝，新闻界的人都还没有下车呢。那些记者在前面餐车里正吃得欢，他们还一点儿没有走的思想准备呢。

克莱尔·察哈纳西安　让他们继续吃下去吧，莫比。眼下在居伦我还用不着他们,过后,他们自会再来的。

〔这时市长已经穿好了男乙给他送来的燕尾服,他庄重地向克莱尔·察哈纳西安走去。画家和男丁站在凳子上高高举起"欢迎克莱尔·察哈纳西……"的横幅;画家还没有完全把字写完。

站　长　(举起信号旗)　开车!

列车长　但愿仁慈的夫人千万别向铁路局提出这件事情。这纯粹是一场误会。

〔火车开始启动。列车长一跃而上。

市　长　尊敬的、仁慈的夫人:作为居伦城的市长,我极为荣幸地向您,仁慈的、尊敬的夫人——我们故乡的一个儿女表示热烈的……

〔火车急速地驶离车站的轰隆声淹没了市长其余的讲话声,而他仍不停地讲下去。

克莱尔·察哈纳西安　谢谢市长先生的美言。

〔此刻不无尴尬的伊尔正朝她走来,她迎了上去。

伊　尔　克拉拉。

克莱尔·察哈纳西安　阿尔弗雷德。

伊　尔　你来了,太好了。

克莱尔·察哈纳西安　我一直都想着这一天。自从我离开居伦以来,想回来看看的念头就始终没有中断过。

伊　尔(不知如何回答好)　这是你令人喜爱的地方。

克莱尔·察哈纳西安　你也想到过我吗?

伊　尔　当然,一直在想。你是知道我会想你的,克拉拉。

克莱尔·察哈纳西安　咱们俩过去在一起的那些日子可真美啊。

伊　尔(骄傲地)　就是嘛。(向教师)您瞧,教师先生,我已经把她笼住了。

克莱尔·察哈纳西安　你一向怎么叫我,就怎么叫我吧。

伊　尔　我的小野猫。

克莱尔·察哈纳西安(学一只老猫的叫声) 你还叫我什么来着?

伊　尔　我的小妖精。

克莱尔·察哈纳西安　而我当时称呼你:我的黑豹。

伊　尔　我现在还是一只黑豹。

克莱尔·察哈纳西安　胡说。你发胖了。脸变灰了,而且醉醺醺的样子。

伊　尔　可你还是老样子。小妖精。

克莱尔·察哈纳西安　嘿,瞧你说的。我也变老了,也发胖了。而且还失掉了我的左腿。一次车祸。所以现在出门只能坐特别快车。可我装的这条假腿真叫棒,你看,不是吗?(她撩起裙裾,露出她的左腿)伸屈自如。

伊　尔(擦汗)　我可一点没觉察到,小野猫。

克莱尔·察哈纳西安　我可以不可以向你介绍一下我的第七个丈夫,阿尔弗雷德?烟草种植园的老板。我们的婚姻生活十分美满。

伊　尔　太好了。

克莱尔·察哈纳西安　过来,莫比,鞠个躬。他的名字原来叫彼德罗。但莫比更好听。它也比我的总管的名字波比要好。总管毕竟是生活中少不了的,所以每个丈夫的名字都得按照他的姓重新加以调整。

〔第七任丈夫鞠躬。

克莱尔·察哈纳西安　你看他那乌黑的两撇小胡子不漂亮吗?想一想吧,莫比。

〔第七任丈夫做思索状。

克莱尔·察哈纳西安　用点劲儿。

〔第七任丈夫更用心地思索。

克莱尔·察哈纳西安　再用点劲儿。

第七任丈夫　可是我没法再使劲儿了,小宝贝,实在使不出更大的劲儿了。

365

克莱尔·察哈纳西安　你当然能够再用点劲儿的,试一试嘛。

〔第七任丈夫使更大的劲儿思索。

〔车站钟声。

克莱尔·察哈纳西安　你瞧,行嘛。我说得对不对,阿尔弗雷德,这样一来,他看上去几乎有一种魔力。像个巴西人。可这是一种错觉。他是信希腊东正教的,父亲是俄国人。一个俄国神父当了我们的证婚人。真有意思。现在我要到居伦城里去看看了。(她用一把宝石璀璨的长柄眼镜仔细察看着左边的那座小房子)这座厕所是我父亲建造的,莫比。一座像样的建筑,是他呕心沥血设计建造的。小时候,我爬上屋顶一待就是几个钟头,老往下吐唾沫,可尽往男人身上吐。

〔此时混声合唱队和青年乐队已经在背景处排好了队。教师挥动着高顶帽向前走了出来。

教　师　仁慈的夫人!作为居伦文科中学的教师和古老音乐的爱好者,请允许我向您——高贵的夫人呈献一首由混声合唱队和青年乐队演唱的家乡民歌。

克莱尔·察哈纳西安　那就快开始吧,教师,听一听您的家乡民歌。

〔教师拿出音叉来轻轻一敲,给了一个音,混声合唱队和青年乐队庄严地唱了起来,但这时又有一辆火车从左边开了过来,站长以立正姿势站着。合唱队不得不和火车的辘辘声争高低,教师表现出无可奈何的样子,最后火车总算过去了。

市　长(气急败坏地)　火警钟,快把火警钟敲响呀!

克莱尔·察哈纳西安　唱得好,居伦人。特别是前排左边那位喉头高高突出的金发男低音唱得非常出色。

〔一名警察从合唱队中挤过来,立正站在克莱尔·察哈纳西安的面前。

警　察　夫人,警长汉克听候您的盼咐。

克莱尔·察哈纳西安(打量着他)　谢谢。我并不想逮捕任何人。

366

不过也许居伦城不久会用得着您的。您有时也睁一只眼闭一只眼吗？

警　　察　这还用说，夫人。否则我在居伦这地方怎么立足呀？

克莱尔·察哈纳西安　您最好把两只眼睛都闭上。

〔警察目瞪口呆地站着。

伊　尔（大笑）　完全和以前一样，还是那个克拉拉，还是我那个小妖精。（他快活地拍了一下自己的大腿）

〔市长把教师头上的高顶帽拿过来戴在自己的头上，推着两个小孙女往前走几步。那是一对七岁的孪生姐妹，梳着金色的发辫儿。

市　　长　我的两个孙女儿，夫人，一个叫赫尔明娜，一个叫阿道芬娜。只缺我的夫人没有到。（擦汗）

〔两个小姑娘向察哈纳西安夫人行屈膝礼，并把红色的玫瑰花献给她。

克莱尔·察哈纳西安　我祝贺您有这么两个小妞儿，市长先生。来！（她把玫瑰花塞到站长的怀里）

〔市长悄悄地把高顶帽递给牧师，牧师把它戴上。

市　　长　这是我们的牧师，夫人。

〔牧师脱帽行礼。

克莱尔·察哈纳西安　哦，牧师。您习惯安慰垂死的人吗？

牧　师（诧异）　我尽力而为。

克莱尔·察哈纳西安　还有那样一些被判死刑的人吗？

牧　师（迷乱）　在我们国家死刑已经废除了，夫人。

克莱尔·察哈纳西安　那也许会重新实行嘛。

〔牧师不免有点儿吃惊；他把帽子还给市长，市长又把它戴上。医生纽斯林从人群中挤过来。

市　　长　纽斯林大夫，我们的医生。

克莱尔·察哈纳西安　有意思；您开死亡证明书吗？

医　　生　死亡证明书？

克莱尔·察哈纳西安　如果有人丧命的话。

医　　生　那是要开死亡证明书的。

克莱尔·察哈纳西安　那将来您确诊为心肌梗死好了。

伊　尔(大笑)　不愧是小野猫！什么样的玩笑都想得出来！

克莱尔·察哈纳西安　好啦，现在我要去这个小城看看了。

〔市长想把胳膊伸过去让她挽着。

克莱尔·察哈纳西安　这是怎么一回事，市长先生，凭我这条假腿可走不了好几里路呀。

市　长(愕然)　立刻解决！立刻解决！纽斯林大夫有一辆汽车。

医　　生　一九三二年出产的"梅赛德斯"，夫人。

克莱尔·察哈纳西安　用不着那个。自从我的腿失掉以后，我出门就只坐轿子。洛比，托比，把轿子抬过来。

〔两个嚼着口香糖的粗汉子抬起克莱尔·察哈纳西安向城里进发。市长做了个手势，全体立即欢呼起来，这时另两个杂役抬着一口贵重的黑棺材进来，并朝居伦方向走去，欢呼声显然因惊愕而戛然压低。但此刻那口还没有典押出去的火警钟开始当当当地响起来了。

市　　长　终于敲了！终于敲响火警钟了！

〔大家纷纷拥向棺材。棺材后面是克莱尔·察哈纳西安的大批女仆和扛箱抬笼的居伦人。警察指挥着交通，然后他也想跟着这支队伍走。不料右边又上来两个矮矮胖胖的小老头儿，互相手牵着手，说话声音很低，两人穿着都很讲究。

两位小老头　咱们已经到居伦了。咱们闻得出来，咱们闻得出来，咱们闻到了这儿的气味，闻到了居伦的气味。

警　　察　喂，你们是干什么的？

两位小老头　我们是跟随老夫人的，我们是跟随老夫人的。她管我们叫柯比和罗比。

警　　察　察哈纳西安夫人住在金使徒旅馆。

两位小老头(快活地)　我们看不见，我们看不见。

警　　察　　是瞎子？那我领你们俩走一趟。

两位小老头　　谢谢,警察先生,真是感谢不尽。

警　　察(惊异地)　　既然你们都是瞎子,那怎么知道我是警察呢？

两位小老头　　凭你说话的声调,凭你说话的声调,所有的警察说话都是一个腔调。

警　　察(狐疑起来)　　你们这两个小胖男人,看来你们跟警察打的交道已经不少啦。

两位小老头(惊讶)　　男人？他把我们当作男人！

警　　察　　不是男人那你们到底是什么人,活见鬼！

两位小老头　　待会儿你就会明白的,待会儿你便会明白的！

警　　察(愕然)　　嘿,看来你们倒总是很开心的。

两位小老头　　我们有猪排和火腿吃,每天不断,每天不断。

警　　察　　要是我有那玩意儿吃,也会开心得了不得。来吧,把手伸过来。外国人有一种带滑稽色彩的幽默。

〔他领着他们俩向城里走去。

两位小老头　　去找波比和莫比;去找洛比和托比！

〔无幕换景:车站的门面及其近旁的那幢小屋向上升起、消失。代之出现的是金使徒旅馆的内景,甚至也可以从上面降下一尊作为旅店标志的、镀金而尊严的使徒雕像,悬吊在当中。一派颓败的奢华景象。一切都东歪西倒、破破烂烂、积满灰尘、霉味袭人。墙上的石膏装饰已经剥落。市长、牧师、教师坐在前台右侧,一边喝着烧酒,一边观看着那没完没了的箱笼的搬运;这一情景可让观众去想象,不必呈现出来。

市　　长　　箱子,搬不完的箱子。

牧　　师　　可以堆成山了。刚才一只关在笼子里的豹子被抬上来了。

市　　长　　一只黑色的猛兽。

牧　　师　　还有那口棺材。

369

市　　长　被抬进了一间特设的房间里。

教　　师　令人感到蹊跷。

牧　　师　世界有名的女人总有些怪名堂。

市　　长　漂亮的女仆。

教　　师　看来她要在这儿待较长时间啦。

市　　长　那更好。伊尔已经把她拢住了。他叫她小野猫，小妖精。他将从她那里弄个几百万出来。祝您健康，教师先生。但愿克莱尔·察哈纳西安能使伯克曼公司得到恢复。

教　　师　还有瓦格纳工厂。

市　　长　尤其是阳光广场冶炼厂。只要这个工厂振兴起来，一切就跟着兴旺发达：整个市镇，中学，公共福利。

〔大家碰杯。

教　　师　我给居伦学生批改拉丁文和希腊文已经二十多年了。但直到一个钟头以前，市长先生，我才开始懂得什么叫恐惧。那个老太太穿着一身黑衫，下车时那副模样真叫人不寒而栗。我觉得她就像是罗马神话中的命运女神，就像是希腊神话中的命运女神。因此与其叫她克莱尔，不如叫她克罗托①，就是那个编织生命之线的克罗托。

〔警察上，他把钢盔挂在钩子上。

市　　长　跟我们一块儿坐坐，警长。

〔警察挨着他们坐下。

警　　察　在这个破烂小地方工作真没意思。不过眼看这个瓦砾堆就要繁荣起来啦。刚才我跟着那位亿万富翁和小店铺老板伊尔到彼得家的仓房去了一趟，场面真是动人。他们俩就像在教堂里那样神情肃穆。我感到在那里真有些不好意思。所以当他们后来去康拉德村的树林时，我也就没跟着去了。那简直可以说是

---

① 克罗托，希腊神话天神宙斯的三个女儿共同掌管人的命运；克罗托负责编织生命之线。

一支浩浩荡荡的队伍。前面是两个胖瞎子跟着总管,接着是老太太的轿子,轿子后面是伊尔和她的拿着钓竿的第七任丈夫。

市　　长　她可是男人换了一个又一个呀。

教　　师　称得上雷伊丝第二①。

牧　　师　我们都是罪人。

市　　长　我真惊奇,他们到康拉德村的树林里去干什么。

警　　察　还不是跟在彼得家的仓房里一样,市长先生。他们要重游那些他们所说的从前倾泻过热情的地方。

牧　　师　燃烧过热情的地方!

教　　师　火焰般的热情!一下就让我们想到莎士比亚,想到他的罗密欧与朱丽叶。先生们:我真兴奋。我第一次感觉到我们居伦也有过灿烂的古文化。

市　　长　首先让我们为我们的好伊尔干杯,他现在正为改善我们的命运而竭尽全力。诸位,为本市最孚众望的公民、我的继任人干一杯!

　　　　　〔他们干杯。

市　　长　又是箱子。

警　　察　老太太的行李真是多得不得了。

　　　　　〔旅店金使徒雕像向上升回。有四个公民抬着一条没有靠背的简单板凳从左侧上,他们把凳子放在台左。男甲登上板凳,胸前挂着一个用硬纸板做成的大红心,上面写着"阿—克"两个大字。其余三人在他身旁围成一个半圆形,各人手里拿着张开的树枝,装成树木的样子。

男　　甲　我们都是树,杉树、松树、榉树。

男　　乙　我们是深绿色的枞树。

男　　丙　苔藓、地衣和常春藤。

---

① 雷伊丝(Lais),古希腊名妓。

男　丁　矮树丛和狐狸窝。

男　甲　游动的彩云,鸣叫的飞鸟。

男　乙　道地的德国荒原的树根。

男　丙　密密麻麻的蘑菇,害羞的小鹿。

男　丁　窃窃私语的树枝,旧日的美梦。

〔克莱尔·察哈纳西安坐在轿子里,由那两个嚼着口香糖的怪模怪样的人抬着从背景处上场,伊尔走在她的旁边,轿子后面是她的第七任丈夫,最后是总管,他牵着那两个瞎子。

克莱尔·察哈纳西安　这就是康拉德村的树林了。洛比,托比,停一停。

两个瞎子　停一停,洛比和托比;停一停,波比和莫比。

〔克莱尔·察哈纳西安下轿,观察着树林。

克莱尔·察哈纳西安　阿尔弗雷德,你看,这就是铭刻着咱们俩名字的那颗红心。几乎全变白了,两个名字也离得远远的了。这棵树已经长大了,树干和树枝都变得很粗了,就像我们自己那样。(她走向另几棵树木)这是一排德国的树木。我已经很久没有再到过我年轻时代的树林里来了,已经很久没有再在绿叶和紫藤中间穿来穿去,奔跑跳跃了。嚼口香糖的,你们俩现在带上轿子到树丛后头去吧,我可不愿意看见你们那两张怪脸。还有你,莫比,你从右侧溜达到溪边,看鱼去吧。

〔那两个怪模怪样的人抬着空轿子从左边下。第七任丈夫朝右边下,克莱尔·察哈纳西安在板凳上坐下。

克莱尔·察哈纳西安　瞧,一头小鹿。

〔男丙一跃闪开了。

伊　尔　现在正是禁猎期。

〔他挨着她坐下。

克莱尔·察哈纳西安　我们俩曾经在这张石凳上接过吻。那是在四十五年以前。在这些灌木丛中,在这棵山毛榉下,在这苔藓地上的朵朵蘑菇之间,我们曾经热恋过。当时我十七岁,你还不到二十。后来你娶了经营一爿小百货店的玛蒂尔德·勃鲁姆哈德,我嫁给了在亚美尼亚拥有几十亿资产的老察哈纳西安。他是在汉堡的一家妓院里遇见我的。他迷上了我这一头红头发,这个名副其实的老金壳郎。

伊　　尔　克拉拉!

克莱尔·察哈纳西安　来一支雪茄,波比,要"亨利·克莱"的。

那两个瞎子　来一支"亨利·克莱",来一支"亨利·克莱"。

〔总管从背景处上,他递给她一支雪茄,给她点上火。

克莱尔·察哈纳西安　我很爱抽雪茄。照理我应该抽我丈夫那个公司的产品,但是我信不过那种烟。

伊　　尔　我是为你着想才娶了玛蒂尔德·勃鲁姆哈德的。

克莱尔·察哈纳西安　那会儿她有钱。

伊　　尔　那时候你年轻,又长得漂亮,你很有前途。我一心想成全你的幸福。因此我只好放弃我自己的幸福。

克莱尔·察哈纳西安　现在这前途已经达到了。

伊　　尔　要是你留在这儿,那你就跟我一样倒霉不堪。

克莱尔·察哈纳西安　你倒霉不堪吗?

伊　　尔　在这个破落的城市里当一个破落的小店铺的老板。

克莱尔·察哈纳西安　现在我有钱啦。

伊　　尔　自从你离开我以后,我简直生活在地狱里。

克莱尔·察哈纳西安　而我已经变成了地狱。

伊　　尔　家里人老跟我过不去,他们嫌我穷。

克莱尔·察哈纳西安　小玛蒂尔德没有使你幸福?

伊　　尔　你已经幸福了,这就再好不过了。

克莱尔·察哈纳西安　你的孩子们怎么样?

伊　　尔　很不懂事。

克莱尔·察哈纳西安　他们不久就会懂事的。

〔他不吱声。两人呆呆地望着他们青年时代的树林。

伊　　尔　我的日子过得多么可笑呀。连这个小城我都没有真正离开

373

过。去了一趟柏林,一趟台辛①,仅此而已。

克莱尔·察哈纳西安　去了又怎么样,我认识这个世界。

伊　尔　因为你可以经常旅行。

克莱尔·察哈纳西安　因为这世界是属于我的。

〔他不再说什么;她抽着烟。

伊　尔　现在一切都要改变了。

克莱尔·察哈纳西安　一点不假。

伊　尔（探询地望着她）　你会帮我们吧?

克莱尔·察哈纳西安　我不会抛开我度过青春年华的小城不管的。

伊　尔　我们得有几百万才行。

克莱尔·察哈纳西安　小意思。

伊　尔（兴奋地）　小野猫!

〔他激动地拍了一下她的左腿,马上又疼痛不堪地把手抽回。

克莱尔·察哈纳西安　手打疼了吗?你正好打在我的假腿的一根链条上了。

〔男甲从裤兜里掏出一只烟斗和一把生锈的房门钥匙,他用钥匙敲打烟斗。

克莱尔·察哈纳西安　一只啄木鸟。

伊　尔　现在的情景跟从前一样,那时候我们年轻、大胆,在我们热恋的那些日子里,我们常到康拉德村的树林里来玩。太阳高悬在枞树上空。远处朵朵白云飘动,野林深处传来布谷鸟的叫声。

男　丁　布谷!布谷!

伊　尔（摸了摸男甲）　冷漠的树木和树枝间吹过的风,像大海的浪潮呼呼作响。像从前那会儿一样,一切都像那会儿一样。

〔装成树木的三个男人吹起气来,手臂上下起伏地运动着。

伊　尔　啊,我的小妖精,要是时间并没有消逝,要是生活并没有把

---

①　台辛(Tessin),瑞士南部的州名,阿尔卑斯山通过该州。

我们分开,那该多好啊。

克莱尔·察哈纳西安　你真的希望那样?

伊　尔　真的希望那样,我最希望那样。我实在爱你呀!(他吻她的右手)还是这只凉丝丝的、白白嫩嫩的手。

克莱尔·察哈纳西安　错了。这也是一只假手。象牙做的。

伊　尔(大吃一惊,放开了她的手)　克拉拉,难道你身上的一切都是假的吗?

克莱尔·察哈纳西安　几乎可以这样说。在阿富汗我遭遇到一次飞机失事。我作为惟一的幸存者从飞机残骸中爬了出来。我是死不了的。

两个瞎子　她是摔不死的,她是摔不死的。

〔奏起庄严的铜管乐。旅馆的使徒像又降了下来。居伦人搬进来三张桌子,拿来餐具、食物和破得不像样子的桌布等;桌子一张摆在中间,其余左右各一,全与观众席平行。牧师从背景处上。还有好些居伦人鱼贯而入,其中有一位穿着体操服。市长、医生、教师、警察重上。市民们鼓掌。市长朝着坐在凳子上的克莱尔·察哈纳西安和伊尔走过去,那几棵树木重新变成了市民向后面走去。

市　长　尊敬的、仁慈的夫人!这暴风雨般的掌声是对您表示的欢呼。

克莱尔·察哈纳西安　这掌声是欢呼市乐队的,市长先生。乐队吹得很出色,刚才体操协会的叠罗汉也非常精彩。

〔市长挥了一下手,体操运动员开始给在座的表演。

克莱尔·察哈纳西安　我就喜欢看见只穿着背心和短裤衩的男人们。他们那样子多自然。您再表演一个体操动作。体操运动员先生,现在您把两只胳膊向后挥,然后做个四肢支身的姿势。

〔体操运动员照着她的指点去做。

克莱尔·察哈纳西安　妙极了,这一身肌肉!凭您的这一身力气,您

375

掐死过谁吗?

〔正处于四肢支身姿势的体操运动员吃了一惊,两腿一软,不觉跪了下去。

体操运动员　掐死过人?

伊　　尔(大笑)　克拉拉的幽默感真是再妙没有了。她随便开个玩笑,都要叫人笑死!

医　　生　我听不明白!这样的玩笑真叫人浑身发凉!

〔体操运动员向后走去。

市　　长　我可以陪您入座吗?(他把克莱尔·察哈纳西安领到中间的那张桌子,向她介绍他的妻子)这是我的夫人。

克莱尔·察哈纳西安(通过她的长柄单眼镜打量着这位太太)　安内特辛·杜默穆特,我们这个阶级中的佼佼者。

〔伊尔叫他的妻子上前来;她衰弱无力,痛苦万状。

克莱尔·察哈纳西安　可爱的玛蒂尔德·勃鲁姆哈德。我还记得你那会儿老躲在店门后头偷看阿尔弗雷德。你现在可变得又瘦又苍白,我的亲爱的。

伊　　尔(悄悄地)　她已经答应给几百万!

市　　长(猛地抽了一口气)　几百万?

伊　　尔　几百万。

医　　生　天哪。

克莱尔·察哈纳西安　现在我肚子饿了,市长先生。

市　　长　我们就等着您的丈夫了,夫人。

克莱尔·察哈纳西安　不必等他了。他在钓鱼。我正在跟他办离婚呢。

市　　长　离婚?

克莱尔·察哈纳西安　待会儿莫比也会感到惊奇。我就要跟一个德国电影明星结婚。

市　　长　可是您刚才说过,你们的婚姻生活是很美满的!

克莱尔·察哈纳西安　我的每一次婚姻都是很美满的。但我年轻时曾经梦想过要在居伦的大教堂里举行婚礼。年轻时的梦想是必须付诸实施的。我的婚礼要隆重举行。

〔全体坐下。克莱尔·察哈纳西安坐在市长和伊尔之间。伊尔太太和市长夫人各挨着自己的丈夫就座。教师、牧师和警察坐在右边那张桌子的后面，四个男人坐在左边。还有许多贵客偕同他们的夫人都在背景处，那里"欢迎克莱里"的横幅十分醒目。市长站了起来，他笑容满面，餐巾已经围在胸前，用手指敲着他的酒杯。

市　　长　尊贵的夫人！亲爱的居伦城的乡亲们！自从夫人离开我们这个小城，离开这个由选帝侯哈索首创的、位于康拉德村树林和皮肯里德谷地之间的可爱亲切的城市，到现在已经四十五年了。四十五年，那是一段很长的时间哟。打那以后，历经沧桑，吃够了苦头。世界是悲惨的，我们的处境也是悲惨的。但是我们从来没有忘记您——亲爱的夫人——我们的克莱里（鼓掌）。不但没有忘记您，而且也没有忘记您家里的人。您的母亲原是个身材魁梧、身体强健的人，她的婚姻生活十分美好（伊尔轻声地向他说了点什么），可惜她过早地离开了我们；您的广受大家爱戴的父亲，他在车站附近建造的那幢房子一直受到同行们和外行们的不断拜访（伊尔轻声地向他说了点什么）与高度好评，您的这两位双亲至今仍然作为我们中的精华和典范活在我们的心中。而您，亲爱的夫人，当您披散着一头金发（伊尔向他耳语了几句）——一头红鬈发，像野孩子似的欢蹦乱跳着穿过我们那可惜现在已变得破败不堪的胡同的时候——谁不认识您。当时大家就感觉到，在您的精神气质中存在着一种魔力，预感到您将来要飞黄腾达，上升到人类难以想象的高峰。（掏出他的小笔记本）我们始终忘不了您。这话一点不假。您当年的学习成绩直到现在仍是教师们用来向学生推荐的榜样。特别是您在最重要的科目，也就是在动植物课方面的成绩实在惊人，这是您同情一切生灵，同情一切需要保护的生命的充分表现。在那时候，您

377

的正义感和您的乐善好施精神就激起了更大范围的人们的赞赏。(暴风雨般的掌声)这里只提一提您的许多义举中的一件就够了。大家都知道我们的克莱里曾经用她好不容易在街坊那里挣得的一点零花钱买了土豆来解决一户穷苦的老寡妇的吃食,就这样使得那个老人没有饿死。(暴风雨般的掌声)仁慈的夫人,亲爱的居伦城的乡亲们,那棵娇嫩的幼芽现在已经茁壮地成长为可喜的秧苗,就是说从一个满头红鬈发的野孩子,变成了一位高贵的太太,她的乐善好施精神,使全世界为之震惊。我们只要想一想她那些社会慈善事业,想一想她那些妇产医院和施汤所,她兴办的那些艺术学校和托儿所就够了。因此现在我要向这位回乡的贵客欢呼:万岁,万岁,万岁!

〔鼓掌。克莱尔·察哈纳西安站了起来。

克莱尔·察哈纳西安　市长先生,居伦城的父老同胞们。你们对我的到来表现出这样无私的高兴深深感动了我。不过我小时候和市长先生刚才讲话里所讲的那个孩子并不完全一样。在学校里我是经常挨打的,我偷过土豆送给那个寡妇波尔,是和伊尔一起干的。这不是为了怕那个拉皮条老太婆饿死,而是为了要利用她的一张床,好让我和伊尔睡上一回;因为那里比康拉德村的树林和彼得家的仓房要舒服得多。然而不管如何,为了对你们的欢乐情绪做出我的一份贡献,现在我愿意当场宣布:我准备捐献给居伦十个亿;五亿归市政府,五亿分给各家。

〔死一般的沉寂。

市　　长(结结巴巴地)　十个亿。

〔其余所有的人仍然呆若木鸡。

克莱尔·察哈纳西安　有一个条件。

〔全体爆发出无法形容的欢呼,蹦呀,跳呀,有的站到椅子上,体操运动员起劲地表演体操,不一而足。伊尔兴奋得一个劲地用拳头捶打自己的胸脯。

伊　　尔　这就是咱们的克拉拉!多让人高兴啊,多美妙啊!多可爱啊！道道地地是我的小妖精！

〔他吻她。

市　　长　夫人，您刚才说有一个条件。我可不可以知道这个条件是什么？

克莱尔·察哈纳西安　我的条件就是：我给你们十个亿，用这个代价来为我买得公道。

〔死一般的寂静。

市　　长　您这话是什么意思，夫人？

克莱尔·察哈纳西安　就是刚才我说的那个意思。

市　　长　可公道是不能用钱买的呀！

克莱尔·察哈纳西安　什么都可以用钱买到！

市　　长　可我还是不明白您的意思。

克莱尔·察哈纳西安　波比，您站到前面来。

〔总管从右侧走到那三张桌子的中间，摘下他的黑眼镜。

总　　管　我不知道你们中间还有没有谁认得我？

教　　师　法院院长霍弗尔。

总　　管　对。法院院长霍弗尔。四十五年以前，我是居伦市的法院院长，后来被调到卡菲根高等法院，直到二十五年前察哈纳西安夫人招聘我当她的管家，我接受了。对于一个受过高等教育的人来说，走飞黄腾达的道路也许是比较少见的，但当管家的薪水之高那可是难以想象的——

克莱尔·察哈纳西安　谈正事吧，波比。

总　　管　你们已经听明白了吧：克莱尔·察哈纳西安夫人现在表示给你们十亿巨款，她要以此为她自己买得公道。换句话说：如果你们能为她过去在居伦遭受的冤屈昭雪，那么克莱尔·察哈纳西安夫人就送给你们十个亿。伊尔先生，可不可以请您过来一下。

〔伊尔站起来，脸色发白，惊魂不定。

伊　　尔　您叫我有什么事？

总　　管　请您站到前面来,伊尔先生。

伊　　尔　好吧。

　　　　　〔他走到桌子前面的右边。强颜为笑,耸耸肩膀。

总　　管　那是一九一〇年。我是居伦法院的院长,需要审理一件关于父权问题的诉讼案。克莱尔·察哈纳西安,当时叫克莱尔·韦舍尔,她控告您,伊尔先生,是她的孩子的父亲。

　　　　　〔伊尔不吭声。

总　　管　伊尔先生,当时您否认是孩子的父亲,为此您还找来了两个证人。

伊　　尔　这是多少年前的往事了。那时我年轻,不懂事。

克莱尔·察哈纳西安　托比、洛比,把柯比和罗比带来。

　　　　　〔那两个嚼口香糖的怪模怪样的人把两个瞎眼的阉人领到舞台的中间,那对瞎子手牵着手,很是快活。

两个瞎子　我们来了,我们来了。

总　　管　伊尔先生,您认得这两个人吗?

　　　　　〔伊尔不吭声。

两个瞎子　我们是柯比和罗比,我们是柯比和罗比。

伊　　尔　我不认识他们。

两个瞎子　我们的样儿变了,我们的样儿变了。

总　　管　把你们的名字说出来。

瞎子甲　雅各布·许恩莱因,雅各布·许恩莱因。

瞎子乙　路德维希·施帕尔,路德维希·施帕尔。

总　　管　怎么样,伊尔先生?

伊　　尔　我根本不认识他们。

总　　管　雅各布·许恩莱因和路德维希·施帕尔,你们认识伊尔先生吗?

两个瞎子　我们是瞎子,我们是瞎子!

总　　管　你们从他说话的声音听得出他是谁吗?

两个瞎子　听得出他的声音,听得出他的声音。

总　　管　　一九一〇年那时候,我是法官,你们是证人。路德维希·施帕尔和雅各布·许恩莱因,那会儿你们在法庭上发誓做证,你们都说了些什么?

两个瞎子　　说我们跟克拉拉睡过觉,说我们跟克拉拉睡过觉。

总　　管　　你们在我面前,在法庭面前,在上帝面前发了这样的誓言。你们当时说的是实话吗?

两个瞎子　　我们发的是假誓,我们发的是假誓。

总　　管　　为什么要这样做,路德维希·施帕尔和雅各布·许恩莱因?

两个瞎子　　伊尔贿赂了我们,伊尔贿赂了我们。

总　　管　　他用什么贿赂你们?

两个瞎子　　用一升烧酒,用一升烧酒。

克莱尔·察哈纳西安　　现在讲一讲我是怎么对付你们的,柯比和罗比。

总　　管　　讲讲察哈纳西安夫人是怎么对付你们的吧。

两个瞎子　　太太派人寻找我们,太太派人寻找我们。

总　　管　　就是这样。克莱尔·察哈纳西安派人寻找你们,找遍了天涯海角。雅各布·许恩莱因已经移居到加拿大,路德维希·施帕尔跑到了澳大利亚。但是她还是找到了你们。那么,她是怎么对付你们的呢?

两个瞎子　　她把我们交给了托比和洛比,她把我们交给了托比和洛比。

总　　管　　托比和洛比又是怎么对付你们的呢?

两个瞎子　　割掉了我们的生殖器,挖掉了我们的眼睛。

总　　管　　全部经过就是这样:一个法官,一个被告,两个假证人,在一九一〇年制造了一件冤案。是不是这样,原告?

〔克莱尔·察哈纳西安站了起来。

伊　　尔(顿足)　　已经早过去了,一切都已经早过去了。这是一桩丧失理智的陈年老账。

总　　管　　那孩子后来怎样了,原告?

克莱尔·察哈纳西安(轻轻地)　只活了一年。

总　　管　您后来的情况怎样呢?

克莱尔·察哈纳西安　我成了妓女。

总　　管　因为什么?

克莱尔·察哈纳西安　是法院的判决给我造成的。

总　　管　于是,您现在要求人们为您伸张正义,是不是这样,克莱尔·察哈纳西安夫人?

克莱尔·察哈纳西安　我可以做到如愿以偿。只要有谁把阿尔弗雷德·伊尔杀死,我就给居伦十个亿。

〔死一般静寂。

伊尔太太(扑向伊尔,抱住他)　弗莱迪!

伊　　尔　小妖精!你怎么能提出这样的要求!那是早已过去的事了,生活一直在朝前走嘛!

克莱尔·察哈纳西安　生活是一直在朝前走,可是我什么都没有忘记。我既没有忘记康拉德村的树林,也没有忘记彼得家的仓房;既没有忘记老寡妇波尔的卧室,也没有忘记你的背叛。现在我们已经老了,你我都老了,你已经衰朽不堪,我也被外科医生的手术刀割得体无完肤。现在我要把我们俩的旧账来一个了结:你选择了你的生活道路!而我被你逼上了我的生活道路。刚才,在我们青年时代的树林里,充满着对过去的回忆,你希望时间再回来。那好吧,现在我已经让它重新回来了。我要求公道,以十亿的代价买得公道。

〔市长站了起来,脸色发白而显得尊严。

市　　长　察哈纳西安夫人:我们还生活在欧洲,不是生活在洪荒年代。我现在以居伦城的名义拒绝接受您的捐献,以人性的名义拒绝接受捐献。我们宁可永远贫穷,也不愿意看到自己的手上沾满血迹。

〔暴风雨般的掌声。

克莱尔·察哈纳西安　那就等着瞧吧!

第 二 幕

  小城居伦，只是依稀可见。背景上是金使徒旅馆的外景。青春派建筑风格的门面破败凋敝。阳台。台右有一块匾额："阿尔弗雷德·伊尔百货店"。匾下是一张肮脏的柜台，其后竖立着一个货架，其中的货品均已陈旧。店门是虚拟的，当有人进入时，即响起几声稀疏的门铃声。台左也有一块匾额："警察局"，其下是一张木桌，桌上放着一台电话机。椅子两把。此时是早晨。托比和洛比嚼着口香糖，拿着花圈和鲜花，从左侧上，他们像参加葬礼，通过舞台，向后走进饭店。伊尔通过窗口望着他们。他的女儿跪在地上擦地板。他的儿子把一支香烟叼在嘴上。

伊　　尔　花圈。
伊尔儿子　每天早晨他们都从车站搬这东西。
伊　　尔　为了放在金使徒旅馆里的那口空棺材上。
伊尔儿子　这吓唬不了谁。
伊　　尔　整个居伦城都站在我这一边。
　　　　　〔他儿子点燃香烟。
伊　　尔　妈妈来不来吃早点？
伊尔女儿　她待在楼上。她说她累了。
伊　　尔　孩子们，你们有一位好妈妈呀。我不得不说一句这样的话。一位好妈妈。她应该待在楼上，应该养养神。那我们就一块儿吃早饭吧。我们已经很久没有在一起吃早饭了。我让人弄了几个鸡蛋和一听美国火腿罐头。我们要"阔"一下，就像阳光广场冶炼厂兴旺时期那样。
伊尔儿子　请你原谅。(他掐灭了香烟)
伊　　尔　你不跟我们一块儿吃,卡尔?
伊尔儿子　我现在去火车站。那里有一个工人病了,他们也许要找个临时的替工。
伊　　尔　在火辣辣的太阳下干铁路上的活,这不是我家的小子该干的活。
伊尔儿子　有一个工作可做,总比没有好呀。(下)
伊尔女儿(站起来)　我也走,爸爸。
伊　　尔　你也要走。要是我可以问一句的话,我们的小姐要去哪儿呀?
伊尔女儿　去劳动局。也许能找到一个工作岗位。(下)
伊　　尔(很感动。掏出手绢来擤鼻涕)　好孩子,真是懂事的孩子。

〔从阳台上传来几个节拍的吉他弹奏声。
克莱尔·察哈纳西安的声音　波比,把我的左腿递给我。
总管的声音　我找不到它,夫人。
克莱尔·察哈纳西安的声音　在五屉柜上那些订婚花后面。

〔第一个顾客(男甲)来到伊尔的商店。
伊　　尔　早晨好,霍夫鲍尔。
男　　甲　来包烟。
伊　　尔　跟每天早晨买的一样吧。
男　　甲　不要那个,要"绿叶"牌的。
伊　　尔　这更贵呀。
男　　甲　赊在账上。
伊　　尔　好吧,既然是您,霍夫鲍尔,既然咱们不得不同心同德,那好说。
男　　甲　谁在弹吉他?

伊　　尔　一个从腥腥监狱里跑出来的匪徒。

〔那两个瞎子拿着钓竿和其他钓鱼器具从金使徒旅馆走出来。
两个瞎子　早晨大吉大利,阿尔弗雷德,早晨大吉大利。
伊　　尔　滚你们的蛋吧。
两个瞎子　我们钓鱼去,我们钓鱼去。
　　　　　〔他们从台左下。
男　　甲　他们去居伦河。
伊　　尔　用的是她第七任丈夫的钓鱼竿。
男　　甲　据说他的烟草种植园丧失了。
伊　　尔　也归亿万女富翁所有了。
男　　甲　这一来她和第八任丈夫的婚礼将是热闹非凡。订婚仪式昨天已经举行过了。

〔克莱尔·察哈纳西安身着晨装来到背景处的阳台上。她活动活动右手,又屈伸屈伸左腿。在下面这一场阳台上的戏中,时不时有弹拨吉他的声音伴随着,有点儿像歌剧中的宣叙调,根据台词的内容,有时是一段华尔兹舞曲,有时是各种国歌的片段,等等。
克莱尔·察哈纳西安　我的身子又安装起来了。洛比,来一支亚美尼亚民歌。

　　　　　〔一段吉他弹奏的旋律。
克莱尔·察哈纳西安　这是察哈纳西安最爱听的一支曲子。他那时老要听这支曲,每天早晨都听。这位金融寡头已成为经典人物了,他的油船像数不清的舰队,还养了无数的赛马。他的资金有几十亿之多。跟他的婚姻还真值。他又是一位大教育家和大舞蹈家,懂得所有的魔术,我从他那儿学会了所有的技法。

〔两个妇女上,她们把牛奶壶递给伊尔。

妇女甲　牛奶,伊尔先生。
妇女乙　我的奶罐,伊尔先生。
伊　尔　早上好。每位太太一升牛奶。
〔他打开一个奶桶,正要舀奶。
妇女甲　全脂奶,伊尔先生。
妇女乙　两升全脂奶,伊尔先生。
伊　尔　全脂奶。(他打开另一个奶桶舀奶)

〔克莱尔·察哈纳西安用她的长柄眼镜观察着早晨的市容。

克莱尔·察哈纳西安　真是一个美丽的秋天的早晨。大街小巷笼罩着一层薄雾,就像披上了轻柔的银纱,蓝天染上了紫罗兰的色彩,就像霍尔克伯爵所画的一样,他是我的第三个丈夫,外交部长,在假期里他就经常画画。他那种画怪得真叫人讨厌。(她装模作样地坐了下来)伯爵那个人就叫人讨厌。

妇女甲　还有黄油。来两百克。
妇女乙　我还要白面包。来两公斤。
伊　尔　兴许得到什么遗产了吧,太太们,得到遗产了吧。
妇女甲、乙　给我们赊上。
伊　尔　大家为一人,一人为大家。
妇女甲　还要两个两毛钱一块的巧克力。
妇女乙　四毛钱的四块。
伊　尔　也赊账?
妇女甲　赊账。
妇女乙　巧克力我们就在这儿吃,伊尔先生。
妇女甲　在您这儿吃可是最适意的啦,伊尔先生。

〔她们在店铺的后面坐下来吃巧克力。

克莱尔·察哈纳西安　来一支"温斯顿"牌的雪茄烟。我要尝一回我第七任丈夫的烟厂的产品,因为现在我已经和他离婚了。可怜的莫比,这个钓鱼成癖的男子。他坐在去葡萄牙的特别快车里将会是很悲伤的。我的一个加油工将从里斯本带他到巴西。
　　〔管家递给她一支雪茄,给她点燃。

男　甲　瞧,她坐在阳台上,逍遥自在地抽她的雪茄烟。
伊　尔　她抽的全都是最贵的名牌货。
男　甲　完全是挥霍。当着那么多贫穷不堪的人她也不觉得害臊。

克莱尔·察哈纳西安(抽着烟)　奇怪。味道倒不坏。

伊　尔　她打错了算盘。我是一个有旧罪孽的人,霍夫鲍尔,谁没有这种罪过。在我年轻的时候,的确对她耍过恶劣的一招儿。但是你看,所有在金使徒旅馆的居伦人,尽管贫穷,都一致拒绝了她的条件。这真是我一生中最美好的时刻。

克莱尔·察哈纳西安　来杯威士忌,波比,不加别的。

　　〔来了第二个顾客(男乙),贫穷,像大家一样穿得很破烂。
男　乙　早上好。今天的天气会很热。
男　甲　热天的季节还没过去呢。
伊　尔　今天早晨顾客盈门。好长一段日子连个人影都不见,这几天来,你看,纷纷跑来啦。
男　甲　我们就站在您一边。站在我们的伊尔一边。坚定不移。
妇女甲、乙(嚼着巧克力)　坚定不移,伊尔先生,坚定不移。
男　乙　您毕竟是最受人爱戴的人物哪。

男　甲　最重要的人物。

男　乙　一到春天就要选上市长哩。

男　甲　十拿九稳的。

妇女甲、乙(嚼着巧克力)　十拿九稳,伊尔先生,十拿九稳。

男　乙　来一瓶烧酒。

〔伊尔伸手到货架上取酒。

〔管家端来一杯威士忌。

克莱尔·察哈纳西安　给我把那个新来的叫醒。我一看见我的丈夫这么爱睡,我就冒火。

伊　尔　三马克十芬尼。

男　乙　不要这个。

伊　尔　你可是一直以来都喝这号酒的。

男　乙　来白兰地。

伊　尔　那可得花二十马克三十五芬尼。付不起的。

男　乙　一个人也得讲点享受嘛。

〔一个几乎半裸着身子的姑娘跑过舞台,托比紧追其后。

妇女甲(嚼着巧克力)　路伊丝干这样的事真丢脸。

妇女乙(嚼着巧克力)　而且她还是个和贝托尔德·施瓦尔茨街①的金发音乐家订了婚的人呢。

〔伊尔从货架上取下了一瓶白兰地。

伊　尔　给你。

男　乙　还要一包烟丝。装烟斗的。

伊　尔　给你烟丝。

男　乙　要进口的。

〔伊尔算价钱。

---

① 德国的街道多以名人命名。贝托尔德·施瓦尔茨为十四世纪的一个修士,据传为欧洲的火药发明人(晚于中国)。

〔第八任丈夫来到阳台上。他是电影明星,细高个儿,蓄着两撇红胡子,穿着晨服。这个角色可以由饰演第七任丈夫的演员饰演。

第八任丈夫　霍布西,真是再美妙没有了:咱们订婚新人的第一顿早餐。真像是梦境一般。阳台小巧,菩提树的树叶婆娑,市府大楼前的喷泉水花飞溅,几只母鸡奔跑着越过街道,某个地方还有一些家庭妇女在闲扯她们的小小的烦恼,而在那一片房屋的后面矗立着大教堂的塔尖!

克莱尔·察哈纳西安　坐下吧,霍比,别讲了。这些景色我自己看得见,何况用头脑可不是你的特长。

男　乙　现在她那位丈夫也坐在上面了。

妇女甲(嚼着巧克力)　这是第八个。

妇女乙(嚼着巧克力)　一个漂亮的男子,是演电影的。我女儿看见他在一部根据冈霍弗①的作品拍摄的电影里扮演偷猎者。

妇女甲　我看见过他在格拉哈姆·格林的一部片子里演牧师。

〔第八任丈夫吻克莱尔·察哈纳西安。吉他弹出几个节拍的和弦。

男　乙　只要有钱就要什么有什么。(啐了一口)

男　甲　我们可不吃这一套。(一拳头打在桌子上)

伊　尔　二十三块八。

男　乙　赊上。

伊　尔　这个星期我愿意破例让大家赊欠,但你得保证——领到失业救济金就还给我。

〔男乙向门口走去。

伊　尔　黑尔梅斯贝格!

〔男乙站住,伊尔向他走去。

---

① 冈霍弗(1855—1920),德国剧作家兼小说家。

伊　　尔　你穿了一双新鞋,黄颜色的新鞋。

男　　乙　怎么啦?

伊　　尔（朝男甲的脚上看去）　你也是,霍夫鲍尔,你也穿了新鞋。（他的目光转向那两位妇女,缓慢地向她们走去,流露出惊恐万状的神情）还有你们,也穿上了黄颜色的新鞋,黄颜色的新鞋。

男　　甲　我真不知道你对我们穿新鞋为什么这样大惊小怪。

男　　乙　我们总不能一辈子就穿一双旧鞋吧。

伊　　尔　新鞋。你们拿什么去买来的新鞋?

两个妇女　向人赊来的,伊尔先生,我们的鞋是向人赊来的。

伊　　尔　你们的鞋是向人赊来的。你们在我这里还赊了账呢。要高级的烟,高级的牛奶,喝白兰地。为什么你们一下子在很多商店都赊起账来了?

男　　乙　你不是也让我们赊账了吗?

伊　　尔　你们打算拿什么来还?

〔沉默。伊尔拿起店里的商品往顾客身上乱掷,大家连忙跑了。

伊　　尔　你们打算用什么还账?你们打算用什么还账?用什么?用什么?（他向后头冲去）

第八任丈夫　小城倒很热闹。

克莱尔·察哈纳西安　小城市的生活嘛。

第八任丈夫　下面那家店铺里好像发生什么事了。

克莱尔·察哈纳西安　无非是为一点肉价的高低争吵不休。

〔响亮的吉他和弦突然传来。第八任丈夫吓得跳了起来。

第八任丈夫　天哪,霍布西!你听见了吗?

克莱尔·察哈纳西安　那只黑豹。它吼叫了一声。

第八任丈夫（惊奇）　一只黑豹?

克莱尔·察哈纳西安　是从马拉喀什的一个帕夏①那里得到的,是一件礼物。它这会儿正在附近的客厅里窜来窜去。它两眼闪光,是一只凶恶而可爱的大猫。

〔警察在台左的一张桌子旁坐下。喝着啤酒。他说话缓慢而郑重其事。伊尔从台后上。

克莱尔·察哈纳西安　你可以准备早点了,波比。
警　察　什么事,伊尔？请坐吧。
〔伊尔仍站着。
警　察　您在发抖。
伊　尔　我要求逮捕克莱尔·察哈纳西安。
警　察(装上一烟斗烟,慢悠悠地点燃,抽着)　你这要求提得真奇特,真是太奇特了。
〔管家端上早点,带来了信件。
伊　尔　我是以未来市长的名义提出这个要求的。
警　察(喷出一大口烟)　选举还没有举行呢。
伊　尔　请立即把那个女人抓起来。
警　察　这就是说,您要对这位太太提出控告。要不要逮捕这位太太的问题,决定权在警察局。那么她犯了什么法呢？
伊　尔　她要求我们城里的人杀害我。
警　察　所以我就该不管三七二十一把那个女士给逮起来。(他又斟了一杯啤酒)

克莱尔·察哈纳西安　这些信件。有艾克写的,有尼赫鲁写的。他们都来信祝贺我。

伊　尔　这是您的义务。

---

① 马拉喀什为摩洛哥的一个省的首府。帕夏为土耳其高级官员的尊称。

391

警　　察　你的话说得多新鲜,太新鲜了。(他喝啤酒)
伊　　尔　世界上没有比这更合乎情理的事情了。
警　　察　亲爱的伊尔,事情并不像你说的那么理所当然。让我们冷静地来分析一下这件事情吧。那位夫人向居伦市提出,要用十个亿换取您——但您是知道我这话的意思的啰。确实有这么回事,当时我也在场。然而,这对警察局来说,还没有构成要对克莱尔·察哈纳西安夫人采取行动的理由嘛。无论如何我们是必须按法律办事的。
伊　　尔　她挑唆谋杀。
警　　察　请注意,伊尔。挑唆谋杀罪只有在这样的情况下才能成立：即挑唆者郑重其事地提出要把您杀害。这是大家都清楚的嘛。
伊　　尔　我也是这样看的。
警　　察　就是嘛。现在你看,她的提议不是郑重其事的,因为十亿的价钱夸张得无法相信,对于这样一件事情人们也许会提一千或者两千,再多是不可能的,这点你自己必须相信,而且你可以绝对相信。这也可以证明,那个提议不是郑重其事的,再说,即使它是郑重其事的,那警察局也不能把那夫人的话当作严肃的来对待,因为那样的话,她肯定是疯了：明白了吗？
伊　　尔　警长,不管那女人疯了还是没有疯,她的提议现在对我构成威胁。这是完全合乎逻辑的。
警　　察　不合逻辑。你不能因为人家一个提议就感到受到威胁,问题是要看那提议有没有人去实行。你且给我指出,谁真的企图要把那个提议付诸实施呢,比如,有什么人拿枪对着你,如有,我一定立即行动。然而事实上偏偏没有人要把那个提议付诸实施嘛,情况正好相反。刚才在金使徒旅馆的场面多么令人难忘。我得为您补喝一杯贺酒。(他举杯喝了一大口啤酒)
伊　　尔　我感到有些儿蹊跷。
警　　察　有些儿蹊跷？
伊　　尔　我的顾客都买更好的牛奶、更好的面包、更好的香烟。

警　察　那你应该高兴呀！这样你的生意不是好起来了吗？（他又喝啤酒）

克莱尔·察哈纳西安　波比,让人把杜邦的股票全给我买下来。

伊　尔　黑尔梅斯贝格在我店里买白兰地喝。而这几年来他并没挣到过钱,都是靠施粥所的救济过日子。
警　察　今天晚上我就要尝到那瓶白兰地了。黑尔梅斯贝格已经邀请了我。
伊　尔　人人都穿上了新鞋,黄颜色的新鞋。
警　察　人家穿新鞋您有什么好反对的呢？我也终于穿上新鞋啦。（他伸出脚来让伊尔看）
伊　尔　您也穿着新鞋。
警　察　瞧。
伊　尔　也是黄的。而且您喝的是皮尔森啤酒①。
警　察　这酒味道好着哪。
伊　尔　您以前可是喝本地啤酒的呀。
警　察　那多难喝。
　　　　〔无线电音乐声。
伊　尔　您听到了吗？
警　察　什么？
伊　尔　音乐。
警　察　这是《风流寡妇》。
伊　尔　一台收音机。
警　察　这是附近哈格霍尔策家的。他应该把窗子关上。（他记在小笔记本里）
伊　尔　哈格霍尔策家怎么会有了收音机？

---

① 皮尔森,捷克波希米亚地区之城名,以产啤酒闻名。

393

警　　察　那是他的事。

伊　　尔　还有您,警长,您赊了皮尔森啤酒,又赊了新皮鞋,您打算用什么来偿还这笔账?

警　　察　这是我的事。

〔桌上的电话铃响。警察拿起耳机。

警　　察　居伦派出所。

克莱尔·察哈纳西安　波比,打个电话给那些俄国人,说我同意他们的建议。

警　　察　行,行。(他挂上耳机)

伊　　尔　还有我的那些顾客,他们该拿什么来付那些账?

警　　察　这不关警察局的事。(他站起身来,从靠背椅旁拿起一支枪)

伊　　尔　但这跟我有关。因为他们要付欠我的账。

警　　察　没有人威胁您。(他将子弹装入枪内)

伊　　尔　全城的人都在赊欠,用赊欠的办法来提高生活。随着生活水平的提高,就有杀死我的必要。而那个女人只需坐在阳台上喝喝咖啡,抽抽雪茄,稳等着就行。她只要等着就行。

警　　察　您胡诌些什么。(他敲起桌子来)

伊　　尔　你们都在等着啊。

警　　察　您喝烧酒喝得太多了吧。(他试了试他的枪)好,子弹算装上了。您放心吧,警察局的目的是维护法律的尊严,维护社会秩序,保护公民的生命财产。凡是当警察的都知道自己的职责。只要发现任何威胁的嫌疑,不管这威胁来自何处,来自何人,警察局马上出面干预,伊尔先生,这一点您相信好了。

伊　　尔(轻声地)　警长,为什么您嘴巴里有了一颗金牙?

警　　察　什么?

伊　　尔　一颗闪闪发光的新镶的金牙。

警　　察　您发疯了吧?

〔此时伊尔看到警察的枪口正对着他,便缓慢地举起手来。

警　察　我没有工夫跟您辩论您的胡思乱想了,伙计。我得走了。那个用螺丝固定住的亿万女富翁的一只小狗跑了,那只黑豹。我现在得去追捕,全城的人都得去追捕。(他朝台后走出去)

伊　尔　你们追捕的是我,是我。

克莱尔·察哈纳西安(读一封信)　他就要来了,那位时装设计师。他是我的第五任丈夫,我的最最漂亮的丈夫。我的每一件结婚礼服都是他设计的。洛比,来支小步舞曲。

〔吉他奏起小步舞曲。

第八任丈夫　不过你的第五任丈夫原来是个外科医生呀。

克莱尔·察哈纳西安　那是我的第六任。(她又拆开一封信)这是西方铁路公司老板寄来的。

第八任丈夫(惊讶)　我压根儿就没有听说过你有这么一位丈夫。

克莱尔·察哈纳西安　那是我的第四任。现在穷了,他的股票都归我了。我是在白金汉宫把他勾上的,在盈盈月光下。

第八任丈夫　你说的不就是洛尔德勋爵嘛。

克莱尔·察哈纳西安　不错,你说得对,霍比。我完全把他给忘了,连同他在约克郡的城堡。现在再看一封信,这是我的第二任丈夫写来的。我在开罗认识了他,我们在狮身人面像下接吻。那是个迷人的夜晚。也是月光盈盈。真怪:总是月光盈盈。

〔舞台右侧换景。挂起了"市政府"几个大字的牌子。男丙走上舞台,搬走店铺钱箱,把柜台稍稍调整了一下,以作办公用桌,市长上。他把手枪放在桌上,坐下。伊尔从台左上。墙上挂着一张建筑图纸。

伊　尔　我得跟您谈谈,市长。

市　长　请坐。

伊　尔　我要跟您坦率谈谈,作为您的接班人跟您谈谈。

395

市　　长　好啊。

〔伊尔仍然站着,望着那支手枪。

市　　长　察哈纳西安夫人的豹跑掉了。它这会儿正在教堂里乱窜。所以得带上家伙。

伊　　尔　那还用说。

市　　长　我已经号召所有的男人,叫他们都带上武器。孩子们今天也将留在学校里。

伊　　尔(狐疑地)　这是一件颇为费劲的事。

市　　长　一场围猎活动。

〔总管上。

总　　管　夫人,世界银行行长来了。他是刚刚从纽约飞来的。

克莱尔·察哈纳西安　我没有什么要跟他说的。他应该再飞回去。

市　　长　你有什么心事?痛痛快快谈谈吧。

伊　　尔(不信任地)　您在抽一种高级烟哪。

市　　长　金黄色的"佩格撒斯"牌。

伊　　尔　好贵啊。

市　　长　值啊。

伊　　尔　市长先生以前抽的可是另一种牌子。

市　　长　以前抽"洛斯里五号"。

伊　　尔　那便宜多了。

市　　长　那种烟太冲了。

伊　　尔　领带也是新的?

市　　长　缎子的。

伊　　尔　鞋看来也是新买的吧?

市　　长　我让人从卡尔伯市买来的。真滑稽,你怎么知道的?

伊　　尔　我就是为此而来的。

市　　长　这跟你有什么相干?你脸色苍白,病了?

伊　尔　我害怕。

市　长　你害怕？

伊　尔　生活水平在提高呢。

市　长　你这话听起来真新鲜。要是那样我才高兴呢。

伊　尔　我要求当局保护。

市　长　哎,这究竟是为什么呢？

伊　尔　您这个市长先生是知道的。

市　长　你不信任我们？

伊　尔　十亿赏金是为了我的脑袋。

市　长　那你报警呀。

伊　尔　我已去过警察局。

市　长　那你就放心了吧。

伊　尔　警察局长的嘴巴里一颗新的金牙在闪闪发亮。

市　长　你忘了你是生活在居伦,一个有着人道主义传统的城市。歌德曾在这里过过夜,勃拉姆斯在这里谱写过四重奏。我们不会辜负这些传统价值的。

〔一男人(男丙)抱着一台打字机从台左上。

男　丙　这是新打字机,市长先生。是"雷明顿"牌的。

市　长　送到办公室去。

〔男丙从台右下。

市　长　你不能这样对我们忘恩负义。如果你实在对我们居伦城信不过,那我只能为你感到遗憾了。没有想到你的这种虚无主义态度。我们毕竟生活在一个法制国家里嘛。

〔那两个瞎子手持细竿,手牵着手从台左上。

瞎子俩　豹子跑了,豹子跑了！(蹦跳起来)听见了它在吼叫呢,听见了它在吼叫呢！(他们跳进了金使徒旅馆)到霍比和波比那儿去,到托比和洛比那儿去。(从后面中间下)

伊　尔　那么请你把那个女人逮起来吧。

市　长　奇怪,太奇怪了。

397

伊　尔　警察局长也是这么说的。

市　长　苍天在上，那位夫人并没有做过什么完全不合道理的事情，而你自己倒曾经收买过两个小子做伪证，使得一位姑娘吃尽苦头。

伊　尔　这一苦头给她带来几十个亿啊，市长先生。

〔沉默。

市　长　让我们说说心里话吧。

伊　尔　我正求之不得。

市　长　直截了当地说吧，就像你刚才所要求的，你没有要求逮捕那位夫人的道德权利，至于你当市长接班人的问题也不能成立了。很遗憾，我不得不这样告诉你。

伊　尔　正式的？

市　长　受各党派的委托而说的。

伊　尔　我明白。

〔他缓慢地走向左边的窗口，背对市长，呆呆地望着窗外。

市　长　我们拒绝夫人的建议，并不意味着我们原谅导致她提出这一建议的罪行。对于一个市长的职位来说，人家有权提出一些合乎道德的要求的，而你已经不再能够满足这些要求了，这你必须明白。至于我们，今后仍将一如既往对你表示敬重和友谊，这是不用说的。

〔洛比和托比又弄来一些花圈和鲜花从台左上，他们横穿舞台，走进金使徒旅馆。

市　长　最好是我们对整个事件保持沉默，我也已经请求大众媒体不要对这件事透露丝毫。

伊　尔（转过身来）　人们已经在装饰我的棺材了，市长！沉默对我来说实在太可怕了。

市　长　但那究竟是为什么呢，亲爱的伊尔？那件丑事我们已经替你掩盖住了，以便让人忘掉它，你应该感谢才是。

伊　尔　只要让我说话，我还是会有机会得救的。

市　　长　这话可就太过分了！难道有谁会威胁你吗？
伊　　尔　你们当中的一个。
市　　长　(站了起来)　你在怀疑谁？给我说出名字来,我来调查这件事。铁面无私。
伊　　尔　你们当中每一个人。
市　　长　我以全城的名义严正抗议这种诽谤。
伊　　尔　没有人想要杀死我,但是每个人都希望有一个人来杀死我,于是总会有一个人那么干的。
市　　长　你见鬼啦！
伊　　尔　我看见墙上有一张图纸。是新的市府大楼吗？(他用手弹了弹那张图)
市　　长　天哪,搞个设计图总可以的吧！
伊　　尔　你们在利用我的死做投机买卖了！
市　　长　亲爱的汉子,如果我作为一个政治家连相信一个美好未来的权利都没有,要有,就是与犯罪有关,那我只好辞职了,这样你就可以放心了。
伊　　尔　你们已经判处我死刑了。
市　　长　伊尔先生！
伊　　尔　(轻声地)　这张图纸就是证明！它就是证明！

克莱尔·察哈纳西安　奥纳西斯就要来了。这位公爵偕他的公爵夫人阿加一起来。
第八任丈夫　她叫阿里吧？
克莱尔·察哈纳西安　整个里维埃拉大厅都挤满了人。
第八任丈夫　都是新闻记者？
克莱尔·察哈纳西安　从世界各地来的记者。只要我在哪里举行婚礼,总有新闻界的人在场。他们需要我,我也需要他们。(她又拆开一封信)这是霍尔克伯爵寄来的。
第八任丈夫　哈卜西,这是我俩第一次共进早餐,难道你非得在这时候念你昔日丈夫们的信?

克莱尔·察哈纳西安　我要随时对他们的行动一目了然。

第八任丈夫(痛苦地)　我确实也有我的种种问题啊。(他站起来,呆呆地望着下面的小城)

克莱尔·察哈纳西安　你的保时捷不行啦?

第八任丈夫　这么一个小城看着真令人压抑。现在可好了:菩提树沙沙作响,鸟儿雀跃歌唱,喷泉水花四射。但这一切半个小时前就这样了。现在一切平安无事:大自然也好,这里的老百姓也好,都没有发生什么。一切显得更深沉、更安宁,无忧无虑,舒心适意。没有伟业,也没有悲剧。缺乏一个伟大时代的精神气氛。

〔牧师从台左上,他倒背着一支枪,在先前警察坐过的桌子上铺上一块有黑十字的桌布,把枪支靠在旅馆的墙上。教堂执事帮助他把法衣穿上。暗转。

牧　师　进来吧,伊尔,走进圣器室来吧。

〔伊尔从左边上。

牧　师　这里光线暗,不过凉快。

伊　尔　我不想打扰您,牧师先生。

牧　师　教堂的大门对每个人都是敞开的。(他察觉到伊尔的目光正落在那支枪上)你不要看到这件武器感到惊奇。察哈纳西安夫人的那只黑豹跑出来了。它刚才爬上了阁楼,而后闯进了康拉德村的树林,而现在又在彼得家的仓库里。

伊　尔　我寻求帮助。

牧　师　因为什么?

伊　尔　我害怕。

牧　师　害怕?怕谁?

伊　尔　怕大家。

牧　师　你怕大家会杀死你,伊尔?

伊　尔　他们像追捕一只野兽那样追捕我。

牧　师　你不应该害怕人,而应该害怕上帝;你不应该害怕肉体的死亡,而应该害怕灵魂的死亡。执事,来把我法衣后面的纽扣扣上。

〔居伦人慢慢走上舞台,走在前面的是警察,而后是市长、那四个男人、画家、教师,他们围成半圆形,个个手持枪支在搜寻;扣紧扳机,四处张望。

伊　尔　这涉及我的性命。
牧　师　涉及你永恒的生命。
伊　尔　大家的生活水平在突然提高呢。
牧　师　那是你的良心作怪。
伊　尔　个个都喜气洋洋,姑娘们打扮得漂漂亮亮,小伙子们穿上了花花绿绿的衬衫,全城都在准备庆祝对我的谋杀。找都快吓死了。
牧　师　你所经历的这些是积极的,都是积极的。
伊　尔　那是地狱啊。
牧　师　地狱就在你自己身上。你年龄比我大,并以为了解人,但你仅仅了解你自己。许多年以前,由于你为了金钱而背叛了一位姑娘,所以你以为现在人们也是为了金钱而背叛你。你这是以己之心,度人之腹。这是很自然的。我们恐惧的根源就在我们自己的心中,就在我们自己的罪孽里。假如你认识到这一点,你就能战胜那折磨你的东西,你就会获得战胜这种烦恼的武器。
伊　尔　西美托弗尔家已经买了一台洗衣机。
牧　师　你别多管闲事。
伊　尔　是赊来的。
牧　师　你应该关心的是你自己灵魂的不朽。
伊　尔　施托克尔家买了一台电视机。
牧　师　你还是向上帝祷告吧。执事,我的腰带。

〔执事给牧师系上腰带。

牧　师　检点一下你的良心,好好忏悔吧,免得世人一再弄得你惶惶不可终日。这是惟一的办法。我们不可能有别的办法。

〔沉默。那些持枪的人又不见了。舞台边缘留下许多影子。火警钟开始鸣叫起来。

牧　　师　好,伊尔,我现在得办事去了,去给人举行洗礼仪式。把《圣经》拿来,执事,还有《祈祷书》和《圣诗本》。婴儿一开始哭叫,我们就得把他挪到安全的地方,挪到照亮我们这个世界的惟一亮光下。

〔警钟再次响起来。

伊　　尔　钟声又响了?

牧　　师　声音很美妙,不是吗?洪亮而有力。积极的,完全是积极的。

伊　　尔(喊叫起来)　你也这么说,牧师,你也这么说!

牧　　师(冲向伊尔,两手抓住他)　逃跑吧!我们是软弱的,不管我们是基督徒还是异教徒,我们都是软弱的。快逃吧!钟声正在居伦鸣响,这是背叛的钟声啊。快逃吧!你不要留在这里,免得我们受诱惑。

〔两声枪响。伊尔倒在地上。牧师蹲在他的身边。

牧　　师　逃吧,快逃吧!

〔伊尔站起来,拿起牧师的枪,从舞台左边下。

克莱尔·察哈纳西安　波比,有人放枪。

总　　管　是有人放枪,夫人。

克莱尔·察哈纳西安　为何放枪?

总　　管　那只黑豹跑掉了。

克莱尔·察哈纳西安　打中它了吗?

总　　管　打死了,它躺在伊尔的店门口呢。

克莱尔·察哈纳西安　可怜的小畜生。洛比,来一首丧礼进行曲吧。

〔吉他演奏丧礼进行曲。

总　　管　夫人,居伦人正集合起来,向您表达他们的哀悼。

克莱尔·察哈纳西安　这是他们的本分。

〔总管下。教师领着人员混杂的歌队从右侧上。

教　师　尊敬的夫人。

克莱尔·察哈纳西安　什么事,居伦的老师?

教　师　我们从巨大的险境中得救了。那只黑豹在我们的巷子里窜来窜去,会酿成大祸。但假如我们也想轻松地舒口气的话,那么我们还得抱怨一只如此宝贵的珍稀动物之死。凡是有人待的地方,动物世界将更可怜,我们绝不能忽视这一可悲的两难处境。因此我们想合唱一支圣歌。一支丧礼颂歌,夫人,是亨利希·舒茨谱的曲。

〔教师开始指挥。伊尔持枪从右侧上。

伊　尔　停!

〔居伦人惊愕地鸦雀无声了。

伊　尔　这叫什么丧礼歌!为什么你们唱这样的丧礼歌?

教　师　不过伊尔先生,鉴于黑豹之死——

伊　尔　你们唱这支歌是针对我的死,是要我死!

市　长　伊尔先生,我恳求你别这样。

伊　尔　你们给我滚开,滚回你们的家去吧!

〔居伦人悄悄溜走。

克莱尔·察哈纳西安　霍比,把你的保时捷车开出去遛遛吧。

第八任丈夫　那就上车吧——

克莱尔·察哈纳西安　走!

〔丈夫下。

伊　尔　克拉拉!

克莱尔·察哈纳西安　阿尔弗雷德!你干吗跟这些小人们嚷嚷?

伊　尔　我害怕,克拉拉。

克莱尔·察哈纳西安　但你还是客气的。我不喜欢这永久性的合唱。当年在学校时它就让我痛恨。你还记得吗,阿尔弗雷德,每当混声合唱队和喇叭队在市府大楼广场上练习时,我们俩就往康拉德村的树林里跑?

伊　尔　克拉拉,你说说看,你所演的这出喜剧,你所要求的这一切

403

不是真的吧？你说呀！

克莱尔·察哈纳西安　多难得呀,阿尔弗雷德,这些回忆。当我们第一次相见时,那时我也在一座阳台上。那是个秋天的夜晚,也像现在这样,空气纹丝不动,只是在市公园的树林里时不时有一两声窸窣声,现在也许仍然这样,但是最近这段时间我老是感到冷。那时你站在那里,总是朝上望着我。我感到窘困,不知怎样才好。我想走进黑暗的房间里,但走不进去。

伊　　尔　我现在绝望了。我什么事都干得出。我警告你,克拉拉,如果你现在不说,这一切仅仅是个玩笑,一个残酷的玩笑。(他把枪对准她)

克莱尔·察哈纳西安　而你那时却不往前走了,站在下面的马路上。你呆呆地朝上面看着我,脸色几乎很阴沉,几乎要生气,好像要让我难受。然而你的眼睛里却充满了爱。

〔伊尔让枪垂下来。

克莱尔·察哈纳西安　还有两个小子站在你旁边,柯比和罗比。他们在冷笑,因为他们看到你怎样两眼朝上盯着我不放。后来我离开阳台,下楼走到你身边。你没有问候我,你一句话也没有跟我说,但是你握住了我的手。我们就这样走出了小城,走进田野,而柯比和罗比就像两条狗一直尾随在我们后面。后来你从地上捡起了石头向他们掷去,他们号叫着跑回城里去了,于是只剩下了我们俩。

〔总管从台前右侧上。

克莱尔·察哈纳西安　领我进我的房间,波比。我得向你口授,最终得汇十个亿过来。

〔她由总管领进房间。

〔柯比和罗比怪模怪样地从后边跳进来。

二　　人　那只黑豹已经死了,那只黑豹已经死了。

〔阳台不见了。教堂钟声。舞台又像第一幕开头那样。火车站。只是原来贴在墙上的列车时刻表换成新的了,完好无损。同一面墙上还贴着一张醒目的大广告,上面画着一个光芒四射的黄色的太阳:去南方旅行。远一点:去上阿默尔高观看耶稣受难剧。从背景的房屋之间可以看到几台起重机,还有几个新的屋顶。一列正在经过的特别快车发出雷鸣般的隆隆声。车站站长在站前向它立正敬礼。伊尔手提一只小箱子东张西望,从后面上。慢慢地,突然从四面八方加进来居伦人。伊尔犹豫着,停了下来。

市　长　你好,伊尔。

众　　　你好!

伊　尔　(犹疑地) 你好。

教　师　提着箱子上什么地方去呀?

众　　　上什么地方去呀?

伊　尔　去火车站。

市　长　我们陪您去!

男　甲　我们陪您去!

男　乙　我们陪您去!

〔居伦人越来越多。

伊　尔　你们这可不必,真的不必。不值得这样。

市　长　您出门去,伊尔?

伊　尔　我出门去。

警　察　去哪里呀?

伊　尔　我不知道。去卡尔伯城,然后继续往前走——

教　师　哦——然后再往前走。

伊　尔　最好去澳大利亚。我总有办法弄到盘缠的。(他又向车站走去)

男　丙　去澳大利亚!

男　丁　去澳大利亚!

画　家　为什么去澳大利亚呢?

405

伊　尔（窘困地）　你总不能老待在一个地方——年复一年,老也不动。
　　　　〔他开始跑起来,到达车站。其他人不慌不忙地跟在他后面,最后把他围上。
市　长　移居到澳大利亚去,这实在太可笑了。
医　生　这对您可是没有比这更危险的了。
教　师　那两个小阉人有一个原来就是去了澳大利亚的。
警　察　对您来说这里最安全。
众　　　这里最安全,这里最安全。
　　　　〔伊尔像一个被围的野兽惊恐地环视四周。
伊　尔（轻声地）　我已经给卡菲根的行政长官写过信。
市　长　嗯,怎么样?
伊　尔　没有答复。
教　师　您这样疑神疑鬼,真是难以理解。
医　生　没有人想要弄死您。
众　　　没有人,没有人。
伊　尔　邮局没有把我的信发出去。
画　家　不可能。
市　长　邮政局长是市议员。
教　师　他是个有身份的人。
男　甲　他是个有身份的人。
男　乙　他是个有身份的人。
伊　尔　这儿,请看这张广告:去南方旅行。
医　生　那又怎么啦?
伊　尔　去上阿默尔高观看激动人心的欢乐剧。
教　师　那又怎么啦?
伊　尔　人们都在盖房子。
市　长　那又怎么啦?
伊　尔　你们变得越来越阔啦,日子越来越美啦。
众　　　那又怎么啦?

〔钟声。

教　师　您瞧瞧,大家对您多好。

市　长　整个小城都来为您送行了。

男　丙　整个小城!

男　丁　整个小城!

伊　尔　我没有请求你们来。

甲　乙　我们是来向您告别的呀。

市　长　都是老朋友嘛。

众　　　都是老朋友嘛!都是老朋友嘛!

〔火车开动声。站长拿着一块红牌,列车员从左边上,他好像刚从火车上跳下来似的。

列车员(拉长声音喊叫)　居伦车站!

市　长　您要上的车到了。

众　　　您的车到了!您的车到了!

市　长　好,祝您一路顺风,伊尔。

众　　　一路顺风,一路顺风!

医　生　祝您身体健康,生活幸福!

众　　　祝您身体健康,生活幸福!

〔居伦人围住了伊尔。

市　长　时间到了,快登上去卡尔伯城的慢车吧,愿上帝保佑您。

警　察　祝您在澳大利亚万事如意!

众　　　万事如意,万事如意!

〔伊尔一动不动地站着,呆呆地望着他的众乡亲们。

伊　尔(轻声地)　你们为什么都上这里来呢?

警　察　您还想怎样?

站　长　上车!

伊　尔　你们为什么都围着我?

市　长　我们根本就没有围着您嘛。

伊　尔　让我走!

教　师　但我们并没有不让您走呀。
众　　　我们没有不让您走,我们没有不让您走!
伊　尔　你们总会有一个人把我拉住的。
警　察　胡说。您只要一上车,就会知道您是不是在胡说。
伊　尔　你们都给我走开!
　　　　〔没有一个人动一动,有几个人站在那里,把双手插进裤兜里。
市　长　我真不知道您究竟想干什么。您得赶紧走了,快上车吧。
伊　尔　统统走开!
教　师　您的害怕简直可笑。
　　　　〔伊尔双膝跪了下去。
伊　尔　你们为什么这样紧紧围着我?
医　生　这个人疯了。
伊　尔　你们想要阻拦我。
市　长　那您上车吧!
众　　　那您上车吧!那您上车吧!
　　　　〔沉默。
伊　尔（轻声地）　要是我上车,你们中准有一个人会拽住我。
众　　（毫不含糊地）　没有人会拽住您!没有人会拽住您!
伊　尔　我知道你们会这样做的。
警　察　马上就要开车了。
教　师　您就上车吧,我的好人。
伊　尔　我知道的!准会有人要拽住我的!准会有人要拽住我的!
站　长　开车!
　　　　〔他举起红牌子,列车员做跳上火车状,而被团团围住的伊尔则双手捂着脸,完全瘫了下去。
警　察　您瞧瞧,他精神崩溃了!
　　　　〔任伊尔倒在地上,大家渐渐向台后走去,直至完全消失。
伊　尔　我完了!

第 三 幕

彼得家的仓房。克莱尔·察哈纳西安身穿白色结婚礼服，戴着面纱等，坐在台左的轿子里一动不动。再往左是一个楼梯，梯后是一辆运草车和旧马车。旁边是干草，中间是一个小木桶。梁柱上挂着些破布片和一些塞满东西的口袋。上方布满大张的蜘蛛网。总管从台后上。

总　管　医生和教师来了。

克莱尔·察哈纳西安　让他们进来吧。

〔医生和教师上，他们在黑暗中摸索着往前走，好容易找到了亿万女富翁。两人穿着笔挺、阔绰的服装，堪称衣冠楚楚。

医　生
教　师　夫人。

克莱尔·察哈纳西安（举起长柄眼镜仔细打量着他们）　看上去你们身上有些灰尘，先生们。

〔两人用手拍打灰尘。

教　师　请原谅，我们刚才不得不从一辆马车上爬了过来。

克莱尔·察哈纳西安　我躲进彼得家的仓库里了。我需要安静。刚才在居伦教堂里举行婚礼把我累得够呛。我毕竟不再是青春少女了。你们就坐在木桶上吧。

教　师　谢谢。

〔他坐下。医生仍站着。

克莱尔·察哈纳西安　这里闷热。要闷死人了。但我喜欢这个仓库,喜欢闻这里的干草、青草和车轴润滑油的气味。它们使我想起过去。这些农具、粪叉、旧马车、散架了的草车在我年轻的时候就已经有了。

教　师　一个令人沉思的地方。(他擦汗)

克莱尔·察哈纳西安　牧师发表激动人心的布道演说。

教　师　《哥林多前书》第十三章。

克莱尔·察哈纳西安　教师先生,你带领的那支混声合唱队也表演得很出色,听起来气势非凡。

教　师　那是巴赫的曲子,选自他的《马太受难曲》。我一直还记得清清楚楚,出席的人多是高层人士,金融界的,电影界的……都是大款和大腕。

克莱尔·察哈纳西安　这些大款大腕儿都乘他们的凯迪拉克小卧车赶回首都参加婚宴去了。

教　师　我们不想没有必要地占用您太多宝贵时间,免得让您的夫君等您等得不耐烦。

克莱尔·察哈纳西安　你说的是霍比?我已让他乘他的保时捷回盖瑟尔加斯泰克去了。

医　生(大惑不解地)　回盖瑟尔加斯泰克去了?

克莱尔·察哈纳西安　我的律师们已经为我们办好了离婚手续。

教　师　可是夫人,您请来的那许多宾客怎么办呢?

克莱尔·察哈纳西安　他们都习惯了。这在我的婚姻史上时间还不是最短的。我和伊斯梅尔勋爵结婚的时间比这还要短呢。你们到这儿来有什么事?

教　师　我们来这儿是为伊尔先生的事。

克莱尔·察哈纳西安　哦,他已经死了吗?

教　师　我们西方人毕竟有我们西方人的原则呀。

克莱尔·察哈纳西安　那你们究竟想干什么呢?

教　师　千不该万不该,我们居伦人已经置办了许多东西。

医　生　数量还相当大呢。

〔两人擦汗。

克莱尔·察哈纳西安　都是赊账的？

教　　师　毫无办法还账。

克莱尔·察哈纳西安　原则都不顾了？

教　　师　我们毕竟都是人嘛。

医　　生　我们现在必须偿还我们的债务。

克莱尔·察哈纳西安　你们知道该怎么办。

教　　师（鼓起勇气）　察哈纳西安夫人，让我们开诚布公地谈谈吧。请您设身处地想一想我们的悲惨处境吧。二十年来我们一直在这个贫穷的小镇培植人道的嫩苗，我们的医生坐着他那辆老旧的奔驰车四处奔忙，为那些结核病和软骨病患者治疗。我们何苦要这样牺牲自己？是为了钱吗？很难这样说。我们的薪水少得可怜，卡尔伯城市立文科中学送来了聘书，我干干脆脆地拒绝了；埃尔兰根大学要聘我们的医生去任教，他也与我同样对待。这是纯粹出于我们对居伦城的同胞之爱吗？要是这样说也未免夸大。不，我们，以及与我们一起的这个小城里所有的人，之所以年年岁岁坚守在这里，不愿离开，就是因为大家都怀着一个希望，希望居伦城能重放光彩，恢复昔日的繁荣，使我们的故土所蕴藏的丰富的宝藏能够得到充分的开发。在皮肯里德山谷的下面埋藏着石油，在康拉德村的树林底下蕴蓄着矿砂。我们并不穷，夫人，只是被遗忘了。我们需要的是贷款、信任和订单，有了这些，我们的经济和文化就会欣欣向荣。居伦城是有不少东西可以提供的：阳光广场冶炼厂就是一个。

医　　生　伯克曼公司。

教　　师　几家瓦格纳工厂。请您把它们买下吧，把它们重新整顿一番，居伦城就会重新繁荣起来。只要精心策划，投入一个亿，就会稳稳当当地获得利润，而不会白白浪费十个亿。

克莱尔·察哈纳西安　我这里还有两个十亿呢。

教　　师　　请不要让我们一生的奋斗最后落空。我们到这儿来不是为请求施舍的,我们是为了跟您谈一笔交易而来的。

克莱尔·察哈纳西安　　好啊。如果是谈一笔交易,那倒不坏。

教　　师　　夫人!我就知道您是不会丢下我们不管的。

克莱尔·察哈纳西安　　只是那交易没法谈了。我不能买下阳光广场冶炼厂,因为它已经是属于我的了。

教　　师　　属于您的了?

医　　生　　那伯克曼公司呢?

教　　师　　还有那几家瓦格纳工厂呢?

克莱尔·察哈纳西安　　它们都是属于我的了。包括所有的工厂以及皮肯里德山谷,彼得家的仓房,以至整个小城的每一条街道、每一座房屋统统归于我的名下了。我让我的经纪人把那一大堆破烂全给包圆儿了,把所有的工厂都关闭了。你们的希望不过是一种妄想,你们的坚韧精神是毫无意义的,你们的自我牺牲精神表明你们的愚蠢,你们整个一生都白过了。

〔沉默。

医　　生　　这实在是太可怕了。

克莱尔·察哈纳西安　　想当年那是个冬天,我离开了这个小城,穿着水手式的女生服,梳着两条红辫子,挺着快要生产的大肚子,居伦人全都在我背后讥笑我。我浑身哆嗦着坐在开往汉堡的慢车里,透过窗上的冰花看着彼得家仓房的轮廓渐渐消失,这时我发誓说,有朝一日我会回来的。现在我回来了。现在,条件得由我来决定,交易由我来拍板。(大声)洛比,托比,回金使徒旅馆去,我的第九任丈夫带着他的书籍和手稿很快就要到了。

〔那两个粗汉走出背景,抬起了轿子。

教　　师　　察哈纳西安夫人!您是一个在爱情上受到过伤害的女人。您要求绝对的公正。您在我面前就像古代那位女英雄——美狄亚①。然而由于我们非常理解您,因此您给了我们勇气,敢于向您提出更多的要求:请您抛弃这种要不得的复仇思想,不要把我们弄得无路可走,求您帮帮这些贫穷、软弱但正直的人们,让他们能够过一种体面的生活,求您发扬您的纯洁的人性吧!

克莱尔·察哈纳西安　人性,先生们,这是为百万富翁的钱袋而存在的。我正用我的金钱势力安排世界秩序。这个世界曾经把我变成一个娼妓,现在我要把它变成一个妓院。谁想一起跳舞,而又付不起钱,那就得忍着。你们想要跳舞,惟一的办法是付钱,而我就正在付钱。我要居伦城搞一起谋杀,要它拿一具尸体来换取全城的繁荣。走吧,你们两个人。(她被抬着从背景下)

医　生　上帝,我们该怎么办呢?

教　师　我们凭良心办,纽斯林大夫。

〔伊尔的店铺设在台前右侧。新的招牌。新的闪闪发亮的柜台,新的钱箱,更高档的货品。每当有人走进那扇假设的门的时候,门铃就发出洪亮的响声。伊尔太太站在柜台后面。男甲,一个正发迹的屠户从台左上;他的新围裙上溅了些血迹。

男　甲　那就像过节。全居伦人都挤在教堂前的广场上看热闹。

伊尔太太　小克莱尔那些日子吃够了苦头,现在也该她享这个福了。

男　甲　那些女傧相打扮得就像电影明星,都挺着那么一对大乳房。

伊尔太太　现在就时兴这个。

男　甲　来包烟。

伊尔太太　要"格林"牌吗?

男　甲　"骆驼"牌。还要一把斧头。

伊尔太太　一把屠宰斧?

男　甲　没错儿。

---

① 美狄亚,古希腊神话中的女英雄,以复仇著称:出于嫉妒不但害死了国王父女,而且亲手杀死自己的两个亲生儿子。古希腊三大悲剧家之一欧里庇得斯曾以此为题材创作了传世同名剧。

伊尔太太　给,霍夫鲍尔先生。

男　甲　好像样的货色啊。

伊尔太太　生意好吗?

男　甲　增添人手了。

伊尔太太　下月一号我们也要雇人了。

〔男甲把斧子拿在手上。男乙——一个受过训练的商人上。

伊尔太太　您好,黑尔梅斯贝格先生。

〔路伊丝小姐衣着讲究地从台上走过。

男　甲　她成天想入非非,以致把自己打扮得那么花枝招展。

伊尔太太　无耻。

男　甲　来瓶止痛片。昨天晚上在施托克尔家吃喜酒。

〔伊尔太太递给男甲一杯水和药物。

男　甲　到处是新闻记者。

男　乙　他们在满城探听消息。

男　甲　也会上这儿来。

伊尔太太　我们都是些普通人,霍夫鲍尔先生。在我们这儿他们什么也得不到。

男　乙　他们对什么都要打破砂锅问到底。

男　甲　方才他们还采访牧师了呢。

男　乙　他会保持沉默的,他对我们穷人从来都有一颗同情心,彻斯特费尔德牧师。

伊尔太太　记账?

男　甲　记账。您男人呢,伊尔太太? 好长时间没有见到他了。

伊尔太太　在楼上呢。老在房间里走来走去,好几天了。

男　甲　良心不得安宁啊。他以前对可怜的察哈纳西安夫人使的那手段真够缺德的。

伊尔太太　我也一直心里不好受呢。

男　乙　害得一个姑娘身败名裂。呸,真不是东西!(坚决地)伊尔太太,要是记者们来了的话,我希望您男人不要昧着良心说瞎话。

伊尔太太　当然不会的。

男　甲　想想他那性子。

伊尔太太　我可是已经受够了,霍夫鲍尔先生。

男　甲　要是他胡编些谎话来丢克拉拉的脸,说她要拿他的性命来悬赏,或者,把她仅仅作为她的不可名状的冤屈的一种表达当作把柄,那我们就不得不要进行干预了。

男　乙　这样做不是为了那十个亿。

男　甲　而是出于民众的愤怒。天知道他可真是让善良的察哈纳西安夫人吃够了苦头。(他看了看周围)去他卧室是从这儿往上走吗?

伊尔太太　这是上楼惟一的通道,很不好走。不过我们打算明年春天把它重修一下。

男　甲　那我还是就待在这里吧。

〔男甲直挺挺地紧靠右侧坐下,交抱着双臂,带着斧头,像个看守似的平平静静地坐着。教师上。

伊尔太太　您好,教师先生!真难得,您也会来看我们。

教　师　我需要喝一杯烈性烧酒。

伊尔太太　您要施泰因海格尔厂出品的?

教　师　来一小杯。

伊尔太太　您也来一杯,霍夫鲍尔先生?

男　甲　不要,谢谢。我还得开上我的大众车去卡菲根一趟,到那儿买几头猪回来。

伊尔太太　您要吗,黑尔梅斯贝格先生?

男　乙　在这些该死的记者没有离开这个小城以前,我滴酒不喝。

〔伊尔太太给教师斟了一杯酒。

教　师　谢谢。(猛喝施泰因海格尔酒)

伊尔太太　您在发抖,教师先生。

教　　师　　近来我喝得太多了。刚才在金使徒旅馆喝了一通酒精度相当高的酒,简直是酒精大畅饮。希望您不要干扰我的酒兴。

伊尔太太　　再喝一杯不会碍事的。(又给他斟了一杯)

教　　师　　您的男人呢?

伊尔太太　　在楼上。老是走来走去。

教　　师　　再来一小杯。这是最后一杯。(他自己斟酒)

　　　〔画家从左侧上。身穿崭新的灯芯绒西服,头戴巴士克帽①,脖颈上围着色彩鲜艳的围巾。

画　　家　　请注意。有两名记者向我打听这家店铺的情况。

男　　甲　　他们起疑心了。

画　　家　　我装得一无所知。

男　　乙　　聪明。

画　　家　　但愿他们到我的画室里来,我画了一幅基督像。

　　　〔教师又斟了一杯酒。在第二幕出现过的那两位妇女穿得漂漂亮亮,从舞台上走过;她们在假设的橱窗前仔细察看里面的商品。

男　　甲　　这些娘儿们。

男　　乙　　她们大白天光顾新电影院。

　　　〔男丙从左侧上。

男　　丙　　这些新闻媒体。

男　　乙　　保持沉默。

画　　家　　看牢不要让他下来。

男　　甲　　这事我来负责好了。

　　　〔几个居伦人都站在台右边。教师已经把那瓶酒喝下了一大半,依然站在柜台旁。两位记者带着照相机上。其后跟着第四位居伦人。

记者甲　　晚上好,诸位。

---

① 巴士克帽,生活在比利牛斯山地区的巴士克人戴的一种帽子,扁圆形,无檐。

居伦人　你们好。

记者甲　第一个问题：总的说来你们感觉如何？

男　甲（窘迫）　我们对察哈纳西安夫人的来访当然很高兴。

男　丙　高兴得很。

画　家　很感动。

男　乙　很自豪。

记者甲　很自豪。

男　丁　克莱尔说到底毕竟是我们的人哪。

记者甲　第二个问题要请站在柜台后面的那位太太来回答：有人说当年您的丈夫是因为您而抛弃了克莱尔。

〔寂静。

男　甲　这是谁说的？

记者甲　是察哈纳西安夫人的那两个又矮又胖又瞎的废物说的。

〔寂静。

男　丁（迟疑地）　那两个废物都说了些什么？

记者乙　什么都说了。

画　家　该死！

〔寂静。

记者乙　克莱尔·察哈纳西安与这家店铺的老板在四十多年前差点儿结婚，是吗？

〔沉默。

伊尔太太　对。

记者乙　伊尔先生呢？

伊尔太太　去卡尔伯城了。

众　　　去卡尔伯城了。

记者甲　我们可以想象得出那段风流史：伊尔先生与克莱尔·察哈纳西安一起长大，也许从小就互为邻里，一块儿上小学，一同去树林中散步，尝到了最初接吻的滋味，等等；直到伊尔先生认识了您，善良的太太，于是就把您当作了新欢、新的刺激，当作追求

417

和热恋的对象。

伊尔太太　一点儿不错,事情就像您所说的那样发生了。

记者甲　克莱尔·察哈纳西安很能理解这件事情,并以她特有的高贵方式默默地放弃了她的意中人,于是您就嫁给了——

伊尔太太　出于爱情。

其他居伦人(松了一口气)　出于爱情。

记者甲　出于爱情。

〔两位记者漫不经心地在他们的笔记本上写着。两个阉人被洛比揪着耳朵从右边上。

两个阉人(苦苦求饶)　我们再也不乱说了,我们再也不乱说了。

〔他们被拖向后台,托比正拿着鞭子在那里等着他们。

两个阉人　别把我们交给托比,别把我们交给托比!

记者乙　伊尔太太,您的丈夫有时候是不是——我的意思是说,这毕竟是合乎人情的——对那件事感到懊悔呢?

伊尔太太　光是有钱并不能让人幸福。

记者乙　不能让人幸福。

〔伊尔的儿子穿着兽皮夹克衫从左侧上。

伊尔太太　这是我们的儿子卡尔。

记者甲　一个好英俊的小伙子。

记者乙　他知道你们这些情况吗?

伊尔太太　在我们家里没有秘密。我丈夫总说:凡是上帝知道的,也应该让我们的孩子们知道。

记者甲　上帝知道。

记者乙　孩子们也知道。

〔伊尔的女儿穿着网球服,手里拿着一个网球拍走进店铺。

伊尔太太　我们的女儿奥蒂丽。

记者乙　好漂亮。

〔此刻教师鼓足了勇气。

教　师　居伦城的同胞们!我是你们的老教师。我刚才一个人静静地喝着我的施泰因海格尔酒,一句话也没有说。但现在我憋不住了,我要谈谈关于老太太回居伦访问的事情。(他爬上那只彼得家仓房里留下来的小木桶)

男　甲　你疯了?

男　乙　别让他说!

男　丙　从木桶上下来!

教　师　居伦城的同胞们!哪怕我们永远穷下去,我也要说出事情的真相!

伊尔太太　您喝醉了,老师,您自己应该感到害臊!

教　师　害臊?你自己才应该害臊呢,老娘儿们,你现在正为了出卖你的丈夫做准备!

儿　子　住嘴!

男　丁　滚出去!

教　师　一场灾祸正在临近!就像"俄狄浦斯"①曾经所遭遇过的那样:在劫难逃!

女　儿(恳求地)　老师!

教　师　你使我失望,孩子!这话本来应该由你来说的,可现在不得不由你的年老的老师用雷鸣般的声音来大声宣告了!

画　家(把他从木桶上拽下来)　你想要断送我的艺术良机不成!我刚画完一幅基督图,一幅基督图!

教　师　我抗议!我要向世界舆论揭露!居伦人正在策划一件可怕的罪恶行动!

〔居伦人一齐向他冲去,正在这时伊尔穿着一身破旧的服装从右侧上。

伊　尔　你们在我店里嚷嚷些什么?

〔居伦人丢开教师,惊愕地凝视着伊尔。死一般寂静。

---

① 俄狄浦斯,希腊神话中的人物。神谕暗示他:他将遭遇杀父娶母的厄运。他竭力想避免,结果还是应验了。

419

教　师　伊尔,我在揭露真相,我正在向新闻界的先生们说明事实真相。我要像天使长那样用洪亮的声音说话。(他摇晃了一下)因为我是个人道主义者,一个古希腊人的朋友,一个柏拉图的崇拜者。

伊　尔　您别说了吧。

教　师　可是人性——

伊　尔　您坐下吧。

〔沉默。

教　师(清醒过来)　坐下。人性应该坐下。请——如果您自己能说出真相,那当然也好。(他颤颤巍巍坐到木桶上)

伊　尔　对不起,这个人喝醉了。

记者甲　您是伊尔先生?

伊　尔　有什么事吗?

记者甲　我们很高兴,到底见到您了。我们需要拍几张照片,可以吗?(他看了看周围)杂货,日用品,铁器——对,最好是,给您拍一张您卖斧头时的照片。

伊　尔(犹豫地)　斧头?

记者甲　卖斧头给屠户。他已经把斧头拿在手里了。请您将这杀人武器借给我用一下,伙计。(他从男甲手里接过了斧子,比画着)您拿住这把斧头,手里掂量着它的分量,脸上露出思考的表情,您看,这样;而您呢,伊尔先生,您斜倚在柜台上,跟这位屠户在说话。请注意。(他站好位置)自然些,先生们,不要拘谨。

〔记者们按快门。

记者甲　真棒,棒极了!

记者乙　要是可以的话,请把您的一只胳膊放在您的太太的肩上,儿子站在左边,女儿站在右边。好,请露出幸福的笑容,笑得美滋滋的,发自内心,舒心适意,容光焕发。

记者甲　真是神采飞扬!

记者乙　完毕。

〔几个摄影师从左前方通过舞台向后面左侧跑去,一个摄影师跑进店里来。

摄影师　察哈纳西安又找了一个新的丈夫,他们俩现在正在康拉德村树林里散步呢。
记者乙　又找了一个新的!
记者甲　这可以给《生活》杂志做封面。
　　　　〔两位记者从店铺里跑出来。沉默。男甲手里一直还拿着斧子。
男　甲　(轻松地)　算咱们运气。
画　家　得请你原谅,教师先生,只要我们还想让这件事情内部解决,那就绝不能让报界知道。你明白吗?
　　　　〔画家下,男乙跟着往外走,但走到伊尔面前时,他却又停住不走了。
男　乙　聪明,你刚才什么话也没有胡扯,这做得再聪明不过了。
男　丙　反正像你这样的混蛋,你说什么人家也不会相信的。(下)
　　　　〔男丁唾了一口。也下。
男　甲　这下我们就要上画报了,伊尔。
伊　尔　就是呗。
男　甲　就要扬名啦。
伊　尔　也可以这样说吧。
男　甲　来包"帕尔塔加"烟。
伊　尔　好呀。
男　甲　给我记上。
伊　尔　那还用说。
男　甲　坦白说吧:您对小克莱尔所干的那事儿,真够流氓的。(欲下)
伊　尔　斧头,霍夫鲍尔。
　　　　〔男甲愣了一下,接着把斧子还给伊尔。店铺里沉寂了。只有教师还坐在木桶上。

421

教　师　我得请您原谅,我刚才尝了好几口施泰因海格尔酒,该有两杯或三杯了吧?

伊　尔　不要紧的。

〔一家人从台右下。

教　师　本来我是想帮助你的,但人家不让我说话,而没想到你自己也不想得到我的帮助。嘿,伊尔,我们都是些什么人。那可耻的十个亿在我们心中燃烧。您要振作起来,为自己的性命而战斗。您应该与报界取得联系,您再不行动就来不及了。

伊　尔　我不想再抗争了。

教　师(惊愕)　请您说说看,难道您被吓得完全丧失理智了?

伊　尔　我已经明白了,我已经没有权利再说话了。

教　师　没有权利?跟那个该死的老太婆,那个让我们眼睁睁看着她一天换一个男人的不要脸的婊子王比起来,跟那个收买我们灵魂的老妖婆比起来,你没有权利说话吗?

伊　尔　毕竟都是我的罪过。

教　师　你的罪过?

伊　尔　是我使克拉拉成了今天这个样子,也使我自己落到这般田地,成了一个名誉扫地的穷店主。我有什么办法呢,居伦的老师?我能说我是个无罪的人吗?阉人、总管、棺材、十个亿,一切都是我自己惹出来的。我是毫无办法了,我也帮不了你们。

〔教师艰难地,颤颤巍巍地站起来。

教　师　我清醒了,一下子清醒了。(他蹒跚着走向伊尔)您说得对,完全对。一切都是您的过错。不过我现在要跟您说几句话,阿尔弗雷德。伊尔,谈点根本性的问题。(他几乎一点也不再蹒跚,直挺挺地伫立在伊尔面前)人们会杀死您。这我一开始就知道了,您自己也老早就明白了,尽管在居伦没有人愿意承认这一点。这诱惑实在太大了,而我们的贫穷也委实太难耐了。但是我知道得还要多,那就是我自己也会跟着干的。我感觉到我自己是怎样一步步地成为一个谋杀犯的。我对人道主义的信念是无能为力的。正因为我知道这情况,所以我变成了一个酒鬼。伊尔,我和您一样感到害怕。我还知道,有朝一日也会有某个老太婆来到我们中间,像现在要弄死您那样弄死我们,而且很快,也许只有几个小时,到那时我也就什么都不知道了。(沉默)再来一瓶施泰因海格尔酒!

〔伊尔递给他一瓶酒,教师犹豫了一下,然后坚决地一把抓过酒瓶。

教　师　记上账。(慢慢地下)

〔伊尔的家小又都回来了。伊尔如在梦中环顾他的店铺。

伊　尔　一切都是崭新的。我们这店铺里现在看起来完全是新式的了。干干净净,很有刺激性。我一直都梦想着有这样一片店铺。(他从女儿手里拿过了网球拍)你现在也打起网球来了?

女　儿　我练了几个钟头。

伊　尔　大清早练的,是吗?你没有去工作介绍所?

女　儿　我的女朋友们全在打网球。

〔沉默。

伊　尔　我看见你开着一辆小卧车,卡尔,是从房间里往窗外看到的。

儿　子　那只是一辆"奥佩尔"牌①的奥林匹克车,这种车不算贵。

伊　尔　你是什么时候学会开车的?

〔沉默。

伊　尔　你没有趁大晴天在火车站找个工作做做?

儿　子　我有时候去找过。(他尴尬地提起刚才教师坐过的小木桶从右边走了出去)

伊　尔　我刚才在衣柜里想找几件我穿的像样点的衣服,却发现有一件皮大衣。

---

① 奥佩尔,全名亚当·奥佩尔(1837—1895),德国机械师和企业家,亚当·奥佩尔发动机总公司的创始人。以此人名字命名的汽车品牌,在中国又译作"欧宝"。

423

伊尔太太　当样品。
　　　　　〔沉默。
伊尔太太　人人都在赊账买东西,弗莱迪。只有你成天就像热锅上的蚂蚁。你的恐惧简直是可笑的。现在很清楚,事情总会和平解决的,谁也不会动你一根毫毛的。小克莱尔不会坚持到底的,我知道她,她的心肠可好呢。
女　　儿　妈妈说得对,爸爸。
儿　　子　这个您得相信妈妈说的。
　　　　　〔沉默。
伊　　尔(缓慢地)　今天是周末,卡尔,我想坐你的车出去兜兜风,就这么一回,坐咱们自己的车。
儿　　子(有些惶惑)　您愿意?
伊　　尔　穿上你们漂亮的衣服,我们全家一块儿开着车跑一跑。
伊尔太太(同样惶惑地)　我也要去?这不合适呀。
伊　　尔　这有什么不合适?快去穿上你的皮大衣吧,这正是让你的新衣服亮相的好机会。我这就去清点一下柜台里的钱。
　　　　　〔母女从台右下,儿子朝台左下,伊尔忙着收拾钱箱里的钱。市长手持一支长枪从台左上。
市　　长　晚上好,伊尔。不碍您的事,我只是来这儿看看就走。
伊　　尔　请便。
　　　　　〔沉默。
市　　长　我给您带来一支枪。
伊　　尔　谢谢。
市　　长　子弹已经装好了。
伊　　尔　我并不需要枪。
　　　　　〔市长把枪靠着柜台放好。
市　　长　今天晚上要召开市民大会,在金使徒旅馆的剧场里。
伊　　尔　我去。
市　　长　所有人都会参加。我们将讨论讨论如何处理您这件事情。

我们是迫于外面压力不得已而为之啊。

伊　尔　我也感觉到了。

市　长　大家会拒绝那个提案的。

伊　尔　有可能。

市　长　人们当然有时也会产生误会。

伊　尔　当然。

〔沉默。

市　长（谨慎地）　如果在这种情况下，伊尔，您会接受大家的决议吗？会上将会有新闻界的人士在场呢。

伊　尔　新闻界？

市　长　还有广播电台、电视台、电影新闻周报的人参加，局面是很难应付的，不仅对您，就是对我们也一样，请相信我好了。由于我们的小城是老太太的故乡，加上她的婚礼在我们的教堂里举行，这使得我们这些人变得遐迩闻名，因此一篇关于我们的古老的民主建设的报道成为必不可少的了。

伊　尔（只顾点钱）　你们不公开宣布老太太的建议？

市　长　不直接公开宣布——只有那些内幕知情人将会理解我们谈判的意义。

伊　尔　那还是涉及我的性命问题。

〔沉默。

市　长　我正在向新闻界透露，说是——有可能的话——察哈纳西安夫人将提供一笔捐助，而这笔捐助要由您，伊尔，作为她青年时的朋友跟她进行商谈。您与她的这种关系现在已是众所周知的了。这样您——不管发生了什么——单从表面上看，您完全是清白无辜的。

伊　尔　你们对我太好了。

市　长　坦白地说，我这样做倒不是为您，而是为您的正直、诚实的家庭着想。

伊　尔　我明白您的意思。

425

市　长　我们对您是够意思的,这您无法不承认。您直到现在一直保持沉默。这很好。但您是否还会继续保持沉默呢?假如您想要说话,那我们就得单独解决,那就不开市民大会了。

伊　尔　我懂。

市　长　您懂什么?

伊　尔　听到公开威胁,我感到高兴。

市　长　我没有威胁您,伊尔,是您在威胁我们。假如您要说话,那我们就不得不采取行动。不等市民大会就干。

伊　尔　我不说话。

市　长　不管大会做出什么决定?

伊　尔　我都接受。

市　长　很好!

〔沉默。

市　长　我很高兴您能服从市民大会公审,伊尔。这说明您身上仍然闪烁着某种崇高的感情,不过假如我们干脆不开这么一次公审大会岂不更好吗?

伊　尔　您说这话是什么意思?

市　长　您方才说过,您不需要这支枪。也许您现在又觉得需要它了吧。

〔沉默。

市　长　那样一来,我们就可以对那位女士说,我们已经把您处决了,而我们照样可以得到那笔钱。您应该相信,为了处理老太太的这个建议,我苦恼了多少个不眠之夜。您是个堂堂正正的男子汉,难道您不觉得现在应该得出应有的教训,把亲手结束自己的生命作为您的义务?就是出于对公众的美意,出于对故乡的爱,您也应该如此。我们的贫穷、悲惨、挨饿的孩子……这些您都是亲眼目睹的。

伊　尔　你们现在可好啦。

市　长　伊尔!

伊　　尔　市长！几天来我经历的是地狱的生活。我看到你们一个个怎样只顾赊账,感觉到你们的福利每提高一层,我就向坟墓爬近一步。要是你们没有让我受到如此令人毛骨悚然的恐惧,情况就会完全不是这样,我们的谈话就可能不是以这种方式进行,我也许会接受你们送来的这支枪,就是说,我会成全你们的一切。但是情况并非如此,我不得不把自己关在房间里,日夜和恐惧进行搏斗,单独一人,直到把它战胜。那是多么艰难的日子,现在总算过去了,往回走是不可能的。现在你们必须充当我的法官,无论怎样审判,我都服从你们的判决。对于我来说这就是公正,至于对你们来说意味着什么,我不得而知。愿上帝做证,你们会经得住你们的判决。你们可以杀死我了,我不抱怨,不抗议,不自卫,但想要我免掉你们的宣判,这我做不到。

市　　长（又把长枪拿到手里）　可惜呀。您错过了使自己保持清白,做个正派人的良机。但我们是向您白提这个要求了。

伊　　尔　我这儿有火,市长先生！（他给市长点着了香烟）

　　　　　〔市长下。

　　　　　〔伊尔太太穿着皮大衣上,她的女儿穿着红上衣。

伊　　尔　你穿上这件大衣看起来好高贵哟,玛蒂尔德。

伊尔太太　这是波斯羊皮。

伊　　尔　像个贵妇人。

伊尔太太　贵了点。

伊　　尔　你的衣服真漂亮呀,奥蒂丽。不过太招眼,你不觉得吗？

女　　儿　哈,走,爸爸。您应该看看我那件晚装才是呢。

　　　　　〔店铺不见了。儿子摆了四张椅子在空空的舞台上。

伊　　尔　好漂亮的车子啊。我辛苦了一辈子,也就是为了积累那么一点家产,过上稍为快活的日子,拥有这么一辆小车,现在已经呈现在眼前了,但我要亲自尝一尝坐在里面的滋味。来,玛蒂尔德,你和我一起坐在后座上,奥蒂丽挨着卡尔坐在前面。

　　　　　〔他们全都上了汽车,各就各位。

427

儿　　子　我可以开到时速一百二十公里。

伊　　尔　不要开得这么快。我要看看周围的风景,看看这个小城,我在这里已经生活了快七十年啦。你看,那些旧街道打扫得干干净净,许多房子修缮一新,壁炉的烟囱冒出了灰色的浓烟,窗台上摆上了天竺兰,处处是向日葵,歌德门附近的花园里种上了玫瑰花,哪儿都可听到儿童们的欢笑声,看到情侣们的幸福情景。勃拉姆斯广场旁的这座新建筑多么现代。

伊尔太太　霍德尔咖啡馆也要修复了。

女　　儿　瞧,这位大夫开的是奔驰300。

伊　　尔　这大片平原和那后面的山丘,今天全都沐浴在一派金色的光辉里。我们刚从强大的阴影中走出来,重见这样的亮光,真是气象万千。瓦格纳工厂的起重机和伯克曼公司的烟囱就像巨人般矗立在远处的地平线上。

儿　　子　她要把整个城市都买下。

伊　　尔　你说什么?

儿　　子(更大声)　她要把整个城市都买下。(他按喇叭)

伊尔太太　那些小车子真滑稽。

儿　　子　这是米塞尔施密特厂出产的轻便车。每个学徒想必都购置这么一辆车子。

女　　儿　这真可怕。①

伊尔太太　奥蒂丽现在正在法语和英语进修班学习。

伊　　尔　这些都很有用。丘卜勒家的小烧酒店。已经很久没有到外面来走走了。

儿　　子　这儿将要建一座豪华餐馆。

伊　　尔　你车开得这样快,说话声得大一点儿。

儿　　子(更大声)　这儿将建一座豪华餐馆。又碰上施托克尔,他开的别克车比谁都快。

---

① 原文是法语。

428

女　　儿　一个暴发户。

伊　　尔　从皮肯里德山谷穿过去,经过沼泽地,通过白杨路,从哈索选帝侯狩猎行宫绕过去。天上是大团大团的云彩,一层又一层,宛如夏天的景色。一个美丽的家园,沐浴在晚霞里,我好像才第一次看到这景象。

女　　儿　一种有如阿达尔贝特·施蒂夫特①笔下的情调。

伊　　尔　像谁笔下的情调?

伊尔太太　奥蒂丽也在学习文学呢。

伊　　尔　高雅得很。

儿　　子　霍夫鲍尔开的是大众牌汽车,他刚从卡菲根回来。

女　　儿　他运仔猪回来了。

伊尔太太　卡尔车开得真有两下子,你看他刚才拐那个弯时拐得多漂亮! 坐他的车你一点也用不着害怕。

儿　　子　现在用的是一挡,前面的上坡路陡起来了。

伊　　尔　我每次走这段上坡路就喘不过气来。

伊尔太太　我很高兴,有了这件皮大衣。天气冷起来了。

伊　　尔　你开错了。这是去白森巴哈的路。你得回头,然后向左拐,从康拉德村的树林穿过去。

〔那四个原来携带木板凳的公民上,此刻穿上了节日的礼服,扮演树木。

男　　甲　我们现在又成了枞树、山毛榉了。

男　　乙　还有啄木鸟和布谷鸟,受惊的狍子。

男　　丙　爬满常青藤的大教堂,幽暗中夹着霉味。

男　　丁　史前时代的情调,常被歌颂。

〔儿子按喇叭。

儿　　子　又是一只狍子。它们总喜欢在马路上跑,这些畜生。

---

① 阿达尔贝特·施蒂夫特(1805—1868),奥地利作家,以中短篇小说、风景描写著称。

429

〔男丙跳到一旁去。

女　　儿　很温驯。变得没有野性了。
伊　　尔　在树底下停一停吧。
儿　　子　好吧。
伊尔太太　你想干啥？
伊　　尔　我要步行穿过这片树林。(他站了起来)居伦城的钟声响了,从这里听起来真美啊。现在是下班时间。
儿　　子　一共有四口钟,只有现在听起来才那样悦耳。
伊　　尔　一切都是金黄的。现在是真正的秋天了。地上的落叶仿佛都是黄金铺起来的。(他踩着林中的落叶往前走)
儿　　子　我们在居伦桥下面等您。
伊　　尔　不用了。我穿过树林直接回到城里,去参加市民大会。
伊尔太太　那,弗莱迪,我们把车开到卡尔伯城去看场电影。
女　　儿　So long, Daddy！①
伊尔太太　回头见！回头见！

　　〔伊尔的妻小们乘车走了,伊尔望着他们远去。他在台左那张木凳上坐下来。

　　〔呼呼的风声。洛比和托比抬着轿子从台右上,克莱尔·察哈纳西安仍穿着她原来的那身衣服坐在轿子里。洛比背着一把吉他。她的第九任丈夫走在她身边,他是诺贝尔奖获得者,细高个儿,头发、胡子均已花白。(他也可以由扮演前几任丈夫的同一个演员来扮演)总管跟在最后。

克莱尔·察哈纳西安　康拉德村的树林到了。洛比和托比,停一下。

　　〔克莱尔·察哈纳西安从轿上下来,举起她的长柄眼镜往树林里察看,在男甲的背上划了一下。

克莱尔·察哈纳西安　甲壳虫。这棵树正在枯死。(她发现伊尔)阿尔弗雷德！真巧,遇到了你。我来这里看看我的树林。

---

① 英语:再见,爸爸！

伊　　尔　康拉德村的树林也属于你的了？

克莱尔·察哈纳西安　也属于我的了。我可以挨着你坐下吗？

伊　　尔　欢迎嘛。我刚与我的家人告别。他们去看电影。卡尔已经买了一辆车子。

克莱尔·察哈纳西安　这就是进步。（她在伊尔的右边坐下）

伊　　尔　奥蒂丽就读于文学进修班。此外还学习英文和法文。

克莱尔·察哈纳西安　你瞧，他们终于有了理想的意识。过来，措比，鞠个躬。这是我第九任丈夫，诺贝尔奖获得者。

伊　　尔　见到您非常高兴。

克莱尔·察哈纳西安　他出神儿的时候，显得格外有意思。出会神儿，措比。

第九任丈夫　可是小宝贝儿……

克莱尔·察哈纳西安　别扭扭捏捏啦。

第九任丈夫　那，好吧。（做出神儿状）

克莱尔·察哈纳西安　你瞧，现在他看起来多像一个外交家。他让我想起霍尔克伯爵，只不过他不写书。他想退休撰写回忆录，并管理我的财产。

伊　　尔　我祝贺你。

克莱尔·察哈纳西安　这事儿我觉得并不如意。找个丈夫不过用来装装门面，而没有实用价值。去做研究工作吧，措比，往左边走你可以找到有历史价值的废墟。

〔第九任丈夫去搞研究。伊尔环顾四周。

伊　　尔　那两个阉人呢？

克莱尔·察哈纳西安　他们开始胡说八道了。我让人把他们打发到曼谷，待在我的一所鸦片馆里。他们可以在那儿抽抽鸦片，做他们的梦。过不了多久总管也会与他们为伍，我也用不着他了。波比，来支"罗密欧与朱丽叶"。

〔总管走出背景，递给她一个香烟盒。

克莱尔·察哈纳西安　你也来一支吗，阿尔弗雷德？

431

伊　　尔　好吧。

〔两人一起抽烟。

伊　　尔　这烟好香呀。

克莱尔·察哈纳西安　在这片树林里以前我们经常一起抽烟,你还记得起来吗?那烟是你常常从小玛蒂尔德店里买来的,或者偷来的。

〔男甲用钥匙在烟斗上敲打。

克莱尔·察哈纳西安　又是啄木鸟。

男　　丁　咕咕!咕咕!

伊　　尔　还有布谷鸟。

克莱尔·察哈纳西安　要不要让洛比给你弹一段吉他听听?

伊　　尔　好呀。

克莱尔·察哈纳西安　我这个被赦免的抢劫杀人犯弹得一手好吉他,在我沉思默想的时候,我需要他给我伴奏。我讨厌留声机和收音机。

伊　　尔　一支军队行进在菲洲大峡谷中。

克莱尔·察哈纳西安　这是你最喜欢的一首曲子,我已经教会他了。

〔沉默。他们抽着烟。布谷鸟、啄木鸟的声音,风吹树林的呼呼声,等等。洛比弹着那首民歌。

伊　　尔　你生过——我是说,我们有过一个孩子?

克莱尔·察哈纳西安　没错。

伊　　尔　是个小子还是姑娘?

克莱尔·察哈纳西安　一个姑娘。

伊　　尔　你给她起了个什么名字?

克莱尔·察哈纳西安　什涅菲耶芙。

伊　　尔　好漂亮的名字。

克莱尔·察哈纳西安　这小东西我只见到过一次,在刚出生的时候。后来被人抱走了,是教会救济院收留了她。

伊　　尔　她的眼睛是什么样的?

克莱尔·察哈纳西安　还没睁开呢。

伊　　尔　头发呢?

克莱尔·察哈纳西安　黑的,我相信。不过刚出生的孩子头发常常是黑的。

伊　　尔　那倒是的。

〔沉默。他们抽烟。吉他声。

伊　　尔　她死在什么地方?

克莱尔·察哈纳西安　死在别人那里,那些人的名字我记不起来了。

伊　　尔　得什么病死的?

克莱尔·察哈纳西安　脑膜炎。也可能是别的什么病。我收到过当局的一份通知单。

伊　　尔　事关死人的事人家是不会弄错的。

〔沉默。

克莱尔·察哈纳西安　刚才我跟你谈了我们的小女孩的事儿。现在你来谈谈我吧。

伊　　尔　谈谈你?

克莱尔·察哈纳西安　谈谈我十七岁的时候,你爱我的情况。

伊　　尔　那时我要见你一次得在彼得家的仓房里寻找好长时间;你总是藏在那辆旧马车里,身上只穿一件很露的内衣,嘴里衔着一根草茎。

克莱尔·察哈纳西安　你那会儿健壮,勇敢。那个铁路工人摸了我一下,你跟他拼命搏斗。我用我的红裙子擦干了你脸上的血迹。

〔吉他声停止。

克莱尔·察哈纳西安　那首民歌弹完了。

伊　　尔　再来一首《啊,甜蜜而亲切的家园》。

克莱尔·察哈纳西安　这个洛比也会弹的。

〔吉他弹奏新的曲子。

伊　　尔　现在是时候了。这是我们俩最后一次坐在这个不吉利的树林里,任由布谷鸟的咕咕鸣叫和风吹树叶的沙沙作响。

〔所有树木摇动着它们的树枝。

伊　　尔　今天晚上就要开大会了,他们将判我死刑。有一个人会把我干掉。至于这人是谁,他在哪里干掉我,我不得而知。我只知道,我很快就要结束这毫无意义的一生。

克莱尔·察哈纳西安　我爱过你,而你背叛了我。但我没有忘记这场关于生活、关于爱情、关于信任的梦,这场曾经实实在在的梦。我现在要用我的几十亿金钱,把这个梦重新建立起来,我要通过毁灭你来改变过去。

伊　　尔　谢谢你为我张罗的那些花环,那许多菊花和玫瑰。

〔又一次响起风吹树叶的呼呼声。

伊　　尔　这些花环和花朵把放在金使徒旅馆里的那口棺材装饰得真是美,非常高贵。

克莱尔·察哈纳西安　我要把你装在你的棺材里带到卡普里岛①去,让人在我的天宫花园里修建一座陵墓,陵墓四周松柏环绕,从那里可以俯瞰地中海。

伊　　尔　我只是从图片上见到过地中海。

克莱尔·察哈纳西安　一片深蓝色。放眼望去,壮观极了。那里是你最后的归宿,在我的旁边。

伊　　尔　现在《啊,甜蜜而亲切的家园》也弹完了。

〔第九任丈夫回来了。

克莱尔·察哈纳西安　诺贝尔奖获得者,刚从他考察的废墟那里回来。怎么样,措比?

第九任丈夫　那是早期基督教的所在地,被匈奴人毁掉的。

克莱尔·察哈纳西安　可惜了。挽着我。洛比和托比,轿子!

〔她登上了轿子。

克莱尔·察哈纳西安　再见,阿尔弗雷德。

伊　　尔　再见,克拉拉。

---

① 卡普里岛,意大利那不勒斯附近的一个小岛,以风景秀丽著称。

〔轿子向背景后抬去。伊尔仍坐在板凳上。那些树木垂下它们的枝叶。一座剧院的门降落在舞台上,门上挂有门帘和其他装饰物,此外还有几个大字:"生活是严肃的,艺术是热情的。"那位警察从背景中上,他穿着一身崭新的制服,在伊尔身旁坐下。一位电台广播员上,他用麦克风对着正在聚集到这里来的居伦市民开始讲话。所有的人都身着新的节日盛装或长外氅。到处都有新闻记者、报社摄影师和电影摄影机。〕

电台记者　女士们,先生们!本台刚才在克莱尔·察哈纳西安夫人的出生地拍了照片,聆听了她与牧师的谈话之后,现在让我们来旁听一下居伦城的市民大会吧。克莱尔·察哈纳西安夫人此次屈尊莅临她的故乡,对这个温情脉脉的、舒心适意的小城进行的访问,很快就要达到高潮了。虽然这位名扬四海的夫人本人没有出场,但市长先生将以她的名义发表一个很重要的声明。我们现在是在金使徒旅馆的剧场向大家广播;金使徒旅馆就是当年歌德在本城逗留期间所投宿的那家旅馆。这个舞台,通常是社团举办活动或者卡尔伯市话剧团进行客串的地方,如今男人们聚集在这里,正如市长上面所解释的,这是按老习惯办事。妇女们都集中在观众席里,这也是古老的传统了。气氛之严肃、紧张实在难以形容。现在《电影周报》的人都已经来了,电视台的同行们,来自世界各地的记者们统统都来了。好,市长开始讲话了。

〔电台广播员拿着麦克风走近市长,市长站在舞台正中,居伦城的男人们在他面前围成半圆形。〕

市　长　居伦城的同胞们,欢迎各位光临。我现在宣布大会开始。这个大会所要讨论的只有一个问题。我现在荣幸地宣布:我们重要的市民、著名建筑师高特弗里德·韦舍尔的女儿克莱尔·察哈纳西安打算向我们捐赠十个亿!

435

〔新闻界的人们交头接耳。

市　　长　　五个亿献给市政府,另五个亿分给所有的市民。
〔寂静。

电台广播员 (压低声音)　　亲爱的听众们,这是多么振奋人心的消息啊,前所未有的头条新闻!一笔捐赠,它会使小城的每个居民一下子都变成小富翁,这可以说是我们时代最伟大的社会实验。所有的人都不相信自己的耳朵,全都惊呆了,谁都一句话也说不出来,全场鸦雀无声。这情景从他们每个人的脸上都可以看得出来。

市　　长　　现在请教师讲话。
〔电台广播员拿着麦克风走近教师。

教　　师　　居伦城的同胞们!我们必须明白,克莱尔·察哈纳西安夫人捐出这笔巨款是带有某种意图的。那么她的意图是什么呢?难道她要用金钱使我们过好日子吗?她要让我们富得流油吗?要为我们恢复瓦格纳工厂、阳光广场冶炼厂、伯克曼公司吗?你们知道,这一切全都不是!克莱尔·察哈纳西安夫人想要做一件重要得多的事情。那就是说,她要用这十个亿换来公道,注意:公道。她是要我们这个城市群体变成一个合乎公道的群体。她的这个要求使得我们大为吃惊。难道我们过去不是一个合乎公道的群体吗?

男　　甲　　不是!

男　　乙　　我们容忍过一桩罪行!

男　　丙　　一个不公正的判决!

男　　丁　　有人搞伪证!

一个女人声　　有一个坏蛋!

其他人　　一点儿不假!

教　　师　　居伦城的同胞们!事实就是这样严酷:我们容忍过不公道的行为。此刻我完全明白,十亿巨款可能给我们带来的物质利益,我也绝不会忽视贫穷是一切坏事的根源,不幸的根源。然而,现在的问题不是为了钱!(雷鸣般的掌声)不是为了富裕、生活舒适、豪华奢侈,问题的实质在于:我们要不要主持公道,而且不仅仅是主持公道,还要坚持我们的先辈们为之生活过、争论过,甚至为之献身过的各种理想,它们构成我们西方的价值观。(雷鸣般的掌声)如果博爱精神遭到亵渎,保护弱者的善举受到蔑视,婚约被撕毁,法庭受欺骗,年轻的母亲被推入灾难之中,那么我们的有关自由的概念就是儿戏。(欢呼声)我们必须以上帝的名义,严肃认真地对待我们的理想信念,甚至不惜以流血为代价。(雷鸣般的掌声)财富,如果不能从中产生慈悲的精神财富的话,那它还有什么意义:因为只有那些如饥似渴地渴望得到它的人才有资格接受赏赐。居伦城的同胞们!你们有这种饥渴吗?有这种精神上的饥渴吗?或者不仅仅是另一种世俗的饥渴,而且是肉体上的饥渴?我作为文科中学的校长很想提出这个问题。只有当你们不再容忍邪恶的时候,只有当你们拒绝在一个容忍不公道行为的社会里继续生活下去的情况下,你们才能接受克莱尔·察哈纳西安的这十个亿,才能实施与她的捐助相关的条件。这一点我请居伦城的同胞们加以考虑。

〔经久不息的暴风雨般的掌声。

电台广播员　女士们,先生们!你们请听听这掌声!我简直激动得热血沸腾。校长在他的演讲里所证明的伟大的道德观念可惜在我们今天并不是随处都存在的。他勇敢地指出的那些弊端,那些不公正行为其实在每个城镇,在一切凡是有人的地方都是屡见不鲜的。

市　　长　阿尔弗雷德·伊尔——
电台广播员　市长又开始讲话了。
市　　长　阿尔弗雷德·伊尔,我得问您一个问题。

〔警察推了伊尔一下。伊尔站起来。广播员拿着话筒向他靠近。

电台广播员　现在我们就要听到与察哈纳西安赞助直接相关的那个人的声音了,他就是阿尔弗雷德·伊尔,是女赞助者青年时期的朋友。阿尔弗雷德·伊尔是一位年近古稀而精力充沛的人,是旧派居伦市民中有脸面的人物,此刻他当然激动万分,心里充满感激之情,充满难以表达的欣慰。

〔伊尔低声地咕哝了几句。

电台广播员　慈善的老先生,请您说话大声点儿,好让我们的男女听众听清楚。

伊　　尔　可以。

市　　长　当我们就接受还是拒绝克莱尔·察哈纳西安的赞助做出决定时,您会尊重这个决定吗?

伊　　尔　我将尊重你们的决定。

市　　长　还有谁向阿尔弗雷德·伊尔提问题?

〔沉默。

市　　长　还有人对察哈纳西安夫人的赞助要说什么吗?

〔沉默。

市　　长　牧师先生?

〔沉默。

市　　长　市医生?

〔沉默。

市　　长　警察?

〔沉默。

市　　长　反对党?

〔沉默。

市　　长　现在付诸表决。

〔寂静。只听见电影摄影机的吱吱声,闪光灯连续发出闪光。

市　　长　凡是心地纯洁,愿意主持公道的人请举手。

〔除伊尔外,所有的人都举起了手。

电台广播员　剧场里充满肃穆气氛,它完全成了高举手臂的海洋,仿佛在为一个更美好、更公正的世界举行隆重的宣誓。只有这位老人仍沉浸在无比的喜悦里,一动不动地坐在那儿。他的目的已经达到了,由于他的昔日女友的乐善好施终于使这笔捐款得到落实。

市　　长　一致通过:接受克莱尔·察哈纳西安的捐赠。但这不是为了钱——

众　　　　这不是为了钱——

市　　长　而是为了主持公道——

众　　　　而是为了主持公道——

市　　长　出于良心——

众　　　　出于良心——

市　　长　因为我们不能与我们队伍中的犯罪行为相安无事——

众　　　　因为我们不能与我们队伍中的犯罪行为相安无事

市　　长　我们必须铲除罪行——

众　　　　我们必须铲除罪行

市　　长　免得我们的灵魂受侵害——

众　　　　免得我们的灵魂受侵害——

市　　长　免得我们最神圣的事物被玷污——

众　　　　免得我们最神圣的事物被玷污——

伊　　尔（喊叫一声）　啊,上帝!

〔所有的人仍高举手臂站着不动,但这时《电影周报》的照相机出毛病了。

摄影师　倒霉,市长先生,闪光灯罢工了。最后表决请再来一次。

市　　长　再来一次?

摄影师　《电影周报》必须登照片。

市　　长　那当然。

摄影师　聚光灯准备好了吗?

一个声音　准备好了。

摄影师　那好,开始!

〔市长在原位坐下。

439

市　　长　凡是心地纯洁,愿意主持公道的人请举手。

〔所有的人举起了手。

市　　长　一致通过:接受克莱尔·察哈纳西安的捐助。但这不是为了钱——

众　　　　这不是为了钱——

市　　长　而是为了主持公道——

众　　　　而是为了主持公道——

市　　长　出于良心——

众　　　　出于良心——

市　　长　因为我们不能与我们队伍中的犯罪行为相安无事——

众　　　　因为我们不能与我们队伍中的犯罪行为相安无事——

市　　长　我们必须铲除罪行——

众　　　　我们必须铲除罪行——

市　　长　免得我们的灵魂受侵害——

众　　　　免得我们的灵魂受侵害——

市　　长　免得我们最神圣的事物被玷污——

众　　　　免得我们最神圣的事物被玷污。

〔寂静。

摄影师(轻声地)　伊尔!讲话!

〔寂静。

摄影师(失望地)　他再也不肯开口了。真懊丧,他那一声欢乐的呼喊"上帝啊"再也听不到了,那一声呼喊真叫人感动。

市　　长　请新闻界、广播电台、电影公司的先生们去吃点点心,地点在居伦酒家。诸位离开剧场时最好从舞台的出口走。金使徒旅馆的花园里为太太们准备了茶水。

〔报社、电台和电影公司的人从台右朝后方向下,男市民们仍一动不动地站在台上,伊尔站起来,准备往外走。

警　　察　你别动!(他用手一按,仍让伊尔坐在板凳上)

伊　　尔　你们想今天就干?

警　察　当然！
伊　尔　我原想最好在我家里执行。
警　察　就在这里执行。
市　长　观众厅里没有人了吧？

〔男丙和男丁往后面张望了一通。

男　丙　没有人了。
市　长　楼座上呢？
男　丁　也没有了。
市　长　把所有的门都给锁上，任何人都不让进来！

〔男丙和男丁走下观众厅去。

男　丙　锁上了。
男　丁　锁上了。
市　长　把所有的灯都熄掉！楼上的窗子有满月的光照进来，这就够了。

〔舞台变暗了。在惨淡的月光中只能模模糊糊地看到一些人影。

市　长　大家排成一条窄巷！

〔市民们排成一条小巷，最末一个是那位运动员，他现在穿着一条笔挺的雪白长裤，紧身的运动服上系一条红色腰带！

市　长　牧师先生，请开始吧。

〔牧师慢慢地朝伊尔走去，挨着他坐下。

牧　师　伊尔，现在你的艰难时刻来到了。
伊　尔　给我一支烟。
牧　师　市长先生，来一支烟。
市　长（热情地）　当然。这里有特等的好烟。

〔市长递给牧师一盒烟，牧师把它递给伊尔，伊尔抽出一支，警察给他点火。牧师把那盒烟还给市长。

牧　师　正像先知阿莫斯所说的——
伊　尔　别说了。（他抽烟）

441

牧　　师　您不害怕吧？

伊　　尔　还算可以。（他抽烟）

牧　　师（手足无措）　我会为您祈祷的。

伊　　尔　请为居伦城祈祷吧。

〔伊尔抽烟。牧师慢慢地站起来。

牧　　师　上帝对我们是仁慈的。

〔牧师慢慢地走进另一排行列里。

市　　长　请您站起来，阿尔弗雷德·伊尔！

〔伊尔犹豫着。

警　　察　站起来，你这蠢猪。（他拉伊尔站起来）

市　　长　警官，请克制点。

警　　察　对不起，说惯了，脱口而出。

市　　长　您过来，阿尔弗雷德·伊尔。

〔伊尔把香烟扔在地上，踩灭它。然后走到舞台中间，背对着观众。

市　　长　请您走进这小巷里去。

〔伊尔犹豫着。

警　　察　别磨蹭了，走吧。

〔伊尔慢慢地走进那由一句话也不说的男人们排成的夹道里，走到尽头的时候，迎面对着他的是那位体操运动员。他站住了，转过身来，只见那夹道无情地合拢了。他不禁跪了下去。那夹道变成一个人堆，毫无声响地抱成一团，并缓慢地蹲了下去。一阵静寂之后，从台前的左侧上来一群记者。此时台上的灯又亮了。

记者甲　这里发生了什么事？

〔人团重又松开。男人们一个个默不作声地都往背景后面走去。只有医生留了下来，他跪在一具尸体前面，尸体上覆盖着一块我们在旅馆里常见的方格子台布。医生站了起来，从耳朵上摘下听诊器。

医　　生　心肌梗死。

〔静寂。

市　　长　兴奋造成的。

记者甲　兴奋造成的。

记者乙　生命写下的最美的故事。

记者甲　发新闻去吧。

〔记者们匆匆从台右朝后方向下。克莱尔·察哈纳西安从台左上,总管尾随其后。她看见尸体时,停了一下,然后慢慢走到舞台中间,旋即转身,面向观众。

克莱尔·察哈纳西安　把他抬过来。

〔洛比和托比抬着担架上。他们把伊尔放在上面,并把他抬到克莱尔·察哈纳西安的脚跟前。

克莱尔·察哈纳西安(纹丝不动)　把他揭开,波比。

〔总管掀开伊尔脸上的台布,她久久地看着他的脸,始终丝毫不动容。

克莱尔·察哈纳西安　他还像过去那样,和许多年前一样,还是那只黑豹。把他盖上。

〔总管又将伊尔的脸盖上。

克莱尔·察哈纳西安　把他装进棺材里。

〔洛比和托比抬着尸体朝台左下。

克莱尔·察哈纳西安　领我回房间,波比。把行李收拾好,我们去卡普里。

〔总管向她伸出胳膊,好让她扶着,她正慢慢向台左走出去,却又突然停住。

克莱尔·察哈纳西安　市长。

〔市长从背景处那些一声不吭的男人们中间走出来,慢慢朝她走去。

克莱尔·察哈纳西安　这是支票。(她递给他一张纸,接着在总管陪同下走了出去)

〔如果说，那标志着生活福利日益提高的衣着平稳地、顺畅地日趋丰富多彩；如果说，戏剧舞台也在不断变化着，经常改善着，一步一步登上社会阶梯，好像神不知鬼不觉地由贫民窟搬到了条件优越的现代城市，日益富裕起来；那么现在，在这最后一个场景中，这种蒸蒸日上的景象将呈现其总的大轮廓。那个曾经是灰暗的世界，如今已焕然一新，成了财富和物质文明的化身，仿佛人间的一切都归结为"世界的幸福结局"。现在修葺一新的火车站周围彩旗招展，彩带飘扬，广告画、霓虹灯交相辉映，而居伦城的男男女女则穿着豪华的晚装和燕尾服，组成两个类似古希腊悲剧里的歌队。这种安排并非偶然，而是为了表现剧终时的气氛高潮，好比一只被风暴推向远离海岸的船只发出的最后信号。

歌队 A　世上的灾祸层出不穷：
　　　　强大的地震搅得天摇地动，
　　　　火山的烈焰常使万物焦熔；
　　　　再看战争：
　　　　坦克在庄稼地里把五谷碾磨，
　　　　原子弹制造着
　　　　如太阳般炽热的蘑菇云朵。

歌队 B　最最可怕的灾祸莫过于贫穷的处境，
　　　　它不怕任何冒险，
　　　　它绝望地拥抱着人类，
　　　　串联着乏味的日子，不断往下延伸。

妇女们　做母亲的徒有其爱，
　　　　眼看孩子饿坏只知发呆。

男人们　做丈夫的呢
　　　　心里琢磨着如何造反，
　　　　脑子里考虑着怎样背叛。

男　甲　他穿着一双破鞋四处闲逛，

男　丙　　嘴上吸着发臭的烟草。

歌队 A　　因为岗位,那曾经带来面包的

　　　　　工作岗位

　　　　　已无处可找。

歌队 B　　我们的火车站,

　　　　　一列列的火车都不愿停靠。

众　　　　现在我们终于鸟枪换了炮!

伊尔太太　命运向我们表示了仁慈。

众　　　　它使一切改变面貌。

妇女们　　我们窈窕的身材穿上了合身的衣裳。

儿　子　　小伙子驾起了运动型小汽车任意飞跑,

男人们　　商人们再也不为买人轿车满腹愁肠,

女　儿　　姑娘们在红土网球场上大显身手。

医　生　　手术室里一切设备都已改弦更张,

　　　　　墙壁全由绿色瓷砖镶贴,

　　　　　现在做手术谁都不会胡思乱想。

众　　　　晚餐热气腾腾,阵阵喷香,

　　　　　脚穿新鞋,喜气洋洋,

　　　　　悠悠然把高级烟来细细品尝。

教　师　　用功的学生在发奋地学习。

男　乙　　勤奋的工业家在积聚越来越多的财产。

众　　　　伦勃朗和鲁本斯①不断涌现。

画　家　　艺术家可以靠艺术过上富裕的生活。

牧　师　　圣诞节、复活节和圣灵降临节

　　　　　基督徒们争先恐后地挤满了教堂。

众　　　　一列列火车发出长鸣,

---

① 伦勃朗(1606—1669),荷兰大画家。鲁本斯(1577—1640),十六、十七世纪弗兰德斯(今比利时和荷兰一部分)大画家。

　　　　　　风驰电掣般沿铁路奔驰，
　　　　　　从甲城开到乙城，国与国紧密相连，
　　　　　　一站又一站，无站不停。
　　　　　　〔列车员从台左上。
列车员　居伦！
站　长　居伦至罗马的特快列车。请上车！餐车在最前面。
　　　　　　〔克莱尔·察哈纳西安坐在轿子里由背景处上，她纹丝不动，俨然像一尊古老的石像，她的轿子从两个歌队中间抬出来，其后跟着一群扈从。
市　长　这是我们的夫人，她要走了。
众　　　她的捐赠使我们富足。
女　儿　我们共同的女恩主。
众　　　她带着高贵的扈从！
　　　　　　〔克莱尔·察哈纳西安从右侧下，她的仆人们抬着棺材缓慢地下。
市　长　祝她长命百岁！
众　　　她随身带着一件珍品，她最看重的东西。
站　长　开车！
众　　　愿她保护我们吧。
牧　师　向上帝祷告吧。
众　　　在这火车隆隆开动的时刻，
市　长　请保护我们的福祉吧。
众　　　请为我们保护这神圣的财产，
　　　　　保护和平，
　　　　　保护自由。
　　　　　让黑夜远离我们，
　　　　　再也不让黑暗笼罩我们的城市，
　　　　　这新生的繁华的家园，
　　　　　让我们幸福地享受这鸿运。

初版后记

　　《老妇还乡》的故事发生在中欧某地一个小城,作者与故事中的这些男男女女绝无多大差别,所以他不敢肯定,假如他处在他们那种处境,他是否会有另一番动作。至于这个故事中也许还有更多的内涵,这就不必说出来,也没有必要在演出中去表现了。这一原则对于本剧结尾同样适用。诚然,在这一场戏里人们说话的口气比现实生活中我们所能听到的显然庄重多了,甚至比那种创作诗歌时使用的语言,比那种"美"的语言还要多一些诗意,这只是因为居伦人既然一下子都发了财,他们说话的腔调就得符合暴发户的身份,更注意措辞。

　　我描写的是人,而不是傀儡;是一种有动作的情节,而不是一则寓言;我是在呈示一个世界,而不是要进行道德说教,像人们有时凭空所说的那样,甚至我压根儿就不想把我的这个戏跟现实进行对照,因为只要我们把观众也当作剧院的一部分,那么剧中所表现的这一切就是自然明了的事情。在我看来,一个剧的演出首先要从舞台的条件出发,它的局限和可利用的程度,而跟这个剧属于何种风格无关。因此,居伦人在剧中扮演树木,这并不是搞什么超现实主义,而是为了给发生在树林里的一个老汉试图获得一个老妇的好感这样一个多少有点儿凄惨的故事,给予一个诗意的舞台空间,因而使它不致令人太难受。

　　我写戏是出于我内心对剧院、对演员的信任。这是我的主要动力;是素材吸引着我。一个演员要演好一个人物,无须很多东西,只要谋得一张表皮即可,这种表皮非恰当的台词莫属。我的意思是说,如同一个有机体是通过一张皮而使自身成形的,那是一种最表面的东西,一个戏剧作品是通过语言使自己成形的。剧作家仅仅提供了语言而已。语言是他的最后成品。因此之故,一个剧作家就不能光在语言上下功夫,而要把功夫用在产生语言的诸多要素上,比如思想,比如行为等;只有那些外行才把功夫下在语言、下在风格上。我认为,演员的任务就在于把剧作家的这种最后成品用一种新的方式表现出来;这时艺术必定会自然地产生。如果演出时把我所提供的前景把握准确了,那么背景就会自行呈现出来。

我不认为自己属于当今的先锋派。诚然,我也有一套艺术理论,那不是一件什么很愉快的事,我只是把它作为个人的一些看法,却并不想把它提出来(不然我得照它去做),我倒宁愿是个缺乏形式观念的、不无迷狂的自然稚子。人们如果按照大众戏的路子来排我的戏,把我当作奈斯特洛伊①风格的自觉追求者来对待,那他极有可能取得成功。人们只管随着我的奇思妙想飞翔好了,而不要问其意义深刻与否,注意场景变化不落幕,也不间歇,甚至台上开汽车那一场也要力求简单,最好用四把椅子来表现(这一场与魏尔德②毫不相干。何故?这是留给评论家们的辩证练习)。

克莱尔·察哈纳西安既不是代表正义,也不是代表马歇尔计划③,甚或上天的启示,她仅仅是她而已,世界上一个最有钱的女人,凭着她的财产,她可以像古希腊悲剧中的一位女主人公那样行动,专横、残暴,近乎美狄亚。她可以为所欲为。且不可忘了:这位夫人也有她的幽默,因为她对待人与对待可买卖的商品一样无动于衷,她对自己也一样漠然。此外她还有一种少有的风姿,一种凶险的魅力。然而,由于她在人类秩序之外生活,她已变成了某种不可改变的、僵

---

① 奈斯特洛伊(1801—1862),十九世纪奥地利剧作家和演员。他的戏以群众喜闻乐见著称。
② 魏尔德(1897—1975),名桑顿,美国作家。《我们的小镇》为其代表作,迪伦马特意指他写的居伦这个小镇与魏尔德笔下的小镇没有关系。
③ 马歇尔计划,1948年起实行的美国援助欧洲西方国家的计划,因马歇尔建议而得名。

化的东西,不再有任何发展了,她根本已经石化了,她本身已成了一尊石头的偶像。她是个艺术化了的人物,包括她的扈从们,甚至加上那两个阉人,不可让阉人说话尖声尖气,演得像真的阉人,那样会令人扫兴,而要用非写实的手法,把他们演得像童话中的人物,说话很轻,有如幽灵,怡然自得地满足于植物般的生存,像古代法律书籍中合乎逻辑地撰写的那样,安于接受别人的残酷报复。(为了减轻角色的负担,那一对阉人也可以交替说话,而不必同时说,那样的话,也就用不着每句话都重复一遍了。)

如果说克莱尔·察哈纳西安一开始便是女主角,性格始终一成不变,那么她的旧情人则是一步步变为男主角的。这位名声不佳的小店主起初根本不知道要沦为她的牺牲品;他负疚地以为,生活本身已经把一切罪过都洗刷了,这是个不会思考的人,头脑简单的人,必须通过恐惧,通过惊骇的震动,头脑才会渐渐开窍;他经历的公道就在他身上,因为他认识到自己的罪过,他通过他的死变得高大起来。他的死是很有意义的,同时又是毫无意义的。除非事情发生在古代神话王国里它才是有意义的,而这个故事却发生在居伦城,在当代。

与男主人公相关的居伦人,都是和我们一样的人。不能把他们描绘得很坏,绝对不能;起先他们决心拒绝这笔捐助,接着纷纷赊账,但并没有事先就想弄死伊尔,他们那样做只是出于轻率,出于一种感觉,以为一切都会妥善解决的。这一点在排第二幕的时候必须注意。还有在火车站那一场也要掌握这一点:只有伊尔一个人明白情势不妙,惊恐不已,虽然当时没有听到一句对他构成威胁的话,直到彼得家的仓房那一场,局面才发生了根本性转折。这时伊尔的厄运已无法挽回。从此居伦人逐渐走上谋杀的道路,对伊尔的罪过越来越表现出愤怒,等等。只有伊尔的家人一直到最后都在往好处想,毕竟他们心地也不坏,只是像大家一样,意志薄弱而已。那诱惑实在是太大了,整个小城的人都在这诱惑面前渐渐屈服了,连那位教师也不例外,但我们不能说,这种屈服是可以理解的。那诱惑实在是太大了,而居伦人的贫穷又是那样苦不堪言。只有那位"老妇"才是一个恶棍,但正因为如此,表演时不可让她以一副凶相出现,而要让她显得非常富有人情味,不要以愤怒,而要以悲伤,还要加上幽默进行演出,因为对一出以悲剧收场的喜剧来说,没有比那种死死板板的严肃认真更有害的了。

为一九五六年阿尔歇出版社所出的初版而作

一九五六年于苏黎世

再版后记

关于《老妇还乡》有两个稿本。一九五九年摄影棚剧院请求我，为表示对二十五年前作为流亡者来到伯尔尼的该院经理保尔·阿斯特尔的敬意，排练我的这出喜剧，说老妇由希尔德·希尔德布兰德扮演，伊尔由阿斯特尔扮演。

我仔细看了看舞台。人们把舞台美术家阿里·欧息斯林介绍给我，由他担任舞美设计，他对我的疑虑作了简短的回答，说在任何舞台上什么都可以做。尽管如此，当我看着这狭小的舞台时，还是没有多大把握：原来它坐落在一个地窖里，既没有侧台，又没有后台，为此它设有一个很大的升降台；它位于舞台的中间，与舞台相比，它大得不相称。接着我马上就答应了。这时我知道这个戏该怎么排了：我让克莱尔·察哈纳西安从底下升上来，仿佛她通过月台的地下通道往上来到火车站，情形如同许多火车站一样。

我不得不减少演出的人员，我也修改了第二幕，为它写了伊尔怎样拿着枪威胁那位老妇的场面；阳台那几场成为多余，我把它们勾掉了；在第三幕我简化了店铺那一场。在这个稿本里我把原来的店铺那一场作为附录刊出在本文的后面。

再来说说希尔德·希尔德布兰德，在演出中她证明自己是我所见到过的演得最好的老妇之一，证明她是最可信赖的女演员之一：大家相信她有前途。首演之后市政府举行了隆重的庆祝，那位曾经作为市议员主管过警察局的市长庄严地宣布阿斯特尔二十五年的流亡生活中积聚起来的记过簿无效，然后他被授予伯尔尼市民称号。

一九八〇年为此版本而作

D

弗兰克五世
Frank der Fünfte

物理学家
Die Physiker

赫拉克勒斯和奥革阿斯的牛圈
Herkules und der Stall des Augias

流星
Der Meteor

同伙
Der Mitmacher

Friedrich Dürrenmatt
迪伦马特
戏 剧 集 [下]

〔瑞士〕弗里德里希·迪伦马特 著
韩瑞祥————选编
叶廷芳 等————译

人民文学出版社

弗兰克五世

一家私人银行喜剧

韩瑞祥　译

Friedrich Dürrenmatt
Frank der Fünfte
Komödie einer Privatbank
Mit Musik von Paul Burkhare

作于1958年。1959年3月19日苏黎世剧院首演。

人物

弗兰克五世
他的夫人奥蒂利
他的儿子赫伯特
他的女儿弗兰齐斯卡
代理人埃米尔·伯克曼
人事主任理查德·义格里
富丽达·菲尔斯特
工作人员卢卡斯·哈贝林
工作人员喀斯特·施马尔茨
工作人员特奥·卡佩勒
保利·诺伊科姆
海尼·楚米尔
服务员纪尧姆
机器制造厂厂主恩斯特·施伦穆普
旅馆女店主阿波罗尼亚·施特罗里
钟表厂厂主皮亚盖特
总统特劳戈特·封·弗里德曼
神父莫泽
众送葬者
用人
一个护士

第十一场后，剧场休息

第一场　像莎士比亚的英雄那样

舞台中央,几个台阶上有一扇银行大门,披着两条缎带,犹如第二个舞台大门,其间是一道黑色幕布。在大门的三角楣饰上,写着金光闪闪的字:"你们行动吧,等到我再回来(《路加福音》,19,13)"。由于台阶上的银行大门,出现了一个同样可以在上面表演的前舞台。每个情节的标题都可以打在中间的幕布上。

人事主任理查德·艾格里身着盛装走到银行大门的中间幕布前,并且把礼帽微微向后一推。

艾格里　可惜呀,你们总是听到有人说
　　　　这个世界不是按照愿望划分的
　　　　富人富,穷人穷
　　　　而上帝将会可怜我们的寒冷。

　　　　你们可别听信这些充满幻想的废话
　　　　人是不自由的,他活在交易里
　　　　周围都是饿狼,疯狗围着狂叫
　　　　被囚禁在群体中
　　　　被他自己监视的人盯梢
　　　　与众人相互依存
　　　　他一夜之间
　　　　就会丧失人性。

你们因此强大起来
观看一个私人银行的喜剧
半是悲剧,半是滑稽剧
弗兰克五世的故事
人物:从小伙计到代理人
一帮家伙一个不少
是的,甚至连行长和他的太太
你们也看到他们在这演出中的痛苦
还有几个顾客,他们不过都是边缘人物。

原因呢?
有人胆敢领着乞丐登门造访,条条狗都叫个不停
只有在我们这样的人面前,你们才会真实
同情让你精力耗尽,还有眼泪汪汪
贫穷让你不伦不类
只有从百万向上,才会有经典艺术。

感受吧,噢,基督教世界
我们希望和喜欢什么
听听吧,我们怎样胡作非为,看看吧,我们如何非法交易
当我们垮掉时,脱去礼帽吧
尊严属于我们大家。

不仅是国王们作恶多端
不仅是部长们,不仅是将军们
蹚过血泊,制造丑闻
我是人事主任,我必须心知肚明
这个尔虞我诈追逐高利的世界
伴随着我们

不可阻挡地奔向末日
我们是天下最后的恶棍
我们之后只有邪恶空虚的真诚。

因此
噢,观众
你们当然还高兴活在尘世上
凡是现在只是有害的,将会变得不堪忍受。

你们自己胆敢看看我们的行为
像你们一样来到尘世间
被卷入交易所的博弈中
从来还没有如此
受到每个社会恶棍的辱骂
我们胆怯地站在你们面前
虽然是刽子手,但简直就是神
既不太伟大也未沾满鲜血
像莎士比亚的英雄那样。
〔穿过中间幕布退场。

第二场　掐住脖子致死

弗兰克五世坐着轮椅从右前方来到前舞台。

弗兰克五世　我是弗兰克五世,人们称我为慈善家弗兰克。我老了,我所走过的人生,乃是四十年的银行交易;等在我面前的是死亡,还有永恒,因为第四次心肌梗死刚刚有惊无险地挺了过去,第五次已经快要找上门来。要来就来吧。我是理想主义者,对更高的价值了如指掌。神父莫泽。

〔神父莫泽从左边上来。

神父莫泽　我的儿子。

弗兰克五世　忏悔啊。

神父莫泽　我听着,我的儿子。

弗兰克五世　我对寡妇和孤儿所做的善举太少了。

神父莫泽　不值一提。

弗兰克五世　对穷人和无家可归的人。

神父莫泽　不值一提。

弗兰克五世　对监狱的心理关怀。

神父莫泽　不值一提。

弗兰克五世　对穆斯林的使命。

神父莫泽　不值一提。

弗兰克五世　我实在很少去参加基督教银行家的《圣经》祷告。

神父莫泽　不值一提。

弗兰克五世　我临死前还想完成一个善举。

神父莫泽　那你就付诸实施吧,我的儿子。

弗兰克五世　代理人。

〔伯克曼从左边上来。

伯克曼　行长先生？

弗兰克五世　让那两个小伙子进来吧,他们是关怀青年中心派来的。

伯克曼　进来吧。

〔海尼·楚米尔和保利·诺伊科姆胆怯地从左边走上来。

海　尼　行长先生。鞠躬。

保　利　您好。(尴尬地)

弗兰克五世　走近些,天哪,难道你们还从来没有见过一个行将死亡的人吗?

〔两个人敬畏地走近。

海　尼　从来没有,行长先生。

弗兰克五世　那你们现在就看见了一个。叫什么名字?

海　尼　海尼·楚米尔,行长先生。

保　利　保利·诺伊科姆。

弗兰克五世　哪儿来的?

海　尼　德罗赛尔村子来的,行长先生。

保　利　阿姆塞定根村来的。

弗兰克五世　这么说你们两个是从同一个地方飘过来的。有不法行为吗?

海　尼　睡了一个十三岁的姑娘。

保　利　偷了师傅一百法郎。

弗兰克五世　这就是说,要慈父般地干预,亲切地引导,慢慢地教诲他们走上正轨。年轻的先生们,我就长话短说吧。谁被死亡掐住了脖子,他就不喜欢多说话。我们需要工作人员。我们这个秘密的行业缺少理想主义的后生。时间只会眷顾那些最勤奋的人。我先试用你们。商业活动将会把你们变成真正的男人,交易所将会造就你们,钱柜将会锻炼你们,资本将会教诲你们。下去吧!

伯克曼　去找人事主任。

〔伯克曼和这两个人从左边下去。

神父莫泽　我的儿子,你的罪孽已经得到了宽恕。

弗兰克五世　诚心所愿,那我就坐着轮椅去死。

〔坐着轮椅从右边出去。

神父莫泽　上帝啊,在天之灵。

第三场　我们奔向祖宗

灯光交替：弗兰克五世坐着轮椅从右边出去，神父莫泽在祈祷。这时，一群送葬者从后面左右两边围着银行大门走上前舞台。正在吟唱赞美诗第一节时，工作人员哈贝林、卡佩勒和施马尔茨以及人事主任艾格里抬着棺材从左后方走上来。显而易见，由于这位慈善的老板的去世，他们神色凝重。他们把棺材放在舞台前方的中央，然后在前舞台上静静地站到右边，他们站成了一排，直接跟上来的是一群送葬者，他们站到左边，在那里又形成了一排，神父莫泽加入其中。送葬者都身着盛装，黑大衣和礼帽，有几个戴着大礼帽。

众　　人　噢，人啊
　　　　　你过了多少月和多少星期后
　　　　　从娘胎里爬出来
　　　　　你在尘世寻找什么呢，傻瓜
　　　　　正义与和平
　　　　　嘲笑你所有的愿望
　　　　　快快奔向你的祖先
　　　　　你的孩子们也亦步亦趋。

〔代理人埃米尔·伯克曼领着蒙着脸面的寡妇奥蒂利·弗兰克，由富丽达·菲尔斯特扶着，从左边走上来，把她领到棺材前，然后站到艾格里旁边，富丽达同样如此。

众　　人　我们在这里要虔诚安葬的人
　　　　　指引着我们的思想
　　　　　作为行长和老板
　　　　　受到所有银行的尊敬
　　　　　当别人垮掉时,他却昂然挺立
　　　　　然后他的命运和我们大家一样
　　　　　从来没有垮掉的他倒下了
　　　　　人是渺小的,死亡是伟大的。
奥蒂利　弗兰克五世,我是你的女人,知道什么合乎礼仪。在你的墓前不流眼泪,承认这不可改变的命运,屈从上帝的旨意,保持镇定的情绪。

　　　　〔大家保持镇定。
奥蒂利　任何责怪都毫无意义。这个打上了你的烙印的时代沉没了。你的父亲主宰过华尔街,你的祖父掌控过整个中国,而你在自己统霸的末期甚至再也没有财力去支撑一家中型电厂。你的权力消失了,你的心也碎了。你的王朝随之灭亡了。我们,留下来的我们,现在必须在一个矮子世界里坚守。国家银行的行长先生,联合银行的行长先生,贸易股份公司的经理先生,你们这些监事先生们,朋友们,各位工作人员:我向这个时代最后一位伟大的私人银行家道别:戈特弗里德,永垂不朽。陪伴你一起进入家族墓地里!

　　　　〔三个工作人员和艾格里抬着棺材从右边走出去。

第四场　我们非法买卖和巧取豪夺什么

灯光交替:中间幕布拉开。在银行大门之间有一张上面摆得十分丰盛的大餐桌:白桌布,各种果盘,斟了半杯酒的红酒杯、白兰地酒杯等。上面挂着一个枝形吊灯。奥蒂利、富丽达·菲尔斯特、伯克曼走到桌前,后来还有三个工作人员和理查德·艾格里。这时,送葬者在合唱快结束时离去。

众　　人　一个个王朝就这样沉没,
　　　　　曾经在这里呼风唤雨,如今却无声无息
　　　　　光明就这样捉弄它们。
　　　　　噢,弗兰克五世,
　　　　　你的家族多么强大
　　　　　多么豪华
　　　　　你呀,所有伟人的最后一个
　　　　　现在被送进坟墓里
　　　　　一去不复返。
　　　　　〔保利·诺伊科姆提着一只小箱子从左边走上来。
保　　利　打心底里表示深切的哀悼,行长夫人。
奥蒂利　　你这就要走吗,保利·诺伊科姆?
保　　利　我已经向人事主任辞职了,行长夫人。
奥蒂利　　才过了三天呀。
富丽达　　你瞧瞧吧。
保　　利　想回到阿姆塞定根去。
伯克曼　　你想得倒好呀?

保　利　我父亲在那里经营一家奶酪店。

哈贝林　一个安分守己的手工作坊。

保　利　我只是为我的朋友海尼·楚米尔担心。

卡佩勒　在丧宴上,我们也没有看到他。

奥蒂利　我们报警吧。

保　利　我不明白,行长夫人。

艾格里　你的朋友海尼·楚米尔当年不过是个裁缝学徒。

保　利　这和我有什么相干呢,人事主任先生?

富丽达　你的父亲在阿姆塞定根经营一个锁店,我也是从这个地方来的。

保　利　这有什么意义呢,富丽达小姐。

哈贝林　你说没有意义。

卡佩勒　也许的确是有意义的。

施马尔茨　这就是说,你也是锁匠啊,小伙子。

奥蒂利　保利·诺伊科姆,把手伸进你的右侧口袋,交出保险柜的钥匙吧。它虽然不是原装,而是按照一个模子制作的,然而,因为你是一个勤奋的锁匠,这玩意儿必然会大有用场。

保　利　给你,行长夫人。

　　　　〔交出钥匙。

伯克曼　我昨天有意把保险箱的数字密码放在办公桌上。

保　利　我已经把它抄写了,代理先生。

艾格里　你今天打算被锁在我们银行里,夜里给你的朋友海尼打开门,然后你们一起卷走几百万溜之大吉。难道不是这样吗?

保　利　是的,人事主任先生。

奥蒂利　海尼·楚米尔的消失使你的计划化为泡影。

保　利　我承认这一切,行长夫人。(沮丧地坐在小箱子上)我认倒霉,您报警吧。

　　　　〔除了保利·诺伊科姆,大家都站起来。

奥蒂利　保利·诺伊科姆,你是最后一个进我们银行的,你试图破门

465

盗窃的行为值得称赞,即使筹划得不够专业,但保险箱钥匙则是一个完美的杰作。

〔他们又坐下,与此同时,保利·诺伊科姆跳起来。

保　利　你们是一家流氓银行。

艾格里　我们当然是一家流氓银行。

保　利　天哪,我陷入了一个什么样的泥潭里啊!

奥蒂利　我们从来还没有做过一件诚信的交易。

伯克曼　我们在一个国家里工作,其公民的勤奋已经尽人皆知。

哈贝林　警察的组织具有榜样的力量。

富丽达　尤其是风纪警察。

保　利　可家里有一个母亲在为我祈祷。

卡佩勒　她就不用费心了。

保　利　我的朋友在哪儿?

施马尔茨　在我们的圈子里,就不存在什么朋友。

保　利　我的朋友海尼·楚米尔呢?

艾格里　跟你毫不相干。

保　利　当然跟我有关。我是你们这个该死的集团一个实实在在的成员,要知道事情真相。

奥蒂利　戈特弗里德,出来吧。

〔弗兰克五世装扮成神父从后台走出来,打着招呼。

保　利　弗兰克,慈善家。

弗兰克五世　是我。

保　利　海尼呢?你们拿我的朋友海尼·楚米尔试问了?

弗兰克五世　我们迫切需要一个男人尸体,我的儿子。我们的商业手段不再会长久地保住秘密,国家的监管越来越严厉,计算机不会出错;即使它们出错了,绝大多数情况下只会有利于客户:因此,我们决定,解散银行。几个星期后,我们的公司庆祝成立两百周年。之后不久,我的夫人也会死去。像我一样,死于心肌梗死。等她下葬以后,我们会共同安度晚年,用另外一个名字,沐浴在一种比较人道的氛围中。

艾格里　全体人员也将各奔东西。

伯克曼　国家接管我们的债务,我们把自己的存款都放到了安全的地方,一切都会安然无恙。

弗兰克五世　到了那个时候,我要过一种纯粹的精神生活。我是一个地地道道笃信宗教的人。

奥蒂利　别瞎扯了,戈特弗里德。保利·诺伊科姆,你算是幸运了。

富丽达　我们本来是挑你来进棺材的。

哈贝林　然而,海尼·楚米尔想要敲诈我们。

卡佩勒　我们必须弄死他。

施马尔茨　是我干的,在地下室里。

保　利　凶手。

弗兰克五世　商业人士出于迫不得已,我的儿子。

奥蒂利　而你呢,保利,开始伟大的拜师为徒吧。

艾格里　干内勤。

伯克曼　前进吧,你的生涯刚刚开始。

保　利　这样不公平!我只希望依靠一个伟大的诀窍变得富有,像你们一样,一夜暴富,然后永远安分守己。

奥蒂利　诺伊科姆,多么自负的腔调!

弗兰克五世　先伪造一张支票。

伯克曼　给我补上亏空

艾格里　偷走柯恩先生的股票

哈贝林　先规规矩矩地走弯弯曲曲的小道

卡佩勒　先换一换假币

施马尔茨　给这世上弄出个人命

富丽达　然后你会觉得贫穷就像是恩赐。

保　利　什么样的嘲讽啊!

弗兰克五世　屈服吧,儿子!

奥蒂利　有一件事你最终必须知道

保　利　我最终必须知道什么呢？
这些人　我们非法买卖和巧取豪夺什么
那些人　我们敲诈和创造什么
这些人　谋杀,欺诈和骗取
那些人　高利贷,窃取,隐瞒和欺骗
众　人　我们只干我们必须干的
　　　　想行善,但是
　　　　我们同样要生活富裕
　　　　那就必须做交易

　　　　在这个不文明的世界里
　　　　穷人只有仰天大笑的份儿
　　　　为了金钱。
保　利　啊呵,在这个不文明的世界里
　　　　穷人只有仰天大笑的份儿。
众　人　为了金钱。

第五场　清晨面对我们的罪孽

中间幕布合上。

左边,服务员纪尧姆给前舞台布置了一张桌子和两把椅子;右边,有人推进来一个吧台。在铺得温馨的桌子上摆着一个空花瓶。

富丽达·菲尔斯特从左边、理查德·艾格里手捧一枝玫瑰从右边上来。

艾格里　富丽达。
富丽达　艾格里。
艾格里　我躺在那个来自密尔沃基的百万富婆的豪宅里
　　　　窗帘在月光下摇曳
　　　　可我的心里只挂念着你。
富丽达　我的身上还散发着那个土木工程师的热气
　　　　一只小枭在抱怨,院子里停着一个蓝色的雪佛兰汽车
　　　　可我的心只是在你身边。
艾格里　祝你早安。
富丽达　也祝你早安。
艾格里　一枝玫瑰献给你。
富丽达　谢谢你。
艾格里　我无论和谁睡在豪华宾馆里
　　　　无论谁是我的过客
富丽达　我无论和谁睡在小宾馆里
　　　　无论谁是我的过客

艾格里　我也把你交给银行
　　　　你也把自己献给金钱
富丽达　在这个世界上,我们要成为金钱的未婚夫和未婚妻。
艾格里　海枯石烂心不变
　　　　〔他们坐在左边桌旁。
富丽达　老样子,纪尧姆。
艾格里　我也一样。
纪尧姆(端上来)　红茶和酸奶。
　　　　〔富丽达把那枝玫瑰插在花瓶里。
富丽达　别忘了你的药水。
　　　　〔他给一杯水里挤了几滴药水,她斟上茶。
富丽达　要糖吗?
艾格里　两块。
富丽达　面包呢?
艾格里　一块。
　　　　〔他们搅着茶。
富丽达　我的姐姐住在安德塔尔,已经生下第五个孩子。一个男孩。
艾格里　我的哥哥住在迈布鲁格,当了镇长。他如愿以偿。
　　　　〔他们喝着茶。
富丽达　我们已经在弗兰克这里干了二十年。
艾格里　二十二年了。
富丽达　我们年年都打算结婚。
艾格里　工作总是插手其间。
富丽达　银行不景气,不是它应有的样子。
艾格里　但它现在要被解散了。我在迈布鲁格买了一个独栋住宅,掩映在郁郁葱葱的果树里。百叶窗是绿色的,木框架是红色的。
富丽达　我们将会要很多孩子。
艾格里　全是男孩。
富丽达　你就看着吧。我会如愿以偿。

470

〔他们吃着酸奶。

富丽达　在临江大街私人银行的
　　　　小咖啡馆里
　　　　我们两个梦想着
艾格里　清晨面对着我们的罪孽
富丽达　可是一只海鸥在尖叫
　　　　太阳照得大教堂金光闪闪
　　　　一切又
艾格里　一如既往地
两　人　过去了。
　　　　终有一天将会是另外的样子
　　　　终有一天我们会过上两个人的日子
　　　　终有一天将会是另外的样子。
艾格里　早餐结束了。
　　　　〔他站起来。
富丽达　我们不得不又各走各的路。
　　　　〔她躬了躬身。
艾格里　多保重,富丽达。
富丽达　多保重,理查德。
艾格里　再见。
富丽达　别激动。
　　　　〔艾格里走到吧台前,坐在靠左的外面。
艾格里　老样子。
纪尧姆(端上来)　您的苦艾酒,艾格里先生。
富丽达　老样子,纪尧姆。
纪尧姆(端上来)　您的甘菊茶,富丽达小姐。
　　　　〔富丽达·菲尔斯特开始织一件婴儿外衣。
　　　　〔艾格里点上一支烟。
　　　　〔喀斯特·施马尔茨手里拿着报纸从右边走过来,来到酒吧,坐在艾格里身旁。

施马尔茨　一如既往。

纪尧姆(端上来)　您的止咳茶。

〔施马尔茨开始津津有味地喝着止咳茶。

艾格里　喀斯特·施马尔茨先生,我昨天看到你停放那辆旧大众车。你显然不愿意负债累累,要存钱,要独立于我们,不用辩解,你下个星期就买一辆梅赛德斯吧,它当然不会让你破产。

施马尔茨　那好吧,艾格里先生,恭敬不如从命。

〔打开他的报纸。特奥·卡佩勒来到酒吧,坐在施马尔茨身旁。

卡佩勒　老样子,纪尧姆。

纪尧姆(端上来)　您的维西矿泉水和面包干,卡佩勒先生。

艾格里　特奥·卡佩勒先生。前不久我在城市公园里一边散步,一边想着我们的工作,没有任何别的邪念,可谁坐在一条长凳上呢?你,卡佩勒,和你的女朋友一起。你会娶这姑娘吧?

卡佩勒　下个星期,艾格里先生,她怀孕了。

艾格里　怀孕了!突然活得像一个彻底安分守己的人,这应该是个托词吧。确实如此!造孩子!弗兰克五世和他的夫人也没有孩子,我对这个婚姻深表敬意。我们要无儿无女地进入地狱,卡佩勒。你可别把这姑娘抛弃了,我还可以要求你恪守这么多内在的规矩。

卡佩勒　艾格里先生,我会当心的。

〔卢卡斯·哈贝林来到酒吧,坐在卡佩勒身旁。

哈贝林　老样子,纪尧姆。

纪尧姆(端上来)　您的麦片粥,哈贝林先生。

〔哈贝林开始一勺一勺地吃着麦片粥。

艾格里　止咳茶,维西矿泉水,麦片粥。这就像是在一个疗养院里的情形。我年轻时,天哪,当时,整个一帮人在这个时分都喝得酩酊大醉。不足为奇。我们还是汉子。但你们呢?

哈贝林　我承认,艾格里先生,那个时候更让人感到惬意,可我们现在,伴随着我们现代化的速度?不,艾格里先生,我们别自欺欺人了。我们腐朽、疲惫,精力消耗殆尽了。我们缺少的是对职业的满意、心灵的平衡、内在的宁静,我们,天知道,不是在纵情享乐中,而只有在牢笼里能够找到我们的价值。

〔其他人惊讶地凝视着。

哈贝林　我心知肚明,牢笼里有规律的生活会让奇迹出现。人们就不知道什么消化问题、神经衰弱、心脏和循环系统受到干扰。相反,当我观察我们时——我们过着狗一样的生活,苟延残喘。

〔宁静。其他人咄咄逼人地凝视着。

艾格里(十分友好地)　有意思,哈贝林,你在自己的业余时间里关心起监狱的事了。

哈贝林　我恍然大悟,艾格里先生。

艾格里　那么你或许还渴望去这样的地方吗?

哈贝林(毫不猜疑地)　我的梦想,艾格里先生。牢房里宁静的夜晚、早早的熄灯、窗孔上越来越昏暗的天空、初露脸儿的星辰、无忧无虑的宁静、安静的睡眠。不用匆匆忙忙,不怕被人发现,不怕受到出卖,有广播,有电视,今后甚至还会允许,每个月有女人来拜访,来自那些相应的经过卫生检查的机构。国家给买单。与我们的生存相比,这一切说到底都是理想的生存条件。再说吧,我们本来也不用特别去争取进入牢笼。当我们有了过去的经历时,要想进去,易如反掌。你给检察官打个电话就够了,我们便一辈子可以蹲在里面,也不用再劳累,平平安安,健健康康。

艾格里(平静地)　我能够阻挡你这样做。已经有一些追逐这种梦想的人对此深表后悔,而且我也不会让人夺走我的工作道德。在这里,你可以讲监狱的事,你想讲多少就讲多少吧。(严厉地)还有一件事,卢卡斯·哈贝林!

〔哈贝林站起来。

艾格里　上个星期日,我在圣灵教堂碰见你,你到底在胡思乱想什么呢,我要严厉地警告你!你已经干了不计其数的无耻行径,心里有鬼,这时,你就去听布道,祈祷,吟唱"一个坚固的堡垒就是我们的上帝",我觉得这一切闻所未闻。你装模作样,仿佛你是代理,甚或人事主任。别这样了!我才有资格去教堂里,我必须经常完成这样一些令人发指的罪行,所以,我根本就不会铤而走险,认为自己安分守己,但在你们这些工作人员身上——

〔施马尔茨和卡佩勒站起来。

艾格里　——在你们三个有着稳定的工作,玩着小小的骗局的工作人员身上,要变得安分守己的危险无比巨大!于是,我们的工作拖泥带水,凌乱不堪!来点纪律约束吧,我的先生们,天哪,一旦银行解散了,照我看来,你们全都可以加入救世军了,但直到那个时候,你们这些骗子还必须留在这里,我为你们的良心喝彩。

三个人　遵命,艾格里先生。
艾格里　快去各执其事吧。新的一个工作日开始了。
三个人　遵命,艾格里先生。

〔他们从左边下去。

艾格里　老样子,纪尧姆。
纪尧姆　您的药水,艾格里先生。(给他递去一杯水)

〔艾格里滴着药水。

〔富丽达·菲尔斯特继续织着婴儿外衣。

富丽达　你瞧瞧,理查德,你现在的确激动了。
艾格里　我们赶快看看那些交易所的报道吧。

〔艾格里愤怒地打开报纸。

第六场　爱情的代价

像之前一样，代理埃米尔·伯克曼穿过"克兹·纪尧姆咖啡店"的中间幕布来到前舞台。

左边，富丽达在织衣服；右边，艾格里在看报纸。

伯克曼　女士们，先生们，这是人事主任的早晨。有条不紊。我们这家私人银行每天的工作可以开始了。同样有条不紊。然而，我在此只是迟疑地履行领导的愿望，让你们了解我们的工作本质。不仅仅因为我几乎没有人事主任那极其令人难忘的激情——再说我也远远地更加冷静——，也不仅仅因为我的健康受到更加严重的伤害。不，与你们相比，我的困难则完全在于别的地方：在物质本身之中。在像我们这样的金融机构里，每天的工作几乎不能公开说明，顶多不过是暗示而已，那些最重要的东西，那些最关键的东西都是秘密操作的。斗争错综复杂，漫无头绪，残酷无情。宽恕是不存在的。我们生活在刀刃上，如履薄冰。一个错误的行动，一个太过一目了然地掩饰起来的结算，都会使我们坠入万丈深渊。你们可以想象，我们常常几乎到了这样的境地，我们的境况常常会出现实实在在的悲剧情形。女士们，先生们，我们不会抱任何幻想。时代很糟糕。可悲呀，我们生活在一个法治国家里。我们绝对缺少一个有利于我们的普遍腐败的背景；只有立足于这样的腐败之上，我们才能从根本上合乎道德地使我们的生意最大化。我们不可能登门造访任何受贿的财政部长或者最高警督，甚至也不能登门造访一些可以收买的审计员。不，在我们周围弥漫着那响亮至极、冷酷无情的真诚，只有某些限制,有可能,但不是由我们可以确定的。在地狱看来,地球似乎就是天堂。简而言之,我们存在着,我们到底还存在着,这只能归功于我们的力量,只能归功于我们的勇气,只能归功于我们梦幻般的坚毅,因为我们今天依然十分珍视我们祖先那些被传统奉若神明的商业手段,哪怕大脑和神经物质的耗损呈现出一个个闻所未闻的形式。我们没有用技术细节太多地给你们造成麻烦,而是从整体上更多地专注于我们纯粹的人性关怀和冲突,你们因此将会对我心存感激。这一切其实也更为重要。唯有内在生存最终才算数。毋庸置疑:采用完全不同的方式,也就是追踪我们有创造性的、实实在在深思熟虑的商业活动,这似乎对你们在经济方面的修养——如果允许我这样说的话——绝对富有裨益。然而,我们只可惜受制于一些戏剧性的法则。在舞台上产生作用的只是观众直接理解的东西。但是,一个真的精心设计的商业活动现在是根本无法表现的。不然的话,不仅是你们作为观众恐怕会发现背后的秘密,而且客户也会恍然大悟,这样一来,这个商业活动随之就会一败涂地。因此,我们迫不得已,必须举一个例子来让人满足,听到这个例子,你们虽然能够亦步亦趋,但客户则会上当受骗。不言而喻,这些并非是我们采用这种方式进行的最重要的商业活动。好吧。这就是我要说的一切。请你们原谅这种私密的语气,原谅表演情节小小的中断,不过你们现在胸中有数,愿意重新振作起来。

〔施伦穆普从右边走上前舞台。

伯克曼　施伦穆普先生。

〔施伦穆普慢慢腾腾地坐在艾格里身旁的吧台上。

施伦穆普　威士忌。

纪尧姆　请用。端上来。

〔施伦穆普也开始读报纸。

伯克曼　恩斯特·施伦穆普,贝尔岑多夫机器制造厂厂长,我们忠诚的老客户之一,正在关注着我们这个举世闻名的地方小报的早版。好吧。我们现在可以开始我们小小的展示了。

〔中间幕布打开。背景上有三个窗口,加着护栏,标牌上从左到右写着:现金、存折、项目;后面(从左向右)施马尔茨、卡佩勒、哈贝林。

〔伯克曼走到三个窗口旁。

伯克曼　女士们,先生们,我此刻站在我们的营业大厅,那些岁月、那些成就、那些命运并没有无影无踪地从这里消去。这大厅已经长出了荣誉的绿锈,而我可以告别了。(从左边下去)

施马尔茨　已经十点了,始终还不见一个鬼人。

卡佩勒　谁还愿意把钱存在我们这里呢。

哈贝林　匿名客户也不见踪影了。

施马尔茨　自从跨国公司有了它们自己的银行以来。

卡佩勒　甚至连那个守信用的黑社会的信任我们都失去了。

哈贝林　可以想象,在我年轻的时候,阿尔·卡彭也把他的钱存在我们这里了。

施马尔茨　还有巴提斯塔。

〔施伦穆普在吧台旁看着手表,合上报纸。

卡佩拉　大家都应该把钱存在瑞士。

哈贝林　存在列支敦士登。

〔施伦穆普走向银行。

施马尔茨　来了一个顾客。

卡佩勒　贝尔岑多夫机器制造厂厂主。

哈贝林　武器工厂厂主。

施马尔茨　只想提钱。

〔施伦穆普走向哈贝林。

哈贝林　早晨好,施伦穆普先生。

施伦穆普　喂,哈贝林,您说什么:奥普林格不知所措。

哈贝林　好能干啊,施伦穆普先生。

施伦穆普　高高兴兴地付款吧。

477

哈贝林　您的嗓音好洪亮啊,施伦穆普先生。

施伦穆普　霍斯勒上涨了。

哈贝林　太棒了,施伦穆普先生。

施伦穆普　五千块。

哈贝林　存入?

施伦穆普　提取。

卡佩勒　提取。

施马尔茨　提取。

〔施马尔茨打电话。施伦穆普签字。

哈贝林　千元面值行吗,施伦穆普先生?

施伦穆普　要百元面值。

〔纪尧姆在咖啡馆里拿起电话。

施马尔茨　富丽达·菲尔斯特。

纪尧姆　老样子,富丽达小姐,您该走了。

〔富丽达·菲尔斯特又喝了一口甘菊茶,收起针织工具。

施伦穆普　是这样,哈贝林,我要把数百万投入到我的攻击性曲射炮"赞美神"上,它是由计算机控制的,会让任何敌人的坦克在五公里外见鬼去,而我们的议会更喜欢什么呢?北约的曲射炮"小白鲸"。晚安,本土造。为什么不用呢?因为我们靠近左翼了,哈贝林,靠近左翼了。

哈贝林　可是,施伦穆普先生,这样一来,我们恐怕几乎就用不着北约的曲射炮——

施伦穆普　劣等的北约曲射炮。

〔目送着经过他身旁走向"现金"窗口的富丽达·菲尔斯特。

施伦穆普　再来两千块。

哈贝林　提取。

卡佩勒　提取。

施马尔茨　提取。

〔用手向富丽达·菲尔斯特表明,施伦穆普总共提取了七千元。

〔施伦穆普签字。

施伦穆普　劣等的北约曲射炮。

施马尔茨　多娜·伊内兹?

富丽达　从塞菲拉寄来的支票到了吗?

施伦穆普　因此,我们靠近左翼了。

施马尔茨　从塞菲拉寄来的支票?

卡佩勒　从塞菲拉寄来的支票?

哈贝林　很抱歉。

卡佩勒　很抱歉。

施马尔茨　我们感到很抱歉,多娜·伊内兹。

富丽达　我是罗德里格斯将军唯一的女儿。

施马尔茨　我们都知道,多娜·伊内兹。

富丽达　我在这城里连一个人都不认识。

施马尔茨　我们有义务按照普遍的银行规定办事。

富丽达　您办事要人性化。我的父亲很有人情味。他跟左派斗争。

施马尔茨　很抱歉,多娜·伊内兹。法律规定不允许右翼的人性。

富丽达　您兑换掉我最后的比塞塔。(递过去一把纸币)

施马尔茨　兑换。

卡佩勒　兑换。

哈贝林　兑换。

施伦穆普　天哪!再来两千块。

哈贝林　提取。

卡佩勒　提取。

施马尔茨　提取。

施马尔茨　这是你最后的比塞塔换得的钱,多娜·伊内兹。

〔他把钱递出来。示意施伦穆普提取了九千元。

〔施伦穆普签字,把钱装起来,向富丽达作自我介绍。

施伦穆普　我叫施伦穆普,恩斯特·施伦穆普,曲射炮大王施伦穆普。我在贝尔岑多夫拥有一家机器制造厂。一个武器制造厂。

富丽达　您需要帮助吗?

施伦穆普　某些不言而喻的东西。帮帮忙。

富丽达　帮帮忙?

施伦穆普　赞美神。

富丽达　您说什么呢?

施伦穆普　我的攻击性曲射炮的名字,是由计算机控制的,多娜·伊内兹。

富丽达　原来是这样。

施伦穆普　我在某种程度上也是这样一个攻击性曲射炮,多娜·伊内兹,一个助人为乐的攻击性曲射炮。作为将军的女儿,您对我们这个弹丸之国产生了一个根本错误的图像。请允许我纠正一下这个图像,或多或少还原好的一面。作为爱国者。作为重工业的代表。它的威力,我们散步去对面的小酒吧,考虑一下我们怎样让您重新来评价。(向那些工作人员打着招呼)先生们,比塞塔和我们可爱的西方不会立刻下沉到无底洞里,为了这个目的,曲射炮大王施伦穆普始终还在这儿。

哈贝林　太好了,施伦穆普先生。

卡佩勒　坚如磐石,施伦穆普先生。

施马尔茨　家乡会感谢您的,施伦穆普先生。

〔中间幕布合上。

〔艾格里收起报纸,坐到酒吧右边朝外的地方。

艾格里　老样子,纪尧姆。

纪尧姆(端上来)　您的苦艾酒,艾格里先生。

〔在酒吧里,施伦穆普和富丽达·菲尔斯特坐在艾格里旁边。

施伦穆普　服务员,来一瓶凯歌香槟。

富丽达　可是,施伦穆普先生——

施伦穆普　别叫什么"先生"。我压根儿就不愿意听到人家这样叫我。您干脆就叫可爱的施伦穆普,多娜·伊内兹,像我的所有朋友一样。上酒。

纪尧姆　请用,先生。(斟上香槟酒)

施伦穆普　走开。

纪尧姆　遵命,先生。(溜走了)

施伦穆普　孤独吗?

富丽达　孤独。

施伦穆普　同样孤独。尽管有重工业。(无意间撞上了艾格里的肩膀)对不起。

艾格里　没关系,先生。

施伦穆普　祝您健康,多娜·伊内兹。

富丽达　祝您健康,施伦穆普先生。

施伦穆普　孩子,我们现在要真诚和确切地分析一下情况。之前在银行里,那张支票的事是赤裸裸的骗局。对吗?

富丽达　施伦穆普先生——

施伦穆普　可爱的施伦穆普,见鬼去吧。

富丽达　可爱的施伦穆普,我——

施伦穆普　好了,说吧。在我面前,你不必不好意思。你正好身无分文了,打算敲银行的竹杠。

富丽达　是的,可爱的施伦穆普。

施伦穆普　你瞧瞧。(他狞笑着无意间又撞上艾格里的肩膀)对不起。

艾格里　没什么,先生。

施伦穆普(又转向富丽达·菲尔斯特)　我的天使,世界上再也没有一个银行会上这种老掉牙的骗人鬼把戏的当,更何况一个我把钱托付给它的银行呢——而你彻头彻尾就不叫多娜,可爱的曲射炮大王施伦穆普是不会轻而易举地被女人欺骗的。比如说你勇敢的爸爸先生,也就是罗德里格老将军的故事,照我看来,你在一个小城里给人家说说还可以,但这里可不是说的地方呀,孩子,别当着都市人的面这样说了,即便我们已经靠近左翼到了这样的地步,过不了多久,就会只剩下我的攻击性曲射炮能够成功地对付这红色的洪流了。好了,你有什么美妙的东西要向我忏悔呢,我的妙龄女郎?

富丽达　我父亲是一个在桑坦德开出租车的。

施伦穆普　你尊敬的妈妈夫人呢?

富丽达　住在这儿的屠夫巷子里。

施伦穆普　后来流落到一家西班牙妓院里?可爱的施伦穆普说得不对吗?

富丽达　我感到无地自容啊。

施伦穆普　你不用感到无地自容。可爱的赞美神大王施伦穆普懂得生活,可爱的施伦穆普对任何人性的东西都不陌生。可话说回来,孩子,别一下子就眼泪汪汪的。我的确理解你,你所做的一切,毕竟只是出于赤裸裸的孤独而已。

富丽达　您对我这样好,可爱的施伦穆普。

施伦穆普　好啦,别这样!我们现在可不要一下子就言过其实。我不过是人道而已。谁不骗人呢。在这一点上,可爱的施伦穆普是绝对诚实的。只要我一想到我有时候是怎样经营我的生意的,天哪,那都是些几乎具有世界政治意义的骗局啊。(又一次无意间撞上了艾格里的肩膀)对不起。

艾格里　没关系,先生。

施伦穆普(敲击着吧台)　关键在于心肠好坏,天晓得,在于心肠好坏,而不是法律。

富丽达　是的,可爱的施伦穆普。

施伦穆普　我们要看看,怎样让你能够渡过一段难关。

富丽达　是的,可爱的施伦穆普。

施伦穆普　你孤独,我也孤独。

富丽达　是的,可爱的施伦穆普。

施伦穆普　那怎么办呢？

富丽达　您说怎么办——

〔她在酒吧椅子上挺直身子，艾格里偷偷地抚摸着她的左手。

富丽达　九千元！

施伦穆普　一言为定。

富丽达　太好了。

施伦穆普　服务员，买单！（把一张百元纸币放到酒吧桌上）

〔保利·诺伊科姆从左外面冲到前舞台上，愣住了。

施伦穆普　你说吧，我们俩该去哪儿呢，我的小宝贝？

富丽达　去小旅馆，我的大胖哥。

〔她和施伦穆普一起在前舞台上从保利身边走过，从左边下去，从左边桌上拿走她装着针织工具的兜子。

保　利（目送着富丽达和施伦穆普）　这是我们的富丽达呀。

艾格里　"我们的富丽达""我们的富丽达"，可不能这样说，保利·诺伊科姆。你要说"富丽达·菲尔斯特小姐"。

保　利　富丽达·菲尔斯特小姐。

艾格里　老样子，纪尧姆。

纪尧姆（端上来）　您的药水，艾格里先生。

艾格里　这就是人事主任的清晨

　　　　天天都像今天一样

　　　　你们现在都看见了，你们这些善良的人

　　　　我扛着这个银行

　　　　就像海格力斯扛着世界

　　　　穿越人的缺陷

　　　　杯子里的苦艾酒，嘴唇湿乎乎的

　　　　来自那个腰缠万贯的臭老太婆

　　　　把这个未婚妻像动物一样卖掉

　　　　身上还弥漫着一个客户的热气

483

　　　　我因操劳而被折磨得
　　　　病魔缠身
　　　　又折磨别人，简而言之，我觉得
　　　　我会丧生于这些糟糕透顶的忧虑中
　　　　这就是人事主任的清晨。
　　　　〔他站起来。〕
艾格里　　保利·诺伊科姆，我们去找行长夫人吧。

第七场　有风格的骗子凤毛麟角

中间幕布敞开着。行长办公室。背景上有四幅祖先画像，从地板直延伸到天花板。这些祖先像黑魆魆的巨人一样站在那里：
弗兰克一世到弗兰克四世。左边摆着一张办公桌，中间是长沙发，右边有一把靠背椅。奥蒂利坐在办公桌前。

奥蒂利　时代曾经尽善尽美
　　　　盗贼和投机商比比皆是
　　　　有鲁格尔,有沙皇
　　　　凡是邪恶的,都是强大的。
　　　　但是如今都化作泥土
　　　　他们曾经是
　　　　风度翩翩的骗子
　　　　可风度翩翩的骗子凤毛麟角。

　　　　无论我做什么,都是不对的
　　　　邪恶的东西使自己变得无比沉重
　　　　一伙忠诚的骗子年复一年
　　　　变少了。
　　　　啊呵,同行
　　　　就是共同上吊
　　　　风度翩翩的骗子
　　　　可风度翩翩的骗子则凤毛麟角。

　　　　无论我怎样张望,无论我怎样寻找
　　　　我都完全找不到他们,未来的新生力量
　　　　这是一个魔咒
　　　　三个月找到一个半吊子骗子
　　　　这就是结果
　　　　一个地地道道的坟墓
　　　　因为风度翩翩的骗子
　　　　风度翩翩的骗子凤毛麟角。
　　　〔艾格里和保利从右边上来。

奥蒂利　理查德·艾格里,保利·诺伊科姆,这一天比预想来得更猛烈。善良的哈贝林在营业大厅里是不可或缺的。我自己已经精疲力竭了,昨天的洛德·莱切斯特比预期的更难缠。卡佩勒要对付来自哥本哈根的尼尔斯·马根,施马尔茨立刻要面对柏兴根的三个修女。好啦,别提了。我们现在期待着宾馆女店主阿婆罗尼亚·施图里的到来。一个女算命师给这个能干的女士从星象上算了一卦,她会在"克兹·纪尧姆"咖啡馆前和一个来自巴西的同胞求得自己的幸福,这人名叫胡戈·封·阿尔贝萨罗。我买通了这个女算命师,这个同胞就是忠诚的理查德。

艾格里　(理所当然,行长夫人。记录着)　胡戈·封·阿尔贝萨罗。买烟吧。

奥蒂利　一桩成功的交易立足于集体行动。而你,保利·诺伊科姆,要拿出你在公关工作中第一个独当一面的成就来。(翻阅着文件)自欺欺人毫无意义,保利·诺伊科姆。你的情况更加令人怀疑。在财务方面,你是一个不中用的人,在伪造证件方面,你屡屡败下阵来。但是,我们考虑到你的思维能力,从而大大地缩小了这些困难——我们不是不仁不义的人。你要和一个手表厂厂主谈判。一件轻而易举的事。请记录:

　　　〔保利在一个小小的记事本里记录着。

奥蒂利　这个善良的人叫皮亚盖特,昨天晚上来到"幻想酒吧",我们的施马尔茨靠着三杯威士忌加苏打水就把他搞定。据说,在东阿尔卑斯山大哈克斯尔这个地方找到了铀矿。而今天一早,皮亚盖特在宾馆大厅里偶然碰到谁了?碰上我们的朋友特奥·卡佩勒了。他当着那个家伙的面谎称,在"克兹·纪尧姆"咖啡馆里,有一个名叫奥斯卡·施图基的常客晃来晃去,他要出售一座矿山的股票。你想过这座美妙的矿山位于哪儿吗,我的儿子?也位于大哈克斯尔。你知道这个常客奥斯卡·施图基是谁吗?

保　利　一无所知。

奥蒂利　你呀,保利·诺伊科姆,你这里有一百支股票,把它们兜售给皮亚盖特吧,要使出浑身的解数,小伙子,要不惜一切,竭尽全能。(把股票包递给他)

保　利　我保证尽心尽力,行长夫人。

奥蒂利　每支股票价值五百块。只要他一买,我们就会获得非凡的利润。那座矿山实际上只是些毫无价值的硫磺碎石,什么用都没有。可他会买的。哪里有利润诱惑,人的行为方式就可以预先确定。你们下去到临江大道。那个手表厂厂主三点钟会来喂海鸥,他是个动物爱好者,阿波罗尼亚·施特罗里也会出现,为她的星象所驱使。忠实的理查德,私人银行祝你们走运。

　　〔中间幕布合上。

第八场　硫磺碎石和阿尔卑斯山红光

前舞台。艾格里在桌子左边,保利在酒吧右边。皮亚盖特从左边过来,在灯光照耀的舞台前方中央喂着海鸥。

保　利　纪尧姆,来一盘格劳宾登肉。
艾格里　太好了。
　　　　〔纪尧姆递给保利一盘肉。保利拿着肉走到舞台中央的灯光下,开始拿肉喂海鸥。
皮亚盖特(惊讶地观望着)　您在这儿干什么呢?
保　利　我在给海鸥喂食。
皮亚盖特　喂的是格劳宾登肉?
保　利　只有拿上好的东西喂才过瘾。
皮亚盖特　一个昂贵的玩笑。
保　利　动物爱好者。动物都是上帝的造物,分享着我的快乐。出售一座矿山。
皮亚盖特(急切地)　是大哈克斯尔那座矿山吗?
保　利　没错。(装模作样,仿佛愣住了)天哪,您怎么会想到这个呢?
皮亚盖特(假惺惺地)　只是这样想想而已。正好觉察到了。
保　利　这座矿山是一个灾难,先生。我试图从硫磺碎石里淘出金子来,劳而无功,进山的路实在太糟糕了,根本不值得这样,我带着我的股票包坐在这里。可是昨天?一个奇迹:我的银行打来电话。它要买。
皮亚盖特　一家社会银行。

保　利　我觉得就像在神话里似的。

皮亚盖特　它出多少钱？

保　利　每股二百块。

皮亚盖特　服务员,也来一盘格劳宾登肉。

纪尧姆　马上就来。(给皮亚盖特递去一盘格劳宾登肉)

〔皮亚盖特现在也给海鸥喂食。

皮亚盖特　皮亚盖特。

保　利　奥斯卡·施图基。

皮亚盖特　您有多少股股票？

保　利　一百股。

皮亚盖特　银行出两万块？

保　利　正好。

皮亚盖特　那我出两万一千块怎样？

〔保利装着惊讶的样子,停止给海鸥喂食。

保　利　两万一千块？

皮亚盖特　我同样也是个社会人。

保　利　这里有某些东西不对劲啊,皮亚盖特先生。这件事我突然觉得极其令人怀疑。

皮亚盖特　两万二千块行吗？(从兜里掏出纸币)

保　利　您可别生我气,皮亚盖特先生,可话说回来,我事先一定要弄清情况。

皮亚盖特　拿到您手里的是两万三千块。(把纸币给保利放到盘子里)

保　利　两万三千块？把(股票包递给皮亚盖特)大哈克斯尔的硫磺碎石属于您了,皮亚盖特先生。

皮亚盖特　奥斯卡·施图基先生,我还会和您联系的。(给自己的盘子里放了一张纸币,并且把盘子递给纪尧姆)服务员,买单,我全包了！(从右边下去)

〔保利拿着那些纸币,满怀胜利的喜悦,向艾格里挥手示

489

意。这家伙愤怒地跳起来。但就在这时,阿波罗尼亚·施
特罗里充满期待地走过来。艾格里灵机一动,坐在桌子
左边。

施特罗里夫人　可以坐吗?

艾格里　请吧,夫人。

〔她神秘兮兮地观察着艾格里,然后才迟疑地坐到他跟前。

施特罗里夫人　服务员,来杯浓咖啡。

艾格里　来杯香槟酒,要最好的。

〔纪尧姆端上来。

〔保利拿来一把酒吧椅子坐到中间,渴望能够从师傅的骗
术里长长见识。

施特罗里夫人　想必您有什么喜事要庆祝?

艾格里　人们时而会这样日进斗金,满载而归呀。(点上一支烟)

施特罗里夫人　做进口生意?

艾格里　来自我的新家乡。

施特罗里夫人(高兴地)　来自巴西?

艾格里　来自里约热内卢。

施特罗里夫人　我来自施泰费根。我叫阿波罗尼亚·施特罗里。

艾格里　胡戈·封·阿尔贝茨罗。

施特罗里夫人(神秘兮兮地)　我是狮子座。

艾格里　我也是。我希望这星座也会给您带来好运,像我一样,
夫人。

施特罗里夫人　啊呵,阿尔贝茨罗先生。

艾格里　有什么烦心事?

施特罗里夫人　我拥有"阿尔卑斯山红光"宾馆。说来您不会相信
的,但是施泰费根曾经非常有名,竟是些勋爵之类人,可是我
的青春艺术风格神庙已经关门两年了。

艾格里　亲爱的施特罗里夫人,现在只能希望,有一天福光会彻底照
进您的宫殿里。

施特罗里夫人　我天天都在为之祈祷,阿尔贝茨罗先生。

〔保利应艾格里可怕的一瞥挪到桌子左边。

艾格里　如果我可以给您一个建议的话,尊敬的夫人,完全不受约束,您以四百万价格给您的宾馆上份保险。我认识一家小保险公司——公司名叫"厄瑞涅"——,您可以跟它签署一份保险合同。

施特罗里夫人(愕然地)　为什么呢?

艾格里　火灾保险非常便宜,四百万每年交四千块保费。请吧。(数了四千块纸币放到桌上)

施特罗里夫人　四千块。而您就这样轻而易举地把这些钱——送出去?

艾格里　您为我的香槟酒而感到惊讶。您瞧瞧,我有一个见多识广的熟人,他的处境跟您不相上下,在阿尔高拥有一家分文不值的工厂。他在"厄瑞涅"保险公司让人给自己的厂子上了一份保价为两百万的保险,工厂失火化为灰烬后,保险公司不得不全额赔付,我也获得了一笔佣金。后来,这个熟人给自己修了一座别墅。

施特罗里夫人　您为之获得了一笔佣金?

艾格里　我毕竟在里约热内卢大学爆炸材料系当了二十年化学教授,阿波罗尼亚·施特罗里夫人。

施特罗里夫人　服务员,也来杯香槟酒。

纪尧姆　马上来。(端来一杯香槟酒)

施特罗里夫人　胡戈?

艾格里　阿波罗尼亚?

施特罗里夫人　具体说吧:对我的宾馆来说,这样做也会成功吗?

艾格里　我是科学家。

〔他们喝着酒。

施特罗里夫人　教授,收起您的钱吧,为"厄瑞涅"保险公司应付的四千块钱,我自己掏。

艾格里　您不会为之后悔的。一个星期后,我们在这咖啡馆见面,您只要把宾馆的钥匙交给我,您的青春艺术风格宾馆很快就会化为灰烬,您立刻就会变成一个富婆,也会住上别墅。

施特罗里夫人　我不需要别墅,我要旅行,去拜访我的一个个勋爵。服务员,买单,我全包了。(付钱)

〔他们站起来。

艾格里　一个星期后再见,阿波罗尼亚。

施特罗里夫人　一个星期后再见,胡戈。(向右走去,又一次转过身来,挥手示意)星座不会骗人的。(向右下去)

艾格里(友好地)　怎么样,保利,我们比较一下我们的交易吧。

〔保利坐到他跟前。

保　利　我的交易无与伦比的成功,艾格里先生,二万三千块。

艾格里(十分友好地)　二万三千块。

保　利　两万三千块——,难道有什么不对吗?

艾格里(平静地)　保利,每一股你应卖多少?

艾格里　两百块。

艾格里　你记录的是多少?

〔保利在小记事本里翻看着。

保　利(吓了一跳)　五百块。

艾格里(十分平静地)　保利——我整个期间一直在克制自己,简直克制到快怒火万丈了。

保　利　艾格利先生——

艾格里(超乎寻常地平静)　一句话都别再说了。我所经历的,是非人性的,它超出了我的能力。我会自杀的,如果我不自我克制的话,我会自杀的。想再弄来两万七千块,我们毫无指望了。你的任务可是要卖五万块呀。

保　利　艾格里先生!而您和施特罗里夫人达成了什么交易呢?您所做的一切,毕竟也毫无意义啊,银行从中什么都挣不到。

艾格里　原来是这样。什么都挣不到。保利:你正好旁听了我们这些天最完美的一笔交易,居然无所觉察。(跳起来,用拳头敲打着桌子,大声喊道)居然无所觉察!(又坐下,上气不接下气)保利:保险公司"厄瑞涅"属于我们银行,那个破产的宾馆女老板在联合银行里有一个账户,存款九十多万。您终于恍然大悟了吧?我将会烧毁她的宾馆,但是保险公司"厄瑞涅"将会识破这个骗局,而我们就会控制这个来自施泰费根的卑鄙女人。(喝干香槟酒)一句话也别说了,诺伊科姆,我们不再讨论这事了,我的心律已经完全乱套了。你失败了,保利,败得一塌糊涂。你现在至少可以下到地下室里。

保　利 (恐慌地) 去哪个地下室,艾格里先生?

艾格里 去我们银行的地下室。

保　利 要我在地下室里干什么,艾格里先生?

艾格里 我今天晚上把哈贝林送给你。这家伙如痴如醉地给我谈论了太多监狱的事。

〔沉默。

保　利 要我把他干掉?

艾格里 你要把他干掉。

〔沉默。

保　利 您毕竟不能要求我这样做,艾格里先生——

艾格里 难道你以为你的朋友海尼是个例外吗?我们就是这样对待所有人的,我们中的每个人当年都像你一样坐在这小酒吧里,早上还几乎一身清白,中午就已经成了骗子,而到半夜就得用餐巾纸擦去手上的血迹。(擦去汗水)两万七千块,一下子打水漂了。(无法安慰)而在这个过程中,我甚至连激动一下都不可能。(大声叫着跳起来)天哪!我必须去见这个百万富婆。

纪尧姆 老样子,艾格里先生。

〔艾格里摇摇晃晃地从右边走出去。

保　利 噢,太阳,停住脚步吧,别落下去
　　　　把我烧成灰烬,蒸发你的光明

　　　　我曾是一个小青年,几乎白纸一张,可是现在
　　　　我被人当作冷酷的骗子所利用。
　　　　随之又成为凶手。可怕的行为
　　　　长成无比巨大的东西,如饥似渴地出卖自己。
　　　　我怎样还能抵抗呢?
　　　　上帝啊,结束这深深的耻辱吧
　　　　我恳求你。
　　　　〔弗兰克五世,装扮成神父,从左边走上来。
保　利　那好吧。我认命。从右边下去。
　　　　〔纪尧姆搬走左边的桌子和两把椅子。
　　　　〔右边的酒吧桌子被推出去。
　　　　〔弗兰克五世走到中间幕布前。

第九场　他们的肉和血

中间幕布拉开。
行长办公室像先前一样。
弗兰克五世晃来晃去。

弗兰克五世　弗兰克一世,祖先,苍白地
走出贫穷而无名的帝国
瞧瞧使我变得多么丑陋,令人痛苦的苍老和软弱
身为你的后裔,却跟你没有一丝一毫的相似。

你依靠奴隶交易聚敛财富
你的船队漂洋过海
你的人生鲜血淋淋
你的妓女犹如雪白。
你榨得客户伤痕累累
你的幸福绝不变化
啊呵,时代已经逝去
噢,一去不复返了。

弗兰克二世,当你最好的朋友得病时
你却把他的银行抢劫一空
你可曾料到
我因为负债累累而陷入贫穷吗?

　　　　　　连教皇也被你买通
　　　　　　贵族登门造访
　　　　　　或者为你生儿育女
　　　　　　战争服务于你的贪婪
　　　　　　踩着尸骨行若无事
　　　　　　民众为你的幸福送命
　　　　　　你的时代离我而去
　　　　　　哦,一去不复返了。
　　　　〔奥蒂利拿着几本书从右边出现。
奥蒂利　戈特弗里德!多么不小心啊,人家在营业大厅里都听得到你的声音。如果那个女清洁工发现你的话,那我们可就完蛋了!
弗兰克五世　闷在阁楼里,我实在忍受不下去了!
　　　　〔奥蒂利把书放到办公桌上。
奥蒂利　弗兰克!当你的寡妇,真不好玩。
弗兰克五世　埋葬了我,把最后一星沉思从我的存在中驱赶走了。
奥蒂利　可保险公司付了三十万啊。
弗兰克五世　奥蒂利,我必须装扮成神父偷偷摸摸地走来走去,免得有人认出我!弗兰克家族私人银行的状况从来还没有如此糟糕过,而且是在我当行长时期!我失败了,彻头彻尾地失败了!
奥蒂利　胡说八道。
弗兰克五世　我不是银行行长,我只可惜是一个地地道道的善人。
　　　　〔他一边抱怨,一边漫步走过大厅。
弗兰克五世　弗兰克三世,独一无二的天才
　　　　　　香港银行联合会的创始人
　　　　　　当中国老板像石头一样坚硬
　　　　　　作为英雄载入史册。

　　　　　　毒品是你的看家之本
　　　　　　你邪恶的托拉斯遍布世界

依靠欲望的代价
　　攫取了亿万利润。
　　自己还屈膝跪拜
　　吟诵你的幸福
　　啊呵,这个时代一定会接着消失
　　噢,一去不复返了。

奥蒂利　别激动了。过来吧。读读你的歌德,或者重新开始你的默里克研究。

弗兰克五世(拿起两本书)　歌德!默里克!要专注于完美的精神世界,我现在实在无能为力。我一看见我的祖先,就觉得无地自容,恨不得钻进地缝里。(继续转来转去)文学对他们来说无所谓,乐善好施这个词他们从来就没有听说过,一个教堂的内部他们从来就没有观看过,但他们却充满生命力。而我呢?他们开办赌场,我是教会救助协会主席;他们凭空弄出妓院,我举办诗人晚会!(把这两本书狠狠地扔到地上)而首先是他们的准则!他们通过阴谋诡计毁掉大陆,但他们的雇员都是安分守己的人,无一例外。可我这儿呢?个个都坑蒙拐骗,甚至连那个女清洁工都偷窃,因为害怕,我什么都不敢对她说,她恐怕会知道什么事。啊呵,我为什么不能像我的父辈们一样成为一个健康强大的商人呢!

　　你瞧瞧,弗兰克四世,现在垮掉了
　　看看你的儿子肠子都彻底悔青
　　人性如此严重地伤害了他
　　如今泪流满面擦不干。

　　十一月推翻了杜邦
　　在艾森取得政权
　　十二月非法买卖石油
　　而一月已经竖起矿井。

凡是你干的事,都干得轰轰烈烈
谁要是跟你作对,便会粉身碎骨
啊呵,你的时代也走向了灭亡
噢,一去不复返了。
〔有人敲右边的门。

弗兰克五世　那个女清洁工。
奥蒂利　要是艾米看见你,一切就完了!
弗兰克五世　就地弄死她。
奥蒂利　弄死!总是要我来弄死。你也干一回呀。
弗兰克五世　我下不了手,奥蒂利,我真的下不了手。
奥蒂利　再说还是个女清洁工,如今这样的清洁工少之又少了。
弗拉克五世　一定要弄死她。
奥蒂利　去旁边屋子吧。
弗兰克五世　这样也毫无用处,她已经听到我的声音了。掐死她,这个可怜巴巴的艾米。
〔又敲门。弗兰克藏到一幅祖先画像后。奥蒂利从肩膀上拿下自己的丝巾,坐到桌前,准备掐死来者。敲门声第三次响起来。
奥蒂利　进来吧。
〔伯克曼从右边走进来。
伯克曼　夫人。
奥蒂利(如释重负)　伯克曼!
〔弗兰克从祖先画像后走出来。
弗兰克五世　我的代理!我最好的朋友!谢天谢地,艾米得救了。
〔他坐到奥蒂利跟前。
奥蒂利　出什么事啦,伯克曼,为什么这么晚还来敲门?
伯克曼　我快没命了。
弗兰克五世　怎么会呢,老朋友,怎么会呢!
伯克曼　我今天去看顾问医生,他毫不客气地给我说出了实情。

〔沉默。

伯克曼　我没有告诉你们什么新鲜事,不是吗?
奥蒂利　伯克曼——
　　　　〔她发怒。
伯克曼　大家始终都说,我的胃病无大碍,对着老天发誓,而一下子就太晚了。
弗兰克五世　施罗贝格大夫是一个正直的人。
伯克曼　那当然了,我们的每次谋杀不都是通过他的鉴定掩饰过去了吗。
弗兰克五世　每个大夫都会出错的。
伯克曼　可他的错不是出在自己身上,而是出在我的身上,所有这些年来都是如此。你们对此一清二楚。
弗兰克五世　你可别声称——
　　　　〔他发怒。
伯克曼(断然地)　的确如此。
　　　　〔沉默。弗兰克威严地注视着他的夫人。
弗兰克五世　如果无论如何非得这样的话。你说说,奥蒂利。
奥蒂利　怎么总是我呀。
弗兰克五世　我难以张口啊,伯克曼是我的朋友,我唯一的朋友。
奥蒂利(寻思着怎么说)　伯克曼——施罗贝格大夫——你看看,施罗贝格大夫两年前已经给我们——
伯克曼　两年前?
奥蒂利　施罗贝格大夫迫切建议做手术,可是我们担心——
伯克曼　你们担心什么呢?
奥蒂利　伯克曼,我们担心你在麻醉时会口吐真言——施罗贝格大夫自己不做手术,我们本来必须把你送去一家医院,而我们恰恰不敢这样做。
　　　　〔沉默。
伯克曼　因为害怕,你们就让我去死。

弗兰克五世　伯克曼,我——

伯克曼　因为害怕。我们所干的一切,都是因为害怕而干的。害怕被人发现,害怕坐牢,而我突然要面对死亡,现在恐惧一下子攫取我了。

弗兰克五世　伯克曼,歌德在他的座右铭里说——

伯克曼　别让你的歌德来烦我了!

奥蒂利　伯克曼,我不想为戈特弗里德和我辩解。你是我们最好的朋友,而我们出卖了你。没错。但是这不只是因为害怕而发生的。你知道了自己得病的实情,伯克曼,那你现在也应该知道我们的实情:我们有孩子。

伯克曼(凝视着这两个人)　孩子?

奥蒂利　两个。

弗兰克五世　赫伯特二十岁,在牛津上学。

奥蒂利　学习国民经济学。

弗兰克五世　弗兰齐斯卡十九岁,将会在蒙特勒接受教育。

奥蒂利　在一所寄宿学校。

伯克曼　他们知道我们的商业手段吗?

弗兰克五世　他们对我们银行的情况一无所知。

奥蒂利　我们在博登湖畔有一座别墅,时而会在周末和假期和他们团聚。

弗兰克五世　我们在那里用的是汉森这个名字。

伯克曼　汉森。

弗兰克五世　在这个名下,我们也在西班牙买了一栋别墅。位于海边。

伯克曼　你们的孩子认为你们是诚实的人吗?

奥蒂利　他们相信我们。

弗兰克五世　他们为我们感到自豪。

奥蒂利　他们爱我们。

弗兰克五世　我们的家庭生活很幸福。

伯克曼　幸福的家庭生活。你们为了能够使自己过上这种幸福的生活,却不惜让我去送命。

奥蒂利　伯克曼!我像你一样被邪恶的交易弄得精疲力竭,一个老妇,她多年来依靠吗啡过着令人作呕的日子,苟延残喘。我不可挽救了,我该死,上帝愿意怎样处置我就处置吧,但是我的孩子们一定不能像我这样活着,他们应该成为安分守己的人,令上帝满意,让众人欢心。

弗兰克五世　我们所做的一切,都是为了我们的孩子们。

〔沉默。

伯克曼　你们有孩子。对我来说,孩子意味着最崇高的东西,最干净的东西,最纯洁的东西。我始终渴望有孩子,不是有自己的孩子——作为代理,我对自己的遗传基因持有怀疑——,但是渴望有一个儿童之家或者类似的东西。我始终打算建立一个儿童之家。然而,现在一切都为时太晚了。

弗兰克五世　一声叫喊!那的确是一声叫喊。

奥蒂利　保利·诺伊科姆和年老的哈贝林在地下室里。

弗兰克五世　可怜的卢卡斯·哈贝林,善良的卢卡斯·哈贝林——

伯克曼　你们多保重。你们明天又会看到我。在财务处。在我的岗位上。(从右边下去)

弗兰克五世　有一个人告诉我说,商业世界从来就不存在高尚。

(拿起一本书开始读起来)

奥蒂利　伯克曼留下了两百万,这些钱将会归我们所有。

弗兰克五世(把书放到办公桌上)　奥蒂利!伯克曼是我最好的朋友。

奥蒂利　你不想要他的钱?

弗兰克五世　不是为我们,而是为我们的孩子。

〔弗兰克又拿起书看。

奥蒂利　你瞧,这还有什么区别吗?

弗兰克五世　奥蒂利!你一而再再而三地在精神上把我置于一种尴

尬的境地。

〔保利从右后方拖过来一口棺材,然后又拖着棺材从右前方消失了。

〔在行长办公室里,奥蒂利靠着弗兰克坐在长沙发上,抓着他的手。

奥蒂利　我们身临其境的状况怎样呢
噢,我对此了如指掌,始终令人尴尬
无论我们采用什么手段
事情始终进行得就像之前一样
你在交易中简直越陷越深。

不管我做什么,都必须如此顺理成章
即使不仁又不义
可孩子们应该过得更好
他们应该过得更好
因为他们是我的骨肉。

我在这尘世所干的邪恶之事
无非是因为要生儿育女
孩子们将要过得幸福
这一次的确会美梦成真
变成从未有过的现实

凡是我所干的,将会被遗忘
即使不仁又不义
可孩子们应该过得更好
他们应该过得更好
因为他们是我的骨肉。

第十场　小哥哥和小妹妹

空荡荡的前舞台。
赫伯特从左边把一口棺材拖到中间,用一根铁棍撬开棺材。

赫伯特　不是爸爸。
　　〔弗兰齐斯卡拖着第二口棺材走进来,赫伯特同样撬开它。
赫伯特　也不是爸爸。
弗兰齐斯卡　我立刻就意识到,埋葬是一个疑团。
赫伯特　幸亏我们发现了父亲的日记。
弗兰齐斯卡　独树一帜,别出心裁:他要向我们隐瞒他的银行,但他却非要记日记不可。
赫伯特　到了非接手银行不可的时候了!
弗兰齐斯卡　到了非得把那些老家伙轰出去的时候了。
　　〔在棺材之间翩翩起舞。
赫伯特　我在牛津接受了教育
　　在那里学会了什么叫生活:
　　那一个个理想是骗人的
　　法律不过名存实亡。
　　圈舍里毕竟需要秩序
　　猪猡们要寻找自己的天地
　　弱者永远只有沦落
　　能者始终高高在上
　　坚定地信守我的座右铭:
　　借着美好的东风,扬起邪恶的风帆。

　　　　　　伴随着这个认识一往无前
　　　　　　我亲爱的妹妹,快快行动起来
　　　　　　未来从明天就会开始。
弗兰奇斯卡　我在蒙特勒接受了教育
　　　　　　在那里学会了什么叫爱情:
　　　　　　无论是痛苦还是高兴,无非都是谎言
　　　　　　情感?把它抛进粪坑里。
　　　　　　我把自己交给男人,和女人
　　　　　　交换身体,兴致始终长存
　　　　　　花钱沉醉于这样的消遣
　　　　　　因为只有作为职业老手,你才永远应变自如。
　　　　　　坚定地信守我的认识
　　　　　　你想跟谁睡就跟谁睡。
　　　　　　伴随着这个职业一往无前
　　　　　　我亲爱的哥哥,快快行动起来
　　　　　　未来从明天就会开始。
赫伯特　他们的罪过并非是向我们隐瞒了他们的银行——
弗兰齐斯卡　我念念不忘在博登湖畔度过的那些一家人融融乐乐的美好日子。
赫伯特　他们的罪过则是要解散这个银行,而不是换个方式来经营。
弗兰齐斯卡　诚实并非是内心生活的事,而是组织的事。
赫伯特　可要付诸实施,需要一种无所顾忌的态度,比干坏事更要肆无忌惮。
弗兰齐斯卡　只有地地道道的骗子才会干善事。
赫伯特　由于他们吊儿郎当无所事事,形势变得几乎无望。
弗兰齐斯卡　我们会如愿以偿,亲爱的哥哥。
赫伯特　我就指望你了,亲爱的妹妹。
弗兰齐斯卡　我已经成了财政部长的心上人。
赫伯特　我把保利·诺伊科姆叫来当面训斥了一顿。

弗兰齐斯卡　而下一个目标就是钻进总统的被窝里。

两个人　我们是年轻人,现在来了

赫伯特　从你们女人的怀里溜出来

弗兰齐斯卡　上帝害怕我们逃跑了

赫伯特　魔鬼在叫喊:到底出了什么事?

弗兰齐斯卡　我们推翻你们的巴比伦

赫伯特　建立起我们自己的神庙

弗兰齐斯卡　女儿是妓女,儿子

赫伯特　要给他的父亲厉害瞧瞧。

弗兰齐斯卡　现在要驱赶你们的,是你们心爱的人

赫伯特　是你们曾经没有驱赶走的东西

弗兰齐斯卡　伴随着这个座右铭一往无前

两个人　地球将会臣服于我们

未来从明天就会开始。

〔两个人拖着两口棺材从右边走出去,消失了。

第十一场 自由是美妙的

中间幕布拉开。
在弗兰克私人办公室一张长桌前正在举行一个夜间会议。从左到右依次是：保利、施马尔茨、卡佩勒、奥蒂利、弗兰克五世、伯克曼、艾格里和富丽达·菲尔克斯。弗兰克一身神父装扮。背景上是五幅巨人画像，弗兰克一世到弗兰克五世。
〔弗兰克五世站起来。

弗兰克五世 员工们，我内心忐忑不安地看到，我们的员工越来越少。当我四十年前从父辈手里接过银行时，我拥有上百名员工。现在只剩下六个了。死亡残酷无情地洗劫一切，我们失去了一些忠诚的员工，就在一个星期前，善良的老会计哈贝林也离我们而去了。
〔大家都站起来。
弗兰克五世 愿逝者安息吧。
〔他打了个手势，其他人又坐下。
弗兰克五世 可话说回来，朋友们，我们在夜晚这个时刻聚集在一起，并不是为了抱怨我们可爱的死者。眼下出现了一些意外，突然使解散银行的事成了问题，行领导收到了一封信，一个陌生人对我们的情况了如指掌，威胁要向警察局告发我们，要我们在一个星期内支付给他两千万。
〔寂静。
保　利 该死的。

施马尔茨　我们赶快溜之大吉吧。

卡佩勒　我们已经准备好了逃之夭夭。

施马尔茨　还等什么周年纪念庆祝会呢。

卡佩勒　我们可别抱任何幻想了。

弗兰克五世　员工们,我们无法逃避了,这个陌生人不仅知道埋葬我是假的,他也知道我和夫人要隐姓埋名的地方。

〔把信交给保利、施马尔茨和卡佩勒。

保　利　该死的。

卡佩勒　他也知道我要逃到特内里费岛上去。

施马尔茨　而且同样知道我要逃到加拿大去。

〔他们把信还回去。

弗兰克五世　朋友们,我们没有别的选择,只有坐以待毙。我们不知道这个勒索者是谁,我们不知道他是一个外国人还是——很遗憾,也有可能——我们中间有内鬼。

〔寂静。

施马尔茨　诺伊科姆,这是明摆的事,那个新来的家伙。

卡佩勒　或者是你,施马尔茨。

艾格里　我看你的嫌疑最大,卡佩勒,你有一个怀孕的女朋友,快要当父亲的人必然会对金钱贪婪过头。

卡佩勒　艾格里先生——

弗兰克五世　朋友们,我们只知道一点:这场斗争将会非常残酷。我现在让代理说一说,他会简短地报告一下我们的经济状况,我们这个多年忠心耿耿的员工,他坚持不懈地使我们弄虚作假的账面安然无恙:埃米尔·伯克曼。

〔他坐下来,大家赞同地敲着桌子,伯克曼站起来。

伯克曼　员工们,朋友们,勒索者要两千万呀。一旦出现最糟糕的情况,我们有能力支付这个数额吗?令人遗憾的是,我们也必须考虑到勒索者最终会得逞的。我现在不想谈弗兰克四世以及弗兰克三世欠下的债务,它们早就超过了五亿极限;他们的裙带政治不会让谁破产呢！不,我们必须把注意力更多地放在储备金上。朋友们,员工们,我们的储备金应该是四千万,应该归应该,如今却显示不到五百万,我们还要算上可怜善良的哈贝林给我们留下的一百五十万遗产。原因大家都心知肚明,我们每个人都偷偷地配了一把保险柜钥匙,把共同的钱箱抢劫一空,数字密码反正人人皆知。好了。钱没了。然而,现在的关键是这两千万怎么来。我们都放诚实些。不是一切都挥霍殆尽了,每个人都偷偷地弄走了自己的一部分。因此,眼下只有一个解决办法,我们必须拿出我们的积蓄来。(坐下)

卡佩勒　我什么都没有偷偷地弄走。

施马尔茨　我们挣多少呢,简直太可笑了。

弗兰克五世　我让亲爱的夫人说说吧:我们这个并肩作战的勇敢斗士,行长夫人奥蒂利·弗兰克。

〔大家敲着桌子欢迎,奥蒂利拿着一个笔记本站起来。

奥蒂利　朋友们,我记录了大家的积蓄。弗兰克和我把五百万托付给联合银行保管,用的是私人账号。我们觉得,出于纳税原因,证券、股票和抵押风险太大。伯克曼在国家银行存了两百万,艾格里在地方银行存了三百五十万。同样在这家银行里,富丽达·菲尔斯特也有五十万存款。卡佩勒在银行联盟投了一百万,另外还有四十万投在贸易股份公司里,施马尔茨有八十万放在投资公司,诺伊科姆昨天从我们的养老金钱柜里偷走的二十万现在还藏在他的床下。这些钱五天内都要拿出来。(坐下)

弗兰克五世　同样还要交出后配的钥匙。

〔寂静。

卡佩勒　拿出来?

施马尔茨　我省吃俭用积攒下来的?

富丽达　我辛辛苦苦挣来的?

〔保利跳起来。

保　利　交出二十万?我?我为你们付出了一切,你们这帮伪君子!

我杀害了老会计哈贝林,结果又能怎样呢?
当来自新德里的
施泰力小姐
要提取她的存款时
只有我难受地走开了
而她被辗轧在车轮下
她永远长眠了
你们分文不用支付
可我呢?日日夜夜睡不着!
〔又坐下。

富丽达　日日夜夜睡不着?
〔大家哄堂大笑,奥蒂利站起来。

奥蒂利　原来如此。小伙子遭受着失眠的折磨。我要让你听一听,我付出了怎样的心血,我遭了什么样的罪!
当来自曼彻斯特的
莱切斯特勋爵
讨要他的遗产时
整个银行大楼里人人提心吊胆
因为我们没有足够的现金
我自己悄然无声地让这条狗消失
你们获救了
可我呢?却靠着吗啡活着!
〔又坐下。

众　人　自由好美妙,啊呵,大家都知道
可当你要伸手去抓它时,自由却立刻消失得无影无踪
谁生活优裕,谁就会落在陷阱中
倘若你想要出去,这陷阱就啪的一声关闭。
〔卡佩勒跳起来。

卡佩勒　当来自哥本哈根的

509

尼尔斯·马根

怀疑结算时

我并未对他笑脸相迎

而把毒药送给这个讨厌的老家伙

怀疑随之而告终

你们这样获得了拯救

可我呢？却得了肠梗阻！

〔依然站着，因为艾格里跳起来。

艾格里　肠梗阻！肠梗阻！倘若我只是得了肠梗阻，那我就乐意拿出一笔财产来！

当联邦院议员

沙夫浩泽银行的格劳泽先生

惦念起他的存款时

我将他塞进一个箱子里

连人带箱子抛进利马特河

局势稳定了

你们逃过了一劫

可我呢？却得了心肌梗死。

〔依然站着，因为施马尔茨跳起来。

施马尔茨　您可别一再把您的心肌梗死挂在嘴上，艾格里先生，我要处在您的位子上——

〔富丽达·菲尔斯特跳起来。

富丽达　喀斯特·施马尔茨先生，理查德呕心沥血，天晓得，他尽责尽职，而我呢——我要给你说一说，亲爱的，你仔细地听着：

来自威斯特法伦的

汉斯·封·帕伦

闻到我跟你们有染

把我捆到床上

时时刻刻来折腾我

这个邪恶的犟种残酷无情
我默默无声地忍受
可又怎样呢？却得了电休克！
〔卡佩勒从桌旁跑到左边。
卡佩勒　现在连妓女也开始抱怨了！
〔艾格里吼叫起来。
艾格里　特奥·卡佩勒先生！
〔施马尔茨从桌旁跑到右边。
施马尔茨　电休克，有点电休克，这简直是胡说八道。
当我昨天
和三个修女
把车开进附近的小树林时
我还看到自己此刻怎样把硫酸泼到尸体上
周围正是阳春
她们的钱只是为你们存着
可我呢？却得了性无能！
〔艾格里冲向施马尔茨。
艾格里　闭上你的臭嘴，施马尔茨，真的不会有人对此感兴趣的！
施马尔茨　可是我感兴趣呀，人事主任先生！
〔施马尔茨冲向艾格里。
奥蒂利　安静！这难道是开会吗？各就各位！
〔他们各就各位，哑口无言地坐下来，轻声地唱着那口头禅。
众　人　自由好美妙，啊呵，大家都知道
可当你要伸手去抓它时，自由却立刻消失得无影无踪
谁生活优裕，谁就会落在陷阱中
倘若你想要出去，这陷阱就啪的一声关闭。
〔伯克曼站起来。
伯克曼　当来自奥尔滕的

赫伯特·莫尔滕

　　　审查我的账本时

　　　我自岿然不动

　　　当他被人送下楼时

　　　看看我的行动,但愿上帝成全

　　　我很快就找到法官

　　　可我得了癌症。

　　　　　〔弗兰克跳起来。

弗兰克五世　你们现在还有完没完啊!你们不嫌丢人现眼?

　　　　　〔伯克曼胆怯地坐下。

弗兰克五世　这些都是些鸡毛蒜皮的事!

　　　所有的抱怨

　　　所有的辛劳

　　　在我的痛苦面前什么都不是。

　　　我不得不舍弃我的歌德

　　　更不得不告别我的默里克

　　　银行交易把我弄得麻木不仁。

　　　你们只是遭受身体的痛苦

　　　可我却必须忍受精神的折磨!

众　人(疯狂地)　自由好美妙,啊呵,大家都知道

　　　可当你要伸手去抓它时,自由却立刻消失得无影无踪

　　　谁生活优裕,谁就会落在陷阱中

　　　倘若你想要出去,这陷阱就啪的一声关闭。

　　　　　〔艾格里跳起来,朝着左边的墙走去。

艾格里　诸位!我觉得你们的行为可耻至极。你们在这里被称为"朋友和员工"——不说了,这是银行高管们的事——,但是,我作为人事主任则不敢苟同。你们都是些无赖,出于职业的缘故,你们必然永远都是无赖,所以,我要用完全另外的语言和你们说话。

〔他拔出两把手枪来,保利、施马尔茨和卡佩勒都举起手。

艾格里　五天内,每个人都乖乖地把现钱给我拿过来,听明白了吗?再说还得加倍努力。就是算上我们的积蓄,依然缺少七百多万。即使我们要把全城抢劫一空,也必须凑够钱数;倘若有人要携带存款逃之夭夭,去特内里费岛或者别的地方,遗弃银行高管,那他就应该立刻去和老天算账。责任感,你们这帮骗子,伙伴精神,你们这帮无赖,担当意识,你们这帮杀人犯!要么我就把你们统统枪毙!

〔富丽达·菲尔斯特跳起来。

富丽达　理查德!我绝对不会交出我的钱。

〔艾格里不知所措地垂下手枪。

艾格里　富丽达。

富丽达　都说了几年了,你们要解散银行,其间不是这事就是那事,没完没了地纠缠不休。现在这样来勒索!谁能实实在在地告诉我们,这样做对吗?

弗兰克五世　你怎么会这样说呢,富丽达小姐!

伯克曼　勒索者的信毕竟是在试探呀!

富丽达　这封信同样有可能是银行高管玩弄的把戏,就是想继续利用我们。大家愿意怎样行动就行动吧。我绝对不会为之付出,我已经厌烦了所有这些空话。我的五十万永远都会留在它们应该存在的地方:那家地方银行。(又坐下)

〔大家都望着弗兰克。

弗兰克五世　奥蒂利,你说说吧。

奥蒂利(低声地)　怎么总是要我说呀。

〔她庄重地站起来。

奥蒂利(神情冷冰冰地平静)　富丽达·菲尔斯特小姐,这就是说,你遗弃了我们,是的,你甚至指责我们骗人。我们彼此开诚布公地谈谈吧。我现在不愿意对你无比悲伤的内心态度做出任何评价,而只想谈谈你的职业能力!你的职业能力完全不尽人意,富

513

丽达·菲尔斯特小姐。我就说说施鲁姆普夫事件吧。你要回来的不是九千,而只有三千,令人惊讶的理由是,当事人要赡养一个患病的母亲,并且真的感觉到了经济衰退所造成的影响。还有:从土木工程师那里,你最终仅仅拿回来两千,而答复是他的肺脏受到了伤害。我只举出这两个例子,富丽达·菲尔斯特小姐。再也不能这样继续下去了。你多愁善感的举动让我们破产了。

富丽达　奥蒂利·弗兰克夫人。我二十二年——

奥蒂利(险恶地)　我知道,富丽达·菲尔斯特小姐,你在我们银行里学了二十二年手艺。可话说回来,我要是你的话,恐怕不会因此而自鸣得意。我们不得不遗憾地告诉你,我们必须找一个更年轻的员工,通告已经发出去了。

　　〔她坐下。寂静。富丽达·菲尔斯特站起来。

富丽达(平静而坚定地)　弗兰克夫人,我知道,在这个银行里,解雇意味着什么。你会让人杀害我,就像你们杀害了所有那些你们不再需要的人一样。我会被送到地下室去,弗兰克夫人,我不是一个像你这样的女人,我不是贵妇。凡是我所做的,都出于仁爱。我有朝一日要和理查德·艾格里成家。你指责我的年龄,弗兰克夫人。没错,我四十岁了,但是正因为如此,我不会让你再剥夺我的一刻时光,我还要生儿育女,弗兰克夫人,和我的理查德建立家庭。你以为可以像对待别人那样来对待我吗?你彻底弄错了,弗兰克夫人。你别的什么都不在乎,只在乎你的生意和金钱。但是,你现在应该感受一下爱情的力量。理查德会保护我的,弗兰克夫人。我对你的威胁不屑一顾!(坐下)

　　〔沉默。

奥蒂利　戈特弗里德,散会吧。

弗兰克五世(站起来)　先生们,会议到此结束。

　　〔其他人同样站起来。弗兰克牵着奥蒂利从左后方下去,其他人都跟着他,唯独富丽达·菲尔斯特待在她的位子上不动。她坐在桌子的右顶头,艾格里慢慢地坐在左顶头,于是,那张又长又大的会议桌横亘在他们两个人之间。

富丽达　我让那家伙也瞧瞧我的厉害。她脸色气得煞白,只好这样跟跟跄跄地走出去。

艾格里　我不明白,富丽达。

富丽达　理查德,我们必须逃走。就在这个时刻。我们必须逃出这座城市,逃出这个国家,无论去哪儿,我们有的是钱。

艾格里　你瞧瞧,富丽达——

富丽达　我们彼此相爱,理查德。如果我不逃跑,就有生命危险。他们将会在恐怖的地下室里杀害我。

艾格里　这不过是你的想象而已,富丽达。

富丽达　他们杀害了所有的人!

艾格里　可是我现在不可能丢下银行不管啊,富丽达,你必须看到这一点,生意真的在经历一个艰难的时刻,上天保佑!

富丽达(凝视着他)　理查德,你站在银行一边了?

艾格里　富丽达,你必须明白这一点——

富丽达　你不愿意和我一起逃走?

艾格里　富丽达,你知道,无论在什么情况下,我都不能激动啊。我求你了,别给我制造麻烦。

〔富丽达几乎不敢呼吸了。

富丽达　我怎样才能不给你制造麻烦呢,理查德?

艾格里　你心里一清二楚,我说的是什么意思。(开始带着责备的口气)你瞧瞧,我现在又不得不滴药水。

〔他拿起一块糖,数着一滴一滴药水。她明白了。

富丽达　我明白了。

艾格里　必然会是这样,富丽达。

富丽达　对不起,我让你激动了。

艾格里　我觉得很困难,富丽达。真的。

富丽达　在地下室里?

515

艾格里　老样子。
富丽达　立刻?
艾格里　很快。
　　　　〔"终有一天会变成另外的情形,终有一天我们两个人都会倒下"的旋律响起来。
富丽达　突然冷起来。
艾格里　已经是清晨了。(站起来)
富丽达　我只想再化一下妆。
　　　　〔他等待着。她从小包里拿出自己的存折,从桌子上递过去。
富丽达　你拿上我的存折吧。
艾格里　谢谢你。(接过存折)
富丽达(站起来)　好吧。我们去地下室。
　　　　〔他们从右后方下去。

第十二场　贵妇可以喘口气了

空荡荡的前舞台。
奥蒂利和理查德·艾格里相遇。

艾格里　夫人,很遗憾,我们打算进入石油交易的计划破灭了,那个百万富婆回密尔沃基了。
奥蒂利　我们的银行上空乌云密布。
艾格里　也有阳光,夫人。我努力要招来一些必要的新生力量,如今终于见成效了。虽然那个伪造钞票的家伙在林茨成了饭桶;那个骗子已经变成了一个诚实的版画家;那个奥格斯堡的小偷如今在马戏团登台表演,但我为之却重新找到了一个能干的女职员。
奥蒂利　她叫什么名?
艾格里　她的名字会让我们知道的,她说。我们可以喘口气了,夫人。她在城市公园里跟我搭上了话,在英雄纪念碑前的长凳上,我的金表不见了,在"永恒的灯光"里吃小吃时,我的皮夹子又没了,而当我们在小旅馆里躺在一起时,我激动地给她答应了五万预付。
奥蒂利　那块金表你可以算成手续费。
艾格里　谢谢,夫人。
奥蒂利　那笔预付你可一定要从她的手里再骗回来。
艾格里　没必要,夫人,我给她出具的是我们银行的支票。
奥蒂利　忠实的理查德,多保重。
　　　　〔奥蒂利从右边下去,艾格里从左边下去。

第十三场　女人下手了

中间幕布拉开。

伯克曼的卧室。床在中间,床头朝着观众,所以大家只能看到伯克曼因为疼痛而抓在铁栅栏上的双手。床左边有一把椅子,右边床头旁有一个床头柜,右后方摆着一张桌子。

弗兰克化装成神父从左边走向这位行将死亡的朋友。

伯克曼　圣上!谢谢您来看我。

弗兰克五世　伯克曼,我是弗兰克,你最好的朋友。

伯克曼　痛苦难忍啊。

弗兰克五世　振作起来吧。

伯克曼　害怕啊。

弗兰克五世　振作起来吧。

伯克曼　我快要死了。

弗兰克五世　振作起来吧。

伯克曼　你自称是我最好的朋友,却装扮成神父来看我。

弗兰克五世　伯克曼,我当然不能让人认出我是弗兰克,那恐怕会是我们大家的末日。

伯克曼　我们大家的末日,我的命都快没了,现在还管什么伪装不伪装,伪善的神父。你以为这身衣服是必不可少的,就像所有我们的罪孽一样。没有什么是必不可少的,伪善的神父,哪怕是微不足道的骗局,哪怕是一次谋杀。

弗兰克五世(坐到窗前)　可是伯克曼,我们确实没有别的办法。遗产太严酷了。你对此了如指掌呀,我们父辈那些不可想象的骗局,你也知道,我们没有别的选择,只能继续谋杀和欺骗,要改邪归正,谈何容易呢。

伯克曼(抓住弗兰克的神父袍子) 你在说谎,我们恐怕随时都可以改邪归正,在我们邪恶的生存的每时每刻,没有遗产是不会不可除掉的;没有罪孽是必须要犯的。我们是自由的,伪善的神父,在自由中创造,听命于自由的呼唤!(他又倒回去)离开我这个垂危病人的卧榻,你这个幽灵,快快回到你的坟墓里去,神父莫泽马上就会过来。

弗兰克五世(惶恐地站起来) 你叫一个神父来?

伯克曼 我快要死去了,要像我的父辈们那样死去。

弗兰克五世 你要忏悔?

伯克曼 我要赎罪。我悔恨我的一生。我不想在阴间还要遭受这些地狱般的痛苦。

弗兰克五世 可是伯克曼,上帝毕竟会完全自然而然地宽恕你,你将会看到,只要有上帝不可估量的宽恕,你压根儿就不用忏悔。

伯克曼 你居然还敢说宽恕,伪善的神父,你居然还敢说以上帝的名义?如果上帝不宽恕我呢?我能宽恕自己吗?我对可怜的赫伯特·莫尔滕以及其他所有人有过恻隐之心吗?我要结束我的罪孽,要在死亡结束我的生命之前有个了结。一个真正的神父的耳朵应该听到我的罪孽。我不想在审判的时刻孤独无助。应该有人为我乞求宽恕,有一个没有参与我那些无耻行径的人,一个拥有这样乞求权利的人,即使这样的乞求依然那样闻所未闻。

〔奥蒂利提着她的大手包从右边走来。弗兰克朝着她走去。

弗兰克五世 你终于来了,他叫一个神父来。

奥蒂利 这我立刻就料到了。

弗兰克五世 他要忏悔,这简直就是中世纪的残渣余孽啊。

伯克曼 每个罪犯都可以忏悔,你这个愚蠢的骗子。你们要禁止我忏悔。

〔奥蒂利走到床头前。

奥蒂利　亲爱的伯克曼,你根本就不是罪犯,恰恰相反,你一辈子都想建立一个儿童之家。你只是由于不尽人意的状况而未能如愿罢了。

伯克曼　痛苦难忍啊。

奥蒂利　振作起来吧。

伯克曼　害怕啊。

奥蒂利　振作起来吧。

伯克曼　我死定了。

奥蒂利　振作起来吧。

伯克曼　神父正在来我这儿的路上,上帝的仆人。我会向他大声地喊出我的全部罪孽。

弗兰克五世　事情会变糟的,我知道,事情会变糟的。

奥蒂利　原来如此。正在路上。亲爱的伯克曼,你怎么能这样伤害我们呢,你最好的朋友,我们一辈子都跟你同甘共苦啊。你躺在病榻上,行将就木,时时刻刻都会永远闭上眼睛,居然还要这样造孽来祸害人。你为什么非要叫一个神父来呢!

弗兰克五世　只要一想起我父亲死去的情形,那可是历历在目啊!他发出了讥讽的笑声,伯克曼,他发出了讥讽的笑声,天知道,那就是死亡。

奥蒂利　真的,伯克曼,你这样做有失公允,我们不该受到这样的对待。忏悔。谁也不相信他的耳朵。任何外人都不能知晓我们的商业手段,这你比谁都清楚!当然存在着忏悔的秘密,可一个神父毕竟也是人啊,如果他散布出去一句话,无论在哪儿,那该怎么办呢?现在可别再提这事了,别再论来论去。

〔她走到床头前,给伯克曼擦去汗水。

奥蒂利　我们要减轻你的痛苦。痛苦的确是可怕的。我会给你打一针。施罗贝格大夫已经把针开好了。戈特弗里德,关上门。

弗兰克五世　遵命,奥蒂利,立刻就关。(走向左边)

伯克曼　我要忏悔！我要坦白！我要从心灵深处卸掉这无比沉重的罪孽负担！

弗兰克五世　门关好了。

〔奥蒂利走到右后方的桌前，准备打针。

奥蒂利　你现在别这样晃来晃去，起码干点什么事好吧，你最好的朋友时刻都会魂归西天，鼓舞他，给他慰藉，你毕竟有那样一个好嗓子，瞧瞧吧，他有多么痛苦啊。

弗兰克五世　当然啰，奥蒂利，不言而喻。（他坐到床前）

夜晚

黑暗的夜晚

没有尽头的夜晚。

啊呵，我干了什么事

险些把朋友送进坟墓里。

他不声不响地

承受着每一个困难。

他的时间

只是奉献给我们的生意。

伯克曼　上帝呀，我在人生的每个时刻都背叛了你，但愿你现在救救我吧，上帝！把我从朋友们的手里拯救出来，让神父来吧，你的仆人！

奥蒂利　唱吧，戈特弗里德，让他安宁，让他平静。

〔小心翼翼地把针剂抽入针管里，弗兰克站起来。

弗兰克五世　夜晚

深沉的夜晚

没有尽头的夜晚。

啊呵，我干了什么事

险些把朋友送进坟墓里。

伯克曼　忏悔——宽恕——

弗兰克五世　我有什么欺骗行为

　　　　　　我干了什么非法买卖
　　　　　　他都忠诚地隐瞒。
　　　　　　如果没有他,我无论干什么非法买卖
　　　　　　心里都忐忑不安。
伯克曼　　忏悔！我要忏悔！
　　　　〔奥蒂利举起针管审视着。
弗兰克五世　　夜晚
　　　　　　午夜
　　　　　　没有尽头的夜晚。
　　　　　　啊呵,我完成了什么
　　　　　　把朋友送进了坟墓。
奥蒂利　　更加强大,更加庄严。(走到床右边,抓住伯克曼的胳膊)
弗兰克五世　　因此,我的女人开始下手了
　　　　　　他累了,需要休息。
　　　　　　凡是他所做的,都是为了我们
　　　　　　你现在也这样对待他。
　　　　〔奥蒂利拿着针下手了。伯克曼大叫起来。
伯克曼　　上帝啊！听我说吧！叫神父来吧,上帝啊！
弗兰克五世　　啊呵,我的朋友,在鸡叫之前
　　　　　　一切都会过去。
　　　　　　等到天亮,
　　　　　　你就不在人世
　　　　　　变成了一具僵尸
　　　　　　明天又像玻璃一样透明。
　　　　〔伯克曼死了。奥蒂利走到右后边的桌前。
弗兰克五世　　代理啊
　　　　　　谁在这里为了金钱
　　　　　　倒下去
　　　　　　谁就不会站起来

> 现在放弃吧
> 一切没有意义
> 利润
> 曾经是你的追求。

〔有人敲门。

弗兰克五世　神父来了。

奥蒂利　去旁屋里。

〔弗兰克走到右后边,奥蒂利走向左边。

奥蒂利　您来得太晚了,神父莫泽,埃米尔·伯克曼刚才已经安然长眠。

第十四场　来来往往

前舞台。

纪尧姆在左边摆了一张小桌，两把椅子，右边，酒吧被推向里边。

艾格里提着一个沉重的旅行箱走上来，坐到左边的小桌旁。

艾格里　老样子，纪尧姆。
纪尧姆（端上来）　您的苦艾酒，艾格里先生。
　　〔喀斯特·施马尔茨提着一个沉重的旅行箱走上来，坐在右外边的酒吧桌旁。
施马尔茨　也来苦艾酒，纪尧姆。
纪尧姆　好的，施马尔茨先生。（端上来）
艾格里　喀斯特·施马尔茨先生。
施马尔茨　早上好，艾格里先生。
艾格里　我希望你会带着你的积蓄？
施马尔茨　是的，艾格里先生。
艾格里　平时你都很有气派地开着那辆崭新的梅赛德斯停在门前，今天却直接走过来了。
施马尔茨　我不得不让人把它拖走，艾格里先生，有人把我的车轮胎扎破了。
艾格里　而且还偷走了你伪造的护照。这个人就是我，我的孩子。你想溜之大吉，先去海边，然后前往加拿大，抛弃与我们患难与共的银行。
施马尔茨　可是艾格里先生——

艾格里　你知道我昨天很晚在快速夜车里碰到谁了吗？纯属偶然？要前往他那梦寐以求的特内里费岛？我们可爱的朋友和员工卡佩勒。天色已经漆黑一片，最后一节车厢的车门大概有点问题，突然打开了，这个忠实的家伙正好还把积蓄交给了我，随之就在我眼前风驰电掣地消失在黑暗里。也是去找祖先。火车以一百二十公里的速度驶去。

施马尔茨　走了就走了，艾格里先生。

〔保利提着一个沉重的旅行箱走上来，坐在施马尔茨左边。

保　利　也来苦艾酒，纪尧姆。

纪尧姆　好的，诺伊科姆先生。端上来。

艾格里　保利·诺伊科姆先生。

保　利　早上好，艾格里先生。

艾格里　你的积蓄。

保　利　带来了，艾格里先生。

艾格里　保利·诺伊科姆，你取得了一定的长进，这我不可否认，你最近把那个粮食商人骗得天衣无缝啊。但是你还缺少最后的精打细磨，你还缺少应对人的诡诈。

保　利　我会让自己日臻完善的，艾格里先生。

〔手表厂厂主皮亚盖特走过来，当他看见保利时，神情愕然。

皮亚盖特　小伙子，你可在这儿呀！这里是一张千元钞票！

保　利　可是皮亚盖特先生——

皮亚盖特　这里还有一张。

保　利　我不明白——

皮亚盖特　还有一张。

保　利　皮亚盖特先生，我——

皮亚盖特　还有一张。

保　利　可是我——皮亚盖特先生——我不明白——

皮亚盖特　而且有一张千元钞票是给您的，服务员，给我也来一杯苦艾酒。

〔纪尧姆端上来。

皮亚盖特　小伙子,你在商圈里还太稚嫩,缺乏经验,所以,我要给你教一招,让你好好见识一下,什么叫嗅觉,做大生意的嗅觉。你瞧瞧:当你几个星期前引诱我购买一家矿山股票时,恐怕每个人都会深信不疑,你面对的是一个骗子,个个都会如此认为。你说呢,谁现在还会购买什么矿山股票,这的确是一个老掉牙的把戏。可是我,凭着我对百分之百的机会不可或缺的、而只有在钟表工业中才会展现出的本能,立刻就以超凡的光速嗅到了你是个难得的例外,一句话:一个诚实到家的傻瓜,竟然把一座位于大哈克斯尔的矿山卖给了我,而我在那里的确找到了铀矿。我一下子给你甩了两千万,有什么可说呢,对这样一个年轻人来说,是一笔十分可观的数额。我当天就去找施塔普教授,他是我当年的同窗,一个著名的地质学家。我给他讲了我超凡的嗅觉。这家伙察看了这座矿山,笑得尿了一裤裆:可爱的皮亚盖特,这里什么都没有,只有硫黄碎石,根本找不到铀矿的痕迹。可就在这时,他的盖革器开始像机关枪一样嗒嗒嗒地响起来,于是,我们就站在整个东阿尔卑斯山储量最丰富的铀矿前。(他把杯子里的苦艾酒一饮而尽)小伙子,这是我莫大的荣幸。这里还有你一千块,因为这超凡的鼻子,我一夜之间成了这个国家最富有的人。鬼知道,是什么东西驱使你把这样一个财源拱手让给了我,不过这可是你的事啊。四处都是含量十分丰富的铀,简直太美妙了,施塔普教授已经不在人世,彻底被射线害死了。我也没有幸免,我特别幸运,你会看到的,贷款会像潮水一样找上门来。三个星期后我也走人了。你瞧瞧。(脱下礼帽,让人看看他的光头)头发都脱光了。太美妙了。光头仔黑暗里闪闪发光。多保重,我特别幸运,我开车去米兰参加欧洲原子能联营会议,然后进入坟墓。(下去)

保　利　很遗憾,艾格里先生。

施马尔茨　一个命运转折,艾格里先生。

〔沉默。

艾格里　人生中有一些时刻,你们两个都听着,这时,你必须保持沉默和谦虚。还有一点,喀斯特·施马尔茨先生,你可永远要记住:我绝对不想看到你那幸灾乐祸的狞笑,明白吗?(大声喊道)这里不许有人幸灾乐祸地狞笑!

〔施特罗里夫人坐着轮椅,身上缠着层层绷带,由一个护士推上来。

施特罗里夫人　阿贝斯萨罗,教授,我亲爱的胡戈。您认不出我了?

艾格里　您——究竟是谁呢?

施特罗里夫人　我是阿波罗尼亚·施特罗里呀。您这里有一张千元纸币。

艾格里　可是施特罗里夫人。

施特罗里夫人　这里还有一张。

艾格里　我不明白——

施特罗里夫人　还有一张。

艾格里　施特罗里夫人,我——

施特罗里夫人　又是一张。

艾格里　可是我——施特罗里夫人,我不明白——

施特罗里夫人　一张千元纸币是给您的,服务员先生。胡戈·封·阿贝斯萨罗,您的消防技能是多余的。您又可以抱着整个化学科学回家了。

艾格里　什么呀——您这样要说什么呢,施特罗里夫人?

施特罗里夫人　胡戈!教授!我听从您的建议,去了"赞美神"保险公司,以四百万价格给我的木屋上了保险,前天又一次邀请来施泰费根的朋友,和他们一起坐在大沙龙里,有区长,有警察局长,还有消防队长,为了更美好的未来干杯。您现在会感到惊讶,小教授,您会感到惊讶,眼下所发生的,是一个奇迹,一个真正的奇迹,一次真正的上帝启示:砰的一声,雷电击中了我房子的西翼;

527

砰的一声,又一个击中了东翼。随之,您会难以相信,砰的一声,第三个击中了主楼,这一切都完全合法,也就是说,是在消防当局的监督下发生的。一片火海,一片熊熊燃烧的火光,我那可爱的"阿尔卑斯山红光"宾馆在火光中化为灰烬了。这是从1892年以来在施泰费根发生的一场最美妙的火灾。好啊,一度烧伤,二度烧伤,三度烧伤,您自己瞧瞧,我成什么样儿了,我忍受着可怕的痛苦,简直妙极了,无法言状,我经历了什么。也就是说,当这一切燃烧时,我不停地欢呼,极度地欢呼。忍俊不禁。你会因为高兴而失去理智;你会因为痛苦而变得疯狂。"赞美神"保险公司必须赔付给我五百万,五百万呀,我刚才和律师一起把这笔钱从弗兰克私人银行里取出来了,这家保险公司属于它的旗下。

艾格里　取走了。

施特罗里夫人　取走了。九点钟,银行门还关着,弗兰克行长夫人只是不情愿地打开门。那个可怜的家伙竭尽全力才凑够了五百万。不足为怪,从她丈夫去世以来,这家银行就每况愈下。胡戈·封·阿贝斯萨罗,请您多保重,您把我救了。您是一个天才,独一无二,价值连城,是我这辈子认识的最伟大的化学家。您这里还有一张千元纸币。

〔护士把她推下去。

艾格里　来杯水,纪尧姆。

纪尧姆　马上就来,艾格里先生。(端上来)

艾格里　我必须滴药水了。

纪尧姆　老样子,艾格里先生。

艾格里　我们今天早上可是失去了五百万呀。

保　利　还有一座铀矿。

施马尔茨　要不它就会救我们一把。

艾格里　我们本来无比富有,但却不知道,这实在太悲哀了。(滴着药水)只能保持镇静。平静。最好是深呼吸。

施马尔茨　均匀地深呼吸。

〔艾格里深呼吸着。

艾格里(如释重负)　我现在平静了。

保　利　谢天谢地。

艾格里(吼叫起来)　难道老天真的好意思一下子用同样两个如此不可思议的偶然事件来对待我们吗？在这里,老天每时每刻都以无情的合乎逻辑的考虑在行动,为每个原因都确立一个结果;在这里,老天不假思索地孕育、创造,又杀死、吞没那创造的东西,用手推车把植物、动物和人类无数的生灵牺牲品推入坟墓里。是的,老天以其放肆的执拗让整个太阳系连同围绕着它的星球发生爆炸,而它置于我们面前的是什么:两个变得傻乎乎的笨蛋,他们的愚蠢把上天涂得一片漆黑;他们的幸福让理智羞得面红耳赤。说真的,你们两个好好听着,什么样的商人曾经像我们三个这样经受了如此恶魔般的考验呢？在这里,你必须对自己的本行心存无比巨大的信任,不要因为这样的不公平而绝望。

〔艾格里疲倦地站起来。

艾格里　我们去银行吧。

〔他们提着自己的旅行箱去银行。

第十五场　幸福生活

　　　　中间幕布。弗兰克五世身着神父装扮登台。前舞台像先前一样。

弗兰克五世　生意完蛋了。我被遗弃了
　　是我害怕的员工,他们对我恨之入骨
　　交来了他们的积蓄,我们所赢得的
　　深深地藏在保险柜里
　　银行的处境糟糕透顶,你们这些善良的人
　　你们曾经看到,生意循环往复。
　　今天失去了一座铀矿
　　还有五百万现款。我们的力量
　　山穷水尽。钱柜里空空荡荡。被一个陌生人
　　勒索,他从来不愿露面
　　我看到人人都是他
　　除了一个新来的婊子
　　没有别的希望。因此她必须过来。
　　奥蒂利就在今夜和她见面。
　　在纪尧姆那里。上帝
　　保佑我们,让我们恶魔般的命运
　　获得新的转机。
　　我不是在为自己乞求,噢,不
　　我是在为我们的孩子们祈福,为可爱的弗兰齐斯卡和赫伯特
　　他们应该生活幸福

而且没有可说的。无忧无虑地
享受着挣钱的必要
这是我命中注定的,在这有限的生存中。
我决意要解散银行
要让糟糕的事情有一个美好的结局
终于解开了邪恶的祖先深藏的秘密
他们从世界根源上不过是一个比喻
邪恶的东西神秘莫测。只可惜它必然会
存在
我们只是迫不得已地干起邪恶的勾当,唯有
此起彼伏的波浪
把我们冲出黑暗走向光明。
默里克。

受够了。我现在必须行动。审判即将
来临
那些后配的保险柜钥匙上交了,但是
我觉得,不是所有的。
人人都彼此心怀戒备,狼犬之中
哪有幸福。
个个都心怀鬼胎
又如此费尽心机
我要赶紧做好准备。地狱或者天堂为我
敞开着大门
没有武器我将会在地下室里遭遇不测。(下去)

〔中间幕布拉开。一片黑暗。施马尔茨提着一个沉重的大旅行箱,拿着一把手电筒走上台。他照了照位于背景中间的保险柜,放下箱子,打开保险柜,从里面拿出一个塞得鼓

531

鼓的信封装到上衣的偏兜里,又关上保险柜。

〔就在这个时刻,艾格里来了。施马尔茨熄灭手电筒,蜷缩在他的箱子背后。同样提着一个大旅行箱的艾格里用手电筒朝着保险柜照去。这时,施马尔茨照亮他。

施马尔茨　理查德·艾格里先生。

〔艾格里蜷缩到箱子背后,将手电筒朝着施马尔茨照去。

艾格里　喀斯特·施马尔茨先生。

施马尔茨　好可爱啊,您前来参观地下室。

艾格里　我立刻就想到了会在这里碰到您,喀斯特·施马尔茨先生。

施马尔茨　责任感,艾格里先生。

艾格里(照着保险柜)　可以想象,这里面放着我们的积蓄。

施马尔茨(照着保险柜)　可以想象,我们把自己后配的钥匙上交了。

〔他们又拿着手电筒彼此照来照去。

施马尔茨　您留在地下室这儿吗,艾格里先生?

艾格里　同样如此。

施马尔茨　整夜吗?

艾格里　整夜。

〔保利来了。艾格里和施马尔茨熄灭手电筒,施马尔茨迅速地跑到对面的艾格里跟前,两个人都蜷缩在箱子背后。同样提着一个大黑箱子的保利拿着手电筒照照保险柜。艾格里和施马尔茨照亮他,这家伙立刻蜷缩在箱子背后。

艾格里　过来吧,保利,别扭扭捏捏的。

保　利　你们在下面?

施马尔茨　我们在下面。

艾格里　你是不是心想着我们要撬开保险柜?

保　利　艾格里先生,你怎么这样说呢。

〔施马尔茨打开箱子,艾格里和保利也一样。

施马尔茨　我带来了一把冲锋枪。

艾格里　我也带了一把。

保　利　我也一样。一支小的。

施马尔茨　你的锁匠手艺有进步吗？

保　利　你们心里肯定盘算着，我还有一把后配的钥匙，你们这些蠢猪？

艾格里　有可能。

保　利　我才来银行不久。如果说有人有时间大量私配钥匙，那可就是你们两个了。

施马尔茨　我们可不是锁匠啊。

〔弗兰克五世来了。这三个人熄灭手电筒，蜷缩起来。弗兰克挎着一把冲锋枪，提着一个大黑箱子上台。他打开灯。当灯亮起来时，他背向着这三个人。

艾格里　晚上好，行长先生。

〔弗兰克猛地转过身来。

保　利　晚上好，行长先生。

施马尔茨　晚上好，行长先生。

弗朗克五世　晚上好。

〔同样蜷缩到箱子背后，于是四个人现在彼此躲在后面对立起来，相互窥探着，个个都随时准备立刻开枪，危险、恐惧和怀疑笼罩着这个是非之地。

弗兰克　你们也带着冲锋枪。

艾格里　是的，行长先生。

保　利　是的，行长先生。

施马尔茨　是的，行长先生。

弗兰克五世　你们都没有回家去。

艾格里　我们在下面过夜，行长先生。

弗兰克五世　我在上面的阁楼里也很孤独。

保　利　危险正好使大家心心相印，行长先生。

〔他们打开箱子，拿出吃的东西。

533

施马尔茨　奶酪面包,行长先生,农家火腿?

艾格里　沙丁鱼?意大利香肠?腌牛肉?

保　利　巴黎面包?

弗兰克五世　你们带来了这么一大堆食品。

施马尔茨　三天的干粮。

艾格里　四天的。

保　利　五天的。

〔弗兰克拿出一个小面包和一个热水瓶。

弗兰克五世　我一下子就带了一个星期的。

施马尔茨　只要我们的积蓄存放在保险柜里,谁也不可能让我们离开银行,行长先生。

弗兰克五世　我也一样。还有一支冲锋枪。

〔从箱子里拿出第二支冲锋枪,其他人也一样。

艾格里　我也有一支。

保　利　我也有一支。

施马尔茨　我也有一支。

弗兰克五世　我们吃饭好吗?

施马尔茨　我们坐下来吃好吗?

弗兰克五世　我们坐下来吃。

〔他们开始吃起来。

艾格里　行长先生?

弗兰克五世　艾格里?

艾格里　很好奇,勒索者什么时候来呀。

保　利　难道他真的会来吗?(站起来)

施马尔茨　难道真的有这个人吗?

弗兰克五世　你说这话是什么意思,施马尔茨?

施马尔茨　什么意思都没有。

〔保利靠近了保险柜,其他三个人跳起来,枪口对准他。

艾格里　你要在保险柜旁干什么,诺伊科姆?

保　利　什么也不干,只是活动一下身子。(屈屈膝)
弗兰克五世　我们又坐下吧。
艾格里　我们坐下吧。
　　　　〔他们坐下。继续吃下去。
　　　　〔前舞台上,奥蒂利坐在桌旁。
　　　　〔纪尧姆从吧台右后方走出来。
纪尧姆　行长夫人。
奥蒂利　来杯杜松子酒,纪尧姆。我等着一个新来的员工。
弗兰克五世　你们准保以为,我只读歌德和默里克,是吗?
施马尔茨　行长先生,您说什么呢?
弗兰克五世　我心知肚明,你们每个人至少还有一把私配的钥匙。
保　利　行长先生,您说什么呢。
　　　　〔纪尧姆从吧台右边端来杜松子酒。
纪尧姆　您的杜松子酒,行长夫人。

弗兰克五世　而我也认为,勒索者就是你们三人中的一个。
艾格里　行长先生,您说什么呢。
　　　　〔纪尧姆回到吧台前,下去。
弗兰克五世　再说吧,我的箱子里还有几颗手榴弹。(敲敲箱子)
施马尔茨　我也有。(敲敲箱子)
保　利　我也有。(敲箱子)
艾格里　蛋形手榴弹。
　　　　〔他从兜里掏出一枚蛋形手榴弹,其他人立刻做好防卫,几支冲锋枪瞄准手里拿着蛋形手榴弹跳起来的艾格里。
　　　　〔沉默。
艾格里(一边安慰)　我们接着吃好吗?
施马尔茨　我不明白。
保　利　我觉得这样做太危险了。
弗兰克五世　我已经倒了胃口。

〔他们依然把几支冲锋枪对准提出新建议的艾格里。

艾格里　我们是在消磨时间吗？

施马尔茨　当银行还兴旺发达时,我们一直都干了些什么呢？（迟疑）

保　利　还没有勒索者的时候呢？（始终狐疑满腹）

弗兰克五世　我们还彼此能够信任的时候呢？

〔艾格里收起了蛋形手榴弹。其他三个人也放下了冲锋枪。

艾格里　我们讲讲那些我们在工间休息时曾经一直讲过的故事吧。（坐下）

施马尔茨　关于诚实人的故事。（坐下）

保　利　关于安分守己的人。（坐下）

弗兰克五世　关于善良的人。

〔他也想坐下,不小心弄出一个动静来,其他人跳起来,又立刻准备随时向对方开火。然后四个人才终于坐下来。

施马尔茨　我们也不能这样草木皆兵呀。

〔他们开始唱起那首关于四面八方的歌曲,一会儿把冲锋枪瞄准对方,一会儿又放下,一会儿晃来晃去,一会儿把指头扣在扳机上,一会又把玩着它们,仿佛它们是些吉他,一会儿又彼此握握手,一会儿又翩翩起舞,做诸如此类的动作。

弗兰克五世　从前有一个工厂主生活在北方

　　　　　　在北极光里熬煮鱼油,人也很虔诚

　　　　　　他深情地告诉每个乞丐:来吧

　　　　　　帮助穷人和病人

其他人　噢,一派可爱的谎言。

弗兰克五世　噢,一派可爱的谎言。

众　人　在格陵兰岛,在北方。

弗兰克五世　可是当有价证券跌落时

　　　　　他献出了自己的财产
　　　　　变成了一个无罪的人。
其他人　一个无罪的人。
弗兰克五世　在达沃斯成为一个护士。
众　人　安分守己,安分守己
　　　　　生存的梦想
　　　　　我们徒劳地坚守着你。
保　利　从前有一个黑人虔诚地生活在南方
　　　　　老老实实地靠着种椰子和大米
　　　　　养活自己和他的一群黑女人
　　　　　直到白人喝着威士忌登上门来。
其他人　噢,一派可爱的谎言。
保　利　噢,一派可爱的谎言。
众　人　在刚果,在南方。
保　利　女人们,孩子们,死的死,受凌辱的受凌辱。阿门
　　　　　他只是嘴上说,心里求和平
　　　　　又贤明又和善。
其他人　又贤明又和善。
保　利　虽说是黑人,但却是与上帝相像的人。
众　人　安分守己,安分守己
　　　　　生存的梦想
　　　　　我们徒劳地坚守着你。
艾格里　从前有一个小农民生活在东方
　　　　　他的卧榻
　　　　　有半个向日葵宽,而他两个睡在上面
　　　　　狼群饥肠辘辘蹑手蹑脚地围着茅屋转。
其他人　噢,一派可爱的谎言。
保　利　噢,一派可爱的谎言。
众　人　在符拉迪沃斯托克,在东方。

艾格里　他的妻子病倒了,他却一往情深
　　　　既不辞辛苦又不怕负债累累
　　　　十分排场地邀请
其他人　集体农庄参加葬礼后的筵席
　　　　〔艾格里发现了施马尔茨衣兜里那个信封,把它抽出来。施马尔茨一点都没察觉到。
众　人　安分守己,安分守己
　　　　生存的梦想
　　　　我们徒劳地坚守着你。
施马尔茨　从前有一个传道士生活在西方
　　　　外表严厉又粗暴
　　　　他走进贫民窟,睡在露天里
　　　　听到了最美妙的故事。
其他人　噢,一派可爱的谎言。
施马尔茨　噢,一派可爱的谎言。
众　人　在辛辛监狱里,在西方。
施马尔茨　一个歹徒要被处死
　　　　人们却不曾想到他是我们最优秀的
　　　　飞快地
其他人　飞快地
施马尔茨　就有一个虔诚的人替代了歹徒的地位。
　　　　〔艾格里把冲锋枪枪口顶着施马尔茨的脊背。施马尔茨举起双手,并且被艾格里从右后方押解出去。
其他人　安分守己,安分守己
　　　　生存的梦想
　　　　我们徒劳地坚守着你。
　　　　〔在背景右边,冲锋枪射出一粒子弹。
弗兰克五世　可怜的喀斯特·施马尔茨,善良的喀斯特·施马尔茨。
　　　　〔艾格里走回来,把那个信封和一把钥匙递给弗兰克。

艾格里　这是他的钱和他私配的钥匙。
　　　　〔三个人相互窥探着，坐在各自的箱子上。
保　利　现在只剩下我们三个了。
艾格里　也许很快就更少了。如果勒索者果真来的话。
弗兰克五世　我的员工显然越来越少了。
保　利　我突然又饿了。（又开始吃起自己的巴黎面包）
弗兰克五世　快八点了。
保　利　您的夫人马上就会和那个新来的员工见面了，行长先生。
弗兰克五世　一个转折点。
艾格里　有人来了。（指着后面）
弗兰克五世　隐蔽起来！
　　　　〔艾格里向左走到弗兰克跟前，两个人蜷缩在弗兰克的箱子背后，冲锋枪一触即发。
　　　　〔保利走到右后方，于是他可以看到另外两个人，冲锋枪同样一触即发。
　　　　〔下面的情节一定要以飞快的速度表演，因为它很传统，而且随之而来的是诗句。
保　利　举起手来！
　　　　〔他把冲锋枪对准艾格里和弗兰克，他们随之举起手来。
保　利　你们这些正派的兄弟，好啊？
　　　　来得有点突然。走吧！
　　　　〔弗兰克和艾格里站起来。
保　利　放下武器！
　　　　放得乖乖的！不然就崩了你们！
　　　　〔弗兰克和艾格里把冲锋枪放在箱子上。
保　利　站到前面来。
艾格里　背叛。
保　利　你们为什么惊讶我的行为？
　　　　因为你们亲自用你们的思想教育了我，

539

所以我现在对新任老板诚表忠心。

〔赫伯特从保险柜后面走出来。

艾格里　时钟敲响八点了。

赫伯特　亲爱的爸爸，你别这样可怕地凝视着

勒索你银行的人正是我。

弗兰克五世　我的儿子！

〔弗兰齐斯卡从右边走过来。

弗兰齐斯卡　好了，妈妈，你可别这样恐惧

要替代富丽达·菲尔斯特的人正是我。

奥蒂利　我的女儿！

〔主幕布落下来。

第十六场　上帝的安慰

奥蒂利从右边走到主幕布前。

奥蒂利　你们瞧瞧我,观众们,现在遭受玷辱
简直是奇耻大辱。如同街上的垃圾。
女人始终要承受太多的不幸
但是没有一个会像我这样诉说如此的奇耻大辱:
我去过纪尧姆那里。从大教堂里响起
八点的钟声
我等待着新来的员工
艾格里无忧无虑地弄来的妓女。
她来了。我的女儿。我的孩子。为了她
我让自己和别人流血牺牲
我的白雪公主,我的小公主,我的
金豆豆,我的小松鼠,我的
神奇的后代
受到如此良好和昂贵的教育。如此贞洁。
温柔地言传身教
像水一样清澈透明
沐浴在爱的雨露之中,免受了肆虐的目光
如今却成了一个妓女,卖身为生赤裸裸
养成了无比淫荡的恶习
受利用胆敢来抢劫
一切尊严统统扫地。

噢,富丽达·菲尔斯特! 噢,伯克曼! 两个人现在都死去了
你们睁开眼看看,我在这里忍受着什么痛苦!
我在这世上所干的,都不怎么光彩
孤独无助
现在我自己要放下屠刀,立地成佛:
悔恨我的孩子们!
开始吧! 时机已经成熟。
我下定决心:
要解散这个从父辈手里接来的银行!
〔一个仆人从右边走到主幕布前。

仆　　人　阁下,总统特劳戈特·封·弗里德曼来了。
〔两个仆人扶着失明的总统进来,然后又离开。只有第一个仆人留下。

总　　统　是谁打扰了我的沉思? 是谁的绝望钻进我的耳朵里?
奥蒂利　是我,奥蒂利,你多年前的老相好。
总　　统　奥蒂利?
奥蒂利　奥蒂利·弗兰克。
〔这时,总统回忆起来了,喜形于色。

总　　统　奥蒂利! 对不起,我在前厅里接待你。让那个国务委员等一等吧。你要我干什么呢,亲爱的?
奥蒂利　我要向你认罪。
总　　统　我听着。(他坐下)
奥蒂利　在从父辈手里接过来的这家银行里,我们犯下了无数的罪孽。
〔沉默。

奥蒂利　我们又是放高利贷,又是敲诈勒索,靠着偷鸡摸狗的方式做生意。
〔沉默。

奥蒂利　甚至我的女儿都变成了一个妓女。

〔沉默。

奥蒂利　我们杀人又放火。

〔沉默。

奥蒂利　我们面临财政崩溃。

总　统　可你要我现在干什么呢,亲爱的?

奥蒂利　灭掉这个家族企业。起诉这个私人银行。我要求公平正义。

总　统　公平正义?

奥蒂利　公平正义,即使它会毁掉我。

〔总统挥起他的手。一个仆人搬来一张小桌子,总统在上面签署着什么。

总　统　奥蒂利·弗兰克,听着我的判决:
我昔日的小宝贝,过来,别把事情看得这么严重。
你所承认的,虽然很严重,唯有
我看得更仔细,也不是什么小事一桩
但是杀人的事现在干脆留给未来再说
留给未来再说吧。
你当然不能这样做,我的小鸽子
不,不,不,不
你千万不可这样无所顾忌。

这个可爱又狂热的作恶多端者
你要明白,你此刻在否定这个世界
但是你走吧,规规矩矩做人,干脆遏制你的冲动
世界是美好的,即使你有时候会伤悲恸哭
你有时候会伤悲恸哭。
你的小女儿变成一个妓女?我的小宝贝
不,不,不,不
你千万不可这样无所顾忌。

奥蒂利　特劳戈特！我不需要宽恕！我要解散这家从我们的父辈手里接过来的银行。

总　　统　解散？天哪,奥蒂利,解散从父辈手里接过来的银行！我最亲爱的,我毕竟也只是人啊。如果你良心上少几亿债务和几十起谋杀案,那我们还可以谈一谈,那我就会严厉地制裁你,人们也就不会无谓地称我特劳戈特是个冷酷无情的人。可是现在该怎么办呢？我恐怕要把整个世界秩序推翻掉,我的小宝贝。我必须考虑到各种事情的关联,正义和非正义太微妙地交织在一起,只有一些细节允许让人干预,然而你所干的一切,已经到了登峰造极的地步。不,不,你别指望我惩罚你,只能等着我的宽恕。

奥蒂利　特劳戈特！

总　　统　我的老相好,现在放弃你的悔过
　　　　　你的盛怒在世上没有目的
　　　　　国家银行救你,支付你的欺骗行为
　　　　　这样你我最好都离去
　　　　　最好都离去。
　　　　　你真的还在犹豫,我的小宝贝！
　　　　　不,不,不,不
　　　　　你千万不可这样无所顾忌。
　　　　　〔他递给奥蒂利一张支票。

总　　统　属于国家事务,奥托。
　　　　　〔总统和仆人一起下去。小桌子也被搬出去了。
　　　　　〔奥蒂利拿着支票独自站在舞台上,然后慢慢地从左边下去。
　　　　　〔主幕布拉开。

第十七场　退　位

中间幕布合上了。

左边有一张桌子和两把椅子，右边是酒吧。弗兰克五世坐在桌旁，喝着杜松子酒；艾格里清扫着通往中间幕布的台阶。他穿着一身工作服，背向观众。

奥蒂利从左边走上来，打算去酒吧，在前舞台中间停住脚步。

奥蒂利　戈特弗里德。

弗兰克五世　奥蒂利？

奥蒂利　你没有穿神父衣服？

弗兰克五世　为什么？人们早就忘记了我真的还活在世上。

〔奥蒂利向对面的弗兰克走去，坐在他身旁。

奥蒂利　纪尧姆，也来一杯杜松子酒。

〔纪尧姆端上来。

奥蒂利　我去过总统那里，我向他坦白了我们的罪孽，我永远害怕被发现是没有意义的。这里有一张支票。（把支票递给他）我们从父辈手里接过来的银行又有支付能力了。我们不必再害怕这个世界上的任何勒索者了，现在终于可以清算了。

弗兰克五世　我们已经清算完了。

奥蒂利　勒索者来过了？

弗兰克五世　昨天夜里。

奥蒂利　你们把他干掉了？

弗兰克五世　我已经把这个家伙控制在手中。但是这样一来，我一下子觉得整个事情变得太恶心人；这样一来，从我内心里，那善良的东西一下子都爆发出来——就像火山爆发一样。

奥蒂利　原来如此。那么后来怎样呢，火山爆发之后呢？

弗兰克五世　老婆子，我把从父辈手里接过来的银行送给勒索者了。

奥蒂利　送人了？

弗兰克五世　是的，送人了。我终于想过贫穷和善良的日子，我曾经的梦想一直如此。

奥蒂利　戈特弗里德。

弗兰克五世　奥蒂利？

奥蒂利　勒索者是谁呢？

弗兰克五世　是谁并不重要。平平常常一个有知识的人。与保利结成了同盟。一个奸诈狡猾的正人君子。把他的骗子伎俩实施得天衣无缝。没有我。在这种情况下，弗兰克五世不再参与其中，作为一个穷人，我现在才真的可以这样做了。

奥蒂利　与保利结成了同盟，真可笑，你有时候哪来这样一些离奇古怪的想法呢。再来一杯杜松子酒，纪尧姆。

弗兰克五世　两杯。

〔弗兰克五世注视着那张支票，大笑起来。

弗兰克五世　现在你又抱着自己的坦白给那个正直的绅士献上了百般的殷勤。这张支票的抬头开的是银行，只有新任行长才能将它兑现。

〔纪尧姆端上来。

奥蒂利　我们把自己玩个精光。

弗兰克五世　门卫！

〔艾格里跟跟跄跄地走过来。

艾格里　嗨？

弗兰克五世　把这张支票送给新行长。

艾格里　好吧。（跟跟跄跄地走进银行）

〔沉默。

奥蒂利 这不是艾格里吗?

弗兰克五世 他被降级了,保利成了他的继任者,也变得忠心耿耿。整个教育都见鬼去吧。

奥蒂利 艾格里当门卫,这简直是胡闹,就这样浪费一个天才。

弗兰克五世 连那个清洁女工也被他们扫地出门了。

奥蒂利 一伙无视社会公德的流氓。

弗兰克五世 到了非得退位不可的时候了。不然的话,你只能自取其辱。

〔沉默。

弗兰克五世 奥蒂利。

奥蒂利 戈特弗里德?

弗兰克五世 你昨天晚上还跟那个新来的职员见了面——

奥蒂利 见了面能怎样?

弗兰克五世 那个姑娘是谁呢?

奥蒂利 无关紧要,平平常常的一个姑娘。

弗兰克五世 你为什么向总统坦白了一切呢?

奥蒂利 我也想有个了结,弗兰克!我终于也想贫穷和善良,像你一样。

弗兰克五世 平平常常一个姑娘。当然,如果不是一个平平常常的姑娘,还会另有什么人呢。好傻呀,你有时候怎么会这样想呢。纪尧姆,再来一杯杜松子酒。

奥蒂利 两杯。

弗兰克五世 我曾是一个不够格的懦弱的流氓,在我的心里,对于善的渴望太狂热,但它确实很真实。人们总会有一天拿我跟哈姆雷特相提并论。

〔纪尧姆端上酒来。

奥蒂利 一个废话连篇的老朽。

〔沉默。

弗兰克五世 奥蒂利。

奥蒂利　戈特弗里德？

弗兰克五世　我总是不由自主地惦念弗兰齐斯卡,惦念我们的女儿,由来已久了!

奥蒂利　而我则惦念赫伯特,惦念我们的儿子。

弗兰克五世　你还记得吗,她是怎样抓着我的手勇敢地迈出了第一步,接着立刻又是一步。

奥蒂利　你还记着吗,他患上了白喉,医生们都让我们别再抱什么希望。但是我却让他度过了鬼门关,戈特弗里德,是我让他度过了鬼门关。

弗兰克五世　有一点我记在心里,奥蒂利,有一点我坚定不移地记在心里:弗兰齐斯卡一直很乖巧。不管哪个男人,只要娶她为妻,准会幸福。

奥蒂利　我的儿子赫伯特,这个可爱的小子,但愿他别抽太多的烟。

弗兰克五世　纪尧姆,买单。付钱。

奥蒂利　我们现在去哪儿呢?

弗兰克五世　不知道。我们一无所有了。

奥蒂利　几乎一无所有了。

〔沉默。

弗兰克五世　我们隐居吧。

奥蒂利　我们消失吧。

艾格里　他们就这样隐居了,逐渐消失在杜松子酒里

他还说一说歌德,她独自在发呆

弗兰克五世完蛋了,噢,老天啊,你怀着敬畏听一听

他虽是个骗子,可是你将看看在他之后又是什么样的骗子

你瞧瞧,又一帮骗子已经粉墨登场。

〔中间幕布拉开。

〔挂着从弗兰克一世到弗兰克五世祖先画像的行长办公室。

〔赫伯特、弗兰齐斯卡、保利·诺伊科姆坐在沙发上。

艾格里　我来介绍吧:银行新领导

弗兰克六世万岁!
罪孽深重的古老的巴比伦塔
早就名存实亡了
这里不再杀害,财源滚滚来:
只有真诚引领你走向黑暗的目标。
历史就这样结束,可我呢,我却没有到头
世界商业的巨大旋涡
一再把我冲刷到光天化日之下。
我还在扫地,但是后天一到
我就会站在你们的财务科,伪造你们的账本
等不到年终到来时
我将会重新当上人事主任手握大权站在这里
我又回来了,就像现在那些当时在这家银行里结局不幸的人
又回来了一样。
〔所有参加表演者上台来到舞台前沿。

艾格里 从今往后,你们这些可爱的人们
对所有蜗居在权力体系中的我们
对靠着凶犯逻辑自欺欺人的我们来说
又是一个刽子手的时代
无论在这儿还是在那儿或者别的什么地方
你们随便指定名字、信息和国家
只可惜不管怎样都是对的。
你们都会大声呼喊,就像我们唱着
所有那些强大、自鸣得意和精疲力竭的人唱过的
那首令人不安的歌:

众 人(疯狂地) 自由好美妙,啊呵,大家都知道
可当你要伸手去抓它时,自由却立刻消失得无影无踪
谁生活优裕,谁就会落在陷阱中
倘若你想要出去,这陷阱就啪的一声关闭。

549

物理学家

二幕喜剧

（1980年新稿）

叶廷芳　译

Friedrich Dürrenmatt
Die Physiker
Eine Komödie in zwei Akten
Neufassung 1980

作于1961年。1962年2月21日于苏黎世剧院首演。

根据苏黎世第欧根尼出版有限公司1998年版译出。

献给苔蕾瑟·吉泽①

---

① 苔蕾瑟·吉泽(Therese Giehse,1898—1975),德国著名女演员,曾先后扮演过迪伦马特《老妇还乡》《物理学家》等名剧中的女主角。值逝世二十周年,德国曾为其发行带有她头像的邮票。

人物

玛蒂尔德·封·察思德博士小姐——精神病医生

玛尔塔·博尔——护士长

莫尼卡·施泰特勒——护士

乌韦·西弗斯——护理长

麦克阿瑟——护理

穆里洛——护理

赫伯特·格奥尔格·博伊特勒——人称牛顿　病人

恩斯特·海因里希·埃内斯蒂——人称爱因斯坦　病人

约翰·威廉·默比乌斯——病人

奥斯卡·罗泽教士

莉娜·罗泽教士太太

阿道尔夫-弗里德里希
维尔弗里德-卡斯帕尔　｝莉娜的男孩子
约尔格-卢卡斯

理查德·福斯——刑事巡官

古尔——警察

布洛赫——警察

法医

第 一 幕

地点：一座私人疗养院的"别墅",名叫"樱桃园",虽然有点破旧,但有一间舒适的客厅。

周围环境：眼前是一段天然的湖岸,稍远的一段则经过人工堆砌;再后面是一座中小城市。

既有城堡又有旧城,原先是颇为别致的小城,现在却杂有一些保险公司的难看不过的大楼。这个小城的生计主要靠一所设备简陋的大学——它具有一个扩充了的神学系和夏季语言训练班,其次靠一所贸易学校和一所牙科专科学校,还有就是靠几所女子寄宿学校和几乎不值得一提的轻工业,因而它远离喧嚣的世界。此外,那郊区的景色美不胜收,足以令人心旷神怡,尤其是那青翠的连绵山峦,密林覆盖的山坡和宽阔的湖面以及近郊那一片广阔的、傍晚炊烟缭绕的平原——昔日是阴暗的沼泽,如今是沟渠纵横的良田沃土。这一带不知什么地方有一座监狱及其所属的大农场,因此大大小小一群一群的犯人,随处可见;他们默默无语,有的锄草,有的掘地。但地理环境毕竟是无关紧要的,这里只不过是为了叙述精确起见提一下而已,我们可一刻也不会离开这座作为疯人院——现在终于说出这个词儿了——的"别墅",说得更精确些,我们也永远不会离开这座客厅,我们已经开始严格遵守空间、时间和情节的统一了;情节发生于疯人之中,只有古典主义的形式才能适合于它。

言归正传吧,关于"别墅",情况是这样的:这一疯人院的创始人博士小姐——荣誉称号叫玛蒂尔德·封·察思德医学博士——一度把她的全部病人都安置在这里面,他们中有患白痴的上流人物、血管硬化而不再理政的政治家、体质虚弱的百万富翁、患精神分裂症的作家、因抑郁以致神经错乱的工业巨头,等等,总之,他们是半个西方世界里患精神病的出类拔萃的人物,因为博士小姐是十分有名的,这不仅由于这个成天穿着白褂子的驼背老处女是本地名门望族的最后一个值得一提的后代,还由于她是一个博爱主义者,并且可以毫不夸张地说,是个具有世界声誉的精神病医生(刚刚发表了她和卡·古·容①的通信集)。如今那些头面人物和经常令人感到麻烦的病人都搬到漂亮、明亮的新房子去了,花了惊人的代价,最邪恶的过去也会变成纯洁的愉悦。新房子坐落在建有各种亭台楼榭(小礼拜堂里有埃尼②的玻璃画)的大花园里的南半部,面对平原;而有不少高大树木荫蔽的草地从"别墅"向下倾斜,直伸展到湖边。湖的沿岸有一道石墙。

"别墅"里如今住的人寥寥无几,在大多数的情况下,出入客厅的只是三个病人,凑巧都是物理学家;说凑巧也不尽然,人们根据人道的原则,让那些应当待在一起的人住在一起。他们独自生活,每个人构筑了他幻想的世界,在客厅里一起用餐,有时讨论他们的科学,或者默默地坐着发呆;他们安分、听话、无所要求、容易照料,都是讨人喜爱的疯子。一言以蔽之,如果不是最近以来发生了令人忧虑的,不,简直是可怕的事情的话,他们本来可以称为真正的模范病人:他们中的一个在三个月前勒死了一个护士,而现在又发生了相同的事件。于是屋子里又来了警察。因此客厅里进进出出的人比平时多了。护士的尸体被指定放在发生悲剧现场的那块镶木地板上,在背景的后面,以免使观众不必要地害怕,但让人看得出,这里进行过一番搏斗。家具明显地弄得乱七八糟。一座落地灯和两张圈手椅倒在地上,左

---

① 卡尔·古斯塔夫·容(1875—1961),通译为卡尔·古斯塔夫·荣格,瑞士心理学家兼精神病医生,在研究精神分裂症方面卓有成就。
② 汉斯·埃尼(1909—2015),瑞士画家、雕刻家。

前端一张圆桌翻倒了,几只桌腿对着观众。

此外,改建成的疯人院——该别墅曾经是察思德家的避暑之地——的客厅里留下了痛苦的痕迹。墙壁从上到下至一人高处刷上一层合乎卫生要求的蜡克罩光漆,从而使其下面仍然保留着的精工抹上的石膏平面明亮地显出它的本色。背景上的三扇门从一间小客厅,通向各个物理学家的病房,三扇门都蒙着黑色的皮革。此外,这些门分别标着1至3的门号。左侧靠近前厅的一排暖气总管样子很难看;右侧有一个盥洗池,上面一条横杆上晾着几条毛巾。

2号房间(即中间那个房间)传来有钢琴伴奏的小提琴声,那是贝多芬的《克莱采奏鸣曲》。左方是花园的正面,落地窗的底端与铺着地毯的镶木地板平。窗子左右两侧各有一条宽大而厚实的窗帘。旁门通向一座平台,十一月的明朗阳光使平台的石栏在花园里格外醒目。那是下午四点半过后不久。一座废旧的壁炉龛前面围着炉栅,壁炉的右上方挂着一幅具有尖形下颔的老年人肖像,肖像嵌在结实的镀金镜框里。炉龛的右前方是一扇橡木门,棕色的格式天花板底下悬吊着沉重的枝形灯架。家具:圆桌,围着它放着三把椅子——客厅已打扫过——它们一律漆成白色。其余的家具有点陈旧,反映了不同时代的风格。右前方是一张沙发和一个茶几,在它们的两侧各有一张圈手椅。落地灯照旧放在沙发后面,因此房间给人的感觉还是很宽敞的:属于舞台上用的东西很少,现代戏剧和古代戏剧相反,羊人戏演在悲剧之前①。我们可以开演了。

刑事警察在围着尸体活动,他们穿着便服,不慌不忙,是些快活的小伙子。他们那份白葡萄酒早已下肚,嘴里还冒着酒味。他们测量呀,验指印呀,等等。刑事巡官理查德·福斯头戴帽

---

① 羊人戏,古希腊一种插科打诨性质的闹剧,角色化装成半羊半人形,通常在演完悲剧之后,再演一场羊人戏,以调剂一下剧场的气氛。

子,身穿大衣,站在客厅的中间。左边是护士长玛尔塔·博尔,她那坚毅的神情看起来就像她的名字所叫的那样,是个真正的玛尔塔①。右侧外面的圈手椅上坐着一个警察,并用速记法做记录。刑事巡官从一个棕色的盒子里取出一支雪茄烟。

巡　官　可以抽烟吗?
护士长　没有这样的先例。
巡　官　请原谅。(他收起雪茄烟)
护士长　来杯茶?
巡　官　最好是烧酒。
护士长　您是在疗养院里。
巡　官　那就什么都不要。布洛赫,你可以拍照了。
布洛赫　是,巡官先生。
　　　　〔拍照。镁光灯发出闪光。
巡　官　那位护士叫什么名字?
护士长　伊雷尼·施特劳布。
巡　官　年龄?
护士长　二十二。科尔旺人。
巡　官　有家属吗?
护士长　有个哥哥,在东瑞士。
巡　官　通知他了没有?
护士长　打了电话。
巡　官　凶手是谁?
护士长　对不起,巡官先生……这个可怜人确实有病。
巡　官　那好吧:案犯是谁?
护士长　恩斯特·海因里希·埃内斯蒂。我们叫他爱因斯坦。

---

① 玛尔塔这个名字源出《圣经》。《圣经》中的玛尔塔与其姐姐拉撒路和马利亚均为耶稣所爱。她虽受耶稣训斥,但对耶稣的信赖与爱戴却坚定不移。

巡　官　为什么?

护士长　因为他把自己当作爱因斯坦。

巡　官　哦,原来是这样。(他转向那个正在速记的警察)古尔,护士长的话您记下来了吗?

古　尔　记下了,巡官先生。

巡　官　也是勒死的吗,医生?

法　医　很明显。用的是落地灯上的电线。这些精神病人发作起来往往力大无比,真是有点儿非凡。

巡　官　哦,你这样觉得。那么,我看让一些女护士来护理这些精神病人是不负责任的。这已经是第二起谋杀了……

护士长　可不能这样说呀,巡官先生。

巡　官　第二起不幸事故;都是三个月内在樱桃园疗养院里发生的。(他掏出一本笔记本)八月十二日,一个名叫赫伯特·格奥尔格·博伊特勒的人,自认是伟大物理学家牛顿,他勒死了护士多罗特娅·莫塞尔。(他放回笔记本)也发生在这间客厅里。要是安排的是男护理,那就绝不会发生这样的事情。

护士长　您信不信?多罗特娅·莫塞尔护士曾是女子角力协会的会员,而伊雷尼·施特劳布护士是全国柔道联合会的女子冠军。

巡　官　那您呢?

护士长　我举重。

巡　官　现在我能不能看一看凶手……

护士长　请注意用词,巡官先生。

巡　官　……哦,看一看案犯?

护士长　他在拉提琴。

巡　官　他在拉提琴,这是什么意思?

护士长　您不是在听着嘛。

巡　官　那他该停止啦。(护士长没有立即做出反应)我得审问他。

护士长　不行。

巡　官　为什么不行?

护士长　从医疗角度看,我们不允许这样做,埃内斯蒂现在非得拉琴不可。

巡　官　不管怎么说,这个家伙勒死了一个护士。

护士长　巡官先生,这不是一个家伙,而是一个病人,他必须安静。因为他把自己当作爱因斯坦,他只有在拉提琴的时候才能安静下来。

巡　官　难道是我发疯了?

护士长　不!

巡　官　把人搞糊涂了。(他擦了擦汗)这里真热。

护士长　根本不热。

巡　官　玛尔塔护士长,请您把主任女医生叫来。

护士长　也不行。博士小姐正给爱因斯坦伴奏钢琴。爱因斯坦只有在博士小姐的伴奏下才能安静。

巡　官　三个月前,为了能使牛顿安静,博士小姐曾不得不跟他下棋。我再也不信这一套了,玛尔塔护士长。我非得跟主任医生说几句话不行。

护士长　好吧,那就请您等着。

巡　官　提琴还要拉多久?

护士长　一刻钟,一个钟头,看情况。

巡　官(竭力克制着自己)　好,我就等着。(他咆哮起来)我就等着!

布洛赫　报告巡官先生,我们已经搞得差不多了。

巡　官(声音混浊地)　可人家把我也搞得差不多了。

〔静场。巡官擦了擦汗。

巡　官　你们可以把尸首弄出去了。

布洛赫　是,巡官先生。

护士长　有一条路穿过花园通往小教堂,我来给先生们指一指。

〔她打开边门。女尸被抬了出去。器械也一起搬了出去。巡官摘掉帽子,精疲力竭地坐在沙发左边的圈手椅上。在钢琴伴奏下,小提琴的声音仍不断传来。赫伯特·格奥尔格·博伊特勒穿着一身十八世纪初的服装,头戴假发,从3号房间走出来。

牛　　顿　我是艾萨克·牛顿爵士。
巡　　官　我是刑事巡官理查德·福斯。(他坐着不动)
牛　　顿　很高兴。非常高兴。真的。我听到过挣扎、呻吟、喘息的响声,接着人们来来去去。敢问,这里发生什么事了?
巡　　官　护士伊雷尼·施特劳布被人勒死了。
牛　　顿　全国柔道联合会的女子冠军?
巡　　官　全国冠军。
牛　　顿　真可怕。
巡　　官　被恩斯特·海因里希·埃内斯蒂勒死的。
牛　　顿　但他正在拉提琴呢。
巡　　官　他必须安静。
牛　　顿　这场搏斗恐怕把他弄得也够呛,他体质本来就虚弱。他用了什么?
巡　　官　落地灯上的电线。
牛　　顿　落地灯上的电线。也有这种可能性。这个埃内斯蒂。他使我感到难过。难过极了。那位柔道冠军也使我感到难过。请您允许,我得把屋子收拾一下。
巡　　官　请吧。现场已经拍过照了。
　　　　　〔牛顿将桌子翻过来放正,又摆好椅子。
牛　　顿　我容忍不了这乱七八糟的场面,我本来就是由于讲究秩序而成为物理学家的。(他竖起落地灯)我之所以成为物理学家,就是为了使大自然中的杂乱无章的现象还其井然有序的原貌。(他点燃一支香烟)我抽烟妨碍您吗?
巡　　官 (高兴地)　恰恰相反,我……(他正要从烟盒里取出一支烟)
牛　　顿　请原谅,因为我们刚刚谈到了秩序:这里只允许病人抽烟,而不允许探视者抽烟。要不,整个会客室马上就会弄得乌烟瘴气了。

巡　官　我明白。(他把烟盒又放了回去)

牛　顿　要是我来一小杯白兰地……对您妨碍吗?

巡　官　绝对不妨碍。

〔牛顿从炉栅后面拿出一瓶白兰地和一只玻璃杯。

牛　顿　这个埃内斯蒂。我完全给搞糊涂了。一个人怎么可以把一个护士勒死呢!(他坐到沙发上,给自己斟酒)

巡　官　说起来,您也勒死过一个护士啊。

牛　顿　我?

巡　官　多罗特娅·莫塞尔护士。

牛　顿　那位女角力士吗?

巡　官　在八月十二日。用的是拉窗帘的绳子。

牛　顿　但这的确不可相提并论啊,巡官先生。我毕竟没有发过疯。祝您健康。

巡　官　祝您健康。

〔牛顿喝酒。

牛　顿　多罗特娅·莫塞尔护士。我还能记得起来那个样儿。淡淡的金黄色头发。力气很大,超过常人。身体虽然肥胖,但挺有弹性。她爱我,我也爱她。除了拉窗帘的绳子,没有别的办法可以使我摆脱这进退维谷的窘境。

巡　官　进退维谷的窘境?

牛　顿　我的任务是思考万有引力,而不是去爱一个女人。

巡　官　我理解。

牛　顿　再说,年龄也太悬殊了。

巡　官　那还用说。您肯定是远远超过两百岁了。

牛　顿(惊讶地凝视着他)　为什么呢?

巡　官　喏,听我说吧;当牛顿……

牛　顿　您变傻了吧,巡官先生,要不,您只是装成这样?

563

巡　官　您听我说下去吧……
牛　顿　您真的相信我是牛顿？
巡　官　您自己这样认为嘛。
　　　　〔牛顿怀疑地环顾四周。
牛　顿　巡官先生，我可以向您透露一个秘密吗？
巡　官　当然可以。
牛　顿　我不是艾萨克爵士。我不过是冒充牛顿罢了。
巡　官　那是为什么？
牛　顿　为了不使埃内斯蒂精神混乱。
巡　官　我不理解。
牛　顿　跟我的情况相反，埃内斯蒂确实有病。他自以为是阿尔伯特·爱因斯坦。
巡　官　这和您有什么相干？
牛　顿　如果埃内斯蒂现在知道，阿尔伯特·爱因斯坦原来是我，那恐怕非闹翻不可。
巡　官　您是说……
牛　顿　是的，我就是著名物理学家和相对论的奠基者。一八七九年三月十四日生于乌尔姆。
　　　　〔巡官有点迷惑不解地站起来。
巡　官　非常高兴。
　　　　〔牛顿同样站起来。
牛　顿　您就干脆叫我阿尔伯特吧。
巡　官　那您叫我理查德好了。
　　　　〔他们相互握手。
牛　顿　我敢向您保证，我演奏起《克莱采奏鸣曲》来，远比恩斯特·海因里希·埃内斯蒂的演奏动人心弦。他演奏行板简直不堪入耳。
巡　官　我对音乐一窍不通。
牛　顿　我们坐下来谈吧。

〔牛顿把巡官拉到沙发上。他一只胳膊搂着巡官的肩膀。

牛　　顿　　理查德。

巡　　官　　啊,阿尔伯特?

牛　　顿　　您因为不能逮捕我而感到恼火,对不对?

巡　　官　　哪里,阿尔伯特。

牛　　顿　　您想逮捕我,是不是因为我勒死了那位护士?或者是因为我的研究促成了原子弹的产生?

巡　　官　　哪里,阿尔伯特。

牛　　顿　　理查德,假如您拧一下这门旁边的开关,会发生什么现象?

巡　　官　　灯就亮了。

牛　　顿　　因为您接通了电流。理查德,您懂得一点电的知识吧?

巡　　官　　我不是物理学家。

牛　　顿　　关于电我也懂得很少。我仅仅根据自己对自然的观察提出了一种理论,我用数学的语言写下了这一理论,同时得出了许多公式。然后来了技术专家,他们一心围绕这些公式动脑筋。他们摆布电就像老鸨摆布妓女一样。他们充分利用这些公式。他们制造机器,但一种机器只有在人们不需要了解发明它的理论而独立存在的时候,它才是有用的。因此今天任何蠢驴都能够叫一个灯泡发光……或者使一个原子弹爆炸。(他拍拍巡官的肩膀)理查德,就为这个您现在想逮捕我。这是不公平的。

巡　　官　　我可根本没有想逮捕您呀,阿尔伯特。

牛　　顿　　那仅仅是因为您以为我疯了。但既然您对电一窍不通,您为什么并不拒绝把灯拧亮呢?在这个问题上,您就是刑事犯,理查德。不过眼下得把我的白兰地藏起来,不然玛尔塔·博尔护士长可要发脾气了。(牛顿又把那瓶白兰地藏到壁炉栅后面,然而酒杯仍然摆着)再见!

巡　　官　　再见,阿尔伯特。

牛　　顿　　您逮捕您自己去吧,理查德!(他又退回到3号房间)

巡　　官　　现在我干脆抽烟。

〔他毅然打开烟盒,取出一支雪茄烟,点燃它,吸起来,布洛赫从旁门进来。

布 洛 赫　我们已经做好开车准备了,巡官先生。

〔巡官狠狠地跺脚。

巡　官　我在等人呢,等主任医生!

布 洛 赫　是,巡官先生。

〔巡官平静下来,咕哝着说话。

巡　官　布洛赫,领大伙回城去,我随后就来。

布 洛 赫　是,巡官先生。(下)

〔巡官眼望着前方,吧嗒吧嗒地吸着烟,他站起来,执拗地在客厅里来回踱步,然后在炉子前面停下来,端详着挂在墙上的那张肖像画。这时候,提琴和钢琴的演奏都停止了。2号房间的门打开,玛蒂尔德·封·察思德博士小姐从里面出来。她驼背,约莫五十五岁,身穿白大褂,脖子上挂着听诊器。

博士小姐　这幅画像画的是我父亲,枢密顾问奥古斯特·封·察思德。在我把这座别墅改成疗养院以前,他就住在这里。一个伟大的男子,一个真正的人。我是他的独生女儿。他像痛恨瘟疫一样痛恨我,他像痛恨瘟疫一样痛恨所有的人。他也许是有道理的,因为作为经济界领袖,他觉得展现在眼前的是人性的深渊,而这对于我们精神病医生来说,却永远是关闭着的。我们精神病医生无非是些毫无希望的浪漫主义博爱论者。

巡　官　三个月前这里挂的是另一幅肖像。

博士小姐　那是我的叔父,政治家,约阿希姆·封·察思德首相。(她把乐谱放在沙发前的茶几上)好,埃内斯蒂已经安静下来了,他倒在床上睡着,像个幸福的孩童。我又可以松口气了,刚才我担心他还要演奏勃拉姆斯第三奏鸣曲呢。(她在沙发左边的圈手椅上坐下)

巡　官　对不起,封·察思德博士小姐,在这个禁止抽烟的地方我抽起烟来了,可是……

博士小姐　您尽管放心地抽吧,巡官,我也急需来支烟,管她玛尔塔护士长!请给我火吧。

〔巡官递给她火,她抽起来。

博士小姐　惨不忍睹。这个可怜的伊雷尼护士。这样一个清白无辜的年轻姑娘。(她发觉那只玻璃杯)牛顿喝的?

巡　官　是我刚才享受了一下。

博士小姐　我还是把杯子拿走好些。

〔巡官走到她面前,把杯子放到壁炉栅的后面去。

博士小姐　为了防备护士长。

巡　官　我明白。

博士小姐　您和牛顿攀谈过了?

巡　官　我有所发现。(他坐到沙发上)

博士小姐　祝贺您。

巡　官　牛顿实际上自以为是爱因斯坦。

博士小姐　他对谁都这么说。但事实上他却把自己当做牛顿。

巡　官(愕然)　您这话有把握吗?

博士小姐　我的病人把自己当做谁,这个我说了算。我对他们的了解,远远超过他们对自己的了解。

巡　官　可能。那么博士小姐,您也该帮助帮助我们啰。政府在追查这件事情。

博士小姐　检察官态度怎样?

巡　官　暴跳如雷。

博士小姐　这可不能责怪我啊,福斯。

巡　官　两起谋杀……

博士小姐　请注意用词,巡官。

巡　官　两起不幸事件。发生在三个月内。您得承认,贵院的安全措施是不能令人满意的。

博士小姐　您究竟是怎么设想这些安全措施的,巡官?我领导的是一所疗养院,不是一座牢房。在凶手杀人之前,您总不能将他们关起来吧。

巡　官　现在讲的不是凶手,而是疯子,而这些人随时都会杀人的。

博士小姐　健康的人也会杀人的,而且更加经常。我只要一想到我的祖父莱昂尼达斯·封·察思德,那个打了败仗的大元帅,就想到这一点。我们到底生活在什么样的时代呀? 医学是进步了,还是没有进步呀? 能把癫狂病人变成温顺的羔羊的新药物已经提供给我们了,还是没有提供呀? 难道我们还应当把他们关进单人病房,甚至还像早先那样,进牢笼也要尽可能戴上拳击手套吗? 我们实在无法做到把危险的和不危险的病人区分开来。

巡　官　对于博伊特勒和埃内斯蒂,这种区分办法无论如何是行不通的,这是明摆着的事。

博士小姐　遗憾,这使我感到不安,而不是您那个狂怒的检察官。

〔爱因斯坦拿着提琴从2号房间出来,他细高个儿,满头雪白的长发,蓄着上须。

爱因斯坦　我醒了。

博士小姐　可不是,教授。

爱因斯坦　刚才我拉的提琴悦耳吗?

博士小姐　美妙极了,教授。

爱因斯坦　是不是伊雷尼·施特劳布护士……

博士小姐　您不要再想这件事了,教授。

爱因斯坦　我还是睡觉去。

博士小姐　这就好了,教授。

〔爱因斯坦又回他的房间,巡官跳了起来。

巡　官　原来就是他呀!

博士小姐　恩斯特·海因里希·埃内斯蒂。

巡　官　杀人犯……

博士小姐　可别这样说,巡官。

巡　官　自以为是爱因斯坦的案犯。什么时候接收他进来的?

博士小姐　两年前。

巡　官　牛顿呢?

博士小姐　一年前。

博士小姐　两位都是不治之症。福斯,说实在的,我对于我的职业可不是新手,这您是知道的,检察官也是了然的,他对我的诊断书向来是给予好评的。我的疗养院闻名世界,费用也相应昂贵。我是不会发生过错的,那种引起警察进入我院的事故压根儿就没有发生过。如果说这里有什么人不见疗效的话,那么原因在医学,不在我。所发生的这些不幸事故都是事先无法预测的。要是病人是您或我,同样有可能把护士勒死。对于这样的事故医学上是无法解释的,除非……

〔她又取出一支烟,巡官把火递给她。

博士小姐　巡官,您没有注意到什么吗?

巡　官　注意到什么?

博士小姐　您想一想这两个病人吧。

巡　官　哦?

博士小姐　两个都是物理学家,核物理学家。

巡　官　还有呢?

博士小姐　您真是个没长心眼的人,巡官。

巡　官(思考着)　博士小姐。

博士小姐　您想说什么,福斯?

巡　官　您以为……

博士小姐　两个人曾经都是研究放射性物质的。

巡　官　您感到这里面有一种内在的联系?

博士小姐　我只想指出事实,如此而已。两个人都发了疯,两个人病情都在恶化,两个人对公众都有危险,两个人都勒死护士。

巡　官　您想到一种……由于放射性引起的大脑的变化?

博士小姐　可惜我对这种可能性不能不予以关注。

巡　官(环顾四周)　这扇门通向哪里?

博士小姐　通向前厅,通向绿色的客厅,通向二楼。

巡　官　这里还有多少病人?

博士小姐　三位。

巡　官　只有三位?

博士小姐　其余的在第一次不幸事故发生后,马上迁到新的房子里去了。幸亏我及时地让人给我盖了这幢新房子,是由富有的病人加上我的亲戚们募捐筹资的。在盖屋期间他们先后离开了人世。大多数都死在这里。后来我就成了惟一的继承人。命运啊,福斯。我永远是惟一的继承人。我的家族世世代代都患精神病,所以,如果我的精神状况还算比较正常的话,那不能不说是医学上一个小小的奇迹了。

巡　官(思考着)　第三个病人呢?

博士小姐　同样是一个物理学家。

巡　官　奇怪。您不感到奇怪吗?

博士小姐　我一点也不感到奇怪。我把病人分了类。作家归作家,大企业主归大企业主,女百万富翁归女百万富翁,物理学家归物理学家。

巡　官　他叫什么名字?

博士小姐　约翰·威廉·默比乌斯。

巡　官　他以前也是搞放射性研究的?

博士小姐　跟这毫无关系。

巡　官　说不定他也会……?

博士小姐　他在这里已经十五年了,一直很老实,他的状况始终没有变化。

巡　官　博士小姐,您不要回避。检察官提出的强烈要求是:您的物理学家必须由男护理来看管。

博士小姐　他应当由男护理来看管。

巡　官(抓起他的帽子)　好,您看到了这点,我很高兴。我已经两次来樱桃园了,封·察思德博士小姐,我不希望来第三次。

〔他戴上帽子,从左侧通过旁门下了台阶,穿过花园离去。玛蒂尔德·封·察思德博士小姐若有所思地目送着他。玛尔塔·博尔护士长从右边上场,惊愕,气喘吁吁,手里拿着一卷案宗。

护士长　别抽烟了,博士小姐……
博士小姐　噢,请原谅。(她把烟灭掉)伊雷尼·施特劳布护士入殓了吗?
护士长　在风琴跟前。
博士小姐　在她周围点上蜡烛,放上花圈。
护士长　我已经给弗罗伊茨花匠打了电话,吩咐他了。
博士小姐　我的姑母森塔怎么样?
护士长　很烦躁。
博士小姐　给她剂量加倍。我的表弟乌尔里希呢?
护士长　很稳定。
博士小姐　玛尔塔·博尔护士长,很抱歉,我不得不将樱桃园的一种传统做了结。直到现在我还只雇用了女护士,从明天起,将由男护理来看管别墅。
护士长　玛蒂尔德·封·察思德博士小姐,我不让人抢走我的三位物理学家。他们是我最有趣的病人。
博士小姐　这是我做出的最后决定。
护士长　我感到奇怪,您是从哪里弄到男护理的,尤其是在今天这样到处都需要人的时候。
博士小姐　这个您就让我来操心好了。默比乌斯太太来了吗?
护士长　她在绿色客厅里等候呢。
博士小姐　请她来吧。
护士长　这是默比乌斯先生的病历。
博士小姐　谢谢。

〔护士长把病历交给她,然后从右门出去,但出去前又转过身来。

571

护士长　可是……

博士小姐　什么事,玛尔塔护士长。

〔护士长下。封·察思德博士小姐打开病历,在圆桌上认真翻阅起来。护士长从右边领进罗泽太太和她的三个男孩,年龄分别为十四、十五和十六岁。老大背着一个书包。罗泽教士走在末尾。博士小姐站起来。

博士小姐　亲爱的默比乌斯太太……

罗泽太太　我现在叫罗泽,罗泽教士太太。我不得不忍心叫您吃惊,博士小姐,我在三个星期前嫁给罗泽教士了。也许有些仓促,我们是在九月份的一次会上认识的。(她脸红起来,有点不知所措地指着她的新丈夫)奥斯卡原先是个鳏夫。

博士小姐(跟罗泽教士握手)　祝贺您,罗泽太太,衷心地祝贺您。也向您祝贺,教士先生,祝您事事如意。(她向罗泽教士点点头)

罗泽太太　您理解我们的这一做法吧?

博士小姐　当然理解,罗泽太太。生活嘛,总得继续有滋有味。

罗泽教士　这里是多么宁静啊!气氛又是那么和睦。一种真正的神之和平笼罩着这座房子,赞美诗中有一句话说得多对呀:天主倾听着穷人的呼声,他也不轻视他的因犯。

罗泽太太　奥斯卡可是个好牧师呢,博士小姐。(她脸红起来)这几个是我的孩子。

博士小姐　你们好啊,孩子们。

三个男孩　您好,博士小姐。

〔最小的男孩从地上拾起了一点什么东西。

约尔格-卢卡斯　一根电灯线,博士小姐。地上捡的。

博士小姐　谢谢你,我的小伙子。多乖的孩子呀,罗泽太太。您可以满怀信心地展望未来。

〔罗泽太太在右侧的沙发上坐下;博士小姐坐在左侧的桌旁;三个男孩站在沙发后面;罗泽教士坐在右侧靠外的圈手

椅上。

罗泽太太　博士小姐,我把这几个孩子带来不是无缘无故的。奥斯卡接受了一席教职,在马里亚纳群岛。

罗泽教士　在太平洋。

罗泽太太　我的孩子们在出发前来认识一下他们的父亲,我认为这是合乎情理的。这是第一次,也是最后一次。当他得病的时候,他们都还小啊,而现在也许可以说是永别了。

博士小姐　罗泽太太,从医生角度讲,这样做可能是不大合适的,但从人情上说,我觉得您的愿望是可以理解的,我高兴地同意你们这次家庭团聚。

罗泽太太　我亲爱的小约翰·威廉病情怎样?

博士小姐(翻阅病历)　我们可爱的默比乌斯既不见好转,也没有恶化,罗泽太太。他钻在他的天地里。

罗泽太太　他还老说他看见所罗门王显灵吗?

博士小姐　还老是这样。

罗泽教士　一种可悲、可叹的迷乱。

博士小姐　罗泽教士先生,您的严格的判断使我有点儿惊奇。作为一位神学家,无论如何您得估计到某种奇迹的可能性。

罗泽教士　那当然啰……不过话得说回来,在一个精神病患者的身上是不可能的。

博士小姐　精神病人所看到的那些现象是真是假,精神病治疗学是不必去判断的。亲爱的教士,它需要考虑的仅仅是病人的情绪和神经状况。虽然症状发展缓慢,但对我们安分的默比乌斯来说,这是够不幸的了。有办法吗?我的上帝!胰岛素疗法也许还可以再试一次。我承认,因为别的疗法都毫无成效,都不采用了。可惜我不会魔术,罗泽太太,我不能用那种给小孩喂软食的办法使我们安分的默比乌斯健康起来,但我也不愿意折磨他。

罗泽太太　他知道不知道我和他离……我是说,他知道离婚的事吗?

博士小姐　我们跟他说了。

罗泽太太　他理解吗?

博士小姐　他对外界的事情几乎再也没有兴趣了。

罗泽太太　博士小姐,请您好好理解我,我比约翰·威廉大五岁。他还是十五岁的中学生时,我就在我父亲的家里认识了他,当时,他在那里租了一间阁楼。他是个孤儿,生活很苦。我设法让他读到高中毕业,后来又接济他攻读物理。在他二十岁生日时,我违背了父母的意愿,和他结了婚。我们日夜工作。他写他的博士论文,我在一个运输公司供职。四年后我们的老大阿道尔夫-弗里德里希出世,接着又生了另外两个男孩,好容易眼看就要当教授了,我们满以为可以松一口气,这时候约翰·威廉病了。他的病花去了我们大量的钱。我进了托布勒巧克力工厂,这样来维持全家的生活。(她默默地擦去一滴眼泪)我辛苦了一辈子。

〔全体感动。

博士小姐　罗泽太太,您是个勇敢的女人。

罗泽教士　而且是个好母亲。

罗泽太太　博士小姐,我把约翰·威廉送进贵院,一直住到现在,费用早就远远超过了我的支付能力,但是上帝助人是不厌其烦的。现在我的经济状况实在已经到了山穷水尽的地步,再也没有力量担负这笔增添的费用了。

博士小姐　可以理解,罗泽太太。

罗泽太太　博士小姐,我现在担心的是,也许您会以为,我之所以要嫁给奥斯卡,仅仅为了不承担对约翰·威廉的经济负担。可事实不是这样的,我现在还更困难呢,因为奥斯卡带过来六个孩子。

博士小姐　六个?

罗泽教士　六个。

罗泽太太　六个。奥斯卡是个热情的父亲,可现在得养活九个孩子,而奥斯卡身体并不强壮,他的薪水收入很少。(她哭起来)

博士小姐　别难过,罗泽太太,别难过。不要哭。

罗泽太太　我把我亲爱的可怜的约翰·威廉撇下不管,内心受到强烈的谴责。

博士小姐　罗泽太太!您用不着伤心。

罗泽太太　约翰·威廉现在准是关在国立疯人院里。

博士小姐　没有那回事,罗泽太太。我们安分的默比乌斯就住在这幢别墅里。信用担保。他已经住惯了,并且有了亲密、可爱的伙伴。我毕竟不是狠心的人。

罗泽太太　您待我真好,博士小姐。

博士小姐　根本不是,罗泽太太,根本不是。这事全靠捐助。像奥佩尔资助患病科学家基金会啦,施泰纳曼博士救济会啦,都是基金雄厚的,而我作为医生,为您的约翰·威廉从中募捐一点儿钱,那是我的义务。您尽管放心动身上马里亚纳群岛去好了。不过现在让我们把我们可爱的默比乌斯叫来见见面吧。

〔她走到后面,打开1号房间的门,罗泽太太激动地站起来。

博士小姐　亲爱的默比乌斯,有人来看望您了。现在请离开一下您的物理学家隐居室,跟我来吧。

〔约翰·威廉·默比乌斯从1号房间出来,看上去四十来岁,有点儿迟钝。他不安地环顾一下房间,看看罗泽太太,又看看男孩们,最后转向罗泽教士,似乎茫茫然然毫不理解,默然不语。

罗泽太太　约翰·威廉。

三个男孩　爸爸。

〔默比乌斯不语。

博士小姐　我安分的默比乌斯,我希望您再认一认您的夫人。

默比乌斯(凝视着罗泽太太)　莉娜?

博士小姐　看清了吧,默比乌斯,当然是您的莉娜啰。

默比乌斯　你好啊,莉娜。

575

罗泽太太　约翰·威廉,我最最亲爱的约翰·威廉。

博士小姐　好,就这样吧。罗泽太太,教士先生,要是你们还有什么事要跟我讲,我待在那边新房子里听候吩咐。(她从左边旁门下)

罗泽太太　这是你的孩子,约翰·威廉。

默比乌斯(愕然)　三个?

罗泽太太　当然啰,约翰·威廉。三个。(她向他一一介绍孩子们)阿道尔夫-弗里德里希——你的老大。

〔默比乌斯跟他握手。

默比乌斯　很高兴,阿道尔夫-弗里德里希,我的大孩子。

阿道尔夫-弗里德里希　您好,爸爸。

默比乌斯　你多大啦,阿道尔夫-弗里德里希?

阿道尔夫-弗里德里希　十六,爸爸。

默比乌斯　你将来想干什么?

阿道尔夫-弗里德里希　当牧师,爸爸。

默比乌斯　记起来啦。有一次我曾牵着你的手走过圣约瑟夫广场。太阳火辣辣的,走路的影子就像两脚规量地。(默比乌斯转向第二个)你呢……你是……?

维尔弗里德-卡斯帕尔　我叫维尔弗里德-卡斯帕尔,爸爸。

默比乌斯　十四岁?

维尔弗里德-卡斯帕尔　十五岁。我想学哲学。

默比乌斯　哲学?

罗泽太太　一个特别早熟的孩子。

维尔弗里德-卡斯帕尔　我已经读过叔本华和尼采的书。

罗泽太太　你的小儿子,约尔格-卢卡斯,十四岁。

约尔格-卢卡斯　您好,爸爸。

默比乌斯　你好,约尔格-卢卡斯,我的小儿子。

罗泽太太　他最像你啦。

约尔格-卢卡斯　我要当物理学家,爸爸。

默比乌斯（惊惧地凝视着他的小儿子） 物理学家？

约尔格-卢卡斯 是的，爸爸。

默比乌斯 你切不可干这个，约尔格-卢卡斯，千万不可。我要打消你这个念头。我……我不许你干这个。

约尔格-卢卡斯（迷惘地） 可您自己也是物理学家呀，爸爸……

默比乌斯 我真不该当这个物理学家呢，约尔格-卢卡斯。从来不该当。要那样，我现在就不会住疯人院了。

罗泽太太 约翰·威廉，这个你确实弄错了。你住的是疗养院，不是疯人院。你的神经实在操劳过度了，这就是一切。

默比乌斯（摇摇头） 不，莉娜，人家都以为我疯了。所有的人，包括你，而且包括我的孩子们。因为我看见所罗门王显灵了。

〔大家窘迫地沉默。罗泽太太介绍罗泽教士。

罗泽太太 约翰·威廉，这里我向你介绍一下我的丈夫奥斯卡·罗泽。他是教士。

默比乌斯 你的丈夫？可我是你的丈夫啊。

罗泽太太 不再是了，亲爱的约翰·威廉。（她脸红起来）我们已经离婚了。

默比乌斯 离婚了？

罗泽太太 这你是知道的。

默比乌斯 不知道。

罗泽太太 封·察思德博士小姐通知过你，这是肯定的。

默比乌斯 可能。

罗泽太太 而后我才嫁给奥斯卡。他有六个男孩，他以前是古塔能的牧师，现在在马里亚纳群岛找了一个职位。

罗泽教士 在太平洋。

罗泽太太 我们后天从不来梅乘船出发。

〔默比乌斯沉默，大家窘迫。

罗泽太太 是呀，事情就是这样。

默比乌斯（向罗泽教士点头） 认识我孩子的新父亲，我感到高兴，

577

　　　　　　教士先生。
罗泽教士　我已把他们紧紧贴在我的心上,默比乌斯先生,三个都这样。上帝会对我们开恩,像赞美歌里唱的:主是我的统领,我将什么都不短缺。
罗泽太太　奥斯卡背得出所有的赞美歌。大卫的赞美歌,所罗门的赞美歌。
默比乌斯　我感到欣慰,孩子们找到了一个能干的父亲。我曾经是个无能的父亲。
罗泽太太　瞧你说的,亲爱的约翰·威廉。
默比乌斯　我衷心祝贺。
罗泽太太　我们不久就得动身了。
默比乌斯　去马里亚纳群岛。
罗泽太太　让我们告别吧。
默比乌斯　永远告别了。
罗泽太太　约翰·威廉,你的三个孩子都很有音乐天赋,他们木笛吹得可好呢。孩子们,给爸爸表演一下,作为告别吧。
三个男孩　是,妈妈。
　　　　　〔阿道尔夫-弗里德里希打开提包,分发木笛。
罗泽太太　坐下吧,亲爱的约翰·威廉。
　　　　　〔默比乌斯坐在圆桌旁,罗泽太太和罗泽教士坐在沙发上。
　　　　　三个孩子站在客厅中间。
约尔格-卢卡斯　吹一首布克斯台胡德的乐曲。
阿道尔夫-弗里德里希　一、二、三。
　　　　　〔三个孩子吹起了木笛。
罗泽太太　吹得欢些,孩子们,吹得欢些。
　　　　　〔孩子们吹得更加热烈,默比乌斯跳了起来。
默比乌斯　最好别吹了,对不起,最好别吹了。
　　　　　〔孩子们大惑不解地停止了吹奏。
默比乌斯　不要吹下去了,对不起,要吹所罗门所喜欢的。不要吹下去了。

罗泽太太　瞧你,约翰·威廉!

默比乌斯　对不起,不要再吹了,对不起,不要再吹了,对不起,对不起。

罗泽教士　默比乌斯先生,恰恰是所罗门国王将会对这三个天真烂漫的男孩演奏的木笛感到高兴。您不妨想想看:所罗门,他是赞美歌的作者;所罗门,他是演唱圣歌的歌手。

默比乌斯　教士先生,我当面见过所罗门,他歌颂苏拉密特,歌颂在玫瑰花下吃草的孪生小鹿,但他已不是那黄金时代的伟大国王了。他已扯下了他身上的紫袍……

〔默比乌斯突然从他的惊骇不已的家属身边朝后面迅步走向他的房间,推开了房门。

默比乌斯　……他赤裸着身子,散发着臭味,蹲在我的房间里,当潦倒的真理国王。他的赞美歌是可怕的,您仔细听,教士,您热爱赞美歌中的诗句,熟悉它所有的诗句,那么,请您把这些诗句也背下来吧:

〔他走到了左边的圆桌旁,把桌子翻了过来,跨进去,坐在里面。

默比乌斯　吟唱一首所罗门的赞美歌,歌颂宇宙航行员。
　　　　　　我们飞离地球进入天际,
　　　　　　踏上月球的荒漠土地。
　　　　　　有人已捷足先登
　　　　　　身陷尘埃,无声无息。
　　　　　　但大多数人却在水星的铅锅里蒸煮,
　　　　　　在金星的油坑里溶解;
　　　　　　而在火星上
　　　　　　太阳甚至用我们充饥;
　　　　　　它发出雷鸣般的轰响,
　　　　　　这个放射性的黄色球体。

罗泽太太	别唱了,约翰·威廉……
默比乌斯	木星散发着一股臭味,
	那是一团甲烷浆液急速地旋转不息,
	它这样强烈地逼迫着我们,
	使我们加尼米德①呕吐不已。
罗泽教士	默比乌斯先生……
默比乌斯	我们把诅咒献给土星。
	而后发生的事情不值一提:
	天王星,海王星
	一片灰绿,冥王星和超冥王星②
	遍体冰封,下流的戏谑
	在它身上降临。
三个男孩	爸爸……
默比乌斯	难道我们不是早就把太阳
	与天狼星混淆不清,
	又将天狼星与老人星相混,
	我们力竭精疲,升至深穹
	去驱赶几颗白色的星星,
	那里我们虽然从未登临,
罗泽太太	亲爱的约翰·威廉啊! 我最亲爱的约翰·威廉!
默比乌斯	可我们船里的木乃伊
	早已被尘埃弄得僵硬
	〔护士长和莫尼卡护士从右侧进来。
护士长	瞧您,瞧您,默比乌斯先生!
默比乌斯	我们已经是面目难辨,
	再也不把那呼吸着的地球思念。

---

① 加尼米德(即伽倪墨得斯),希腊神话中的侍酒俊童。
② 天文学界有人根据计算认为,太阳系中还有一颗比冥王星更远的行星,但尚未通过观察证实。

〔他发呆似的坐在底朝天的桌子里面。面孔好像假面具。

罗泽太太　亲爱的约翰·威廉。
默比乌斯　好了,你们逃亡到马里亚纳群岛去吧!
三个男孩　爸爸……
默比乌斯　逃走吧!快!逃到马里亚纳群岛去!(他咄咄逼人地站起来)

〔罗泽一家人不知如何是好。

护士长　来吧,罗泽太太。来,孩子们,还有罗泽教士。他必须安静,就这么回事儿。
默比乌斯　你们出去吧!出去!
护士长　一次轻微的发作,待会儿让莫尼卡护士陪着他,她会安慰他的。一次轻微的发作。
默比乌斯　滚开!永远滚!滚到太平洋去!
约尔格-卢卡斯　再见,爸爸!再见!

〔护士长领着惊恐不安、哭哭啼啼的一家人朝右边出去,默比乌斯不可遏止地向他们叫喊。

默比乌斯　我再也不愿见你们了!你们污辱了所罗门国王!你们应该受诅咒!你们应该同马里亚纳群岛一起沉入马里亚纳大海!一万一千米深。你们应当在大海的最黑暗的洞窟里腐烂发臭,被上帝遗忘,被人们遗忘!
莫尼卡护士　就剩下咱们俩了。您家里的人再也听不见您说话了。

〔默比乌斯惊奇地凝视着莫尼卡护士,好像终于清醒了过来。

默比乌斯　哦,这么回事儿,当然啰。

〔莫尼卡护士不语;他有些尴尬。

默比乌斯　刚才我是不是有点儿过于激烈了?
莫尼卡护士　相当激烈。
默比乌斯　我必须把真话说出来。
莫尼卡护士　显然。

默比乌斯　我方才慷慨激昂。

莫尼卡护士　那是您装出来的。

默比乌斯　您看穿我了？

莫尼卡护士　我护理您两年了。

默比乌斯(来回走动,然后停了下来)　好。我承认。我刚才是装疯。

莫尼卡护士　为什么呢？

默比乌斯　为了与我的妻子和我的孩子们告别,永远告别。

莫尼卡护士　采取这种可怕的方式？

默比乌斯　采取这种人道的方式。既然住在疯人院里,如果要把过去涂抹掉,那么最好的办法是采取发疯的行动:这样我的家庭可以心安理得地把我忘掉。我的举动消除了他们再来探访我的欲念。从我这方面说,是无关紧要的,我考虑的仅仅是院外他们的生活。当疯子是要花钱的。十五年来,我的好莉娜为我付出了惊人的数目,必须最后一笔勾销掉。刚才就是个有利的机会。该披露的东西,所罗门已经向我披露了。可能发明一切的体系已经完成,最后几页是根据所罗门的口授记录的。我的妻子已经找到了一个新的丈夫,非常正直的罗泽教士。您放心好了,莫尼卡护士。现在一切都已恢复正常。(欲下)

莫尼卡护士　您做得很有计划性。

默比乌斯　我是物理学家。(转身向他的房间走去)

莫尼卡护士　默比乌斯先生。

默比乌斯(停住脚步)　什么事,莫尼卡护士？

莫尼卡护士　我要跟您谈谈。

默比乌斯　请吧。

莫尼卡护士　这事关系到咱们俩。

默比乌斯　让我们坐下谈吧。

〔他们坐了下来:她坐在沙发上,他坐在她左边的圈手椅里。

莫尼卡护士　我们也要互相告别了,也是永远告别。

默比乌斯(吃惊)　您离开我?

莫尼卡护士　这是命令。

默比乌斯　出什么事了?

莫尼卡护士　人家正要把我调到主楼去。明天这里由男护理来值班,任何女护士再也不准进这座别墅了。

默比乌斯　因为牛顿和爱因斯坦的事?

莫尼卡护士　根据检察官的要求。主任医生害怕招麻烦,她让步了。

〔沉默。

默比乌斯(神情颓丧)　莫尼卡护士,我笨拙得很。我没有学会表达情感,同那两位病友说点本行的事情,几乎称不上谈话。我沉默了,我惴惴不安,灵魂也惴惴不安。但您该知道,自从我认识了您以来,对我来说,一切都起了变化。我更能容忍一些了。现在,这样的日子也过去了。这两年里,我较之以往要愉快一些。因为通过您,莫尼卡护士,我获得了勇气,决心在幽居中度过一生,并接受我当……疯子……的命运。再见吧。(他站起来,想跟她握手)

莫尼卡护士　默比乌斯先生,我不认为您是……疯子。

默比乌斯(笑起来,重又坐下)　我自己也认为没有疯,但这丝毫改变不了我的处境。我很倒霉,所罗门王偏偏向我显灵。在科学领域,眼下没有比一个奇迹更为伤风败俗的了。

莫尼卡护士　默比乌斯先生,我相信这个奇迹。

默比乌斯(不知所措地盯着她)　您相信?

莫尼卡护士　相信所罗门王。

默比乌斯　就是说,他在我面前显灵?

莫尼卡护士　他是在您面前显灵。

默比乌斯　每天?每夜?

莫尼卡护士　每天,每夜。

默比乌斯　那么您相信,他向我口授自然界的秘密?各个事物之间的相互联系？可能发明一切的体系？

莫尼卡护士　我相信这些。而且,如果您说还有大卫国王带着他的扈从也在您面前显灵,我也会相信的。我只知道一点:您没有病。这是我的感觉。

〔静场。不一会默比乌斯跳了起来。

默比乌斯　莫尼卡护士！您走吧！

莫尼卡护士(坐着不动)　我不走。

默比乌斯　我再也不愿看见您了。

莫尼卡护士　您需要我。除我以外,您在这个世界上再没有别的人了。没有人了。

默比乌斯　相信所罗门国王那是要掉脑袋的。

莫尼卡护士　我爱您。

〔默比乌斯无可奈何地凝视着莫尼卡护士,又坐了下去,静场。

默比乌斯(轻声,沮丧地)　您在自蹈覆辙。

莫尼卡护士　我并不为我自己担心,我是为您担心。牛顿和爱因斯坦都是危险分子。

默比乌斯　我和他们相安无事。

莫尼卡护士　多罗特娅和伊雷尼护士同他们的相处也是和睦的。但后来她们丧命了。

默比乌斯　莫尼卡护士,您向我表白了您的信仰和您的爱情。您迫使我现在也向您说说真心话。我同样爱您,莫尼卡。

〔莫尼卡护士凝视着他。

默比乌斯　我爱您甚于爱我的生命。但因此您有危险。因为我们相爱了。

〔爱因斯坦从2号房间走出来,嘴里叼着烟斗。

爱因斯坦　我又醒了。

莫尼卡护士　瞧您,教授先生。

爱因斯坦　我忽然记起来了。

莫尼卡护士　哎呀,教授先生。

爱因斯坦　我勒死了伊雷尼护士。

莫尼卡护士　您别再想这些啦,教授先生。

爱因斯坦(察看着自己的双手)　我是不是什么时候还能拉一拉提琴?

〔默比乌斯站起来,像要保护莫尼卡护士。

默比乌斯　您刚才又拉过一回了。

爱因斯坦　还过得去吧?

默比乌斯　您拉的是《克莱采奏鸣曲》。当时警察正在这里。

爱因斯坦　《克莱采奏鸣曲》。谢天谢地。(他的表情开朗了起来,但又阴沉下去)说起来我一点也不高兴拉提琴。烟斗我也不喜欢,它有一股怪味。

默比乌斯　那您就别抽好了。

爱因斯坦　可我又做不到。我是阿尔伯特·爱因斯坦。(他敏锐地端详着面前两人)你们相爱了?

莫尼卡护士　我们相爱。

〔爱因斯坦沉思着,向后头走去,走到被勒死的护士躺过的地方,注视着地上的粉笔记号。

爱因斯坦　伊雷尼护士和我也相爱过。什么事情她都愿意替我做。这个伊雷尼护士。我警告过她。我向她喊叫过。我把她当狗看待。我恳求她逃走。都没有用。她不走。她要跟我到乡下去,到科尔旺。她要跟我结婚。她甚至已经获得封·察思德博士小姐的同意。这时我把她勒死了。可怜的伊雷尼护士。世界上没有比狂暴更荒谬的事了,由于狂暴行为,女人们惨遭牺牲。

莫尼卡护士(走近他)　您还是去躺下吧,教授。

爱因斯坦　您可以称我阿尔伯特。

莫尼卡护士　请您理智些,阿尔伯特。

爱因斯坦　请您理智些,莫尼卡护士。听您情人的话,逃走吧!不然您就完了。(他又转向2号房间)我还是睡觉去。(他消失在2

585

号房间)

莫尼卡护士　这个可怜的精神病人。

默比乌斯　他要您最终相信,您要爱我是不可能的。

莫尼卡护士　您没有疯。

默比乌斯　您把我看作疯子,也许比较明智些。您逃走吧!远离这里吧!快跑吧!否则,我还得像对待一只狗那样来对待您。

莫尼卡护士　您最好还是像对待一个情人那样对待我吧。

默比乌斯　您来,莫尼卡。(他把她引到一张圈手椅旁,面对她坐下,握住她的双手)您听我说。我犯了一个严重的错误。我泄露了我的秘密,我没有对所罗门的显灵保持缄默。为此他让我赎罪,终身赎罪。理所当然。但您不应该为此也受到惩罚。在大家的眼里,您爱着一个精神病人。您无非是要承担不幸。您离开这里,忘掉我吧。这样做对我们俩都是上策。

莫尼卡护士　您要我吗?

默比乌斯　您为什么这样跟我说话?

莫尼卡护士　我要跟您睡觉,我要和您生孩子。我知道,我说这样的话是丢脸的,但您为什么不看着我呢?难道您不喜欢我了吗?我承认,我这身护士的穿戴是难看的。(她从头上扯下了护士帽)我痛恨我的职业,五年来,我护理着这些病人,以博爱的名义。我从来没嫌弃过谁,我在这儿是为大家服务的,我已经做出了牺牲。但是我现在要为一个人做牺牲了,为了一个人而尽职,不是老为别的人。我要为我心爱的人,也就是为了您而生活。凡是您要求于我的,我一概都去做,为了您,我要日以继夜地工作,只是您不要把我撵走!除了您,在这个世界上我就再没有别的人了!我确实也是孑然一身!

默比乌斯　莫尼卡,我必须把您撵走。

莫尼卡护士(绝望地)　难道你一点儿也不爱我吗?

默比乌斯　我爱你,莫尼卡。我的上帝,我爱你甚至爱得发狂啊!

莫尼卡护士　那你为什么背叛我?而且不仅是我?你说过,所罗门王向你显灵。为什么你把他也给出卖了？

默比乌斯（非常激动，抓住她） 莫尼卡！关于我，你怎么看都行，把我看作一个懦夫好了，这是你的权利。我不配接受你的爱情。但对所罗门我是忠贞不渝的。他蓦地不招而来，闯入了我的生活。他滥用了我，毁灭了我的生活，但我没有背叛他。

莫尼卡护士　你说的可是真话？

默比乌斯　你怀疑吗？

莫尼卡护士　你认为必须为此赎罪，因为你没有对他的显灵保守秘密。但是你之所以必须赎罪，也许是因为你没有执行他的启示吧。

默比乌斯（松开了她）　我……不理解你的意思。

莫尼卡护士　他向你口授了可能发明一切的体系。你为他对你的信任奋斗过吗？

默比乌斯　可人家以为我疯了。

莫尼卡护士　你为什么这样没有勇气呢？

默比乌斯　处在我这种情况下，勇气是一种罪行。

莫尼卡护士　约翰·威廉，我已经同封·察思德博士小姐说过我们的事了。

默比乌斯（凝视着她）　你说过了？

莫尼卡护士　你自由啦。

默比乌斯　自由？

莫尼卡护士　我们可以结婚。

默比乌斯　我的上帝。

莫尼卡护士　封·察思德博士小姐什么都已经安排停当。她虽然认为你有病，但并没有危险，而且没有遗传性。她说，她也许比你还疯呢，她说着，自己也笑了。

默比乌斯　这件事她做得真叫人称心。

莫尼卡护士　难道她不是一个出色的人物吗？

默比乌斯　那没话说。

莫尼卡护士　约翰·威廉！我已经在布卢门施泰因镇找到了一个护士工作。我有积蓄。我们用不着为生活操心。我们只管相亲相爱过日子就是了。

〔默比乌斯站了起来。房间里渐渐暗下来。

莫尼卡护士　这不美妙吗？

默比乌斯　那还用说。

莫尼卡护士　你不高兴。

默比乌斯　我感到这样突然。

莫尼卡护士　我做的还不止这些。

默比乌斯　还做了什么？

莫尼卡护士　同著名物理学家舒伯特教授也谈过。

默比乌斯　他以前是我的老师。

莫尼卡护士　他记得很清楚,说你过去是他最优秀的学生。

默比乌斯　你还跟他谈了些什么？

莫尼卡护士　他答应我不带先入之见来审阅你的手稿。

默比乌斯　这手稿出自所罗门之手,这你也向他说明过了？

莫尼卡护士　当然。

默比乌斯　他怎么说？

莫尼卡护士　他笑了,说你总是爱开玩笑。约翰·威廉！我们不要只是想到我们自己。你是天意所择。所罗门向你显灵,在他的光华照射下向你启示,使你获得上天的智慧。现在,你就沿着这条为奇迹所规定的道路,毫不动摇地向前走吧,尽管在这条路上你要遇到讥讽和嘲笑,遇到冷淡和怀疑。但它把你从这所疗养院引出来。约翰·威廉,它把你引向公众,而不是引向孤独,它引导你去奋斗。我是来帮助你的,跟你一道奋斗。上天给你派来了所罗门,同时也派来了我。

〔默比乌斯凝望着窗外。

莫尼卡护士　最亲爱的。

默比乌斯　亲爱的？

莫尼卡护士　你不高兴吗?

默比乌斯　很高兴。

莫尼卡护士　我们得收拾你的行李了。火车八点二十分开,去布卢门施泰因。(她走进1号房间)

默比乌斯(独自地)　东西可不多啊。

〔莫尼卡护士捧着一堆手稿从1号房间出来。

莫尼卡护士　你的手稿。(将它们放在桌上)　天已经黑了。

默比乌斯　现在天黑得早。

莫尼卡护士　我开灯去。然后收拾你的箱子。

默比乌斯　等等。上我这儿来。

〔莫尼卡护士向他走去。只有两个人的侧影还隐约可见。

莫尼卡护士　你眼眶里含着泪水。

默比乌斯　你也是。

莫尼卡护士　太幸福了。

〔默比乌斯把窗幔扯了下来,并且蒙住了她。经过了短时间的搏斗,两个侧影不见了。接着一片寂静。3号房间的门开了,一束亮光射进室内。牛顿穿着他那个时代的服装站在门口。默比乌斯走向桌子,拿起手稿。

牛　顿　发生什么事了?

默比乌斯(走向他的房间)　我把莫尼卡·施泰特勒护士给勒死了。

〔2号房间传来爱因斯坦拉提琴的声音。

牛　顿　爱因斯坦又在拉提琴了。克赖斯勒①的乐曲,像迷迭香②一样美。(他走近壁炉龛,取出白兰地)

---

① 弗里茨·克赖斯勒(1875—1962),作曲家兼小提琴演奏家,生在奥地利,一九四三年加入美国籍。

② 迷迭香,生长在地中海沿岸的一种花。

第 二 幕

一小时以后。在同一客厅。室外是黑夜。又来了警察。又是测量,记录,拍照。只是观众看不到躺在窗下右侧的莫尼卡·施泰特勒的尸体。客厅里灯光通明。玛蒂尔德·封·察思德博士小姐坐在沙发上。脸色阴沉,情绪沮丧。她面前的小桌上放着一盒雪茄烟。古尔拿着速记本坐在右侧外边的圈手椅上。巡官福斯头戴帽子,身穿大衣,转身离开尸体,走到前面来。

博士小姐　抽一支哈瓦那牌雪茄烟?
巡　官　不啦,谢谢。
博士小姐　烧酒呢?
巡　官　过一会儿。
　　　　〔沉默。
巡　官　布洛赫,现在你可以拍照啦。
布洛赫　是,巡官先生。
　　　　〔拍照。闪光。
巡　官　护士叫什么名字?
博士小姐　莫尼卡·施泰特勒。
巡　官　年龄?
博士小姐　二十五。布卢门施泰因人。
巡　官　家属?
博士小姐　没有。

巡　官　您记下这些证词了吗,古尔?

古　尔　记下了,巡官先生。

巡　官　又是勒死的吗,医生?

法　医　一点不错。又使足了劲儿。只是这一回用的是拉窗帘的绳子。

巡　官　同三个月前一个样。(他疲倦地在右侧前面的圈手椅上坐了下来)

博士小姐　现在您想不想见一见凶手……

巡　官　可别这么说,博士小姐。

博士小姐　我是说想不想见一见案犯?

巡　官　我没有打算要见他。

博士小姐　但是……

巡　官　封·察思德博士小姐,我尽我的职责,搞一份记录,看一看尸体,拍几张照片,并由我们的法医做个鉴定。但默比乌斯我不想见。我把他交给您。这就算完事。还有其他两位放射性物理学家也一起交给您。

博士小姐　检察官呢?

巡　官　他不再发怒了。他在考虑问题。

博士小姐(擦了擦身上的汗)　这里真热。

巡　官　一点不热。

博士小姐　这第三起谋杀……

巡　官　可别这么说,博士小姐。

博士小姐　在这个樱桃园里,碰巧又来了这第三起不幸事件。我可以辞职了。莫尼卡·施泰特勒是我的最优秀的护理人员。她理解病人。她能够设身处地地体谅人。我像对自己的女儿那样疼爱她。然而她的死还不是最坏的,最坏的是我的医疗声誉完蛋了。

巡　官　声誉会恢复的。布洛赫,再从上面拍一张照吧。

布洛赫　是,巡官先生。

〔两个担任护理的彪形大汉推着一车餐具和饭菜从右侧进来。其中一个是黑人。他们几个都由大力士式的护理长陪着。

护理长　博士小姐,这是给可爱的病人们准备的晚餐。

巡　官　(跳了起来)　乌韦·西弗斯。

护理长　有,巡官先生。乌韦·西弗斯是前欧洲重量级拳击冠军。现在在樱桃园当护理长。

巡　官　还有两位大力士呢?

护理长　穆里洛,南美角力冠军,也是重量级的。麦克阿瑟(他指着那个黑人),北美冠军,中量级的。把桌子立起来,麦克阿瑟。

〔麦克阿瑟把桌子立了起来。

护理长　桌布,穆里洛。

〔穆里洛把白色桌布铺在桌上。

护理长　迈森碗碟①,麦克阿瑟。

〔麦克阿瑟分碗碟。

护理长　银叉匙,穆里洛。

〔穆里洛分叉匙。

护理长　汤盆摆在中间,麦克阿瑟。

〔麦克阿瑟把汤盆摆在桌上。

巡　官　究竟给我们可爱的病号吃什么呀?(他把汤盆盖子揭开)尕猪肝丸子汤。

护理长　烤仔鸡,煎嫩牛排。

巡　官　妙极了。

护理长　一级菜。

巡　官　我是十四级官员,所以在家里是不怎么讲究烹调法的。

护理长　饭菜摆好了,博士小姐。

博士小姐　您可以走了,西弗斯。由病人自理吧。

---

① 迈森,城名,在德国萨克森地区,以产瓷器著名。

护理长　　巡官先生,我们告辞了。

〔三个人鞠躬,而后从右边出去。

巡　官(目送着他们)　真棒。

博士小姐　满意吗?

巡　官　嫉妒。要是我们警察局有这样的人就好了……

博士小姐　薪金高得惊人。

巡　官　您有大工业家和超百万女富翁做后盾,毕竟付得起呀。这几个汉子最终会使检察官放下心来的。谁也摆脱不了他们的看管。

〔2号房间传来爱因斯坦拉提琴的声音。

博士小姐　又是《克莱采奏鸣曲》。

巡　官　我知道。行板。

布洛赫　我们完事了,巡官先生。

巡　官　那就再把尸体弄出去吧。

〔两个警察把尸体抬起来。这时默比乌斯从1号房间冲出来。

默比乌斯　莫尼卡,我心爱的人!

〔抬着尸体的警察停住了。博士小姐庄重地站起来。

博士小姐　默比乌斯!您刚才怎么可以干出这样的事来?您把我最好的护士杀死了,我最温柔的护士,我最甜蜜的护士!

默比乌斯　我实在感到难过,博士小姐。

博士小姐　难过。

默比乌斯　所罗门王命令干的。

博士小姐　所罗门王……(她又坐下来,动作迟钝,脸色发白)国王陛下安排了这起凶杀。

默比乌斯　我站在窗前,凝望着夜色,这时国王从花园那边飘过来,他越过平台,趋近我的身边,隔着玻璃窗,向我悄悄地下达了这一命令。

博士小姐　请原谅,福斯,我的神经……

巡　官　已经就绪了。

博士小姐　老让你们这样折腾。

巡　官　我能够理解。

博士小姐　我回去啦。(她站起来)福斯巡官先生,在我的疗养院里发生的这几起事件,请您向检察官转达我的遗憾。请您告诉他,现在一切都已得到了妥善处理。法医先生,先生们,谢谢你们啦。(她先从左边走到后面,庄严地向尸体鞠躬,接着看了一会儿默比乌斯,然后从右边走出去)

巡　官　好,现在你们终于可以把尸体抬到小礼拜堂去了,跟伊雷尼护士放在一起。

默比乌斯　莫尼卡!

〔两个警察抬着尸体,其他人带着各种器械,穿过花园的门,下;法医跟在后面。

默比乌斯　我心爱的莫尼卡。

巡　官(走到沙发附近的小桌旁)　现在我需要来一支哈瓦那,我当然应该抽一支了。(他从烟盒里取出一支粗大的雪茄烟,看了看)好家伙呀。(他把烟叼在嘴里,点燃了它)亲爱的默比乌斯,壁炉栅后面藏着艾萨克·牛顿爵士的白兰地呢。

默比乌斯　拿出来喝吧,巡官先生。

〔巡官吧嗒吧嗒吸着烟,默比乌斯拿出酒瓶和酒杯。

默比乌斯　给您斟一杯?

巡　官　可以。(他端起酒杯,一饮而尽)

默比乌斯　再来一杯?

巡　官　再来一杯。

默比乌斯(又斟一杯)　巡官先生,我不得不请求您将我逮捕。

巡　官　但这到底是为了什么呢,亲爱的默比乌斯?

默比乌斯　因为我确实把莫尼卡护士……

巡　官　照您自己所说,您这是遵照所罗门王的命令干的。只要我一天不能逮捕所罗门,您就自由自在一天。

默比乌斯　尽管如此……

巡　官　不存在什么尽管如此。请再给我来一杯吧。

默比乌斯　请吧,巡官先生。

巡　官　您把酒瓶收起来吧,不然那些男护理会把它喝光的。

默比乌斯　好,巡官先生。(他收起白兰地酒瓶)

巡　官　请坐。

默比乌斯　是,巡官先生。(坐在椅子上)

巡　官　坐到这儿来。(指着长沙发)

默比乌斯　是,巡官先生。(坐在长沙发上)

巡　官　您瞧,我在这个小城和附近一带每年都逮捕几个杀人犯,不多,刚刚半打。有几个我是很高兴把他们抓起来的。其余的我同情他们。但尽管如此,我必须逮捕他们。正义总归是正义。后来您和您的两个同伴来了。起先不许我干预,真使我恼火。但现在呢? 我一下子觉得这是一种享受了。我真想欢呼。我遇到了三个杀人犯,我心安理得,用不着逮捕他们。正义第一次放了假,这是一种深厚的感情。伸张正义,我的朋友,就要付出巨大的努力,人们在为它效力时消耗着自己。我实在需要休息。亲爱的,这一享受我应归功于你啊。再见吧。请替我向牛顿和爱因斯坦致以十分友好的问候。请在所罗门那里代我问候。

默比乌斯　好的,巡官先生。

〔巡官下,剩下默比乌斯一人。他坐在沙发上,双手揿着太阳穴。牛顿从3号房间走出来。

牛　顿　吃什么啦?

〔默比乌斯不语。

牛　顿(把汤盆盖子打开)　尕猪肝丸子汤。(他揭开桌上的其他饭菜)烤仔鸡,煎嫩牛排,难得吃到的珍馐。自从别的病人转到新楼以来,平时晚饭我们吃得都很简单。(他喝起汤来)不饿吗?

〔默比乌斯沉默不语。

牛　顿　明白啦。我的护士死了以后,我也不想吃东西。

595

〔他坐下吃氽猪肝丸子。默比乌斯站起来,想回他的房间去。

牛　　顿　别走啊。

默比乌斯　什么事,艾萨克爵士?

牛　　顿　我得跟您谈一谈,默比乌斯。

默比乌斯(停下来)　谈什么呢?

牛　　顿(指着桌上的菜)　看来您不想尝一尝氽猪肝丸子汤?它味道好极了。

默比乌斯　不想尝。

牛　　顿　亲爱的默比乌斯,我们不再由女护士护理了,我们由男护理——几条彪形大汉——监视着。

默比乌斯　这是起不了任何作用的。

牛　　顿　对于您也许是这样,默比乌斯。您显然想要在精神病院里过一辈子。但是,它对我是起作用的,我是想出去的。(他吃罢氽猪肝丸子)喏,让我们开始吃烤仔鸡吧。(他动手吃)护理们迫使我采取行动,就在今天。

默比乌斯　这是您的事情。

牛　　顿　不完全是。说句实话,默比乌斯,我没有疯。

默比乌斯　当然没有疯啰,艾萨克爵士。

牛　　顿　我不是艾萨克·牛顿爵士。

默比乌斯　我知道。您是阿尔伯特·爱因斯坦。

牛　　顿　傻瓜。也不是像这里大家所认为的,是什么赫伯特·格奥尔格·博伊特勒。我的真实名字叫基尔顿,我的年轻人。

默比乌斯(震惊地凝视着他)　亚历克·贾斯帕·基尔顿?

牛　　顿　对。

默比乌斯　相应论的创始人?

牛　　顿　正是。

默比乌斯(走到桌旁)　您是打入这里来的?

牛　　顿　我以装疯的办法进来的。

默比乌斯　为了……侦破我？

牛　顿　为了探知您疯的背景。我的道地的德语就是在我们的情报机关的所在地学会的。这是一种可怕的工作。

默比乌斯　而由于可怜的多罗特娅护士看出了真相,您就……

牛　顿　对,我就那样做了。这件事使我再难过没有了。

默比乌斯　可以理解。

牛　顿　命令毕竟是命令啊。

默比乌斯　那当然啰。

牛　顿　我没有别的办法。

默比乌斯　当然没有。

牛　顿　我的使命就是完成我们情报机关的绝密任务,现在它出了问题,为了避免使人怀疑,我不得不杀人。多罗特娅护士不再认为我是疯子,主任女医生认为我病势并不严重。这就需要通过一起凶杀来最后证明我精神错乱。您哪,这烤仔鸡实在好吃极了。

〔2号房间传来爱因斯坦拉提琴的声音。

默比乌斯　听,爱因斯坦又在拉提琴了。

牛　顿　巴赫的《加伏特舞曲》。

默比乌斯　他的饭菜都凉了。

牛　顿　您让这疯子安安静静地拉下去吧。

默比乌斯　您想威胁我？

牛　顿　我无限尊敬您。如果迫不得已对您采取断然措施,那会使我感到难过。

默比乌斯　您的任务是来绑架我的？

牛　顿　假如我们的情报机关的猜疑得到证实的话。

默比乌斯　什么怀疑？

牛　顿　我们的情报机关认为您是当代最有天才的物理学家。

默比乌斯　我是个严重的精神病患者,别的什么都不是,基尔顿。

牛　顿　我们的情报机关对此有不同的看法。

默比乌斯　那么您对我是怎样想的呢?

牛　　顿　我毫不含糊地认为您是有史以来最伟大的物理学家。

默比乌斯　那么,您的情报机关是怎样找到我的踪迹的呢?

牛　　顿　通过我。我偶然读到您的一篇关于新物理学基础的学术论文。起初我把它当作毫无用处的东西。后来我眼前豁然开朗。我面前的这篇论文原来是近代物理学方面最有天才的文献。我开始调查它的作者,但一筹莫展。接着我把这情况报告给情报机关,他们继续搞下去了。

爱因斯坦　您不是这篇论文的惟一读者,基尔顿。(他腋下夹着提琴,手里拿着弓弦,悄悄地从2号房间出来)其实我也没有疯。我可以自我介绍一下吗?我也是物理学家,一个情报机关的成员。但是一个与众不同的情报机关的成员。我的名字是约瑟夫·艾斯勒。

默比乌斯　艾斯勒效应的发现者?

爱因斯坦　正是。

牛　　顿　一九五〇年失踪了。

爱因斯坦　自愿的。

牛　　顿(突然拔出一支手枪)　艾斯勒,我可不可以请您把脸转过去,对着墙壁?

爱因斯坦　当然可以啰。(他若无其事地缓步向壁炉走去,把提琴放在炉台上,然后霍地转过身来,手里握着一支手枪)我最友好的基尔顿,我想,由于我们俩都很善于使用武器,所以我们还是尽可能避免一次决斗好,您不这样认为吗?我愿意把我的勃朗宁手枪放在一边,假如您也把您的柯尔特手枪……

牛　　顿　同意。

爱因斯坦　放到炉栅后头,跟白兰地一起,免得护理突然出现。

牛　　顿　很好。

〔两人把手枪放到炉栅后头。

爱因斯坦　您把我的计划打乱了,基尔顿,我曾经真的以为您疯了呢。

牛　顿　您别难受,我也曾认为您疯了。

爱因斯坦　有些事根本搞得不好,比如今天下午发生的伊雷尼护士的事。她起了怀疑,于是就对她判了死刑。这件事使我极为难过。

默比乌斯　可以理解。

爱因斯坦　命令毕竟是命令啊。

默比乌斯　那还用说。

爱因斯坦　我没有别的法子可想。

默比乌斯　当然没有。

爱因斯坦　我的使命就是完成我的情报机关的绝密任务,它也出了问题。让我们坐下好吗?

牛　顿　我们坐下吧。

〔他坐在桌子左边,爱因斯坦在右边。

默比乌斯　艾斯勒,我估计您也是想逼迫我……

爱因斯坦　您说哪里话,默比乌斯。

默比乌斯　……说服我到贵国去。

爱因斯坦　我们毕竟也把您当作最伟大的物理学家。但我现在很想吃这顿晚餐。这是地地道道的刽子手的盛宴。(他喝汤)胃口还一直不好,默比乌斯?

默比乌斯　是啊,很突然,就在现在,在你们弄清了我的底细的现在。

(他紧挨着桌子坐在两个人的中间,和他们一起喝起汤来)

牛　顿　要不要来杯勃艮第酒,默比乌斯?

默比乌斯　请斟吧。

牛　顿(斟酒)　我来吃煎嫩牛排。

默比乌斯　您不必客气。

牛　顿　吃吧。

爱因斯坦　吃。

默比乌斯　吃。

〔他们正在吃,三个护理从右边出来;护理长手里拿着笔记本。

护 理 长　患者博伊特勒!

牛　　顿　有。

护 理 长　患者埃内斯蒂!

爱因斯坦　有。

护 理 长　患者默比乌斯!

默比乌斯　有。

护 理 长　我是护理长西弗斯,这两位是:护理穆里洛,护理麦克阿瑟。(他把笔记本放回去)奉当局的指示,首先要采取一定的安全措施。穆里洛,上窗格子。

〔穆里洛把窗子上面备用的窗格子放下来。屋子里一下子就形成了一种牢房的气氛。

护 理 长　麦克阿瑟,上锁。

〔麦克阿瑟把窗格子锁上。

护 理 长　先生们,今夜还有什么要求吗?患者博伊特勒?

牛　　顿　没有。

护 理 长　患者埃内斯蒂?

爱因斯坦　没有。

护 理 长　患者默比乌斯?

默比乌斯　没有。

护 理 长　先生们,我们告辞了,晚安。

〔三个护理下。场上寂静。

爱因斯坦　一群畜生。

牛　　顿　花园里还有些彪形大汉在监视呢。我早就从我的窗口注意到他们了。

爱因斯坦(站起来端详窗格子)　很牢固。有一把专门的锁。

牛　　顿(走向他的房间,推开门,朝里看了看)　在我的窗上一下子也上了窗格子,就像施了魔法似的。

〔他打开后头另两个房间的门。

牛　顿　艾斯勒的窗子也一样。还有默比乌斯的。(他走向右边的门)锁上了。

〔他又坐了下来。爱因斯坦也坐下。

爱因斯坦　被捕了。

牛　顿　合乎逻辑。我们和我们的护士们一道成了牺牲品。

爱因斯坦　现在我们只有共同行动,才能离开疯人院。

默比乌斯　我才不愿意逃走呢。

爱因斯坦　默比乌斯……

默比乌斯　我认为没有丝毫的理由要逃走,恰恰相反,我对我的命运很满意。

〔沉默。

牛　顿　我可对此不感到满意。这是一个相当重要的关头,您不觉得吗？我尊重您个人的感情。但您是一个天才,并且是作为全人类的财富而存在的。您突入了物理学的一些领域,但是科学并没有跟你订立典当的契约。对于我们这些非天才之辈,您也有义务把科学的大门向我们打开。跟我走吧,一年之内,我们准让您穿上燕尾服,把您送到斯德哥尔摩,去接受诺贝尔奖金。

默比乌斯　您的情报机关真高尚。

牛　顿　我承认,默比乌斯,对我的情报机关产生影响的首先是猜测,认为您也许能够解决万有引力问题。

默比乌斯　是的。

〔寂静。

爱因斯坦　您说得心安理得？

默比乌斯　不然我到底该怎么说呢？

爱因斯坦　我的情报机关认为,您也许能解决基本粒子的统一论。

默比乌斯　我也可以告慰您的情报机关,统一磁场论找到了。

牛　顿(用手巾擦去额上的汗珠)　世界公式。

爱因斯坦　笑话。多少薪俸优厚的物理学家,在国立实验室里钻研

物理,花了好几年工夫毫无所获,而您在疯人院的写字台旁就顺便解决了。(他也用手巾擦去额上的汗珠)

牛　顿　那么,默比乌斯,各种可能发明一切的体系呢?

默比乌斯　这也是有的。我出于新奇把它提了出来,作为我的论文的实践性要点。我应该扮演无辜者的角色吗?有所想,就有所得。研究我的空间论和万有引力论可能产生的实际作用,这是我的义务。结果是灾难性的。一旦我的探索被人们掌握,新的、难以想象的能量将释放出来,并将产生一种可以嘲笑任何幻想的技术。

爱因斯坦　这几乎是不可避免的。

牛　顿　问题就在于,谁首先掌握它。

默比乌斯(笑起来)　基尔顿,您是希望这一运气属于您的情报局及其后台陆军参谋部?

牛　顿　为什么不呢?为了把一位空前伟大的物理学家引回到物理学家的队伍里来,我觉得不论哪个总参谋部都是值得尊崇的。

爱因斯坦　对我来说,只有我的总参谋部才是值得尊崇的。我们向人类提供强大的实力手段。这给了我们提出条件的权利。我们必须抉择:我们的科学为谁的利益服务,我已经做出抉择了。

牛　顿　扯淡,艾斯勒。这涉及我们科学的自由,仅此而已。我们要从事开拓性的工作,除此以外还有什么呢?至于人类会不会去走我们为之开辟的道路,这是他们的事情,与我们无关。

爱因斯坦　基尔顿,您是一个可怜的唯美论者。如果您只关心科学自由的话,那么您为什么不到我们这边来呢?我们早已不再能够左右物理学家的行动了。我们也需要做出成绩来。我们的政治制度必然顺从于科学。

牛　顿　艾斯勒,我们两家的政治制度现在得首先顺从默比乌斯。

爱因斯坦　相反,他必将听从我们。我们俩将最终决定他的行动。

牛　顿　真的吗?我们俩更多是彼此遇到啊。可惜我们的情报机关已经得出同样的看法。如果默比乌斯跟您走,我是无法反对的,因为反对的话,您会加以阻止。而如果默比乌斯决心为我们效劳,您也毫无办法。在这里可以选择的是他,而不是我们。

爱因斯坦(庄严地站起来) 让我们把手枪拿来吧。

牛　顿(也站起来) 让我们决斗吧。

〔牛顿从壁炉栅后面取出两支手枪,把爱因斯坦的那支给了他。

爱因斯坦　我很遗憾,事情落得个流血的结局。但是我们不得不开枪。互相瞄准,当然还得对着看护人员,迫不得已的时候还要对着默比乌斯。尽管他是世界上最重要的人物,但他的手稿更为重要。

默比乌斯　我的手稿?我把它烧掉了。

〔死一般寂静。

爱因斯坦　烧掉了?

默比乌斯(窘状) 不多一会儿,就在警察来到之前。为了保险起见。

爱因斯坦(爆发出一阵绝望的大笑) 烧掉了。

牛　顿(暴跳如雷) 十五年的辛劳啊。

爱因斯坦　真要叫人发疯。

牛　顿　人们都知道,我们已经疯了嘛。

〔他们收起手枪,颓丧地坐在沙发上。

爱因斯坦　这样一来,我们最终得听您支配了,默比乌斯。

牛　顿　而且为此我不得不把一个护士勒死,并不得不学习德语。

爱因斯坦　这期间我却向人家学拉小提琴,这对一个于音乐一窍不通的人来说真是酷刑啊。

默比乌斯　我们不吃下去了?

牛　顿　没有胃口了。

爱因斯坦　可惜这煎嫩牛排。

默比乌斯(站起来) 我们是三个物理学家。我们要采取的抉择是物理学家的抉择。我们必须持科学态度。我们不能让观点,而要让逻辑的结论来决定我们的弃取。我们必须设法找到理智的东西。我们不可犯思维错误，因为错误的结论必定会导致灾难。出发点是清楚的。我们三个人都有相同的目标，但我们的策略是不同的。目标就是物理学的发展。您，基尔顿，您想保护物理学的自由而拒绝它承担义务。您呢，艾斯勒，您正相反，您要物理学为某一国家的实力政策承担义务。但目前现实情况是怎样的呢？如果要我做出决定的话，我要求给我详细谈谈这方面的情况。

牛　　顿　有几个最著名的物理学家在等待着您。薪俸和居住条件都很理想，那一带地区气候恶劣，但空调设备是再好不过的。

默比乌斯　这些物理学家都自由吗？

牛　　顿　亲爱的默比乌斯，这些物理学家都表示要解决对于国防有决定意义的科学问题。因此您务必明白……

默比乌斯　哦，是不自由的。（他转向爱因斯坦）约瑟夫·艾斯勒，您搞实力政治，然而它是要有权力的。您拥有权力吗？

爱因斯坦　您误解我了，默比乌斯。我的实力政治恰恰在于：为了党的利益，我已经放弃了我的权力。

默比乌斯　您能够本着您的责任感左右党吗？或者您冒着被党左右的危险？

爱因斯坦　默比乌斯！这太可笑了。我当然只能希望党听从我的建议，仅此而已。现在这个时候，没有希望那就无所谓有政治态度了。

默比乌斯　起码，你们这些物理学家是自由的吧？

爱因斯坦　由于他们也要为国防……

默比乌斯　真怪。向我赞颂的理论各人不同，但人们向我呈示的现实却是一样：一座监狱。因此我宁愿住我的疯人院。这样我至少可以保证不被政治家们所利用。

爱因斯坦　冒一定的风险毕竟是免不了的。

默比乌斯　有的风险是切不可冒的：人类的毁灭就是属于这样的风

险。世界用它所拥有的武器正在造成什么灾难,这我们是知道的;它用那些我们促使其产生的武器将会招致什么,这我们是能够想象的。我的行动服从于这一观点。我很穷。我有过一个老婆和三个孩子。大学里的名誉曾向我招手,工业界的金钱曾向我眨眼示意。两条路都太危险了。我若是把我的著作发表,其结果可能就是我们科学事业的崩溃和经济结构的解体。责任迫使我走另一条路。我放弃了在科学上飞黄腾达的念头,摈除了在工业中发财致富的想法,并把我的家庭交由命运去安排。我选择了装疯卖傻的办法,假托所罗门王向我显灵,于是人家把我关进了疯人院。

牛　　顿　这可解决不了问题啊!

默比乌斯　理智要求这样做。我们在科学上已经到达可认识的事物的界限了。我们知道了几种可以精确把握的规律,弄清了一些不可理解的现象之间的几种基本关系,这就是一切,剩下的很大部分还是个秘密,智力难于接近。我们已经到达我们所走的道路的尽头。但是人类还没有走到这么远。我们已经打了前哨战,而眼下没有后继者。我们已突入阒无一人的地带。我们的科学已经变成恐怖,我们的研究是危险的,我们的认识是致命的。现在摆在我们物理学家面前的惟一出路是向现实投降。我们是不能同现实相抗衡的,它正从我们的身边走向毁灭。我们必须把我们的知识收回来,而我已经把它收回来了。没有别的解决办法,对你们也一样。

爱因斯坦　您这番话想说明什么?

默比乌斯　你们有秘密发报机吧?

爱因斯坦　有能怎样呢?

默比乌斯　你们向布置你们任务的上司报告,说你们搞错了,默比乌斯确实是疯了。

爱因斯坦　那我们一辈子就得蹲在这里啦。

默比乌斯　是的。

爱因斯坦　失败了的间谍,再也没有人会理睬他了。

默比乌斯　正是。

牛　顿　啊,这样?

默比乌斯　你们必须和我一起待在疯人院里。

牛　顿　我们?

默比乌斯　你们两位。

〔沉默。

牛　顿　默比乌斯!您可不能要求我们永远……

默比乌斯　我还保持着秘密身份,这是我惟一的侥幸。只有在疯人院里我还有自由,只有在疯人院里我还可以思考,而在外面,我们的思想却是爆炸品。

牛　顿　可我们毕竟没有疯啊。

默比乌斯　然而是杀人犯。

〔他们惊愕地凝视着他。

牛　顿　我抗议!

爱因斯坦　您可不能这样说啊,默比乌斯!

默比乌斯　杀人就是杀人犯,而我们都杀人了。我们每个人都曾经有一项使他进院的任务。我们每个人都曾经为了某一个特定目的而杀害了自己的护士。你们杀害护士是为了不致危及你们的秘密使命,而我呢,由于莫尼卡护士信任我,把我当作一个被埋没的天才。她不理解,今天一个天才的义务就是永远让人误解。杀人是比较可怕的事情。我杀了人,这样,一种更为可怕的屠杀就不会发生。现在你们来了。我固然不能除掉你们,但或许能说服你们?我们杀人难道是毫无意义的吗?我们要么牺牲,要么被杀。我们不住疯人院,世界就要变成一座疯人院。我们不在人们的记忆中消失,人类就要消失。

〔沉默。

牛　顿　默比乌斯!

默比乌斯　基尔顿?

牛　　顿　这所疗养院,这些可怕的护理,这个驼背的女医生!

默比乌斯　怎么啦,他们?

爱因斯坦　他们把我们像野兽似的关着!

默比乌斯　我们是野兽嘛,不能被放出,去袭击人类。

〔沉默。

牛　　顿　难道真的就没有别的出路了吗?

默比乌斯　没有。

〔沉默。

爱因斯坦　约翰·威廉·默比乌斯,我是个正直的人。我留下来。

〔沉默。

牛　　顿　我也留下来,永远留在这里。

〔沉默。

默比乌斯　我们这次小小的晤谈机会使世界幸免于难。为此我感谢你们。(他举起酒杯)为哀悼我们的护士们干杯!

〔他们庄严地站了起来。

牛　　顿　我为哀悼多罗特娅·莫塞尔干杯。

其余二人　为哀悼多罗特娅护士干杯!

牛　　顿　多罗特娅!出于迫不得已,我把你牺牲了。为了你的爱情,我给了你死亡。我决不辜负你的心意。

爱因斯坦　我为伊雷尼·施特劳布干杯。

其余二人　为伊雷尼护士干杯!

爱因斯坦　伊雷尼!出于迫不得已,我把你牺牲了。现在我要用理智的行动来表彰你,赞美你的献身。

默比乌斯　我为哀悼莫尼卡·施泰特勒干杯。

其余二人　为哀悼莫尼卡护士干杯!

默比乌斯　莫尼卡!出于迫不得已,我把你牺牲了。我们三位物理学家以你的名义结下了友谊,现在在祝福你的爱情。给我们力量吧,让我们作为傻子忠实地保守我们的科学秘密。

〔他们干杯,把杯子摆在桌上。

607

牛　　顿　　我们重新变成疯子吧。就让我们化作牛顿的幽灵吧。

爱因斯坦　　我们照旧胡拉那些克赖斯勒和贝多芬的乐曲好了。

默比乌斯　　我们照旧让所罗门显灵。

牛　　顿　　发疯,但聪明。

爱因斯坦　　囚禁,但自由。

默比乌斯　　物理学家,但一身清白。

〔三个人互相示意,走向自己的房间。客厅里空无一人。麦克阿瑟和穆里洛从右边上场。两人各穿一身黑制服,头戴便帽,腰间别着手枪。他们把桌子收拾干净。麦克阿瑟推着装有餐具的车子从右边出去。穆里洛把圆桌摆在右侧的窗前,桌上放着翻过来的椅子,就像在酒馆里搞打扫一样。接着穆里洛也从右边出去。客厅又空无一人。然后玛蒂尔德·封·察思德博士小姐从右边上场,同往常一样穿着白大褂,戴着听诊器。她环顾了一下四周。最后西弗斯也来了,同样也穿着黑制服。

护理长　　老板!

博士小姐　　西弗斯,把画像拿来。

〔麦克阿瑟和穆里洛抬着一个镀金的沉重的画框进来,框子里嵌着一个将军的巨幅肖像。西弗斯把旧的肖像取下来,把新的换上去。

博士小姐　　莱昂尼达斯·封·察思德将军的画像在这里比在女人们那里保管得更好。这位老战士尽管甲状腺肿大,看起来总还那样英俊威武。他崇尚英勇的死,而今在这所房子里就发生了这类事情。(端详着她父亲的肖像)为此,那个枢密顾问的像就挪到百万富翁女病房去。先不妨暂时把它放在过道里。

〔麦克阿瑟和穆里洛抬着画像朝右边出去。

博士小姐　　总经理弗勒本率他的英雄们来了吗?

护理长　　他们都在绿色客厅里等候。我要不要把香槟酒和鱼子罐头准备好?

博士小姐　这些杰出人物来到这里,不是为了大吃大喝,而是为了工作。

〔她在沙发上坐下。麦克阿瑟和穆里洛从右侧下。

博士小姐　西弗斯,现在你去把他们三个都叫来。

护理长　是,老板。(他走向1号房间,把门打开)默比乌斯,出来!

〔麦克阿瑟和穆里洛分别打开2号门和3号门。

穆里洛　牛顿,出来!

麦克阿瑟　爱因斯坦,出来!

〔牛顿、爱因斯坦和默比乌斯个个喜气洋洋地走出来。

牛　顿　一个充满神秘的夜晚。无限而崇高。透过我的铁窗棂,木星和土星向我闪烁,宣示宇宙的法则。

爱因斯坦　一个幸福的夜晚。心情舒坦而愉快。谜底沉默着。疑问不说话。我想拉提琴,再也不休止。

默比乌斯　一个庄严肃穆的夜晚。湛蓝的天空,虔诚的星月,强大的国王之夜。他白色的影子从墙上消失,他的双眸炯炯有神。

〔沉默。

博士小姐　默比乌斯,根据检察官的规定,只有在一个看守在场的情况下,我才可以跟您谈话。

默比乌斯　明白,博士小姐。

博士小姐　但是我要说的也跟您的两位同事,即亚历克·贾斯帕·基尔顿和约瑟夫·艾斯勒有关。

〔两人惊奇地凝视着她。

牛　顿　您……知道了?

〔两人想掏手枪,但手枪被穆里洛和麦克阿瑟缴下。

博士小姐　先生们,你们的谈话,我们已经窃听到了;我早就产生怀疑。麦克阿瑟和穆里洛,把基尔顿和艾斯勒的秘密发报机拿来!

护理长　你们三个把手举到脖子后头!

〔默比乌斯、爱因斯坦和牛顿一一把手举到脖子后头。麦克阿瑟和穆里洛走进2号和3号房间。

牛　　顿　滑稽！（他独自一人鬼怪似的大笑起来）

爱因斯坦　我不明白……

牛　　顿　可笑！（他又大笑起来，忽又敛住）

〔麦克阿瑟和穆里洛抱着秘密发报机回来。

护理长　把手放下！

〔物理学家们顺从地把手放下。沉默。

博士小姐　打开聚光灯，西弗斯。

护理长　是，老板。

〔他抬起手，随即从外边亮起了聚光灯，刺眼的强光照射着三位物理学家。同时西弗斯把室内的电灯关掉。

博士小姐　这座别墅已换上看守担任警戒。试图逃跑是毫无意义的。（转身向着护理们）你们三位出去！

〔三个护理拿着武器和器械离开客厅。沉默。

博士小姐　只有你们可以知道我的秘密。因为当你们知道这件事情时，你们再也不起作用了。

〔沉默。

博士小姐（庄严地）　所罗门金冠国王向我显灵了。

〔三个人惊讶地盯着她。

默比乌斯　所罗门？

博士小姐　所有这些年都是这样。

〔牛顿轻轻地笑起来。

博士小姐（坚定不移地）　最初在我的办公室，在一个夏日的傍晚，外面太阳还没有落山，花园里啄木鸟在啄木，突然，金冠国王迎面飘飘而来，像一位伟大的天使。

爱因斯坦　她发疯了。

博士小姐　他的目光不离开我，他的双唇启动。他开始同他的侍女说话。他死而复生了，他要重新掌握他在尘世曾经拥有过的权力，他为了让默比乌斯代表他来统治尘寰而展示了他的智慧。

爱因斯坦　得把她隔离起来，她应该进疯人院。

博士小姐　但是默比乌斯背叛了他。他试图对不能守口如瓶的东西守口如瓶。因为已经向他披露过的事情,就不是秘密了。因为那是可以想象的。一切可以想象的事情迟早都会被想到的。凡是所罗门发现的东西,其他人也可能发现,金冠国王的事业应当存在,那是他建立对世界神圣统治的手段,于是他寻访我这个卑贱的女用人。

爱因斯坦(急切地)　您疯了。听到没有,您疯了。

博士小姐　他命令我废黜默比乌斯,并接替他的统治地位。我听从了这个命令。我是医生,默比乌斯是我的病人,我可以按照我的意愿对待他。我曾对他进行麻醉,几年之久,一再这样做。我拍摄了金冠国王口授的记录,直到我得到最后几页为止。

牛　　顿　您精神错乱了!完全错乱了!您该明白了!(轻声地)我们大家都精神错乱了。

博士小姐　我小心翼翼地行事。起先我只利用了少数几项发明,筹集了必要的资本。然后我兴建大型工程,开设了一个又一个工厂,建立起一个强大的托拉斯。先生们,我将充分利用这个可能发明一切的体系。

默比乌斯(急切地)　玛蒂尔德·封·察思德博士小姐,您病了。所罗门不是真的。他从来没有向我显过灵。

博士小姐　您撒谎。

默比乌斯　他纯粹是我编造出来的,这是为了保守我所发现的秘密。

博士小姐　您否认他了。

默比乌斯　清醒清醒吧,您要明白,您已经疯了。

博士小姐　跟您一模一样。

默比乌斯　那我不得不向全世界揭露事实真相。您剥削我这么多年。无耻。您甚至还要我可怜的妻子付钱。

博士小姐　您是无能为力了,默比乌斯,即使您的声音冲到世界上去,大家也不会相信您了。因为对于公众来说,您无非是一个危险的疯子。理由是您杀了人。

〔三个人知道真相了。

默比乌斯　莫尼卡？

爱因斯坦　伊雷尼？

牛　　顿　多罗特娅？

博士小姐　我曾经只想到一件事情。所罗门的知识必须妥善地加以保存,你们的背叛必须受到惩罚。为使你们变得无害于我,我引导你们杀人。我指使三个护士跟着你们。我计算到你们将如何动作,你们犹如自动仪器那样可以控制,你们犹如刽子手那样杀了人。

〔默比乌斯想朝她扑上去,被爱因斯坦拦住。

博士小姐　默比乌斯,向我冲击是毫无意义的,就好比你曾经烧毁你的手稿一样毫无意义,因为你的手稿已被我掌握了。

〔默比乌斯转身走开。

博士小姐　包围你们的已不再是疗养院的围墙。这座房子是我的托拉斯的金库。它关着三个物理学家,除我以外,只有这三人知道事情的真相。监禁你们的并不是精神病人的看守:西弗斯是我的公司警卫的负责人。你们跑到你们自己的监狱里来了。所罗门过去通过你们进行思考,通过你们采取行动,现在他通过我来毁灭你们。

〔沉默。博士小姐平心静气地说着这一切。

博士小姐　我来接管他的权力。我无所畏惧。我的疗养院里有的是患精神病的亲戚,他们戴着首饰,佩着勋章。我是我们这个家族最后一个正常的人,是末代。我不会生育,只是还比较讲仁爱。所罗门是怜悯我的。他拥有成千个女人,但选择了我,这一来我将比先辈们更为强大。我的托拉斯将控制一切,将夺取各个国家,各大洲;将拿下太阳系,遨游仙女星座。计算准确无误。不是为了造福于世界,但有利于一个驼背老处女。(她摇了一下小铃铛)

〔护理长从右边上。

护理长　有什么盼咐,老板?

博士小姐　我们走吧,西弗斯。董事长在等我们呢。世界性业务已经开始。生产正在进行。

〔她和护理长从右边出去。只剩下三个物理学家。静场。整个戏都演完了。沉默。

牛　顿　完了。(他在沙发上坐下)

爱因斯坦　世界落入了一个癫狂的精神病女医生手里。(他傍着牛顿坐下)

默比乌斯　凡是一度想出来的东西,再也收不回了。(默比乌斯坐在沙发左边的圈手椅上)

〔沉默。他们坐着发呆。然后完全心平气和地讲话,显然,是直接向观众作自我介绍。

牛　顿　我是牛顿,艾萨克·牛顿爵士。一六四三年一月四日生于格兰瑟姆附近的伍尔斯索普。我是皇家学会会长。但谁也用不着因此起立。我写过:《自然科学的数学基础》。我说过:假设不是定理。在实验光学、理论力学、高等数学方面,我的成就不是不重要的,但重力的本质问题还悬而未决。我还写过一些神学方面的书,评述先知但尼尔和约翰《启示录》。我是牛顿,艾萨克·牛顿爵士。我是皇家学会会长。(他站起来向房间走去)

爱因斯坦　我是爱因斯坦,阿尔伯特·爱因斯坦教授。一八七九年三月十四日生于乌尔姆。一九〇二年我成为设在伯尔尼的瑞士联邦专利局的专家,在那里,我提出了我独创的相对论,改变了物理学。而后我成为普鲁士科学研究院院士。后来我成为流亡者,因为我是犹太人。我创立了 $E=mc^2$ 的公式,这是使物质转化成能量的钥匙。我热爱人类,热爱我的小提琴,但是,人们根据我的建议制造了原子弹。我是爱因斯坦,阿尔伯特·爱因斯坦教授。一八七九年三月十四日生于乌尔姆。(他站起来走进他的房间,然后听到他拉琴:克赖斯勒的《爱情的痛苦》)

默比乌斯　我是所罗门,我是可怜的所罗门王。我一度曾无比地富有,聪明而敬神。强权者曾经为了我的权力发抖。我是和平和正义的君主。但是我的智慧摧毁了我的敬神精神。而当我不再敬神的时候,我的智慧摧毁了我的财富。现在,我统治过的那些城市死亡了;人家托付给我的王国已不复存在。一片闪烁着蓝光的沙漠,辐射的地球在一个地方围绕着一颗小小的、黄色的、无名的星星转动,毫无意义,无休无止。我是所罗门,我是所罗门,我是可怜的国王所罗门。(他走向他的房间)

〔现在客厅空了,只有爱因斯坦的小提琴声还回响着。

——**剧　终**

关于《物理学家》的二十一点说明

一　我不是从命题,而是从故事出发的。

二　既然从故事出发,就不能不把它想透彻。

三　如果故事的进展骤然间发生极坏的转折,那就必须把这个故事想透彻。

四　极坏的转折并不是能事先预见到的。它是通过偶然事件发生的。

五　剧作家的艺术就在于:在情节中恰到好处地插入偶然事件。

六　戏剧情节的承担者是人。

七　戏剧情节中的偶然事件表现在:何时、何地、何人偶然遇见了谁。

八　人物行动越按计划进行,偶然事件落到他们身上时的效果就越显著。

九　按计划行动的人物要达到一定的目的。如果他们通过偶然事件达到了目的的反面,那么,偶然事件对他们来说就最糟糕不过了:所谓目的的反面,正是他们所担心的,是他们所要设法避免的(例如俄狄浦斯王)。

十　这样一个故事固然是怪异的,但并不荒诞(悖理)。

十一　它是悖谬的。

十二　剧作家同逻辑家一样不能避免这种悖谬。

十三　物理学家同逻辑家一样不能避免这种悖谬。

十四　一个描写物理学家的剧本必须是悖谬的。

十五 不能把物理学的内容,而只能把它的后果当作目的。

十六 物理学的内容涉及物理学家,而它的后果涉及一切人。

十七 凡涉及一切人的,只能由一切人来解决。

十八 涉及一切人的问题,个别人想自己解决的任何尝试都必然失败。

十九 现实性显现于悖谬之中。

二十 谁面对悖谬的事物,他就置身于现实之中了。

二十一 戏剧艺术可以欺瞒观众,使其置身于现实之中,但不能强迫观众顶住现实,甚至去左右现实。

为苏黎世阿尔歇出版社一九六二年所出本人文集《喜剧集》第二卷而作。

赫拉克勒斯和奥革阿斯的牛圈

喜 剧
1962 年
1980 年新版

马剑 译

Friedrich Dürrenmatt
Herkules und der Stall des Augias
Eine Komödie
Geschrieben1962
Neufassung1980

作于1962年。1963年3月20日于苏黎世剧院首演。

献 给 洛 蒂

1962 年 9 月 4 日

人物

赫拉克勒斯——民族英雄
德阿涅拉——他的情人
波利比奥斯——他的秘书
奥革阿斯——伊利斯的总统
菲洛宇斯——他的儿子
伊俄勒——他的女儿
卡姆比瑟斯——牛圈仆役
里卡斯——一个邮差
坦塔洛斯——马戏团经理
　　　　　十位议员
　　　　　十位换景员

第六场后休息

舞台布景

背景为一面巨大的粪墙,多少类似于立方形的艾格山的北坡,上面是一辆手推车和一把粪叉,后面在一根柱子上是一座希腊女神的雕像,这座雕像随着情节的发展渐渐下沉。在这面粪墙前是立方形的粪堆,其间是摇摆的木条。随着灯光的变化,舞台时而变得真实,时而变得虚幻。

服装

希腊人的着装具有希腊特色,德阿涅拉尽可能地赤裸,伊利斯人、那些议员身着笨重的兽皮,——除了奥革阿斯之外——都戴着怪诞的农民面具,就像他们在略琛山谷中出现的那样。

第一场　开放的舞台和序幕

波利比奥斯走到观众面前

波利比奥斯　女士们,先生们,因为我们的舞台设计,你们可能感到些许惊讶,但这个舞台却代表着世界,对此,只有一个解释:在戏剧艺术上我们只能如此。我们试图讲述一个故事,迄今为止,还没有人胆敢在剧院里讲这个故事,因为——如果允许我这样表达的话——在这个故事当中,人对整洁的追求和艺术的渴求相互矛盾。尽管如此,如果我们仍然敢于采取这个令人感到忧虑的行动,现在在你们面前将一个由垃圾组成的世界像施魔法一样搬上舞台,那么,这仅仅是因为我们插上了信仰的翅膀,戏剧艺术将会解决任何困难;几乎是任何困难,因为戏剧艺术很可能无法表现我们这位民族英雄的其他行为——比如表现那两条在襁褓中缠住他脖子想要勒死他的毒蛇,可接着,这个孩子毫不犹豫地将它们——

〔舞台后面传来孩子的呼喊声,当波利比奥斯做出扼杀的手势时,呼喊声停止。

——或者在那个场景里,这个巨大的婴儿如此用力地吮吸着女神赫拉的乳房,以至于女神的奶水洒满了整片天空——

〔巨大的咝咝作响,一股喷射出的奶水掠过舞台。

——一件奇怪的事情,而我们的银河就是这样产生的——我们到哪里去找毒蛇,去找那个婴儿,去找乳房呢?言归正传。你们现在看到的史前世界的牛粪,这传说中的肥料——为了使用一个园艺方面的概念——无非就是古代的肥料,它们几百年来堆积在伊利斯,早已堆积如山,冲破了任何桎梏,向外涌出、溢出,现在几乎已经到了自由女神像的脚下。对于这座神像,伊利斯人是如此的自豪,就像人们所强调的那样,这是一座位于高达五十米的圆柱上的雕像,这至少意味着某种安慰——即使我们拿出来的是粪肥,那也只会是一种有名的粪肥。为此,导演还在另一点上友好地满足了你们的愿望——对于在其他地方、在更加洁净的地区发生的五个场景,导演都会使用这个平台,甚至还加上了一道舞台幕,请看:

〔位于中间的粪肥立方体的墙向下翻转,构成了一个平台的底部,立方体变成了一个小的平台连同一个白色的舞台幕。

我们从上面使舞台布景垂下来,比如位于特本的一座别墅的山墙,不久之后我们会需要它——

〔山墙从上面飘落到舞台高度的一半,然后再次飘向上方。
——或者像这里的满月,我们天然的卫星。

〔左上方可以看到满月,它再次下落。

任何艺术都不能缺少浪漫,任何浪漫都不能缺少爱情,任何爱情都不能缺少月圆之夜。我们展现的并非现实的剧本,我们带来的并非教育戏剧,我们也把荒唐的戏剧留在了家里,我们要呈献的是一出富有诗意的话剧。无论素材是否高雅,真正的诗意都会美化一切。为此,其他的道具会由两位换景员装扮成伊利斯人拉上舞台,就像现在这头筋疲力尽的野猪。

〔两位换景员气喘吁吁地将一头野猪放到舞台上。

遗憾的是,我们无法放弃这头野兽。换景员之所以穿着靴子,是这个地方决定的。(两位换景员竖起了冰柱)女士们,先生们。已经准备好了。但是,在自我介绍之前,我却并不希望剧情开始。我是希腊人。我叫波利比奥斯,来自萨莫斯。我是我们的民族英雄的私人秘书。当我将历史的进程粗略地观察之后,我发现,从我生活的那个时代以来,已经过去了许多毫无收获的世纪,但现在,在这些没完没了的岁月过去之后,即使是受到了最大侮辱的、受到了最大打击的生物——我故意选择了这些话语——也终于要讲话了。我要这样讲话,这样揭示秘密。我们也曾向往着太阳旁边的一块地方,我们也曾希望一种合乎人的尊严的存在。我们到了哪里?我们舞台的状况已经说明了一切。这已经足够了。我的主人来了,将他的弓挂到了一块尖冰上,在舞台上坐下。

〔赫拉克勒斯从右侧出现,穿着狮皮,带着弓和木棒,在舞台上坐到了野猪旁边。

我们要讲述的是赫拉克勒斯和奥革阿斯的牛圈!这是我们的民族英雄的第五个任务,然而,我们却要从第四个任务的结尾开始:在雪中。高于海平面2911米。女士们,先生们,我们终于可以开始了。

〔灯光效果像冰川一样。

第二场　在奥林匹斯山的冰川上

〔赫拉克勒斯浑身是雪,坐在被雪覆盖的野猪右侧。

赫拉克勒斯　冷。
波利比奥斯　冷。
赫拉克勒斯　稀薄的空气。
波利比奥斯　阿尔卑斯山的高山空气。
　　〔波利比奥斯向手里吹着气,用手臂拍打着身体,原地跳来跳去,一切都是为了保暖。
赫拉克勒斯　坐下。你这样跳来跳去弄得我心神不宁。
波利比奥斯　好吧。
　　〔他走上平台,坐到了野猪的左边。沉默。他们被冻僵了。
赫拉克勒斯　北风。
　　〔波利比奥斯把右手食指伸到嘴里,然后向上高举过头顶。
波利比奥斯　西北风。
赫拉克勒斯　幸好我有狮皮。
波利比奥斯　可惜我还身着夏装。
赫拉克勒斯　雾越来越浓了。
波利比奥斯　十步之外什么都看不见了。
赫拉克勒斯　雪又下起来了。
波利比奥斯　一场暴风雪就要来了。
赫拉克勒斯　在这块冰川上的希腊人有些无助。
　　〔雷声。
波利比奥斯　一场雪崩。

赫拉克勒斯　我们并不是善于登山的民族。

波利比奥斯　越是如此,我们便越发感到骄傲,成为第一批登上奥林匹斯山的人。

赫拉克勒斯　这头野猪先到过上面。

波利比奥斯　连一个神影子也看不到。

赫拉克勒斯　好吧。

波利比奥斯　您的父亲宙斯——

赫拉克勒斯　我们不要谈论我的母亲。

〔雷声。

波利比奥斯　山崩地裂。

赫拉克勒斯　半个山峰都垮下去了。

波利比奥斯　奥林匹斯山原本是一座坚固的山峰吗?

赫拉克勒斯　不知道。

〔沉默。雪花飞舞。

赫拉克勒斯　波利比奥斯。

波利比奥斯　尊敬的主人赫拉克勒斯。

赫拉克勒斯　牙齿别再打战了。

波利比奥斯　好的。

赫拉克勒斯　我开始喜欢思考了。

波利比奥斯　这是寒冷造成的。

赫拉克勒斯　我费尽了心力。我击毙了践踏希腊土地的史前时代的巨人,将道路上打家劫舍的强盗绑到了树上。然而,自从我雇用了你,虽然我的通信往来一切正常,但是我的生意却不景气了。我宁愿一切倒转过来。

波利比奥斯　平心而论,尊敬的主人。我介绍的前三项工作的确没带来多少好处。涅墨亚的狮子——报酬是以它的重量为标准计算的——被证明是一只巴尔干的侏儒山狮,巨蛇许德拉深陷在勒尔拉沼泽中,而刻律涅亚山上的牝鹿则跑得再也不见了踪迹。但是,厄律曼托斯山的公猪——这本是一场追猎——却跑到了诸神之山的峰顶,此前,还没有任何人亲眼看到过这峰顶!

赫拉克勒斯　我们也什么都看不见。

波利比奥斯　所以,我们终于把那头可怕的公猪给逮住了。

赫拉克勒斯　雪还一直在下。

波利比奥斯　世界可以松一口气了。

赫拉克勒斯　我们一点好处都没有。

波利比奥斯　对于我们好处太多了。厄律曼托斯山的公猪筋疲力尽地倒在我们之间的雪地里,公猪倒下的地方就有报酬。

赫拉克勒斯　我们之间倒地的不是厄律曼托斯山的公野猪,雪里躺倒的是不知哪儿来的一头筋疲力尽的母野猪。

〔波利比奥斯在查看。

波利比奥斯　的确如此。一头母野猪。

〔沉默。

波利比奥斯　它一定是尾随公野猪而来的。

赫拉克勒斯　我们也是。

波利比奥斯　现在,我们尤其不能失去冷静。

〔雷声。

赫拉克勒斯　又是一场雪崩。

波利比奥斯　母野猪在的地方,公野猪也一定在。

赫拉克勒斯　在前面冰川的裂缝里。

波利比奥斯　在——裂缝里?

赫拉克勒斯　厄律曼托斯山的公野猪在我的眼前坠入了无底深渊。

波利比奥斯　报酬也就有了。一万五千德拉赫马就在下面。

赫拉克勒斯　比我在一个普通马贼身上挣的多了三千。

〔沉默。

波利比奥斯　能把公野猪从裂缝中——

赫拉克勒斯　太深了。

〔沉默。

波利比奥斯　我们必须认真考虑一下。

赫拉克勒斯　母野猪也已经冻僵了。

〔沉默。

波利比奥斯　我有主意了。

赫拉克勒斯　现在?

波利比奥斯　我在特本认识一个会制作动物标本的人——假如他采取一些灵活的手段的话——

赫拉克勒斯　为了什么?

波利比奥斯　把这头母猪变成一头公猪。野猪毕竟就是野猪。

〔沉默。

赫拉克勒斯　雪停了。

波利比奥斯　雾也渐渐散了。

赫拉克勒斯　我们站起来吧。

〔他们站起身来,拍掉身上的雪。

赫拉克勒斯　现在,我的头脑又清醒了。

波利比奥斯　谢天谢地。

赫拉克勒斯　你要把我变成一个骗子。

波利比奥斯(惊讶地)　可是尊敬的主人——

赫拉克勒斯　我要交出一头母猪替代公猪。

波利比奥斯　可是,这只是因为,不这样的话,我们就会失去报酬!您想想那一万五千德拉赫马!

赫拉克勒斯　我对这一万五千德拉赫马不屑一顾!

波利比奥斯　您绝不能这么做,尊敬的主人,想想您的债务吧!

〔沉默。赫拉克勒斯不知所措地凝视着波利比奥斯。

赫拉克勒斯　别说了!

波利比奥斯　好吧。

赫拉克勒斯(大发雷霆)　我们现在是在奥林匹斯山上!

〔雷声。

波利比奥斯　又一场雪崩。

赫拉克勒斯(怒吼)　我无所谓!

波利比奥斯　离您父亲很近。

赫拉克勒斯(怒吼着)　我无所谓!

〔雷声。

波利比奥斯　又一场雪崩。

〔沉默。

波利比奥斯　如果您再怒吼的话,山峰的另外一半也会垮下去的。

赫拉克勒斯(暴怒)　我会把你扔下去的!我没有债务!

波利比奥斯　有的,尊敬的主人。

〔赫拉克勒斯抓住了波利比奥斯的胸口。

赫拉克勒斯　你撒谎!

波利比奥斯(极大的恐惧)　我没有撒谎,尊敬的主人!您非常清楚!您到处欠债!在银行家奥伊吕斯特乌斯那儿您欠了债,还有伊帕米农达斯的信托所、建筑师艾阿斯、裁缝莱奥尼达斯!您在整个特本都欠了债,尊敬的……

〔赫拉克勒斯和波利比奥斯消失在平台后的粪堆中。平台幕拉上。

〔轰隆声不断。

〔死一样的沉寂。

第三场　在平台前

　　波利比奥斯一瘸一拐地从舞台后走出来,臀部受了伤,左臂上夹着夹板。

波利比奥斯（微微喘息着）　他发起怒来可是举世闻名,今天依然如此。他把我和那头母野猪一起扔下了奥林匹斯山的冰川,滚到山脚下的森林里,然后自己和剩下的山峰一起轰鸣而下。
　　〔他从脖子里抓起一根冰柱。
这是一根冰柱。
　　〔他把冰柱扔进乐池。
幸运的是,房子那么大的岩石仁慈地从我身边呼啸而过,可是赫拉克勒斯却落到了我身上,于是,他是我们三个中摔得最轻的,毫发无损,而我却被夹在了母野猪和民族英雄之间——算了,不说了。
　　〔两位换景员将母野猪抬走。上方垂下希腊式山墙。
我之所以没有辞去我的工作,只是因为对于一个没有文凭的秘书来说,无论如何找到一个职位太难了——无论在雅典还是在洛多斯,我在考试中都很不走运。另外,我们的民族英雄还欠了我两个月薪水。可是,即使是他火冒三丈,这个叫声——

德阿涅拉　赫拉克勒斯!
波利比奥斯　——让他消消气好了。这是德阿涅拉,他的情人,一个在外表和精神上都如此与众不同的女子,以至于关于她只有美妙的故事可讲。
　　〔赫拉克勒斯把头从平台幕中间探出。

赫拉克勒斯　你听到那银铃般的声音了吗,波利比奥斯,这诱人的铃声？她难道不完美吗？她的身体、她的步态、她的妩媚,她如此地欢笑、歌唱、吟诵诗句、舞蹈,呼唤我的名字。

〔赫拉克勒斯再次消失在帷幕后面。

波利比奥斯　这两个人真是天作之合。赫拉克勒斯高大强壮、简单粗暴,而她却娇小妩媚,天生对细小的事情格外敏感。为了使她高兴,他铤而走险,他在她身上看到了一种精神,为了这种精神,他满怀激情地要把希腊变得干净整洁。与此相反,德阿涅拉有时却有些不安。我知道,有一次她对我讲……

〔德阿涅拉从右边走过来,拿着一个大托盘。

德阿涅拉　我知道,赫拉克勒斯和我被看作希腊最理想的一对儿,我们也彼此真心相爱。然而,自从我拥有了黑血托盘以来,我却害怕与他结婚。

波利比奥斯　黑血托盘？

〔德阿涅拉坐下,把托盘放到平台边缘。

德阿涅拉　当我们到达奥伊厄诺斯河时,半人半马的怪物内萨斯想把我劫走。赫拉克勒斯用一支毒箭将他射倒。这个怪物在临死前吩咐我,将他的血收集到这个托盘里。他要我把这些血涂在我的情人的衬衣上,赫拉克勒斯就会对我保持忠诚。我还没有这样做。他讨厌穿衬衣。大多时候,如果他不穿狮皮的话,他都赤着上身。现在,我们无拘无束。但是,我们将来是要结婚的。那时,我就会担心失去他,他会穿上一件衬衣,因为他的岁数越来越大了,常常会感到冷,我会把他的衬衣浸泡在半人半马怪物的黑血中。

〔德阿涅拉拿着她的托盘缓慢地再次从右边走出。

波利比奥斯　这就是德阿涅拉对我说的。与此相反,关于奥革阿斯国王,他的无理要求成为我们这一对英雄情侣人生的转折点,现在,我想让他自己来说话——奥革阿斯出场。

〔波利比奥斯从左边下场。希腊式山墙向上移动。奥革阿斯穿着靴子从左后方出场,走到观众面前。

奥革阿斯　首先介绍一下我们的伊利斯国吧:它位于希腊,在北纬三十八度线下,和西西里岛相仿,更确切地说,它在佩洛波内斯的西侧,北部和南部的边界分别是佩纳俄斯河和阿尔弗俄斯河,西部是爱奥尼亚海,东部是阿卡狄亚,和传说中的相反,这是一片相当不舒适的地区。土地:施满了粪肥。据说下面是磨砾层和深层片麻岩。气候:除了经常出现典型的伊利斯的持续降雨之外,还算正常,就像这里的风俗一样。遗憾的是,冬天有时有点儿阴冷,从山里吹来的温暖的下行风常常令人昏昏欲睡。因此,有这样一句谚语:像一个伊利斯人一样睡过了头。首都:和这个国家一样也叫伊利斯。大小牲畜存栏数:八十万头牛,六十万头猪。大约如此。鸡:好几百万只。鸡蛋——

〔他在兜里翻来翻去,终于取出了一个鸡蛋,向观众展示。

鸡蛋特别大,有营养,味道好。居民:二十万。也是大概的数字。宗教信仰:信仰酒神狄俄尼索斯和阿波罗神正教的原始堂区均匀分布。政治:自由宗法制,周旋于阿提卡的海上同盟、斯巴达的霸权和波斯的世界王国之间。名胜:奥林匹亚,四年一度的泛希腊牛粪大赛的举办地。关于我自己,我也想讲几句。为了说出实情,我其实并非国王,而只是伊利斯的总统,确切地讲,仅仅是最富有的农夫,由于我们这里只有农夫,所以我也是最有发言权和主持伊利斯议会的人。私人生活:鳏夫。两个孩子。请允许我介绍:

〔菲洛宇斯和伊俄勒从左走到右。

〔菲洛宇斯笨手笨脚地鞠躬,伊俄勒行了一个屈膝礼,两个人都有点邋遢。

菲洛宇斯,我的儿子,一个十八岁的捣蛋鬼,伊俄勒,我的小女儿。十四岁。好啦,你们俩,可以走开了。

〔孩子们退场。

以上都是关于个人的事情。关于那传说中的粪堆,它也同时是大国民议会上激烈辩论的一件事情——让我们再次关闭平台——,我们现在置身于伊利斯农民共和国久负盛名的政府里。

〔平台关闭。)
〔奥革阿斯有点尴尬。

这就是说,即使在这里,一点小小的坦白也是合适的——因为政府——你们懂得——因为政府早就——被掩埋在了我们农艺的垃圾产品之下,所以,大国民议会在我的牛圈里召开——出于方便的考虑。

第四场　在奥革阿斯的牛圈里(1)

在舞台中央,垂下一根拴着一个牛铃的绳子。从粪堆中,围着奥革阿斯出现了十位议员,腹部以下都看不到,戴着面具就像巨大的沾满粪便的神像。

场景显得很悠闲。

奥革阿斯摇着牛铃。首先,长时间内什么都没有发生。

议员一　我们的国家里散发着臭气,令人无法忍受。
议员二　粪堆如此之高,以至于人除了粪堆之外什么都看不到了。
议员三　去年,还能看到那些屋顶,现在,它们已经再也不见了。
议员四　我们被粪堆完全淹没了。
众议员　淹没了。
奥革阿斯(摇着铃铛)　安静!
〔沉默。
议员五　我们都沾满了粪便。
议员六　都埋到脖子了。如果再多的话。
议员七　到处都是肮脏的粪便。
议员八　陷在里边散发着臭气。
众议员　散发着臭气。
奥革阿斯(摇着铃铛)　安静!
〔沉默。
议员四　听说,在有些国家里,粪堆没有这么高。
其他议员　可在咱们这儿,粪堆就是这么高。
奥革阿斯(摇着铃铛)　安静!

〔沉默。

议员九　为此,我们很健康。

其他议员　尽管如此,我们却沾满了粪便。

议员十　为此,我们走进那些庙宇。

其他议员　尽管如此,我们却沾满了粪便。

议员九　为此,我们是希腊历史上最悠久的民主国家。

其他议员　尽管如此,我们却沾满了粪便。

议员十　世界上最自由的民族。

其他议员　尽管如此,我们却沾满了粪便。

议员九　我们是原始希腊人。

众议员　原始希腊人。

〔沉默。

众议员　尽管如此,我们却沾满了粪便。

奥革阿斯(摇着铃铛)　安静!

〔沉默。

议员一　应该像在希腊其他地方那样引入农作物。

议员二　工业,旅游业。

议员三　干净整洁。

议员四　我们要么现在清除这些粪便,要么仍然埋没在这粪堆里。

众议员　埋没。

奥革阿斯(摇着铃铛)　安静!

〔沉默。

议员五　情况紧急。

议员六　可耻。

议员七　我们必须采取措施。

议员八　哪些措施呢?

议员九　不知道。

议员十　那我们仍在散发臭气。

众议员　散发臭气。

奥革阿斯(摇着铃铛)　安静！
　　　　〔沉默。
议员一　在命运面前,人无能为力。
众议员　无能为力。
议员二　诸神希望如此。
其他议员　诸神。
奥革阿斯(摇着铃铛)　安静！
议员十　也许我们应当认真思考一下。
议员七　怎么办？
众议员　不知道。
奥革阿斯(摇着铃铛)　安静！
议员五　我们要总统干吗？
议员八　用他来思考。
议员四　那么,他就应当仔细思考一下。
众议员　他。
奥革阿斯(摇着铃铛)　安静！
　　　　〔沉默。
奥革阿斯(摇着铃铛)　伊利斯的男人们！
议员三　大家都听我们的总统奥革阿斯说话。
其他议员　我们倾听他发言。
奥革阿斯　我在深思。
众议员　他在深思。
奥革阿斯　没有人打嗝儿或者发出其他声响。
众议员　没有人。
　　　　〔死一样的沉寂。
奥革阿斯　我有主意了。
　　　　〔沉默。
众议员　有主意了？
奥革阿斯　非常突然。

〔沉默。

议员三　可是我却很害怕。

〔沉默。

众议员　说啊。

〔沉默。

奥革阿斯　伊利斯的男人们。我想,我们理所当然必须把粪堆清除。我们当中没有任何一个人不是反感这粪堆的,就是说,在希腊人当中最反感这粪堆的就是伊利斯人。

众议员　是的。

奥革阿斯　但是,我们只是清理一点儿还是彻底清理是有区别的。如果我们只是清理一点儿,那么一年以后粪堆又会和现在一样高,以我们目前生产的粪堆数量,甚至会更高。因此,我们必须彻底清除粪堆。

众议员　干净彻底。

议员五　那就赶快开始清理吧!

众议员　赶快开始吧!

奥革阿斯　赶快开始吧。一句豪言壮语。我们是一个民主国家,正面临着国家的全面变革。任务如此艰巨,因此,如果要想彻底清除粪堆的话,我们必须选出一位清理粪堆的负责人。然而,在这个过程中,自由就会面临危险。粪堆没有了,但是,我们却有了一位清粪主管,是不是该把他也送走呢,我们无从知晓。历史告诉我们,恰恰是这些清粪主管会留下来。而且,还有一件更恶心的事情会威胁到我们。如果我们现在清理粪堆,我们就没有时间去料理我们的厨房,去制作奶酪和黄油,出口就会下降,和整个清粪工作相比,我们要为损失承担更加严重的后果。

议员九和议员十　更加严重的后果。

其他议员　富人们应该支付清理粪堆的费用。

议员六　他们制造了最大的粪堆!

议员九和议员十　我们支付了足够的税费!

其他议员　清除粪堆！就是要清除粪堆！

奥革阿斯　伊利斯人！我现在说说我的想法。在阿卡狄亚举行的最近一次诸侯会议上,我听说有一个叫赫拉克勒斯的人,人们都称他为希腊的清洁工。我们需要他。清洁和清理粪堆是一回事。我要给这位优秀的人物写信。我们给他提供一笔可观的报酬,支付给他其他费用,在我们照料我们的牲口的时候,他就可以开始工作。这样,为了清除粪堆,我们就会付出最小的代价。

众议员　最小的代价。

议员七　我们就这样干吧。

众议员　当祖国、亲爱的祖国

　　　　面临危险

议员一　当棕色的粪便堆积得像现在这样高

　　　　冒着热气

议员二　当牛奶价格像最近一样下降

　　　　跌到谷底

议员三　当马其顿的野蛮人

　　　　将廉价的黄油抛向市场

议员四　当陌生人避开这个国家

　　　　因为科林斯的妓院里

　　　　没有钟声响起

众议员　就像我们这里一样

议员五　一位总统在为我们思考

议员六　但他却不是国王

众议员　而是和我们一样

议员七　他喝我们喝的啤酒

议员八　每天晚上

议员三　像我们一样口齿不清地唱着

众议员　相同的家乡歌曲

议员九　他跌跌撞撞地走回家,也像我们一样

议员十　他像我们一样打牌

议员一　像我们一样睡觉

议员二　像我们一样结了婚

议员三　像我们一样生育后代

议员四　和一位同样丰满的夫人

议员五　谁和我们一样

议员六　行为和我们一样

议员七　缓慢而可靠

众议员　也和我们一样

议员七　因为

议员八　急需抓紧的事情

议员九　他反而更加从容不迫

议员十　因此,我们都听命于奥革阿斯

众议员　听命于他

〔伊利斯的议员和奥革阿斯一起再次消失在粪堆中。

639

第五场　赫拉克勒斯在特本的住所前

平台再次翻下。山墙从上方垂下。
邮差里卡斯从右边登场。

里卡斯　我是里卡斯,在索福克勒斯笔下出现过,出于对古典主义的喜爱,他把我吹捧成了我们民族英雄的传令官。当然,事实看起来并非如此,出于工作的原因,我被分配负责特本的卡德莫斯区,因为我们的民族英雄赫拉克勒斯住在卡德莫斯大街34号,所以,我负责把奥革阿斯的信送交给他。因此,我就是一名邮差。但是,是怎样的一名邮差呢?历史上有很多重要的国王,有很多重要的统帅,有很多重要的艺术家,甚至很多天才。但是,总而言之,只有一个重要的邮差——那就是我。是的,当我把自己看作这出戏真正的关键角色时,我觉得我并没有想入非非,尽管我只出场一次,就是现在,在这出闻所未闻的喜剧的开始阶段;尽管我本来属于故事的结尾,但我却丝毫不逊色于那个经典的倒霉蛋;在奥革阿斯事件之后几年里——出于邮局内部的原因,我当时被调到了奥伊伯阿岛上——,我给赫拉克勒斯送去了装着内萨斯衬衣的臭名昭著的包裹。寄件人:德阿涅拉。目的地:肯尼翁山丘上的一座乡村旅店。这件衬衣本身是雪白的,没有任何迹象表明,它曾经被半人半马怪物的黑血浸染。我曾经想,衬衣就是衬衣,于是就把这个包裹送上门了。然而,我最好是向你们展示本该发生在故事结尾的这一幕。

〔包裹从上方落到了他的手里。

正午时分。天空散发着银光,乌云密布,山雨欲来。正是一月,很冷。比较冷。

〔灯光变换。同时,菲洛宇斯的坟丘从右侧推入,一个土堆,顶上是一个被打碎了的头盔,和一件被血浸透的伊利斯的长袍和撕碎的婚礼丝带。

我走向那乡村旅店,从菲洛宇斯的坟丘旁走过——

〔他从坟丘上拿起头盔和长袍,向观众展示。

你们已经认识了奥革阿斯的儿子。——这儿,你们这些坐在下面的批评者,他为你们留下来的东西:对于你们的审美来说,你们向来更喜欢一件沾满血污的长袍,而不是一件满是粪便的衬衣。——这个年轻人最终找到了赫拉克勒斯,要求和他决斗,后来,他的遗体就被埋在了这里。

〔他把头盔和长袍再次放到坟丘上。

我到房门口了,摇门铃。

〔做摇门铃的动作。

伊俄勒开了门,伊俄勒,奥革阿斯的女儿,你们也已经认识了,伊俄勒,看起来对她兄长的死无动于衷,伊俄勒,对德阿涅拉心怀嫉妒。

〔伊俄勒打开了帷幕。

她身着一件透明的长袍,挂着饰物,当然是赫拉克勒斯的礼物——他刚刚占领了俄卡利亚城,也做成了他一生中惟一一笔盈利丰厚的生意——,几天前,这个轻佻的女人还衣衫褴褛、光着脚绕着这幢房子走呢。我说,邮件,尊敬的小姐,我们的民族英雄的妻子寄给他的一个包裹。她接过包裹,然后就不见了。

〔伊俄勒拉上了帷幕。里卡斯坐到了平台左侧。

不见了。你们看到了吗?她什么也没说,但却微笑着。她一直用她的大眼睛盯着我。温柔而纯洁。

〔他从房子后面拿来一大杯葡萄酒。

我本可以就此溜掉。但我却待在这里,很遗憾。我在前院里给自己拿了些葡萄酒。

〔他喝了一口。

我听到在乡村酒店里伊俄勒放声大笑。

〔放肆的笑声。

突然间鸦雀无声。

〔安静。

这样,赫拉克勒斯就可以捉到我。他突然就站到了门口。

〔帷幕被打开。赫拉克勒斯血淋淋地出现。

赫拉克勒斯　你们看这儿,大家来看我这令人恐怖的样子!看我这令人怜悯的不幸!

里卡斯　这是索福克勒斯的诗句!这个男人已经无药可救了。内萨斯的黑血正在侵蚀着他的身体,他的肉正在一片一片地往下掉。

〔黑暗。只能看到里卡斯,他向左前方摔倒,凝视着观众。

这样,他一把就将我抛向空中也就可以理解了。可以理解,尽管是不公平的。与此相反,我箭一般腾空而起却非常了不起。整个希腊都可以尽收眼底,雅典卫城就像一个微小的骰子,奥林匹斯山就像一个裹上了糖衣的鼹鼠窝,一时间,我为我们美丽的、在邮电技术方面如此难以搞定的祖国感到骄傲——但现在要发生的却是重重地跌向陆地——女士们,先生们,我最好不要让你们看到这一幕。无论如何,这不是一次平稳地航空邮件着陆,卡戎,死者灰白色的摆渡人,当他必须将我的尸体堆放到他长满了苔藓的、阴暗的小船上时,他感到非常吃惊——这是在我身上采取的最后的邮寄行为。现在,这个邮件也到了,在阴间,第五区。部门名称吹牛大王。我必须说,有点混乱。我毫无批判之意。但是,那是不是邮电总局的一次失误呢——

〔灯光再次点亮,房子正面和之前一样,菲洛宇斯的坟丘向右侧移出。

我们还是再次回到我们的情节中吧,即使并非刚刚开始,也是在序幕部分,我们去特本,回到我们的民族英雄在卡德莫斯大街34号寓所门前。我们把奥革阿斯的信件交了出去。这封信。

(他手里拿着一封信)一个真正的坏消息。

〔他捏着那封信让大家看。

女士们,先生们。我知道你们在想什么。错误。信件的秘密还是信件的秘密,所有邮局的这一信条也是我的信条。我不仅事后把这些信件重新封好,而且,我阅读这些信件也并非作为一个个体,而是出于严格的邮政心理学的原因,因为除了对于美和崇高的感知之外,我只请大家想一想我们特本的特种邮票,和它们相比,我们特本其他特别之处,比如俄狄浦斯或者安提戈涅,都变得无足轻重;除了对于美和崇高的感知之外,我们的邮局还重视最基本的礼貌,于是,送交邮件要求一种礼节,这种礼节顺理成章地是以对邮件内容的了解为前提条件的。你们想象一下,我要投递一封令人悲伤的信件,但却用口哨吹着一曲流行小调,或者给人家带来一个喜讯,却哭丧着脸。果真如此的话,邮局就太不通情达理了。可是,关于我现在手里拿着的这封信的内容,我却一句也不能透露。

〔他走向帷幕,想要摇铃,却停了下来,再次面向观众。

只是:这很尴尬。不仅是拼写问题。因为显而易见,这些伊利斯人对于"希腊的清洁工"这个称号过于吹毛求疵了,他们提出了一个无理要求,这个要求一定会极大地侮辱赫拉克勒斯,不仅是他,假如这个提议被公之于众的话,整个国家都会为之震惊。当我读到这些内容时,我的脸色苍白。不仅是我、连我的妻子也面色惨白,还有面包师安迪伯伊诺斯、屠夫里基尼奥斯、木匠米尔米恩、管道工奥弗尔特斯、葡萄酒商人克罗托斯、客栈老板奥伊诺斯、警察特里奥普斯、拳击运动员梅罗普斯、祭司帕诺博伊斯、郊区的妓女皮蕾娜——她格外地廉价和爱干净,歌唱、跳舞、朗诵样样精通,尤其是经典作品,邮局可以最热情地推荐她,她住在护城壕中部16号——一言以蔽之,每个读过这封信的人都感到惊讶。这些话仅限在我们之间说说。我是邮差,必须把世界的命运分送到家家户户,却无须叹息,必须不发表任何评论地将邮件送上门。

〔他摇响了门铃。这次铃声可以听到。

〔波利比奥斯出场。

里卡斯　您的信。(将信递给波利比奥斯)

波利比奥斯　谢谢。(接过信,再次不见了)

里卡斯　女士们,先生们,你们注意。现在,赫拉克勒斯家里可就有好戏看了。(从左侧下场)

〔沉寂。

〔在房子里巨大的轰隆声,叮当作响。

〔然后是一声叹息。

〔沉寂。

〔然后,赫拉克勒斯暴怒地冲了出来。

赫拉克勒斯　我去找客栈老板奥伊诺斯!一醉方休!(从右侧下场)

〔沉寂。

〔接着,从左侧出现两位换景员,身着医生的白大褂,抬着担架,消失在房子里。

〔紧接着,两位换景员在担架上抬着一个无法辨认的人再次从房子里出来,从左侧消失。

〔他们下场的同时,波利比奥斯从右侧上场。他多了一条绷带,挂着一根拐杖。

波利比奥斯　担架上的人是我。我刚给赫拉克勒斯念完奥革阿斯的信,并且只是小心翼翼地提到了这个提议在经济方面的好处,他便把我扔下楼梯,扔到院子里。除了腿骨折和几处伤口之外,虽然我没受到其他伤害,可是,我却只能在一个星期之后才能完成我的新任务。奥革阿斯的提议必须被接受,这是无法改变的,因为,尊敬的主人现在已经欠了我十四个月薪水。自从我们围猎公猪失败以来,已经过去了苦涩的一年。我必须拿到我的钱,即使民族英雄用我的骨头把地狱擦得锃光瓦亮也在所不惜。我决定要和德阿涅拉谈谈,因为和赫拉克勒斯重新谈论这个话题将会有生命危险。

第六场　在赫拉克勒斯家中

波利比奥斯始终站在右侧。
平台的帷幕分开。
德阿涅拉屋内的装饰具有希腊风格,她坐在一个希腊式长沙发上,刷着狮皮。

德阿涅拉　波利比奥斯,赫拉克勒斯这样粗暴地对待你,令我很难过。
波利比奥斯　啊,没事儿。
德阿涅拉　赫拉克勒斯很欣赏你。他的外表粗暴,但内心却很善良。
波利比奥斯　这也是最重要的事情。
德阿涅拉　你的腿一定还好疼吧?
波利比奥斯　最重要的是,我不再发烧了。
德阿涅拉　你为什么来找我?
波利比奥斯　伊利斯的总统写了一封信。
德阿涅拉　那个滑稽的农民,他要求赫拉克勒斯清扫他的国家里的粪便?这件事可把我逗坏了。
波利比奥斯　遗憾的是,我连笑的机会还没有,夫人。我的腿。
德阿涅拉　当然,波利比奥斯,你的腿。
　　　　〔她尴尬地不说话了,继续刷。
德阿涅拉　你的意思是,我们本应该接受这项工作?
波利比奥斯　夫人,想想我们的债务——
　　　　〔她惊讶地注视着他。
德阿涅拉　我们欠债了吗?

波利比奥斯　真的,夫人。

德阿涅拉　很多吗?

波利比奥斯　我们遭到了债主的围攻,我一点都不想谈这些被强迫还债的事情。我们面临破产,夫人。

〔沉默。只有刷的声音。

德阿涅拉　我要卖掉我的首饰。

波利比奥斯　夫人,您的宝石都已不是真货了。我们被迫用假货替代了它们。这幢房子里已经没有任何东西是真货了。

德阿涅拉　只有这张狮皮。

〔她抖搂着狮皮。尘土飞扬。

波利比奥斯(咳嗽)　是的,夫人。

〔德阿涅拉继续刷,然后停了下来。

德阿涅拉　奥革阿斯的报价是多少?

波利比奥斯　把这个算清楚很复杂。伊利斯人是一个农业民族。勤劳、淳朴、没有文化。他们数数只能数到三。他们用"三"写满了一个羊皮纸卷,我还数了数有多少个。到目前为止超过了三十万德拉赫马。

德阿涅拉　靠这笔钱我们能还清债务吗?

波利比奥斯　差不多。

德阿涅拉　我要和赫拉克勒斯谈谈。

波利比奥斯　谢谢您,夫人。

〔波利比奥斯轻松地一瘸一拐地走向右侧。

波利比奥斯　基本上搞定了。

〔波利比奥斯下场。

德阿涅拉　赫拉克勒斯!

〔她继续刷。

德阿涅拉　赫拉克勒斯!

〔赫拉克勒斯在背景中站起来,显然因为饮酒而精神疲惫。

赫拉克勒斯(生气地)　嗨。

德阿涅拉(亲切地)　嗨。

赫拉克勒斯(更大胆地)　几点了？

德阿涅拉　天快黑了。

赫拉克勒斯(有些吃惊)　快黑了——

〔他重新恢复了镇定。

赫拉克勒斯　刚醒过来。

德阿涅拉　你坐下。

赫拉克勒斯　不想坐。否则的话我又会睡着。你在刷狮皮？

德阿涅拉　是的。第二次了,你的狮皮看上去脏死了。

赫拉克勒斯　一件不像样的衣服。对于我的职业来说太不合适了。

德阿涅拉　亲爱的,不像样的首先是你收到奥革阿斯的信以来生活的改变。你虐待你的秘书,在特本那些下等酒吧里酗酒,在城市公园里强奸妓女奥伊阿雷特,今天早晨才踉踉跄跄醉醺醺地走回家。带着两个姑娘。

〔沉默。刷着。

赫拉克勒斯(吃惊地)　带着两个姑娘？

德阿涅拉　来自马其顿的两个饥肠辘辘的小东西。我让人用下一趟船把她们送回家去了。

〔沉默。刷着。

赫拉克勒斯　我头疼得厉害。

德阿涅拉　我可以想象。

赫拉克勒斯　我什么都想不起来了。

德阿涅拉　警察来过这儿。

赫拉克勒斯　警察？

德阿涅拉　警察少尉迪奥门德斯。

赫拉克勒斯　他们为什么没叫醒我？

德阿涅拉　他们试过。我不得不亲自接待了那个警察少尉。当时我正躺在浴室里。

〔沉默。刷着。

赫拉克勒斯　你不要说了——
德阿涅拉　不。
赫拉克勒斯　这个迪奥门德斯到你的浴室里——
德阿涅拉　我的浴室,亲爱的,可绝不是什么城市公园。
赫拉克勒斯　这个迪奥门德斯是希腊最臭名昭著的色鬼。
德阿涅拉　除了我之外。

〔沉默。刷着。

赫拉克勒斯　那个混蛋要干吗?
德阿涅拉　来通知我。
赫拉克勒斯(愤怒地)　关于妓女奥伊阿雷特的事儿。我可以想象。这一定是那个婊子亲口告诉他的,在城市公园里没有目击者——如果这件事属实的话。
德阿涅拉　属实。一群市议员正好在那里散步。可是,迪奥门德斯却不是为这件事来的。你要拆掉银行。
赫拉克勒斯　银行?
德阿涅拉　你把特本国家银行门前的柱子都打倒了,把多利斯银行的青铜门扇卸了下来,还掀掉了奥伊吕斯特乌斯银行大楼的屋顶。你怎么一下子都冲着银行来了?
赫拉克勒斯　没什么!但是,我已厌倦了总是做一些有益的事情和为了人类操劳!无休止的开垦、将沼泽的水排干、击毙怪兽,已经令我感到腻烦,我无法再看到从我的善举中获益的满意的市民!我不得不一次又一次地大发雷霆!另外,我还欠了债!我要接着去睡觉了。

〔德阿涅拉刷着。

赫拉克勒斯　这该死的灰尘。
德阿涅拉　我有句严肃的话要和你讲。
赫拉克勒斯　一句严肃的话?可是已经讲了整整一上午——
德阿涅拉　现在是傍晚。
赫拉克勒斯　可是,整个傍晚你要和我讲一句严肃的话。

649

〔德阿涅拉指着长沙发。

赫拉克勒斯　好吧。

〔他坐到右侧的长沙发上,挨着德阿涅拉。

德阿涅拉　赫拉克勒斯。你已经有一年不工作了。

赫拉克勒斯　那头该死的厄律曼托斯山公野猪。

德阿涅拉　作为民族英雄,你不能毫无成就。

赫拉克勒斯　没有人相信我在冰川裂缝中的遭遇。

德阿涅拉　阿尔卑斯山里发生的故事总是令人难以置信。因此,我们必须接受奥革阿斯的提议。

〔沉默。

德阿涅拉　我们别无选择。

〔沉默。

赫拉克勒斯　德阿涅拉!关于这件事,我的秘书波利比奥斯只是给了我一点小小的提示,我就把他扔下楼梯,扔到门外的院子里。

德阿涅拉　好啊,你也想把我扔到什么地方去吗?

赫拉克勒斯　你不能要求我去清理粪便!

德阿涅拉　我们欠着债!

赫拉克勒斯　我猎杀了那些最可怕的怪兽,战胜了巨人,杀死了吉里昂和安泰,支撑起了苍穹,承受着它的星辰的巨大重量。而现在,却要我去清理一个人的国家里的粪堆,这个人只会数到三,连国王都不是,而只是一个总统?我绝对不会去!

德阿涅拉　这桩房子要被抵押了。

赫拉克勒斯　假如我干了这个活儿,整个希腊都会笑掉大牙的。

德阿涅拉　我们面临破产。

赫拉克勒斯　我拒绝。

德阿涅拉　你根本就做不到。一个人做什么并不重要,重要的是他怎么做。你是一位英雄,那么你也应该像英雄一样清除那些粪便。无论你做什么,永远都不可笑,因为你做了。

〔沉默。刷着。

赫拉克勒斯　德阿涅拉。
德阿涅拉　赫拉克勒斯？
赫拉克勒斯　我做不到。我做不到。我做不到。
　　　　〔沉默。
　　　　〔她放下刷子，站起来。
德阿涅拉　那好，我去度一个星期假。
赫拉克勒斯　度假？（他疑惑地看着她）为了什么？
德阿涅拉　去拜访银行家奥伊吕斯特乌斯和军火商修昔底德斯，这两位希腊最富有的男人，还有所有的国王，一个接着一个。
　　　　〔沉默。
赫拉克勒斯　你要在这些侏儒那里做什么？
德阿涅拉　你就要成为最富有的希腊人了。在我成为你的情人之前，我是这个国家最有名的妓女可不是平白无故的。
赫拉克勒斯（站起来）　我把他们都杀了。
德阿涅拉　这对你于事无补。
赫拉克勒斯　这太荒唐了。
德阿涅拉　我们需要钱。
赫拉克勒斯　你待在这儿。
德阿涅拉　我要去。
　　　　〔他们相互打量。
赫拉克勒斯　我去。去伊利斯。清除粪堆。宁做牛倌，不做皮条客。（他向后走去）我要去继续睡觉了。
　　　　〔德阿涅拉静静地把刷干净的狮皮叠了起来。
德阿涅拉　波利比奥斯！
　　　　〔波利比奥斯一瘸一拐地从右侧走上舞台。
波利比奥斯　夫人？
德阿涅拉　去找人收拾行李。特别是别忘了我的浴缸。我们明天去伊利斯。坐开往伊塔卡的船。
　　　　〔她拿着狮皮向后走去。

651

波利比奥斯　这就搞定了。女士们,先生们,休息之后,"赫拉克勒斯和奥革阿斯的牛圈"的故事才终于要开始了。真的开始了。

〔帷幕落下。

第七场　月夜(1)

降下的平台在粪堆上,上面是狮皮。帷幕打开。德阿涅拉在一个希腊式的浴缸里。舞台左右两侧各有一个帐篷。

德阿涅拉　我们终于到达伊利斯了。深入这个国家内陆的旅行很可怕。赫拉克勒斯用车推着我穿过恐怖的沼泽,越过山间高耸入云的可怕关隘,在大片大片的牛粪上驾驭着旅行车,驱赶着上百万只发出咯咯叫声的公鸡,胡须里满是臭虫,身上都是苍蝇。当我们终于到达首都的时候,欢迎仪式进行得没完没了。我惊恐地想到,这个国家的人们是如何吃下如此大量的猪肉和牛肉的,又是如何吃掉成吨的豆类,喝干一整桶一整桶的烧酒,同时发表着无休无止的节日讲话。首先是欢迎时的亲吻!我最后只能静静地掉眼泪,因为在我的国家里,妇女毫无价值,而妓女大行其道,可现在,我却到了一个甚至连妓女都没有发言权的地方。哦,有七个城门的特本,哦,我金色的城堡卡德梅阿,我怎么能离开你们呢!好在,抵达的过程终于扛过去了,恐惧也消失了。我们甚至已经不在伊利斯了,而是在城市附近的一座山崖上,它就像一座小岛一样在这粪便的海洋中凸出出来,还有一眼银光闪闪的泉水,我用这个泉水灌满了我的浴缸。(她从浴缸里走出来,擦干身体)天快亮了。月亮就要落下去了。

〔月亮朝着地平线下沉。德阿涅拉坐到狮皮上。

德阿涅拉　真安静。只听到潺潺的泉水声。赫拉克勒斯和波利比奥斯在他们的帐篷里睡觉。我坐在我的情人的狮皮上,凝视着月亮,它把伊利斯的粪堆化作了温柔的蓝色小丘。

〔菲洛宇斯从背景中走出。

德阿涅拉　这个小伙子一下子就站在了我面前,他很笨拙,穿着高高的靴子。他睁大眼睛注视着我,然后把目光垂下。在月夜里,我的身体就像白色的大理石雕像一样光彩照人,如此美丽,如此迷人,以至于这个小伙子都不敢把眼睛再次睁开。

〔沉默。

德阿涅拉　你是谁？

菲洛宇斯　我——

德阿涅拉　你不会说话吗？

菲洛宇斯　我是菲洛宇斯,奥革阿斯的儿子。

德阿涅拉　你要干吗？

菲洛宇斯　我——刚才在看你洗澡。

德阿涅拉　然后呢？

菲洛宇斯　我——我还从来没有看过一个女人洗澡。

德阿涅拉　我可以想象出来。

菲洛宇斯　我来是为了带赫拉克勒斯去看粪堆。我带来了靴子。

〔他把一双靴子放到地上。

德阿涅拉　在午夜？

菲洛宇斯　对不起。

德阿涅拉　你难道不想对我讲实话吗？

菲洛宇斯　在你们到来之前,除了马、公牛、母牛和猪之外,我什么都不认识。我的成长和每个伊利斯人一样。粗野、有力,被人拳打脚踢,也对别人拳脚相加。可是,现在我看到了赫拉克勒斯和你,仿佛我第一次看到了人,仿佛我只是一只毛发蓬乱的动物。

德阿涅拉　所以你就到这儿来了？

菲洛宇斯　我必须在你们附近。

德阿涅拉　你还年轻。

菲洛宇斯　三乘三乘二。

德阿涅拉　你不想坐在我身边吗？

菲洛宇斯　你可是——我想,以前我从来没见过一丝不挂的女人。
德阿涅拉　啊!我盖上狮皮。你想过来吗?
菲洛宇斯　如果你允许的话。

〔他胆怯地坐到她身边。

德阿涅拉　我累了,但我却无法睡觉。我害怕这个国家,害怕这些狂热的人,当月亮一下子朝着山丘落下去时,突然间,我感觉仿佛有什么无形的东西正向我袭来,要杀死赫拉克勒斯和我。此时,你来了。一个小伙子,有着温暖的身体和锐利的眼神。此时,月亮正要落下去,我想把我的脸颊贴到你的脸颊上,把我的身体依偎在你的身体上,这样我就不再恐惧了。

〔月亮落下。

第八场　月夜(2)

　　波利比奥斯在左侧把头从他的帐篷里探出。

波利比奥斯　在这个月夜里,这绝不是惟一的一次交谈。赫拉克勒斯在泉眼旁支起的帐篷里也无法入睡。伊利斯妇女界欢迎他时的那份焦躁不安令他担忧。
　　〔赫拉克勒斯从右侧的帐篷里走出,坐在门口。
波利比奥斯　赫拉克勒斯也离开了他的帐篷,凝视着月亮——
　　〔月亮再次升起。
波利比奥斯　正如我们已经知道的那样,伊利斯的风光使人陶醉,突然,一个人影站在了他的面前,一个魁梧的、衣衫褴褛的家伙——
赫拉克勒斯　你是谁?
卡姆比瑟斯　我——
赫拉克勒斯　你不会说话吗?
卡姆比瑟斯　我是卡姆比瑟斯,奥革阿斯的牛圈仆役。
赫拉克勒斯　我是来自特本的赫拉克勒斯。你一定听说过我。
卡姆比瑟斯　当然。
赫拉克勒斯　你为什么来到这里?
卡姆比瑟斯　来警告你。
赫拉克勒斯　我只是想把这个国家的粪便清理干净。
卡姆比瑟斯　粪堆太高了。
赫拉克勒斯　我拦住阿尔弗俄斯和佩纳俄斯河的河水,把粪便冲入大海,只是会污染爱奥尼亚海。

卡姆比瑟斯　你做不到。

赫拉克勒斯　你是个聪明人,卡姆比瑟斯。你可以来帮助我。

哈姆比瑟斯(惊讶地)　帮助?帮助一位英雄?

赫拉克勒斯　如果你照我说的做。

卡姆比瑟斯　要我做什么?

赫拉克勒斯(迟疑地)　你看,人们讲了关于我的很多故事。我还是婴儿的时候,就扼杀了两条蛇,后来还杀了一头狮子,杀死了巨人,还有始终长着两个脑袋的许德拉,我砍下了其中的一个。

卡姆比瑟斯　你就是一位英雄。

赫拉克勒斯　仅仅是我的职业。很遗憾,人们还讲了其他故事。关于女人的故事。

卡姆比瑟斯(高兴地)　我喜欢听关于女人的故事。

赫拉克勒斯　恰恰是这些故事很流行。

卡姆比瑟斯　人们都讲了什么?

赫拉克勒斯(有点害羞地)　我不想说那些细节。因为人们相互讲述,说我勾引了很多妇女和女孩儿。

卡姆比瑟斯(好奇地)　你勾引了很多吗?

赫拉克勒斯　我终究是位民族英雄。人们夸大其词了。人们这样讲述,我在一夜之间引诱了特斯皮奥斯国王五十个女儿中的四十九个。

卡姆比瑟斯(不理解地)　四十九个?

赫拉克勒斯　三乘三乘三乘二减三再减二。

卡姆比瑟斯　你并没有这么做?

赫拉克勒斯　当然了,谁有这么多女儿。

卡姆比瑟斯　当然。

赫拉克勒斯　你看。

卡姆比瑟斯　那你现在要我做什么?

赫拉克勒斯　这很难解释。我不想和女人再有太多的瓜葛了,你明白吗?我爱一个女人,一个极美的女人,无论如何我也一把年纪

657

了。我想说,浮现在我眼前的是一种更加悠闲的生活,这可与流传的关于我的那些谣言不搭调。我只想把精力集中到我的任务上,杀死猛犸、剿灭马贼和其他一些在这个国家有益的工作,比如现在要清除粪堆。

卡姆比瑟斯　　我理解。

赫拉克勒斯　　理解就好。

卡姆比瑟斯　　你要我否认你的爱情故事。

赫拉克勒斯(犹豫地)　　并非如此。这本来是无法讲的。恰恰相反。

卡姆比瑟斯(惊讶地)　　相反?

赫拉克勒斯　　你看,卡姆比瑟斯,正是这些女人的故事,无论它们多么令人不快,成为了我的职业的一个重要的组成部分。我的意思是,民众希望,我让那些女人和少女心碎。这也符合一位民族英雄的身份。

卡姆比瑟斯　　明白。

赫拉克勒斯　　按照民众的意愿去生活,这我可根本就做不到,最后,我不得不注意到,尽管我领受了任务,但在生意上,我的状况却并没有什么起色。然而,我必须获得安静的环境。

卡姆比瑟斯　　现在?

赫拉克勒斯(小心翼翼地)　　你和我的体形一样。

卡姆比瑟斯(自豪地)　　人们会相信。像这样在黑暗中。我是最高大的伊利斯人。肌肉——你摸摸。

赫拉克勒斯　　正是如此。在黑暗中。我想——我想象——你可以在我的帐篷里睡觉。

卡姆比瑟斯　　为什么?

赫拉克斯　　卡姆比瑟斯。我肯定,如果你思维缜密的话,你会想到这一点。

卡姆比瑟斯　　啊哈。

赫拉克勒斯　　你想到了吗?

卡姆比瑟斯　　现在。

赫拉克勒斯　同意吗？

卡姆比瑟斯　我想是的。

赫拉克勒斯　你不说话？

卡姆比瑟斯　我保证。

赫拉克勒斯　只是你必须先洗个澡。

卡姆比瑟斯　洗澡？

赫拉克勒斯　这样人们才会相信你的确是我。

卡姆比瑟斯(坚定地)　最好别这样。

赫拉克勒斯　你什么意思？

卡姆比瑟斯　我不洗澡。

赫拉克勒斯(威胁地)　你要洗澡。

卡姆比瑟斯(固执地)　不,先生,绝不。即使我能够一百次成为民族英雄,一个伊利斯的猪倌也绝不洗澡——

〔赫拉克勒斯揪住了卡姆比瑟斯。

〔黑暗。

〔流水声,气喘声,浇水声。

〔左侧的帐篷里,可以看到波利比奥斯的头。

波利比奥斯　有人给卡姆比瑟斯洗了澡,当月亮落下去的时候——

〔月亮再次落下。

波利比奥斯　——太阳出来了,这些平缓的蓝色小丘再次变成了粪堆,我离开我的帐篷时,赫拉克勒斯已经站在了他的帐篷前,仿佛什么都没有发生过。

〔灯光。明亮的清晨。

〔赫拉克勒斯站在帐篷前,波利比奥斯从他的帐篷里出来。

赫拉克勒斯　早上好。

波利比奥斯　早上好。

〔赫拉克勒斯做着体操。

赫拉克勒斯　起雾了。

波利比奥斯　雾气腾腾。

赫拉克勒斯　伊利斯的粪堆就在附近。
波利比奥斯　燥热风。
赫拉克勒斯　你的左臂怎样了？
波利比奥斯　已经可以活动了。
赫拉克勒斯　右腿呢？
波利比奥斯　不疼了。
　　　　〔赫拉克勒斯揉着自己的脖颈。
赫拉克勒斯　我不知道。这种伊利斯的烧酒——
波利比奥斯　我准备好了早餐，豆子、熏肉、牛肉。伊利斯的国菜。
赫拉克勒斯　我们开始干活儿吧。
　　　　〔他们同时注意到了德阿涅拉和菲洛宇斯。
　　　　〔沉默。
赫拉克勒斯　我的天哪。
波利比奥斯　我被震惊了，尊敬的主人。
赫拉克勒斯　那是谁——？
波利比奥斯　不知道，尊敬的主人
赫拉克勒斯　他怎么会——？
波利比奥斯　要我把您的棒子拿来吗？
赫拉克勒斯　胡说，波利比奥斯。我不是吃人妖怪。叫醒他。但是小心点儿。
　　　　〔波利比奥斯用拐杖碰了碰菲洛宇斯。
波利比奥斯　嗨！
　　　　〔菲洛宇斯从睡梦中惊起。
菲洛宇斯　哦！
　　　　〔他惊恐地注视着赫拉克勒斯和波利比奥斯。
赫拉克勒斯（轻声地）　对不起，我们打扰你了。
菲洛宇斯（尴尬地）　德阿涅拉请求我——
赫拉克勒斯（轻声地）　不要那么大声，否则她会醒的。
菲洛宇斯（轻声地）　德阿涅拉请求我，允许她躺在我身边。

赫拉克勒斯　显而易见。

〔沉默。

赫拉克勒斯　你到底是谁？

菲洛宇斯　菲洛宇斯，奥革阿斯的儿子。

赫拉克勒斯　幸会。

〔沉默。

菲洛宇斯(尴尬地)　我是来看望你的。

赫拉克勒斯　显而易见。

菲洛宇斯　我给你带来了靴子。

〔他指着靴子。

赫拉克勒斯　在这个地区，我也需要靴子。

菲洛宇斯　我想，你今天就要去看看伊利斯的粪堆。

赫拉克勒斯　伊利斯的粪堆不必看了，它必须被清除，我的孩子。我今天清晨就开始工作，拦住河水。我已经预先通知了你父亲。

菲洛宇斯　你还不能开始。

赫拉克勒斯(愣住)　我还不能开始什么？

菲洛宇斯　拦住河水。

赫拉克勒斯　为什么？

菲洛宇斯　因为你还没有得到水务局的许可。

赫拉克勒斯(愤怒地)　水务局？

菲洛宇斯(轻声地)　不要这么大声。德阿涅拉会被吵醒的。

〔沉默。

赫拉克勒斯(轻声地)　我为什么需要水务局的许可？

菲洛宇斯　因为我们是在伊利斯。在伊利斯，干所有的事情都需要一个许可。

〔沉默。

赫拉克勒斯　把靴子拿过来。

〔他穿上靴子。

赫拉克勒斯　波利比奥斯。

661

波利比奥斯　尊敬的主人赫拉克勒斯？

赫拉克勒斯　我们去找奥革阿斯。

〔波利比奥斯脸色发白。

波利比奥斯　尊敬的主人。您可以支使我,我是您的私人秘书,这没问题。可是,人的能力却是有限的。我曾毫不犹豫地、勇敢地和您去臭气熏天的勒尔拉沼泽找巨蛇许德拉,我几乎毫无异议地就爬上了奥林匹斯山冰冷的顶峰,但是,这个粪堆我可不想踏进去第二次。

〔赫拉克勒斯把靴子穿上了。

赫拉克勒斯　咱们走吧。

〔他走向右侧,波利比奥斯一瘸一拐地跟着他,赫拉克勒斯又一次站在菲洛宇斯面前。

赫拉克勒斯　你坐着吧。继续看护着这位美丽的女士睡觉。

〔他从右侧下场。

波利比奥斯　小伙子,你应该高兴你还活着。

〔他一瘸一拐地跟着赫拉克勒斯。

第九场　在奥革阿斯的牛圈(2)

从左后方,两位伊利斯的换景员抬着担架快步走向右前方下场。然后,奥革阿斯和他的随从卡姆比瑟斯出场,两个人拎着奶壶和扎起来的挤奶时坐的凳子。

奥革阿斯　我特别荣幸地介绍我几百头奶牛中最好的四头。把挤奶油递过来,卡姆比瑟斯。

〔他们两人手上都抹了油。

触碰乳房必须小心翼翼。挤奶是一门刚柔并济的手艺。右侧外边是花斑牛帅克,伊利斯高山花斑良种牛,长着红斑、真真正正。可靠、产奶多。它旁边是科罗纳。这种奶牛——你们看——更敦实、更魁梧,犄角更扁平,在早晨的阳光下散发着金光。阳光透过牛圈的缝隙照进来,掠过暖和的暗处。给花斑牛和科罗纳再加些草料,卡姆比瑟斯,另外两头也是。

〔卡姆比瑟斯拿起草料叉,做添加草料的动作。

我喜欢在牛圈里干活儿,在我的牛圈里,可以忘记一位总统不得不伤脑筋的所有杂事。这些身体巨大而安静的动物令我心安,尤其是当我像现在这样做完管理工作之后。我们刚刚开过一个气氛热烈的午夜大会,尤其是在为我们的民族英雄举行了欢迎仪式之后,我感到更加疲惫,就我们大国民议会著名的午夜大会而言。我们必须诚实,即使在我们这里,那最糟糕的粪堆也并不总是在牛圈里产生的。另外,科罗纳已经第十四次怀孕,一个勇敢耐心的成就。刚才它还在温柔地哞哞叫,而现在,女士们,先生们,它正在用国王般的眼神看着你们,这种眼神只有我们本地的低地品种、我们最原始的物种才有。但是,我必须腾些地方出来。

〔两位换景员从右前方抬着一个无法认出的人物走到左后方。

奥革阿斯　对不起。一个遇难者被抬进了医院。伊利斯这个地方不好走。

〔他查看着担架。

奥革阿斯　波利比奥斯。对不起。他从一个粪堆陡坡冲了下来,穿过牛圈的屋顶撞到了我最好的种牛。好吧,我们的医生、来自贝茨科芬的埃斯库拉普会把两个都治愈的。我们还是继续说我们的优质奶牛吧。这是白斑牛布雷斯,是上比奈俄斯典型的灰棕色高地物种,每天十五升奶,下腹部和耳郭里面闪着白光。乖,乖,我的好姑娘,我这就给你挤奶。最后是拉蒂,我完美黑色的美丽女王,五次获奖,每天二十升奶。你们看,这件事它做起来跟玩儿似的!我们伊利斯牛奶经济界的骄傲。好啦,不多说了,我必须和我的仆人一起开始工作了。

〔他们坐下,奥革阿斯在左,卡姆比瑟斯在右,轻轻抚摸着只在观众想象当中存在的奶牛。

奥革阿斯　安静,布雷斯。
卡姆比瑟斯　安静,帅克。

〔他们开始挤奶。赫拉克勒斯从右后方出场。

赫拉克勒斯　奥革阿斯,我有话要和你讲。
奥革阿斯　安静,布雷斯。
卡姆比瑟斯　安静,帅克。
赫拉克勒斯　来你这儿的路太糟糕了。
奥革阿斯　对不起,你的秘书——
赫拉克勒斯　哦,抱歉,是我亲手把他扔到你的牛圈里的。
奥革阿斯　原来如此。
赫拉克勒斯　因为接受了你的任务而产生的愤怒。

卡姆比瑟斯　安静,帅克。

赫拉克勒斯　我要踏烂你的农民天堂,我要把你的粪便共和国送入地狱。

奥革阿斯　安静,布雷斯。

赫拉克勒斯　我怒火中烧,而你却在挤奶!

卡姆比瑟斯　这些该死的苍蝇。

奥革阿斯　你坐下。

赫拉克勒斯　坐到奶牛中间?

奥革阿斯　它们不会对你怎么样。

卡姆比瑟斯　你扎一个挤奶凳吧。

〔他把一个挤奶凳扔给他,赫拉克勒斯把它扎起来。

赫拉克勒斯　还用这个。

奥革阿斯　实用。

卡姆比瑟斯　舒服。

奥革阿斯　安静,帅克。

卡姆比瑟斯　安静,布雷斯。

〔两个人继续挤奶。赫拉克勒斯坐到了舞台中间。

奥革阿斯　好奶。

卡姆比瑟斯　非常好的牛奶。

〔两个人将手指塞进桶里,舔了舔。

奥革阿斯　你也想尝尝吗?

赫拉克勒斯　不。

奥革阿斯　那就算了。

赫拉克勒斯(生气地)　在我清除粪堆之前,我要耐心等待水务局的许可。

奥革阿斯　为什么不呢。

赫拉克勒斯　我已经发疯了。

奥革阿斯　安静,布雷斯。

卡姆比瑟斯　安静,帅克。

赫拉克勒斯　没有一百头猛犸带我去那儿。

〔卡姆比瑟斯从他的奶锅里捞出什么扔掉了。

卡姆比瑟斯　一只臭虫从屋顶掉到了牛奶里。

奥革阿斯　没关系。

卡姆比瑟斯　这种事儿时常发生。

〔两个人继续挤奶。

赫拉克勒斯　我憎恨行政机构。

奥革阿斯　我也是。可是它们就在这里。你肯定很快就会获得水务局的许可,也就是两三个星期,只是这之后,你还必须去移民局报到。

赫拉克勒斯　移民局!

卡姆比瑟斯　安静,帅克。

奥革阿斯　还有劳动局。

卡姆比瑟斯　以及土木工程局。

赫拉克勒斯(发呆地)　土木工程局。

奥革阿斯　你得到了土木工程局的许可之后,再去财政局。

赫拉克勒斯(擦去汗水)　你们这儿的粪便这么多,居然还有这么多行政机构。

奥革阿斯　恰恰因为如此。

卡姆比瑟斯　我们还有一个粪堆管理局。

奥革阿斯　你也必须去那儿打招呼。对不起,我本来是想帮你把这一切手续都省去的,但是这是昨天夜里大国民议会的决议。

赫拉克勒斯　在忒拜,当税务局给我找麻烦的时候,我曾经拆毁了市政府办公大楼。

奥革阿斯　安静,布雷斯。

赫拉克勒斯　现在,人们却在想象着,我在这里要把时间浪费在这些行政机构里!

卡姆比瑟斯　安静,帅克。

奥革阿斯　如果你想尊重我们的法律的话,你就别无选择。

赫拉克勒斯(倔强地)　是你们邀请我来清理粪堆,而不是我求你们。

奥革阿斯　可是你接受了任务。

〔沉默。

〔两个人继续安静地挤奶。

赫拉克勒斯(疲惫地)　这个国家夺去了我的理智,我再也忍受不了这弥漫在所有一切之上的温暖的雾气了!

〔奥革阿斯庄重地站起来,面对赫拉克勒斯。

奥革阿斯　赫拉克勒斯,依照我的建议,我们把你叫来,因为我知道,伊利斯人靠自己的力量根本无法清除粪堆,而只是在那里坐而论道。现在你来了。一股强大的力量,这股力量能够重塑我们的家乡。但是,我的工作也完成了。从现在开始,我却无法再为你动一根指头。伊利斯人获得了一次恢复他们的国家秩序的良机,他们必须亲自看到,他们是否善于充分利用他们的机会。我并不是什么革命者。我是这个国家的总统,必须遵守它的法律。我请求你也这样做。因此,面对那些行政机构,你应该勇敢地斗争,就像你通常与巨兽战斗时那样,而不是拆毁它们,你要让它们相信你,因为你是我们众议员的试金石。去吧,发泄你的怒火,承受被这里的人看作必需的一切,即使这一切看起来违背了所有理性。

〔卡姆比瑟斯也站了起来。

卡姆比瑟斯　昨夜,你给我提了一个建议,来自特本的赫拉克勒斯,现在我也给你提个建议,现在就去清理粪堆,否则你就再也做不到了,每个人都会在与伊利斯的行政机构的斗争中败下阵来。你今天就把阿尔弗俄斯和佩纳俄斯河的河水堵住,把这个讨厌的伊利斯冲到海里去,同时也要考虑到这种危险,除了光秃秃的岩石之外什么都留不下来,这一点并不遗憾。

〔他再次坐下,继续挤奶。

卡姆比瑟斯　安静,科罗纳。

奥革阿斯　对不起。但是我必须继续挤奶了。
〔他也同样坐下。
奥革阿斯　安静,拉蒂。
〔沉默。
〔赫拉克勒斯拆散了挤奶凳。
赫拉克勒斯　我是一个古道热肠的人,奥革阿斯总统。我会遵守这个国家的法律,现在出发。去水务局。
〔他从后面退场。
〔奥革阿斯和卡姆比瑟斯继续挤奶。
奥革阿斯　安静,拉蒂。
卡姆比瑟斯　安静,科罗纳。

第十场　在山崖上

在平台上，帷幕打开，德阿涅拉和菲洛宇斯。左右是两个另外的帐篷。

德阿涅拉　很多事情非同寻常。但没有什么
　　　　　比人更加与众不同。
　　　　　因为他穿过大海的
　　　　　夜晚，当南风吹向
　　　　　冬季，他在飘动的、疾驰的家中
　　　　　扬帆起航。
菲洛宇斯　你讲的话真美。
德阿涅拉　索福克勒斯的一首诗。
菲洛宇斯　我们不懂诗。我们需要语言仅仅是为了买进牲口。
德阿涅拉　他辛勤耕耘诸神崇高的土地
　　　　　永不变质的沃土，
　　　　　他年复一年地
　　　　　使用着富于进取的犁具，在骏马之上
　　　　　他吸引着、追逐着
　　　　　飘飘然的鸟儿的世界；
　　　　　内行人用编织的网
　　　　　掌管野兽的迁徙
　　　　　和海上生机勃勃的自然。
菲洛宇斯　我理解了这些话。人应当统治这片土地。
德阿涅拉　土地是为了这个目的赋予我们的。我们使用火，利用风和大海的力量,我们打碎岩石,用它的碎片修建寺庙和房屋。你应当看一看忒拜,我的家乡,一座拥有七个城门和金色城堡卡德梅阿的城市。

菲洛宇斯(犹豫地)　你爱你的家乡吗?

德阿涅拉　我爱它,因为它是由人创造的。假如没有人,它仍然还是一片石头荒漠,因为如果没有人,土地就和瞎子一样,也毫无人性。现在,人浇灌了土地,杀死了野兽;现在,大地是绿色的,到处是橄榄树和橡树,庄稼地和葡萄种植园。人所需要的一切都是来自土地;土地对他的爱给予了报答。

菲洛宇斯　拥有一个被人爱的家乡真美好。

德阿涅拉　人可以始终热爱家乡。

菲洛宇斯　我无法热爱我的家乡。我们不再统治这个国家。而是它用它棕色的热量在统治着我们。我们在它的牛圈里睡着了。

德阿涅拉　赫拉克勒斯会清除这些粪便。

菲洛宇斯　我很担心。

德阿涅拉　担心?

菲洛宇斯　因为我们不知道没有粪便该如何生活。因为没有人向我们展示人的能力,展示做出美好、真实和勇敢的事情的才干。我对未来感到担忧,德阿涅拉。

〔赫拉克勒斯拿着一口巨大的锅从左后方出场。

赫拉克勒斯　豆子和牛肉。

〔菲洛宇斯慌忙站起来。

菲洛宇斯　我得走了。

〔他朝德阿涅拉鞠躬。

菲洛宇斯　对不起。天色已晚。我得把父亲的牛赶回家去。

〔他朝赫拉克勒斯也鞠了一躬,面红耳赤地从右后方下场。

赫拉克勒斯　这个小伙子怎么了? 一脸迷茫的神色。

德阿涅拉　在每一个年轻人的一生中都会有一些时刻,他们会觉得豆子和牛肉了无新意。

赫拉克勒斯　我不明白。我第一次看到你时,由于激动后来吃了一整头牛。

〔他将锅里的食物盛满两个盘子。

德阿涅拉　遇到困难了?

赫拉克勒斯　和几个月来一样。

德阿涅拉　土木工程局?

赫拉克勒斯　也包括在内。现在还有家庭局。它提出了道德方面的考虑。奥革阿斯的儿子每天都来看你,还有,就是因为你总是穿得很少——

德阿涅拉　在这儿只有我们自己。

赫拉克勒斯　我们帐篷周围的橡树上整天整夜都是伊利斯人。

德阿涅拉　哦!

〔她披上了衣服。

德阿涅拉　祝你胃口好。

赫拉克勒斯　祝你胃口好。

〔他们开始吃饭。

德阿涅拉　伊利斯的国菜。

赫拉克勒斯　也和几个月来一样。

德阿涅拉　平时还有熏肉。

赫拉克勒斯　我们再也吃不起熏肉了。我们的旅费已经花光了。

德阿涅拉　我们能不能预支点儿钱——

赫拉克勒斯　财政局反对。

德阿涅拉(唉声叹气)　我们继续吃吧。

赫拉克勒斯　我们继续吃吧。

〔他们继续吃饭。

德阿涅拉　赫拉克勒斯。

赫拉克勒斯　德阿涅拉?

德阿涅拉　说到底,我们现在比在忒拜还要惨。

赫拉克勒斯　说到底。

〔马戏团经理坦塔洛斯从右侧出场。

坦塔洛斯　救星就站在你们面前,备受尊敬的大师!

赫拉克勒斯(怀疑地)　你是谁?

坦塔洛斯　来自米克纳的米诺斯·埃阿克斯·拉达曼提斯·坦塔洛斯,伊利斯坦塔洛斯国家马戏团经理。

赫拉克勒斯　你想干吗?

坦塔洛斯　大师!请您首先允许我本能地发出欢呼,我的艺术生涯最崇高的时刻到来了:希腊最伟大的英雄和最伟大的马戏团经理现在正面对面彼此对视!

赫拉克勒斯　我可以做什么?

坦塔洛斯　我在下结论的时候几乎不会出错,无论是马戏团的生活还是对英雄的尊重都陷入了低谷。我夜场演出的售票处前空无一人,而您呢,极受尊敬的大师,一位来自忒拜同行说,很遗憾,人们已经把您在那儿的房子拍卖了。连同所有的家具。

赫拉克勒斯　我刚听说。

德阿涅拉(吃惊地)　我们在卡德莫斯人街的房子?

坦塔洛斯　关于我们双方的困境,备受尊敬的大师,原因一方面在于,击毙猛犸和马贼已经不再时髦,因为人们已经把猛犸关进了动物园,让马贼服务于政治,另一方面,也在于一种艺术的萧条,这在我的行业里已经无法再视而不见了。我们胆子太小,很久以来我就一直这样说。

赫拉克勒斯　那你现在想让我做什么?

坦塔洛斯　我们合作,备受尊敬的大师。

赫拉克勒斯　我该怎么理解你的话呢?

坦塔洛斯　您是一个英雄、爱国的象征,而我则代表艺术和马戏。您是力量,我是精神。您在可怕的荒野里完成您的行动,而我则站在马戏场明亮的灯光下。和您携手并肩,备受尊敬的大师,我将重新强有力地组织起伊利斯国家马戏团。在晚上的演出当中,还有每周一次的周日下午,您在我的帐篷里鞠躬,也许再做几次举重的动作,每鞠一次躬和每举重一次便可以得到五百德拉赫马,我的售票处前会挤满人,在忒拜的房子又会回到您的名下。备受尊敬的大师,您考虑一下我的提议,我告辞了。

〔坦塔洛斯经理从右侧下场。

〔沉默。

赫拉克勒斯　你听到了吗,德阿涅拉,这个无耻的家伙的建议?

德阿涅拉　当然。

赫拉克勒斯　我应当把他扔到山崖下面去。

德阿涅拉(轻声地)　我们在忒拜的漂亮房子。

赫拉克勒斯　我当然会拒绝这个提议。

德阿涅拉(哀叹地)　我们继续吃饭吧。

赫拉克勒斯　我们继续吃饭。

〔他们继续吃饭。

赫拉克勒斯　德阿涅拉。

德阿涅拉　赫拉克勒斯?

赫拉克勒斯　你到底想不想和我结婚呢?

〔他又盛了满满一盘。

德阿涅拉　我不知道。不管怎么样,你还想和我结婚吗?

赫拉克勒斯　现在,我有点儿害怕。也许,我并不是特别适合你的那个男人,我的职业——

〔他又盛了满满一盘。

德阿涅拉　我也有点儿犹豫。你是一位英雄,我爱你。可是我会问自己,对于你来说,我是不是只是你的一个意中人?就像你是我的一个意中人一样。

赫拉克勒斯　妨碍我们的,是你的精神、你的美貌、我的事迹和我的名声,你是想说这些,是吗,德阿涅拉?

德阿涅拉　是的,赫拉克勒斯。

赫拉克勒斯　你看,由于这个原因,你应当嫁给这个迷人的小伙子,这个菲洛宇斯。他爱你,他需要你,你可以爱他,不是作为意中人,而是作为一个单纯的小伙子,他需要一个像你这样的妻子。

〔沉默。

〔德阿涅拉吃不下去了。

德阿涅拉(害怕地)　难道我要待在伊利斯这个地方?

赫拉克勒斯　难道你不爱他,这个菲洛宇斯吗?

〔他又盛了满满一盘。

德阿涅拉　不,我爱他。

赫拉克勒斯　你待在这儿是你的使命,而离开也是我的使命。

德阿涅拉　这个国家这么可怕。

赫拉克勒斯　我要清除粪堆。

〔沉默。

德阿涅拉　你还真的相信这事?

赫拉克勒斯　为什么不信?

德阿涅拉　现在,那些债主正将你洗劫一空,而那些行政机构则一个接一个地找你的麻烦。

赫拉克勒斯　我已经克服了其他困难。

德阿涅拉　如果我待在这儿,我就再也看不到忒拜了,再也看不到那些花园,看不到金色城堡卡德梅阿了。

赫拉克勒斯　失去的就随它去吧。在这里建立起你的忒拜,你的金色城堡卡德梅阿。我承担的工作是清除堆积如山的垃圾,完成只有我能够完成的笨重的活儿,可你却可以赋予这个被打扫干净的国家以富足、精神、美丽和意义。这样,我们两个人对于伊利斯来说都是必需的,两个人都是这个国家变得更具人性的机会。待在菲洛宇斯身边吧,德阿涅拉,我最肮脏的工作也许是我出色的工作。

德阿涅拉　我谢谢你,我的朋友。

赫拉克勒斯　我永远不会忘记你。

德阿涅拉　告别时,我会递给你盛着黑血的盘子,那是半人半马怪物内萨斯给我的。

赫拉克勒斯　我会把它扔到地上,血会渗下去。

〔她站起来。

〔他也站起来。

德阿涅拉　赫拉克勒斯,晚安。

赫拉克勒斯　晚安,德阿涅拉。

〔德阿涅拉慢慢退到幕后。赫拉克勒斯拉上帷幕。

〔波利比奥斯从左后方拄着双拐、缠着绷带一瘸一拐地上场。

波利比奥斯(快乐地)　我回来了,尊敬的主人。

赫拉克勒斯　波利比奥斯!

波利比奥斯　他们给我进行了治疗。

赫拉克勒斯　能再次看到你恢复健康,我很高兴。

波利比奥斯　恢复健康有点言过其实,尊敬的主人。您应该在伊利斯的一家医院里经历一次穿颅术!然后,如果你无论如何还活着的话,你就会感到高兴。

赫拉克勒斯(尴尬地)　当然啰。

波利比奥斯　当他们开始治疗骨折的时候,你会完全失去知觉。

赫拉克勒斯　我可以想象。

波利比奥斯　很幸运,借助两根拐杖,我现在至少能够一瘸一拐地走路了。

赫拉克勒斯　你想坐下吗?

波利比奥斯　好吧。

〔他费力地坐到挂着锅的炉灶旁。

波利比奥斯(自豪地)　脊柱还没有完全好。

〔赫拉克勒斯给他盛了一盘。

赫拉克勒斯　还有豆子和牛肉。

波利比奥斯　只吃一小口。

〔他开始挑挑拣拣地吃起来。

赫拉克勒斯　绝不会再发生了,波利比奥斯,我把你——我绝不会再把你扔到任何一个地方。

波利比奥斯　加害一个残疾人并不容易。

〔他继续小心地吃。

波利比奥斯　我也必须首先适应这种食物。在医院里只有垃圾。因为没有人付钱。

赫拉克勒斯　很遗憾,我目前在财务上——

波利比奥斯　理解。

赫拉克勒斯　但是,如果报酬到了——

波利比奥斯　我不知道,尊敬的主人。在医院里,我再次计算了一遍都是用"三"写的报酬。我总算是有时间做这件事了。

赫拉克勒斯　然后呢?

波利比奥斯　数目绝对不像我们当初接受时那么可观。我们那时期望得到三十万德拉赫马,可现在几乎不到三万。

〔沉默。

〔波利比奥斯把盘子拿开。

波利比奥斯　无论如何,我的感觉是,这些伊利斯人只会数到三,以便能够更好地欺骗其他国家的人。

〔他站起来。

波利比奥斯　我去睡觉了。

赫拉克勒斯(轻声地)　三万。

波利比奥斯　你相信我,尊敬的主人。伊利斯人是我遇到过的最诡计多端的民族。他们可以毁掉任何人,不仅是我。

〔他一瘸一拐地走了,消失在左侧的帐篷里。

第十一场　月夜（3）

　　场景如前。
　　赫拉克勒斯一个人。他在整理物品。

赫拉克勒斯　三万。总比没有强。另外，我还要在坦塔洛斯的伊利斯国家马戏团里鞠躬，做几个举重的动作。这不同样有钱进账吗。
　　〔满月从左上方落下。
　　〔赫拉克勒斯想去找德阿涅拉，却愣住了，走向他自己的帐篷。
　　〔赫拉克勒斯在他的帐篷后面右侧抓住了伊俄勒，拉着这个女孩儿穿过舞台走到左前方。
赫拉克勒斯　你想到我的帐篷里干什么？
伊俄勒　我想——
赫拉克勒斯　干什么？
伊俄勒　找你。
赫拉克勒斯　为了什么事儿？
伊俄勒　已经有很多女孩儿去过你的帐篷。还有很多女人。
赫拉克勒斯　这就是你也要去的理由？
　　〔伊俄勒沉默不语。
赫拉克勒斯　从阴影里走出来。走到月光下。
　　〔伊俄勒犹豫着。
伊俄勒　我是伊利斯人。
赫拉克勒斯　我也这么想。

677

伊俄勒　你会觉得我丑。

赫拉克勒斯　快点儿。快。

〔伊俄勒走到月光下。

〔赫拉克勒斯沉默不语。

伊俄勒　我很丑吧？

赫拉克勒斯　你多大了？

伊俄勒（犹豫地）　三乘三乘二，再减二乘二——不对，再减一。

赫拉克勒斯　明白了，十七岁了，嗯。你叫什么？

〔伊俄勒沉默不语。

赫拉克勒斯　如果你不打算说话的话，我就把你带到奥革阿斯那儿去。他会教你说话的。

伊俄勒（轻声地）　请不要这样。

赫拉克勒斯　那你说不说？

伊俄勒　我是伊俄勒，他的女儿。

〔沉默。

伊俄勒　你会把这件事告诉我爸爸吗？

赫拉克勒斯　不会。

伊俄勒　谢谢你。

赫拉克勒斯　可是你必须向我承认，你为什么要进我的帐篷。

伊俄勒（激动地）　我爱你。我想在帐篷的黑暗中拥抱你，在我的生命中有这样一次，然后，在我的梦里你就只会属于我，而不是每个人。

〔沉默。

赫拉克勒斯　你走吧。

〔伊俄勒没有动。

赫拉克勒斯　听话。

伊俄勒　我会变得不幸福。一辈子。

赫拉克勒斯　胡说。

伊俄勒　我是被你鄙视的惟一一个女人。

赫拉克勒斯　伊俄勒,到这儿来。

〔伊俄勒走向他。

赫拉克勒斯　走近点儿。坐到我身边来。

〔伊俄勒坐到他身旁。

赫拉克勒斯　你是一个非常漂亮的女孩儿,伊俄勒。

伊俄勒(高兴地)　你真的喜欢我吗?

赫拉克勒斯　真的。

伊俄勒　非常喜欢?

赫拉克勒斯　非常。

伊俄勒　那么,你不要赶我走,好吗?

赫拉克勒斯　恰恰是因为我这么喜欢你,所以我才要送你走。你梦里在帐篷的黑暗中拥抱的那个人,伊利斯的其他女人和女孩儿溜进他的帐篷拥抱的那个人,你了解他吗?仔细看看。

伊俄勒　我该——?

赫拉克勒斯　你走吧。

〔伊俄勒站起来走了一步,有点犹豫,停了下来。

伊俄勒　我害怕。

赫拉克勒斯　人不应该害怕了解真相。你过去看一下。

〔伊俄勒走向右侧的帐篷,胆怯地抓住帐篷。

赫拉克勒斯　把帐篷敞开,让月光照进去。

〔伊俄勒打开帐篷。

〔再次关上,吓得要死。

〔沉默。伊俄勒喘着粗气。

赫拉克勒斯　怎么了?

〔伊俄勒沉默不语。

赫拉克勒斯　你在梦里拥抱的是他。你过来吧。

〔伊俄勒缓慢地回到赫拉克勒斯身边。

赫拉克勒斯　坐下。

〔伊俄勒呆呆地坐下。

679

伊俄勒　你欺骗了伊利斯的女人。

赫拉克勒斯　我躲开了她们。

伊俄勒　谢谢你救了我。

赫拉克勒斯　事情到这一步,我很高兴。

伊俄勒　要是那些女人知道了,会很生气的。

赫拉克勒斯　所以你不要说出去。

伊俄勒　我不对任何人讲。

赫拉克勒斯　现在你知道了我的秘密,我也知道了你的秘密。你走吧。

伊俄勒　如果你再赶我走,就杀了我吧。

赫拉克勒斯　你现在只会有这样的感觉。

伊俄勒　你在乎我。还从来没有人这么在乎我。

赫拉克勒斯　人们必须首先尊重那些年轻的女孩儿。

伊俄勒　我不可能再爱上另一个男人了。绝不可能。

赫拉克勒斯　因为你把我看作一位英雄。

伊俄勒　你去过奥林匹斯山。

赫拉克勒斯　那又怎样?

伊俄勒　你见过那些神。

赫拉克勒斯　在希腊,只有在伊利斯人们还在乎这个故事。

伊俄勒　宙斯是你父亲。

赫拉克勒斯　我拒绝与一个如此年轻的女孩儿讨论这个问题。

伊俄勒　你是所有英雄中最伟大的一个。

赫拉克勒斯　英雄只是一个词语,它唤起了令人兴奋的崇高想象。可是,事实上,我并不是一个词语,伊俄勒,而是一个出于偶然具备了一种特点的男人,而这个特点在其他议员身上却并不突出。我比其他议员更强壮,正因为我无须惧怕任何人,所以我也就不属于人类。我是一只像我在沼泽中除掉的蜥蜴一样的怪兽。它的时代结束了,我的也是。我属于一个血腥的世界,伊俄勒,从事的也是一门血腥的手艺。死亡是我的伴侣,我用我的毒箭让生灵涂炭,我杀死过很多人。我是一个凶手,被人的声名所掩饰。我很少能成功地做一个人,就像现在这样,在柔和的月光下,我要把你从我这里送走。因为你应当去爱一个真正的男人,一位真正的英雄,他会像人一样害怕,会克服他的恐惧,你应当有儿子和女儿,他们热爱和平,他们会将所有我长期对付的野兽只看作童话,仅仅这一点就合乎人的尊严。

〔沉默。

赫拉克勒斯　你走吧,伊俄勒,去找你父亲。

〔伊俄勒缓慢地站起来。

伊俄勒　再见,我的赫拉克勒斯。

赫拉克勒斯　去找那些人吧,伊俄勒,去吧。

〔伊俄勒有力地站起来,咄咄逼人的架势。

赫拉克勒斯　跑吧！走开,以最快的速度！才十四岁就想溜进我的帐篷！这么个小孩儿！我应该把你赶回家去！

〔伊俄勒走了,刚开始有点犹豫,然后,她跑向了后台。

〔月亮再次落下。

第十二场　在奥革阿斯的牛圈里(3)

> 舞台上只有巨大的粪堆。自由女神的雕像几乎已经消失了。中间可以再次看到拴着牛铃的绳子。从粪堆里,重新走出十位议会议员和奥革阿斯。

奥革阿斯　肃静!

议员三　粪堆又增高了。

其他议员　增高了。

奥革阿斯(摇着铃铛)　肃静!

议员九　我们只能看到雕像宣誓的手臂。

其他议员　宣誓的手臂。

奥革阿斯(摇着铃铛)　肃静!

〔沉默。

奥革阿斯　索伊利博登的彭托伊斯请发言。

索伊利博登的彭托伊斯(议员一)　先生们,我想首先强调,我一如既往地坚决认为,清除粪堆是绝对必要的。

议员二　谁不清除粪堆,谁就是在伤害家乡。

奥革阿斯(摇着铃铛)　肃静!

索伊利博登的彭托伊斯　然而,作为文化委员会主席,我认为我有义务向大国民议会的清洁委员会指出,在粪堆下面隐藏着巨大的艺术宝藏。

其他议员　艺术宝藏?

索伊利博登的彭托伊斯　我只想提上古时代后期的房屋立面和奥革阿斯广场上的彩色木雕,早期风格的宙斯神庙和体育馆里举世闻名的湿壁画。如果清除粪堆,这些文物就会被水流损坏,甚至正如我们所担心的那样被彻底破坏,因为我们的爱国主义——

其他议员　爱国主义?

索伊利博登的彭托伊斯　在很大程度上建立在这些文化财产的基础之上,现在,这种爱国主义也面临着在一次彻底清理粪堆的行动中土崩瓦解的危险。

其他议员　土崩瓦解?

索伊利博登的彭托伊斯　现在,我们可以反驳说,所有这些担心都失效了,因为人们根本看不到这些文物;它们被埋在粪堆里。然而,我恰恰要在这里大声疾呼:这些文物,也是我们最神圣的宝贝,虽然看不到,但却依然存在着,这终归比它们根本不存在要好。

议员三　我们应该成立一个委员会。

奥革阿斯(摇着铃铛)　肃静!

其他议员　已经决定,我们成立一个委员会。

奥革阿斯(摇着铃铛)　凯兴根的卡德莫斯请发言。

凯兴根的卡德莫斯(议员四)　清洁委员会的先生们。作为家乡协会主席,我同意在我之前发言的索伊利博登的彭托伊斯的观点,我也把那些埋藏在粪堆下面的艺术宝藏看作我们最神圣的财产。但是,先生们,如果说清理粪堆会损坏我们最神圣的文物,这个观点我无法苟同。

议员七　谁破坏清理粪堆,谁就是在掏空国家!

奥革阿斯(摇着铃铛)　肃静!

凯兴根的卡德莫斯　相反,我所担心的恰恰是粪堆下我们神圣的财富根本就不存在!——

其他议员　根本不存在!——

凯兴根的卡德莫斯　——因为它们只是存在于我们的信仰之中。

其他议员　信仰?

凯兴根的卡德莫斯　在这种情况下,先生们,假如清理粪堆的话,那

683

就将是一件非常不幸的事情,简直就是向外界泄露了我们最神圣的财产。

其他议员 泄露?

凯兴根的卡德莫斯 国家的希望,也就是在粪堆下面找到这些财产也将化为乌有——

其他议员 化为乌有?

凯兴根的卡德莫斯 ——伊利斯人对于自己的历史和爱国主义的全部骄傲都证明是一个乌托邦。但是,正因为我们最神圣的财产对于国家来说是必不可少的——

其他议员 必不可少!

凯兴根的卡德莫斯 ——而且,如果我们现在不清理粪堆的话,这些财产是否存在的问题悬而未决,从政治角度冷静地讲,这再次给人一种我们最神圣的财产存在的印象。因此,我的结论是,我们必须再次认真考虑清除粪堆的事情,尽管就像以前说过的那样,我对它的绝对必要性从来没有像现在这样坚信过。

议员十 我们成立一个反对委员会。

奥革阿斯(摇着铃铛) 肃静!

其他议员 已经决定,我们成立一个反对委员会。

议员九 谁怀疑清理粪堆,谁就是在怀疑祖国!

奥革阿斯(摇着铃铛) 米尔奇维尔的西西弗斯请发言。

米尔奇维尔的西西弗斯(议员八) 先生们!我是一位国民经济学家。我的表达尽管并不通俗易懂,但却实事求是。他们刚才说的,仿佛现在最重要的就是木雕是否埋藏在粪堆下面,仿佛这些文物就是我们最神圣的财产!

议员二 我们最神圣的财富是我们本地的制靴产业!

议员七 我们的全脂出口奶酪!

米尔奇维尔的西西弗斯 我们最神圣的财富,先生们,是我们的国民经济,而我们的国民经济是健康的!

其他议员 健康的!

米尔奇维尔的西西弗斯　不过,现在,从国民经济角度考虑,不能完全隐瞒的是,清除粪堆令我们进退两难,尽管我作为国民经济学家非常支持清理粪堆。

其他议员　进退两难?

米尔奇维尔的西西弗斯　一种伊利斯式的进退两难。伊利斯是一个富庶的国家。很多人嫉妒我们的收支平衡,我们的货币也很坚挺。为什么?因为我们的国民经济有一个牢固的基石,这个牢固的基石就是这个粪堆!不仅是整个希腊,就连埃及和巴比伦都用伊利斯的混合肥料——

其他议员　用伊利斯的混合肥料!

米尔奇维尔的西西弗斯　——一场国家的胜利,我们足以为之而骄傲,而我们却要把这场胜利冲进爱奥尼亚海。

其他议员　冲进大海!

米尔奇维尔的西西弗斯　如果我们清除粪堆!先生们,请你们相信一位年老的资深国民经济学家,你们相信他,尽管清除粪堆是那么必要,但它也会打开一个深渊的大门,我们无论用任何成功的旅游业也无法填满这个深渊!

其他议员　填满深渊!

议员五　我们应该成立一个中间协调委员会。

奥革阿斯(摇着铃铛)　肃静!

其他议员　已经决定,我们成立一个中间协调委员会。

奥革阿斯(摇着铃铛)　格吕特中部的克莱斯腾诺斯请发言。

格吕特中部的克莱斯腾诺斯(议员五)　先生们,我对清除粪堆的必要性深信不疑,所以,我有义务向你们直截了当地呼喊,我们最神圣的财富是我们高尚的品德!(喝彩声)我们的家庭生活——(喝彩声)——只有你在惬意而温暖的粪堆里才能得到充分发展。如果我们清理了粪堆,我们的儿女们就会在晚上离开家庭!

议员六　清除粪堆不舒服!

685

〔沉默。

议员九(恍然大悟)　我们应该成立一个最高委员会。

奥革阿斯(摇着铃铛)　肃静！

其他议员　已经决定,我们成立一个最高委员会。

议员六　我们要让委员会来审查,一旦粪堆不复存在,它是否会阻碍我们宗教的深度。

议员七　牲畜存栏数大量减少了。

议员八　诱惑伊利斯的女性变得荒淫放荡。

议员十　使那些富人变穷。

议员一　毁掉平稳的经济。

议员二　使乡村城市化。

议员三　荒废儿童的精神生活。

议员五　一个委员会应当研究,冲走粪堆是否从战略上把我们的军队也冲走了。

议员六　我们的上校们已经为粪堆战争训练了这支军队。

其他议员　我们的上校们！

奥革阿斯(摇着铃铛)　肃静！

议　员　最后,先生们,我还要求成立一个委员会,以便澄清一个问题,那就是清理粪堆是否会将选民直接推到马其顿工人党的怀抱！

议员八　要是那样可就完蛋了。

其他议员　完蛋了。

奥革阿斯(摇着铃铛)　肃静！

〔沉默。

〔议员一指向上方。

议员一　自由女神雕像已经消失了。

其他议员　消失了。

奥革阿斯(摇着铃铛)　肃静！

议员十(沮丧地)　粪堆正在增高,我们来得太晚了。

686

〔其他议员惬意地摇摇头。
其他议员　我们从来不晚。
　　　我们从来不晚。
奥革阿斯(摇着铃铛)　肃静!
其他议员　在伊利斯的政治中
　　　在伊利斯的政治中
　　　从来没有太晚,始终都是太早。
　　　〔沉默。
议员九　天哪,我们又一次完成了全部工作。
　　　〔奥革阿斯和大国民议会沉下。
　　　〔舞台上只有那巨大的粪堆。

第十三场　在坦塔洛斯国家马戏团里

马戏团音乐。

平台后有一道帷幕,关闭着。右侧外面推进来一个包厢。德阿涅拉来了,坐到包厢里。两位换景员、十位议员和卡姆比瑟斯从左侧把一个巨大的杠铃抬到舞台上,放到观众面前。

菲洛宇斯走进包厢,来到德阿涅拉身后。

菲洛宇斯　德阿涅拉。

德阿涅拉　菲洛宇斯?

菲洛宇斯　我到处找你,在整个伊利斯,现在,我却在一个可怜的马戏团包厢里找到了你,这些乱叫的观众卑微下流。

德阿涅拉　赫拉克勒斯要举杠铃。

菲洛宇斯　无耻。能够为我们的国家清理粪堆的男人、惟一真正的正能量,却不得不在马戏团出场表演!

德阿涅拉　我们需要钱。

〔坦塔洛斯经理穿着长靴、拿着一条鞭子从左侧出场。

坦塔洛斯　女士们,先生们!在被驯服的黑猩猩、滑冰的猛犸、裸体舞女克桑提普和卡法洛斯兄弟的空中飞人表演之后,我非常荣幸地在一项特殊的表演中向各位介绍一下我们尊敬的民族英雄赫拉克勒斯,这不仅是我们这个世纪的轰动事件,同时也是我们希腊一千年里的头号新闻,全世界都对他的事迹无比赞赏。

〔他抽动鞭子。平台后面的帷幕打开,赫拉克勒斯身着英雄服饰出场。

坦塔洛斯　你们看到英雄只穿着狮皮。右手拿着那根可怕的木棒,还没有任何一位我们的奥运会冠军能够舞动这根木棒,左手上是那张闻名世界的弓,只有他才能拉满这张弓,射出令人闻风丧胆的利箭。即使你们只是被这些利箭划破,女士们,先生们,你们最终也会死掉,你们会无情地走入阴曹地府,就像这个神秘的地方在我们高贵的哲学语言里的名字,这种语言是我们发明的,我们为之感到自豪。

〔赫拉克勒斯鞠躬。

坦塔洛斯　现在,他向大家鞠躬致意;现在,你们看到了一些温柔的少女、一些恋爱中的女人搂抱过的脖颈,看到了撑起天穹的肩膀;现在,女士们,先生们,那神奇的时刻、那绝对的高潮、马戏团历史上最令人窒息的壮举就要出现了:赫拉克勒斯将要举起一千吨难以想象的重量。一千吨,女士们,先生们,一千吨啊! 这个杠铃经过了伊利斯度量局的检验,鉴定书随时都可以在管理部门被查阅。

〔响亮的吹奏声。

〔赫拉克勒斯在做准备。

菲洛宇斯　我们结婚吧,德阿涅拉。我的父亲很富有,赫拉克勒斯无须再去从事任何令他感到不光彩的职业。

德阿涅拉　你真好。

菲洛宇斯　我敢肯定,清除粪堆的行动一定会进行。你看吧。处理清洁问题的中间协调委员会的主席对这件事无论如何始终持支持态度。

德阿涅拉　他真好。

菲洛宇斯　最高委员会副主席的儿子要和他父亲再谈一次。

德阿涅拉　好。

〔赫拉克勒斯抓起杠铃。

〔鼓声震天。

〔赫拉克勒斯举起杠铃。

坦塔洛斯　你们注意英雄的肌肉运动,女士们,先生们,这首力量交响曲,你们颤抖吧,一次独一无二的机会,欣赏最完美的男性的美!

〔赫拉克勒斯放下杠铃。

坦塔洛斯　一千吨!女士们,先生们,因为杠铃经过了检测,所以这就意味着新的世界纪录诞生了!女士们,先生们,我很荣幸地在今晚表演的最后,以伊利斯坦塔洛斯国家马戏团领导的名义向民族英雄颁发举重世界冠军金色桂冠,作为永久的纪念。我请观众们起立,请小乐队演奏伊利斯国歌。请跪下,世界冠军!

〔赫拉克勒斯跪下,被戴上了桂冠。

菲洛宇斯(轻声地)　德阿涅拉!你必须站起来。此刻在演奏我们的国歌。

德阿涅拉　啊!对不起!

〔她站起来。他们手拉着手。

菲洛宇斯　相信我,德阿涅拉,坚定地相信,我们会成功地在这里建立起来一个具有人类尊严的国家,你的金色城堡卡德梅阿。不久之后,你就是我的夫人了。

德阿涅拉　我爱你,菲洛宇斯。

〔国歌演奏完。两个人从右侧下场。赫拉克勒斯坐到平台上,坦塔洛斯也坐下。

坦塔洛斯　好啦,这件事做完了。

〔他从衣服里掏出一瓶烧酒,喝了一口,又装起来。

坦塔洛斯　冷漠。观众实在太冷漠了。

赫拉克勒斯(不动声色地)　把报酬给我,谢谢。

坦塔洛斯　那当然。

〔他拿出钱包,把钱递给赫拉克勒斯。

赫拉克勒斯(威胁地)　坦塔洛斯经理!

坦塔洛斯　大师?

赫拉克勒斯　我们说好的是五百。

坦塔洛斯　嗯？

赫拉克勒斯　这是五十。

坦塔洛斯　晚上的票房只允许我给这么多,亲爱的。

赫拉克勒斯　可是,马戏团挤满了伊利斯人!

坦塔洛斯　免费入场,大师,免费入场!如果不是免费入场,即使有您,帐篷也不会被挤满,前来观看的人都是为了欣赏新来的吞火师的表演。一旦他的演出失败了,这才是真正的悲剧,世界已经不可救药了。幸好我还有裸体舞女。您应该获得她的掌声,帐篷在颤抖!单凭鞠躬和举重是不够的。这点儿本事谁都会。现代的文化人提出了各种要求。但是,如果您下决心想和几个职业运动员一决高下,那好办,我可以雇来二三十个,还有,我在我的动物园里还有一头非常漂亮的犀牛,您把这样一头牲畜举过头顶!每晚七百德拉赫马,看到真本事我不会耍赖。现在,以最快的速度把金色桂冠还给我,哥们儿。合同里可没写着您可以保留它。

赫拉克勒斯　好吧。

〔他哑口无言地把月桂花冠递给坦塔洛斯。

坦塔洛斯　谢谢。

〔经理从左侧下场。

〔赫拉克勒斯扛起巨大的杠铃。

赫拉克勒斯　重要的是,清洁委员会的最高委员会今天晚上开会。

〔他扛着杠铃同样从左侧下场。

第十四场　再次在山崖上

粪堆依然存在。平台被打开。右侧是赫拉克勒斯破烂的帐篷。中间只是火堆和锅,德阿涅拉的黑血盘子摆在外面左侧。波利比奥斯从右侧出场。

波利比奥斯　我知道,女士们,先生们,你们已经无语了。你们心中的希腊已经受到了伊利斯现状的影响。事实上,你们酷爱的古代一直在恶毒地折磨我们。粪堆成了赢家。雾气腾腾,顽固而不可改变。在其他更具历史意义的时代有时也是如此。它已经到了我们眼前,慢慢地。它吞噬了山崖,埋葬了橡树,扼杀了银泉,即使赫拉克勒斯打倒了几十个职业运动员,后来甚至和一头猛犸较量、和一只黑猩猩拳击,也无法阻止伊利斯坦塔洛斯国家马戏团的破产。一家受人尊敬的文化机构再次化为乌有。

〔他费力而冻得发抖地蹲到火堆旁,在锅里搅动。

豆子也没有了,只有一点儿稀汤寡水。坦塔洛斯经理在夜里悄悄地逃跑去了希拉库斯,关于报酬的事儿赫拉克勒斯一无所知。清除粪堆变得越来越虚幻,委员会的数量毫无节制地增加。总体来说,这件事已经彻底失败了。

〔他用勺子尝了尝汤的味道。

真难喝,这个汤——我们的故事因此也到了低点。几乎是这样。因为,如果我真的再次出场的话,那也不是为了让人想起我这微不足道的存在。毫无意义。在纯粹悲剧的王国里,一个私人秘书根本没什么戏份,那些都是留给老板的。我的老板是不朽的,他清洁这个星球的努力令人感动,单纯而伟大,而你们的老板,还有他们的努力——生活并不是什么文学,女士们,先生们,正义没有得到伸张;哪怕是一种诗意的正义;谁企图达到一个目的,谁得到的却是相反的结果;谁要求得到权利,谁却会命丧黄泉。我想要的无非就是我的工资,就是为了那几个钱,我才追随着赫拉克勒斯从天堂到地狱。但却一无所获。在他最后的任务中——他的第十二项工作——,他会把我一个人留在地狱的雾海之中。在冥河边。他会忘了我。不。只是为了历史的真实,我才再次来找你们,女士们,先生们,最后一次,为了——无论这看起来多么难以置信——通告整个事情一个更加骇人听闻的转折。

〔赫拉克勒斯从左后方走来,愣住。

赫拉克勒斯　波利比奥斯。
波利比奥斯　尊敬的赫拉克勒斯人师?
赫拉克勒斯　德阿涅拉的帐篷没有了。你的也一样。
波利比奥斯　负责抵押的官员来过这儿。他们只保留了您的帐篷。伊利斯人愤怒地把它留住了。
赫拉克勒斯　黑血盘子。
波利比奥斯　给了那些占有一堆废物的债主们。
赫拉克勒斯　我可以把它倒空。德阿涅拉今天在奥革阿斯的住所里结婚。和她的菲洛宇斯。

〔赫拉克勒斯同样蹲到火堆旁。

赫拉克勒斯　冷啊。
波利比奥斯　真冷。
赫拉克勒斯　就像在奥林匹斯山上。
波利比奥斯　伊利斯的冬天快来了。
赫拉克勒斯　我在粪堆上发现了一个洞。我们可以在那儿睡觉。
波利比奥斯　幸好我找到了这块小牛皮。可以御寒。
赫拉克勒斯　还有豆子吗?
波利比奥斯　里边只有温水和一点萝卜了。
赫拉克勒斯　祝你胃口好。

波利比奥斯　祝您胃口好。

　　　　　　〔他们喝汤。

　　　　　　〔牛圈仆人卡姆比瑟斯从右后方走来,同样蹲在火堆旁。

卡姆比瑟斯　我像一条狗一样快冻僵了。

赫拉克勒斯　北风。

波利比奥斯　我可以给你也——？一份非常美味的汤水。

　　　　　　〔他把锅递给他。

赫拉克勒斯　很遗憾,我把里面惟一的萝卜吃了。

　　　　　　〔卡姆比瑟斯尝了尝。

卡姆比瑟斯　在你们两个人身上,这种赤裸裸的贫困看起来真的已经发生了。

赫拉克勒斯　只是暂时地。

波利比奥斯　我们总是一再艰难地东山再起。

卡姆比瑟斯　我是来告别的。

　　　　　　〔沉默。

赫拉克勒斯(震惊地)　告别？

卡姆比瑟斯　我已经筋疲力尽了。

赫拉克勒斯　这是什么意思？

卡姆比瑟斯　我做了不人道的事情。

赫拉克勒斯　你要丢下我不管？

卡姆比瑟斯　因为天性已经弃我而去。

赫拉克勒斯　不可能,卡姆比瑟斯。我还没有清理粪堆呢。

卡姆比瑟斯　你永远也做不到。因为粪堆太高了,尤其是在伊利斯人的脑子里太高了。你不可能用阿尔弗俄斯和佩纳俄斯河的水把它冲走。

赫拉克勒斯　如果你要走,我就失去希望了。

卡姆比瑟斯　再见。

　　　　　　〔他从右后侧下场。

　　　　　　〔沉默。

赫拉克勒斯　波利比奥斯。

波利比奥斯　尊敬的赫拉克勒斯大师？

赫拉克勒斯　我被自己织的网束缚住了手脚。现在,我必须自己扮演公众赋予我的英雄角色。我今夜要睡到自己的帐篷里去。

〔沉默。

〔波利比奥斯站起来。

波利比奥斯　尊敬的大师。虽然这纯粹是自杀,但我觉得我有义务告诉您今天中午来了一封信。

赫拉克勒斯　波利比奥斯。信从来没有给我带来过什么好消息。我早就不紧张了。我不为任何事情做担保。

波利比奥斯　尽管如此。北方的斯廷法里亚国王愿意出看似很可观的一笔钱,但还需要准确地数一数,因为斯廷法里亚人貌似只会数到二,如果您,尊敬的大师,下决心将斯廷法里亚从鸟群中解放出来,因为它们留下了一堆非常讨厌的鸟粪,这项工作虽然可能比现在在伊利斯没有完成的工作更脏,但考虑到——

〔他沉默不语。

赫拉克勒斯　说下去。

波利比奥斯　还是不说为好吧。

〔赫拉克勒斯站起来,板着脸,咄咄逼人。

赫拉克勒斯　我可以想象你的要求——

波利比奥斯　你已经火冒三丈了,尊敬的大师。

赫拉克勒斯　我在克制着自己。

波利比奥斯　我知道你发火的样子。

赫拉克勒斯　你不要发抖。

波利比奥斯　我不发抖,尊敬的大师。发抖的是你。你可以马上把我抛向空中,扔到对面的阿卡狄亚。

赫拉克勒斯(怒吼)　不可能！

波利比奥斯　不,有可能。

〔赫拉克勒斯抓住他。

赫拉克勒斯　我不去斯廷法里亚。
波利比奥斯　你看！你现在已经要发作了。
　　　　〔德阿涅拉从左侧走来。
　　　　〔她身着婚纱,头戴面纱。她同样蹲到火堆旁。
德阿涅拉　我冻得直发抖。
　　　　〔她在锅的上方暖着手。
德阿涅拉　我的婚纱很轻。
　　　　〔沉默。
赫拉克勒斯　德阿涅拉。
德阿涅拉　我的男友？
赫拉克勒斯　菲洛宇斯？
德阿涅拉　我无法与他结婚。我把他留在了祭坛前。
　　　　〔沉默。
赫拉克勒斯　你了解我的现状。
德阿涅拉　我了解。
赫拉克勒斯　你做决定吧。
德阿涅拉　我们去斯廷法里亚。
赫拉克勒斯　那个国家比伊利斯还脏。
德阿涅拉　我会在你身边。
赫拉克勒斯　现在,我们必须始终在一起。
德阿涅拉　我们也荣辱与共。
赫拉克勒斯　波利比奥斯,把锅拿走。
波利比奥斯　好的,尊敬的大师。
赫拉克勒斯　把火踩灭。
　　　　〔他把火踩灭。
德阿涅拉　带上我们所有剩下的东西。
波利比奥斯　也没有太多的东西了。
　　　　〔他把帐篷叠起来装到锅里。
德阿涅拉　我们走吧。

〔她坐到平台上。

波利比奥斯　去斯廷法里亚。

〔他拿着锅也坐到平台上。

赫拉克勒斯　我们干活儿去。

〔他开始向后推平台。

波利比奥斯　完成第六项任务。

德阿涅拉　盘子！

〔赫拉克勒斯停了下来，德阿涅拉从平台上下来，走向左前方。

德阿涅拉　黑血盘子。（她拿起盘子）我差点儿把它给忘了。

〔她拿起盘子，和赫拉克勒斯、波利比奥斯一起从右侧走出去。沉寂。只能看到巨大的粪堆。

〔伊俄勒从左前方走来。

伊俄勒　赫拉克勒斯！亲爱的！无论你去哪儿，无论你做什么，完成何种工作，我都要跟着你，即使是到世界的尽头！我待在你身边，不被人看见，藏在一棵灌木或者一块岩石后面，你听到我的声音仅仅像听到一声遥远的回音，你不会感到呼唤你的人恰恰是我。亲爱的！赫拉克勒斯！有一次，一天夜里，无论在哪儿，在一个你还不认识、我还不知道、但却存在的地方，当满月弥散着亮光，我变得更加成熟和美丽时，我就会到你的营地来找你，然后，你就无法再抗拒我，你就会属于我。

〔伊俄勒缓慢地跟在赫拉克勒斯后面走向右后方。

〔菲洛宇斯从左前方走来。他头戴一顶希腊头盔，右手持着一把出鞘的剑。他的长袍上还有婚礼彩带。他板着脸站在舞台中间。

菲洛宇斯　德阿涅拉！

〔沉寂。

〔他的父亲奥革阿斯从左前方走来。

奥革阿斯　我的儿子。

菲洛宇斯（敌意地）　他们离开了我们，我的父亲。山崖上空荡荡的。

奥革阿斯　我知道。

菲洛宇斯　你本应该拦住赫拉克勒斯。

奥革阿斯　没有人能够拦住赫拉克勒斯。他是惟一的机会,他来了,又走了。

菲洛宇斯　现在,这独一无二的机会被错过了。这是你的工作,父亲。

奥革阿斯　我只是大国民议会主席,我的儿子。

菲洛宇斯　可是,你希望把粪堆清除。

奥革阿斯　众议员都希望如此。

菲洛宇斯　为什么没有把粪堆清理掉,父亲?

奥革阿斯　因为伊利斯人害怕他们的希望,而且他们知道,他们的希望是合理的,我的儿子。因为理性需要很长的时间才能得以实现,清除粪堆不是一个家族的事情,而是很多家族的事情。

菲洛宇斯　不幸已经发生了,父亲。德阿涅拉在祭坛前离开了我。我的一生都毁了,名誉扫地。现在,我必须去找赫拉克勒斯决斗,和这个我喜欢、而现在不得不痛恨的惟一一个人决斗,因为只有他的死才能洗刷我的耻辱。

奥革阿斯　赫拉克勒斯会杀了你的,我的儿子。

菲洛宇斯　我坚信我会赢。

奥革阿斯　所有要去战斗的人都这么想。

菲洛宇斯　世界会认识到,还有一个伊利斯的伟大英雄。

奥革阿斯　这样无意义地去死是愚蠢的。

菲洛宇斯　在我们的粪堆里生活难道就有意义吗,父亲?

奥革阿斯　到我的花园里来。秋天的最后一批花正在盛开。

菲洛宇斯(惊讶地)　在伊利斯还有一个花园?

奥革阿斯　你是第一个被允许走进这花园的人。你必须在它与血腥的土丘之间做出选择,不然的话,它将会埋葬你那被扭曲的尸体。来吧,我的儿子!

第十五场　在奥革阿斯的花园里

〔菲洛宇斯走向右前方,凝视观众。奥革阿斯走到舞台中央,把平台翻下,走到里面,戴上一顶园丁帽子,给自己围上一条园丁围裙,把几个种着鹳草等植物的简陋的花盆放到平台边上,从容不迫,然后是两个花园小陶俑,种上两株向日葵和一棵小苹果树;一切都充满了小市民的生活气氛。

菲洛宇斯　我的父亲?

奥革阿斯　我的儿子?

菲洛宇斯(板着脸)　一切都在开花,树上结满了果实。

奥革阿斯　你摸摸地面。

菲洛宇斯　土地!

奥革阿斯(严肃地)　粪堆变成了土地。肥沃的土地。

菲洛宇斯　我再也理解不了你了,父亲。

〔奥革阿斯再次走到里面,拿出一个浇水壶和一把铁锹。

奥革阿斯　你看,我的儿子,我一辈子都在秘密地经营着这花园,无论它多么美丽,它都是一个略带伤感的花园。我不是赫拉克勒斯,如果连他都无法将自己的意志强加于世界,那么我就更无能为力了。这花园就是我放弃的结果。我是个政治家,我的儿子,不是英雄,而政治无法创造奇迹。政治和人一样孱弱,仅仅是他们脆弱的写照,一而再再而三地注定要失败。如果我们自己不做好事,政治就永远做不了好事。于是,我就做了件好事。我把粪便变成了腐殖土。如果人只能为世界做一点事情,那就会是一段艰难的岁月,但即使是这一点事情,我们至少也应该做——

自己的事情。我们的世界变得清明,这样的仁慈是你无法强求的,可是,你却可以创造前提条件,使这种仁慈——如果它会出现——在你身上找到一面可以反射它光芒的纯洁镜子。于是,这花园就变成了你的花园。不要拒绝它。你要像它一样成为被改变了的怪物。你会硕果累累。现在,你要勇于生存,就生活在这里,在这片没有形状的、荒芜的土地中间,不是作为心满意足的人,而是作为一个不满足的人,将不满传递下去,于是随着时间的流逝就可以改变世界。我要赋予你的英雄壮举,儿子,赫拉克勒斯般的功绩,我希望你能承担起来。

〔菲洛宇斯一动不动地站着。然后,他转向父亲。走向他,站在他身边,后背朝向观众。

菲洛宇斯　别了!

〔他拿着出鞘的宝剑从右侧下场,去追赫拉克勒斯。

〔奥革阿斯开始浇花。议员们从粪堆里走出来。

十个议员　一切如此走向毁灭
　　　　　政客、英雄和国家
　　　　　狗群吃掉骨头
　　　　　鲜血渗入黄沙

　　　　　富人、懒人和饱食者
　　　　　他们把良机错过
　　　　　落下片片阴影
　　　　　众人开始丧命

　　　　　内心和街巷中的污秽
　　　　　它从不会自动清除
　　　　　你们今天放弃的事情
　　　　　很早就和你们纠缠不清

因此,不要肆意挥霍时间
尽早做你们必须做的事情
否则白天就会离开你们
夜晚黑暗而且寒冷

流 星

两幕喜剧
1978 年维也纳文本

韩瑞祥 译

Friedrich Dürrenmatt

Der Meteor

Eine Komödie in zwei Akten
Wiener Fassung 1978

献给莱奥纳德·施泰克尔

人物

沃尔夫冈·施威特——诺贝尔文学奖获得者
奥尔加——他的妻子
约亨——他的儿子
卡尔·康拉德·柯佩——他的出版商
弗利德里希·格奥尔根——著名批评家
胡格·尼芬施万德——画家
奥古斯特——画家妻子
伊曼努埃尔·卢茨——牧师
伟大的穆海姆——企业主
施拉特教授——外科医生
诺姆森夫人　——商人
格劳泽——看门人
弗里德利少校——救世军成员
沙夫罗特——警署总督

批评家、出版商、警察、救世军成员

第 一 幕

备有家具的画室。背景左右两边各有一个凹进去的斗室，斗室上方各有一扇倾斜的天窗，正面各装着一扇上下推拉窗。透过左窗可见教堂的塔尖，从右窗望去是建筑吊车和天空。夏日，最长一天的下午，天气闷热。左边斗室前支着一个画架，斗室里的台架上摆放着颜料、画笔、颜料盒子等。两个斗室中间是一扇门，也是惟一进屋的入口。门外是条小过道，通到一个很陡的楼梯口。开着门时看得见有人从楼梯走上来。门右边的斗室里立着一个抽屉柜。门左边有一个带龙头的水槽，一副简陋的炊具。左侧墙壁的最左前方挂着一幅裸体画。靠右侧墙壁放着一张床，与舞台前沿平行。床头左右放着两把旧椅子，床后有个屏风，屏风后的一个洗衣筐里睡着一对双胞胎孩子。四处都是裸体画，有的挂在墙上，有的靠在墙边。画室左右有两个铁炉，那别致的抽烟管道在画室中间拐了几道弯后从门上方伸出屋顶。绷在屋里的绳子上挂着尿布。左边火炉前是一把摇摇晃晃的旧靠背椅，旁边放着一张有点倾斜的旧圆桌。画家尼芬施万德穿着游泳裤，身子俯在画架上正在画一幅裸体画。他的妻子奥古斯特·尼芬施万德背向观众，裸卧床上，充当模特儿。通往楼梯的门大开着。门右边的台架上，一台小收音机里播放着古典音乐。

尼芬施万德　别动，奥古斯特！

〔音乐结束了，随之响起广播员的声音："为了悼念逝去的诺贝尔文学奖获得者沃尔夫冈·施威特,刚才给您播放的是克里斯托夫·伊曼努埃尔·巴赫为笛子和钢琴创作的颂歌变奏曲《永恒的晨曦》。现在,弗利德里希·格奥尔根讲话。

弗利德里希·格奥尔根　朋友们,沃尔夫冈去世了。全国、全世界都在与我们共同悼念他;这个世界失去了一位使她变得富有的人。后天他将被……

〔施威特从楼梯上来走进画室里。他满脸胡楂,大热天却身穿一件昂贵的毛皮大衣。口袋里塞满手稿。手里提着两只装得鼓鼓的箱子。右臂下夹着两根大蜡烛。

〔他十分留意地环视着画室。尼芬施万德继续作画。奥古斯特坐起来盖上床单。

施威特　关掉!

〔奥古斯特把床单裹在身上,走过去关了收音机。

尼芬施万德　别动,奥古斯特!

施威特　四十年来,这个夸夸其谈的美学大师把我说得一无是处。他有权这样做,可我不想听到他致悼词。

尼芬施万德(此刻才发现施威特)　可是……

奥古斯特(又坐在床边上)　你……你不是……(吃惊得让裹在身上的床单都滑掉了)

施威特　是我,沃尔夫冈·施威特。

奥古斯特　可是刚才收音机里……

施威特　说我一命呜呼了——我可以想象得来,我了解那帮弟兄们。

奥古斯特　是的,施威特先生……

施威特　可以请你把蜡烛……

尼芬施万德　当然可以,施威特先生。(从他手里接过蜡烛)这箱子……

施威特　不许你动!

尼芬施万德　对不起,施威特先生。

施威特　关上窗子！好美的夏天,简直少有,今天又是最长的一天,可我发冷。

尼芬施万德　遵命,施威特先生。(关上窗户,又关上门)

施威特　报纸上尽是些动人心弦的场面:诺贝尔奖获得者在医院里;诺贝尔奖获得者在氧气室里;诺贝尔奖获得者在手术台上;诺贝尔奖获得者在昏迷中。我的病闻名世界了;我的死成了家喻户晓的事件。可是我挣脱出来了。我上了市公交车就来到这里。(摇摇晃晃)我得坐下。费了好大的劲儿……(坐在一个箱子上)

尼芬施万德　我可以……

施威特　你别碰我。一个行将死亡的人是容不得别人用手去触摸他的。(凝视着这女人)真滑稽。明明过不了几分钟,死神就要降临,现在却突然坐在一个赤裸裸的女人对面,目睹着美妙的大腿、美妙的腹部和美妙的乳房……

尼芬施万德　我妻子。

施威特　一个妩媚的女人。上帝呀,让我再一次拥抱住这样的女人。(又站起来)

尼芬施万德　奥古斯特,穿上衣服!

〔她从右后方消失在屏风后面。

施威特　我现在处在临死前的回光返照,我亲爱的——你叫什么名呢?

尼芬施万德　尼芬施万德。胡格·尼芬施万德。

施威特　从来没有听说过。(又环视着)一切如故。四十年前我就住在这里作画。后来,我把我的画作全都付之一炬,并且开始写作。(坐到靠背椅里)始终还是这把不可想象的、摇摇晃晃的靠背椅。(喉咙发出呼噜呼噜声)

尼芬施万德(吓了一跳)　施威特先生……

施威特　是时候了。

尼芬施万德　奥古斯特!水!

〔奥古斯特急急忙忙从屏风后出来走到水龙头前。

施威特　死亡不是什么可悲的事。

尼芬施万德　放快些！

施威特　很快就过去了。

尼芬施万德　你应该回医院去,施威特先生。

施威特　无稽之谈。(深深地呼吸着)我想租这画室。

尼芬施万德　租这画室？

施威特　就十分钟。我想在这儿死去。

尼芬施万德　在这儿？

施威特　见鬼,所以我最终才来这儿。

〔奥古斯特端来一杯水。

奥古斯特　水,施威特先生。

施威特　我从来都不喝水。(盯着她)你穿上衣服也是一个美丽的女人。如果我称呼你奥古斯特,你生我气吗？

奥古斯特　哪里会呢,施威特先生！(把那杯水放在靠背椅旁的圆桌上)

施威特　要不是我临近死亡的话,我准会让你做我的情人。请原谅我说的话,可面对永恒……

奥古斯特　那当然,施威特先生。

施威特　我的两腿已经失去知觉了。哎,尼芬施万德,死亡简直美极了,你反正也会经历一次的！那纷纷而来的想法,那无拘无束的自在,那豁然开朗的意识。一句话,太棒了。好吧,我不想再久扰了。你们就让我单独待一刻钟吧,等你们回来时,我已经走了。(手伸到毛皮大衣里掏出一张纸币递给奥古斯特)这是一百块。

尼芬施万德　非常感谢,施威特先生。

施威特　一无所有？

尼芬施万德　你说得也是,作为艺术革命者……

施威特　当年在这画室里,我也到了穷困潦倒的境地。一个没有才华的画家,哪里有人会给他赊欠呢!只好把画笔扔到一边去,当了作家。我不得不靠着拐骗糊口度日,尼芬施万德,就靠着拐骗糊口度日!(解开毛皮大衣)我感到呼吸困难。

尼芬施万德　也许要我给医院……

施威特　我要上床睡觉。

奥古斯特　我给你换上干净床单,施威特先生。

施威特　为什么?我就死在你的床单里,奥古斯特,里面还留着你躯体那热乎乎的气息。(站起来又把一张纸币放到桌子上)再给你一百块。人在临死前是很慷慨的。(从口袋里掏出所有的手稿递给尼芬施万德)这是我最后的手稿。

尼芬施万德　要我把这些手稿交给你的出版商……

施威特　统统扔进火炉去。

尼芬施万德　好吧,施威特先生。将手稿塞进左边的火炉里。

施威特　点火!

尼芬施万德　遵命,施威特先生。(点着手稿)

　　〔施威特脱去毛皮大衣,小心地放到靠背椅上,又脱掉鞋,同样小心地放在靠背椅旁,穿着宽大的睡裤站在那儿,两腿裹得紧紧的。

尼芬施万德　点着了。

施威特　我要躺下去。大概只需要几分钟。

　　〔奥古斯特欲扶他上床去。

施威特　不用了,我自己来,奥古斯特。在这最后的时刻,我要想一些更重要的事情,而不是一个漂亮的女人。(身子转向床去)我什么都不去想了。(躺到床上)干脆就蒙蒙眬眬地离去。(一动不动地躺着)这是我以前睡过的床。依然还是那个结实耐用的床垫。天花板上那条缝还在,这个令人厌恶的管道还保持着原有的方向。奥古斯特!

奥古斯特　施威特先生?

施威特　给我盖上!

奥古斯特　好,施威特先生。(给他盖上)

施威特　立好蜡烛,尼芬施万德!几许庄严的气氛毕竟属于死亡不可缺少的部分。当最后时刻到来时,我们大家都会感到浪漫。

尼芬施万德　好,施威特先生。(把蜡烛立在床头的两把椅子上)

施威特　点着吧!

尼芬施万德　马上就点,施威特先生。(点起蜡烛)

施威特　拉上窗帘,奥古斯特!

奥古斯特　是,施威特先生。(拉上黑色窗帘。画室顿时暗下来,只有蜡烛闪射着光亮)

尼芬施万德　满意吗?

施威特　满意。

奥古斯特　简直像圣诞节一样。

〔画家和他妻子构成了一个虔诚的群体。寂静。施威特躺着一动不动。奥古斯特俯在他身上。

奥古斯特　胡格……

尼芬施万德　奥古斯特?

奥古斯特　他停止呼吸了。

尼芬施万德　死了。

奥古斯特　上帝呀。

尼芬施万德　一去不归了。

奥古斯特　现在我们怎么办?

尼芬施万德　我不知道。

奥古斯特　要不要把看门人……

尼芬施万德　真倒霉。

〔寂静。

奥古斯特　胡格……

尼芬施万德　奥古斯特?

奥古斯特　他眼睛睁开了。

尼芬施万德　什么?

施威特(低声地)　全是些裸体画。难道你除了画你妻子的裸体就再没有什么好画了?

尼芬施万德　我在画生命,施威特先生。

施威特　天哪!难道生命能画得出来吗?

尼芬施万德　我在试着画,施威特先生。

施威特　你们走开!

奥古斯特　马上就走,施威特先生。我还要把我的双胞胎孩子抱出去。

施威特　双胞胎?

奥古斯特　伊尔玛和里塔。六个月大。

施威特　你就让她们留在这儿吧。

奥古斯特　可这些尿布……

施威特　不碍事。

奥古斯特　还在滴水呢。

施威特　没关系。

尼芬施万德　走吧,奥古斯特!

奥古斯特　施威特先生……你需要我的话,我就在门口。

施威特　你太好了,奥古斯特。

奥古斯特　是的,施威特先生。

〔他有气无力地向她挥手告别。奥古斯特下。尼芬施万德从桌上拿起钱朝门口走去。

施威特　尼芬施万德。

尼芬施万德　施威特先生?

施威特　你像一位比利时部长。

尼芬施万德(不知所措)　是的,施威特先生。(他离开画室)

〔施威特独自一人。他合拢双手,一动不动地躺在床上,好像已经死了,可他突然从床上起来,打开一只箱子,穿着宽大的睡裤,跪在那儿开始把箱子里的东西往右边的火炉里塞。

714

〔牧师伊曼努埃尔·卢茨上。一个和善的、近乎带有稚气的人,气喘吁吁的样子。他四十岁,身体瘦削,金黄色头发,戴一副金边眼镜,身着黑色衣服,左手拿着一顶黑色的宽边礼帽。

牧师卢茨　施威特先生!

施威特　出去!

牧师卢茨　赞美上帝。上帝就是复活,就是生命。

施威特　我不需要这些咒语。你快走开!

牧师卢茨　我是雅科布斯区的牧师卢茨,是直接从医院来的。

施威特　我不需要牧师。(在右边的火炉里又点起了火)

牧师卢茨　是你妻子把我叫到你病床前来的。

施威特　这可是她的拿手戏了。

牧师卢茨　我也很为难。你是一位举世著名的诗人,而我不过是一个普普通通的、和现代文学无缘的牧师。

施威特　炉火冒起来。(捅着火炉子)

牧师卢茨　我能帮你做点什么吗?

施威特　如果你愿意把那些纸片递给我的话……

牧师卢茨　当然愿意。(把礼帽放在桌子上,从箱子里拿出纸递给他)你刚才昏昏迷迷地躺在床上,我念了第九十条诗篇祈祷:上帝啊,你永远是我们的庇护所。

施威特　火焰熊熊。

牧师卢茨　上帝啊,你让人们死去,并且说:再回来吧,孩子们……这么热!(抹去汗水)

施威特　烧得真旺。

〔奥古斯特透过门缝探望。

奥古斯特　施威特先生?

施威特　还活着。

奥古斯特　是的,施威特先生。(退去)

施威特　我们继续烧吧。

牧师卢茨(递着纸币)　给你。

施威特　我奇怪你怎么会找到我呢。

牧师卢茨　是护士长告诉我的。你发烧的时候说要去寻找当年的画室。(愣住了)施威特先生……

施威特　怎么啦?

牧师卢茨　这可是……这可是……这可是钱呀,我们现在……

施威特　是又怎么啦?

牧师卢茨　一张一千块的。

施威特　没错。

牧师卢茨　一笔财产。

施威特　一百五十万。

牧师卢茨(不知所措)　一百五十万……

施威特　写书挣来的。

牧师卢茨　一百五十万。可你的继承人,施威特先生,你的继承人……

施威特　无所谓。

牧师卢茨　一笔巨额财产。这可以用来抚养孩子,培养护士……而你现在全都付之一炬。

施威特　化为灰烬。

牧师卢茨　要是至少把这些一千块的送给救济会……

施威特　不可能。

牧师卢茨　或者送给穆斯林传道会……

施威特　不考虑。我当年生活在这画室里的时候一贫如洗,我也要在这里一无所有地死去。(继续烧着)

牧师卢茨　死去?你?

施威特　等我把这些财产都烧光了,我就会躺下去咽气。

牧师卢茨　可是施威特先生,你不会再咽气了。你……你不是已经都咽过气了吗。施威特先生。

施威特　死了?(盯着牧师)

牧师卢茨　当我念第九十条诗篇祈祷时,你就猛地一挺身子与世长辞了。

　　　　〔沉默。

牧师卢茨　那情形很感人。

　　　　〔施威特继续往炉子里塞钱,吼叫着。

施威特　奥古斯特。

　　　　〔奥古斯特出现在门口。

奥古斯特　施威特先生?

施威特　白兰地!快!一整瓶!

奥古斯特　是,施威特先生。(下)。

施威特　请你帮我穿上毛皮大衣。(牧师帮他穿大衣)死去了!

牧师卢茨　上帝召你去了。

施威特　可笑。我当时昏过去了,当我醒过来时,我一个人躺在病房里。一条绷带捆着我的下颚。

牧师卢茨　对刚刚死去的人莫不如此。

施威特　被子上堆满了鲜花,四处都点着蜡烛。

牧师卢茨　你看看。

施威特　我从政府和诺贝尔基金会的花圈下爬了出来,来到我的画室里。这就是事情的全部。

牧师卢茨　这不是事情的全部。

施威特　一个事实。

牧师卢茨　事实是,施拉特教授亲自确诊你死了。那是 11 点 50 分。

施威特　一次误诊。

牧师卢茨　施拉特教授可是专家呀……

施威特　专家也会失误的。

牧师卢茨　但施拉特教授不会。

施威特　反正我还活着。(不由自主地摸了摸自己)

牧师卢茨　又活了。你从死者中复活了。对此科学上是无可撼动的。医院里顿时一片混乱。不信上帝的那帮人不寒而栗。我高兴得简直要发晕了。也许我可以坐下来说吧?只一会儿。
施威特　请吧。
　　　　〔牧师卢茨坐到那圆桌旁。
牧师卢茨　你可要谅解我。那奇迹,那激动,上帝就近在眼前。我简直高兴得不得了,仿佛上苍豁然大开,他的灵光围着我们闪耀。我可以松一松衣领吗……
施威特　请便。(打开另一只箱子,把钱往左边的炉子里塞)复活了!我!从死者中复活了!开如此的玩笑!
牧师卢茨　上帝是神圣的,是不可亵渎的!
施威特　收起你那套咒语吧。
牧师卢茨　上帝选中了你,施威特先生,为的是让那些瞎了眼的人重见光明,让那些不信上帝的人相信上帝。
施威特　难道你不觉得无聊吗?(继续烧着)
牧师卢茨　可是你的灵魂……
施威特　我没有灵魂,对此也无闲暇顾及。如果你每年要写一个剧本,你也就很快会失去你的内心生活。而就在这个时候,你来了,卢茨牧师。我承认,这是你的职业。尽管如此。到了这个时候,人会化解成他的分子,化解成水、脂肪和矿物质。而你却四处兜售着你的上帝和奇迹。为的是什么呢?为的是让我把自己当成上帝的工具?为的是让我证明你的信仰?我要堂堂正正地死去,没有幻想,也没有文学。我只想着再一次感受那纯粹的时间,那缓缓的流逝;我只想着再一次经历那实实在在的一瞬间,那充现实感觉的一刹那。我的财产化为灰烬了。
　　　　〔奥古斯特气喘吁吁地出现在门口。
奥古斯特　白兰地,施威特先生。
施威特　拿过来。
奥古斯特　是,施威特先生。(把酒送过去)
施威特　走开!快走开!
奥古斯特　是,施威特先生。下。

〔他看着她走出去。

施威特　一个可爱的笨家伙。(坐到靠背椅里,打开酒瓶喝起来)好棒!(从桌上拿起那顶礼帽递给牧师)你的帽子。

牧师卢茨　谢谢。(接过帽子,一动不动)

施威特　很好,你帮我把这一百五十万……

牧师卢茨　这是理所当然的。

施威特　那你现在出去吧。

〔牧师卢茨走到门口停住步。

牧师卢茨　施威特先生,我才四十岁,可我的健康状况已经被糟蹋得不成样子了。我的命就握在上帝手里。我也早就该回去了,晚上的祈祷还没有准备好呢。可我突然感到如此无力,如此衰弱,如此疲惫……我能不能在这儿躺一会儿呢……只一小会儿……(摇摇晃晃地走到床边坐下来)

施威特　请吧。(喝着酒)我反正再也无法起来了。

牧师卢茨　太激动了。也许我最好脱去鞋。(开始脱鞋)只一小会儿,等到循环系统稍微恢复过来就是了……

施威特　你就当在自己家里一样。(把手压到胸口上)我的心停止跳动了。

牧师卢茨　要有信心。(躺到床上)

施威特　呼吸困难可不是什么闹着玩的。

牧师卢茨　上帝呀,你是……

施威特(唏嘘着)　别祈祷了!

牧师卢茨(吓了一跳)　对不起。

施威特　我要死了。(拿起瓶子喝着酒)别像预先安排的那样庄严肃穆,就死在这破破烂烂的靠背椅里。(拿起瓶子喝着酒)你让我感到遗憾,牧师,拿我的复活是做不出什么文章的。(大笑起来)曾有一位牧师来过我这儿,他也让我感到遗憾。那是我第二个妻子自杀身亡的时候。她是一个大工业主的女儿。我估计她吞下了一磅安眠药。我们的婚姻简直是一个莫大的折磨——

事情就是这样,我需要钱,她有的是,而我事后则不想抱怨她——她实在让人冒火——瞧她躺在那儿的样子,面色苍白,不声不响——牧师被感动了。他来的时候,医生还正在尸体上忙个不停,律师还没有到。他像你一样身着黑装,卢茨牧师,也是你这个年龄。他站在床边,直愣愣地看着我的亡妻,然后坐到客厅里。他合拢双手,好像要说些什么,也许是《圣经》咒语吧,可终归什么话都没说。我喝了八杯白兰地后上楼走进我的房间,抓起笔就写起来,写一个乡村学校有一班学生如何把他们那位理想主义的年轻教师痛打致死,一个农夫又怎样开着拖拉机从那教师身上辗过去掩盖事实真相。就发生在村子里。就发生在校舍前。而所有的人都在袖手旁观。连警察也一个样。我觉得那是我最得意的小说之作。(拿起瓶子喝着酒)而当我天亮前拖着十分疲倦的躯体,摇摇晃晃地来到客厅时,那位牧师却不见踪影了。遗憾。他是一个无可奈何的牧师。(喝着酒)

牧师卢茨　我也是个毫无用处的牧师。每当我说教时,教徒们都一个个在打瞌睡。(发抖)

施威特　也许他根本就不是牧师;也许他是我第二个妻子的情人。说不定她就有许多情人呢。奇怪,我至今从来就没有想到过有这种可能性。(喝着酒)

牧师卢茨　怎么突然这么冷。

施威特　我也感到有点冷。

牧师卢茨　上帝刚才近在身边,可现在又远去了。

施威特　我本想堂堂正正地死去,可我现在喝得酩酊大醉。(喝着酒)

牧师卢茨　你不相信你复活了。

施威特　那是假死。

牧师卢茨　你想要死去。

施威特　必然会死去。(喝着酒)

〔他狠狠地把酒瓶放到桌上,身子倒在靠背椅里。

牧师卢茨　上帝宽恕你。

〔沉默。牧师卢茨合拢双手。

牧师卢茨　我相信你复活了;我相信上帝创造了奇迹;我相信你会永生的。恩泽无比的上帝知我之心。困难的是,传播基督殉难和复活的福音,除了信仰之外没有任何其他证明。当时,耶稣的弟子们则要容易些;他们满怀崇敬地这样说:上帝就在我们之中。上帝就在他们眼前创造着一个又一个奇迹。他治好了瞎子、瘸子和麻风病患者。他漂洋过海唤醒死者。耶稣复活以后,让始终怀疑的托马斯把手放在他伤口上。当时这是不难相信的。然而,这已经是很久以前的事了。许诺给我们的那个天堂从来就没有出现过。我们生活在黑暗之中,只有希望。它独自依然滋养着我们的信仰。这未免太少了,上帝啊。可你现在同情和帮助了我。我看见了你的灵光。愿你也可怜那些看不见你的恩泽的人们吧,因为你的隐蔽使他们眼前一片昏暗。

〔寂静。门慢慢地开了。奥古斯特向里面探望。

奥古斯特(低声地)　施威特先生。

〔寂静。

奥古斯特(抬高嗓门)　施威特先生。

〔寂静。奥古斯特走进画室。尼芬施万德透过门缝探望。

奥古斯特(大声地)　施威特先生。

尼芬施万德　怎么回事?

奥古斯特　他没反应。

尼芬施万德　看一下。

〔奥古斯特走近靠背椅,身子俯向施威特。看门人格劳泽出现在门口,一个肥胖而随和的男子,满脸汗水。

格劳泽　怎么啦?

尼芬施万德　我妻子正看着呢。

格劳泽　我看见这个人上楼来,尼芬施万德。我即刻就觉得他很可疑。我说呢,大热天的穿着毛皮大衣,胳膊下还夹着两根蜡烛。

721

你早就该报警了。
〔奥古斯特挺起身来。

奥古斯特　胡格。
尼芬施万德　死了？
〔奥古斯特迅速地摸了摸施威特。

奥古斯特　我看是的。
尼芬施万德　终于死了。
〔尼芬施万德和格劳泽拉开窗帘。格劳泽吹灭那两根蜡烛，并发现了牧师卢茨。

格劳泽　这儿还躺着一个。
〔尼芬施万德和奥古斯特走到床前。

尼芬施万德　还有一个？
格劳泽　尼芬施万德，我觉得好奇怪。
奥古斯特　卢茨牧师！
尼芬施万德　也死了。
格劳泽　我觉得好奇怪。我是看门人，负责维护秩序，却在你的画室里发现了两具陌生的尸体。
〔施威特在靠背椅里睁开眼睛。

施威特　那个比利时部长空闲时间也作画。（站起身来）在这靠背椅里死得不舒服。
奥古斯特　施威特先生……（盯着他）
施威特　你把我扶到床上去，奥古斯特！快！
〔沉默。

奥古斯特（难堪地）　不行，施威特先生。
施威特　为什么不行？
奥古斯特　因为……施威特先生，因为牧师……因为牧师死了。
〔沉默。施威特走到床边，凝视着牧师。

施威特　真的。（又回到靠背椅前坐下）快把尸体弄走！
〔沉默。

格劳泽　你……

施威特　你是什么人?

格劳泽　看门人。首先要报警……

施威特　我要躺着死去。

格劳泽　死亡案件是官方的事。

施威特　我有权利躺在床上,而不是这具尸体。

格劳泽　我要丢掉饭碗的,而你呢?

施威特　一切都无所谓。我租了这床。我是诺贝尔奖获得者。

〔沉默。

格劳泽　好吧。你负责任。我们把牧师弄到过道里去。

尼芬施万德　你过来帮一把,奥古斯特!

〔二个人费了很大的劲没有挪动。

格劳泽　天哪!

尼芬施万德　真的不行。

奥古斯特　太沉了。

格劳泽　或许你也能帮一把的话,诺贝尔奖获得者先生……

尼芬施万德　我们四个人一起就会搬动的。

〔沉默。

施威特(坚定地)　我是不会去碰这牧师的。

尼芬施万德　那就没办法了。

格劳泽　那么我们就不得不叫警察了……

施威特　我来吧。(站起来)

格劳泽　你和尼芬施万德夫人抬下边,诺贝尔奖获得者先生,我们抬上边。准备好了吗?

尼芬施万德　好啦。

奥古斯特　好啦。

施威特　好啦。

〔抬着牧师。

奥古斯特　小心点。

尼芬施万德　别说话。

格劳泽　我们就把他放在门口。

〔画室空空的。奥古斯特扶着施威特回去。

奥古斯特　好了,施威特先生,这样就好了。床又空了。要不要我立刻换上干净被子……

施威特　不用。

奥古斯特　你不想脱去这毛皮大衣……

施威特　不。(穿着毛皮大衣倒在床上)走开!

奥古斯特　可这双胞胎……她们……

施威特　抱出去!

奥古斯特　是,施威特先生。给他盖上被子。

施威特　奥古斯特,你越来越讨我喜欢了。

奥古斯特　是,施威特先生。(下去)

〔施威特合拢双手,一动不动地躺在那里。突然从床上跳起来。

施威特　这些令人讨厌的画。

〔先把画架上那幅裸体画翻过去,然后又一一地翻着其他画。楼梯上传来一个声音。

穆海姆　嘿,这儿有人吗?

〔施威特踩着靠背椅爬到门右边的抽屉柜上,试图把挂在上方那幅巨大的裸体画翻过去。

穆海姆　奇怪,我每次来这儿都没有人。

〔门开了。穆海姆跨过那具看得见两腿的尸体,踏着沉重的步子走进来。他是个地产商人、建筑企业主和房产主,已耄耋之年,却充满活力。

穆海姆　嘿!门口躺着一具尸体!

施威特　我知道。

〔穆海姆发现施威特站在抽屉柜上。

穆海姆　是你家的吗?

施威特　不是。(依然试图翻着画)

穆海姆　那它怎么会跑到你家门口呢?

施威特　它躺在床上,而我自己需要床。

穆海姆　我要你说个明白……(暴跳如雷)天哪,这尸体是什么人呢?

〔奥古斯特和尼芬施万德透过门缝探望。

施威特　雅科布斯教区牧师。他激动死了。

穆海姆　天哪,这也会发生在我身上。

施威特　可别这么说。(从抽屉柜上下来)翻不过去。(认出了穆海姆)是你呀,伟大的穆海姆,这座丑陋不堪的出租大楼的主人,这个糟糕透顶的画室、这些长满虱子的家具和这张可怜巴巴的床的占有者。你这个伟大的穆海姆来得真不是时候。

〔奥古斯特和尼芬施万德小心翼翼地闭上门。

〔施威特自己脱下毛皮大衣放到床上,然后坐到大衣旁边。

穆海姆(惊愕地)　哎呀,你认识我?

施威特　四十年前,我跟第一个妻子就住在这画室里。她性情粗暴,水性杨花,红头发,没教养。

穆海姆　我记不起来了。(又把那些画翻过来)

施威特　我们当时穷困潦倒,伟大的穆海姆。

穆海姆　我夫人喜欢艺术,不是我。

施威特　喜欢艺术家。

〔沉默。

穆海姆　且等,你这个家伙,且等。(从桌子后面拿来一把椅子坐在画室的中间)你说这话是什么意思?

施威特　没有什么意思。

穆海姆　有话就明说!

施威特　我每月的头一天把房租送给你夫人,我们上了床之后,她又让我拿走一百块。

〔沉默。

穆海姆　一百块？

〔奥古斯特和尼芬施万德又透过门缝朝画室里探望。

施威特　是一百块。

〔沉默。

穆海姆　有多久？

施威特　两年吧。

穆海姆　月月如此？

施威特　从不例外。

穆海姆　我夫人十五年前就过世了。

施威特　深表哀悼。（从毛皮大衣里掏出一张支票写起来）这是一万元支票。

尼芬施万德　一万元！

施威特　买你所有的画！

尼芬施万德　一万元！奥古斯特！我立刻去银行。一万元！

〔他跑开了。奥古斯特站在门栏下。

施威特（站起来）　看门人！

奥古斯特　格劳泽先生！

格劳泽（从楼梯走上来）　诺贝尔奖获得者先生！

施威特　你把这些画弄到院子去，浇上汽油把它们烧了！

格劳泽　是，诺贝尔奖获得者先生。（拿起画，扔给奥古斯特）

穆海姆　你跟我妻子睡了两年。每月的头一天。

施威特　十点半。

穆海姆　而我五点半就已经到了工地上。我每天五点半准时到工地。

施威特　早起的人呀！

格劳泽　重要的是，钱数要对，奥古斯特夫人。（继续给她扔去画）

穆海姆　女人是很难画的。

施威特　其他画我也请你弄出去。

穆海姆　天哪！你说的是实话吗？

施威特　干吗说谎呢?

〔奥古斯特和格劳泽下。施威特关上门,又倒在床上。

穆海姆　你是什么人?

施威特　沃尔夫冈·施威特。

穆海姆(愕然地)　诺贝尔奖获得者?

施威特　正是。

穆海姆　可在午间新闻里不是……

施威特　超前报道。

穆海姆　接着放了一个钟头古典音乐。

施威特　我感到遗憾。

穆海姆　那你为什么……

施威特　我从医院里溜出来,要在这儿死去。

穆海姆　为了在这儿……(环顾四周)一定要喝个痛快。(从桌上拿起一杯水,走到盥洗盆前,倒掉水,拿着杯子回来斟上白兰地)要是一切不这么庸俗就好了。(盯着眼前)每个月。

施威特　不然的话,我们明明不就会饿死了吗!

穆海姆　就为了一百块钱。

施威特　那一百块你是绝不会给我免去的。

穆海姆　我绝不会给任何人免什么。(喝着酒)

施威特　我妻子是后来的,那个水性杨花的东西。她背着我跟一个屠夫混上了,而我却享用了一生中最好的牛排。(笑起来)打那以后,我又结过三次婚。一个比一个水灵。穆海姆,那是一场误会。最终我娶了一个应召妓女为妻,她是最出色的一个。

穆海姆　又结了三次。(喝着酒)

施威特　你走开!你把这画室玷污了。你在这儿损害了我的生命。

穆海姆　果真如此的话,我就走。(喝着酒)施威特,我已经八十高寿了。

施威特　恭贺你。

穆海姆　身体棒极了。

施威特　可以想象。

穆海姆　我是从下层干起的。我父亲是个小商贩。我得跟着四处叫卖。我是个卖鞋带的,施威特,靠卖鞋带闯进了拆卸行业,后来开了建筑公司。我要让这整个城市彻底变个样子。你看一看那些建筑吊车?

施威特　你破坏了我的死亡。

穆海姆　我承认,我从来都没有拘谨过。但以社会鼓动家自居,四处游说,这毕竟也不是我的本意。我现在高高在上。那些党派乃是我囊中之物。我的敌人害怕我,而且我有许多敌人。可我的私生活……(掏出一支雪茄)没有幸福的婚姻,就没有真正宏伟的事业;没有温情就混不了日子;没有丰富的内心世界,就会在堕落中走向毁灭。(欲点上雪茄)

施威特　在我死的时候,别抽烟。

穆海姆　对不起。当然如此。(把烟又放回去)

施威特　请你最好点上那两根蜡烛。

穆海姆　好吧。点上蜡烛。然而,那些女人缠来缠去,不过是偎偎我的胸膛而已,没有一个得逞的。我忠于我的妻子,即使她死了以后也一如既往,这一点你可以相信我好了。

施威特　请你拉上窗帘吧。

穆海姆　这就拉。(拉上窗帘。昏暗了。只有烛光)可惜我现在才知道了。要是我早知道这一切的话,我准会干掉我妻子,还有你,施威特,我准会……而我现在也会把你……如果你不是……(站到床头前,凝视着施威特)一个行将死亡的人是不可伤害的。

施威特　你别强制自己。

穆海姆　我恨不得把你撕个粉碎。

施威特　随你愿吧。

穆海姆　捣个稀巴烂。

施威特　你尽管下手吧。

〔穆海姆走到靠背椅前。

穆海姆　我的上帝啊,她不知骗了我多少回？（坐下）
施威特　她少说也有不下几十个情人吧。
　　　　〔穆海姆盯着眼前。
穆海姆　她肯定太贪得无厌了。
　　　　〔奥尔加上,施威特的第四个妻子,十九岁,漂亮妩媚,身着黑装,上气不接下气的样子。施威特惊恐地坐起来。
施威特　你这个应召妓女。
奥尔加　沃尔夫冈。
施威特　一切都乱了套。
　　　　〔奥古斯特在她身后向里探望。
奥尔加　你活着……
施威特　可能吧。
奥尔加（低声地）　你活着……
施威特　我知道,这事越来越叫人难堪了。
　　　　〔奥尔加觉察到奥古斯特,关上门,停在那里。
奥尔加　门口……那个牧师……
施威特　护士长把他送到这里来。
奥尔加　他死了。
施威特　心肌梗塞。
奥尔加　而你活着……
施威特　你这已经是第三次责怪我了。
奥尔加　我在医院里给你合上了眼睛。
施威特　殷切周到。
奥尔加　我合拢起你的双手。
施威特　可亲可爱。
奥尔加　我摆好了鲜花和花圈。
施威特　我醒来后领受了这精心搭配的杰作。
奥尔加　我告别时吻了吻你。

729

施威特　真可爱。你告别时穿得那样花里胡哨吗?
奥尔加　尼基亲自把我打扮成寡妇。
施威特　时装设计师都很虔诚。
奥尔加　在你的灵床前,我被一群摄影师围得水泄不通。
施威特　告别时。
奥尔加　然后,尼基邀请大家去吃小吃。
施威特　一定要为年度寡妇庆祝一番
　　　　〔沉默。
奥尔加　那么现在呢?
施威特　这不是糟了么。
　　　　〔她犹豫不决地走近他。
奥尔加　请原谅我现在才……我……我一回到医院就昏过去了,而你突然不见了人影……
施威特　我可以想象。
奥尔加　施拉特教授也莫名其妙了。
施威特　我知道,我应该躺在他的解剖台上。
　　　　〔奥尔加扑到他身上,抽泣着。
施威特　又来这一套。
奥尔加　现在一切都好了。
施威特　戏又从头演起。
奥尔加　我就留在你身边。
施威特　我深爱的奥尔加,一年来我一直躺着等死,可我总是在最后的时刻被救活了。我再也不受这个罪了。我躲开了一帮顽固不化的医生。我最终想安然地死去,不要嘴里插着体温计,不要连接在某个仪器上,不要周围站满人。因此你走开吧!我们早已告别过了,告别几十次了,再这样下去不是太滑稽了吗!请你放理智些,快悄悄地走开吧!再见!(扯起被子蒙住头)
　　　　〔穆海姆站起来。
穆海姆　我走了。(向奥尔加躬了躬身)穆海姆。伟大的穆海姆。

〔奥尔加站起来。

穆海姆　我恨不得杀死他。(走到门口)可死是神圣的。(下)

〔沉默。施威特又从被子里露出头来。

施威特(十分生气地)　还没走。

奥尔加　我是你妻子。

施威特　我的遗孀。(坐起来)我再也受不了这肃穆气氛。拉开窗帘吧!

〔她听从吩咐。画室里此刻又充满耀眼的阳光。

施威特　打开窗子!

〔她听从吩咐。

施威特　牧师的鞋。(下了床,抓起牧师放在床前的鞋和桌上那顶帽子)牧师的礼帽!(把帽和鞋扔出门外)牧师把什么东西都落在这儿!(砰的一声关上门)熄灭这讨厌的蜡烛!

〔她听从吩咐。

施威特　这过分虔诚的香火气氛使我依然健康!我要死则需要太阳。我要在它的灼热中窒息;我要被太阳烤干;我要干枯。我的身上还有太多的生命。(打算坐到靠背椅上,看见自己的鞋)我的鞋。我也不再需要它们了!(把鞋扔到屏风后去,坐到靠背椅上)

〔双胞胎开始号叫起来。

施威特　真好笑。我总是离不开这靠背椅!(想喝酒。瓶子空了。又把瓶子放到桌上)奥古斯特!

〔奥古斯特出现在门口。

奥古斯特　施威特先生。

施威特　双胞胎哭号起来了。快!

奥古斯特　就来,施威特先生。(把躺着双胞胎的洗衣筐搬出去)

〔格劳泽从楼梯走上来。

格劳泽　诺贝尔奖获得者先生,那些画在燃烧着。

奥古斯特　安静,伊尔玛;安静,里塔。(在门口停住步)我要不要也把这些尿布……
施威特　出去！拿白兰地来！再来一瓶！
奥古斯特　是，施威特先生。
〔她走了。格劳泽也走了。
奥尔加　你要大衣吗？
施威特　不要。
奥尔加　你还疼吗？
施威特　不疼了。
奥尔加　那是一场噩梦。我真不该相信那帮医生的话。
施威特　不相信还能怎么样呢！
奥尔加　他们一年前就告诉我说，你活不久了。
施威特　我自己现在也明白了。
奥尔加　他们也告诉了你儿子，他只要看见酒吧女服务员就这样说。当你还抱着生的希望时，人们却到处都在谈论着你的死；他们对待我的神气，就像你已经死去一样，拿我当妓女来诽谤……
施威特　你本来也就是嘛。
〔沉默。
施威特　你那讨厌的谦卑还在折磨我。
奥尔加　请你原谅！
施威特　我不敢奢望，你会出于对我虚情假意的考虑而放过答应我的任何一个朋友追求你的机会。
奥尔加　我没有答应过任何人。
施威特　你的义务不是忠于我；你的义务是向我说出实话。
奥尔加　我害怕。
〔她绝望地跪在他面前，他搂抱住她。
施威特　我也害怕。我们共同都害怕。我本来不了解事情真相，因为我出于害怕也不想了解它，不然我就会揭穿它。我现在知道真相了，因为它再也掩盖不住了。我的躯体真是可耻。
奥尔加　我实在帮不了你。我只能眼看着你一天天地衰弱；我只能眼看着医生怎样折磨你。我无力去干预。我就像瘫痪了一样。一切都听天由命了。我今天一早站在你床前,牧师在祈祷,教授俯在你身上为你诊断,然后挺起身来说你死了,可我根本就没有哭。我很坚强,因为你曾经是那样的坚强。当尼基前来为我装扮时,还有媒体、摄影师和小吃,这一切我都忍受了,因为我对此麻木不仁了。你已经走了,我的生命因此失去了你所赋予的意义。可你现在又活了。

施威特　你现在别再跟我说这些废话了!

〔他推开她。

奥尔加(低声地)　要是我再失去你的话,那我就活不下去了。

〔奥古斯特气喘吁吁地出现在门口。

奥古斯特　白兰地,施威特先生。

施威特　快斟上!

奥古斯特　要不要换个干净杯子……

施威特　废话。

奥古斯特　是,施威特先生。

施威特　斟满。

奥古斯特　是,施威特先生。

施威特　你还是走开吧!快!

奥古斯特　是,施威特先生。(走开了)

施威特　这个可怜巴巴的家伙,我惟一还可忍受的就是她。(喝着酒)叫你走就走开吧!

奥尔加　我不走。

施威特我讨厌你。(喝着酒)

奥尔加　别喝这么多了!

施威特　酗酒有助于告别人世。

〔救世军少校弗里德利身穿军装出现在门口,凝视着施威特。

弗里德利少校　他活着!他活着!他活着!(开始唱起来)永恒

733

的晨曦

非上帝创造的光明之光。

施威特　住口！你在瞎唱什么呢？

弗里德利少校　他活着！他活着！他活着！（又走了）

施威特　一个疯子。

奥尔加　我们回家吧！（拿起施威特的大衣）那恐怖森然的医院,这令人毛骨悚然的画室,还有死去的牧师……求求你,我们回家吧！

施威特　要说死,这儿就是我的家。

奥尔加　你肯定不会死的。我不明白到底发生了什么,可你会活下去的。

施威特　我活厌了。（站起来）我开始写作的时候无忧无虑。我满脑子里只有灵感。我嗜酒成癖,独来独往。后来有了成就,随之而来的是奖金和荣誉,金钱和享受。我变得风度翩翩。我不是修磨指甲就是造作风格。如果说我第一个妻子还要委身于一个裁缝,为的是给我换来一套蓝西装,那么接下来的两个妻子就只是投身于文学了；她们为我制造声誉和组织顶礼膜拜者,而我则拼命要成为一个名垂青史的大师。诺贝尔奖使我濒临绝境。一个被我们当今社会紧紧地搂在怀抱里的作家便永远堕落了。所以我把你捡上了。出于愤恨。（把奥尔加搂到怀里）出于对自己的愤恨,出于对这个世界的愤恨。我人老了,可我叛逆之心不减当年。你简直太能干了。你使我痛痛快快地活了几个星期,太棒了,然后就不行了,跌落到病床上,如此摇摇欲坠的样子。完蛋了。（把奥尔加推到床上）你可以收拾东西走人了。你学会了世上最正当的职业,你曾经是这个城市最漂亮最能干的应召妓女,去重操你的旧业吧,劳驾你了！（他扑到她身上）你通过我们的婚姻出了名,你的形象出现在所有的报纸上,你的裸体照到处流传,你的身价日益剧增。你是我遗赠给这个社会的一个礼物；恺撒大帝捐赠了他的花园,我捐献一个妓女！

〔约亨·施威特走进画室。他四十左右，高大肥胖，披着长发。

约　亨　爸爸！你看一看！
〔他看见那台收音机，打开它。爵士音乐，主题是《永恒的晨曦》。

约　亨　复活了。
奥尔加（斥责的口气）　约亨！
约　亨　你好，小后娘。太好了，又见到你。
施威特　你来这儿干什么？
约　亨（想了想）　我那一百五十万。
施威特　你的？
约　亨　我是你的继承人。
施威特　可能吧。
约　亨　法定的，老家伙。
施威特　你必然会知道的。
约　亨　我毕竟学了两学期法律。
施威特　实在了不起。
约　亨　怎么样？钱在哪儿？
施威特　在银行里。
约　亨　你骗人。
〔沉默。
约　亨　不知羞耻。都快咽气了还骗人。
〔沉默。
约　亨　我刚从银行来。你把钱都转到医院里，可那儿也没有了。
〔沉默。
约　亨　没有料到，是吗？
施威特　挺快的嘛。
约　亨　我母亲因你而丧了命，而我因你要获得一笔财产。
施威特　有把握吗？

约　　亨　当然有。(掏出一支烟)
奥尔加　约亨,你不许在这儿抽烟。
约　　亨　你放心,小后娘。你这个男人还会经受得住的。(点上烟。)你说呢?钱在哪儿?(把烟雾吐到施威特脸上)
施威特　在箱子里。(喝着酒)
约　　亨　你看看,你还是服服帖帖的嘛。(把一只箱子放到床上)没上锁,太大意了,我的大财神。(打开,愕然)空空如也。(走到另一只箱子前,把它放到桌上打开。同样空空如也。抓起酒瓶)
施威特　瓶酒也是空的。
〔约亨把酒瓶摔向身后。
约　　亨　好吧。看来不动真格的不行了。你这个小婊子把我的一百五十万弄走了。
〔他走近奥尔加。
施威特　你认为是这样吗?
约　　亨　我就这样认为。(欲大打出手)
施威特　要是我的话,就会在炉子里看看。
〔约亨先跑到右边的炉子前,再跑到左边的炉子前,在炉灰里翻来翻去。
约　　亨　尽是纸灰。
施威特　我最后的手稿和我的一百五十万。
约　　亨　化成灰烬。(他发疯似的在炉灰里翻来翻去)
施威特　我终于可以去死了。(他摇摇晃晃地走到房子中央)美极了。我正好精神焕发,气度昂然。
约　　亨　仅剩下一点余火。
〔格劳泽走进画室。
格劳泽　诺贝尔奖获得者先生,警察已经把牧师拉走了。
施威特　我已经灌得满满的!
格劳泽　警察最终把牧师的尸体搬走了。

施威特　清扫干净！

格劳泽　是，诺贝尔奖获得者先生。(战兢兢地下去)

施威特　把这些尿布拽下来！拽下来！拽下来！

〔约亨跑到右边的炉子前。施威特跳上床，把尿布拽下来。

施威特　拽下来！它们使我想起生命，想起性交，想起临产的大肚子！拽掉这些破布片！我不想再闻到小孩的屎尿味！我要泥土味，我要坟墓里的气息，我要永恒的迷雾。(从床上下来走到靠背椅前)

约　亨　化为灰烬。(站起来，捧着满满两手灰)一百五十万。

施威特　它们烧得有滋有味。

约　亨　你为什么要烧掉它们呢？

施威特　我不知道。

约　亨　你肯定会有原因的。

施威特　情绪所为。

约　亨　我负债累累。

施威特　上等妓女可不是白玩的。

约　亨　明白了。

〔沉默。

约　亨　捉弄人的本事太高超了。我还指望着你的财产呢。

施威特　如意算盘打错了。

约　亨　你恨都不会恨我一下。你一点不在乎我。我就是去见鬼，你也根本无所谓。

施威特　我也要去见鬼。

约　亨　你不近人情。

施威特　死就是不近人情。

约　亨　那就快死吧！(走到门口)就算你帮我一个忙。这是你一生中的第一次，劳驾了，老东西，快死吧！你死了，那我就可以活着，而且会成为一条汉子，我告诉你，一条特别能干的汉子。

施威特　快滚开！

约　亨　滚就滚进酒吧去。(笑起来)再说我还可以得到全部版税。(走开)

　　　　〔施威特摇摇晃晃走到门口,关上门,背靠到门上。

　　　　〔奥尔加关掉收音机。

施威特　还在这儿。

奥尔加　我走。

施威特　我可能……想了想。我喝了很多……?

奥尔加　两瓶白兰地。

施威特(神采奕奕)　真行。(若有所思地注视着奥尔加)我坏吗?

奥尔加　不坏。

施威特　挺坏的。

　　　　〔沉默。

施威特　因为我要死了。

奥尔加　因为你活着。

施威特　你不是看见了吗,我的小宝贝。(笑起来)我的财产全都化为灰烬了。

奥尔加　我早就留了一点。

施威特　我能料到。(笑起来)我们那阵子过得多痛快呀,我的小宝贝。多么美妙的几个星期啊。

奥尔加　是啊。

施威特　我们笑得墙都抖动起来了。

奥尔加　那是仿佛。

施威特　我们喝得天昏地暗。

奥尔加　那是就像。

施威特　我们爱得地动山摇。

奥尔加　跟你在一起简直美极了。(下)

　　　　〔施威特倒下去,躺在那儿像死了一样。奥古斯特透过门缝向里探望。

奥古斯特　施威特先生。

〔寂静。

奥古斯特（抬高嗓门） 施威特先生。

施威特 奥古斯特。

奥古斯特 尿布都在地上。

施威特 很抱歉。

奥古斯特 没关系,施威特先生。

〔从屏风后面拿来一个筐子,把尿布拾进去。
〔施威特站起来

奥古斯特 你妻子很漂亮,施威特先生。

施威特 曾经是我妻子。

奥古斯特 她哭着下了楼。

施威特 她还很年轻。（躺到床上）

奥古斯特 我可以提个问题吗,施威特先生？

施威特 问吧！

奥古斯特 是不是胡格天生就不是绘画的料子？

施威特 是的。

〔奥古斯特把筐子放到桌上。

奥古斯特 尿布都捡起来了。

施威特 插上门！快！

奥古斯特 是,施威特先生。插上门。门插上了。

〔他盯着窗子。

施威特 拉上窗帘！

奥古斯特 是,施威特先生。（听从吩咐）

施威特 过来！

奥古斯特 是,施威特先生。（不慌不忙地走到他跟前）

〔尼芬施万德从外面开始按动门把手。

尼芬施万德 奥古斯特！

施威特 靠近些！

奥古斯特 是,施威特先生。

〔尼芬施万德敲着门。
尼芬施万德　奥古斯特,开门!
施威特　我发冷。
奥古斯特　要不要我把毛皮大衣……
施威特　你脱去衣服!
奥古斯特　是,施威特先生。
尼芬施万德　开门,奥古斯特,快开门!(砰砰地敲着门)
施威特　躺到我身边来!
奥古斯特　是,施威特先生。
〔她脱着衣服,而尼芬施万德又是敲门又是摇门。
尼芬施万德　开门!开门!这张支票是空头的!
〔暗。幕落。

第 二 幕

一个钟头后。尼芬施万德的画室。床上花圈下躺着终于长眠的施威特。床周围站着形形色色身着黑装的先生,其中有著名评论家弗利德里希·格奥尔根。左边靠背椅上坐着施威特的出版商卡尔·康拉德·柯佩,六十五岁,脸刮得光光的,衣冠楚楚。后面站着尼芬施万德和格劳泽。起初站在停尸床前的奥古斯特被新来的人挤到后边。屋子里,几个新闻记者拍来拍去,照相机闪个不停。斗室前的窗帘又拉上了,蜡烛重新燃起。

一个前来悼唁的客人让用录音机播放哀乐。圣曲《永恒的晨曦》。音乐一结束,弗利德里希·格奥尔根开始致悼词。(前来悼念的人遭受着盛夏酷暑的折磨。致悼词的时候,他们一个接一个地向死去的施威特鞠躬后便离去。)

弗利德里希·格奥尔根　朋友们,沃尔夫冈去世了。全国和我们共悲,世界和我们同哀,因为她失去了一个使她变得富有的人。他的遗体躺在这床上,卧在这些花圈下。后天将要为他举行一个诺贝尔奖获得者应该享受的隆重葬礼。而我们,他的朋友们,要有分寸地、沉着冷静地悼念他。我们不要廉价的赞美,也不要没有批评的钦佩,我们要让知识和爱心指引我们。只有这样,我们才无愧于这伟大的死者。他倒下去了。他的死令世人震惊。我们现在聚集在他昔日的画室里就是最好的说明。不是他的精神、他的活力在为自己辩护。他,一个拒绝悲剧的人,没能逃脱悲剧的结局。在这昏暗的烛光下,我们要看着他,也许是第一次看得格外分明,把他看成是一个正准备克服绝望时代的最后一位绝望者。对他来说只有赤裸裸的现实。可正因为如此,他渴望正义,渴望博爱。结果是徒劳。只有相信黑暗的事物具有光明意义的人,才能认识到这个世界上也存在的非正义是不可扭转的,才会停止那毫无意义的斗争,才会和解。施威特则始终与之势不两立。他缺少信仰,因此也就缺少对人类的信念。他是一个从虚无主义之中滋生出来的道德者。他始终是一个叛逆者,一个真空世界的叛逆者。他的创作是内心绝望的表现,而不是现实的翻版:荒诞的是他的戏剧,而不是现实。他的极限就在于此。施威特以一种郑重造作的方式流于主观;他的艺术不是在治疗,而是在损伤。我们虽说喜欢他,钦佩他的艺术,但是我们一定要克服它,以便使它达到一个必然的阶段,那就是要肯定被我们这个可怜的朋友所否定的、他在其崇高与和谐中死去的世界。

〔柯佩起身同格奥尔根握手。

柯　佩　弗利德里希·格奥尔根,谢谢你。

〔少数几个留下来的人向死者鞠躬后离去,其间照相机闪个不停。

格奥尔根　你是他的出版商,柯佩。深表哀悼。(鞠躬)

柯　佩　你的悼词要登在晨报上?

格奥尔根　今天晚上就见报。

柯　佩　骇人听闻。他是一个从虚无主义之中滋生出来的道德者。一个真空世界里的叛逆者。荒诞的是他的戏剧,而不是现实。出色的定论,恶毒的表述。

格奥尔根　不怀恶意,柯佩。

柯　佩　恶毒至极,格奥尔根。(把手搭在他肩上)你的厚颜无耻令人折服。你当我面借着对死者祈祷,把我们善良的施威特撕得粉碎。实在敬佩!在文学上他被毁光了,还有一本小册子一出,他也就被遗忘了。叹哉!他比你想象的要纯真。还有一点,我们私下说吧,你骨子里的用意在于毁坏声誉,格奥尔根,你的讲话纯属胡说八道。施威特从来就没有绝望过,你只要给他有煎排骨吃,有像样的酒喝,他就心满意足了。我们走吧。这个地方令人毛骨悚然。我要把施威特的家人召在一起,我预感到要发生什么不幸。

〔这两人下,新闻记者也下。奥古斯特、尼芬施万德和看门人留在这里。

格劳泽 这就算结束了。换换气吧!(拉开窗帘,打开窗子,外面依然是大白天。熄灭蜡烛)来这儿寻死,他们给了你多少钱,尼芬施万德?

尼芬施万德 二百,出版商给了二十。

格劳泽 太可怜了。祝你平安,奥古斯特夫人!你的画室马上就会恢复正常。天这么热,他们很快会把尸体弄走的。(下)

尼芬施万德 厚颜无耻。今天终于有评论家和出版商上我这儿来——为了目睹一具尸体——而我连一幅画都没有了。在这儿画了数年之久……奥古斯特!(呆呆地望着停尸床)

尼芬施万德 你脱掉衣服!我给你在停尸床前画一张。生与死。一个活着的人与花圈。

奥古斯特 不。

尼芬施万德 奥古斯特……(吃惊地注视着她)

奥古斯特(镇静自若) 我不要。(开始收拾她的东西)

尼芬施万德 奥古斯特,这是你第一次拒绝当模特。

奥古斯特 该结束了。

〔沉默。

尼芬施万德 可是生命,奥古斯特……我只想表现生命,这个空前的、强大的、了不起的生命……

奥古斯特 我明白。

尼芬施万德(忧心忡忡) 奥古斯特,我敲了半个钟头门你都不开。

奥古斯特 我知道。

尼芬施万德　当你最终打开门时,他已经死了。

奥古斯特(毫不在乎的样子)　他死在我怀里了,我要穿好衣服。他死前我跟他睡在一起。

〔沉默。

尼芬施万德　可是……

〔奥古斯特看着尸体。

奥古斯特　我是他最后一个情人,我为此而感到自豪。(继续收拾)

尼芬施万德　你怎么能这样做呢,奥古斯特,你不该这样做。

奥古斯特　我就这样做了。

尼芬施万德　跟一个行将死亡的人!

奥古斯特　他是一个男人。

尼芬施万德　你不感到羞耻吗?

奥古斯特　不。

尼芬施万德　他让人烧了我的画,我全部的作品。

奥古斯特　那又怎么样?

尼芬施万德(吼叫着)　我只是在表现生命呀!

奥古斯特　我已经看够了你的画。

尼芬施万德　可你毕竟相信我呀,奥古斯特,在这个世上,惟独你相信我呀,以前无论遇到什么困难,我们都心心相印,同舟共济……

奥古斯特　我不过是你的模特而已。(收拾好了东西)我们各走各的路吧。

尼芬施万德　这是不可能的。

奥古斯特　我走了。

尼芬施万德　我们的孩子……

奥古斯特　我带她们走。(在死者床前停了一会儿)

尼芬施万德　你不能这样,奥古斯特。

奥古斯特　祝你如意!(下)

尼芬施万德　奥古斯特!(追着她,走下楼)回来吧,奥古斯特!我原谅你。

〔施威特在床上坐起来。他身着庄严的寿衣，下巴绑着绷带，脖子上挂着花圈。他取掉绷带。尼芬施万德回。

尼芬施万德　这简直荒唐至极，奥古斯特！你不能离开我呀！难道就为了一个死人！

施威特　这床放错了地方。（观察着画室）

尼芬施万德　你……你……（注视着施威特）

施威特　这床原来在现在放桌子的地方，桌子原来在现在放床的地方。（两腿从床上伸出来）所以我总是死不了。（把花圈举过头顶）又是花圈。它们尾随我滚滚而来。（下床）开始干吧。床要挪过去。

〔尼芬施万德呆呆地望着，一动不动。

施威特　我们先把桌椅搬到一边去。

尼芬施万德（绝望地）　你跟我妻子睡觉了。

施威特　那个比利时部长也跟我第三个妻子睡觉了。

尼芬施万德　我跟你那个没完没了的比利时部长有什么关系呢？

施威特　你像他。搭把手！

〔把桌子搬向后台，尼芬施万德不由自主地帮起他。

尼芬施万德　你的死不过是一个借口！

〔施威特指着靠背椅。

尼芬施万德　一个狡猾的骗局。（把靠背椅搬到后边）一个阴险的伪装！一个地狱般的圈套！

施威特　接住！（把椅子扔给尼芬施万德）

尼芬施万德　你让人焚毁了我的画。

施威特　我也焚毁了我的画。

尼芬施万德　你又不是画家。

施威特　你也不是。

尼芬施万德　你开的是空头支票。

施威特　要死的人不关心钱的事。只想着这床。

尼芬施万德　你破坏了我们的婚姻!
　　　　〔施威特走向床头。
施威特　你在前面拉,我在后边推。
尼芬施万德　她离我而去了!
施威特　这有什么关系呢。
尼芬施万德　对我有关系。
施威特　尼芬施万德,我真想有你那份忧愁。我在这里死来死去,在这要命的大热天里一分钟一分钟地熬着要庄严地走那向永恒的世界,我苦苦挣扎着,因为总不是那么称心如意。而你又拿这不足挂齿的事来打扰我。
尼芬施万德(愤怒地)　我不死。(把一个花圈扔到床上)
施威特　可我要死(把一个花圈扔到床上)
尼芬施万德　在停尸床上应该做的是祈祷,而不是勾引女人。
施威特　尼芬施万德,如果说要有人祈祷的话,那非你莫属。这样你就可以从你的绘画中解救出来了。你的画使我整个下午对死感到厌恶。你要表现生命,拿你妻子当裸体模特儿涂抹,这会使人羞得面红耳赤。
尼芬施万德　我画我妻子,我看她什么样就画什么样!
施威特　那么你的盲目无知无疑非同小可了!你的妻子,尼芬施万德!我一走进画室,就看见她赤身裸体;她后来睡到我身边时亦是如此。心甘情愿。要说勾引,谈不上。她是出于人性、出于豪爽委身于我。她感到了一个行将死亡的人需要什么。搭把手,帮忙把床推过去。(推着床,尼芬施万德拉)你的妻子躺在我怀里,她颤抖不已,她情意缠绵,她紧紧地搂抱住我,她喊叫着。这就是生命。而在你的画里则毫无生命可言。使劲拉,尼芬施万德,使劲拉。好啦。床到位了。现在要把桌子挪过去。
　　　　〔他们把桌子搬过去。
施威特　你画画简直是浪费时间!
尼芬施万德　我的艺术对我来说是神圣的。

施威特　只有半瓶醋才觉得艺术是神圣的。因为你什么都不会,所以才固执于一种理论。在你的怀里,你妻子就没有生命了,就像她在你的画里一样没有生命。你妻子理所当然地离开你了。现在搬靠背椅吧。

〔他们把靠背椅搬到右前方。

尼芬施万德　我恨不得把你撕个粉碎!

施威特　随你便。

尼芬施万德　砸个稀巴烂!

施威特　你就心安理得地下手吧。(把椅子给他扔过去)接住!(环顾四周)我的画室。它又恢复了原样。我终于可以死了。安静、庄严、全神贯注地死去。(走到床前,躺到花圈上)都怪这些家具。美极了,尼芬施万德!死神像火车头一样呼啸而来,永恒的旋律回响在耳边,万物哀号,山崩地裂,一场巨大的灾难,整个……

尼芬施万德　死去吧!你总说要死却死不了!(失去控制,走到后台,拿着捅火钩回来)

〔穆海姆走进来。

尼芬施万德　你祈祷吧!

施威特　想不起来祈祷什么。

尼芬施万德　该是算账的时候了。

施威特　请吧。

尼芬施万德　我要杀了你。

施威特　反正我要死了。

尼芬施万德　我下手了。

施威特　我一点都不反对。

穆海姆(吼声如雷)　住手!居然要打一个行将死亡的人!

尼芬施万德　我在外面拍门,他在里面跟我老婆睡觉!

穆海姆(镇定自若地)　拿过来。

〔尼芬施万德服服帖帖地把捅火钩递过去。

穆海姆（不慌不忙地） 只有我一个人有权杀死施威特。(把捅火钩扔到后台去)我不杀他。(抓住尼芬施万德的胸口,把他推到前边去。克制着)你打门的时候,他在跟你老婆做爱。你不用抱任何幻想。可我总是抱着幻想。四十年之久呀,我一直爱着一个女人,我,这个伟大的穆海姆,一个遐迩闻名的建筑大亨。她死了以后我简直就活不下去了。

尼芬施万德　穆海姆先生……

穆海姆　我始终爱着她。你不明白这意味着什么,可我呢,到了耄耋之年才知道了那事。

尼芬施万德　穆海姆先生……

穆海姆　生存就是权力、斗争、胜利、屈辱和犯罪。我免不了因此而玷污自己的人格。竞争容不得温良恭俭让,最卑鄙的人往往获胜,而我始终充当着最卑鄙的角色,并且只能如此而已,因为我爱着一个人,爱得天昏地暗,爱得无节无制,爱得心甘情愿地为她在污秽里摸爬打滚。可结果呢? 一切的一切只不过是个骗局。你知道吗,我这成了什么东西呢?

施威特　凡事都没有一帆风顺。

穆海姆　一个滑稽透顶的人!

尼芬施万德　可别这么说,穆海姆先生……

穆海姆　你为什么不笑我呢? 你笑啊! 你笑啊!

尼芬施万德　我笑,穆海姆先生,我笑!

穆海姆　你这是摆起艺术家的高傲要报复了!

尼芬施万德　穆海姆先生……

穆海姆　伟大的穆海姆是不会听之任之的,你在这里装模作样,可伟大的穆海姆在这里容不得开玩笑。你不过是虚荣心受到了伤害,可我完蛋了,被彻底摧毁了,遭到了践踏,受人嘲弄,名声扫地!

〔他把尼芬施万德挤到门外的走廊里。

尼芬施万德　穆海姆先生……

穆海姆　滚下去！

尼芬施万德　行行好吧！穆海姆先生！行行好吧！

穆海姆　滚下去！

〔咚咚咚的响声。一声叫喊。寂静。穆海姆气喘吁吁、慢腾腾地回来。门开着。

穆海姆　我把那个臭东西从楼梯上推下去了。(解开衣领)热死人了。

〔施威特又从床上下来。

施威特　我现在才知道是什么干扰我了。(抓起一个花圈)你把这些花圈统统扔到门外去！(把手里的花圈扔给穆海姆)这个是笔会送的。

〔穆海姆接住它。

穆海姆　跟着那个臭东西去吧。(把花圈扔出门外)

施威特　这个是政府送的。"献给她伟大的儿子。可爱的家乡"。(把花圈一个接一个地扔给穆海姆,穆海姆再把它们扔到门外)市长的,诺贝尔基金会的,联合国教科文组织的,作家协会的,民族剧院的,出版家协会的,戏剧协会的,电影制片人协会的,书商协会的。

穆海姆　扔完了。

〔施威特环顾四周。

施威特　这床……再靠墙近些。这桌子……稍微向中间挪一挪。这两把旧椅子……这靠背椅……(把这些家具换一换位置)

穆海姆　施威特,我开着我的凯迪拉克在城里风驰电掣般地兜来兜去。我闯过了一个又一个红灯。罚款单准会雪片似的飞来。如果我不是伟大的穆海姆,驾照早就让警察给没收了。可谁叫我是伟大的穆海姆呢！我赶回来为的是看看你的遗体。我要久久地看着你的遗体,想象着一种更崇高的正义,感受着苍天之上有一个上帝主宰沉浮。

施威特　很抱歉。

穆海姆　你的命真长。

施威特　我自己也感到奇怪。

〔穆海姆精疲力竭地坐到靠背椅里。

穆海姆　我第一次感到自己到了耄耋之年。

施威特(满意地)　现在再也没有什么干扰我了。我回到床上去,然后便会死去。

穆海姆　天哪,这正是我梦寐以求的。

〔施威特上床盖起被子。

施威特　最后的时刻到了。

穆海姆　那怎么还不死呢?

〔施威特又一次环顾四周。

施威特　我不知道……

穆海姆　还缺少什么?

施威特　我还需要庄严气氛。你可不可以把那两根蜡烛立在我床头……

穆海姆　当然可以。(把那两根蜡烛立在床头两边的椅子上)点着吗?

施威特　再拉上窗帘!

穆海姆　遵命。(点起蜡烛,拉上窗帘。画室里又是庄严气氛)行了吧?

施威特　好极了。

〔穆海姆又坐到靠背椅里。

穆海姆　那么现在就死吧!

施威特　别着急。

〔沉默。

穆海姆　不想死啦?

施威特　穆海姆?

穆海姆　你死吧!

施威特　我竭尽全力。

穆海姆　我等着。

施威特　我真的感觉好极了。

穆海姆（吃惊地）　该死的！

施威特　可这脉搏……（摸着脉）

穆海姆　又怎么啦？

施威特　跳得越来越慢了。

穆海姆　谢天谢地。

施威特　别着急。

穆海姆　你还要喝酒吗？

施威特　奥古斯特。

　　　　〔寂静。

施威特　奥古斯特！快！

　　　　〔寂静。

施威特（失望地）　没有人。

穆海姆　画家的老婆随那个臭东西去了。（想点起一支雪茄，吃了一惊）对不起，请谅解。

施威特　你放心地抽吧！

穆海姆　不能当着一个行将死亡的人。

施威特　我似乎也想抽一支。

穆海姆　当然可以。

施威特　这是最后一次了。

穆海姆　明白。（把烟盒递过去）哈瓦那雪茄。

施威特　越来越少见了。

穆海姆　火。

施威特　谢谢。

穆海姆　还有一个花圈。

　　　　〔走到门口，把花圈扔出去，关起门，回到靠背椅前，坐下，点着雪茄。

穆海姆　施威特,我跟我妻子是幸福的。她跟你睡过觉,这再也无关什么紧要了。(使劲地抽烟)她已经死了。况且,这世上本来就没有什么不结双配对的。谁不骗人,谁又不被骗呢。尽管如此,那还是事关紧要。我忠于我妻子,并且相信她也会忠于我——我生命中的这一点点诚实——伟大的穆海姆沙滩建楼,基础沉陷了。(跳起来,把雪茄狠劲地扔向炉子)我不知道真情,施威特,这简直要折磨死我了。她还跟谁睡过觉呢?跟市议员?跟建筑委员会的人?跟我的律师?跟她的医生?跟那些打高尔夫球的绅士或者红白骑马俱乐部的先生们?还有那些艺术家?她认识所有那些人。再说为什么常常有意大利工人到家里来?为什么?我的上帝,埃尔弗里德还跟谁睡过觉呢?

施威特　埃尔弗里德?

穆海姆　埃尔弗里德。

施威特　你妻子不是叫玛丽吗?

穆海姆(愣住了)　天哪。

施威特　你当时住在阿玛丽街上。

穆海姆(冷漠地)　哎呀,五十年来,我一直住在欧拉尼恩林荫道一栋别墅里,我妻子叫埃尔弗里德。

施威特　肯定吗?

穆海姆　我不是白痴。

施威特　见鬼。(使劲地抽着烟)穆海姆,我从来就不认识一个叫埃尔弗里德的。我显然把你夫人跟住在贝托尔特街上的一个房东的妻子搞混了,我后来在那里住过。

穆海姆　你这不是在捉弄我吗?

施威特　你妻子对你是忠诚的。

穆海姆　岂有此理!

施威特(若有所思地)　可是本来……她也不叫玛丽……(坐起来使劲地继续抽着烟)临终的时候我觉得一切都乱了套。(让两腿吊到床边上)穆海姆,也许你的夫人叫伊尔姆加德……

穆海姆　埃尔弗里德!
施威特　反正我还记得欧拉尼恩林荫道上卧在你家门前的那两头石狮子。
穆海姆(发愣)　我家门口就没有过狮子。
施威特　没有过?真奇怪。
〔施拉特教授猛地拉开门,他带着医疗箱、纸盒和X光片。
施拉特　施威特。
施威特　施拉特?
施拉特　我简直无话可说。
施威特　我还活着。
施拉特　作为医生,我面对这实实在在的事全然莫名其妙。我两次确诊你已经死亡,可你还在抽着雪茄。
穆海姆(吼叫着)　我从来就没有过狮子!
〔警署总督沙夫罗特走进画室,后面跟着两个警察和格劳泽。他们三个拿着刚才被穆海姆扔出去的花圈。
格劳泽　诺贝尔奖获得者先生,下面楼梯口又躺着一个男人。
施威特　那又怎么样?
总　督　画家胡格·尼芬施万德,已婚,两个孩子的父亲。
〔沉默。穆海姆转向总督。
穆海姆　穆海姆,伟大的穆海姆。
总　督　穆海姆先生?
穆海姆　是我把那个臭东西推下楼梯的。
〔沉默。
格劳泽　天哪,天哪。
〔沉默。
总　督　把花圈放到墙边去。
警察甲　是,总督先生。
格劳泽　施威特先生又活了。(同两个警察把花圈放到墙边)
警察乙　放好了,总督先生。

753

总　　督　　我是总督沙夫罗特,市刑警处的。我要请你跟我走一趟。我们最好开你的车去,穆海姆先生。

穆海姆　　为什么?

　　　　〔沉默。

施拉特　　我是市医院的施拉特教授,穆海姆先生。

穆海姆　　怎么回事?

　　　　〔沉默。

施拉特　　那个人死了。

　　　　〔沉默。

穆海姆(惊慌失措)　可我不过是把他轻轻地……

　　　　〔沉默。

穆海姆(低声地)　推下去了。

格劳泽　　今天下午已经是第二个了,穆海姆先生。

　　　　〔穆海姆慢慢地转向施威特。施威特还在使劲地抽着烟。

穆海姆(无可奈何地)　我杀死了一个人。

　　　　〔总督示意,两个警察走到穆海姆身旁。

穆海姆　　施威特,你在跟死神搏斗。你的灵魂已经漫游到别的地方去了。我们对你来说都是无所谓的。尽管如此,我一定要问个水落石出。我妻子……她跟你一起……

　　　　〔施威特镇静自若地抽着烟。

施威特　　我不知道。

穆海姆　　施威特,我可以忍受很多事情,但是……我当然不能平白无故地杀人呀……

施威特　　真相……

穆海姆　　我必须知道它。

施威特　　穆海姆。(喜形于色)我想起来了。(笑起来)这事是臆造的,穆海姆。

穆海姆(不知所措地)　臆造的?

施威特　　在与死亡的搏斗中臆想出来的。别相信它,我把我的一篇小说当成真的了。那是我的幻想，穆海姆，那是我的幻想，我总是按时把一百块钱通过邮局汇去，可从来没有跟你夫人上过床。

穆海姆（疑惑不解地）　从来没有……

施威特　只有我第一个妻子跟那个葡萄酒商人的故事是真的。

穆海姆　你说的是一个屠夫。

施威特　屠夫？也可能。

穆海姆　弥天大谎。

施威特　真笑死人。

〔穆海姆开始咆哮起来。

穆海姆　捅火钩！捅火钩！

〔警察制住他。穆海姆突然安静下来，变得彬彬有礼。

穆海姆　请原谅，我失去控制了。

总　督　请吧。

穆海姆　施威特。

施威特　伟大的穆海姆。

穆海姆　你为什么要毁掉我呢？

施威特　纯属偶然。

穆海姆（无可奈何地）　我……我丝毫也不会伤害你的。

施威特　你陷入了我的死亡圈里。

〔沉默。

穆海姆　伟大的穆海姆老了，太老了。

总　督　我们走吧。

穆海姆　我们走吧。

〔他们带着穆海姆下。格劳泽和施拉特留下。

施拉特　看门的，给这令人窒息的屋子透点空气和光亮。

〔格劳泽拉开窗帘，打开窗子，熄灭蜡烛。

格劳泽　连你也没有使诺贝尔奖获得者安息，施拉特先生。

施拉特　你不懂现代医学，我亲爱的。

〔格劳泽下。

施威特　对你的误诊我无可奈何。

施拉特　误诊？（打开医疗箱）你的病情我是不会误诊的,我最亲爱的。

施威特　我终归没有死呀。

施拉特　可别这么说。

施威特　你可不要再对我说我复活了。

施拉特　我肯定不会给你扯来神学上的说辞。

施威特　我还活着,可谓是骇人听闻。

施拉特　可以这样说,我最亲爱的。（从医疗箱里取出一个听诊器,坐到桌旁）给你再检查一次。你过来。

〔施威特把雪茄放到左边的炉子上,走到施拉特跟前。

施拉特　先查一查脉搏。

施威特　它先前跳得很慢。

施拉特　别说话！（伸去手）老兄。（用怀疑的目光注视着他）解开衣服！（用听诊器给他检查。先查心脏）闭气。吸气。闭气。（检查肺、背部）深呼吸。深呼吸。咳嗽。（施威特一一地按照他说的去做）天哪！（又一次用怀疑的目光注视着他）坐下！（施威特坐到靠背椅里）再看看血压。（给他裹上血压计,量血压）神圣的艾斯库拉普。（量着血压）我吓得都出汗了。（独自出神）

施威特　查完了吗？

施拉特　查完了。（把血压计和听诊器放回医疗箱里）

〔施威特站起来。

施拉特　真热。（擦了擦眼镜）仿佛太阳永远都不会落下去。

施威特　最长的一天。

施拉特　末日。（又戴上眼镜）至少对我们医生来说是这样。亲爱的,我来本是为了鉴定你尊贵的遗体。

施威特　我想也是。

施拉特　还没到这个地步。

施威特　连你最终也急不可耐了。

施拉特　我最亲爱的,医学遭受了本世纪最大的挫折。你的心跳和肺音简直棒极了。

〔沉默。

施拉特　我的心里实在无法得到安慰。

〔沉默。

施拉特　简直叫人百思不解。(站起来)连血压也几乎无可挑剔。

施威特　这不是真的!我在变质,我在腐烂。我到了奄奄一息的最后时刻!

施拉特　你的体质是绝无仅有的。

施威特　你在骗我。

施拉特　尊敬的大师,如果你现在不相信我的话……

施威特　你向来不说实话。

施拉特　我是外科医生。

施威特　再做一次手术,我亲爱的,我们就渡过了难关;再做一次小手术,尊敬的大师,我们就熬过了最危险的时刻;再治疗一次,我最亲爱的,我们又会好棒了。

施拉特　在你病情非常危急的时候,连哄带骗是起码的人之常情。

施威特　你的话我一句也不相信。

施拉特　从道义上讲不再存在哄骗你的理由。

施威特(吼叫起来)　我要死了。

施拉特　终归要死的。

施威特　现在!

〔沉默。

施威特　几个钟头了,我就等着死!

施拉特　我已经等了几个月了,可现在,甚或你的肠肌蠕动又有了活力。

〔出版商柯佩拿着花圈走进画室,十分吃惊。

柯　佩　啊!施威特!

〔施威特跳上床。

柯　　佩　　施拉特教授！他又活过来了！
施拉特　　那还用问！
柯　　佩　　活见鬼！你能给我解释……
施拉特　　没什么可解释的。
柯　　佩　　可你不是确诊他死了吗！
施拉特　　是这样。
柯　　佩　　有两次，我都在场。
施拉特　　他是死了两次。

〔他把 X 光片挂到原先挂尿布的绳子上。

柯　　佩　　太绝妙了！
施威特　　我一点儿也不觉得这有什么绝妙，我倒觉得这极不体面。
柯　　佩　　我是急急忙忙赶来的！我只待一会儿。天知道，我习惯于耳闻目睹我的作家们的逸闻趣事，可是沃尔夫冈，你在这儿所做出的惊人之举我还没有经过。你究竟是怎么搞的？
施威特　　不知道。
柯　　佩　　请允许我坐到你跟前。（把花圈靠到左边的炉子旁）这是我个人送的。（靠近施威特坐到床边上）我喘口气马上就得走。出席出版家宴会，去戏剧协会，还要去高特夫里德·凯勒基金会……你还在抽烟。
施威特　　我的最后一支烟。
柯　　佩　　太绝妙了！简直难以想象，我就在这画室里已经为你合了一次眼睛！
施威特　　一心一意。
柯　　佩　　合拢起你的双手。
施威特　　讨人喜欢。
柯　　佩　　摆好了鲜花和花圈。
施威特　　让人高兴。
柯　　佩　　你说说，是你自己把家具换了个吗？

施威特　我自己。

柯　佩　了不起。刚才我在酒吧碰到你儿子。他说你把你最后的手稿都烧了。

施威特　它们一文不值。

柯　佩　还说有一百五十万元也付之一炬了。

施威特　我发冷。

柯　佩　太绝妙了。

施威特　其中有三十万是属于你的。

柯　佩　五十万。实在了不起。这么说我的出版社一并化为灰烬了。

施威特　破产了？

柯　佩　彻底破产了。

施威特　所以你就来了？

柯　佩　我亲爱的,我真的不敢相信,我这一生中还能跟你说说话。我本来只打算在我这个故去的朋友身边默默地待上片刻,仅此而已。不过我得赶快走了。沃尔夫冈,我最后一次跟你握手。你真的要死吗？

施威特　真的。

柯　佩　你有把握吗？

施威特　完全有。

柯　佩　不然人们对你就会另当别论了,给你蒙上一层基督教的色彩。这样我的出版社也会得救了。

施威特　无法改变了。

柯　佩　等着瞧吧。(站起来)我要是你的话,会慢慢变得多疑的。死对你来说简直成了一种精神行为；你怀着一种再也没有人能与之匹敌的活力一往直前地去死。尽管如此,你却还活着。难道你不也觉得这不可名状吗？你应该重新振作起生活的希望,沃尔夫冈,至少在你活着的时候。可我得走了。要赶时间了！教授,在你面前我心里惶恐不安。我敬佩你的手艺,可是这一次，我看你好像犯了灾难性的错误。

〔柯佩下。施威特站起来，把雪茄扔进左边的炉子里。

施威特　我们到此为止吧。

〔他挽起右臂的袖子，向施拉特走去。

施拉特　好吧，我亲爱的，无论从道义上还是医学上来讲，你都有义务这样做。你的肺如同废墟；（一边指着X光片）你的肾破烂不堪；你的心像一块坟地，纵横交织着一道道血管梗死的痕迹；你的脑子钙化了；你的前列腺……

施威特　简直糟糕透顶。你就给我来一针吧！

〔施拉特把施威特推回到床上。

施拉特　要是我能这样做就好了！要是我能这样做就好了！我亲爱的，有多少次，我完全出于同情，干脆就想给你打一针，让你安乐地死去。那样做是不会有人责怪我的。你是我在手术台上见过的最糟糕最没希望的病人。然而，我并没有随随便便地让你死去，而是被鬼迷住了心窍，不顾一切地挽救你的生命。我日日夜夜守着那些破烂不堪的东西。我给你接了一个人造肾；我给你的腹腔里植入了塑料肠；我给你的肺里充满了毒气；我让你深受放射性元素之害。我不相信你会痊愈，这是可悲的。我狂怒地阻止你的死亡，可是无论是哪个助理医生，哪怕是他给你一丝的生存希望，都会被我亲手赶出医院！

施威特　你就给我一针吧！

施拉特　你疯啦？

施威特　我求求你了。

施拉特　不可能。

施威特　你的顾虑让人不可理解。

施拉特　顾虑？尊敬的先生，你拿死活不当回事，可你至少要认认真真地设身处地为我想一想！假如我当初在医院里给了你一针，你早就被埋葬了。可要是我现在给你一针，检察官就会让把我埋葬。难道你不理解我的难处吗？（怒吼着）骇人听闻。动脑筋的人认为我荒唐可笑,而信仰者则深信你复活了。我的老兄,这可是灭顶之灾呀。在一些人眼里我变成了白痴,在另一些人看来我被上帝愚弄了,反正我把脸丢尽了。(坐到桌旁)偏偏非得是一位诺贝尔奖获得者当着我的面复活了!卫生部长在电话里把我狠狠地训斥了一顿。我信誓旦旦地断言你活不过今天下午,才把文化部长的火气压下去了。现在他正等着致悼词和举行国葬呢。这个丑闻简直闹得太大了。一切都落到了我身上。拿上你的大衣吧!

施威特　为什么?

施拉特　你赶快跟我回医院去。

施威特　回医院?

施拉特　没错,我亲爱的。

施威特　我去那儿干什么?

施拉特　我要对你进行临床分析,证明你正在失去知觉。我要把这复活探个水落石出。我敢打赌,你还活着,这纯属一种神经机能现象。

施威特　又要弄个沸沸扬扬。

施拉特　除此之外,没有别的办法可以恢复我的名誉。人们对我早就拭目以待。如果我不能无可非议地证明你曾经死过两次,我甚至在那些末流之辈面前也不会再有抬头之日了。

施威特　越来越不像话了。

施拉特　我们快走吧!

施威特　为了继续折磨我!

施拉特　为了最终能够治好你!(坐到施威特近前的床边,变得慈祥起来)彻底的。你不要自欺欺人了!我们可以为你总的健康状况唱赞歌,可除此以外呢!我一再说过,你的胃得切除掉。一旦你的食管直接和你的小肠连接起来的话,那么就可能而言,好转就不只是暂时的,而会是长久的。振作起来吧,尊敬的大师,现在可不能垮掉呀!连我都抱以乐观的态度。

〔沉默。

施威特　不。

施拉特　施威特!

施威特　我不想再抱希望了。

施拉特　哎呀,你应该重新抱以希望!

施威特　我希望够了。我对希望不感兴趣了。

〔沉默。

施拉特　难道说……(站起来)尊敬的大师,我感到出乎意料。你拒绝陪我走一趟?

施威特　你让我一个呆着吧!(盖上被子)

施拉特　这叫我太寒心了。我奋力挽救你的生命,而你却把我遗弃了。

施威特　是你把我遗弃了。

施拉特　施威特先生……(走到靠背椅前)你可不能赶我走呀。

施威特　那你就自己出去吧!

施拉特　我是医生。我失去了病人的信任。你再给我一次机会吧!

施威特　我们俩都没有机会了。

施拉特　你毁了我。

施威特　也许吧。

施拉特　这种屈辱我受不了。

施威特　可能吧。

施拉特　我要结束我的生命。

施威特　随你便。

施拉特　我要自杀。

施威特　你的自私无与伦比。

施拉特　我求求你了。

施威特　这最后的时刻,我不想伴随着你的嘴脸度过。

〔沉默。

施拉特　你临死前的狂怒现在也把我推上了绝路。

〔诺姆森夫人出现在门口,身材肥胖,表情冷酷,身着黑色连衣裙,头戴礼帽,手里拿着白色丁香花。

诺姆森夫人　上帝啊!

施威特　你到底是什么人?

诺姆森夫人　施威特先生!这可使我难堪了。真没料到。请先生们原谅,我得坐下,我是个日薄西山的人了,该入土了,早该入土了,这爬楼梯的劳累,这意外……(蹒跚向前)我喜欢坐在硬处,在贝勒维宾馆里,我也坐的是硬椅。坐下。我是那儿看厕所的,所以我认识你,施威特先生。从我的位子上可以一览男女厕所。上帝啊,我的腿。肿了。(按摩着她的腿)

施拉特　这就是结局。(踉踉跄跄地下)

诺姆森夫人　那不是施拉特教授吗?我也认识他。

施威特　快出去!要不我就动手了!

诺姆森夫人　我送鲜花来了。

施威特　不需要。

诺姆森夫人　尽管收下吧。我一分钱都没花。这花是我从一个公墓守护人那里弄来的,也是他刚从墓地上偷的。我本来打算把这些丁香花献到你灵床上,施威特先生。我简直太喜欢看尸体了,然而你根本就没有死。相反,你看上去就像获得了新生。说是神采奕奕,一点也不言过其实。我最后一次在贝勒维宾馆看见你的时候,你脸色显得苍白肿胀。当然啰,那不过是光线昏暗罢了。请吧。(愤怒地把花递给他)

施威特(生气地)　我不认为你是因为崇拜我的著作而来的。

诺姆森夫人　也是,施威特先生,也是。我经常看大众演出,觉得你的剧作出类拔萃。

施威特(粗暴地)　把你这烂花烂草扔到花圈那儿去,你走吧!

〔她把花扔到床上。

诺姆森夫人　我是**诺姆森夫人**。威廉米纳·诺姆森夫人,奥尔加的母亲。你是我的女婿。

施威特　小家伙从来没有跟我提起过你。

诺姆森夫人　但愿如此。我绝对不让她讲出去。一个看厕所的母亲会坏了她的前程,男人们在这一点上是很敏感的,更何况是一个诺贝尔奖获得者……不,施威特先生,这不能苛求于你,我宁可不声不响地敬佩你……也就是说,我禁不住感叹你的气色是那样的好,简直是容光焕发。但是奥尔加却以为你死了。

施威特　你完全弄错了。(坐起来)如果你愿意满足一个行将死亡的人的最终请求的话,那就请你在离开以前给我点上蜡烛,拉起窗帘!

诺姆森夫人　乐意为之,施威特先生,乐意为之。不过站起来就是了,施威特先生,我现在坐在这儿……不行。我是个病魔缠身的老太太,你自己听一听我是怎样喘息的。(喘息着)

施威特　那好吧。就让我自己来为我效临终之劳吧。(站起来拉上窗帘,走到蜡烛前)

诺姆森夫人　施威特先生,你知道我为什么来吗?奥尔加死了。

〔沉默。

施威特　奥尔加?

〔他点上蜡烛。画室里又充满肃穆气氛。

诺姆森夫人(不动声情地)　我的孩子在我家里服了毒,我的先生,她以前认识一个药剂师,当然是在跟你结婚以前。

〔施威特慢慢地坐到床边上。

施威特　这出乎我的意料。

诺姆森夫人　她肯定立刻就气绝身亡了。我在她手包里发现了这画室的地址。

施威特　很抱歉,夫人……

诺姆森夫人　诺姆森。我父亲是个法国人,他叫德……德……反正是个法国名字,奥尔加的父亲也是个法国人,只是他叫什么我不知道。另外我还有两个孩子,英格和瓦尔德玛,他们的父亲我也不知道叫什么。一个家庭,按理应该是一个父亲所养,只是因为没有理想的结合。(喘着气)我的心脏。咳,贝勒维宾馆里的空气偏偏不怎么样,尽管有空调。闹得人越来越体弱多病。(打开手包)不劳你大驾了!可我现在得服用药丸。

施威特　理所当然。

〔他走到后台,端来一杯水。

施威特　请吧。

〔诺姆森夫人拿出一个药丸,喝着水。

诺姆森夫人　英格你也认识。

施威特　我怎么会认识呢?

诺姆森夫人　她出头露面用的名字是英格·封·毕洛夫。

施威特　我隐隐约约记得这个名字。

诺姆森夫人　你不是隐隐约约记得这个名字,而是她那丰盈的乳房。英格是个脱衣舞女,享有国际声誉。瓦尔德玛也挺有出息。他本来就是个讨人喜爱的孩子,文静,喜欢幻想,其实我以前也是这个样儿。我特意让他接受良好的教育,上高级小学,进商业学校,他不知从哪儿就滑下去了,在海夫利格股份公司贪污挪用。不是我反对犯罪的人,我母亲就是个罪犯,据说我父亲也是,但是犯罪不需要受教育,有正常人的见识就够了。受教育是为了冒比犯罪小得多的风险而干更大的生意。不说这些了。四年很快就过去了,九月就出来,他也不用去服兵役了,幸亏他们不要有前科的人。

施威特　我善良的毛姆森夫人……

诺姆森夫人　诺姆森,不是毛姆森。奇怪,许多人都管我叫毛姆森,连贝勒维宾馆那个经理也总是如此称我。他经常下来上我看管的厕所,尽管他有自己的卫生间……天哪,我的背。一天到晚坐着,穿堂风,潮湿……贝勒维宾馆的地下厕所虽然全都加有密封隔层,但冲来洗去,时间长了,所有的卫生设备都潮湿了……我最好还是坐到靠背椅上。(吃力地站起来,施威特同样也站起来)

765

施威特　要不要我帮你……
诺姆森夫人　最好别帮了。你是诺贝尔奖获得者,而我只是个看厕所的,两个世界把我们截然隔开,还是保持这个距离为好。(跟跟跄跄地走到靠背椅前坐下,合拢双手,喘息着,闭上眼睛)
施威特　烛光影响你吗?
诺姆森夫人　你尽管让它们点燃吧!这光亮就像贝勒维宾馆地下厕所修缮前的样子。
施威特　闷热。
诺姆森夫人　我发冷。
　　〔施威特把自己的毛皮大衣盖到她腿上,从床上拿来一只枕头垫到她背后,把她送来的丁香花插到一个玻璃瓶里放到桌上。
诺姆森夫人(向后靠着面向施威特)　施威特先生,我要再次申明,只怪那有关你死去的消息把我们阴差阳错地拉到一起来了。然而不幸毕竟发生了,可我要当面好好地教训你一顿。
　　〔施威特又坐到床上。
诺姆森夫人(威严地)　我认真地培养奥尔加干起了她的职业。她的日子比我过得自在,她免受了常规的妓女行当的烦恼,而我当年不得不苦苦挣扎。如果说我到了这把年纪还当看厕所的,那只不过是因为不可违抗的生意策略的改变使之而然:先生们都下来找我询问妓女的地址,我以此为生。门卫得百分之二十,姑娘们拿百分之三十。你看看,我所干的可不是非社会性的。而奥尔加呢?我让我的孩子得百分之八十,门卫当然一个不给。她有一套舒适的住房。这个可怜的东西却非要结婚不可!(施威特想说什么,但是诺姆森夫人坚决不给他任何说话的机会)我知道,你跟她在一起很幸福。你拿她寻欢作乐,不过她毕竟就是供你享乐的。为什么还要结婚呢?要是我结了婚的话,还不知今天身在何方呢,施威特先生?我想告诉你的是,那是不可想象的。而今天?我在英语区有两幢别墅,在市中心有一栋营业楼。不,施威特先生,我们这样的人一生品行端正,却不结婚。人要么是自尊,要么是沉沦。我们就有现成的证明。我们抱怨我的孩子。你知道为什么?因为奥尔加易动感情。我一再提醒她别那样,但母亲的话被当成耳边风。作为作家,你在你的职业中动过感情吗?你看看!感情是不可拥有的,它无非是做出来的,一旦顾客需要。感情与生意毫不相干,除非你借感情来做生意。我的孩子做了一桩糟糕透顶的生意。

〔她又拿出一个药丸,施威特又给她端来一杯水。

施威特　诺姆森夫人……

诺姆森夫人　这事终归要说的,施威特先生。

施威特　我尊敬的岳母大人……

诺姆森夫人　请叫我诺姆森夫人。

施威特　我尊敬的诺姆森夫人……

诺姆森夫人　施威特先生,我没有你那旺盛的健康体魄。我还活着就是奇迹了。我所做的一切无非是为了瓦尔德玛。我要为他守好房子,等他回来时能够把房子井井有条地交给他。英格如今在美国工作。那小子不能再幻想了。他一定要学会当阔佬,我再三这样嘱咐他。他只管靠着利息生活就是了。我了解他。他只要一工作,就会想入非非,立刻被投入牢笼。我们的孩子们有权利不像我们那样受苦受累,施威特先生。奥尔加的死对我是一个多么沉痛的教训啊!我对她在职业上寄的希望太高了,可惜她不是干这个生意的料子,结果逃到你的怀里,一个诺贝尔奖获得者的怀里!

〔沉默。

施威特　谢谢你上楼来我这里,我亲爱的诺姆森夫人。我终于有人可以说说话了。你让我深深地同情。你出卖肉体换取金钱,一种光明正大的生意。我羡慕你。你忙于卖身,我则忙于文学。毫无疑问,我努力要做个光光堂堂的人。我写作无非是为了挣钱。我没有兜售过任何道德和生存智慧。我在虚构故事,除此以外别无所求。我使那些买我故事的人的想象驰骋,因此有权赚取酬报,而且也赚取了。诺姆森夫人,我现在甚至可以怀着某种自豪断言:在生意和道德上你我则不相上下。(站起来)还是言归正传吧。小家伙死了。我既不想辩解,也不想自责。你别指望我会做出这种俗不可耐的事来。罪责、赎罪、正义、自由、宽恕、爱情,这一切人们用来为自己的安宁和强盗行径辩解的花言巧语我则不屑一顾。生活是残酷的,模糊不清的,变化莫测的。它与偶然息息相关。不合适的事情发生在合适的时刻,我要是从来就没有遇上奥尔加多好啊。我们两个都倒霉,这就是事情的全部……

〔沉默。

施威特　你一语不发,诺姆森夫人。对你来说,生活还有一种意义。我简直连我自己也无法忍受了。我吃饭时考虑着登场,同居时寻思着退场。面对一片杂乱无章的东西,我把自己禁锢在一个由理性和逻辑组合而成的幻影之中。我让虚构的形象包围住我,因为我无法同实实在在的人打交道。现实不是在写字台上可以捕捉的,诺姆森夫人,它只出现在你那用蓝瓷砖铺成的地狱里。我所走过的一生是没有价值的一生。

〔沉默。

施威特　因为有痛苦,诺姆森夫人,要打针,要动刀子。长了见识,学了知识。不可能再遁入幻想了。文学把我遗弃了。除了我这衰老的、肥胖的、糜烂的躯体则一无所有了。除了恐惧还有什么呢!

〔沉默。

施威特　就在这时候,我让自己倒下去了。我一天一天地倒下去了。什么都无足轻重,什么都没有了价值,什么都没有了意义。死亡是惟一现实的,诺姆森夫人,是惟一永恒的。我不再怕死。(吃惊地)诺姆森夫人!

〔沉默。

施威特　诺姆森夫人！(注视着她)你倒说话呀,诺姆森夫人！(走到她跟前,摸摸她的额头)诺姆……(恐惧攫取他)奥古斯特！

〔沉默。

施威特　跑掉了！看门的！(拉开一道窗帘)这该死的太阳！它也不落下去！(冲到门口狠劲地拉开门)看门的！

〔约亨站在门口。

约　亨　版税也捞不到一个子儿。

〔施威特蹲到床上。约亨打开收音机。

约　亨　我从酒吧来。柯佩都给我讲了。你已经不时髦了,老东西。你的书在图书馆都发霉了,你的剧作被人遗忘了。这个世界要的是严酷的事实,不要虚构的故事;要文献,不要传奇;要说教,不要消遣。

〔施威特起来用毛皮大衣盖住诺姆森夫人,然后又坐到床上。

约　亨　作家要么承担责任,要么变成多余。
施威特　你过来！
约　亨　我来是想看着你的尸体发泄几句亵渎神明的诅咒。(他注视着那个被盖住的躯体)是谁……
施威特　别问！死了就是死了！坐下！

〔约亨顺从地坐下。

施威特　坐近点！我害怕。
约　亨　怕什么?
施威特　怕我还得活着。
约　亨　胡说八道。
施威特　永远活着。
约　亨　没有人会永远活着。
施威特　我一再复活。
约　亨　你终归会死的。
施威特　我再也不相信这话了。在这该死的画室里,一个个都命归

769

西天了:牧师、画家、伟大的穆海姆、奥尔加、医生,还有可怕的诺姆森夫人,只有我还要活下去。

约　亨　不对,老东西。你把我忘了。我也要继续活下去。我没有成为一条汉子。我要找几个供养我的臭娘们。遗憾,我没有太多的要求。我本来只想要你的财产。钱没臭味。那一百五十万是你惟一正当的东西,我本想拿它来堂堂正正地过活,不像你那样靠你的艺术破烂和你的想象生活。我想自由自在地生活,唾弃你的荣誉,可想不到你用几根火柴把我毁掉了。

　　〔约亨关掉收音机。

约　亨　施威特家族从此完蛋了。

　　〔他昏厥过去,倒在靠墙的花圈里。与此同时,喇叭里传来女高音的歌唱。两边的窗帘慢慢地拉开。后面画室窗外出现救世军,影影绰绰,就像在天上;救世军少校弗里德利慢慢上楼走进画室。

女高音　永恒的晨曦
　　　　非上帝创造的光明之光
　　　　晨时把你的光芒
　　　　映照在我们的脸上

弗里德利少校　我是救世军少校弗里德利。

救世军(伴随着亨德尔的救世主乐曲)　哈利路亚!

施威特　出去!滚!

弗里德利少校(不为所动地)　欢迎你,耶稣奉你为神明!

救世军　哈利路亚!

施威特　你们走错地方了。这儿不是祈祷之地,而是死亡之所!

弗里德利少校　欢迎你,复活者!

救世军　哈利路亚!

弗里德利少校　一切听凭你的信仰!你的职责就是永生!

施威特　我的职责则是死亡,惟独死亡才是永恒的。生存是大自然独一无二的虐待,是碳循环猥亵地误入迷途,是地球表面上的毒瘤,是不可治愈的伤疤。我们由无生命的东西组合而成,又化解成无生命的东西。

〔开始响起短暂的长号前奏。

施威特(站起来) 撕碎我吧,你们这些天国的鼓手!

救世军 哈利路亚!哈利路亚!

施威特 踏碎我吧,你们这些手风琴教友!

救世军 哈利路亚!哈利路亚!

施威特 把我从楼梯上推下去吧,你们这些颂歌的歌唱者!

救世军 哈利路亚!哈利路亚!

施威特 开开恩吧,你们这些基督徒们!

救世军 哈利路亚!哈利路亚!

施威特(走到弗里德利跟前扼住他的喉咙) 用你们的吉他和长号打死我吧!

救世军(最后一次拖长声音) 哈利路亚!

〔弗里德利倒下去。

施威特 我到底什么时候才会死去呢!(转向后面)我到底什么时候才会死去呢!(他跑下楼梯)我到底什么时候才会死去呢!我到底什么时候才会死去呢!

〔合唱声洪亮地响起。

合唱声 用你的力量驱赶走。

〔黑暗。

合唱声 我们的黑夜

〔幕落。

同 伙

喜 剧

(1972/1973 年)

贾晨 译

Friedrich Dürrenmatt

Der Mitmacher

Eine Komödie

人物

多克斯布姆妮尔克姆伊尔
博科吉安比杰萨乔阿

情节发生地点： 一间被废弃的古老仓库的地下室五层。水泥柱子，水泥房顶，左边一间冷库，盖在发霉的地方，显然没有特别留意房间里其他地方。冷库的推拉门在按下按钮后自动打开，与舞台前沿平行。冷库内部只能看见一部分，也就是明亮的灯光，白色的瓷砖，一个套着长长红色橡皮管的水龙头，除此之外什么也看不见。仓库的右侧有个天梯天井——是否封闭或装上栏杆（以便人们看见电梯慢慢上来——或下去），此事先暂且不提。倘若看不见电梯来的话，那么最好安装多面竖直相叠排列的反光玻璃，以便显示它的到达或上行，此外不要让电梯门从右向左关闭，而是从上向下关合。在一根水泥立柱和电梯天井之间布置了一个小起居室，它冲着观众敞开着。小起居室的背景由一块粗陋的木板墙构成，在木板墙和电梯天井之间有一条过道伸向后面。小起居室里有一张沙发斜对着观众，一根简陋木杆用来支撑着一块帆布顶篷，它展开在沙发上方：并非无用，从上面总是有水珠滴滴答答地掉下来，到处都是。用于照明的是一盏灯，弥漫着微红色的、相比于另外三个氖光灯管更加温暖的光。三个氖光灯管照亮着整个空间，但多数时候它们中只有一个灯管在工作。沙发上方的灯系在一根电线上，从顶篷穿过，于是这盏简陋的灯完全照在起居室里。沙发右侧旁边放着一只小箱子。电梯天井的墙边放着一只箱子，上面立着威士忌酒瓶。水泥立柱前方放着一把椅子，一个装有水龙头的小型盥洗盆靠在水泥立柱旁。外面左侧的水泥立柱上挂着地下室主人的罩衫，而他的工作服，一条白色的皮围裙和一副紫红色手套挂在冷库里面右侧的墙壁上。背景处的水泥立柱之间堆放着不同大小的箱子,它们随着剧情的发展愈来愈多。舞台前景处也放着几只箱子,一只可能在左边,另一只在舞台入口的右边,第三只在冷库墙壁的右侧,箱子后面放着另一把椅子。

时间: 当前

第 一 幕

多克，缓缓地起身。

多　克　人们叫我多克。我在讲话。我说话是为了让人听见我。我卷入了一桩让自己无法言说的意外事件，一桩绝望且无法言说的事件，无法言说，因为这件事秘密进行着，以至于参与者都在沉默，即便他们正在彼此交谈。我是一名生物学家。我以前想研究生命体，探究它们的结构，探索它们的奥秘。我曾在剑桥和哥伦比亚大学学习。我曾在我们城市的高校任教。我曾成功研制出一种人造病毒。随后，我转行到私人工厂。报酬十分丰厚，而这一步走错了。我曾经十分信赖自己的个人声誉与收入，我早已习惯大手大脚地花钱。我以前拥有一套大房子，用首饰去打扮一个女人并且溺爱一个儿子。我曾信奉自由科学的童话，我的意思是，永远有空闲去做研究。我曾经幻想，那些仪器、电子显微镜和电脑都属于我。他们并不属于我。纯粹的科学对私人工厂来说太昂贵，当经济危机来临时，我像一道抛物线般地飞离了我的职位，和许多别的科学家一样，物理学家、数学家或者神经机械学家。曾经的教席被我的学生占据，进行肿瘤研究和生化作战的研究所遍地皆是。我债台高筑，妻子带着儿子、首饰和情人离开。我改名换姓躲藏起来。我沉没在我们城市的底层沉积物中，沉没在我们社会的高智商无产阶级中，沉没在被人类记忆所遗忘的地方。我被迫接受了一份与科学无关的职业。

〔拿起一把椅子，坐在舞台前沿中央左上方。

多　克　我当了计程车司机，一份将我与博斯联系起来的工作。

〔博斯,头戴礼帽,身穿皮大衣,端着一把椅子从左边上场。

多　克　出于偶然。他必须搭一台计程车。我的计程车。在两年前。一个被夕阳染红的冬天傍晚。

〔博斯坐在多克旁边。

多　克　他的凯迪拉克车胎被割开,他的劳斯莱斯被子弹密密击穿,他的对手们企图袭击他的别克车。

博　斯　一场灾难。

多　克　第三火葬场,我正载着您驶向那里。

博　斯　我继续在找,即使找遍这个城市的每个角落。

多　克　找殡仪馆馆长吗?

博　斯（大笑着）　年度最佳笑话。

〔多克开着车。

博　斯　您知道吗,我为什么坐在副驾位上?

多　克　习惯吧。

博　斯　我的习惯是坐在后排。(看了一眼左边)脑积水的亚伯拉罕。

多　克　我不认识。

博　斯　假如他认出我来,那么您就坐在一具尸体旁了。

〔多克开着车。

博　斯　我是老板。

多　克　老板很多。

博　斯　我是那个老板。

〔多克开着车。

博　斯　别开那么快。

多　克　我下坡开五十。

博　斯　我生了一场病。

多　克　不稀奇。

博　斯　我会杀了你。

多　克　我踩油门。

博　斯　开慢点，真见鬼。

多　克　如果您真想杀了我的话。

博　斯　只是一句口头禅。

多　克　原来如此。

〔多克开着车。

博　斯　杀人可是我的职业。

多　克　我知道。

博　斯　赚取报酬。

多　克　我明白。

博　斯　我是行业老大。

多　克　脑积水的亚伯拉罕呢？

博　斯　竞争对手的老大。

多　克　那您并非领军人物啊。

博　斯　他再也看不到明天的太阳了。

多　克　红灯。

博　斯　慢点停车。

〔多克停下车。

多　克　假如是脑积水的亚伯拉罕在这个十字路口的话，那就是您看不到明天的太阳了。

博　斯　职业风险。（向右边看去）豁嘴的杰夫。

多　克　那个戴运动帽的男人？

博　斯　是的。

多　克　倒在地上了。

博　斯　萨姆干掉了他。

多　克　您的人？

博　斯　我的人。

多　克　绿灯了。

〔多克开着车。

博　斯　开到巷子里。

多　　克　好的。
博　　斯　停车。
多　　克　请吧。
　　　　　〔博斯朝左边走去。
博　　斯　这里应该还有一家火葬场啊。
多　　克　两个月前拆除了。
博　　斯　我最后的机会破灭了。
多　　克　别难过。
　　　　　〔博斯再次坐回车里,拿出一粒药丸。
博　　斯　硝酸甘油,治疗我的心脏。(吐出咬破的药丸)继续开吧。
多　　克　去哪儿?
博　　斯　托米的酒吧。
　　　　　〔多克开着车。
博　　斯　您误解了我的问题。
多　　克　它是……
博　　斯　一个卫生方面的问题。
多　　克　有多严重?
博　　斯　一开始我们让尸体横尸街头。
多　　克　这会让警察们气急败坏。
博　　斯　污染环境。
多　　克　您本该交给私人火葬场处理。
博　　斯　它们的价格我们根本承担不起。现在向左。
　　　　　〔多克开着车。
多　　克　谋杀无利可图。
博　　斯　计程车司机赚钱吗?
多　　克　也不行。
博　　斯　糟糕的时代。
　　　　　〔多克停下车。
多　　克　托米的酒吧。

博　斯　生意上的问题让人烦恼。

多　克　一个火葬场解决不了您的问题。

博　斯　为什么？

多　克　当一具尸体被火化时，浓烟会笼罩整个城区。

博　斯　那我在生意上是没救了。

多　克　有一个人能够帮助您。

博　斯　谁？

多　克　我。

博　斯　说说您的妙计吧。

〔多克耳语了博斯几句。

〔大笑起来。博斯向右下场。

多　克　我要说出了自己的妙计，从此我不再是计程车司机。

〔整个舞台亮起。

多　克　我在技术上运用了有机化学的某个基本事实，这就是全部。我的实验室位于河畔一个古老仓库的地下室五层，只有寥寥数人知道它的存在。这里只能通过一架货梯进出。我成了一名尸体液化者，干着液化尸体的工作，那台我发明的设备，是一架尸体液化器。

〔他打开冷库大门。

多　克　正值七月，傍晚五点左右。我工作了整整一天。有人十分留意我们的工作，一场不速之访即将到来，我不喜欢不速之访。

〔博斯从电梯里走出，身穿薄西装。

博　斯　如果他准时来的话，我们就要停手了。

〔多克从冷库里出来，拿着一只空箱子。电梯上行。

多　克　他没有准时来。（将空箱子向后挪开）

博　斯　我并不紧张。

多　克　我也是。

博　斯（注意到敞开的冷库）　暂时关掉机器吧。

多　克　我们必须清空冷库。

博　　斯　里面还有多少？

多　　克　五具。

博　　斯　把机器调快些。

多　　克　它已经在高速运转。

〔博斯走来走去。

多　　克　您现在控制不了自己的神经了。

博　　斯　我的神经坚如钢铁。（盯着多克）

多　　克　您认识他？

博　　斯　不。

多　　克　他认识您？

博　　斯　不。

多　　克　真奇怪。

〔哗哗的流水声。

博　　斯　总算搞完了。

多　　克　还有四具。（走进冷库）

博　　斯　他是怎样找到您的？

多　　克　（走出冷库）　他喊我去他办公室。

博　　斯　只是为了告诉您，他想找我谈谈。

多　　克　只是这样。

博　　斯　在这里？

多　　克　在这里。

博　　斯　真该死。（将一根香烟塞进嘴里）这我可不喜欢。（点燃香烟）

多　　克　（拿着一只空箱子出来）　我也不喜欢。

博　　斯　迈克才是你真正的上级。

多　　克　我知道。

博　　斯　为什么您不说迈克的名字？

多　　克　我说了。

博　　斯　然后呢？

多　克　他要求和迈克的上级对话。

博　斯　真该死。(思考片刻)他应该不怀恶意吧。

多　克　完全是的。

博　斯　我不相信不怀恶意的人。

多　克　您太悲观了。

〔哗哗的流水声。

多　克　只剩三具了。

博　斯　您要加快速度。

〔多克走进冷库。

博　斯　他没法指控我什么。

多　克(走出冷库)　脑积水的亚伯拉罕和豁嘴的杰夫早都被埋葬了。

博　斯　他也没法找我什么碴。

多　克　您超越了一切嫌疑。

博　斯　当我们占领石垣时,我也在场。(躺倒在沙发上)有女人来过吗?

多　克(提着一只空箱子走来)　有时候吧。

博　斯　来这里?

多　克　为什么不呢。(将空箱子向后挪去)

博　斯　好吧。(脱掉左脚的鞋。直起身)不同的女人吗?

多　克　一直是那一个。

博　斯　她结婚了吗?

多　克　我想没有。

博　斯　您爱上她了?

多　克　不晓得。

博　斯　生意上的烦恼。一颗愈来愈糟的心脏。眩晕的感觉。肿胀的双脚。一个建议,多克:别碰女人,打两年前我就和一个姑娘生活在一起。

多　克　您天天在我面前诉苦。

博　斯　我替她安排了一所贵得要死的公寓。

多　克　您也天天在后悔这件事。

博　斯　妒忌心还会杀了我。

多　克　在以前的话，它会杀了您的情敌。

博　斯　我甚至都不知道，她和谁一起欺骗了我。

多　克　您让人监视着她。

博　斯　这方面我的自尊心太强。

多　克　过去您的自尊心可并不太强。

博　斯　过去我更年轻啊。

多　克　您去看看精神科医生吧。

博　斯　去过了。有缺陷的恋母情结。如果他现在来了，我就要彻底抓狂了。

多　克　他并不准时。

博　斯　谢天谢地。

〔哗哗的流水声。

博　斯　该死的衰老啊。

多　克　只剩下两具了。

博　斯　开始！加速！

多　克　您干脆把他收买了。

博　斯　假如我的感觉没有这么糟糕要命的话。

〔电梯下行。

博　斯　他来了！

多　克　真倒霉。

博　斯　他准时到了。

多　克　太准时了。（走进冷库）

博　斯　天啊，我该怎么办？

〔科布从电梯里走出来。

多　克（走出冷库）　他在办公室里留给人的印象真的不怀恶意。

博　斯　我们并不在他的办公室里。

785

〔电梯再次上行。

科　布　博斯吗?
博　斯　科布吗?
科　布　我是科布。
　　　　〔博斯递给科布一张椅子,科布没有坐。
博　斯　(思考片刻) 我们从未见过面吗?
科　布　您见过我。
博　斯　什么时候?
科　布　我记得很清楚。
博　斯　我想不起来了。
科　布　您还会想起来的。
　　　　〔多克提着一只空箱子走过来。
博　斯　您一定认识他。(用头示意向后走去的多克)我是无罪的。
科　布　我们所有人都是无罪的。
　　　　〔多克拿着两只玻璃杯和一瓶威士忌走来,博斯坐下。
博　斯　我是个普通市民。
科　布　我们所有人都是普通市民。
博　斯　我在占领石垣时效过力。
科　布　我们所有人都是英雄。(转身冲着多克) 您不喝吗,多克?
多　克　不喝。
科　布　干杯,博斯。(喝了一口)
博　斯　干杯,科布。(没有喝)
科　布　真难喝。(倒掉杯中的酒)
博　斯　(幸灾乐祸地笑着) 多克自己调制威士忌。
科　布　他该给我们拿瓶更好的来。
博　斯　他没想起来。
　　　　〔多克坐到沙发上,看着漫画书。
科　布　没准他过一会儿就想起来了。(观察着背景处)这地下室真实用。

博　斯　只是堆放空箱子而已。

科　布　您在那儿看什么书,多克？

多　克　漫画书。

博　斯　他不喜欢警察。

科　布　我不是因公务而来。

博　斯　要是那样的话,您就根本不会在这里了。

科　布（坐到博斯对面）　和您的生意有关。

博　斯　我没有做生意。我是个普通人。

科　布　我已经和迈克谈过了。

博　斯　迈克掌管着我的财产。

科　布　数百万财产。

博　斯　是祖先的财富。

科　布　无处证实。

博　斯　他们在建国时效过力。

科　布　巨大的别墅。

博　斯　过分的谦虚是不正直的。

科　布　守卫森严。

博　斯　看管老荷兰人的珍贵收藏品。

科　布　无须十五个人来守卫。

博　斯　八个。

科　布　十五个。

博　斯　您知道的比我还多。

科　布　都是精挑细选出的强壮打手。

博　斯　再普通不过的保镖。

科　布　其中之一是我安插进来的。

博　斯（惊呆了）　谁？

科　布　与此事无关。

博　斯（偷偷地走向多克）　那些人彼此间亲切关怀,但当中总有人被证实是背叛者。

科　布　不文明的时代。

博　斯（擦拭着额头上的汗珠）　这下面真闷热。

科　布（冷笑着）　一点儿也不热。

博　斯（若有所思地看着科布）　您已经渗透到我内部了？

科　布　是计策。

博　斯（思考着）　您都知道什么？

科　布　所有事情。

博　斯（站起身）　您是怎么知道的？

科　布　迈克说过，您雇佣了一名化学家。

博　斯（盯着多克）　迈克捅出了太多事情。

科　布　正是。

博　斯（走到多克那边）　多克是个毫无恶意的酒鬼，他顶多发明过一种洗衣粉。

科　布　或许他是个天才。

博　斯（在多克身旁站住）　我甚至连他的真实姓名都不知道。

科　布　这个我今后一定会找出来。

博　斯（转向科布）　我必须雇佣这个人。

科　布　并非如此。

博　斯　他是经济危机的受害者。

科　布　那么呢？

博　斯　这个男人被迫当了计程车司机。

科　布　仁慈与人道在您身上根本谈不上。

博　斯　您伤害我了。

科　布　您把我逗乐了。

〔哗哗的流水声。

科　布　有人被溶解了。

博　斯（目瞪口呆地看着多克）　他消息灵通。

科　布　多克，您是个天才。是谁流进了下水道？

博　斯　一个车库老板。

多　克　多少钱？

博　斯　什么钱？

科　布　解决这个车库老板的钱。

博　斯　五千。

科　布　冷库里还有多少具尸体？

博　斯　一具。

科　布　多克。

多　克　怎么了科布？

科　布　带我进去。

〔多克带科布进入冷库。

〔博斯坐到沙发上，脱掉右脚上的鞋。

科　布（从冷库出来）　年轻的米勒小姐。

博　斯　对此您宽恕我吧。

科　布　我还想，她也许已经在河里了。

博　斯　她在冷库里。

科　布　被勒死的。

博　斯　我从来不看。

科　布　多克，把那个姑娘溶解了吧。（从冷库走出来）谁订了这单生意？

博　斯　她的哥哥。

科　布　他付了多少钱？

博　斯　九千。

科　布　迈克已经确定价钱了吗？

博　斯　怎么？

科　布　年轻的米勒先生没准可以支付五万。

博　斯　他从没弄到过这么多的钱。

科　布　谁因为自己妹妹之死而继承了三百万，他就可以弄到这么多。

博　　斯　你太狂妄了。

科　　布　我很现实。言归正传。（再次坐下）

博　　斯　这间仓库被包围了吗？

科　　布　我说过了，我不是因公务而来。

博　　斯　您可是警察啊。

科　　布　正因为如此，您才应该相信我。

博　　斯　正因为如此，我才不相信您。

〔多克提着一只空箱子走出冷库，提着它向后走去，坐在博斯的椅子上。

科　　布　您先是发展壮大了妓院和赌场，接着又占领了毒品市场。

博　　斯　我在青年时期就不再胡闹了。

科　　布　最终您在四年前建立了这家集团。

博　　斯　顶多是个利润微薄的小公司。

科　　布　无论如何我们从河水里抽出了大量的尸体。

博　　斯　您说的这些令人作呕的细节，让我都恶心到无法吸烟了。（将香烟扔到地上，用脚踩灭）

科　　布　太敏感了。

博　　斯　我得爱惜自己的心脏。

科　　布　以前我市的谋杀率高居榜首。然后，您在两年前聘用了多克。现在我市的好名声再次创建。谋杀率排名最末。因为多克发明了一种方法，让尸体溶解成液体。完美的谋杀变成了可能。

博　　斯（狐疑地看着科布）　您想要多少？

科　　布　百分之五十。

博　　斯（大惊失色）　您疯了。（四处走动）

科　　布　绝对不可能。

博　　斯　这个集团是我毕生的事业。

科　　布　您建立了我们地区历史上最大的谋杀集团。

博　　斯　您组织了我们地区历史上最大的腐败行为。

科　　布　同流合污。

博　斯　(绝望地)　您想要毁掉我。

科　布　假如我想的话,我就会干掉您。

博　斯　我承担着其他额外开支。

科　布　您的团队人马只花费您的百分之十。

博　斯　您榨干了我的血汗。

科　布　您付的钱微不足道。

博　斯　为了一个微薄的工作。

科　布　生意上您是半瓶子醋。

博　斯　(精疲力竭地站着)　百分之十五给迈克。

科　布　他生意上更是半瓶子醋。您的集团将会史无前例地蓬勃发展。

博　斯　您会再次搞砸我的集团。

科　布　别变得这么多愁善感。

博　斯　您有什么打算?

科　布　让集团空前地发展壮大。(转向多克)多克,您挣多少钱?

多　克　一个月五百。

科　布　真少。

博　斯　当计程车司机的话,他可挣不了这么多。

科　布　我有意向,让多克成为我们的合伙人。

博　斯　我们按照千分比给他配额。

科　布　我拿百分之五十,您拿百分之三十,多克拿百分之二十。

〔多克大笑起来,瞥了一眼博斯,又大笑起来,一屁股坐在沙发上。

博　斯　我要唤醒您正常的人的理智。

科　布　我尊重智慧。

博　斯　高达百分之二十?

科　布　没有多克就没有发展。

〔多克取来威士忌。

博　斯　您是个共产党人。

791

科　布　大老板的时代已经结束。

博　斯　如果让我用那百分之三十还要给团队和迈克发工资的话，那我就坐在一堆干草上了。①

〔多克给科布倒酒。

科　布　总比坐在一把电椅上好吧。

〔多克笑起来。

博　斯　我可不喜欢您讲的笑话。您用这些时髦的想法把我的毕生事业击得粉碎。

科　布　我已经准备好接管迈克的工作。

博　斯　我可不为几个铜子而忙。

科　布　(喝着酒)　看到了吧，多克，现在您可要用更好的酒来款待我了。

〔电梯下降。

博　斯　电梯来了。

科　布　没错。

博　斯　我没等任何人。

科　布　一个惊喜。

博　斯　是警察吧。

〔电梯打开，吉姆，身穿夏天便装，推着一辆两轮推车，将一只大箱子运进来。

博　斯　是吉姆。

科　布　我最能干的人。

博　斯　我想，他曾是我最能干的人。

科　布　现在他是我们俩最能干的人。

吉　姆　这个箱子，科布。

科　布　送进冷库，吉姆。

吉　姆　好的，科布。(将箱子推进冷库)

---

①　译者注：比喻陷入经济窘境。

博　斯　谁在箱子里？

科　布　迈克。

博　斯　您说过,您和他谈过话。

多　克　这就是结果。

博　斯（惊恐地）　迈克是我最好的朋友。

科　布　他无法评估我们的客户的支付能力。

博　斯　以后谁该来干这件事呢？

科　布　多克。

博　斯　一个计程车司机。

科　布　我们三个人中的高智商者。

博　斯　迈克也是个聪明人啊。

科　布　一个无用的。

博　斯　他有自己的人脉圈。

科　布　我也有。

博　斯　与客户的关系没有那么容易建立。

科　布　迈克建立得太容易了。

　　　　〔吉姆拿着空箱子从冷库出来。

科　布　吉姆,我同你一起走。

　　　　〔吉姆走进电梯。

科　布　多克,您的波本威士忌太棒了。（将杯中酒喝光）接下来十五个病人的名单。（把名单放在沙发上,走进电梯）从现在起,集团会变得更加隐蔽和昂贵。

　　　　〔电梯上行。

博　斯　我恰好还缺少这种权力斗争经验。（抱怨着）把我的鞋拿来。

　　　　〔多克拿着名单,一屁股坐在沙发上,研读起来。博斯自己找到鞋子,穿上,再次按下电梯使其下行。

博　斯　我糟糕的感觉没有迷惑我。

多　克　我成了您的合伙人。

793

博　　斯　还有那个警察。

多　　克　(冷笑着)　您落入了安分守己者的手中。

博　　斯　而我还在占领石垣时效过力呢。

多　　克　今非昔比,时日不同了。

博　　斯　下面实在热得要命。

　　　　　〔哗哗的流水声。

多　　克　想想您的心脏吧。

博　　斯　(点点头,若有所思地看着多克,走进电梯)　假如我能想起来,我以前在哪里见过那个家伙。

　　　　　〔舞台灯光暗下。

　　　　　〔安妮从冷库中走出,灯光只照着她一人。她身着一件高雅的晚礼服,手拿一件皮大衣拖在地上。

安　　妮　我叫安妮。我是博斯的情人。我以前是个并不出名的摄影模特。我最大的成就是曾为一架花园秋千拍过广告。它刊登在《时尚芭莎》上。在那里,我穿着蓝色浴衣,在一片英国草坪之上荡着秋千。博斯过去有过另一个情人。我的朋友凯蒂。她住在高档城区。当她邀请我去家里做客时,她告诉我博斯并不在家。当我过去时,博斯在家而凯蒂不见了。当博斯占有我的时候,我立即有种不好的感觉。人们原本不该和博斯这类人交往,但从那之后我和他同居了。他宠爱着我。我开着一辆昂贵的跑车。他送给我首饰和一件皮大衣,最近他还送给我一幅伦勃朗的小作品,我不可以向任何人展示它。我搬进了凯蒂的家,凯蒂再也没有出现过。我能够想象在她身上发生了什么。博斯很有势力。人们都畏惧他,但我不晓得他在做什么。这些事情不知道更好。我猜他还有家室。他曾经提过,自己住在一个更加高档城区的一栋大别墅里。他有时飞去西海岸。当他再一次飞去西海岸时,我去了托米的酒吧。

　　　　　〔她移至舞台前沿。

安　　妮　博斯原本不让我去托米的酒吧,他希望我只是出入昂贵的饭店,但尽管如此,我有时还会去托米的酒吧,因为我渴望独立,危险会带给我刺激。就这样,我遇见了多克。我那时穿着这件皮大衣。(穿上皮大衣)他说,他住得很近,就在河畔,但是,当我们进入仓库并乘电梯下降时,我真的胆战心惊,我不安地四下张望,我是第一次踏进这个地方。

〔房间灯光亮起。多克躺在沙发上。

多　克　那么?
安　妮　这下面好深。
多　克　五层楼的深度。
安　妮　你住在这里?
多　克　这里——
安　妮　白天和晚上?
多　克　都在。
安　妮　这可不是一处居所。
多　克　对我而言它是。
安　妮　不舒适。
多　克　我并不需要舒适。(看着漫画)
安　妮　哪里在滴水。
多　克　害怕吗?
安　妮　有一点。
多　克　你主动找我聊天的。
安　妮　在托米的酒吧里。
多　克　你是自愿跟来的。
安　妮　我知道。
多　克　你爱去哪儿都行。
安　妮　现在我在这里。
多　克　你想和我上床?
安　妮　愿意效劳。
多　克　沙发在这儿。

安　妮　看到了。

多　克　脱衣服吧。

安　妮　过一会儿。

多　克　来点威士忌?

安　妮　好。

〔多克递给她威士忌。

多　克　如果你愿意的话,可以再坐电梯上去。

安　妮　我不走。你是科学家?

多　克　差不多吧。

安　妮　这是你的实验室?

多　克　算是吧。(笑起来)

安　妮　我又说错话了。

多　克　没关系。

安　妮　有点醉了。(按下冷库的按钮,门打开了)

多　克　我制作工业金刚石。

安　妮　因此,你必须进入地下这么深?(迈出一步踏进冷库)

多　克　有辐射。

安　妮　危险吗?(吓得退出冷库)

多　克　只有当机器运转的时候。

〔安妮按下按钮,门再次关上了。

多　克　我的发明。

安　妮　我立刻就明白,你是个知识分子。

多　克　以前是。

安　妮　这下面是什么?

多　克　下水道。

安　妮　我现在要不要脱衣服?

多　克　再过一会儿。

安　妮　害怕吗?

多　克　不。

安　妮　这里可以吸烟吗？

多　克　你没必要问。

安　妮　可能一切都随风而散了。

多　克　有可能。

安　妮　那我宁愿不吸了。(笑起来，打量着多克)我还从来没有在托米的酒吧里见过你。

多　克　我之前也从未去过托米的酒吧。

安　妮　你真的一直住在地下这里吗？

多　克　我第一次去上面已经是一年多以前的事了。再来杯威士忌？

安　妮　再来一杯。(将酒杯递给他)

多　克　加冰吗？

安　妮　如果你这下面有的话。

多　克　我这下面总会有些的。(拿着安妮的酒杯进入冷库，在那里说)你开了一辆豪车过来。

安　妮　别人送的。

多　克　你的皮大衣也不便宜。

安　妮　别人送的。

多　克　你刚才为什么问我，你能不能和我上床？

安　妮　随口问问。

多　克　你或许也问过其他男人这个问题？

安　妮　也问过。

多　克(拿着威士忌走来)　职业妓女还是猎艳呢？

安　妮　不重要。

多　克　你还想和我上床吗？

安　妮　还想。

多　克　我不付钱。

安　妮　无所谓。

多　克　奇怪的女孩。(在沙发上坐下)我已经很久没碰过女人了。

安　妮　这并不奇怪,在这样的地下。

多　克　我过去住在高档社区。

安　妮　破产了?

多　克　彻彻底底地。

安　妮　经济危机让许多人流离失所。

多　克　我们都经历过更好的时光。(喝酒)

安　妮　我叫安妮。(喝酒)

多　克　人们叫我多克。(喝酒。若有所思地打量着她)你为什么想和我上床?

安　妮　这个与你无关。(喝酒)

多　克　那么你脱衣服吧。

〔她将威士忌酒杯递给他。

安　妮　我脱衣服。

〔灯光只照着安妮。

〔多克消失在左边的背景中。安妮移至舞台前沿。

安　妮　我在这上面脱过衣服。(脱掉皮大衣)或许因为我想报复博斯,或许因为我无法反抗博斯而感到羞愧。这样很好。我只在多克这儿待了几个小时,在那个寒冷的二月夜里,之后我便不想再见他。但是,当博斯再次飞往西海岸时,我又一次见了多克,现在即使博斯没有飞去西海岸,我仍然会来见他。

〔她在沙发上躺下,随后打开藏起来的唱片机。维瓦尔第,《夏》,不太快的快板。

安　妮　现在正值六月,我突然感觉这个深藏地下的空房间舒适惬意,它里面有内室,上面还盖着帆布,水滴不时打在布上,还有多克送给我的这个藏起来的小型唱片机。我和多克在一起很幸福。我信任他,比过去对任何一个男人的信任都要多。但我至今还没向他提过博斯,他应该既不知道我认识博斯,自己同时也不认识他。他根本不能知道博斯的存在。但现在我必须和他说说博斯,尽管要小心些,不要说出他的名字。

〔整个房间灯光亮起。

〔多克提着一只空箱子从冷库中走出来,愣住了。

多　克　你还在这里?
安　妮　我又来了。
多　克　你刚才明明上去了。
安　妮　然后我又下来了。
多　克　已经是早上了。
安　妮　那又怎样呢?

〔多克提着箱子向后走去。

安　妮　当你从隔壁房间出来时,都冻僵了。
多　克　那里面很冷。
安　妮(掉唱片机)　多克。
多　克　怎么了,安妮?
安　妮　我已经爱上你了。

〔多克沉默着。

安　妮　一下子。
多　克　人们不会爱上像我这样的人。
安　妮　你和其他人不一样。
多　克　我和其他人没什么两样。
安　妮　我想做个正派的人。
多　克　我们每个人都想这样。
安　妮　你是个正派人。
多　克　胡说八道。假如我不依赖我的仪器,并且有勇气不去想电子显微镜和电脑的话,那我还有可能做个正派的科学家,这就是全部。
安　妮　制造工业金刚石,这没有什么不正经。
多　克　如今的一切都是不正经的。
安　妮　你对我一无所知。

多　克　我们不必相互了解。

安　妮　有人包养了我。

多　克　然后呢?

安　妮　自从我认识了你,就再也无法和他一起生活了。

多　克　他是个大人物?

安　妮　在某些圈子里是。

多　克　他叫什么名字?

安　妮　我不想把你牵扯进去。

多　克　我已经牵涉其中了。

安　妮　还没有。

多　克　我们所有人都会被牵涉到一切之中。

安　妮　他送过我一张伦勃朗的作品。

多　克　真奢侈。

安　妮　《烛光里的老妇》。

多　克　多半是赝品。

安　妮　有可能。

多　克　除非是偷来的。

安　妮　那它就是真品。

多　克　你害怕吗?

安　妮　自从我爱上了你,就不会。

〔哗哗的流水声。

多　克　制造工业金刚石需要不断地监测。(走进冷库)他已经有所怀疑吗?

安　妮　我不知道。

多　克　你有危险吗?

安　妮　如果他已经有所怀疑的话。

多　克　你不该爱上我。

安　妮　可我已经爱上你了。

〔多克提着一只空箱子走出冷库。

多　克　安妮。
安　妮　多克。
多　克　我也爱上了你。
　　　　〔沉默。
多　克　同样也是一下子。
　　　　〔她走向他,他们将对方一把拉进怀里。在地上翻滚着。
安　妮　我该怎么做?
多　克　别再和他同居了。
安　妮　我不得不和他同居。
　　　　〔他们相互吻着对方。
安　妮　他也许会到处找我。
多　克　我带你去安全的地方。
安　妮　哪里?
多　克　我同伴的女友家。
安　妮　你的同伴是谁?
多　克　不重要。
安　妮　也是个大人物?
多　克　对。
安　妮　他下周飞去西海岸。
多　克　那样会拖太久。
安　妮　之前离开他会很危险。
多　克　还是今天。
安　妮　今天他去我家。
多　克　那就明天。
安　妮　我不知道这能不能行得通。
多　克　一定行。
安　妮　明天晚上吗?
多　克　就在下面这里。
安　妮　十点以后。

多　　克　十点以后。(站起身)什么都不要带,务必要做到你像从人间蒸发了一般。

〔她站起来,坐到沙发上,点燃一根香烟,扔掉包装盒。

安　　妮　最后一根了。(吸着烟)你呢?
多　　克　我还得待在这下面。
安　　妮　因为你的那个大人物吗?
多　　克　我参与了一桩很大的生意。(坐到空箱子上)
安　　妮　和你的工业金刚石有关?
多　　克　是的。
安　　妮　一桩肮脏的生意吗?
多　　克　所有的生意都是肮脏的。

〔安妮吸着烟。

多　　克　一年后我就成富翁了。
安　　妮　一年没准是永远。
多　　克　那不一定。
安　　妮　如果你搞成的话。
多　　克　然后我们俩就离开这座城市。
安　　妮　如果我们幸运的话。
多　　克　我来搞定。

〔安妮吸着烟。

多　　克　因为我又有了一个机会。
安　　妮　和你的工业金刚石一起。
多　　克　和你一起。

〔安妮掐灭香烟,站起身,拿起皮大衣。

安　　妮　我必须走了。

〔多克提着空箱子向后走去。

多　　克　我必须工作了。
安　　妮　我必须再次回到我的大人物身边。
多　　克　最后一次。

〔安妮进入亮着灯的电梯,显现出她的剪影。

安　妮　多克。

多　克　安妮?

多　克　我们这辈子要不要再去一次托米的酒吧?

〔电梯门关闭。电梯上行。

〔舞台暗下。

〔比尔拖着身子从冷库中走出,光着身子,半缠着塑料布。

〔灯光只照着他。

比　尔　我叫比尔,二十四岁。我先研读了生物学,随后又改成社会学。只有当人类学会与自己的同类一起生活时,自然科学才能再次帮助他们。当一个腐化堕落的国家,一个更加腐化堕落的社会或一种愚蠢的教条主义将要毁掉这个世界之时,那么,去思考原子、分子、旋涡星云或是碳化合物都是不正派的。我是科学家,并非伦理学家,那些引导我认识观的个人经历并不重要。反正我可能会成为一个无政府主义者,因为人类进步的脚步太缓慢。由于制度总是奴役个体,因此他就必须不断破坏这类制度。那些伴随着大量牺牲者的革命,它只是产生了新的必要性,去重新改变这个世界。不断创造新的意识形态,不断建立新的乌托邦,两者都毫无意义。这些废话已经说够了。只有一场更大的危难才能让人们恢复理智,在一个疯狂的世界里也该用一种疯狂的方法。我们的斗争要反对一切政治体制和一切社会制度:一切社会秩序都没什么用。那些腐败行为无须反对,反而要支持。一颗被小心安置的炸弹不是乌托邦,而是现实,一个在正确时间错误安装的铁轨道岔不是一种意识形态上的行为,而是意义深远地影响了历史的发展进程。无为是有害的,同伙就是犯罪。潜心规划纯属浪费时间,只有杀人才有用。我的目标就是将这样的认知付诸实践。这些在过去看来都是无法企及的。受过科学熏陶的我,缺少任何一种施暴的锻炼,我还是如此的不切实际,以至于我几乎没有成功地将一根钉子钉到过墙上;但是出乎意料,一些偶然事件让那些无法企及的事情即将实现。我立即行动,这就是全部。

〔比尔再次拖着身子走进冷库。接着,杰克走出冷库,连他看都没看一眼,老态龙钟,身穿庄重的黑色西服,头戴礼帽,一副无框眼镜,手提两只公文箱。当比尔消失时,传来哗哗的流水声。

杰　克　我是杰克。如果说刚才比尔的出现是假象的话,那么我的出现就更假了。那个被冲到下水道下面的人,就是我,那个最爱读温柔的爱情故事和伊丽莎白一世时代十四行诗的我。我陷入了地狱般的地方,一个浴缸,一个架子上摆放着装有酸液的瓶子,就像在一家药店里面,靠墙放着的圆桶里装着难以形容的液体,你们可以看见一根红色的橡皮软管,它连接着水龙头,到处都铺着白色瓷砖,令人作呕。顺便提一下,我就被塞进了这两个外交人员行李箱里。(将两只箱子扔进冷库。门关上了,又一次传来流水声,灯光亮起)现在我的侄子比尔流入了下水道。我原本想要容忍这个年轻人,他有教养,爱幻想又温柔。他脑子里的那些念头,不仅让你们大吃一惊,也包括我,如今的年轻人真的太过分了。当然,他的母亲也是我这辈子见过的最富传奇色彩的花痴,一个该死的行为放荡的女人,黑发,长腿,机灵。太了不起了。我的哥哥迷恋着她,不在乎她与整个化工厂的职工以及理事会的成员有染来欺骗自己,正如我猜测的那样,我说得还是客气的。对我哥哥而言,她能给他那把老骨头放松放松就足够了。当我警告他时,他也只是笑笑。"尼克",我毫不客气地当面告诉他真相,"尼克,她和每个男人上床,甚至勾引过我,在我的书房里,在《赫尔曼·黑塞全集》下面,这期间的大厅里正进行着一场诗歌朗读会。我不知道谁在朗诵,E. F. 舒特同,K. L. 舒特同还是舒特同·舒特同,或是任何一位当前正红的青年作家。当她骑在我身上时,我只听见了远处传来的轻声细语。时而一阵喝彩声。赤裸着,小老头,赤裸着,无法想象,假如有这样一个诗人突然进入我的书房的话。尼克,你正在走向毁灭。"这些话对他没起什么作用,他娶了她,做了比尔的继父,飞向他的毁灭。从字面来理解。我确定,当尼克因血糖问题再次打瞌睡的时候,那个好女人正在和飞行员搞在一起,当他们撞着艾格北峰发出轰响之时。那座山曾经说过,就这么决定了,立遗嘱让比尔继承化工厂,给我保留一个在理事会的位置,还有文化——将铭刻在我心里。这种诡计简直是敲竹杠。(将一枝白色的康乃馨插进纽扣孔)我的父亲曾经将这个最重要的文艺书店全部买了下来并遗留给我。当我的哥哥捞取了上百万时,现代文学正在让我愈发贫穷,接下来我就被害了,荒谬的戏剧。假如我能知道自己为何被人装进两个外交人员行李箱并被溶解了的话,我还能好一些。很奇怪,我那个涉及比尔的建议似乎被接受了。让我们重回现实。你们不会不感动地想起安妮与多克的告别,请你们想想,这是永远的告别。

〔灯光亮起

〔多克躺在沙发上,站起身,走进冷库。

〔灯光再次只照着杰克。

杰　克　第二天早晨,快八点时,多克进入冷库,开始他的工作。

〔电梯下行。

杰　克　这个冷库必须每天早上清理,可以理解,这样他就不会注意到比尔来到这里了。

〔比尔从电梯里出来,好奇地环顾四周,没注意到杰克,向后走去。

〔电梯再次上行。

杰　克　这就是他,好吧,再次认出这个青年你们会费点劲。他只比我早几分钟进入这间仓库。我刚刚还在想,对面路边的那辆法拉利看起来像是他的,果然就是他的。我渐渐明白了。他刚才一定偷听到了我给出的酬金数目并且出价高过我——但为什么后来他也被害了? 如果是他死,那为什么我也会命丧黄泉呢?

我对此还一无所知,也拒绝去探究清楚。毕竟逻辑也是有尊严的。你们想象一下,我坐在电视机前,看着我那些作家们的名人论坛节目,为他们终于领悟到人们必须再次开始创作而高兴。创作吧,别犹豫,再次叙述吧,别犹豫。社会上全部的垃圾文学,近来有很多,都全无用处,它们必须统统被除掉或者廉价处理掉。一群群的出版编辑,很多经理都将被解雇。我高兴地松了口气,纯文学作品的源泉终于再次喷涌而出,这绝妙的虚构。这时,我突然感到有什么东西从后面碰了我一下,我还想依然高兴、依然愉悦地向身后望去——于是我站在了你们面前。抱歉,我的思想总是漫游到未来,但是这样的事情,女士们,先生们,没准也同样会发生在你们身上,当你们作为死者总是不断地追忆过去时——回忆过去的过去,准确地说。

〔灯光亮起。

〔多克从冷库出来,躺在沙发上读着漫画,没有注意到杰克。

〔灯光照着杰克身上。

杰　克　让我们保持在过去的过去吧。多克回来了,没发觉比尔正在幕后观察着他。

〔电梯降下。

杰　克　电梯下行,载着我。真的,完全一无所知,那些在我身上发生的事情,事后就如同现在的我一样,溶解在一种难以形容的液体里,再也无法被查明。但干吗要查呢?从戏剧学的角度看,我也许只是一个无足轻重的配角,无法纵览全局,我自己能够想象到。我乘的电梯在那里。(走向电梯)真见鬼,这种事情发生在我身上,仿佛我出版的文学作品变成了现实。

〔灯光亮起。

〔杰克进入电梯,手拿一把雨伞和一只公文包,走出电梯。小心翼翼地迈了几步进入仓库。

杰　克　我是杰克。

多　克　我是多克。

杰　克　有个陌生人打电话,让我今天八点整来这里约见。

多　克　您很准时。

杰　克　我希望没有走错地方。

多　克　您没走错。

〔电梯门关闭。

杰　克(环顾四周)　真可怕。

多　克　不舒服吗?

杰　克　作为从世纪转折时期开始就出版那些极度敏感作家作品的出版商,我能适应另类的地方。

多　克　我不读文学作品。

杰　克　看出来了:漫画书。(返回走向电梯)

多　克　不相信我?

杰　克　像您这样的家伙是不可信赖的。

多　克　有识人之明。

杰　克　当一个陌生人来到这里时,您显然并不习惯站起来。

多　克　视情况而定。

杰　克　这事涉及化工厂。

多　克　我还以为您想让几个作家消失。

杰　克　我是理事会的成员。

多　克　热爱文艺的出版商不搞这一套。

杰　克　我代表整个理事会发言。

多　克　您说吧。

杰　克　只有理事会主席对此事一无所知。

多　克　现在呢?

杰　克　说不定连您也知道那些化工厂呢。

多　克　我曾在那里工作。

杰　克　我想不起您了。

多　克　没人会想起我。

807

杰　克　我们有一万名员工。

多　克　七年前我就被您解雇了。

杰　克(微笑着)　经济危机的牺牲品?

多　克　您的一个研究部门的主管。

杰　克(愉快地)　那些研究领域的科学家,一旦他们没有了经济利用价值,会遭到无情解雇。

多　克　我被无情地扫地出门了。

杰　克(大笑着)　这就是命运。

多　克　与此同时,广告预算却提高了。

杰　克　(兴奋地)　这就是生意。

多　克　那我们就谈谈生意吧。

杰　克　我通过信件得到了一个订单。

多　克　您似乎很感兴趣。

杰　克　还得看情况。

多　克　您想知道谁被干掉的消息?

杰　克　化工厂的占有者,理事会的主席。

多　克　那个老尼克?

杰　克　老尼克已经去世,我说的是他的继子。

多　克　所以您让我们在他身上下功夫?

杰　克(变得粗鲁)　您得接受我的委托,但没必要提问。

多　克(变得蛮横)　我得按步骤处理生意,您必须回答。

杰　克　您不要变得厚颜无耻。

多　克(大笑着)　我又不是客户。

杰　克　我是尼克的弟弟。

多　克　哦,是又怎样呢?

杰　克(变得不容置疑)　这些化工厂是我父亲创建的,我不能允许它落入一个前途未卜的人手里。

多　克　但您可以试一试。

杰　克　那个父亲自甘堕落,那个母亲上了老尼克的床,她的儿子通过遗嘱占有了多数股权,成为理事会的主席,变成了本国最富有的人。

多　克　这个最自由的国家。

杰　克　这种丑闻必须制止。

多　克　您别指望我会分担您的愤怒。

杰　克　我感兴趣的不是您的愤怒,而是您的集团。您的名声充满了传奇色彩。

多　克　价钱是关键。

杰　克　小事一桩。

多　克　但愿如此。

杰　克　我们赶紧搞定这件小事吧,我的司机还在等我。

多　克　出多少钱?

杰　克　十万。

多　克　一百万。

杰　克(愤怒地)　您真是穷疯了。

多　克　我针对不同的客户量身定价。(冷笑着)

杰　克　您的对手才要五万。

多　克　如果他明天还存在的话。

杰　克　您威胁我们?

多　克　您的无知比我们的集团更富传奇色彩。

杰　克　这是我第一次这样谈判。

多　克　我的天啊,那您得怎样对待您的作家们?

杰　克　我必须召开理事会。

多　克　您慢慢召集吧。

〔杰克进入电梯。

杰　克　理事会是否同意,完全未知。

〔多克再次看起漫画。

多　克　他们会同意的。这涉及化工厂,又不是美妙的文学。

〔杰克乘电梯上行。

809

〔比尔从幕后出现,身穿蓝色牛仔服。

比　　尔　父亲。

多　　克　(吃惊地转向他)　比尔。

比　　尔　漫画书。

多　　克　哦,对。

比　　尔　我一直到处找你。

多　　克　我销声匿迹了。(坐下来)

比　　尔　好几年了。

多　　克　时间过得真快。

比　　尔　我已经相信,你——

多　　克　我在勉强度日。

〔哗哗的流水声。

比　　尔　一具尸体被溶解了吗?

多　　克　我的工作。

比　　尔　我能看一看吗?

多　　克　去吧。

〔比尔走进冷库。

比　　尔　完美的工作。

多　　克　我可不是个笨蛋。

比　　尔　这玩意能挣钱吗?

多　　克　我过得还行。

〔比尔走出冷库。

比　　尔　看出来了。

多　　克　你是偷偷溜到这里的。

比　　尔　我是被派过来的!当我半小时前下来的时候,这里没有人。

多　　克　那时我得清理冷库。

比　　尔　你在这下面过得十分自在啊。

多　　克　我们有自己的办法。(看着比尔)上大学了?

比　　尔　社会学专业。

多　　克　热门专业。

比　　尔　之前我学生物学。

多　　克　不再是适合男人的科学。

比　　尔　我曾是怀特的助手。

多　　克（大笑着）　我的学生。（向后走去,取来威士忌）

比　　尔　他对你放弃生物学而转入工业领域表示同情。

多　　克　他也该放弃生物学。

比　　尔　你曾是伟大的科学家。

多　　克　我曾对氨基酸有所了解。

比　　尔　我们感谢你对生命本质的认知。

多　　克　我对生命本质的认知在于,不论再怎么好,我都在一场经济危机中被丢到了大街上。（喝酒）再次看到你真意外。

比　　尔　非常意外。

多　　克　我在等其他人。

比　　尔　我也是。

多　　克　本国最富有的男人。（喝酒）我们不要自欺欺人。你知道我在为谁做事。真开心再次见到你。我偶然成了你的父亲,你偶然成了我的儿子,我们不必谈别的事情。再见,比尔,化工厂的继承人最好能另派一名谈判者。

比　　尔（平静地看着他的父亲）　我就是化工厂的继承人。

　　　　〔多克沉默着。

比　　尔　我母亲嫁给了老尼克。两年前。

　　　　〔多克喝着酒。

比　　尔　她从一张好床滚到另一张更好的床上。

多　　克（发出大笑）　青云直上。（喝着酒）与此同时,我在忙着将尸体溶解成它天然的原始成分。也是青云直上。

比　　尔（保持平静）　三周前,老尼克带着我母亲乘着他的私人喷气式飞机撞上了一块岩壁。

多　　克　我表示哀悼。

比　尔　年度事故。

多　克　我已经好久都不知道上面发生的事情了。我们谈谈生意吧。(将酒杯扔到后面)

比　尔　我们谈吧。

多　克　你刚刚听到我们的谈话了?

比　尔　听到了。

多　克　你的脑袋要价一百万。

比　尔　我一直觉得,我的继叔并非只从事文学事业。

〔多克愕然,走向比尔,板着脸看着他。

多　克　你签一张超过两百万的支票,然后消失。

比　尔　我丝毫不理会杰克的谋杀。

多　克　太掉以轻心。

比　尔　为此我提供一千万——

多　克　开玩笑吧。

比　尔　——用于谋杀总统。

〔沉默。

多　克　玩笑开大了。

比　尔　我很认真的。

多　克　我有幽默感,比尔,但我必须要提醒你注意:集团可没有幽默感。

比　尔　我没有开玩笑,至于总统的尸体,当然就不需要你溶解了,因为我并不想坏了民众们参加总统国葬的好事。

多　克(明白过来)　你赶紧走吧。

比　尔　这就是我的报价。

多　克　两百万用来杀掉杰克,然后走开!

比　尔　你可以把这个买卖转手给别人。

多　克　我不会将它转手他人。

比　尔　你会这么做的。

多　克　我拒绝接受这种蠢事。

比　　尔　科布已经把你的地址给了我。

〔多克沉默着。

比　　尔　否则我就得找他帮忙。

〔多克沉默着。

比　　尔　我已经完全和那个警察局长建立了联系,他让我注意到这个集团的存在,让我产生了好好利用它的念头。

多　　克　(若有所思地)　你为什么想要找人谋杀总统?

比　　尔　我代表着迄今为止最极端的无政府主义倾向。

多　　克　现在我弄明白了。

比　　尔　那些镇压的趋势——

多　　克　如今的凶手都在讲些无稽之谈。

比　　尔　那我们一起谈谈生意吧。一年一千万,您的集团把上任的总统一个个干掉。

多　　克　一个长期订单吗?

比　　尔　只有这样,国家才能长期瘫痪。

多　　克　这可要花不少钱。

比　　尔　我要挥霍我从化工厂获得的巨大收益来炸飞这个世界。

多　　克　人们并不购买革命,人们要自己去干革命。

比　　尔　通过你们的帮助我就能干。我们不再是篱笆里的农夫,我们生活在科技时代。谁需要一台汽车,不必自己制造,他可以购买。谁需要杀人,不必自己动手,他可以买凶。我就在你们这里买凶杀人。

〔多克沉默着。

比　　尔　你参与了吗?

多　　克　百分之二十。

比　　尔　哦,原来如此。

多　　克　我不能单独决定。

比　　尔　这个集团给我建议了一单生意,我提供给它一单更好的。

多　　克　杰克的订单还可以接受。

813

比　　尔　人们不会拒绝一千万巨款。

多　　克　比尔,我再说一遍:两百万用来干掉杰克,再见。(按下电梯按键)

比　　尔　我是国家的首富。你们依靠我生存,而我也依靠你们,否则你们的大生意就泡汤了,而我也被政治所害。

多　　克　我要和集团谈谈。

比　　尔　你自便。

多　　克　你会得到答复。

比　　尔　什么时候?

多　　克　下次。

比　　尔　你醒悟了。

多　　克　你用生命在冒险。

比　　尔　我用一切去冒险。

多　　克　你单独行动真是疯了。

比　　尔　你忘了当今社会的巨大弱点。用我的千百万巨款,人们可以不需要政党。用我的千百万巨款,人们只需将你的科学知识运用起来。

多　　克　科学与政治毫不相干。

比　　尔　也许并非这样。谁将含有甲烷、水蒸气、氨气和氢气的混合气体进行放电处理,他就会得到氨基酸这种生命的基本物质。你通过这个实验闻名遐迩。我将它复制在政治领域,我们的社会就是这种混合气体——氨气与甲烷是特别有臭味的气体——电火花就是我的千百万,我用它来通过你们杀人。

多　　克　因为我吗?

比　　尔　我把我的信念归功于你的命运。

多　　克　我的命运不重要。

比　　尔　每个人都曾以为自己的命运仅是一场经历。

多　　克　你想报复我?

比　　尔　我尊敬父母。当你被化工厂解雇的时候,我就开始思考产生经济危机的这种社会秩序。当我母亲上了老尼克的床时，我就开始思考如何才能摧毁这个毁了你的世界。

多　克　比尔？

比　尔　父亲？

多　克　我为什么服务于这个集团？因为我因社会而毁灭吗？因为我想向这个世界再次看看？因为我鄙视自己？出于仇恨？出于痛苦？都是大话。也许只是因为疏忽大意，因为没有什么事会糟糕地发生在我身上；也许只是想生活得更好一点：地下五层。你不能报复我，因为我早就报复自己了。自我报复。就像一个被戴了绿帽的丈夫，他通过自宫来自我报复。

〔比尔保持着固执。

比　尔　尽管如此我还是会报复你。

多　克（气愤地）　别用你的报复来打搅我。

〔沉默。

比　尔　这里真安静。

多　克　我和你再没什么好说的了。

比　尔　哪里在滴水。

多　克　河里渗进来的水。

比　尔　不管上面发生什么事，它也不会传下来，传到你的耳朵里。世界再也与你无关了，它只能提供给你死人和漫画书。不是我要毁灭它，是它自行毁灭，我只是帮了它一把。（走进电梯）一千万，每年。

〔电梯关闭，上行。

第 二 幕

博斯站在舞台中央,身穿黑衣,一只手握着礼帽,另一只手拿着一枝红玫瑰。电梯到了,萨姆推着一辆两轮车进来,车上放着一只巨大的远洋行李箱。

萨　姆　推到哪里,博斯?
博　斯　这里,萨姆。
萨　姆　好的,博斯。
博　斯　在凯德拉克里等我,萨姆。
　　　　〔萨姆离开,电梯上行。博斯单独和远洋行李箱待在一起。
博　斯　箱子里装着安妮的尸体,那个姑娘的尸体,那个我送给她首饰、皮大衣、跑车和一张从国家画馆里偷来的伦勃朗画作的姑娘。(一屁股坐到箱子上)我没有欺骗自己。我产生了一种矛盾的念头,一方面,我愿意当自由的商人,另一方面,我又厌恶自己集团的经营模式,但其他商人经营的集团也只是看起来似乎不那么残酷。事实上,商界从根本上说就是残酷无情的。弱者淘汰,强者胜利,至于手段是否合法,这视情况而定。我不知道自己父母的名字,这不重要;我七岁时从一家孤儿院逃跑,小事一桩;我九岁时就领导了一个团伙,不值一提;我十七岁时在托米的酒吧枪杀了肥脸和独眼龙,无关紧要:若不是因为这些,我也许会成为将军、红衣主教、政治家或者大工业家。但这些可能性都不重要,重要的只有性格:去计算、控制、谋杀、恋爱。再说,一个幸福的婚姻里也需要同样刚强的意志。(跪在舞台前沿,掏出他的钱包,悲伤地展示着一张照片)我的家庭。我的妻子佩儿波图娃,我们去年春天庆祝了我们的银婚纪念日,我的女儿安妮格拉,二十四岁,我的女儿索菲亚,二十二岁,我的女儿雷格娜,二十一岁,还有这个可爱的姑娘是我的女儿洛丽塔,二十岁。(把钱包又装进衣袋,将后背转向观众,虔诚地将玫瑰花放在箱子上)背景前方是死去的安妮。出于策略上的原因我杀害了她,从个人角度来说她是能逗我开心的。并不完全因为她和多克上过床,而是因为我带给她的那种恐惧感让我觉得很有趣,假如安妮突然明白过来,她的上一任凯蒂是被我所杀,我绝不会感到惊讶。凯蒂长期在西海岸经营一家妓院,所以她也干出了一件令人难以置信的事情,和一个男人合伙欺骗我,却不清楚他其实是我的员工。真逗。太可笑了。(将帽子放在箱子上,盖住玫瑰花)多克并没有弄清他和谁上了床,这就另当别论了:知识分子什么时候看穿过这个世界呢!他们有什么利用价值啊!有用的是多克和他的尸体液化器——天知道!——,这其实也是一个我不为他和安妮的关系而生气的原因。与此相反,我甚至祝福他们两人,我十分大度,但接着科布介入进来,科布,那个我曾经在哪里见过的人,科布,那个我怎么也想不起来的人,他帮助多克搞到了百分之二十,那我必须要采取行动了。只有通过安妮才能利用多克,然后只有通过多克才能见到科布,安妮现在一下成了多克的软肋。因为他良心难安。就像所有的知识分子那样。他们对世界的要求是两方面的:一方面是它本来的样子,另一方面是它应该成为的样子。他们依靠世界本来的样子而生存,同时又以世界应该成为的样子来作为评判世界的标准,他们又得靠它生存。通过感到自己有罪,他们为自己开脱罪名,我了解这种欺诈的把戏:这些坏蛋不适合权力斗争。他们沉浸在自己有罪的意识中。他们甚至感到自己有义务去创造世界,但他们的有罪意识只是幻想出来的,是一种他们买给自己的奢侈品,为了逃避任何行为。(脱掉两只鞋)善良的多克啊!他会为安妮的死而感到有罪,他会因为害怕我的报复而放弃反抗我,他会离开科布向我走来,怀着一颗更加难安的良心为自己封圣。电梯来了。

〔多克提着一包食品、香槟酒和一枝红玫瑰从电梯中走出。把食品和玫瑰花放在远洋行李箱上。

多　克　晚上好,博斯。
博　斯　晚上好,多克。我都认不出你了,终于去了趟上面吗?
多　克　两年中的第二次。(拿着香槟酒走进冷库,在那里回应着)
博　斯　第一次呢?
多　克　我认识了我的女朋友。
博　斯　这次呢?
多　克　她会永远到来。
博　斯　一会儿吗?
多　克　十点之后。
博　斯　您忘了,您还上去过一次。当科布要你去他的办公室见面那次。

〔多克走出冷库。

博　斯　(将多克的玫瑰花拿在手里)　一枝美丽的玫瑰花。究竟是谁包养了她?
多　克　不知道。
博　斯　她只需要说出名字就能干掉那个男人。
多　克　她闭口不言。
博　斯　女人那该死的沉默啊。(凝视着远洋行李箱)

〔多克将玫瑰花插进一只空酒瓶里,取来一个盒子,用一块白色桌面盖在花上。

博　斯　您想带女朋友去我女友家里?
多　克　在那里她是安全的。
博　斯　如果您这样认为的话。
多　克　没人会猜到她在大老板的女友家里。
博　斯　乔伊和阿尔带她过去。

多　　克　靠得住的人吗？

博　　斯　无与伦比。

多　　克　明天过去。

博　　斯　当然是明天。

多　　克　之前我想和她在托米的酒吧共进早餐。

博　　斯　朋友,您开始闲混了。

多　　克　(发现了第二枝玫瑰花)　还有一枝玫瑰花？

博　　斯　也是为您的女友准备的。

多　　克　我可不相信您的友好。

博　　斯　我也是个有心人啊。

多　　克　别碰我的女朋友。

博　　斯　想想我的心脏吧。

多　　克　我们打算结婚。

博　　斯　什么时候？

多　　克　以后。

博　　斯　伙计,我警告过你别相信爱情。

多　　克　这是我的事情。

博　　斯　但愿如此。

多　　克　我参与了百分之二十。等我攒够了钱,就开始新的生活。

博　　斯　谁溶解尸体,他就没法开始新生活。

多　　克　我退出生意。

博　　斯　有些生意再也没法退出。

多　　克　是威胁吗？

博　　斯　是断言。

多　　克　(走向远洋行李箱)　新货？

博　　斯　不重要。

多　　克　是谁？

博　　斯　我的私事。

多　　克　很好。

〔多克将第二朵花插在另一朵旁,把临时准备的桌子布置成两人餐桌,放上一支蜡烛,然后摆上食品,有火腿、珠葱、鱼子酱、面包等。

博　　斯　多克,我知道天色已晚。您买好东西等待您的姑娘。但是再多给我一刻钟,我们的生意日渐壮大。

多　　克　可喜可贺。

博　　斯　我不知道。

多　　克　您不喜欢什么?

博　　斯　科布。

多　　克　他帮我们搞到了本世纪最棒的生意。

博　　斯　他是为了自己。

多　　克　我们都有份。

博　　斯　一个贪腐的警察让我愤怒。

多　　克　警察都会贪腐。

博　　斯　不是这样的数量。假如科布要分两到三个百分点,我无话可说,但他要百分之五十啊!我很谨慎地让人通知了检察官科布贪腐的事情。检察官没有任何行动。

多　　克　没准科布已经贿赂了检察官。

博　　斯　一个爱国者可不会说这样的话。

多　　克　我不是爱国者。

博　　斯　检察官不会让自己被收买。

多　　克　任何人都可以被收买。

博　　斯　我知道。您是个无家可归的人,祖国对您而言无关紧要,您不会为说出这样的质疑而感到羞愧。

多　　克　如今的罪犯还颇具浪漫情怀。

博　　斯　职业道德这个词,您大概还从未听过。

多　　克　在您的集团里就没有职业道德可言。

博　　斯　我们是生意伙伴,这一点您自己也强调过。那么您也必须遵守我们的生意规则。

多　克　它们是……

博　斯　第一,正常的价格。您开口向杰克索要一百万,用它来干掉一个人是不现实的。让我们稳定价格,如果一年内我们的竞争者数量增多的话,那我们就没法再牵制住他们了。第二,不参与政治。我反复告诫我的员工:议员和政府官员都是不可触碰的禁区,更不要说总统了! 他是一个象征,我无论如何都不碰他。干掉化工厂的继承人我还能忍受,但我会阻止谋杀总统这种事,否则那些政客就会把我们解散。

多　克　我们已经决定了。

博　斯　我们?

多　克　科布和我。

博　斯　(变得狐疑)　您见过他了?

多　克　今天下午。

博　斯　他连电话也没有给我打一个。

多　克　他过来找我。

博　斯　在我背后捣鬼。

多　克　谋杀总统这件事已经决定了。

博　斯　我还没有说一个字。

多　克　多数票来决定。

博　斯　假如我只经营我的妓院、赌场或至少是毒品该多好。但这桩生意最终拍板的人还没有说话,化工厂的继承人是个危害大众的半吊子文艺青年。当今谁想刺杀总统,只需用一把钞票雇用一名带瞄准器的优秀射手,根本不用浪费一千万,更不用来麻烦我们这种声誉的一家集团。(扔给多克一把钥匙)您现在开始干活。

多　克　(愣住了)　现在?

博　斯　现在。

多　克　可是我的姑娘——

博　斯　没什么可是。

多　克　拜托。(穿上工作服。走到远洋行李箱前)
博　斯　她漂亮吗?
多　克　谁?
博　斯　您的姑娘。
多　克　很漂亮。(拖着箱子进入冷库大门)
博　斯　她曾经也很漂亮。
多　克　谁?
博　斯　我的姑娘。
多　克　曾经?
博　斯　在冷库里为她准备吧,把她溶解成原始成分。
　　　　〔多克带着箱子消失在冷库里,门敞开着。
博　斯　我曾经还像父亲那般对她。(一瘸一拐地走到桌前,坐下,点燃蜡烛)多克!(将腿搭在"桌子"上)我也买布索尼牌火腿。
　　　　〔冷库那边传来打开箱子的声音。
博　斯　把她搬进来。
　　　　〔冷库那边寂静无声。
博　斯(目不转睛地盯着蜡烛)　您动作快一点。对我来说这很艰难,多克,这一点您可以相信我,但我的姑娘不能在她的公寓里陪伴您的姑娘了。布索尼真是太棒了。(吃着)她是窒息而亡,我把她扔到床上,拿起一个枕头。(吃着)珠葱。(把珠葱扔到身后,扔在沙发上,到处都是)出于嫉妒。但我现在突然有种感觉,多克,我的姑娘对我是忠诚的,多克,这一切——您知道吗,多克——,这一切只存在于我的脑海中,多克,在我的脑海中——我老了,心脏坏掉了,永远肿胀的双脚始终肿胀,头盖骨下面一直出现画面,多克,各种画面,各种幻想,我的姑娘也许和别人——赤身裸体——我看到他们两个人在翻滚着,多克,在某个沙发上,就像这里的沙发一样。也许她早就该见鬼去了,在我第一次产生怀疑之时——假如我知道的话——今晚她也不让我去找她——最近经常这样——我早就隐隐觉察到了什么——从去年二月开始——我上床躺在她旁边,就像平时那样,假装是吃了安眠药。——几周前我就已经偷偷埋伏起来,躺在她旁边——这时她起身,打包行李,想要偷偷溜走,带着我送给她的首饰、皮大衣和伦勃朗消失得无影无踪——她甚至都没有反抗。(站起来)橄榄真棒。(吃起来)假如我能知道谁是那个奸夫,那个她准备投奔并和她上过很多次床的人。(一脚踢开安妮还留在地板上的空烟盒)她也抽这种烟。但没准就没什么奸夫。(他打开唱片机,维瓦尔第,《夏》,不太快的快板,走向冷库)

博　斯　您喜欢她吗?(大喊着)她叫安妮。

〔无人应答。

博　斯　好吧,大概不是您喜欢的类型——而且还是具尸体——(返回"桌"旁)您居然还弄到了虾。(把虾撒在"桌"上)假如我的姑娘当时反抗一下,她不会那么容易被掐死,我原本只想——

〔多克从冷库里走出来。

〔博斯目不转睛地盯着他。

博　斯　真神奇,我也不再妒忌了。

多　克　她死了。

博　斯　鳗鱼面包我特别喜欢。(吃起来)当您看见这位姑娘这般躺着,想象一下她还活着,您能了解我的嫉妒心吗?

〔多克慢慢说着,下意识地,恍如梦中。

多　克　她一定还不到二十五岁。

博　斯　这可不是答案。

多　克　她真美。

博　斯　我也知道。

多　克　她是我见过的最美的女人。

博　斯　我也知道。

多　克　您不该杀了她。

博　斯　可我已经这样做了。

〔多克关掉唱片机。

823

多　克　博斯。
博　斯　怎么了,多克?
多　克　我——
博　斯　怎么?
多　克　没什么。
博　斯　那就别有什么。我雇佣您是为了溶解尸体,而不是让您从事心理学研究。她只不过是个婊子。
〔多克穿着工作服、戴着手套坐在"桌"前,呆若木鸡,开始僵硬地吃饭。
多　克　我并不认识她。
博　斯　我知道,您不认识她。
多　克　我不再需要您的公寓了。
博　斯　我想过,您的姑娘会身处险境。
多　克　太夸张。
博　斯　她会害怕。
多　克　现在不再会了。
博　斯　如果您这样认为的话。
多　克　我会把女友安置在别处。
博　斯　这是您的事情。我想,您希望和您的姑娘幸福地在一起。(担忧地)喂,您的脸色死一般惨白。您真心真意为我感到惋惜。(坐在多克对面,粗鲁地将两朵玫瑰花的花瓣扔向他,接着吃起鱼子酱)作为重情之人,我的姑娘之死让您感到悲伤,尽管她对您来说完全陌生,但您仍被深深震撼,仿佛她曾是您的情人。因为您不是商人。多克,尽管我很悲伤,但我仍像一位父亲那样和您说话。如果您再继续这样下去,那么您将会彻底完蛋,生活日渐艰难,权力争斗愈发残酷,人性即将泯灭。一个建议,多克:您参与了集团百分之二十的份额,把这百分之二十转让给我,我每月给您五千块工资,减轻您的一切烦恼,您可以完全专注于您在地下这里宁静的工作。那么,这难道不很大方吗?

（舔干净手指）顶级鱼子酱。（穿上鞋子）

多　克　当国家元首被干掉之后。

博　斯　可到底为什么呢？这个好人并没有对您做什么。

多　克　我和集团的合作必须获得意义。

博　斯　真是个神奇的答案，一个奇怪的答案。

多　克　我的前提条件。

博　斯　毫无疑问，多克，当然没问题。如果科布也赞同的话，我会准备好，花一千万，让人去干掉总统。为了您，心情沉重啊，这一点您可以相信我。您知道我的爱国心，当我们占领石垣的时候，毕竟我也在场。（走进冷库，又回来，身后拖着安妮的皮大衣，仿佛一件战利品）司务长，感谢您的小吃，但愿我们没有吃光您女友的食品。（戴上帽子）和萨姆一起痛快地喝一杯去。他会不会也已投奔科布了？

多　克　有可能。

博　斯　那个远洋行李箱我再让人来取。

多　克　好的。

博　斯　我很好奇，托米的酒吧在此期间来了些什么样的小姐。别垂头丧气，多克，别为女人的事情想不开。现在溶解掉我的姑娘吧！已经十点多了，您的姑娘可能随时会来。（进入电梯）假如我能想起来，我曾经在哪里见过科布——我一直都想不起来。

〔电梯上行。

〔多克坐在椅子上，机械地拿起火腿，吃起来。

〔灯光暗下。

〔灯光照在科布身上。直到现在人们才发觉，他的左手安装着一个铁钩组成的假肢。他毁掉多克的住处，将"桌"上的食品打翻在地。

科　布　博斯说得对。他一直都想不起来，就算他在凯德拉克里懒洋洋地坐着，为了让自己沉浸在过去的美好时光中而在托米的酒吧喝得酩酊大醉，他仍然还是想不起来，他曾经在哪里见过我：一共两次。拜他的枪所赐，主治外科医生锯掉了我的左臂和右腿。当他二十多年前爬进一家珠宝店的时候，那个年轻的警察，那一次他在路上正好遇到的警察，就是我。他用枪把我打成残废，这是无关紧要的小事，而关键是，我们从那次相遇后，就开始了各自的事业生涯。他成为黑社会的老大，我晋升为警官头领，一个人踩着另一个人肩膀而上，确切地说，他的成功踩在我的失败之上。因为我虽然从那时起就识破了他的诡计，找到了他的藏匿之所，注意到他所进行的交易，监视到他的妓女和皮条客，打听到他与罪犯团伙操纵组织的关系，甚至把他们派来查处他本人，但他总是知道应对的策略，在我将他逮捕之前，他总是从我手里逃脱。他的关系网，他的知名度，他的爱国主义和他的金钱都使得他坚不可摧——单单是残废军人基金这一项，他就捐赠了两百万。在这种情况下，我改变了策略，于是他就慢慢不那么幸运了，却并未发觉其中的秘密。他转而从事毒品行业，我等待着，他愈发得意忘形，我不予干涉，任其发展；他控制了市场，我假装什么也不知道。当博斯和迈克建立这个集团的时候，他不知道，有一个人，一个被他撕碎的人，一个他忘掉的人，一个就算他再次遇见也想不起的人——那场事故对他而言不值一提，这是最让人无法忍受的——，付出了毕生的时间，以天使般的耐心在搜集着另一个人的证据，就是为了将他拖上审判席——但这一切是多么的毫无意义，浪费了多少时间，多么的盲目无知，这一切将我团团包围——，直至总算一切就绪，我总算要将博斯和他的集团一网打尽，就像端一窝老鼠，却又出了问题——不是一次搞定，而是——更残酷的——一级接着一级的——，我，一个残废的傻瓜，一个贪腐的警察，在我驶向地狱之前，我是惟一一个有罪之人，出于简单的原因，因为我是世界上唯一一个可以让公平被偷窃的人，惟一一个寻找公平正义的人，仿佛它并非全民共有，而是个人所有。让我们彻底清除吧。

〔电梯下行。

〔科布走进冷库,有点神情恍惚。

〔科布再次出现在冷库外,他的假肢手上拿着安妮的晚礼服,右手拿着香槟酒瓶,坐到沙发上。

〔多克拿着威士忌酒瓶从电梯里出来。坐下。

多　克　我刚才在托米的酒吧里。
科　布　天很快就要亮了。
多　克　博斯没在那里喝酒。
科　布　博斯从此再也不会在那里喝酒。
　　　〔电梯上行。
多　克　什么味道。
科　布　既然都已经这样了。
多　克　有臭味。
科　布　应该发臭。
多　克　像尸体的味道。
科　布　这里只有尸体。
多　克　冷库敞开着。
科　布　我把制冷设备砸坏了。
　　　〔多克沉默着。
科　布　博斯的裸体姑娘躺在里面。她的晚礼服。(冲多克挥了挥安妮的晚礼服)
多　克　贪腐的警察真让我讨厌。
　　　〔电梯下行。
科　布　在我之后还会来更贪的。
多　克　您赶紧乘电梯再上去吧。
科　布　我同您和博斯约好了。
多　克　我对此一无所知。
科　布　现在您知道了。
　　　〔电梯门打开,萨姆推着里面装着博斯的远洋行李箱走进来。

萨　姆　推到哪儿,科布?
科　布　随便哪里,萨姆。制冷设备坏了。
萨　姆　遵命,科布。
　　　　〔萨姆推着远洋行李箱走开。
　　　　〔多克站起来。
多　克　装着博斯的箱子。
科　布　您看,我们确实和博斯约好了。走吧。
萨　姆　遵命,科布。(乘电梯上行离开)
　　　　〔多克打开箱子,呆呆地向里面望去。
多　克　是萨姆干的——
科　布　在凯迪拉克里。
多　克　博斯猜对了。
科　布　显而易见。
多　克　萨姆投奔了您。
科　布　他早就建议,花更低廉的价钱去领导这个集团。
多　克　一切都倒向您这边了。
科　布　一切都被收归国有。(手挥动了一下)苍蝇。(朝箱子里张望)这个优秀的博斯,他几乎是个最正派的人。他不会理解,私有集团的黄金时代已经过去。现在有成百上千像他这样的人倒台。捕猎大猛兽。
多　克　是谁让人杀了博斯?
科　布　如果他拿百分之三十的话,人们也许还能接受。但再加上您的份额的话,对集团来说他就变得过于强大。当博斯骗取了您的份额时,他的死就是咎由自取。集团现在想要一切。
多　克　一个月五千对我来说足够了。
科　布　真少。
多　克　我想要活下去。
科　布　这一点博斯应该也想到了。(再次关上箱盖)
　　　　〔电梯门打开,萨姆提着两只做工考究的外交人员行李箱走进仓库。
萨　姆　杰克的。
科　布　随便放在哪里。
萨　姆　好的,科布。(将两只行李箱放在电梯前,靠着舞台前沿)
　　　　〔吉姆拖着比尔的尸体,裹进一条毛毯里,走出电梯。
吉　姆　把他放在哪儿,科布?
科　布　放在远洋行李箱前面。
吉　姆　遵命,科布。
　　　　〔萨姆和吉姆将比尔的尸体平放在远洋行李箱前。
吉　姆　我们在上面等着,科布。
科　布　在上面等着。
萨　姆　如果时间太久,我们就下来。
科　布　那样的话,你们就下来。
　　　　〔吉姆和萨姆乘电梯离开。
　　　　〔科布揭开比尔。
多　克　比尔。
科　布　本国最有钱的人。
　　　　〔多克沉默着。
科　布　您以前认识他?
多　克　我只和他谈过生意。
科　布　一个讨人喜欢的年轻人。
多　克　一个空想家。
科　布　我不晓得。
多　克　我想集团已经接手了那个一千万的生意?
科　布　已经接手。
多　克　我们在这一点上达成一致。
科　布　当然。
多　克　那么比尔不可以被——
科　布　当然可以。

829

多　克　那总统呢？

科　布　反正会被干掉。

多　克　为什么杀了杰克？

科　布　由于策略上的原因。

多　克　是谁把他们两个——

科　布　不重要。

多　克　是萨姆？

科　布　不是。

多　克　是吉姆？

科　布　是我。

多　克　为什么？

科　布　他们从事干净的工作。每个人都必须干些脏活儿。

〔多克想要扑向科布,科布把安妮的晚礼服扔在他脸上。

科　布　真恶心,好多苍蝇。(将苍蝇轰走)有个地方一直有河水滴答着渗下来。

〔多克沉默着。

科　布　您真的不认识这个年轻人,多克？

多　克　不认识。

科　布　真奇怪。(观察着多克)当我和他谈话时,我有一种感觉,仿佛在和某人聊天,仿佛是曾经的您。好奇怪,不是吗？

多　克　纯属偶然。

科　布　真的吗？想必您曾经也有过什么信仰？

多　克　我曾经是科学家,仅此而已。

科　布　我知道,化学家。

多　克　我研制出一种洗衣粉。

科　布　或许您探索出生命体。

多　克　您怎么会有这种想法？

科　布　我只是这样猜想。那个年轻人想要改变世界。

多　克　为此您干掉了他。

科　布　这一点比尔一定没有猜到。

多　克　他没有猜忌之心。

科　布　我想您并不认识他。

多　克　这只是在谈生意时他留给我的印象。

科　布　就以他那样的世界观,本就不该这般的单纯无邪。一只老鼠。(追着它)

多　克　干得漂亮。您杀掉了顾客,将一千万占为己有。

科　布　他都没有反抗一下。就在他的房间。那个年轻人只是惊讶地盯着我。我在事后一口气喝光了两瓶威士忌。

多　克　集团日益兴旺。

科　布　多亏您的帮助。

多　克　我没有让人杀他。

科　布　(愤怒地)　您和他谈过交易。

多　克　并非这种意图。

科　布　把这个本国首富扔到您以前的合伙人的裸体情人那儿去吧,或者不论谁的情人。

多　克　等一会儿。

科　布　等一会儿。我知道。您没和他打过交道。您只和尸体打交道。比尔让我想起来另一个年轻人。

多　克　别用您的回忆来打扰我了。

科　布　(站在多克前面)　那个年轻人也是二十四岁。他用一把带瞄准器的枪从卫理公会教堂的房顶上向学生们开枪。他杀死了十八个人。我抢了他的枪。他根本没有反抗。他相信自己完成了一件伟大的事业。我从未遇见过比他更幸福的年轻人。

多　克　真是个疯子。

科　布　没错。

多　克　他们两人有什么共同之处?

科　布　两个人都认为自己所做有理,没有比这更可怕的信念了。(转过身去)老实说,多克,比尔并没有开支票给我。我在此之前就开枪了。

多　克　为什么?

科　布　为了让这桩一千万的生意泡汤。

多　克　您被杰克收买了吗?

科　布　杰克已经死了。

多　克　您杀了他。

科　布　从这个角度来说,我觉得自己有些像那个端着瞄准器的年轻人。

多　克　您让两桩生意都泡了汤?

科　布　只有巨额生意的亏损才能撼动这个世界,否则它不会被任何事物所动摇。

多　克(叫喊着)　您是同伙!

〔科布发出一阵狂笑。

科　布　我从来不是同伙。(拿着香槟瓶一通狂饮,假装不小心撞向唱片机,维瓦尔第,四季,《冬》,广板)当我找到你们这个谋杀集团时,检察官取笑我,接着整个行政部门和他一起打起了生意的主意。

多　克　痛快喝吧!(将威士忌打翻在地)

〔巨大贪腐的即兴诗歌响起。与此同时,科布先将一只行李箱摞在远洋行李箱上,接着又摞上另一只,最后坐在所有三个箱子上,假肢上依旧挂着安妮的晚礼服,右手拿着香槟酒瓶。

科　布　当我发现博斯的诡计时,我不惜一切代价地闯进了检察官的办公室,把他从写字台上,他的女秘书身上拽下来:喂,打起精神来吧,抓住那条大鱼,监禁他的团伙成员。不然的话,不久之后这个国家被杀的人就要多于乱搞男女关系的人了。检察官不慌不忙地扣好裤子上的纽扣,用恍然大悟般的语调兴高采烈地说:哎,哎,我的孩子,为什么讲这种幽默的话?让我们都围着诡计转圈——让我们两个都参与到这伙人之中,作为报酬,我只要分到总额的百分之三十。开始干吧,勇敢点,老实的科布,思想别狭隘,胆子放大些,和博斯去分摊那些剩余的份额吧。

于是,我怒气冲冲地越过那些政府小人物并跑到市长面前,当着他的面吵嚷着,太令人吃惊:检察官被贿赂了!真是胡闹,我的孩子,市长用镇静的语调说,人们不是要反对,而是要和贿赂共处:让我们三个人都参与到组织中,只有这样,情势才不会变糟。我只要百分之十五,我很讲人情味。开始干吧,勇敢点,亲爱的科布,思想别狭隘,胆子放大些,和博斯去分摊那些剩余的份额吧。

我没有屈服于这样的耻辱。我毫不畏惧地一把抓住了州长的衣领。州长认真听完了行政部门的所作所为,喝着利口酒,不动声色。我的孩子,他用吃惊的语调说,我真是不懂你的愤怒。我们都是人,为女人所生。谁不贿赂的话,谁要是不懂这些,他就会出局。让我们四个人都参与到组织中,你知道,我是自愿的,但我身价可不菲,作为人尽皆知的爱国人士,作为曾经差点当选或者可能的总统人选,我参与的份额不低于百分之三十。开始干吧,勇敢点,好人科布,思想别狭隘,胆子放大些,和博斯去分摊那些剩余的份额。

于是,我满腹苦水地飞奔到国家首席大法官面前要求公平正义。我的孩子,别当诗人了,法官用庄严的语调说,仿佛三位一体的神父,只有嗜酒成性的作家和离了婚的女人们才会胡扯什么公平正义,别插手它。一切不可能的东西,也不要强求。让我们五个人都参与到组织中:作为首席大法官,我并不固执,我只要百分之二十五。开始干吧,勇敢点,可怜的科布,思想别狭隘,胆子放大些,和博斯去分摊那些剩余的份额吧。

多 克　简直太可笑了!(再次对着威士忌酒瓶喝着,立即喝醉。)于是您突然出现了,装作坚不可摧,将整个集团翻了个底朝天。您所做的一切为了什么:为了用每月那微薄的几千块钱来进行补偿!

833

科　布　人们无法用金钱补偿我。我和您不一样,多克,我并不特别注重如何活下去。吉姆和萨姆要么在上面等我,要么下来,如果我们的谈话时间太久的话。这就是我的补偿费。我从不欺骗自己,但我相信,一点点的公平正义有时会实现。又有一只老鼠。(用酒瓶砸向它)我曾经就像那个伟大的年轻人那般天真。我也去进行疯狂的单独行动,用毕生时间。徒劳无果吗?我不晓得。现如今谁一旦揭露了犯罪行为,他就会消失,而不是罪犯本人;由于我不想参与这出闹剧,因此我杀了杰克和那个年轻人。现在萨姆和吉姆同我做的事情是公正的,即使这也是出于使人怜悯的公平,但如今,如此的怜悯公平已经很多,多到没有对手。老鼠!老鼠!(追赶着它们)这下面突然到处都是老鼠。

多　克　它们现在都出现了。

科　布　它们在吱吱地叫。

多　克　既然都已经这样了。

科　布　在那!在那!在那!(追着那些动物)

多　克　您毁掉了冷库。假如可以的话,您想要摧毁全世界。

科　布(坐到多克对面)　多克,我没有想去毁掉这个集团,直到现在才有大量的顾客登门。但极短的一秒钟,我阻止了生意终止的可怕后果。为什么?人们无论如何还是要注意一下,否则情况将无法收场,坦率地说,太奇怪了。但我不知道您是否理解我,您是个科学家,却钻到这地下,五层楼深,还有两只老鼠,硕大的肥老鼠。

多　克(将剩余的威士忌朝他脸上泼去)　无耻之徒。

科　布(站起身)　您以前一定认识那个年轻人。

多　克(叫喊着)　不认识。

科　布　他的无政府主义成功了。如今一切都成功了。(拿起一张椅子,坐在左边的背景处)如今的谋杀行为是什么?一个小错。这种小错美化了那些无辜的羔羊,并且给社会提供借口去成为一个谋杀的社会,仿佛犯罪行为早就不是我们文明社会的形式。他的无政府主义真是个绝顶荒唐的想法,他对每个人来说都来得正是时候,就像一个圣诞礼物。检察官,市长,州长,首席大法官,他们所有人都对那个年轻人充满了热忱。他也是同伙,尽管不情愿。(若无其事地)除此之外,人们正在寻找他的父亲。

多　克　谁的父亲?
科　布　比尔的父亲。
多　克　为什么?
科　布　他现在是化工厂的继承人。
　　　　〔多克沉默着。
科　布　这个国家最有钱的人。
　　　　〔多克沉默着。
科　布　他应该躲在哪里了。
多　克　谁在找他?
科　布　集团在找。
多　克　为什么?
科　布　杰克的遗孀出价一千万买他的人头。
多　克　既然已经是这样了。
科　布　这样她就能继承这个国家最多的财富。
多　克　与我无关。
科　布　与我也是。
多　克　您是个笨蛋。
科　布　有可能。
多　克　之后您就可以服毒自杀了。
科　布　我会被枪杀。(将一支烟叼进嘴里)给我个火。
　　　　〔多克替他点着火。科布吸着烟。
科　布　这烟是我从那个年轻人身上拿来的。
　　　　〔电梯降下。
科　布(递给多克一个钱包)　给。

835

多　克　我要拿它做什么?
科　布　比尔的钱包。里面有几张钞票和他父亲的照片。
　　　　〔多克沉默着。
科　布　您瞧,现在我想到了您的名字。
多　克　现在走开。
科　布　不必。
　　　　〔吉姆和萨姆从电梯中出来,电梯再次上行。
萨　姆　好家伙,这儿有苍蝇。
吉　姆　讨厌鬼。(抖着一条腿)老鼠都爬到腿上了。
科　布　怎么,你们两个?
吉　姆　上面又是热得要命。
科　布　城里总是热死人。
吉　姆　您骗了我们,科布。
科　布　有可能。
吉　姆　检察官打了电话。
萨　姆　上面聚集了好多人。
科　布　我就待在下面。
吉　姆　后退,科布。(从科布的枪套中拔出左轮手枪)
科　布　真奇怪,生命一下子有了意义。
萨　姆　去冷库里,科布。
吉　姆　必须去,科布。
科　布　好的。
萨　姆　快走。
吉　姆　动作快点,科布。
科　布　(站起身来,吸着烟)　我们进去吧。(走向冷库,停住脚步)多克。
多　克　科布?
科　布　如果谁死了,他就不再是同伙。(又吸了一口雪茄)一支那个年轻人曾在那里吸过的不可思议的哈瓦那雪茄。(踩灭

雪茄)

〔科布、吉姆和萨姆进入冷库退场。

〔多克检查着钱包,找到了他的照片。

〔冷库里传来枪声。

〔多克撕碎照片并吃掉它。

〔吉姆和萨姆再次走出冷库。

吉　姆　解决了。

萨　姆(走向比尔的尸体)　我想,他的鞋适合我穿。(从比尔的尸体上脱下鞋子)

〔电梯下行。

萨　姆　把尸体按住,多克。

〔多克按住比尔的尸体。

萨　姆(脱下他的右鞋)　我的脚一直很小。(穿上比尔的右鞋)正合适。

〔吉姆走向比尔的尸体。

萨　姆　顶级的皮革。真考究。

吉　姆　很棒的领带。(从尸体上拿走领带)

〔乔伊和阿尔从电梯里走出,身着警察制服,拿着几个箱子。

吉　姆　把这些货物搬到别的地方。冷库还没运转。

〔乔伊和阿尔将箱子摞在前面。

萨　姆(穿着比尔的鞋子走来走去)　完全合适。

吉　姆　你会觉得奇怪,多克,我们突然遇到了怎样的货物,不是吗?

萨　姆　不只是货物,还有那些想压低我们价格的人。

吉　姆　好精美的袖口纽扣。(从比尔的尸体上拿下纽扣)是绿松石。

萨　姆　真奢侈。

吉　姆　好棒的西服。

萨　姆　真高级。

837

吉　姆　真丝的。适合我的儿子。幸亏科布只用枪打了他的头部。
萨　姆　无论如何,科布是个能干的家伙。
吉　姆　帮我一下。
　　　　〔他们从比尔的尸体上脱下西服。
萨　姆　你儿子是做什么的?
吉　姆　上大学。
萨　姆　学什么?
吉　姆　医学。
萨　姆　他还会成为一名施韦泽医生。我儿子在一家发廊当学徒,女士发型。他一直有些艺术细胞。
吉　姆　继承了你。绝顶的衬衣。
萨　姆　也是真丝的。
吉　姆　有点脏了。
萨　姆　在妈妈的洗衣机里洗一下。
　　　　〔他们又脱下比尔的衬衣。乔伊和阿尔乘电梯上行。
吉　姆　如果我们再找到比尔的父亲,那这桩生意就完美了。
萨　姆　大概在什么地方喝得酩酊大醉呢。袜子也要吗?
吉　姆　统统都要。质量无与伦比。
　　　　〔萨姆脱下比尔的内裤和袜子。
　　　　〔吉姆若有所思地看着多克。
　　　　〔其间乔伊和阿尔不断地搬来新箱子。
吉　姆　你以前到底是生物学家还是化学家,多克?
多　克　化学家。
吉　姆　你一定从来没听说过关于比尔父亲的事情?
多　克　我既不认识他,也不认识比尔。
吉　姆　好吧。
萨　姆　他怎么会认识谁呢。
吉　姆　没有人。
萨　姆　你一个月赚多少钱,多克?

多　克　五千。
萨　姆　你想错了。
　　　　〔萨姆和吉姆挥拳打向多克。
　　　　〔多克倒下。
萨　姆　你每个月上交我两千,听明白了吗?(按下电梯)
　　　　〔多克在地上挪动着。吉姆又踢了他一脚。
吉　姆　给我两千五。
　　　　〔多克蜷缩着躺在地上。
萨　姆　你还有五百块去做你肮脏的工作。
　　　　〔吉姆环顾四周。到处都堆放着箱子。
吉　姆　好家伙,他今天有事干了。
萨　姆　他就是来干这事的。
吉　姆　一个我们需要的人头。
　　　　〔萨姆和吉姆走进电梯。
萨　姆　继续好好干吧,我的年轻人。
　　　　〔电梯上行。
　　　　〔灯光只照着多克,在地板上挣扎着,躺在那里。

D